Zum Buch:

Die junge Lisbeth führt ein einfaches Leben als Näherin im Dorf und pflegt ihre schwache Mutter nebenbei. Seid die beiden Frauen ihr zu Hause und die Familie an einen Brand verloren haben, müssen sie mit wenig auskommen. Aber Lisbeth schlägt sich ganz gut durch. Und dann lernt sie den neuen Dorfgendarmen Johann kennen und sofort herrscht eine eigentümliche Spannung zwischen ihr und dem Mann. Niemand scheint so recht zu wissen, woher der Mann kommt und Lisbeth ist mehr als misstrauisch. Doch gleichzeitig fühlt sie sich immer stärker zu ihm hingezogen – eine verwirrende Mischung von Gefühlen.

Zur Autorin:

Natalie Hallward lebt im hessischen Langen. Unabhängig von der jeweiligen Epoche, in der ihre Romane spielen, faszinieren sie Frauen, die selbstbewusst ihre Ziele verfolgen und dabei ihr humorvolles und emotionales Wesen nicht verlieren. Natalie Hallward ist ein Pseudonym.

NATALIE HALLWARD

Die Geliebte des Räubers

HISTORISCHER ROMAN

HarperCollins

1. Auflage 2023
Originalausgabe

Umschlaggestaltung von zero Werbeagentur, München
Umschlagabbildungen von Ildiko Neer / Trevillion Images; akg-images
Gesetzt aus der Stempel Garamond
von GGP Media GmbH, Pößneck
Druck und Bindung von GGP Media GmbH, Pößneck
Printed in Germany
ISBN 978-3-365-00275-9
www.harpercollins.de

Klimaneutral
Druckprodukt
ClimatePartner.com/15109-2009-1001

MIX
Papier
FSC FSC® C014496

Für C.
für immer

Deutschland – ein Räuberland

In Deutschland begann 1798 eine grundlegende Veränderung der bestehenden gesellschaftlichen und politischen Verhältnisse, nachdem Frankreich unter Napoleon die linke Rheinseite (und zeitweilig auch die rechte) besetzt hielt. Unter seinem Einfluss wurde beschlossen, die eroberten deutschen Gebiete in die Strukturen des französischen Staates einzugliedern. Noch vor dem »Frieden von Lunéville« 1801, in dem das linke Rheinufer schließlich auch formell an Frankreich fiel, wurden die eroberten Gebiete nach französischem Vorbild in Departements eingeteilt, darunter das Departement Rhein-Mosel mit seiner Präfektur Coblenz (heute: Koblenz). Von dort wurde ganz im Geiste der Gedanken der Französischen Revolution alles Linksrheinische sowohl gesellschaftlich als auch rechtlich verändert und verwaltet.

Einige Veränderungen waren von Vorteil, wie etwa die neuen Gesetzgebungen, die »gleiches Recht für alle« versprachen. Andere Veränderungen wurden von der deutschen Bevölkerung, die ja jetzt faktisch Franzosen geworden waren, abgelehnt, zum Beispiel die Einführung der Zehn-Tage-Woche. Die Rheinländer übernahmen sie zwar offiziell, lebten aber parallel dennoch wie gewohnt nach ihrer Sieben-Tage-Woche weiter.

In dieser Zeit blühte in Deutschland das Räuberbandenwesen auf. Mit rücksichtsloser Brutalität plünderten gewissenlose Mörder und Diebe in allen Teilen der Bevölkerung sowohl Kaufleute und Viehhändler als auch Landwirte und Mühlenbetreiber. Einige von ihnen, darunter Johannes Bückler (bekannt als »Schinderhannes«) oder auch Matthias Weber (bekannt als »der Fetzer«) genossen einen zweifelhaften Ruf, dennoch fanden sie bei einigen der einfachen Leute sogar Zustimmung zu ihren Überfällen.

Im Jahr 1802 beschloss die französische Regierung, diesem Räuberbandenwesen ein Ende zu setzen, und beauftragte den Öffentlichen Ankläger von Köln, Anton Keil, rigoros dagegen vorzugehen.

Und darum ließ sich Keil nicht zweimal bitten …

Teil 1

Frühjahr 1802

Über das Land und durch das Leben

1

Der Anblick des niedergebrannten Elternhauses bereitete Lisbeth sofort Atemnot. Die Erinnerungen kehrten zurück, und keine davon war gut.

Im Licht der morgendlichen Frühlingssonne wirkten die Steine der alten Ruine beinahe idyllisch, als wollte es den Schrecken beschwichtigen, den dieser kleine Hof vor acht Jahren so unbarmherzig ereilt hatte. An die zerstörten, dachlosen Mauern klammerte sich Efeu, und seine Ranken schienen sagen zu wollen, dass sie nichts mehr hergaben, was sie sich einmal genommen hatten. Wie der Tod damals auch.

Lisbeth spürte, wie ihr Herz schneller gegen ihre Brust schlug. Es würde sich wohl nie ändern. Wie oft hatte sie vergeblich gehofft, es würde ihr nichts mehr anhaben können, wenn sie nach dem halbstündigen Fußweg vom Dorf hierherkam? Doch der Anblick der vom Feuer immer noch geschwärzten Mauern traf sie jedes Mal aufs Neue. Auch nach so vielen Jahren konnte sie das brennende Holz der Dachbalken immer noch riechen, die glimmenden Funken um ihr Gesicht fliegen sehen und das Geräusch der zusammenkrachenden Scheune hören, als die Flammen gierig alles gefressen hatten, was sie kriegen konnten. Und von allen Seiten die lauten Stimmen der Männer, deren Sprache sie nicht verstand und die sie an ihren dünnen Armen fortzerrten, damit ihre Haare kein Feuer fingen, weil sie zu nahe herangegangen war an das, was einmal ihr Zuhause gewesen war.

Lisbeth wusste, dass es nicht half, die Vergangenheit zu nah an sich herankommen zu lassen. Wichtiger war die Gegenwart, wenn sie eine Zukunft haben wollte. Doch was nutzte der Verstand, wenn er an der Leine der Gefühle hing?

Sie ging um das verfallene Gemäuer herum. Dort, wo sich hinter einer weitläufigen Lichtung die Wiesen bis hoch zu den *Roten Wäldern* anschlossen, ragte ein verwittertes Holzkreuz aus dem Gras auf. Die eingekerbte Inschrift war verdreckt und kaum leserlich, aber Lisbeth wusste auch so, dass dort der Name ihres Vaters stand. Er hatte das Leben verlassen müssen, ohne Zeit zum Sterben gehabt zu haben.

Sie ging auf die Knie und hob dabei ihre Schürze ein wenig an, damit sie nicht unter dem Rock eingeklemmt wurde. Dann löste sie die Schlaufen ihrer Haube, hängte sie sich über den linken Arm und atmete tief ein. Es tat gut, die leichte Brise zu spüren. Als würde ein gnädiger Wind ihre lähmenden Gedanken einfach mit sich nehmen.

Auf dem Weg hierher hatte sie Feldblumen gepflückt, die sie nun niederlegte. Leise flüsterte sie ein kurzes Gebet, bevor sie sich gleich wieder erhob.

Es tut mir leid, dachte sie, dann wandte sie sich ruckartig um und stapfte zum Feldweg zurück. Sie hatte noch nie die nötige Ruhe in sich getragen, um länger am Kreuz zu verweilen. Das lag nicht allein daran, dass der Leichnam ihres Vaters hier gar nicht begraben war und das Holzkreuz lediglich die Stelle seines Sterbens markierte, sondern vielmehr, weil ihr einfach keine Worte einfallen wollten, um ihre Sprachlosigkeit vertreiben zu können. Und was nutzte es Vater jetzt noch, wenn sie hier war? Vor acht Jahren hätte sie da sein sollen.

»Jemand, den du kennst?«

Lisbeth blieb wie erstarrt stehen.

Der Mann hockte auf einem der Felsen, die den sandigen Weg säumten, und sah ihr unverwandt in die Augen. Instinktiv blickte Lisbeth hastig nach links und rechts, ob er alleine war. Niemand sonst am Weg oder um das Ruinengemäuer. Wie unvorsichtig war sie, derart in grüblerische Gedanken zu versinken. Sie wusste es doch besser, wusste doch, dass der Hattinger mit seiner Bande in dieser Gegend sein Unwesen trieb. Entlang des Rheins bekreuzigten sich die Frauen, wenn sie seinen Namen hörten.

Lisbeths Abscheu dem ganzen Räubergesindel gegenüber war grenzenlos. Seit Jahren marodierten diese unmoralischen, gewissenlosen Mörder zu beiden Seiten des Rheins, raubten fahrende Kaufleute aus und fielen in Dörfer ein. Sie vergewaltigten und stahlen, was sie in die Finger bekamen. Von der Gendarmerie konnten sie nicht gefasst werden, weil sie sich in den tiefen Wäldern verbargen und in sämtlichen Mittelgebirgen besser auskannten als die französischen Soldaten, unter deren Herrschaft die Gebiete auf der linken Rheinseite standen.

Sicher, einige dieser Räuber wie der Bückler Johannes, den sie »Schinderhannes« nannten, genossen zweifelhaften Ruhm in der Bevölkerung. Den Franzosen ein Schnippchen zu schlagen und so für lustige Anekdoten zu sorgen täuschte aber nicht darüber hinweg, dass sie allesamt nichts weiter als gewissenlose Verbrecher und Mörder waren. Die Guillotine stellte eine viel zu milde Strafe dar für all das Leid, das sie über Familien brachten, fand Lisbeth.

»Nun hab dich nicht so«, sagte der Fremde. »Brauchst dich doch nicht vor mir fürchten.«

Und genau jetzt erschien es Lisbeth besonders ratsam, wachsam zu bleiben.

Verstohlen tastete Lisbeth mit einer Hand in ihre Schürzentasche. Ausgerechnet heute hatte sie kein Schneidmesserchen eingesteckt. Sie beobachtete den Fremden genau, ob er ansetzte, sich ihr zu nähern. Wie lange er schon da am Felsen hockte und sie beobachtet hatte, konnte sie nicht sagen, wohl aber, dass er sie auf unverschämte Weise anlächelte.

Ein Grund mehr, vorsichtig zu sein.

»Ich fürchte mich nicht.«

»Und doch überlegst du, was ich dir antun könnte.«

»So wie Sie überlegen sollten, wie gut ich mich wehren könnte.«

Der Fremde lachte auf entwaffnende Weise aus vollem Hals. Zu Lisbeths eigener Überraschung klang es aufrichtig und herzlich.

Er trug eine *sansculotte*, eine lange Hose aus Leinen, die seit ein paar Jahren auch bei den einfachen Leuten die Kniebundhosen verdrängte. Dazu feste, mit getrocknetem Schlamm verkrustete Stiefel, die aussahen, als hätten sie irgendwann einmal einem Soldaten gehört. Über einem völlig verstaubten weißen Hemd trug er eine dunkle Kurzjacke. Mit einem Hut in der Hand fächelte er sich Luft zu, obwohl die schräg zwischen den Bäumen einfallende Morgensonne noch gar nicht die Wärme der vergangenen Tage erreicht hatte.

»Keine Angst«, sagte er schließlich. »Ich hab nicht vor, dir was zu tun. Ich bin vorbeigekommen und hab dich am Kreuz knien sehen, und ... was soll ich sagen? Mir gefiel der Anblick, als dein Jäckchen hochrutschte.«

Lisbeth strich über ihre kurze Schößchenjacke. Diese wurde dadurch natürlich nicht länger, aber der sittliche Anstand blieb wenigstens gewahrt.

Der Fremde fuhr sich mit dem Daumen über seine ausgetrockneten Lippen und das unrasierte Stoppelkinn. Für einen Moment ruhte sein Blick auf Lisbeths Körper, dann schien er sich zu erinnern, dass sie sehen konnte, wohin er blickte, und strich sich eine Strähne seines hellbraunen Haars aus der Stirn. »Wie heißt du?«, fragte er.

»Sag ich nicht.«

»Warum das denn?«

»Ich bin ein zurückhaltender Mensch.«

Er lachte erneut. »Na schön, jeder muss irgendwas sein. Aber vielleicht sagst du mir ja, weshalb du dieses Grab aufsuchst?«

»Ich komm' hierher, um meinen Zorn nicht zu vergessen.«

Kaum ausgesprochen, ärgerte sich Lisbeth. Was ging es den Fremden an, was sie hier tat? Schließlich hatte sie ihn noch nie in der Gegend gesehen. Weder auf den Feldern als Tagelöhner noch im Wirtshaus unten im Dorf. Er wäre mir vermutlich aufgefallen, gestand sie sich widerstrebend ein. Seine Augen schlugen sie in ihren Bann. Interessiert, nicht aufdringlich, aber stets auf sie gerichtet. Als würde man in die Tiefe eines Brunnens schauen, so dunkel und gleichsam unergründlich waren sie.

Mit einer jähen, fließenden Bewegung rutschte er vom Felsen herunter und stemmte beide Fäuste in die Hüften. Dabei schlug seine Kurzjacke auf, und Lisbeth sah den Griff einer Steinschlosspistole aus seinem Hosenbund ragen. Er bemerkte, dass sie auf die Waffe starrte, kümmerte sich aber nicht weiter darum, sondern ging an ihr vorbei zur Ruine und legte dort eine Hand auf den schwärzesten Stein der Mauer, die einmal die Vorderseite des Hauses gewesen war.

»Hier hat eine Tragödie stattgefunden«, sagte er, und seine Stimme klang angemessen betroffen.

»Sprechen die Steine mit Ihnen?«

Und schon wieder ärgerte sich Lisbeth über sich selbst. Weshalb konnte sie ihre Zunge nicht im Zaum halten? Es war noch nie gut gewesen, vorlaut zu sein, und bei einem Fremden erst recht nicht. Wer wusste schon, wie wankelmütig seine Launen waren?

Der Fremde drehte sich langsam um, sah ihr belustigt in die Augen und stapfte gemächlich zum Weg zurück. »Die

Steine sagen mir nur das Offensichtliche«, meinte er. »Du selbst verrätst mir viel mehr.«

»Sie wissen nichts. Weder von mir noch von diesen Mauern hier.«

»Aber ich weiß, dass alle Flüsse ins Meer fließen und kein einziger die Berge hinauf.«

Er schaute sich unentschlossen um, als überlegte er, in welche Richtung er weitergehen sollte. Lisbeth rührte sich nicht von der Stelle. Sie wollte, dass der Fremde zuerst den Platz verließ. Es wäre ihr nicht recht, wenn er wüsste, wohin sie ging. Er neigte den Kopf und blinzelte schräg in die Sonne.

»Scheint ein warmer Tag zu werden.«

Lisbeth erwiderte nichts. Wann ging der Kerl endlich?

»Lebst du hier irgendwo?«

»Von woher kommen Sie?«

Mit einem Schmunzeln gab er ihr zu verstehen, sie mit ihrer Gegenfrage durchschaut zu haben. »Von der rechten Rheinseite komme ich«, sagte er.

»Und warum sind Sie nicht dortgeblieben?«

»Ich traf in Frankfurt auf eine sehr hübsche Frau, mit der ich kurzzeitig Bekanntschaft geschlossen habe.«

»Und?«

»Sie hat mir verschwiegen, dass ich nicht ihr einziger Geliebter war. Sie wurde auch von einem ehrenwerten Bürger und Förderer der Wissenschaft regelmäßig besucht. Und dieser Herr war dafür bekannt, nicht gerne zu teilen.«

»Aber warum gleich auf die linke Rheinseite wechseln? Wo doch hier die neuen Gesetze strenger sind als drüben.«

»Dafür, dass du mir keine Frage beantwortest, hübsches Kind, willst du aber viel von mir wissen. Aber schön, ich sag es dir. Ich will meinen Bruder besuchen. Er hat mich gebeten herzukommen. Muss ihm wohl wichtig sein, denn das ist das erste Mal. Und da ich gerade nichts Besseres zu tun habe, dachte ich mir, weshalb nicht?« Er rieb sich den Nacken. »Ach, sag mir, gibt es hier eigentlich häufig französische Patrouillen?«

»Für manchen zu häufig, für manche zu selten. Sind Sie auf der Flucht?«

Er zögerte. »Nein, ich frage nur, weil du mich dann ganz offiziell auch duzen müsstest, sobald die Franzosen um uns sind.«

»Hier macht das keiner«, sagte Lisbeth. »Wir reden so wie vorher miteinander, bevor die Franzosen ihre Gesetze erlassen haben.«

»Sehr schön, das gefällt mir. Ich mag es auch lieber, wenn man einen höflichen Abstand in der Anrede hält. Das verheißt mehr Spannung, wenn man sich dann näherkommt.«

Er zwinkerte ihr vergnügt zu und machte dann einen Schritt vor, woraufhin Lisbeth augenblicklich einen zurücksetzte und mit dem rechten Knöchel ein dorniges Gestrüpp streifte. Sie verzog nur kurz die Miene, behielt den Fremden aber weiter im Blick.

»Du hast schöne Haare«, sagte er.

Erschrocken bemerkte Lisbeth, dass sie ihr Häubchen immer noch in der Hand hielt.

»Vielleicht sieht man sich ja mal wieder.« Der Fremde schwenkte seinen Hut mit einer angedeuteten Verbeugung und schlug mit schnellen Schritten den abfallenden Sandweg ein.

Er war bereits einige Meter gegangen, als Lisbeth ihm hinterherrief: »Grüßen Sie Ihren Bruder. Und passen Sie auf, hier gibt es Straßenräuber.«

Der Fremde drehte sich nicht um, hob aber im Laufen den rechten Arm und winkte.

2

Das Haus, in dem Lisbeth und ihre kranke Mutter Ida Kirch wohnten, lag am Ende der einzigen Straße des Dorfes Brunnenweiler. Genau genommen war Brunnenweiler kein Dorf, sondern nur eine überschaubare Ansammlung von etwa zwei Dutzend Häusern, und auch die Straße war nicht mehr als ein mit verdorrten Grasbüscheln durchzogener Sandweg, der breit genug war, dass zwei Pferdekarren aneinander vorbeifahren konnten.

Das Dorf ist ungewöhnlich angeordnet, hatte Doktor Konrad Fenkel gesagt, als er hergezogen war. Im Gegensatz zu anderen verlief es recht geradlinig. Die Straße führte einen sanft abfallenden Hang hinunter und mündete entlang der wenigen Häuser direkt auf einen großen Platz, der gleichzeitig auch das Ende der Straße bedeutete. Hier in der Mitte des Runds gab es den Brunnen, der dem Flecken seinen Namen gab. Dort im Schatten einer mächtigen, knorrigen Eiche trafen sich die Mägde gerne zum Tratschen, während sie von ein paar älteren Männern, die auf der Bank vor dem Stamm die Mittagshitze aushockten, dabei beobachtet wurden, wie sie sich zum Wassereimer bückten und ihre Oberkörper an der Handkurbel streckten.

Locker nebeneinander standen die Häuser derer, die schon lange, bevor die Franzosen die linksrheinischen Gebiete übernommen hatten, ein Handwerk ausübten, anstatt Äcker für Grundherren zu bewirtschaften. Der Scherenschleifer, ein brummiger Bär von Mann, dessen Frau Anne es mehr als alles andere genoss, begehrt zu werden, und deshalb jedem halbwegs ansehnlichen Kerl, der ihr über den Weg lief, schöne Augen machte, wohnte zwischen dem stillen Uhrmacher, der so wenig sprach, dass mancher ihn anfangs für stumm gehalten hatte, und dem von den Franzosen eingesetzten *maire*, dem Bürgermeister Hans Blasius, ein untersetzter, rundlicher Kerl, von dem böse Zungen behaupteten, er müsse seine Frau Margarethe, eine ebenso attraktive wie von sich eingenommene Person schlechten Charakters, selbst bei einfachen Dingen wie durchs Dorf spazieren um Erlaubnis bitten. Lisbeth war aufgefallen, dass man Blasius manchmal tagelang nicht zu Gesicht bekam.

Brunnenweiler lag so abseits der Handelsstraße, beinahe wie versteckt in dieser Senke und umgeben von Wäldern, Hügeln und Bergen, dass selbst französische Soldaten auf ihren Patrouillen nur selten vorbeikamen. Wenn sie allerdings mal hier waren, nutzten sie die Gelegenheit, um das Wirtshaus *Zum fröhlichen Tropfen* ausgiebig zu kontrollieren. Vor allem bei schlechtem Wetter blieben sie länger als nötig im Schankraum sitzen. Aber auch bei zu großer Hitze oder einem aufkommenden Lüftchen von Südwesten machten sie sich erst bei Einbruch der Nacht sturzbetrunken auf den Heimweg in ihre Quartiere.

Lisbeths Haus war dasjenige, an dem die Straße endete. Dadurch hatte sie einen guten Blick nach allen Seiten. Ihr entging selten, was sich rund um den Dorfplatz ereignete. Meist wusste sie noch vor dem gehörnten Ehemann, mit wem seine Frau ihn hinterging. Und sie bekam mit, wer sich nachts sternhagelvoll aus dem *Fröhlichen Tropfen* heimlich nach Hause schlich.

Tagsüber schob Lisbeth den Hocker ans Fenster, damit sie während ihrer Näharbeiten hinausschauen konnte. Seit Minuten saß sie einfach nur da, den Kopf gesenkt und die

Hände reglos über den Stoff auf ihrem Schoß gelegt. Sie konnte den Widerhall ihres Herzschlags im Zimmer hören, laut und im Wechsel mit ihrem Atem, den sie schwer ausstieß, weil er sich an ihre Gedanken klammerte. Schließlich legte sie das Nähzeug beiseite und breitete den französischen Uniformrock so auf ihren übereinandergeschlagenen Beinen aus, dass sie mit der flachen Hand über den linken Ärmel streichen konnte. Man musste schon genau hinsehen, um den feinen Riss, den sie vernäht hatte, erkennen zu können. Zufrieden hob sie den Rock an und faltete ihn mit raschen geschickten Bewegungen zusammen. Dann trug sie ihn zur Kommode hinüber und legte ihn auf die anderen sieben Kleidungsstücke, die sie zu nähen beauftragt worden war. In den nächsten Tagen würde die französische Patrouille auf Geheiß des Generalsekretärs Gaspard Paty von der Präfektur Coblenz vorbeikommen, um alles abzuholen. Und vielleicht auch wieder neue Näharbeit bringen, dachte Lisbeth. Bei diesem Gedanken lächelte sie. Sie wusste, dass sie es Gaspard zu verdanken hatte, nicht ohne Arbeit zu sein. Dieser eine schicksalhafte Tag vor acht Jahren hatte sie zusammengebracht, und aus irgendeinem Grund, den Lisbeth sich nicht erklären konnte, lag Gaspard etwas an ihr und ihrer Mutter.

Na, wie dem auch sei, ihr war es gleich, für wen sie nähte, ob nun heute für die Franzosen oder, wenn sich nichts verändert hätte, für die Grundherren. Hauptsache, sie konnte sich ihren Lebensunterhalt damit verdienen, um sich und Mutter in den Kriegsjahren und der Zeit danach über Wasser zu halten. Außerdem arbeitete sie lieber in ihrer Stube und in ihrem eigenen Heim, als auf den Feldern die Tagelöhner bei ihrer körperlich schweren Arbeit zu unterstützen. Und sich als Magd für einen Hofbesitzer um dessen Kleinvieh zu kümmern, kam überhaupt nicht infrage. Nichts gegen Hühner und Schweine, Ställe und Scheunen, aber das ganze Jahr ohne Lohn zu arbeiten und früher oder später schwanger zu werden von jemanden, der es als selbstverständlich betrachtete, dass sie ihm zur Verfügung stand, weil er für ihr Essen sorgte und ihr gestattete, nach getaner Arbeit im Haus zu nächtigen, entsprach nicht dem, was sie vom Leben erwartete.

So gesehen war es für Lisbeth ein Glück, dass die Franzosen die Gebiete links des Rheins anerkannt bekommen hatten. Andere Zeiten waren dadurch angebrochen und mit ihnen neue Freiheiten für Hofbesitzer, um ihren eigenen Grundbesitz weitgehend für sich selbst zu bewirtschaften.

In den neu geschaffenen vier Verwaltungsbezirken nach dem Vorbild der französischen Departements waren die in Frankreich geltenden Gesetze eingeführt worden, die auf den Ideen der Revolution von 1789 fußten. Der *Code des délits et des peines,* das Strafgesetzbuch, ließen eine bislang hierzulande nicht gekannte, moderne Rechtsprechung entstehen. Eine, in der es Gleichheit vor dem Gesetz gab und das Recht, vor Gericht gehört zu werden. Allerdings auch die Bestrafung durch die Guillotine.

Ja, Lisbeth konnte noch nichts Schlechtes daran finden, dass die Franzosen hier waren. Sie musste nur aufpassen, dass nicht einer der Soldaten ihr einen *Schängel* machte. Aber sie würde sich schon zu wehren wissen, sollte es einer wagen, sie anzurühren. Mit der alten Jagdflinte ihres Vaters konnte sie umgehen.

Der Hocker schabte über den Holzboden, als sie aufstand. Sie ging in die Küchenecke und bereitete eine Suppe aus Graupen und gesalzenem Rindfleisch mit Möhren vor. Während die Suppe eine halbe Stunde köchelte, ging Lisbeth vor die Tür und wusch Feldsalat, der bei manchen hier auch Mauseöhrchensalat hieß. Kaum hatte sie begonnen, kam die frisch verheiratete Käthe mit ihrem Kuchlwagen vorbei. Von einem kraftlosen Gaul gezogen, der für die Feldarbeit nicht mehr zu gebrauchen war, lief Käthchen neben dem hohen Karren, auf dem sich ihr gesamtes Hab und Gut befand, das sie als eigenen Hausstand in ihr neues Zuhause mitbrachte. Eine Kommode, ein Hängekasten, zwei Stühle, dazu Bettzeug und ein fein gearbeitetes Kruzifix, das schon seit Generationen in ihrer Familie weitergegeben wurde.

Lisbeth nahm die Schüssel von den Knien, stellte sie neben dem Hauseingang auf den Boden und ging auf Käthchen zu. »Magst du, dass ich dir helfe?«, fragte sie.

Käthchen schüttelte den Kopf. »Das schaffe ich schon.«

Lisbeths Blick fiel auf Käthchens verräterischen Bauch. *Die beiden haben gerade noch rechtzeitig geheiratet, bevor es auch der Letzte sehen kann. Wird bald so weit sein.* Sechster, siebter Monat, schätzte sie. Auf jeden Fall vorangeschritten genug, um sich nicht zu übernehmen.

»Ist es wegen den anderen?«, fragte Lisbeth. »Willst du nicht, dass die anderen sehen, wie du dir von mir helfen lässt?«

»Ach, Lisbeth, du weißt doch, wie sie sind. Sie denken halt, du kollaborierst mit den Franzosen, weil du für sie nähst.«

»Wie dumm sie sind«, sagte Lisbeth grimmig. »Sag' ich etwa, der Wirt kollaboriert, wenn er den Franzosen Wein ausschenkt? Es geht doch nur ums Überleben. Na schön, Käthchen, aber ein Stück begleiten darf ich dich doch? Wenigstens bis zum Hügel hoch. Wenn es steiler wird und alles ins Rutschen kommt, wirst du noch ein paar helfende Hände brauchen, um alles oben zu behalten.«

Käthchen betrachtete die Ladefläche ihres Karrens und nickte. »Viel ist es ja nicht, was ich mitbringe, aber für den Anfang wird es uns schon reichen.«

»Und deswegen sollte das Wenige an der Steigung nicht auch noch verloren gehen.«

»Danke, Lisbeth. Lieb von dir.«

So bin ich. Eine von den ganz Lieben. Ich zeige es nur so selten.

Gemeinsam gingen sie nebeneinander die Straße hoch. Einmal schien es, als wollte der altersschwache Gaul stehen bleiben und überlegen, ob es nun der richtige Zeitpunkt war, in den Pferdehimmel einzuziehen, bevor er sich noch mehr abmühte, aber als Käthchen ihm einen satten Klaps verpasste, trabte er pflichtbewusst weiter.

»Wann willst du mal heiraten, Lisbeth?«

»Ich? Ha, du stellst Fragen. Gehören ja immer noch zwei dazu.«

»Gefällt dir denn keiner aus dem Dorf? Sind doch ordentliche Burschen darunter.«

»Und du meinst, das sollte mir genügen? Na, ich weiß nicht recht. Es ist ja nicht so, dass ich nicht wüsste, dass die meisten anständige Kerle sind.«

»Aber?«

Aber anständige Kerle sind langweilige Kerle.

»Aber ich weiß nicht«, wich Lisbeth aus.

Sie erreichten die Kuppe des Hügels, von der aus Käthchen den Weg zum kleinen Hof ihres Ehemanns einschlagen konnte. Es klang wirklich ungewohnt, das kleine Käthchen in Verbindung mit einem Ehemann zu bringen. Vor wenigen Monaten erst war sie siebzehn geworden und hatte noch mehr wie ein Kind ausgesehen als eine erwachsene Frau, und jetzt war sie seit drei Wochen mit einem Radmacher auf der anderen Seite des Hügels verheiratet.

Lisbeth fasste sie an beiden Händen und schüttelte sie aufrichtig herzlich. »Ich wünsche dir alles Glück der Welt, kleines Kätzchen.«

Käthchen lachte. »Ich erinnere mich. So hast du mich immer genannt, weil ich mit vier Jahren meinen eigenen

Namen nicht richtig aussprechen konnte. Also, vergiss nicht, Lisbeth. Du kommst uns besuchen, versprochen?«

»Versprochen, aber noch nicht so schnell. Ich denke, am Anfang seid ihr beide gerne ganz allein. Wird ja nicht von Dauer sein, hab ich recht?«

Käthe errötete, nickte aber so aufgeregt heftig, dass die Locken unter der Haube hüpften. »W...woher weißt du's?«

»Kann ich nicht genau erklären, aber als ich dich angesehen habe, war mir klar, dass ihr bald zu dritt sein werdet. Ist wohl schon vor der Hochzeit passiert?«

»Verrate es bitte nicht meinen Eltern.«

»Na ja, die werden rechnen können.«

»Nicht so richtig. Ich sag einfach, es kommt zu früh.«

Lisbeth lachte. So jung und unbedarft war das kleine Käthchen offenbar nicht mehr. *Das Käthchen, meine Güte, immer die Letzte beim Tanz auf der Kirchweih und jetzt verheiratet und bald schon Mutter.*

Auf dem Weg zurück ins Haus spürte sie eine unerklärliche Wehmut in sich. Der Kloß im Hals wollte einfach nicht weichen, auch nach dreimaligem Schlucken nicht. Sie schloss die Tür hinter sich und lehnte sich dagegen. Dann erinnerte sie sich an die köchelnde Suppe. Als sie sich über den Herd beugte, war diese im Kessel so heiß geworden, dass der Dunst Lisbeths Stirn befeuchtete. Sie schöpfte sie in einen Teller um und stellte ihn auf ein Tablett.

Über eine schmale geländerlose Stiege gelangte Lisbeth in die Schlafkammer unter dem Dach. Mit dem Fuß schob sie die angelehnte Tür auf.

»Mutter, bist du wach?«

»Komm rein, mein Kind.«

Der strenge Geruch nach kaltem Schweiß und beißendem Urin ließ sie unweigerlich die Luft anhalten. Obwohl sie wusste, was sie erwartete, wenn sie in die Kammer trat, konnte sie den Reflex zu würgen nicht verhindern. Sie stellte das Tablett auf dem Nachttisch neben dem Bett ab, ging zum Fenster und öffnete es. Warme Luft von der Straße drang nur langsam durch die kleine Öffnung herein, die kaum größer als eine Brotschaufel war. Vergrößern oder ein zweites Fensterloch einschlagen, dachte Lisbeth. So konnte es jedenfalls nicht mehr weitergehen. Bei dem Gestank, der sich jede Nacht und jeden Tag in diesem Zimmer anstaute, war es ja ein Wunder, dass ihre Mutter noch nicht an ihrer eigenen Ausdünstung erstickt war.

Lisbeth beugte sich über die Fensterbank hinaus, ließ die leichte Brise über ihr Gesicht streichen und atmete tief ein, bevor sie sich wieder umdrehte und zum Bett zurückging.

»Du hast heute länger gebraucht, bis du wieder zurück bist«, sagte Mutter. Es schwang kein Vorwurf mit, einzig das Interesse an dem, was ihre Tochter tat.

Lisbeth verspürte kein Bedürfnis, ihr von der Begegnung mit dem Fremden zu erzählen. Dadurch würde sie ihm eine Bedeutung verleihen, die sie ihm nicht zugestehen wollte.

Sie half ihrer Mutter in eine bequeme Sitzposition, klopfte das Kissen auf und schob es ihr ins Kreuz. Dann platzierte sie das Tablett über den zugedeckten Beinen so, dass ihre Mutter die Suppe alleine löffeln konnte. Den strengen Geruch der Mutter hinnehmend setzte sie sich zu ihr auf das Bett.

»Schmeckt es dir?«

»Tut mir gut. Die Nächte sind noch sehr kalt. Meine Knochen schmerzen.«

»Wir werden heute wieder ein paar Minuten gehen üben.«

»Es strengt mich an.«

»Es ist wichtig. Und die Mühe lohnt sich. Du siehst doch selbst die Fortschritte, die du in den letzten Jahren gemacht hast. Denk doch nur, wie es in der ersten Zeit nach … entschuldige, Mutter.«

»Sprich es ruhig aus, Lisbeth. Du brauchst nicht zu glauben, dass ich es nicht ertragen könnte, wenn du sagst, was geschehen ist. Vergiss nicht, ich war ja dabei.«

Lisbeth verzog den Mund zu einem gequälten Lächeln. Ja, Mutter war dabei gewesen. Hautnah und mehr, als Ida Kirch lieb gewesen sein konnte.

»Du hast schon recht«, sagte Ida. »Anfangs konnte ich meine Beine nicht bewegen. Und heute schaffe ich es immerhin schon, fast eine Stunde herumzulaufen und auf den Beinen zu sein. Das habe ich dir zu verdanken. Weil du mich immer wieder dazu antreibst, nicht aufzugeben, auch wenn mir jeder Schritt höllische Qualen beschert.«

Fast eine Stunde herumlaufen. Solche Worte versetzten Lisbeth einen heftigen Stich ins Herz. Es hat acht Jahre gebraucht, bis ihre Mutter wieder so weit gekommen war. Und es würde noch mal acht Jahre brauchen, bis sie vielleicht den halben Tag vergessen konnte, dass die Knochen in ihren beiden Beinen die reinsten Trümmerhaufen gewesen waren, als man sie gefunden hatte.

Liebevoll strich Lisbeth ihrer Mutter eine Strähne aus der Stirn. »Wir kriegen dich wieder hin«, sagte sie.

Der gebrochene Körper, der offensichtlich schlecht verheilt war, ertrug die Schmerzen, die nicht mehr weggehen wollten, mit der eisernen Willenskraft einer Mutter, die glaubte, ihre Tochter nicht zurücklassen zu können. Lisbeth wusste, dass ihre Mutter diese Vorstellung brauchte. Nur das bewahrte sie davor, nicht in völliger Lethargie zu verharren wie in der Zeit nach dem Überfall.

Lisbeth nahm von der Kommode die Waschschüssel vom Vorabend, ging damit zum Fenster und schüttete das Wasser hinaus. Dann stellte sie die Waschschüssel wieder auf die Kommode, nahm das Tablett mit dem inzwischen leeren Suppenteller von der Bettdecke und stellte ihn ebenfalls auf die Kommode. Es war eine fast schon ritualisierte Abfolge an Handgriffen, die sie im Laufe der vergangenen Jahre abzuwickeln gelernt hatte, ohne dabei nachzudenken. Im Grunde war sie mit diesen immer gleichen Handgriffen erwachsen geworden.

»Ich hoffe, ich sterbe bald«, sagte Ida.

Lisbeth erschrak. »Was redest du da?« Sie setzte sich neben ihre Mutter.

»Du weißt, warum ich das sage.«

»Ich mach's aber gerne. Es ist alles keine Mühe für mich.«

»Ich hab immer hart gearbeitet.«

»Das weiß ich doch.«

»Dein Vater auch. Sein ganzes Leben lang, bis zu ... zu seinem Tod. Ich bin froh, dass du nicht auf den Äckern arbeiten musst, Lisbeth. Nähen in der Stube ist besser. Auch wenn's für die Franzosen ist. Lassen sie dich in Ruhe, die Franzosen?«

»Die Uniformen werden in den nächsten Tagen abgeholt.«

»Nicht hudeln, mein Kind. Liefere saubere Arbeit ab.«

»Wie ich es von dir gelernt habe«, lächelte Lisbeth.

Plötzlich, als sie ihre Mutter betrachtete, wie diese über die Jahre hinweg geschrumpft und zerbrechlich geworden auf dem Kissen ruhte, überschwemmte sie ein so tiefes Gefühl an Zuneigung, dass es ihr schier die Brust zerreißen wollte. Könnte sich Mutter doch nur in ihre Zuneigung einwickeln wie in eine warme Decke und wenigstens für ein paar Augenblicke die Schmerzen vergessen, die sie nicht mehr verlassen wollten.

»Wollen wir noch ein paar Schritte gehen?«, fragte Lisbeth vorsichtig. Die Angst, die Kräfte ihrer Mutter zu überfordern, wurde sie nicht los, auch wenn Doktor Fenkel sie unaufhörlich ermutigte, genau das zu tun – ihre Mutter fordern.

Einmal hatte Doktor Fenkel sie über den Zusammenhang der fatalen Wechselwirkung zwischen Kopf und Körper aufgeklärt. Zwischen Selbstaufgabe, weil der Körper nicht mehr mitmachte, und Kraftlosigkeit, weil der Kopf es nicht zulässt zu genesen. Lisbeth hatte schon als Zwölfjährige verstanden, worauf der Doktor hinauswollte. Das war vor sieben Jahren gewesen, kaum dass Doktor Fenkel ins Dorf gezogen war, um von hier aus alle Höfe in der Umgebung versorgen zu können. Alle waren froh gewesen, einen Arzt in der Nähe zu wissen, der mehr konnte, als jede Krankheit nur mit einem Aderlass zu behandeln.

Als hätte Ida ihre Gedanken gelesen, sagte sie: »Hat Doktor Fenkel dir wieder einen neuen Ratschlag gegeben?«

»Nichts, was wir nicht schon wüssten.« Sie griff ihrer Mutter unter die Schultern, als sie sich umständlich auf die Bettkante setzte und mit den Füßen nach ihren Schläppchen suchte.

»Er ist ein guter Arzt. Wann kommt er denn mal wieder her? Ich würde gerne mal ein wenig mit ihm plaudern.«

»Ich glaube, Doktor Fenkel würde sich sehr freuen, wenn *du* zu ihm kämst, und zwar auf deinen eigenen zwei Beinen.«

»Das wird wohl noch eine Weile dauern, bis ich so weit bin.«

»Aber damit es wirklich mal passiert, werden wir jetzt noch ein wenig üben, bevor ich für heute Abend in den Gasthof gehe.«

»Hilfst du dem Wirt vom *Fröhlichen Tropfen* immer noch aus? Ich dachte, seine Tochter würde ausschenken?«

»Macht sie auch, aber eben nicht jeden Abend. Ich mach's gern, wirklich.«

»Ich weiß nicht, ob mir das gefällt, Lisbeth. Halb betrunkene Männer und du mittendrin.«

»Vollständig betrunkene Männer, und ich bringe ja nur die Becher und Bierkrüge an die Tische. Und keine Angst, Mutter, ich weiß über Männerhände Bescheid.«

Kaum hatte sie es gesagt, schnappte Lisbeth nach Luft. Sie hätte sich links und rechts ohrfeigen können. So unbedachte Worte. Wann endlich lernte sie darauf zu achten, was sie wann und zu wem sagte? Das passierte ihr heute schon zum zweiten Mal. Auch dem Fremden gegenüber heute Morgen hatte sie zu schnell drauflosgeplappert.

»Ich verstehe immer noch nicht, warum du das machst. Reicht das Geld nicht, das dir die Franzosen bezahlen?«

»Konzentrier dich jetzt lieber auf deine Schritte«, umging Lisbeth eine Antwort. »Willst du es erst einmal alleine versuchen? Schieb den rechten Fuß vor, sehr gut, halt die Balance, und nun den linken nachziehen. Kannst du ihn anheben, ein wenig nur?«

Sicherheitshalber hielt sie ihre Hände auffangbereit hinter Mutters Rücken. Anfangs musste Ida sich noch jeden schlurfenden Schritt mühsam abringen, doch nach ein paar Minuten festigten sich die Schritte. Langsam durchmaßen sie das Zimmer. Bis zur Kommode, umdrehen, zur Tür, umdrehen, wieder zurück zum Bett und von dort zum Fenster. Ein ums andere Mal, bis sich Ida ermattet am Fenster abstützte. Lisbeth ließ ihren Unterarm los, als sie sicher war, dass Ida nicht die Knie wegsackten. Seite an Seite blickten sie aus dem Fenster. Von ihrem Platz aus konnten sie die sanft ansteigende Straße vom Dorfplatz zwischen den Häusern bis hoch zum Ortsende überblicken. Auf der Bank unter der alten Eiche hockten drei alte Männer im Schatten und rauchten. Sie sprachen nicht miteinander, teilten aber mit ihren Blicken die gemeinsame Sehnsucht nach den jungen Mädchen, die mit schwer beladenen Handkarren an ihnen vorbeigingen. Drüben drei Häuser weiter konnte Lisbeth Anne sehen, die Frau des Scherenschleifers, wie sie auf den Stufen ihres Hauseingangs saß, eine Schüssel zwischen die Beine geklemmt, und Gemüse putzte. Immer wieder blickte

Anne von ihrer Arbeit auf, um zu schauen, ob nicht vielleicht ein junger Bursche aufkreuzte, dem sie mit aufreizendem Getue schöne Augen machen und mit einem zu weit aufklaffenden Hemd spontan eine unpassende Erektion bereiten konnte.

»Sollen wir morgen nach draußen gehen?«, fragte Lisbeth. »Wir könnten deine Übungen an der frischen Luft machen. Bestimmt fällt dir dann jeder Schritt leichter.«

»Nach draußen gehen?« Es klang, als müsste Ida erst einmal überlegen, wo sich das befand.

»Es würde dir guttun.«

»Die Luft ist herrlich, ja. Aber … ach, ich weiß nicht recht. Irgendwann, ja, aber vielleicht noch nicht morgen.«

Lisbeth seufzte. Sie hob den Kopf und sah ein Pferd mit einem vierrädrigen Kastenwagen die Straße herunterkommen. Mit hängendem Kopf und einer gemächlichen Gleichmäßigkeit schritt das Pferd voran. Der Mann auf der Sitzfläche hockte gebeugt und hielt die Zügel locker in den Händen. Fast schien es, als würde er dösen, weil er darauf vertraute, dass der Gaul den Weg nach Hause auch ohne ihn fand.

»Eben haben wir noch von ihm gesprochen, und schon kommt er die Straße herunter«, sagte Lisbeth. »Doktor Fenkel kommt von seiner üblichen Rundfahrt zurück.«

»Er war weg?«

»Fünf Tage war er unterwegs. Du weißt doch, dass er in regelmäßigen Abständen die Höfe in der Umgebung abfährt. Und diesmal wollte er auch zu den Tagelöhnern drüben bei den *Roten Wäldern*, obwohl es eine gefährliche Gegend ist.«

»Du hast mit ihm vorher gesprochen?«

»Im *Tropfen* an dem Abend, bevor er losfuhr. Auf seinen Wein kann er nur schwerlich verzichten. Er behauptet steif und fest, dass er seinen Durchblick nicht allein seiner Brille zu verdanken hätte.«

Der Kastenwagen rumpelte an Lisbeths Haus vorbei. Der hintere Teil der Ladefläche war mit einer Plane abgedeckt. Fenkel sah hoch, und als er sie erkannte, hob er die Hand. Lisbeth grüßte zurück. Zum Glück habe ich nicht gerade jetzt die Waschschüssel ausgeleert, dachte sie.

»Sicher bringt er wieder eine ganze Menge Salate, Eier, Hühner und Schinken von seiner Rundfahrt mit. Was sie ihm eben als Dankeschön für seine Behandlungen mitgeben können. Wenn der gute Doktor nicht noch Geld für seinen Krug Wein am Abend bräuchte, würde ihm diese Art der Bezahlung völlig ausreichen, um über die Runden zu kommen.«

»Ich werde noch ein wenig ruhen«, sagte Ida plötzlich.

Lisbeth half ihr ins Bett zurück. Bevor sie die Decke überschlug, fiel ihr Blick auf Mutters Waden, die unter dem hochgerutschten Nachtgewand zu sehen waren. Käseweiß waren sie. *Nicht nur frische Luft, auch Sonne und Licht würden dir guttun.*

Vom Gehen ermattet, schaffte Ida es kaum noch, den Kopf zu heben. Ihre Finger tasteten nach Lisbeths Hand und drückten sie sanft. »Schaust du noch mal nach mir, bevor du in den *Fröhlichen Tropfen* gehst?«

»Sicher, das weißt du doch. Jetzt schlaf noch ein wenig.«

»Wenn einer der reisenden Herren wieder ein Nachrichtenblatt dagelassen hat, bringst du es mir?«

Lisbeth nickte lachend. Mutter konnte noch so erschöpft sein, aber ihre Neugier über das, was draußen in der Welt geschah, war ungebrochen. Lisbeth zog ihr die Decke bis zu den hervorstechenden Schlüsselbeinen hoch. Dann nahm sie das Tablett auf und stieg wieder hinunter in die Wohnstube.

3

Der Feilbinger Hermann führte das Wirtshaus *Zum fröhlichen Tropfen* bereits in der dritten Generation. Und wenn man seine Tochter Julchen mitzählte, war es eigentlich schon die vierte, die sich in den Dienst der dürstenden Kehlen stellte. Hermann Feilbinger war Wirt mit Leib und Seele, allerdings war er auch sonst zu nichts anderem zu gebrauchen. Wie oft hatte Lisbeth in den vergangenen Jahren von den anderen in der Dorfgemeinschaft gehört, dass er mehr Schaden anrichtete als jeder Herbststurm, wenn er versuchte, seine ungelenken Hände bei einer anderen Arbeit als der beim Ausschank oder beim Kesselkochen einzusetzen. Nach nur einem einzigen Tag freundschaftlicher Aushilfe beim Uhrmacher konnte dieser vorübergehend keine Aufträge mehr annehmen, da Feilbinger eine schwere Kiste auf bereits reparierte, wertvolle Taschenuhren hatte fallen lassen. Er sei gestolpert, sagte er, der Hund lag im Weg. Der Uhrmacher sagte nichts und erlitt einen Nervenzusammenbruch.

Also blieb Hermann Feilbinger bei dem, was er konnte. Trinken und trinken lassen, und dafür war ihm die Dorfgemeinschaft dankbar. Der Branntwein im *Fröhlichen Tropfen* gehörte zu der Sorte, die widerstandslos durch die Blutbahn fackelte, und das Bier war so süffig, dass die Gäste an einem guten Abend den halben Kellervorrat versoffen und von den Bänken fielen wie Spatzen von den Ästen, wenn es hagelte.

Die freie Verköstigung sowie ein paar Taler und Dukaten, die ihr die Gäste zusteckten, waren nicht der einzige Grund für Lisbeth, dem Feilbinger im Wirtshaus zu helfen. Sie konnte sich wirklich etwas Angenehmeres vorstellen, als an jedem Tisch, an dem sie vorbeikam, von groben Händen schwungvoll auf den Hintern geklatscht zu bekommen. Manchmal zog einer sie sogar auf seinen Schoß und wollte sie küssen, doch sie hatte gelernt, sich den schmatzenden Lippen zu entziehen. Ein Lächeln wie eine Verheißung, eine Hand flach vor das Gesicht des Mannes gelegt und noch den Schwung, mit dem sie auf die Knie gezogen wurde, nutzend, um wieder aufzuspringen und weiterzugehen. Sollte mal ein Bier dabei seinen Weg als Sturzbach über den Kopf des Kussfordernden finden, so nahm ihr das niemand übel, schob sie doch meist ein herzliches »Das geht auf mich« hinterher.

Es gab nur wenige Gäste von auswärts, sodass im *Fröhlichen Tropfen* zumeist nur die Brunnenweiler aßen und tranken. Auch die Knechte und Feldarbeiter der umliegenden Höfe, die zu Fuß oder mit dem Pferdekarren gut zu erreichen waren, gaben beim Feilbinger ihren kargen Lohn aus, tranken und würfelten gemeinsam mit den Tagelöhnern, die bei der Landarbeit halfen. Manche Mägde kamen, um für ein paar Taler die Gäste mit Gesang zu erfreuen, allerdings fand Lisbeth, dass keines der Mädchen wirklich singen konnte. Meist klang es, als wäre ihnen ein schweres Speichenrad auf die Füße gefallen. Auch der Hund des Wirts, der sonst stets faul vor seinem Napf am Tresen lag und nur selten mit seinem Schwanz fröhlich auf den Boden klopfte, trollte sich, sobald die Scherenschleifer Anne ein Lied anstimmte. Den jungen Burschen schien es egal zu sein. Ihnen genügte es zuzuschauen, wie sich Annes Brust hob und senkte, wenn sie sich mühte, die Tonleiter mit Gewalt zu besteigen. Lisbeth war es nur recht. Auf diese Weise bekam sie von den männlichen Gästen mehr Dukaten, wenn sie kassierte. Ansonsten konnte sie Anne nicht leiden. Die Rotblonde mit den ausladenden Kurven war eine von den ganz Liederlichen. Aber die jungen Kerle aus dem Dorf waren nicht nur arm an Talern, sondern auch arm an Verstand, weil sie nicht begriffen, dass Anne jeden nehmen würde, der sie auf seinem Hof zur Herrin über die Angestellten machte. Umgekehrt wusste Lisbeth, dass Anne sie auch nicht mochte. Eigentlich mochten nur wenige junge Mädchen des Dorfes Lisbeth, weil sie ihnen einfach zu verdächtig war in der Art, wie sie lebte. Allein, ohne Mann und dann noch für die Franzosen arbeiten. Außerdem gefiel den Mädchen nicht, dass viele Männer ganz offen sagten, dass Lisbeth die Hübscheste im Dorf sei. Lisbeth selbst sah das anders, sie kannte die Makel ihres Körpers. Ein kleines Bäuchlein vom vielen Sitzen beim Nähen und vielleicht auch ihre Nase, die von der Seite zwar ganz niedlich sein mochte, von vorne aber gar nicht in ihr Gesicht passte, wie sie fand.

Nein, wegen der feuchtfröhlichen Gelage trieb sich Lisbeth nicht im Wirtshaus herum. Ihr ging es auch nicht darum, die immer gleichen glühenden Gesichter der jungen und nicht mehr ganz so jungen Männer zu sehen. Schließlich genügte es schon, allen tagsüber über den Weg zu laufen. Schlimm genug, dass der Mathias Köhl ihr ständig hinterherlief und den Hof machte, da brauchte sie nicht auch noch abends seine Gesellschaft, denn wenn sie im *Fröhlichen Tropfen* bediente, war er auch jedes Mal da und bestellte in immer kürzer werdenden Abständen ein Bier, nur damit sie an seinen Tisch kam. Was erhoffte sich Mathias? Hatte er noch nicht begriffen, dass sie ihn zwar nett fand, aber nett fand sie auch die Butterblumen am Wegesrand. Immerhin war Mathias genauso gelb im Gesicht wie diese, wenn er zu viel getrunken hatte und ihm übel wurde.

Nein, Lisbeth hatte etwas anderes im Sinn. Es waren die Neuigkeiten, die die Reisenden mitbrachten, die Lisbeth interessierten. Geschichten von den Städten, aus denen sie kamen. Amouröse Anekdoten, deren Wahrheitsgehalt stark angezweifelt werden durfte, da sie mit jedem Krug Bier abenteuerlicher wurden. Lisbeth hörte genau hin, was erzählt wurde, auch wenn sie sich nicht selten schütteln musste vor den Prahlereien selbst ernannter Liebeshengste. Sie wartete, bis irgendwann jemand eine Bemerkung über neue Überfälle von Räubern fallen ließ, die sie aufhorchen ließ. Ob nun hier in der Gegend oder drüben auf der rechten Rheinseite. Sie wollte herausfinden, ob es Ähnlichkeiten gab mit dem Überfall auf den Hof ihrer Eltern. Doch je mehr Zeit verstrich, umso mehr schwand die Hoffnung, jemals die Schurken zu finden.

Lisbeth öffnete die schwere Eingangstür aus Eichenbohlen und trat ins Wirtshaus ein. Wie immer zog sie ohne groß nachzudenken den Kopf ein, um sich nicht am niedrig sitzenden Querbalken zu stoßen. Das Knarren der Scharniere ließ fürchten, sie hätte ein kleines Tier eingeklemmt, aber wie jeder wusste, sparte Feilbinger an allem, was seinen Gasthof instand halten könnte. Der gestampfte Lehmboden, die Hocker ohne Lehnen, die Fensterläden und auch der kleine Ausschanktresen waren allesamt in einem kläglichen Zustand. Die Gäste schien es nicht zu stören. Ebenso wenig ließen sie sich von den durchgebogenen Dachbalken beunruhigen.

Das Wirtshaus war nur zur Hälfte gefüllt. Eine Gruppe junger Dorfburschen belagerte zusammen mit auswärtigen Tagelöhnern lautstark einen Tisch in der Mitte des Schankraums. Als Lisbeth an ihnen vorbeiging, versuchte jeder, sie auf seinen Schoß zu ziehen, obwohl alle wussten, dass sie das nicht leiden konnte. Es war ein Spiel unter jungen Burschen, wem es wohl zuerst gelänge.

Und da wundert es Mutter, dass ich mich mit keinem aus dem Dorf einlassen will?

»Hallo, Lisbeth. Schön, dass du da bist.«

Mathias Köhl, natürlich, der Unvermeidliche war auch hier. Lisbeth nickte ihm knapp zu. Zu einem Lächeln konnte sie sich nicht durchringen.

Der grobschlächtige Bursche trug mehrfach geflickte Kleidung. Sein Haar war strähnig und glich eher einem Häuflein Stroh, so zerzaust, wie es sich auf seinem Kopf verteilte. Seine rissigen Hände und das sonnenverbrannte Gesicht zeugten von harter körperlicher Arbeit im Freien.

»Warum gehst du mir aus dem Weg, Lisbeth?«, fragte er.

»Ich habe zu arbeiten, das siehst du doch.«

»Ich meine nicht hier. Ich meine sonst.«

»Wie oft denn noch, Mathias?« Lisbeth wollte ihm gerade zum sie-wusste-nicht-wievielten Mal erklären, dass sie nichts von ihm wollte, als Feilbinger ihr ungeduldig die Schürze entgegenstreckte.

»Wo bleibst du denn? Die Gäste verdursten wegen dir.«

Solche Sätze machten es Lisbeth schwer, Feilbinger ernst zu nehmen. Sie war überzeugt, dass er sein Bett nicht in der Dachkammer hatte, sondern im Keller neben den Weinfässern. Anders ließ sich das meiste, was er mit holpriger Zunge von sich gab, nicht erklären.

Während sie sich die Schürze umband, gestattete sie sich einen Rundblick über die besetzten Tische. Nur bekannte Gesichter. Schade, niemand Fremdes, der Neuigkeiten mitbrachte.

»Hier, für den Tisch in der Ecke.« Feilbinger schob zwei Becher und einen Krug Wein über die Tresenplatte. Lisbeth nahm alles mit Schwung auf, ohne es zu verschütten.

Die Ecke unter den tief hängenden Dachbalken, die den Tisch und die Bänke im Halbdunkel verschwinden ließen, war Lisbeths Lieblingsplatz im *Tropfen*. Einmal, weil es von hier gleich um den Stützbalken herum hinaus auf den Hinterhof führte und man ungesehen kommen und gehen konnte, aber auch, weil die Ecke so abgedunkelt lag, dass man selbst bei Mittagslicht kaum zu sehen war, wenn man sich im Schlagschatten des vorspringenden Gebälks an die Wand drückte. Schon oft hatte Lisbeth dort gestanden und alle beobachtet, die sich unbeobachtet wähnten. Sie wusste selbst nicht, was genau ihr daran so gut gefiel. Andere waren gerne Teil des Geschehens, sie stand lieber abwartend im Hintergrund. Dass man so kein Ehegespons fand, war eigentlich klar.

Die beiden Männer saßen sich auf Bänken gegenüber und waren angeregt ins Gespräch vertieft. Lisbeth stellte den Krug Wein und die Becher auf dem Tisch ab.

»Darf's noch etwas dazu sein?«, fragte sie. »Ich glaube, der Herr Feilbinger hat irgendwas im Kessel.«

»Ah, unsere Lisbeth.«

Doktor Konrad Fenkel beugte sich vor, und als sein Gesicht aus dem Halbschatten auftauchte, erkannte sie ihn auch. Er stieß eine Wolke des üblen Krauts aus, das er in seiner Pfeife rauchte, und blickte Lisbeth durch die Brille mit seinen kleinen, fast schon durchtriebenen Augen an. Lisbeth hustete. Das Pfeifenkraut kratzte sofort in ihrem Hals.

Doktor Fenkel deutete mit zwei gespreizten Fingern auf die Becher. »Nimm den Krug wieder mit und bring uns eine Flasche, aber von dem guten Roten, hörst du? Sag dem Feilbinger, ich erkenne es, wenn er mir was anderes unterjubeln will. Heute will ich nur den besten Wein.«

»Gibt es was zu feiern, Herr Doktor?«

»Aber ja, ich habe Besuch bekommen.«

Fenkel nahm die Pfeife aus dem Mundwinkel und deutete mit ihr auf den, der ihm gegenübersaß. Weil Lisbeth in seinem Rücken stand, beugte sich der Mann ein Stück seitlich und drehte sich um.

Lisbeth ließ das Tablett aus den Händen gleiten. Es schepperte zu Boden. »Sie?«, rief sie überrascht.

»Läufst du mir nach?« Der Fremde von heute Morgen lachte sie entwaffnend herzlich an.

Unverschämter Kerl. Was bildete der sich ein?

»Ihr kennt euch?« Doktor Fenkel grinste spitzbübisch. »Jaja, mein Bruder Johann kann hinkommen, wo er will, irgendein Mädchen wartet schon auf ihn.«

»Also, ich warte ganz sicher nicht«, protestierte Lisbeth.

»Das wird schon noch«, sagte Johann. »Du musst wissen, dass ich eigentlich ein recht unkomplizierter Mensch bin.«

»Das habe ich mir sofort gedacht. Gleich, als ich Sie gesehen habe.«

»Hm, so wie du das sagst, klingt es nach einer Beleidigung. Ich überlege, ob ich gekränkt sein sollte. Was kannst du noch außer bedienen?«

»Ich kann ein bisschen tanzen, ich kann ein bisschen singen, und ich kann ein bisschen auf dem Tamburin schlagen. Sie sehen, von allem nur ein bisschen, das bin ich.«

»Als Frau erscheinst du mir aber ziemlich vollständig«, sagte er. Flüchtig streifte sein Blick ihren Busen, bevor er ihr wieder in die Augen sah. »Bist du die einzige Bedienung hier? Wenn nicht, dann setz dich zu uns.«

Lisbeth reckte rebellisch das Kinn vor. »Eine Flasche vom besten Roten, haben Sie gesagt, Doktor Fenkel? Ich kümmere mich darum.«

»Nun lauf doch nicht so schnell weg«, sagte Johann und versuchte, sie mit beiden Händen einzufangen, als sie einen Schritt zurückwich. »Jetzt, wo wir doch eigentlich schon alte Bekannte sind, werden wir uns bestimmt gut verstehen, hörst du?«

»Ich höre vor allem besser, was Sie mir sagen, wenn Sie nicht mit den Händen reden.«

Der Doktor lehnte sich, noch immer breit grinsend, an die Wand zurück. »Du musst wissen, Johann, unsere Lisbeth weist alle Männer, ob jung oder alt, in schöner Regelmäßigkeit ab. Zumindest die aus unserem Dorf, nicht wahr, Lisbeth? Der Mathias Köhl kann ein Lied davon singen.« Er zeigte mit dem Pfeifenstiel zu dem Tisch, an dem Mathias mit seinen Freunden saß.

»Sie sind schon angeheitert, Doktor, und wissen nicht, was Sie reden.«

»Ich glaube meinem Bruder Konrad jedes Wort, das er sagt. Immer und egal in welchem Zustand«, lachte Johann. »Und ich bedaure diesen Mathias aufrichtig. Es gibt also jemanden, der nicht von hier ist?«

»Es gibt niemanden«, stellte Lisbeth richtig. »Und es geht Sie auch nichts an.«

Johann betrachtete Lisbeth mit wachsender Neugier. »Hast einen hübschen Namen«, sagte er.

»Und Sie einen gewöhnlichen. Jeder Strauchdieb heißt Johann.«

Konrad Fenkel lachte lauthals los.

»Wenn mein Name zärtlich ausgesprochen wird, klingt er ausgesprochen anregend«, sagte Johann. »Probier's doch mal.«

Lisbeth wandte sich um. »Eine Flasche von dem Roten für die Herren Fenkel!«, rief sie Feilbinger über die Köpfe der anderen Gäste zu.

Der hatte bei dem Lärm in der Schankstube kein Wort verstanden und hob die Schultern. Lisbeth knallte das Tablett auf den Tresen.

»Was ist?«, fragte Feilbinger. »Hat dich einer angetatscht?«

»Schlimmer.«

»Was ist denn schlimmer?«

»Er hat mich anzüglich angelächelt.«

Feilbinger schlug in gespielter Entrüstung beide Hände ans Gesicht. »Ach herrje, Lisbeth, er hat dich *anzüglich angelächelt*? Ja, was können wir denn da tun? Sollen wir die Gendarmerie rufen?«

Lisbeth wusste selbst, wie lächerlich das klang. Aber hätte sie zugeben sollen, dass sie diesen Fremden, diesen Johann Fenkel, auf eine unerklärliche Weise interessant fand?

Zum Teufel mit solchen Kerlen, die, wenn man nicht aufpasste, Küsse raubten.

Direkt von den Lippen.

4

Am nächsten Morgen hing gut sichtbar für alle eine Proklamation an der großen Eiche am Brunnen. Bürgermeister Blasius hatte sie in nächtlicher Schreibarbeit selbst verfasst. Wie immer eine Menge nichtssagender Worte in umständlichen Formulierungen, die hauptsächlich zur Verwirrung beitrugen. Manche Mägde ließen sich von denen, die es konnten, dreimal vorlesen, was da stand. Danach verloren sie das Interesse.

Lisbeth war gleich aufgefallen, dass sogar ein französisches Wappen die Bekanntmachung zierte, also schien sie im Auftrag der Präfektur in Coblenz dort zu hängen. Das machte die Sache spannender, denn Blasius hatte in der Vergangenheit mehr als einmal bewiesen, dass seine eigenen »dringlichen Ankündigungen« in ungefähr so wichtig waren wie eine Entenzählung auf dem Weiher.

Blasius hatte in den *Fröhlichen Tropfen* eingeladen. Zur Dämmerstunde nach der Tagesarbeit. Das Wirtshaus war rasch gut gefüllt. Lisbeth hatte alle Hände voll zu tun. Wein und Bier flossen, als gäb's kein Morgen mehr. Während draußen die Abendsonne den Dorfplatz in ein feuriges Licht tauchte, kamen immer mehr Leute ins Lokal. Nervöse Unruhe machte sich breit. Niemand konnte sich vorstellen, was der Bürgermeister bekannt zu geben hatte. Die Franzosen hatten doch schon geregelt, was zu regeln war. Worum also könnte es gehen? Etwa erneut darum, die Zehn-Tage-Woche durchzusetzen? Ein Versuch, bei dem die Franzosen schon einmal gescheitert waren. Den Sonntag als siebten Tag der Woche hatten sich die Deutschen nicht nehmen lassen.

Nicht nur Lisbeth fiel auf, dass neben den Dorfbewohnern auch die Landwirte und Hofbesitzer aus der Umgebung ins Wirtshaus gekommen waren, ebenso wie ein Stellmacher und ein Schweinezüchter.

»Ist schon wieder Krieg?«, fragte einer der Älteren. »Das letzte Mal war's auch so, bevor wir losmarschieren mussten.«

Nach dem dritten Krug wuchs der Unmut.

»Wo bleibt Blasius nur?«

»Wie immer der Letzte, unser Bürgermeister. Wer hat den eigentlich gewählt?«

»Der Präfekt in Coblenz hat ihn eingesetzt. Der wusste nicht, was er tat.«

»Wenn Blasius nicht von seiner Margarethe erinnert würde, täte er sogar den wöchentlichen Beischlaf mit ihr verpassen.«

Mitten hinein ins Gelächter schob sich die Tür des Wirtshauses auf, und Blasius trat flankiert von Doktor Fenkel und dessen Bruder Johann ein. Lisbeth blieb auf halber Strecke zu dem Tisch, dem sie Getränke bringen wollte, stehen. *Schon wieder dieser Fremde. Was hat der mit unserem Bürgermeister zu tun?* Sie zuckte zusammen, als jemand sie am Handgelenk packte.

»Mathias, was willst du?«, fragte sie harsch.

»Dich sehen, Lisbeth. Ich sitz' mit meinen Freunden dort drüben. Wenn das hier vorbei ist, magst du dich dann zu uns setzen?«

»Wenn das hier vorbei ist, werde ich wohl noch eine Weile Becher an die Tische bringen.«

»Aber danach? Ich kann dich nach Hause bringen.«

Beinahe hätte Lisbeth gelacht, wenn sie nicht den tragischen Ernst in Mathias' Gesicht gesehen hätte. »Du weißt schon, dass ich nur etwa zwanzig Schritte vom *Tropfen* entfernt wohne?«

»Du weißt doch, was ich mein'. Wiedersehen will ich dich. So wie damals halt. So soll's wieder sein.«

»Mathias, wie oft soll ich es dir noch sagen? Das mit uns war wirklich nichts von Bedeutung. Es fing abends um zehn Uhr an und endete mit dem ersten Hahnenschrei.«

Oh, wie hatte sie den Hahn verflucht, weil er einfach nicht krähen wollte, obwohl die Sonne sich schon über den Bergen zeigte. Sie war aus der Scheune gelaufen, um nachzuschauen, ob sie vielleicht den Hahn schütteln musste, damit er das tat, was man von ihm verlangte, aber letztendlich hatte sie sich selbst die Schuld an dieser unnötigen Nacht gegeben. Sie hätte nicht so viel Branntwein trinken sollen. Und nicht ihrer Lust nachgeben.

»Mir hat es was bedeutet«, sagte Mathias trotzig. »Und ich weiß, dass es dir genauso geht.«

Nichts weißt du. Nichts. Weil du einfach nicht zuhörst.

»Such dir ein anderes Mädchen.«

»Ich will aber nur dich. Denk doch nur, mein Hof gehört dann auch dir.«

»Noch gehört der Hof deinem Vater.«

Lisbeth schüttelte seine Hand ab. Was war nur mit diesen jungen Kerlen los? Trocknete die Sonne ihnen bei der Arbeit im Freien den letzten Rest Verstand raus? Was war daran so schwierig für Mathias, zu begreifen, dass sie nichts von ihm wollte, weder heute noch morgen, und eigentlich ja auch schon damals nicht. Wie gesagt, der Branntwein war ein Teufelszeug und die eigene Lust zwischen den Schenkeln eine Diebin der Beherrschung.

Sie ging zwischen zwei eng beieinanderstehenden Bankreihen hindurch, auf denen die Gäste dicht an dicht an den Tischen saßen. Auf halber Strecke sah sie, wie ihr Blasius und die beiden Fenkels ausgerechnet zwischen diesen beiden Bankreihen entgegenkamen. Der Platz reichte nicht aus, um ohne sich zu berühren aneinander vorbeizukommen. Lisbeth sah sich um. Auf jedem Hocker saß jemand, also keine Möglichkeit auszuweichen. Sie blieb stehen und drehte sich nach außen, damit die drei an ihr vorbeigehen konnten, ohne ihr zu nahe kommen zu müssen. Sie balancierte das Tablett mit den Bierkrügen über den Köpfen zweier Gäste.

Blasius schob seinen dicken Bauch an ihr vorbei. »Guten Abend, Lisbeth.«

Doktor Fenkel hatte bemerkt, dass Lisbeth sich nicht ohne Grund nach außen gedreht hatte. Ehrenmann, der er war, ging er mit seitlich gesetzten Schritten an ihr vorbei.

»Guten Abend, Lisbeth.«

Ihm folgte sein Bruder Johann. *Wenn der unverschämte Kerl mich betatscht, dann knall ich ihm das Tablett gegen den Schädel.*

Johann ging ohne ein Wort an ihr vorbei.

Irritiert sah Lisbeth ihm nach. Dabei hielt sie für einen Moment das Tablett in Schieflage, und beinahe wäre einer der Becher dem Sitzenden auf den Kopf gerutscht, wenn sie nicht noch rechtzeitig darauf geachtet hätte.

Was bildet der Kerl sich eigentlich ein? Nicht mal zu grüßen.

Noch während sie die Becher den wartenden Gästen brachte, hatte *maire* Blasius einen Stuhl vor den Tresen geschoben und mithilfe des Doktors seinen stark übergewichtigen Leib hinaufgehievt. Der Stuhl knirschte, hielt aber tapfer durch. Es folgte eine von Blasius' liebsten Gesten. Die beidarmige ausladende Rundumhebung.

»Ruhe!«, rief er.

Die Gespräche ebbten ab. Neugierige Blicke hatten sich auf Blasius geheftet. Er genoss sichtlich die Aufmerksamkeit, die ihm entgegengebracht wurde. Genau diese ließ seine Frau Margarethe ihm gegenüber aufgrund sinkender Zuneigung und wachsender Herablassung vermissen.

Lisbeth umschloss das leer geräumte Tablett mit beiden Armen vor der Brust und schaute wie alle anderen zum Tresen. Links von Blasius' Stuhl stand der Doktor, rechts der Fremde.

Blasius räusperte sich. »Wie ihr alle wisst, leben wir in unruhigen Zeiten«, hob er seine Stimme an, die kaum bis in die Mitte des Schankraums trug. »Zeiten des Umbruchs und Zeiten, in denen es zwar viele neue Gesetze gibt, aber zu wenige, die auf deren Einhaltung aufpassen. Dazu kommen noch die vielen Kriminellen, die vor keiner Schandtat haltmachen. Und warum nicht? Weil sie wissen, dass sie kaum verfolgt werden. Ab und zu bequemt sich eine französische Patrouille mal, den einen oder anderen Strauchdieb zu verhaften, aber all die Räuber, die sich in Banden organisiert haben, die machen doch, was sie wollen. Erst gestern haben wir doch wieder von einem Überfall auf einen jüdischen Kaufmann hören müssen, der auf unserer Seite des Rheins, der linken, passiert ist. Drüben, auf der rechten, da wird dieses Mörderpack konsequenter verfolgt. Doch sie wechseln das Ufer und morden und rauben bei uns weiter. Noch bevor sie erwischt werden, brauchen sie wieder nur das Departement zu wechseln. Sie lachen sich doch ins Fäustchen, dass sie über die einzelnen Grenzen hinaus nicht verfolgt werden.«

»Das wissen wir alles«, rief einer dazwischen. »Erzähl uns was Neues.«

Blasius' Gesicht erhitzte sich. Ein Kranz aus Schweißperlen schimmerte gut sichtbar. Offensichtlich brachte ihn die Unterbrechung ein wenig aus dem Rhythmus seiner einstudierten Rede.

»… nicht verfolgt werden«, setzte er neu an. »Es ist doch ein Wunder, dass unser Dorf bislang von Überfällen verschont geblieben ist. Das liegt vermutlich auch daran, dass wir in dieser Talsenke gut versteckt und abseits der Fahrstraße liegen. Und damit das so bleibt, damit wir weiter ruhig leben und arbeiten können, kam unser lieber Doktor Fenkel«, Blasius deutete nach rechts, »mit einem sinnvollen Vorschlag zu mir. Er schlug vor, dass wir drüben im alten Haus des vor zwei Monaten verstorbenen Heinz Reber einen Gendarmerieposten einrichten sollten. Ja, ihr habt richtig gehört. Unser Dorf wird einen Gendarmen bekommen. Ich«, Blasius betonte dieses Wort mit aller Inbrunst, die er stimmlich aufbieten konnte, »habe mich persönlich beim Präfekten in Coblenz dafür starkgemacht, und ich bin stolz, euch heute unseren offiziell von der französischen Verwaltungsleitung eingesetzten Gendarmen vorzustellen.«

Diesmal schwenkte seine Hand nach links.

»Das ist Johann Fenkel. Unser Doktor hat nämlich, damit alles ohne großen Zeitverlust über die Bühne gehen kann, seinen Bruder für diesen verantwortungsvollen Posten vorgeschlagen. Er hat ihm geschrieben, und, *voilà*, hier ist er.«

Plötzlich wurde es völlig still im Wirtshaus. Lisbeth verlor sekundenlang die Kontrolle über ihr Gesicht.

»Und der soll uns beschützen, Bürgermeister?«, rief einer der jungen Burschen, die mit Mathias am Tisch saßen.

»Jawohl, das wird er. Ganz besonders gegen die Hattinger-Bande, die, wie ihr alle wisst, irgendwo in unseren Wäldern ihr Versteck hat. Und auch sonst wird er dafür sorgen, dass in unserem Dorf und bei den Höfen keinerlei Streitigkeiten aufkommen. Was ein Gendarm halt so macht, liebe Leute. Er wird Hand anlegen, wo's nötig ist.«

»Da kann er heute Nacht gleich bei mir anfangen«, rief Anne aus einer Gruppe Frauen heraus. Das Gelächter war groß, allerdings stimmten auffallend wenige Männer mit ein, und ihr Mann, der Scherenschleifer, schon gar nicht, weil er bereits betrunken unter dem Tisch lag und schlief.

Lisbeth schleuderte Anne quer durch den Raum einen bösen Blick zu. Dieses liederliche Weibsstück. Wenn sie schon einen lockeren Unterleib hatte, dann sollte sie wenigstens nicht auch noch damit prahlen.

Johann stupste Blasius vom Rednerstuhl und stieg selbst darauf. Über Lisbeths Wangen flackerte eine ungewollte Röte.

»Hört mich an«, rief er. »Ihr kennt mich nicht. Macht nichts. Ich kenne euch auch nicht. Aber vertraut mir. Ich verspreche euch, dass ich den Posten nicht nur zum Schlafen nutzen werde, sondern auch, um der Aufgabe gerecht zu werden.«

»Was willst du denn machen, wenn die Hattinger-Bande in unser Dorf einfällt? Du kannst denen auch nicht alleine entgegentreten.«

Ein feines Lächeln umspielte Johanns Mundwinkel. »Nimm deinen Bierkrug und halte ihn am ausgestreckten Arm von dir weg«, sagte er.

»Was?«

»Mach schon.«

Der Mann hob kopfschüttelnd den Krug und streckte den Arm aus. Lächelnd zog Johann seine Steinschlosspistole aus dem Hosenbund. Er kontrollierte sie mit einem geübten Blick, dann kniff er ein Auge zu und legte die Waffe auf den Mann an.

»He, nicht! Was …«

Der Schuss dröhnte durchs Wirtshaus. Der Krug zersplitterte, und das Bier spritzte nach allen Seiten.

»… soll das …?«

Johann legte die Pistole neben sich auf den Tresen. »Glaubt mir, ich weiß, wie man sich wehrt.«

Jubel brandete auf. Alle redeten wild durcheinander. Diejenigen, die nahe bei Johann standen, schüttelten ihm die Hand. Irgendwo hinten fiel eine junge Frau laut seufzend in Ohnmacht. Niemand fing sie auf, also riss sie einen Stuhl mit zu Boden.

In dem ganzen Trubel bemerkte Lisbeth, dass Johann nur sie anschaute. Über die Köpfe der anderen Gäste hinweg lächelte er ihr zu.

Sie brachte es nicht fertig zurückzulächeln. Ein sturer Argwohn hielt sie davon ab.

5

Das war er also, sein neuer Arbeitsplatz.

Eigentlich auch sein erster, denn Johann musste sich eingestehen, dass er in den vergangenen Jahren nicht wirklich sesshaft gewesen war, abgesehen von ein paar arbeitsreichen Monaten in der Meckelsmühle bei Weiskirchen. Ansonsten mal Tagelöhner hier, mal dort auf einer Kirchweih ausgeholfen und ab und zu einen Händler beim Verkauf seiner Waren auf dem Marktplatz in Köln unterstützt.

Na ja, und da war dann noch die lange Zeit, in der er mit der Neuwieder-Bande durch die Wälder gezogen war. Eine Zeit, auf die er nicht stolz war, und er konnte sich auch gar nicht mehr erklären, weshalb er sich darauf eingelassen hatte. Schnelle Überfälle, schnelles Geld, sicher, aber als die Überfälle immer häufiger stattfanden und vor allem auf schändliche Weise immer brutaler abliefen, hatte er sich nicht mehr wohlgefühlt bei der Sache. Also hatte er sich bei erstbester Gelegenheit heimlich abgesetzt. Nach dem Überfall auf den jüdischen Viehhändler Simon Seligmann, der mit dessen Ermordung endete, hatte Johann die entgegengesetzte Richtung eingeschlagen, nicht die, in die seine Kumpane geflüchtet waren. Er war durch den dunklen Wald gelaufen, bis er nicht mehr gewusst hatte, auf welcher Seite der *Roten Wälder* er war. Von den erbeuteten Golddukaten hatte er nichts in seine Taschen stecken wollen. Es wäre ihm nie gelungen, die Münzen vom Blut des Viehhändlers zu reinigen.

Ein Räuber sein in diesen Zeiten war das eine, aber ein Mörder zu werden, das kam für ihn nicht infrage. Dummerweise machten die französischen Soldaten und örtlichen Gendarmen keinen Unterschied mehr. Zu viele herumziehende und mittlerweile organisierte Räuberbanden gab es mittlerweile entlang des Rheins und der Mittelgebirge, die sich in einen wahren Rausch ihrer mörderischen Überfälle gesteigert hatten.

Als Johann mit dem Stiefel die Tür des Fachwerkhauses aufschob, erdrückte ihn stickige, heiße Luft. Er konnte sich ein ungläubiges Kopfschütteln nicht verkneifen. Jetzt sollte er also Büttel sein. Irgendwie amüsierte ihn der Gedanke.

Der Raum war arg staubig und hatte von draußen geräumiger ausgesehen. Die niedrige Decke verstärkte den beklemmenden Eindruck, der ihn beim Überschreiten der Schwelle befiel. Lag vermutlich aber wohl nur daran, dass ihm bewusst wurde, eine Gendarmerie zu betreten. *Seine* Gendarmerie. Er musste lachen. Das Leben war bisher schon seltsam genug gewesen, aber diese Kapriole, die es gerade schlug, entbehrte nicht einer gewissen Ironie.

Die Einrichtung war auf rustikale Weise nachlässig. Außer einem Schreibtisch mit je einer Schublade auf beiden Seiten, einem wackeligen Stuhl sowie einem Schränkchen und einem bedenklich schräg stehenden Regal gab es nichts, worauf sein Blick länger freudig hätte verweilen mögen. Mit dem Finger fuhr er über den Schreibtisch und blies den Staub von der Fingerkuppe. Er zog beide Schubladen auf. Leer. Sicher erwartete man von ihm, dass er sie mit Papieren und offiziellen Dokumenten füllte, die die Soldaten auf ihren Patrouillen hier ablieferten.

Johann setzte sich auf den Stuhl. Die Tür und das Fenster genau im Blick. Wenn er den Schreibtisch umstellte, konnte er aus dem Fenster schauen. Bei offener Tür würde ein Lüftchen das Stickige vertreiben.

Vielleicht wird es mir hier gefallen. Ich warte mal ab.

Im Augenwinkel erhaschte er eine Bewegung. Ruckartig wandte er sich auf dem Stuhl herum. Eine graubraune Maus flitzte schneller als eine Pistolenkugel an der Bodenkante entlang und verschwand in einer Ritze.

Er stand auf und ging auf die schmale Holztreppe zu, die an der hinteren Wand nach oben führte und an einer Dachluke endete. Je höher er stieg, umso mehr musste er sich ducken. Er stemmte sich mit der Schulter gegen die Luke, bis sie einen Spalt aufging und er sie mit einer Hand umschlagen konnte. Es staubte ihm gewaltig entgegen. Er hustete und rieb sich die Augen. Die kleine Dachkammer, die er als Zugeständnis zu seinem Posten bewohnen durfte, stellte sich als das beste Zimmer heraus, in dem er wohnen durfte, seit er sich im Bordell der *Düwels Trück*, also der Gertrud Teufel, in der Kölner Schwalbengasse ein paar Wochen versteckt gehalten hatte. Und hier hatte er sogar ein eigenes Bett, und vor dem kleinen Fenster hingen Vorhänge.

Doch, Johann begann ernsthaft zu glauben, dass er sich wohlfühlen könnte.

Er stieg wieder hinunter, ging zur Eingangstür und lehnte sich lässig dagegen. Die Sonne wärmte sein Gesicht. Zwei junge Mägde schoben einen mit Kohlen beladenen Karren die Straße herunter. Sie mühten sich tüchtig, klagten aber nicht. Die beiden Mädchen beobachteten ihn ebenso neugierig wie er sie. Während ihnen die scheue Röte über die Wangen flammte, kam er seiner alten Gewohnheit nach und zog ihnen mit den Augen genüsslich die Schürzen, Kittel und Häubchen aus. Er konnte halt nicht aus seiner Haut, und außerdem war das Wetter schön, die Temperaturen angenehm, und in den Bäumen lärmten die Spatzen.

Plötzlich begann er eine verlockende Melodie zu pfeifen, und die Mädchen stießen sich kichernd an. Eine war so keck und hob die rechte Schulter an, als wollte sie ihn auffordern, er könne ruhig näher kommen. Er dachte nicht daran, erwarteten sie doch dann bestimmt, dass er ihnen half, den Karren zu schieben. Er hatte noch nicht nachgefragt, war sich aber ziemlich sicher, dass das nicht zu seinen Aufgaben als Gendarm gehörte. Wohl aber ein Auge auf die Menschen hier in Brunnenweiler zu haben. Auf alle Menschen, darunter konnten auch die Mädchen und jungen Frauen sein. Ganz besonders die Mädchen und die jungen Frauen.

Er nahm seine neue Aufgabe schon jetzt sehr ernst.

Später, als Johann die Stube durchgefegt hatte, bekam er Besuch von seinem Bruder. Konrad stellte eine Kiste mit altem Geschirr auf dem Schreibtisch ab, dann rückte er mit zwei Fingern seine runde Brille auf der Nase zurecht.

»Das wirst du brauchen«, sagte er, während er Johanns neues Zuhause begutachtete.

»Ich weiß nicht, wie du es geschafft hast, die Dorfbewohner davon zu überzeugen, dass ich diesen Posten hier bekomme, aber ich danke dir, Konrad.«

»Ich dachte, es wird allmählich Zeit, dass du solide wirst. Und was gäbe es Besseres als einen Posten, der dir ein geregeltes Einkommen beschert und dich gleichzeitig sogar vor der Verfolgung durch das Gesetz beschützt.«

Johann zog eine Grimasse. »Ich hatte gehofft, du würdest mich nicht auf meine Vergangenheit ansprechen. Hast du den Leuten davon erzählt?«

»Warum sollte ich? Ich möchte doch, dass du hier bist und so lang wie möglich auch bleibst. Die Leute hier würden vermutlich ziemlich allergisch auf jemanden reagieren, der früher mehr darauf aus war, sie zu berauben, als sie zu beschützen. Nein, Johann, ich habe niemandem von dir erzählt. Und wenn du nicht dumm bist, hältst du auch die Klappe.«

Darauf wäre ich auch allein gekommen, dachte Johann. Er wusste nicht so recht, wie er sich fühlen sollte. Einerseits müsste er beruhigt sein, dass Konrad nichts gesagt hatte, aber andererseits ... musste er nicht fürchten, dass sich irgendwann jemand an ihn erinnerte?

»Komm, hilf mir mal.« Johann nahm das Geschirr aus der Kiste und begann, es im Schränkchen zu verstauen. Konrad reichte ihm die restlichen Tassen und Teller.

»Wie sind sie so, die Menschen hier?«, fragte Johann.

»Gemütlich. Manche auch ein wenig einfach. Aber es sind ehrliche Häute. Ich fühle mich wohl unter ihnen, und ich bin überzeugt, du wirst es auch.« Konrad grinste breit. »Du darfst nur nichts mit der Falschen anfangen.«

»Eine, mit der ich was anfange, ist immer die Richtige«, erwiderte Johann und schob scheinbar beiläufig hinterher: »Sag mal, was ist mit dieser Lisbeth?«

»Was soll mit ihr sein? Sie ist hübsch, und sie ist allein, wenn man von ihrer kranken Mutter absieht. Und sie erhält Besuch von einem Franzosen. Das macht sie im Dorf nicht zur beliebtesten Person, aber es scheint sie nicht zu stören. Sie hat ihren eigenen Kopf. Warum fragst du? Hast du sie dir schon ausgeguckt?«

»Red nicht so, Konrad. Ich wollt' es nur wissen. Ist doch seltsam, dass ein Mädchen in ihrem Alter noch nicht verheiratet ist, oder? Hat sie etwa einen Schängel?«

»Nein, die hat immer gut aufgepasst, dass ihr kein Kind angedreht wird. Sie kam als elfjähriges Mädchen ins Dorf. Ungefähr zur selben Zeit, als ich hier ansiedelte. Ich weiß nur, dass der Franzose sie und ihre Mutter eines Tages herbrachte und sie in das Haus einziehen ließ, in dem sie jetzt leben. Es stand leer, weil die napoleonische Armee zuvor den Vater und seine zwei Söhne, die dort wohnten, eingezogen hat. Du weißt schon, Nachschub für die Feldzüge.«

»Wer ist dieser Franzose, der sich so rührend um sie kümmert?«

»Lange Zeit kannte ich seinen Namen nicht, aber drüben in Coblenz ist er jemand, der was zu melden hat. Er sitzt in der Präfektur und heißt Gaspard Paty. Früher war er wohl mal bei den Dragonern. Jetzt ist er der Generalsekretär in der Verwaltung.«

Es klopfte an die offene Tür. Im Gegenlicht der Sonne zeichnete sich die schlanke Figur einer jungen Frau ab. Ihr Gesicht lag genauso im Dunkeln wie ihre Absichten.

»Darf ich eintreten?«

Johann winkte sie heran. Als sie näher trat, schaute sie sich neugierig in der Amtsstube um. Johann erkannte ihr Gesicht und die rotblonden Haare. Er hatte sie am Abend zuvor im Wirtshaus gesehen. Sie war die Vorlaute gewesen.

»Guten Morgen, Doktor Fenkel«, grüßte sie. Sie deutete einen leichten Knicks an, aber es war auf den ersten Blick zu sehen, dass sie sehr ungeübt darin war und vermutlich nur zu einem anderen Gefallen vor einem Mann auf die Knie ging.

»Guten Morgen, Anne. Wie ich sehe, möchtest du unseren Gendarmen willkommen heißen?« Konrad deutete auf den Korb in Annes Hand. Ein rot und weiß kariertes Tuch deckte ab, was er verbarg.

»Ich hoffe, ich komme nicht zur falschen Zeit?« Ihr Wimpernteppich flatterte Johann entgegen.

»Ich lass euch mal allein«, sagte Konrad und war im nächsten Augenblick schon durch die Tür.

Johann und Anne standen sich gegenüber. Ihm war klar, dass ihre Verlegenheit einzig darauf ausgerichtet war, ihm genau diesen unschuldigen Eindruck zu vermitteln.

»Ja, also, ich bin Johann.«

»Und ich die Anne. Ich wohne beinahe genau gegenüber.«

Johann schaute über ihre Schulter durch die Tür. In einem der Häuser auf der anderen Straßenseite stand ein großer Mann im Hauseingang und kratzte sich schwerfällig am Hinterkopf.

»Sieht so aus, als sucht man nach Ihnen.«

»Das wird wohl mein Mann sein«, sagte Anne. Es schien sie genauso zu interessieren wie der Zug der Wolken in einer dichten Nebelwand. »Schauen Sie doch mal hier. Ich habe Ihnen etwas mitgebracht.« Mit einer schwungvollen Handbewegung zog sie das Tuch vom Korb.

»Ah, Brot und Salz«, sagte Johann. »Sehr aufmerksam.«

»Oh ja, aber das ist nicht alles. Hier ist noch eine Flasche Wein.«

»Das ist eine wirklich anerkennenswerte Begrüßung.«

»Eine noch bessere ist es, wenn wir sie gemeinsam leeren.«

»Klingt nach einem interessanten Vorschlag. Brauchen wir Gläser?«

»Sie müssen wissen, was Sie brauchen, Herr Fenkel.« Anne hauchte ihre Worte nur noch.

Johann nickte bedächtig. Ihre grünen Augen erzählten viele Geschichten, und ganz sicher handelte keine von einem scheuen Reh. Er umfasste ihr Handgelenk und streichelte mit dem Daumen sanft über die Venen, die sich zart unter ihrer hellen Haut abzeichneten. Sie ließ es gerne geschehen. Aufreizend langsam legte sie ihren Kopf in den Nacken und bot ihm ihren Hals an.

Er beugte sich an ihr Ohr und flüsterte: »Du bist gerne schamlos, hab ich recht?«

»Das musst du schon selbst herausfinden.«

»Keine Sorge, das werd' ich.«

Er zog Anne weiter ins Zimmer und schloss die Tür hinter ihr.

Als Johann erwachte, schien ihm die Sonne in die Augen. Das flirrende Licht der Nachmittagssonne fächerte durch das Fenster. In der Dachkammer hing noch die satte Trägheit eines ausgiebigen Liebesspiels. Die angestaute Luft war durchdrungen von dem klebrig-süßlichen Duft erhitzter Körper.

Johann war aus dem Bett gestiegen und nackt zum Fenster gegangen, um es zu öffnen. Von den Hügeln wehte ein schwacher Wind die Straße hinunter, kaum ausreichend, um die Wärme in der Kammer zu lindern. Der aufgeheizte Sand zwischen den Häusern stach Johann in die Augen, als er über den Dorfplatz blickte. Wie immer hockten die drei alten Männer unter der Eiche und dösten vor sich hin. Hinter ihm meldete sich vom Bett her ein wonniges Schnurren und kroch seinen Rücken hinauf. Er drehte sich um und sah in das zufriedene Gesicht des Mädchens. Ihr Hals und Dekolleté waren gerötet. Behäbig klopfte sie mit der flachen Hand auf die Matratze.

Johann neigte den Kopf und betrachtete sie mit der eintretenden Langeweile des bereits Erlebten.

Wie war noch gleich ihr Name?

Er gab sich wirklich große Mühe, sich an ihn zu erinnern. Es lag nicht an der Flasche Wein, aus der sie abwechselnd getrunken hatten, während sie sich gegenseitig auszogen. Es lag einfach nur daran, dass das Mädchen ihn nicht wirklich interessierte. Er erinnerte sich, sie am Vorabend im Wirtshaus gesehen zu haben, als er vom *maire* vorgestellt worden war. Aber da hatte er nur Augen für Lisbeth gehabt, die an jeden Tisch gegangen war, um Bier, Wein und Brot zu bringen. An jeden Tisch – nur nicht an seinen. Immer wenn er für sich und seinen Bruder Konrad die nächste Runde bestellte, dann schickte Lisbeth die Tochter des Wirts. Ein tollpatschiges Ding, das kaum fünf Schritte laufen konnte, ohne über die eigenen Füße zu stolpern. Aber gut, es war ein Spiel, das Lisbeth mit ihm trieb. Hatte er nichts dagegen. Ob mit Würfeln, Karten oder Weiberröcken – er beherrschte die Regeln, ganz besonders auch die, die es offiziell nicht gab. Ob Lisbeth das auch von sich sagen konnte, würde er noch herausfinden. Er lächelte bei diesem Gedanken.

»Denkst du an mich?«, fragte das Mädchen vom Bett her.

»An wen denn sonst?«, log Johann überzeugend.

Sie setzte sich auf. Das Laken rutschte von ihrem Körper und gab den Blick auf schwere Brüste frei. Sie breitete die Arme aus.

»Komm zu Anne«, säuselte sie.

Danke, jetzt weiß ich's wieder. Anne ist dein Name.

Johann sammelte auf dem Weg zu ihr die verstreuten Kleidungsstücke vom Boden auf und bedeckte mit ihnen Annes Blöße. »Es wird Zeit für dich, zu gehen.«

»Du ... du schmeißt mich raus?«

»Das sind harte Worte. Nein, wir verabschieden uns jetzt voneinander.«

»Verabschieden uns?«

»Vielleicht nur temporär.«

»Tempo... häh?«

Johann küsste sie auf die Wange. »Du bist verwirrt, aber das ist schon in Ordnung. Zieh dich jetzt an. Du darfst nicht vergessen, dass ich hier in Brunnenweiler eine Aufgabe übernommen habe, die meine ganze Tatkraft benötigt.«

Er verkniff sich ein Lachen, das seine eigenen Worte als reichlich überzogen entlarvt hätte. Seine Aufgabe als Büttel hier würde ihn wohl so fordern wie ein Gleitflug einen Bussard.

Anne schlüpfte in das zerknitterte Kleid, danach richtete sie ihre Haare. »Sehe ich dich wieder?«

»Bei der überschaubaren Größe des Dorfs ganz sicher.«

»Ja, aber sehen wir uns in deinem Bett wieder?«

Johann legte die Hand in den Nacken und kniff ein Auge zusammen. Sie war fordernd, diese Anne, das merkte er gleich. Ein Wesenszug, der sie in seinen Augen mächtig an Attraktivität einbüßen ließ.

»Das Schöne an der Zukunft ist doch, dass man noch nicht alles weiß, oder?«

»Ich finde das eher beängstigend.«

Was weißt du schon von Angst? Von richtiger Angst vor dem Morgen?

»Vergiss deinen Korb nicht, wenn du gehst. Ich werde ihn dir nicht bringen.« Es klang kühler als beabsichtigt.

Anne lächelte schief. »Du bist ein gemeiner Kerl, aber ich glaube, genau das mag ich an dir.«

Johann legte zwei Finger unter ihr Kinn und hob es an.

»Du solltest besser nicht herausfinden, wie ich bin, wenn ich tatsächlich mal gemein werde. Könnte sein, dass du mich dann nicht mehr magst. Und das wäre doch wirklich schade, oder? Soll ich dir beim Schnüren deiner Schuhe helfen?«

Anne brauchte keine Hilfe, und als Johann sie aus sicherer Entfernung vom Fenster aus dabei beobachtete, wie sie sich ankleidete und ihre Hände dabei leicht zitterten, tat sie ihm aus einem unerfindlichen Grund leid. Er hatte ihr gegenüber gar nicht brüsk sein wollen, aber andererseits hatte er auch angenommen, dass sie keine von den Frauen war, die allzu viel Wert auf eine behutsame Behandlung legten. Ihr ganzes Reden und Kokettieren und erst recht ihr biegsamer Körper, mit dem sie schamlos von seinem Besitz ergriffen hatte, hatten es vermuten lassen.

Johann hob die Bodenluke an. Als Anne mit den Füßen die ersten Stufen der Treppe hinuntergestiegen war, ihr Oberkörper aber noch in die Dachkammer ragte, ging er, immer noch nackt, in die Hocke und berührte sie vorsichtig an der Schulter. Sie hob den Kopf. Johann erschrak über den Ausdruck in ihren Augen. Fürchtete sie etwa, dass er sie hinunterstieß?

»Schau mich an«, sagte er. »Was siehst du?«

Sie blickte kurz nach unten, als schätzte sie ab, ob sie einen Sturz glimpflich überstehen könnte. »Einen Schuft sehe ich.«

»Aber einen liebenswerten. Schau, ich bin sicher nicht so, wie du es dir vielleicht erhofft hast. Aber ich bin einer, der möchte, dass es dir gut geht.«

»Mach dir um mich keine Sorgen, Gendarm. Ich falle immer auf die Füße.«

»Mir wäre es lieb, wenn du gar nicht erst fällst, Anne.«

Mit einem Mal füllten sich ihre Augen mit Tränen. Rasch wandte sie den Kopf zur Seite, doch Johann ließ nicht zu, dass sie sich schämte. Behutsam legte er eine Hand an ihre Wange und drehte ihr Gesicht dem seinen zu. »Nicht doch«, sagte er.

»Es ist nur, weil du mich eben zum ersten Mal bei meinem Namen genannt hast.«

Verlegen legte er die Hand in den Nacken. »Zum ersten Mal? Wirklich?«

Sie schniefte, gab sich aber gleich wieder mit einem nicht ganz sicheren Lächeln tapfer. »Ja, nicht mal, als du vorhin gekommen bist.«

Soweit sich Johann erinnern konnte, waren in diesen Momenten noch nie die Namen seiner Liebchen über seine Lippen gekommen. Selbst wenn er sie kannte. Aber er begriff, dass es nicht das war, was Anne ihm damit zu verstehen geben wollte. Es war wohl so, dass die meisten Männer, mit denen sie schlief, sich für alles Mögliche an ihr interessierten, aber nicht dafür, wie sie hieß. Plötzlich wollte er nicht, dass sie sich einfach so aus dem Haus schlich.

»Anne, warte unten auf mich. Ich zieh mich rasch an.«

Schnell warf er sein Hemd über, zog die Hose an und stülpte sich die Stiefel über die Füße. Dann stieg er die Treppe hinunter. Anne wartete an der geschlossenen Tür. Den Korb hielt sie am angewinkelten Arm. Johann öffnete ihr mit einer angedeuteten Verbeugung galant die Tür. Gemeinsam blieben sie vor der Gendarmerie stehen. Hier, wo sie von allen gesehen werden konnten, die hinter den Vorhängen ihrer Fenster standen, veränderte sich Annes Körperhaltung wieder in die einer kokettierenden Frau.

»Anne, ich möchte, dass dir eins klar ist.«

»Lass es, du brauchst mir nichts sagen. Ich kann es in deinen Augen sehen.«

»Ich sag es dennoch, denn dann steht nichts Unausgesprochenes zwischen uns. Das mit uns beiden, das wird nichts auf Dauer. Ich will, dass du das weißt.«

Anne neigte den Kopf und blinzelte in die Sonne, die über dem Dorfplatz stand. Sie atmete tief ein, bevor sie sich wieder Johann zuwandte. »Ich hab's mir schon gedacht, dass du keiner bist, der bei einem Mädchen bleibt. Weißt du, in dem Moment, als ich aufgewacht bin und du nicht neben mir lagst, da wusste ich über dich Bescheid.«

»So einen wie mich solltest du dir gar nicht antun wollen. Auch wenn's nicht immer leicht ist, aber finde dein Leben. Sprich mit deinem Mann, oder lass dich scheiden.«

»Scheiden lassen?«

»Ich weiß, dass in Frankreich der *Code civil* erarbeitet wird. In diesem Gesetzbuch werden bürgerliche Belange geregelt, auch Scheidungen, bei denen die Frauen ihre Rechte bekommen.«

»Was es nicht alles gibt?«

»Ja, Anne, es wird nicht mehr lange dauern, und der *Code civil* wird auch in den vier linksrheinischen Departements gelten. Also, such dir einen Mann, der gut zu dir ist.«

»Ich dachte, du könntest derjenige sein.«

Johann schüttelte den Kopf. »Such woanders, hörst du?«

Schweigend senkte sie den Blick, und er fürchtete schon, sie würde jetzt richtig anfangen zu weinen. Als Tröster war er doch so überhaupt nicht gut geeignet. Doch Anne fing sich.

»Wer bist du eigentlich?«

Die Frage war ihm unangenehm. »Wenn ich das wüsste.«

»Niemand weiß, woher du kommst.«

»Ich bin hier, reicht das nicht aus?«

Anne zuckte mit der rechten Schulter. »Das wird die Zeit beantworten.«

Sie war keine drei Schritte über die Straße gegangen, als Johann ihr nachrief: »Anne. Verschenk dich nicht einfach so, hörst du. Sei du dir selbst mehr wert.«

Seine Worte hallten in ihrem Kopf nach, als sie über den Dorfplatz zurück in ihr Haus ging, wo ihr Mann bereits dabei war, seinen Rausch vom Vorabend mit schlechtem Wein zu verlängern.

Nachdenklich lehnte Johann am Türrahmen der Gendarmerie. Diese Anne. Ein Luder, wie man sie in jedem Gasthof fand, und doch berührte sie ihn. Oder war er einfach nur älter geworden? Die stürmischsten Jugendjahre lagen sicher hinter ihm, aber nie zuvor hatte er das Bedürfnis verspürt, einem Mädchen über Kummer hinwegzuhelfen. Ob's an diesem seltsamen Dorf lag? Versunken in einem vergessenen Tal, in das sich nur selten jemand verirrte. War es das, was er gesucht hatte? Eine Umgebung, in der er einfach mal zur Ruhe kommen konnte und deshalb wollte, dass die Menschen hier sich auch wohlfühlten? Johann klopfte energisch an den Türbalken. Nein, so einer war er doch nicht. Was gingen ihn die anderen an?

Sein Magen begann zu knurren, da kam das Brot, das Anne mitgebracht hatte, gerade recht. Er riss ein Stück ab und aß es trocken, wie es war, während er nachdenklich das Regal betrachtete. Mit der flachen Hand strich er über das oberste leere Brett. Hier drin fehlt etwas, dachte er. Aus allen Ecken und Enden gähnte ihn nur Leere an. Hier fehlt ein Messingschild oder irgendwas anderes Offizielles, vielleicht ein Wappen. Und Papiere auf dem Schreibtisch, das wirkte immer sehr beschäftigt. Er würde einiges hier drin verändern. Amtlicher sollte es ausschauen. Die Leute sollten sehen, zu wem sie in die Stube kamen.

Überhaupt die Leute. Es konnte nicht schaden, sich mit den Menschen aus dem Dorf bekannt zu machen. Schließlich war der Tag ja noch nicht vorbei. Vielleicht steckte sogar ein Körnchen Wahrheit in dem, was er vorhin zu Anne gesagt hatte. Er hatte eine Aufgabe, die es zu erledigen galt.

Warum nicht?

Wo er doch nun schon mal hier war.

6

Lisbeth fegte mit dem Besen durch den leeren Schankraum, als zwei gut gekleidete Herren in das Wirtshaus traten. Sie grüßten höflich und schauten sich um. Nicht abgeschreckt, um diese frühe Mittagsstunde die einzigen Gäste zu sein, suchten sie sich einen Tisch und winkten dem Wirt. Feilbinger eilte sofort herbei. Bei vornehmen Gästen gab er sich gerne tüchtig, rechnete er doch mit üppigen Zusatzgeldern, wenn die Herren sich wohlfühlten. Lisbeth fegte kopfschüttelnd weiter. Für Feilbingers kriecherische Art hatte sie noch nie Verständnis aufbringen können. Je näher seine Bücklinge vor den fremden Gästen dem Boden kamen, umso herrischer wurde er ihr gegenüber. Als wollte er zeigen, dass auch er etwas in seinem Leben zu sagen hätte. Aber was konnte Lisbeth schon erwarten von jemandem, der seine eigene vermeintliche Stärke nur darauf errichten konnte, andere klein zu halten.

Während Lisbeth in den hinteren Nischen fegte, betrachtete sie die Herren genauer. Beide trugen einen eleganten Rock, Kniebundhosen, einen Dreieckshut und Schnallenschuhe. Der Ältere hatte einen Gehstock mit silbernem Knauf bei sich, auf dem er sich abwechselnd mal mit dem linken, mal mit dem rechten Unterarm abstützte. Der Jüngere schaute blasiert um sich, als würde er überlegen, wie viele Krankheiten er sich alleine schon deshalb einfing, weil er auf diesem Stuhl hockte. Er rümpfte die Nase und schnüffelte in schnellerer Abfolge als ein Feldhase auf einem Rübenacker, der Gefahr witterte.

Erst als Feilbinger hinter ihr stand, bemerkte Lisbeth ihn.

»Leg den Besen weg und geh zu den Herren rüber«, zischte er. »Die lassen bestimmt ein paar Taler mehr springen, wenn du ihnen was Hübsches vorsingst. Und wenn du die Schlaufen deiner Bluse lockerst, dich einem auf den Schoß setzt, dann springt vielleicht auch was für dich dabei raus.«

»Ich hab keine Lust zu singen.« *Und mich auf einen Schoß zu setzen erst recht nicht.*

Feilbinger riss ihr den Besen aus der Hand. »Wirst du wohl? Oder willst du in Zukunft nicht mehr bei mir arbeiten?« Er drehte sich um und ging zum Tresen zurück.

Darin war er gut. Drohen, am besten noch mit Schlägen. *Aber warte nur, bis du mal an den Falschen gerätst.* Nicht zum ersten Mal wünschte Lisbeth sich, solchen männlichen Drohgebärden mehr entgegensetzen zu können. Sie presste die Kiefer aufeinander, um bloß nichts zu sagen, was sie später bereuen könnte.

Zögerlich blieb sie vor dem Tisch der Fremden stehen. Freundlich lächelnd sahen sie auf.

»Wo hat dich denn der Wirt versteckt gehalten?«, fragte der Ältere. Sein Blick blieb auf Lisbeths Busen kleben, der sich für den Sitzenden genau auf Augenhöhe befand. Lisbeth kam nicht umhin, das mit roten Äderchen überzogene Gesicht zu bestaunen. Ihr war, als würde sie den Umriss eines Schmetterlings erkennen können, der sich vom Nasenrücken über beide Wangen ausbreitete. Dieser Gedanke ließ sie schmunzeln, was den Herrn offensichtlich glauben ließ, sie fände ihn sympathisch. Sofort wollte er seinen Arm um ihre Hüfte schlingen, doch weil sein Stock zu Boden fiel und er in einem Reflex versuchte, dies zu verhindern, brauchte sie sich der unerwünschten Berührung nicht zu erwehren.

»Bring uns Wein in Gläsern«, bat der Jüngere. Er versuchte, mit einem spöttischen Blick auf seinen Begleiter für Nachsicht bei ihr zu werben und gleichzeitig sich selbst dadurch in ein besseres Licht zu rücken. Doch Lisbeth hatte gesehen, wie seine Zungenspitze zwischen den Lippen hervorgezuckt war, bevor sie sich umdrehte und zum Tresen zurückging, um den Wein zu holen.

»Hast du noch ein Begehr?«, fragte der Jüngere, während er nach dem Glas griff, das Lisbeth ihm eingeschenkt hatte, die nun am Tisch stehen blieb.

»Der Wirt meint, es würde Sie erfreuen, wenn ich etwas singe.«

»Nein, tut es nicht.«

Erleichtert atmete Lisbeth aus. »Ich danke Ihnen.« Sie wollte schon gehen, da sagte der Ältere: »Aber Gesellschaft leisten kannst du uns.«

Sie seufzte. Plötzlich lagen ihre Lider schwer auf den Augen. *Hab ich's doch gewusst, dass das kommt.* »So eine bin ich nicht«, sagte sie verhalten.

Der Ältere schüttelte energisch den Kopf. »Du hast mich falsch verstanden, denn *so eine* wollen wir gar nicht. Man erzählt sich, dass der Hattinger in diesen Wäldern sein Unwesen treibt. Ich wollte nur, dass du uns sagst, was du darüber weißt.«

»Ich weiß nichts.«

Der Ältere klopfte mit der flachen Hand auf den Hocker neben sich. Lisbeth wandte den Kopf und sah zum Tresen. Mit energischem Kopfnicken forderte Feilbinger sie auf, sich nicht lange bitten zu lassen. Zögerlich setzte sie sich. *Aber wenn der jetzt seine Hand auf mein Bein legt, dann drück ich ihm beide Daumen in die Augen.* Doch er behielt seine Hand bei sich.

Feilbinger kam mit einem Krug Wein heran. »Der geht auf mich, meine Herren. Werden Sie von ihr belästigt?«, fragte er scheinheilig und zeigte auf Lisbeth. »Soll ich sie in den Keller sperren?«

Der Jüngere sah ihn mit erstaunter Verärgerung an. »Haben dir die Franzosen nicht beigebracht, dass sie genauso viel zählt wie du?«, fragte er harsch. »Auch wenn sie nur eine Frau ist?«

Lisbeth verdrehte die Augen über diese Formulierung, doch wenigstens hatte sie Feilbinger selten so schnell hinter seinen Tresen verschwinden sehen.

Der Jüngere schob ihr sein Glas zu, doch sie lehnte ab. »Also, du willst uns weismachen, dass du nichts über den Hattinger weißt?«, fragte er.

Sie schüttelte den Kopf.

»Hat er das Dorf noch nicht überfallen?«

»Bislang zum Glück noch nicht. Wir hoffen auch, dass es so bleibt.«

»Erstaunlich«, sagte der Ältere und leerte sein Glas in einem Zug. Er schenkte sich aus dem Krug nach. »Wir kommen gerade aus dem Dorf nur etwa zehn Kilometer von hier. Dort wurde erst letzte Woche eine Mühle überfallen. Es sollen welche aus der Hattinger-Bande gewesen sein. Sie haben in den vergangenen Wochen siebzehn Überfälle auf kleinere Dörfer in der Umgebung durchgeführt. Und sie entkommen den Soldaten immer wieder.«

Lisbeth biss sich auf die Unterlippe. In ihrem Magen begann es zu rumoren, wie jedes Mal, wenn sie von solchen Überfällen hörte. »Warum glauben Sie, dass ich etwas wissen könnte?«

Der Jüngere schob seinen Stuhl herum und sah sie eindringlich an. »Glauben? Wissen? Was heißt das schon in diesen Zeiten? Uns geht es mehr ums Wollen. Genau wie Anton Keil wollen wir, dass diese elenden Räuberbanden ihren verdienten Lohn finden.«

Der Ältere grinste schief und zog seine Handkante quer am Hals vorbei. »Wir haben auf dieser Seite des Rheins gute Henker«, sagte er. »Und wir wollen, dass sie in Übung bleiben.«

Lisbeth fühlte sich zunehmend unbehaglich bei dieser Unterhaltung. Einerseits wollte sie mehr wissen, andererseits wurde sie das merkwürdige Gefühl nicht los, dass diese beiden Herren ihr unterstellten, sie würde ihnen etwas verheimlichen.

»Niemand hier in Brunnenweiler unterstützt die Räuber«, sagte sie.

»Bist du dir sicher?« Der Ältere holte aus seiner Westentasche eine Pfeife heraus und begann, sie zu stopfen. »Manchmal hört man doch die Käuzchen schreien, oder?«

»Aber ja bin ich mir sicher. Ich weiß nichts. Und wenn ich was wüsste, dann würde ich sicher nicht hier sitzen und darauf warten, dass die Schufte herkommen und … und …«

Plötzlich legte der Jüngere ihr beruhigend seine Hand auf die Schulter. Er nutzte die Gelegenheit, um mit kreisenden Bewegungen seine Finger unter den Stoff ihrer Bluse über ihre Haut streichen zu lassen.

»Du brauchst keine Angst zu haben. Mein Freund und ich provozieren gerne. Du glaubst ja nicht, wie oft sich schon einer verraten hat, nur weil wir einfach etwas angedeutet haben. Aber du scheinst wirklich nichts zu wissen. Überhaupt scheint niemand etwas über das Versteck des Hattinger zu wissen.«

»Warum tun Sie das?«, fragte Lisbeth. Sie wand sich unter seiner Hand weg.

»Weil du eine glatte Haut hast.«

»Das meine ich nicht.«

»Was meinst du dann?«

»Die Leute provozieren. Weshalb tun Sie das?«

Die beiden Männer tauschten listige Blicke aus. Der Ältere nickte, Lisbeth sah es genau, und der Jüngere beugte sich schließlich vor, um ihr auf verschwörerische Weise eine Erklärung zu geben.

»Es gibt Kopfgeld auf jeden Räuber, der geschnappt wird. Es reicht schon, den Behörden den Schlupfwinkel zu verraten. Wenn einer von dem Lumpenpack dann geschnappt wird, dann kassieren wir ab. Warum sollen wir das ganze Prämiengeld dem Anton Keil überlassen?«

»Letzte Woche erst haben wir einen im Wirtshaus drüben in Boppard prahlen gehört, wie er mit zwei anderen einen jüdischen Kaufmann überfallen hat. Niedergeknüppelt haben sie ihn in seinem eigenen Haus. Alles haben sie ihm genommen. Seine Stoffe, seinen Schmuck, das Gold, das er versteckt hatte. Am Vormittag war der Kaufmann der reichste Mann der Stadt, am Abend war er bettelarm wie eine Kirchenmaus und hatte keine Hände mehr, weil es den Räubern einfach so in den Sinn kam, ihn für sein gutes Versteck zu bestrafen. Und der Dummkopf von Räuber hat damit im Wirtshaus geprahlt. Sturzbetrunken, aber redselig. Solche Burschen lieben wir. Dann nur noch ein kleiner Tipp an die Präfektur in Coblenz, eine Patrouille, die ihn vom Bierfass wegschnappte, und mein Freund und ich waren um einige Golddukaten reicher.«

Die beiden Männer hoben ihre Gläser und prosteten sich begeistert zu.

Lisbeth hatte aufmerksam zugehört. »Hat der Strolch etwas gesagt darüber, ob er früher schon mal in dieser Gegend bei Überfällen auf Familien dabei gewesen war?«

»Nein«, lachte der Ältere. »Er hatte nicht mehr viel Zeit zum Sprechen. Der Anton Keil, seines Zeichens Öffentlicher Ankläger in Köln, hat ihn auf seine übliche Weise malträtiert, ganz offiziell natürlich, im Auftrag der französischen Verwaltung. Kaum hatte er gestanden, so nach vier oder fünf Zehen, die man ihm abgezwackt hat, wurde er auch schon aufs Schafott geführt.«

Der Ältere wollte zum Krug langen, doch Lisbeth kam ihm zuvor und schenkte für ihn nach.

»Keil?«, fragte sie. »Wer ist das?«

Die beiden Männer sahen sich vielsagend an.

»Nun sagt schon. Wer ist dieser Anton Keil, von dem ihr redet?«

Der Jüngere setzte seinen Becher ab. »Niemand, dem man in die Hände fallen sollte.«

Die Tür zum Wirtshaus ging auf. Johann Fenkel kam herein und ging zum Tresen. Er nickte den beiden fremden Herren freundlich zu. Lisbeth schenkte er ein Aufblitzen seiner Augen. Noch bevor er seinen Arm an der Tresenkante abstützen konnte, hatte Feilbinger schon einen Becher mit Rotwein hingestellt.

»Für unseren Gendarmen. Geht auf mich.«

Lisbeth verdrehte bei dieser neuerlichen Speichelleckerei die Augen. Aber sie hatte nichts anderes von Feilbinger erwartet. Ein neuer Gendarm im Dorf. Mit dem wollte er sich von Anfang an gut stellen.

Johann kramte aus seiner Westentasche einen Dukaten, stellte ihn hochkant auf den Tresen und gab ihm mit Daumen und Mittelfinger eine schwungvolle Drehung. Alle verfolgten schweigend die sich kreisende Münze, bis sie flach auf der Platte lag.

»Ich zahle meinen Wein gerne selbst«, sagte Johann. »Eine schlimme Angewohnheit, ich weiß. Aber so bin ich nun mal.«

Der lässige Tonfall, mit dem er die Dinge klarstellte, ersparte dem Wirt die Peinlichkeit der Bloßstellung. Lisbeth war angenehm überrascht. *Hätte ich nicht erwartet bei einem wie ihm.*

Der Jüngere beugte sich zu ihr, ohne den Blick von Johann zu nehmen. »Wer ist das?«, flüsterte er.

»Unser neuer Gendarm.«

»Wie neu?«

»Seit gestern.«

»Interessant.« Der Jüngere lehnte sich zurück. Er tauschte mit dem Älteren einen vielsagenden Blick, der Lisbeth beunruhigte.

»Warum fragen Sie, mein Herr?«

»Ich könnte schwören, dass ich dieses Gesicht schon einmal gesehen habe.«

Johann blieb die Aufmerksamkeit, die er verursachte, nicht verborgen. Er trank den Becher zur Hälfte aus, und zu Lisbeths stiller Freude schaffte er es, dass ihm der Wein dabei nicht zu beiden Seiten der Mundwinkel hinabfloss. Etwas, das nicht vielen Männern in diesem Wirtshaus gelang. Er schob Feilbinger den Becher zu.

»Ich werde jeden Abend vorbeischauen, ob sich auch alle tadellos benehmen. Sollte etwas sein, dass ich regeln muss, werde ich es regeln. Sollte jemand glauben, er könnte es alleine regeln, dann werde ich mit ihm den Boden deiner Schenke aufwischen. Hast du das verstanden?«

Feilbinger nickte.

»Schön, dann gib es an deine Gäste weiter.«

Johann verließ das Wirtshaus. Lisbeth sah ihm nach. Sie wurde nicht schlau aus ihm. Er handelte so ganz anders, als sie es von Männern, egal welchen Alters, gewohnt war.

Der Jüngere rückte auf seinem Hocker vor und wischte mit dem Ärmel seiner Jacke über die staubverklebte Fensterscheibe. Angewidert verzog er das Gesicht, als er den schwarzen Dreck, den er sich auf den Ärmelstoff geschmiert hatte, sah. Er beugte sich vor und blickte durch das Fenster Johann hinterher.

»Ich frage mich, ob …«

Ohne den Satz zu beenden, schüttelte er den Kopf, so als würden seine Gedanken ihn verwirren. Lisbeth hätte gerne das Ende seiner Überlegung gehört.

Der Ältere hatte sein Glas bereits wieder geleert. Er hob den Krug an, drehte ihn auf den Kopf, und als nur ein paar traurige Tropfen Wein auf den Tisch fielen, winkte er Lisbeth zu sich.

»Du willst also wissen, wer Anton Keil ist, mein Kind?«

Lisbeth nickte.

»Hast du schon mal einen Bluthund gesehen? Einen, der die Fährte aufgenommen hat?«

7

Gaspard Paty stand am Fenster seiner Amtsstube in der Präfektur Coblenz, die sich im Leyenschen Hof befand. Die unterschiedlichen älteren und neueren Gebäude waren baulich miteinander verbunden worden und ergaben so einen stattlichen Sitz, den die Franzosen als geeignet für ihre Verwaltung hielten. Dass Paty in dem eher schlicht gehaltenen Nordflügel untergebracht war, störte ihn nicht, hatte er doch von hier aus einen schönen Blick auf die Kastorkirche.

Die Arme hinter dem durchgedrückten Rücken überkreuzt, blickte er nachdenklich vor sich hin. Wenn er einen Schritt zurücktrat, konnte er sich selbst in der Scheibe betrachten. Sein Anblick befremdete ihn immer noch. So viele Jahre hatte er eine Uniform der napoleonischen Armee getragen, dass ein ziviler Gehrock ihm wie eine Verkleidung vorkam. Immer wieder ertappte er sich dabei, wie seine Schultern ein Eigenleben entwickelten, als könnten sie den Stoff abstreifen wie eine Schlange ihre Haut. Sein Gesicht wirkte ausgelaugt und müde. Zu müde für einen Mann Mitte dreißig.

Sein Blick fiel auf mehrere Umschläge auf dem Schreibtisch, die der Öffentliche Ankläger von Köln, Anton Keil, ihm schon vorab zukommen lassen hatte. Darin befanden sich Dutzende von Blättern mit außerordentlich detaillierten Personenbeschreibungen von Räubern zu beiden Seiten des Rheins, auf die Jagd gemacht wurde. Keils Sekretär Diepenbach hatte diese *Signalements* mit außerordentlichem

Talent erstellt, wie Gaspard zugeben musste. Die Jagd auf die Räuberbanden wurde dadurch sicher effektiver, was Keil gefiel, denn er hatte sich wie besessen in den Kopf gesetzt, das Räuberbandenwesen auszurotten.

Dennoch, Gaspard wäre es lieber, das bevorstehende Gespräch schon hinter sich zu haben. Es war nie angenehm, sich mit Anton Keil zu unterhalten. Schon dessen Äußeres weckte in Paty einen Widerwillen, den er nur schwer im Zaum halten konnte, und das, was man sich über Keil und seine unmenschlichen Verhörmethoden in den Kerkern erzählte, verstärkte nur die Abscheu, die Paty gegen ihn hegte. Frankreich war ins Rheinland gekommen, um seine errungenen Werte mitzubringen und fest zu verankern. Und auch wenn Keil sich der französischen Sache, wie er es nannte, mit Haut und Haaren verschrieben hatte, so bedienten sich seine Verhörmethoden doch immer noch der üblen Mittel eines gut ausgestatteten Kerkers, die man mit den neuen Gesetzen abschaffen wollte. Leider musste Paty zugeben, dass Keil erfolgreich war. Und jede erfolgreiche Handlung gegen Kriminelle, ob sie nun einzeln oder als Bande auftraten, konnte die Präfektur gut gebrauchen, wenn man hier nicht nur Ordnung schaffen, sondern auch eine neue Rechtsprechung etablieren wollte.

Es klopfte an die Tür.

»Ja?« Paty wandte sich um.

Sein Sekretär kündigte Anton Keil an, dessen hagere Gestalt sich sogleich vorbeidrängte und mit ausgestrecktem Arm auf ihn zulief. Widerwillig schüttelte Paty Keils dürre, fleckige Hand mit den leicht gekrümmten Fingern, die stets wirkten, als wollten sie dem Gegenüber das Gesicht zerkratzen.

Keil war ein Mann von vierundvierzig Jahren. Er hatte eine hohe Stirn, eine kantige Nase und buschige Augenbrauen über den stechenden Augen.

»Was ist das?« Paty zeigte auf einen dunklen Fleck auf Keils vornehmer Jacke.

»Ach, wie ärgerlich.« Keil rieb mit dem Handrücken über den Fleck. »Der Gefangene war anfangs ein wenig widerspenstig. Aber mit dem entsprechenden Nachdruck und den richtigen Instrumenten hat sich seine Zunge gelockert. Hm, ich hoffe, das lässt sich wieder auswaschen. Wie ärgerlich, meine beste Jacke.«

Paty bedeutete ihm, auf dem Sessel gegenüber seines Schreibtischs Platz zu nehmen. Die rote Polsterung dürfte farblich ja Keils Vorlieben entsprechen.

»Ich danke dir, dass du dir kurzfristig Zeit für mich nimmst«, begann Keil. Zischend sog er Speichel aus dem Mundwinkel nach innen. »Ich habe wichtige Neuigkeiten, die du erfahren solltest.«

In Keils Fall wünschte Paty sich, dass dieses verbrüdernde Duzen gar nicht erst eingeführt worden wäre. Er zweifelte immer mehr am Sinn dieser Vorgabe, die Frankreich von den Menschen in den eroberten Gebieten verlangte. Ursprünglich als Zeichen der Gleichstellung gedacht und als Signal für den Aufbruch in eine neue Zeit, missfiel Paty zusehends die distanzlose Begegnung mit Menschen, um die er für gewöhnlich einen großen Bogen machte.

»Es klang nach einer dringlichen Bitte«, antwortete er unter Vermeidung der Anrede.

»Das ist es«, bekräftigte Keil. Noch immer rubbelte er ungehalten am Ärmelstoff. »Zuerst die erfreuliche Nachricht aus dem Kerker. Karl Benzel hat gestanden, mit dem Schinderhannes zusammen vor Jahren an Dutzenden von Viehdiebstählen beteiligt gewesen zu sein. Zu dem Tötungsdelikt an dem Kaufmann schweigt er sich aus, aber da er zu der Zeit mit dem Schinderhannes umherzog, reicht mir das für eine Verurteilung. Ich habe mir erlaubt, den Scharfrichter schon in Kenntnis zu setzen, dass er auf dem Richtplatz seiner Arbeit wird nachgehen können. Ich denke, die Hinrichtung wird in diesem Fall auch mal ohne begleitendes Volksfest gehen.«

Das wird den Karl Benzel aber betrüben, dass er nicht zur allgemeinen Belustigung beitragen darf. Gaspard Paty schämte sich sogleich für seinen Zynismus.

»Um mir das mitzuteilen, hätte ein einfacher Bericht in schriftlicher Form völlig ausgereicht«, sagte er.

»Ich bin nicht nur deswegen hier. Ich will dir mitteilen, dass ich mich im Mai auf den Weg in die Hocheifel machen werde. Benzel hat mir verraten, dass die Hattinger-Bande sich dort versteckt hält.«

»Der Hattinger in dieser Gegend?« Jetzt horchte Paty doch auf. »Und wo genau?«

Keil verzog die farblosen Lippen zu einem dünnen Strich. Ihm war Patys besorgter Unterton nicht entgangen. »Genauer konnte der Schuft es mir nicht verraten. Glaube mir, ich habe mir die größte Mühe gegeben, es herauszubekommen. Auch noch, als ihm das Sprechen schwerfiel. Nun ja, immerhin wissen wir jetzt, dass der Hattinger irgendwo oben in den *Roten Wäldern* sein Lager hat.«

Die *Roten Wälder*. Paty wurde hellhörig. Diese Neuigkeit behagte ihm gar nicht. Lisbeths kleines Dorf lag in den Ausläufern der *Roten Wälder*. Er hoffte, dass Keil die Anspannung seines Körpers verborgen geblieben war. Seit er damals diesem kleinen elfjährigen Mädchen und seiner Mutter in deren schlimmster Schicksalsstunde begegnet war, weckte alles, was mit ihr zu tun hatte, seinen Beschützerinstinkt. Und auch wenn Lisbeth inzwischen keine elf Jahre mehr war, so konnte Paty nicht anders, als im Stillen und aus der Ferne auf sie aufzupassen, so gut er es vermochte. Es wäre ihm überhaupt nicht recht, würde Keil darüber Bescheid wissen.

Diesem verschlagenen Kerl war zuzutrauen, sich jede noch so harmlose Information irgendwann einmal zunutze zu machen, um sich einen Vorteil zu verschaffen.

»Ein Versteck dort würde vieles erklären«, sagte Keil.

Paty nickte zustimmend. »Die Hocheifel ist ein gutes Rückzugsgebiet.«

»Nach erfolgtem Überfall können die Räuber sehr schnell den Schutz der Hangwälder nutzen. Das weitläufige Gelände verschluckt rasch jedwede Spur. Und die kleinen Dörfer, die sich in der Hocheifel verlieren, sind weit genug von Coblenz und den stationierten Soldaten entfernt.«

»Das ist richtig«, pflichtete Paty bei. »Zudem sind viele Dörfer häufig nichts weiter als eine Ansammlung von nur wenigen verstreuten Höfen, für deren Schutz jeder nur selbst sorgen kann.«

»Die Erkenntnis, dass der Hattinger sich vom Rhein weg in die Mittelgebirge zurückgezogen hat, ist für mich von immenser Bedeutung.« In Keils Augen schimmerte der gierige Glanz des Jägers, der seine Beute schon wittern konnte. »Bislang sind wir immer davon ausgegangen, dass sich solche Schufte wie der Schinderhannes oder Mathias Weber, der Fetzer, in unmittelbarer Nähe des Flusses aufhalten, um schnell die Ufer wechseln zu können, bevor sie geschnappt werden.«

»Und der Hattinger nicht.«

Paty begriff, worauf Keil hinauswollte. Während die anderen organisierten Räuberbanden sich das Reglement der verschiedenen Departements und Verwaltungsbezirke zunutze machte und den Gendarmen, die sie verfolgten, bei jedem Grenzübertritt eine lange Nase drehten, versteckte sich die Hattinger-Bande also im Landesinneren. Dort, wo sie nicht gesucht wurden, gerade eben, weil sie sich in dem Bezirk aufhielten, in dem sie ihre Raubzüge verübten.

Keil betrachtete seine Hände, als wären sie ihm gerade aus den Armen gewachsen. Mit einer beängstigenden Sanftheit strich er sich über die Knöchel, bevor er die Finger ineinander verschränkte und so fest gegeneinanderdrückte, dass sie rot anschwollen.

»General-Regierungs-Kommissar St. André in Köln hat mich beauftragt, nun auch in den linksrheinischen Gebieten die Räuberbanden aufzuspüren und das mörderische Bandenwesen ein für alle Mal zu beenden. Im Juni werde ich meine *mission diplomatique* beginnen. Bis dahin werde ich, mit deinem Einverständnis, Generalkommissar, meine Nachforschungen schon auf das Arrondissement de Coblence und seine Kantone ausweiten.«

»Ich bin nicht Generalkommissar«, verbesserte Paty. »Ich bin Generalsekretär der Präfektur Coblenz. Wie Bürger Charles Masson auch.«

»Aber vielleicht willst du mal Generalkommissar werden? Ich kann dabei helfen.«

»Wozu noch mein Einverständnis, wenn St. André es schon angeordnet hat?«

Keil seufzte gleichgültig. »Ich fragte nur aus Höflichkeit und um dich in Kenntnis zu setzen, dass ich vollständige Handlungsfreiheit besitze.«

»Für jeden festgenommenen Räuber gibt es eine Prämie, nicht wahr?«

Keils Mundwinkel zuckten unmerklich. »Sechzehn Reichstaler pro Kopf.«

»Hübsches Sümmchen, selbst für einen Öffentlichen Ankläger.«

»Es klingt wie ein Vorwurf, aber ich sehe darüber hinweg. Bedenke, Bürger Paty, gäbe es die Räuber nicht, gäbe es die Prämie nicht. Also kein Grund, mich dafür zu verurteilen, weil ich das Geld nehme.«

»Das mag schon stimmen. Ihnen eilt nur ein gewisser Ruf voraus.«

Keil hob die Augenbrauen. Das förmliche Siezen war ihm nicht entgangen. »Wie ich hoffe, ein guter?«

»Nun, der Ruf eines eiskalten und blutrünstigen Mannes.«

Keil riss überrascht beide Augen auf, dann legte er beide Hände vor den Mund und kicherte. »Ich gebe gerne zu, dass meine Verhöre erfolgreich sind.«

»Nach mehrfachen Auspeitschungen wird jeder antworten.«

»Mir ist bekannt, dass meine Art, mit Gefangenen umzugehen, nicht jedermanns Tässchen Tee ist, aber vergiss nicht, Paty, es sind Verbrecher. Keiner von ihnen ist mit seinen Opfern zimperlich umgegangen. Ich denke nicht, dass sie durch den Staat mehr Milde erhalten sollten, als sie selbst jemals haben walten lassen.«

»Ich erinnere dennoch an die moderne Rechtsprechung, der wir uns verpflichtet fühlen.«

Keil wedelte ungeduldig mit der Hand vor seinem Gesicht. »Ja, ja, sicher, das vergesse ich nicht. Wie dem auch sei, ich verspreche, ich werde den Hattinger aufs Schafott führen. Und da ist noch etwas, an das ich denke.«

»Und das wäre?«

»Der Bückler Johannes.«

»Der Schinderhannes?« Paty hob überrascht die Augenbrauen.

In Keils Augen flackerte es auf, und um seinen Mund spielte ein grausamer Zug. »Meine Spione haben mir etwas sehr Interessantes berichtet. In einem kleinen Dorf am Fuße der *Roten Wälder*, es scheint recht versteckt gelegen, gibt es einen neuen Gendarmen.«

»Ein neuer Gendarm wird immer wieder mal eingesetzt. Was klingt daran so besonders für deine Spione?«

»Der neue Gendarm nennt sich Fenkel. Johann Fenkel.«

»Und?« Paty hob eine Hand und beschrieb einen Kreis in der Luft, um Keil zu bedeuten, er solle seine Erkenntnisse nicht häppchenweise mitteilen.

»Johann – Johannes?«

»Eine Namensähnlichkeit, na und? Das bedeutet nicht, dass dieser neue Gendarm der gesuchte Schinderhannes ist.«

»Wie wir alle wissen, benutzt der Schinderhannes gerne einen anderen Namen zur Tarnung, wenn er als Kaufmann in den rechtsrheinischen Gebieten auftaucht, um andere zu bestehlen. Jakob Ofenloch nennt er sich. Warum also sollte er sich nicht auch Johann Fenkel nennen?«

Paty konnte nichts darauf entgegnen, auch wenn er nicht glaubte, dass der neue Gendarm der Bückler Johannes sein könnte. Begründen konnte er seine Annahme allerdings genauso wenig wie Keil seine Behauptung.

Keil legte seine Hände an den Fingerspitzen zu einem Dach zusammen. Listig hob er eine Augenbraue. »Der neue Gendarm ist in Brunnenweiler. Ist es nicht dieses Dorf, an dem du ein ganz besonderes Interesse hast?«

Schweiß schoss Paty aus allen Poren. Sein Rücken wurde feucht, als hätte man einen Schwamm zwischen den Schulterblättern ausgewrungen.

Er weiß es. Diese Kellerassel weiß es.

»Für mich sind alle Dörfer in meinem Departement von gleichem Interesse«, sagte er.

»Mag sein, die Dörfer schon. Aber trifft das auch auf die Menschen zu? Es soll da eine Näherin geben, munkelt man sich. Ein hübsches Ding, saftig und …«

»Ich wünsche viel Erfolg bei der Jagd nach der Hattinger-Bande. Sie werden ihn brauchen.«

Keil schob seine Zungenspitze zwischen den Zähnen hervor. Sein vor diebischer Freude verkniffenes Lächeln verriet

Paty, dass die rasche Unterbrechung Keil nur bestätigte, was er aus ihm hatte herauslocken wollen. Nun gut, im Grunde auch egal. Sollte er denken, was er wollte. Besser, als wenn er Lisbeth mit schmierigen Worten beschrieb.

»Nun«, ließ Keil seine Worte genüsslich auf der Zunge zergehen, »besagte Näherin war es, die meine Spione über den neuen Gendarmen in Kenntnis setzte. Ich will den Schinderhannes schon seit Jahren fassen. Also werde ich dem Dörfchen mal einen Besuch abstatten.«

Die Vorfreude auf die anstehende Jagd ließ seine verschlagenen Augen verzückt aufleuchten, als würde gerade ein dralles Weib auf seinem Schoß hocken.

»Und die Hinrichtung von Karl Benzel?«, fragte Paty.

»Brauche ich nicht dabei sein. Hat man einmal einen Kopf in den Korb fallen sehen ...«

Fassungslos über die Kälte, die in diesen gefühlsverkrüppelten Worten steckte, stand Paty auf, ging zum Fenster und wandte seinem Besucher den Rücken zu.

Er drehte sich erst wieder um, als Keil hinausgegangen war.

8

Das Wetter war herrlich. Lisbeth lief den schmalen Trampelpfad zwischen Weiden und hohen Gräsern hinunter zum Laacher See. Ihre flinken Füße wollten gar nicht abbremsen, als sie ans Ufer gelangte und sie beinahe mit Schwung über die Böschung ins Wasser springen ließen. Sie fühlte sich ausgelassen, fast schon glücklich, und sie lachte, als sie die drei Enten hochflattern sah, die sie aufgeschreckt hatte. Die Enten flogen einen Halbkreis und landeten laut schimpfend etwas weiter entfernt wieder auf der Wasseroberfläche. Beinahe empört sahen sie zu Lisbeth zurück, die sich außer Atem nach vorn beugte und die Hände in die Hüften stützte. Sie gönnte sich den Spaß und quakte den Enten irgendein sinnloses Zeug hinterher, und als diese ihr mit aufgeregtem Schnattern antworteten, konnte Lisbeth nicht anders, als lauthals zu lachen.

Träumerisch blickte sie über den ruhigen See. Das Sonnenlicht verwandelte ihn in eine glänzende Fläche, geheimnisvoll und verwunschen, wie das Tor zu einer Welt, die Lisbeth so beneidenswert friedlich vorkam und die ihr verschlossen schien. Ob sie es wagen könnte zu baden? Verstohlen sah sie sich um. In Sichtweite war das Kloster Laach, aber die Mönche dort waren bestimmt völlig in ihrer Gartenarbeit versunken. Niemanden würde es stören, wenn sie badete. Das hohe Schilfgras bot zudem einen guten Schutz vor neugierigen Blicken. Lisbeth rang mit sich. *Soll ich, soll ich nicht?*

Sie stellte den Korb mit den gepflückten Beeren ab und begann, sich zu entkleiden. Sie traute sich sogar, die Unterkleidung auszuziehen. Die Luft auf ihrer Haut fühlte sich gut an. Ganz nackt wagte sie sich zwischen hochwachsendem Schilf ins Wasser, schloss genießerisch die Augen und tauchte unter. Wie herrlich das Leben sein konnte. Sie schwamm drei, vier kräftige Züge, dann drehte sie sich auf den Rücken und ließ sich auf der Oberfläche treiben, das nasse Gesicht der wärmenden Sonne zugewandt. Ihre Brüste waren wie kleine Inseln, die vom Wasser umschmeichelt wurden. Die Tropfen auf ihnen glitzerten wie Perlen im Sonnenlicht.

Die Mitte des Sees war für sie der ideale Platz zum Träumen. Losgelöst von allem, was sie belastete, lebte hier der Wunsch nach einem angstfreien Leben.

Oder auch nach dem einen, der ihr gefallen könnte.

Lisbeth spuckte Wasser, weil sie sich plötzlich verschluckte, als sich das Gesicht dieses Johann in ihre Gedanken drängte. Es schob sich einfach vor die Landschaft, als wolle es ihr etwas zu verstehen geben, woran sie bisher noch nicht gedacht hatte.

Ein aufdringlicher Kerl, dieser Johann. Kann er mich nicht wenigstens hier an meinem Lieblingsplatz in Ruhe lassen? Na los, schwimm woandershin.

Lisbeth holte kräftig mit den Armen aus und schwamm so schnell sie konnte an eine andere Stelle des Sees. Himmelherrgott noch mal, da war Johanns Gesicht auch schon. Als würde er unter ihr durchgetaucht sein und sie jetzt genau dort erwarten, wohin sie schwamm. Das alte Rennen zwischen Hase und Igel. Sie hatte davon gehört, war aber noch nie selbst beteiligt gewesen.

Und jetzt kam es ihr vor, als würde sie ihn auch noch lachen hören. Sie sah zum Ufer zurück. Erleichtert stellte sie fest, dass niemand dort stand und ihre Kleider in den Händen hielt.

Nach einer Weile schwamm sie zu der Stelle zurück, an der sie in den See gegangen war. Sie sah sich nach allen Seiten um, ob sich jemand zwischen den Sträuchern versteckt hielt, um sie zu beobachten, und als sie sicher war, allein zu sein, stieg sie aus dem Wasser. Sie breitete ihren Rock auf dem Sandstreifen vor der Böschung aus und setzte sich nackt darauf, um ihre Haut von der Sonne trocknen zu lassen. Ihre Brustwarzen fühlten sich auf entspannte Weise aufregend erregt an. Wie von unsichtbarer Hand berührt.

Früher konnte sie die Kirchglocken der umliegenden Dörfer bis hierher hören. Doch als die Franzosen ins Rheinland einfielen, wurden die Glocken an Stellen vergraben, die nicht verraten wurden, damit die Franzosen sie nicht bei ihren Beutezügen fanden und einschmelzen konnten. So standen zwar Kirchtürme, aber es hingen nirgendwo Glocken. Es stimmte Lisbeth traurig. Der Klang hatte für sie immer bedeutet, auf dem Fleckchen Heimat zu stehen, zu dem sie gehörte.

Ohne Hast zog sie sich an und nahm ihren Korb mit den Beeren auf. Sie ging hinauf zum schmalen Trampelpfad und blickte noch einmal zum See zurück. Die glatte Oberfläche hatte eine beruhigende Wirkung auf sie. Das war schon immer so gewesen. Sie liebte das Wasser in dem Maße, wie sie Feuer hasste.

Noch bevor sie den oberen Feldweg erreichte, hörte sie einen Zweig knacken. Sie zuckte zusammen, als wäre sie angeschossen worden. Ihr war sofort bewusst, dass der Zweig unter einem Stiefel zerbrochen sein musste. War sie unten am See also doch nicht allein gewesen. Dann sah sie ihn, wie er zwischen zwei Sträuchern auf sie zukam. Sie kreuzte die Arme vor der Brust, als könnte sie damit bereits geschehene Blicke auf sie rückwirkend verhindern.

»Was machst du hier, Mathias?«, fragte sie. »Müsstest du nicht auf dem Hof arbeiten?«

Mathias sah sie an, als hätte sie ihn geohrfeigt. Ihre Stimme klang eindeutig nicht erfreut. »Und du? Was machst du hier, Lisbeth? Müsstest du nicht für die Franzosen nähen?«

»Was ist eigentlich los mit dir? Wieso bist du so garstig zu mir?«

»Ich bin nicht garstig. Im Gegenteil. Ich bin lieb zu dir, merkst du das nicht?«

»Du schaust mich an, als wärst du ein Wolf und ich das Lamm, das du reißen willst.«

»Ist es das, was du willst? Willst du, dass ich grob zu dir bin? Weißt du, Lisbeth, ich würde alles tun, wenn du mich nur lieben könntest.«

»Dann fang doch mal damit an, mir nicht ständig hinterherzulaufen. Ich mag es nicht, beim Baden beobachtet zu werden.«

»Ich hab dich nicht beobachtet. Ich wusste gar nicht, dass du am See warst. Ich bin gerade die Straße am Kloster vorbeigegangen, und da hab ich dich den Weg heraufkommen gesehen.«

Lisbeth versuchte, in seinem Gesicht zu lesen, doch weil er so schlicht war, konnte sie aus den wenigen Regungen, zu denen er fähig war, keine sichere Erkenntnis darüber gewinnen, wie ehrlich er zu ihr war.

»Das Dorf liegt in dieser Richtung«, sagte sie. »Du brauchst nur dem Pfad zu folgen.«

»Sei doch nicht so zu mir.«

»Ich bin, wie ich bin, und ich mach, was ich möcht'.«

»Und was machst du, wenn ich dich jetzt einfach an mich reiße?«

Lisbeth kannte den fiebrigen Glanz in seinen Augen, und auch sonst konnte sie seine unbeherrschte Erregung nicht ignorieren, so gern sie auf den Anblick der zuckenden Ausbeulung in seiner Hose auch verzichtet hätte.

Sie wurde weiß bis in die Lippen und wollte etwas sagen, brachte aber keinen vernünftigen Ton heraus. Auch wenn sie immer von sich glaubte, ein furchtloser Mensch zu sein, lähmte sie diese unverhohlene Androhung von Gewalt. Sich hilflos zu fühlen war schlimm genug, aber dazu auch noch machtlos gegenüber dem, was gerade mit ihr geschah, ließ sie stumme Schreie von sich geben, die in ihrem Kopf wie Schläge auf ein Tamburin hallten. Ihre Schultern sackten herab, und hätte sie nicht einem Instinkt folgend den vom Unterarm rutschenden Korb aufgehalten, hätten sich alle Beeren über den Waldweg verstreut.

Mathias trat auf sie zu. Streckte seine Arme nach ihr aus. Seine Finger waren wie Krallen gespreizt, als wollte er Furchen durch ihre Wangen ziehen. Er packte sie und zog sie an sich.

Wenn er jetzt tut, wohin seine Lust ihn peitscht … wie soll ich mich wehren?

Das Bild von damals schob sich vor ihr inneres Auge. Das Bild der Mutter, wie sie geschunden und missbraucht nur wenige Meter vor dem alten Hof im Gras lag.

»Nicht, Mathias, bitte.«

»Komm schon, Lisbeth. Es wird dir gefallen, ich weiß es. Niemand stört uns.«

Er nestelte mit einer Hand bereits an seiner Hose herum, während er mit der anderen noch fest ihren Oberarm drückte und sie vor sich herschob.

»Nein, hör auf. Bitte, Mathias, bitte …«

Sie drehte den Kopf zur Seite. Ihre Augen füllten sich mit Tränen. Sie wich zurück und stolperte über einen Wurzelausläufer, und als er sie zu Boden stieß, konnte sie sich gerade noch halbwegs mit den Händen abfangen, bevor sie hart auf den Hintern fiel.

Drei schnelle Schritte nur, und Mathias war über ihr. Seine groben Hände packten sie an den Schultern und hielten sie niedergedrückt. Der Stoff ihres Kleides riss an der Schulter ein. Mathias versuchte, sie zu küssen, doch sie wich seinen Lippen im letzten Moment aus. Ungestüm fingerte er über ihren Oberkörper, tastete plump über ihren Busen. Er keuchte, verdrehte die Augen. Unbeholfen versuchte er, mit einer Hand ihre Bluse zu öffnen. Es gelang ihm nicht, also zerrte er daran. Ein Knopf riss ab, und der aufklaffende Stoff gab ein Stückchen nackter Haut preis. Lisbeth bekam eine Hand unter seinem Körper frei und schlug ihm ins Gesicht. Es störte ihn nicht.

»Wehr dich doch nicht so.«

»Nicht, bitte nicht. Lass mich – bitte, lass mich.«

»Du kennst mich doch, Lisbeth. Ich tu dir nicht weh. Ganz bestimmt nicht.«

»Aber ich werde dir wehtun, wenn du sie nicht in Ruhe lässt.«

Plötzlich war sie da, die Stimme in Mathias' Rücken. Noch verbarg der Schatten eines tief hängenden Astes das Gesicht, zu dem die Stimme gehörte. Scharf und unmissverständlich als Drohung zu verstehen.

Johann trat zwischen den Bäumen am Hang hervor.

Lisbeth hätte sich in die Schürze gelogen, wenn sie behaupten würde, ihr Herz würde nur noch aus Furcht schneller schlagen. Sofort war ihr klar, wer sie unten am See beobachtet und nackt baden gesehen hatte. Eine verstörende Erregung breitete sich in ihrem Unterleib aus. Genau das konnte sie jetzt überhaupt nicht gebrauchen, stand sie doch in eklatantem Widerspruch zu dem, was ihr gerade widerfuhr.

Mathias ließ von ihr ab. Umständlich stand er auf. »Was wollen Sie von mir? Ich rede mit der Frau, die ich heiraten werde. Ich wüsste nicht, was Sie das angeht?«

»Ich habe Augen, und ich habe Ohren. Beides hilft mir zu entscheiden, was mich etwas angeht und was nicht«, sagte Johann.

Er trat näher. Sein Schritt war ruhig, täuschte eine Gelassenheit vor, die von seiner wachsamen Körperanspannung Lügen gestraft wurde. Lisbeth spürte vom ersten Augenblick an, dass dieser Mann bereit war zu reagieren. Worauf auch immer, aber in jedem Fall kompromisslos. Er kam bis auf vier Schritte an Mathias heran und ließ ihn nicht aus den Augen, wenn auch sein Blick für eine Sekunde zu Lisbeth schwenkte, als wollte er sich noch einmal vergewissern, dass sie es war, für die er sich einsetzte.

»Also den wollen Sie heiraten?«, fragte er. Sein herausforderndes Lächeln gefror zu einer gefährlichen Maske.

Lisbeth räusperte sich. »Nein, natürlich nicht.« Umständlich rappelte sie sich vom Boden auf und klopfte sich den Sand von der Kleidung.

Johann wandte sich wieder Mathias zu. »Wenn das so ist, sieht das hier für mich so aus, als wollten Sie dieses junge Mädchen bedrohen, offensichtlich sogar vergewaltigen.«

»Will ich nicht.«

»Sie haben sie bedrängt.«

»Hab ich nicht.«

»Sie haben sich ihr in den Weg gestellt und sie am Arm festgehalten. Richtig nett sah das nicht aus.«

»Ich wollte nur nicht, dass sie einfach weggeht.«

»Wollten Sie gehen?«, fragte Johann Lisbeth.

»Ja.«

»Also hat er Sie am Weggehen gehindert. Nicht gut, Mathias, so heißen Sie doch, nicht wahr? Also, Mathias, was soll ich jetzt von Ihnen denken?«

Mathias starrte zwischen Lisbeth und Johann hin und her. »Was geht's dich an?«, raunte er. »Wer bist du überhaupt?

Du kommst hierher, übernimmst den Polizeiposten, und niemand weiß, wer du eigentlich bist?«

Johann reagierte nicht darauf. Ohne ihm den Rücken zuzukehren, wandte er sich stattdessen an Lisbeth. »Sie wollten gehen, also gehen Sie. Ich werde mich noch ein wenig mit Mathias über die Schönheit dieser Wälder unterhalten.«

Nach einem kurzen Zögern wandte sich Lisbeth um und ging den Weg hoch, der hinter der Biegung nach Brunnenweiler hinunterführte. Nach wenigen Metern beschleunigte sie ihre Schritte. Aufgewühlter, als sie sich gerade fühlte, konnte die Erde an einem Maulwurfshügel auch nicht sein.

Schließlich lief sie los, immer schneller, so schnell ihre Füße sie trugen.

Später am Tag klopfte Johann an ihre Tür. Lisbeth öffnete zwar, wagte aber nicht, ihn ins Haus zu bitten. Auch wenn er der Gendarm war, so hatte er etwas an sich, das ein Alleinsein mit ihm gefährlich erscheinen ließ.

Hastig fuhr sie sich mit einer Hand durchs offene Haar und strich es auf einer Seite hinter das Ohr. *Ob er mich berühren will? Etwa als Dankeschön für sein Einschreiten?* Lisbeth schüttelte den Kopf, und schon waren die Haare wieder übers Ohr gerutscht. *Dieser selbstgefällige Lump, was will der hier?*

Zu ihrer Erleichterung bat er gar nicht darum, eintreten zu dürfen. *Warum eigentlich nicht?*

Johann hielt sich nicht mit einer langen Vorrede auf. Eindringlich sah er sie an. »Warum wehrst du dich nicht?«

»Wie ...?«

»Warum wehrst du dich nicht?«

»Aber Sie tun mir doch nichts.«

»Nicht gegen mich. Gegen Mathias.«

»Ah, ach so … was würde mir das bringen außer den Arm voller blauer Flecke? Sie haben gesehen, wie kräftig Mathias ist. Was kann ich gegen ihn ausrichten?«

Johann sah an ihr herab. Vom Hals abwärts über ihren Busen, ihren Bauch, ihre Hüften, die Beine entlang bis hinunter zu den Schuhen, die ihre Füße verbargen.

»Mehr, als du denkst«, sagte er. »Auf jeden Fall mehr, als du dir zutraust. Weißt du denn gar nicht über dich Bescheid? Du könntest dich so gut gegen ihn wehren.«

»Ach, und wie?«

»Leg ihn herein, und dann schlag zu.«

Sie hielt den Atem an. *Und wie wehre ich mich gegen deine Blicke, die mich wunderbar schmerzen?*

Johann stemmte eine Hand gegen die Eichenholztür, recht nah über Lisbeths Fingern, die sie aufhielten. Er drehte den Kopf zur Seite und ließ seinen Blick über den Dorfplatz schweifen. Ein Hund döste faul im Schatten des Baums. Er schien schlecht zu träumen, denn mit einer Pfote fuhr er sich immer wieder über die Schnauze.

»Du magst mich nicht, hab ich recht?«, wandte er sich wieder Lisbeth zu. Es klang aufrichtig bedauernd.

»Darüber habe ich nicht nachgedacht.«

»Das solltest du aber. Es gibt sicher einige Mägde, die auf der nächsten Kirchweih gerne mit mir tanzen möchten.«

»Ich würde es nicht als tanzen beschreiben.«

»Nein?«

»Nein, aber sicher als bewegungsfreudig.«

Johann bedachte sie mit einem sonderbaren Ausdruck, bevor er den Kopf senkte, als würde er sich für seine Gedanken schämen. »Bis die Sache mit Mathias endgültig geklärt ist, sollten Sie besser nicht mehr ohne Begleitung durch den Wald gehen«, sagte er.

Oho, wieder weg vom herzlichen Du?

Lisbeth lächelte schmal. Sie griff hinter die Tür und zog die alte Flinte ihres Vaters hervor. »Ich bin nicht ohne Begleitung«, sagte sie.

Anerkennend pfiff Johann zwischen den Zähnen, bevor er Lisbeth aufforderte, die Waffe auf ihn zu richten.

»Ich soll was?«

»Richten Sie die Flinte auf mich.«

»Warum sollte ich?«

»Machen Sie's einfach. Sie behaupten, Sie können sich wehren. Ich will wissen, wie ich mir das vorzustellen habe.«

In Lisbeths Augen funkelte es gefährlich. »Vielleicht drücke ich ab?«

»Das wäre jammerschade und sicherlich vermeidbar.«

»Ich könnte allen sagen, es wäre ein Unfall gewesen.«

Mit einem Ruck stemmte Lisbeth den Schaft gegen die rechte Schulter, hielt die Flinte gerade und gegen Johanns Kopf gerichtet.

»Bumm«, sagte sie.

Johann packte schneller zu, als sie ausatmen konnte. Mit nur einer Hand drückte er den Lauf seitlich von sich weg und zwischen ihnen beiden zu Boden. Gleichzeitig zog er kräftig, und schon hielt er die Flinte in der Hand.

»Selber bumm«, sagte er ohne den Anflug eines Triumphes in der Stimme.

Lisbeth staunte ihn mit offenem Mund an, und es war ihr egal, dass sie in diesem Moment vermutlich nicht wie ein denkendes Wesen aussah.

Johann reichte ihr die Waffe zurück. »Lern dich zu wehren«, sagte er. »Je früher, umso besser.«

Dann ging er über den Dorfplatz zur Gendarmerie hoch.

9

»Du hörst mir nicht zu, Gaspard.«

Paty war unkonzentriert. Er bedauerte es, denn er wollte Cecile nicht kränken. Es bestand kein Anlass dazu, auch wenn sie es ihm mit ihrem endlosen Geplapper schwer machte. Aber er war nicht der Mensch, der Kränkungen einsetzte, um anderen ihre Unzulänglichkeiten vor Augen zu führen.

»Verzeih mir, Cecile. Ich war abgelenkt.«

»Wie heißt sie? Muss ich mir Sorgen machen? Sollte ich jemanden beauftragen, sie zu töten?«

Paty rang sich ein verkrampftes Lächeln ab. Solche Sachen erledigt man selbst, dachte er. Aber als Tochter des *maire* von Coblenz war Cecile es gewohnt, immer jemanden zu haben, der ihre Angelegenheiten regelte. Früher waren es beide Eltern gewesen, nach dem Tod der Mutter nur noch ihr Vater, der dafür mit doppelter Inbrunst, und seit sie eine hübsche junge Dame geworden war, konnte sie unter ihren Verehrern auswählen, wer für welche Tat am geeignetsten war. Und seit ein paar Monaten hatte sie ja auch ihn, Gaspard Paty, den nächsten Mann, der sich ihren vielfältigen Launen hingab.

»Es besteht kein Grund zur Sorge«, sagte er.

Zu seiner Schande musste er sich eingestehen, dass er, noch während er es aussprach, an Lisbeth dachte. *Ob sie in Gefahr schwebt?* Seit seiner Unterredung mit Anton Keil vor zwei Wochen drehte sich sein Gedankenkarussell. Was, wenn es stimmte und sich der Schinderhannes tatsächlich in Lisbeths Dorf versteckte? Keil hatte die unglückselige Saat ausgelegt, und es hatte nicht lange gedauert, bis sie in Patys Kopf aufgegangen war.

»Lass uns zu dem Stand des Tuchmachers dort vorne gehen«, schlug er vor. »Vielleicht findest du Gefallen an einem Stoff für einen neuen Umhang? Ich habe gehört, der Händler gehört zu den Besten seines Fachs. Und immerhin hat er den weiten, beschwerlichen Weg von Simmern herüber geschafft, ohne überfallen zu werden. Das allein verdient schon eine Aufmerksamkeit.«

Bislang hatte sich der gemeinsame Spaziergang über den Coblenzer Markt weder durch besondere Ware noch bemerkenswerte Neuigkeiten ausgezeichnet.

Cecile sah ihn tadelnd an. »Gaspard, ich hatte dich doch gebeten, mich mit diesen unschönen Geschichten zu verschonen. Ich will nicht wissen, wer alles ausgeraubt wird, bevor er die Stadttore erreicht.«

Niedergeknüppelt traf es wohl besser. *Ausgeraubt* klang in diesem Zusammenhang so harmlos, als hätte man auf einer Kirchweih seine Geldbörse beim Tanzen verloren.

»Entschuldige, Cecile.«

Warum entschuldigte er sich eigentlich? Es war die Welt, in der sie lebten, die schlecht war, nicht er.

»Du verdrießt mich. Das musst du wiedergutmachen. Lass uns zu dem Goldschmied dort gehen. Mir scheint, er hat ein paar Broschen.«

Hübsch ist Cecile ja, fand Gaspard, aber auch sehr fordernd in den Dingen, die sie wünschte, und wenig verständnisvoll in dem, was alle anderen gerne hätten. Sie zog ihre zierliche Nase kraus, wie immer, wenn sie ihren Willen durchsetzen wollte. Paty hatte sie längst schon durchschaut. Cecile wusste genau, welchen Vorteil ihr der richtige Einsatz ihrer Niedlichkeit verschaffte, und ihre Nase hatte sie dabei als besonders wirkungsvolles Mittel erkannt. Leider hatte er es in den vergangenen Monaten noch nicht geschafft, sein Verhalten an das einer tadellos erzogenen Tochter aus gutem Haus anzupassen. Er wollte es, sicherlich, doch er fand es recht mühsam, Cecile in einem fortwährenden Zustand ihres egoistischen Glücks zu halten und ihre wechselhaften Launen so zu erahnen, dass keine Missstimmung zwischen ihnen aufkam.

Sie schlenderten am Tuchmacher vorbei und steuerten auf den Goldschmied zu.

»Also, mein lieber Gaspard, so leicht kommst du mir nicht davon. Was habe ich eben gesagt?«

Als ob ihn das interessierte. Es gab Wichtigeres als die Frage, welcher Blumenschmuck den Blauen Salon im Haus ihrer Eltern diesen Morgen mit seinem Blütenduft verzauberte.

»Verzeih, meine Liebe. Ich war tatsächlich in Gedanken.«

»Wie häufig in letzter Zeit, wenn wir zusammen sind. Sollte ich das als Affront auffassen?«

»Es gibt Geschehnisse, die mir jüngst zugetragen wurden und die mir noch durch den Kopf gehen.«

Paty ärgerte sich, dass er sich rechtfertigte. Hatte er das wirklich nötig? Manchmal bedauerte er, den nicht unerheblichen Reizen ihres Körpers verfallen zu sein. Das erschwerte es, sich für immer von ihr zu verabschieden. Er seufzte. Er war halt nur ein einfacher Mann aus der französischen Provinz, den die Wirren des Krieges nach Coblenz verschlagen hatten.

»Und was ist es, das dir zugetragen wurde?«, fragte sie.

»Es betrifft einen Kanton, der in die Zuständigkeit meines Arrondissements fällt. Sieh es mir nach, Cecile, aber ich nehme meine Aufgabe sehr ernst und versuche, das Gebiet so zu verwalten, dass auch die Menschen, die nicht in den Städten wohnen, sondern auf dem Land, sich sicher fühlen dürfen.«

»Geht es wieder um diese Räuberbanden?« Cecile seufzte demonstrativ. »Ach, wie unerfreulich diese Leute sind. Immer machen sie Ärger. Immer müssen sie andere überfallen, um sich selbst zu bereichern. Können die nicht arbeiten wie alle anderen auch?«

Wenn Paty diesen Spaziergang nicht in einem Fiasko enden lassen wollte, war es besser, sich jetzt jeden Kommentar über Ceciles eigenes Bedürfnis nach körperlicher Arbeit zu verkneifen. Aber auch wenn er es anders formulieren würde, vom Grundsatz her waren er und Cecile ja einer Meinung. Wie auch der Großteil der Menschen im Rheinland. Sicher, es gab immer welche, die solche Schurken wie den sogenannten Fetzer oder eben auch den Schinderhannes mehr bewunderten als diejenigen, die für Recht und Gesetz eintraten. Gaspard hatte bis heute nicht verstanden, was in diesen Köpfen vorging. Dies einzig mit Aufmüpfigkeit allen Obrigkeiten gegenüber zu erklären war zu einfach. Auch patriotischer Widerstand konnte nicht die Erklärung sein, wenn sich die Überfälle gegen Kaufleute und Landwirte richteten. Gaspard war überzeugt, dass viele der Kriminellen ganz einfach nur ihre Habgier und vielleicht sogar pure Lust am Morden hinter solch fadenscheinigen Vorwänden wie *Gerechtigkeit für alle* versteckten. Zur Erlangung dieser Gerechtigkeit war Frankreich doch hier. Um die Werte der Revolution zu verbreiten. Nicht umsonst waren seit Februar 1798 die linksrheinischen Gebiete an Frankreich gefallen, und nicht umsonst hat Napoleon darauf gedrängt, diese Gebiete nach französischem Vorbild in Departements zu strukturieren. Gaspard vertraute darauf, dass die Deutschen schon bald begriffen, um wie viel gerechter und sicherer ihr

Leben werden würde, wenn sie sich auf Frankreich einließen. Ein erster Schritt war ja schon getan. Die neue Form der französischen Rechtsprechung wurde immer mehr übernommen und angewandt. Alles andere wäre aber auch unverständlich gewesen, immerhin bedeutete es, dass das Recht nicht mehr in der willkürlichen Hand von Kirche und Fürsten lag, sondern von Richtern. Und dass es Verhandlungen gab, in denen sogar der Beschuldigte gehört wurde.

Doch, Gaspard war von der Richtigkeit seines Handelns absolut überzeugt. Dennoch kam es vor, dass er in der Amtsstube saß, den Kopf zur hohen Decke richtete und sich erinnerte, wie sein Leben als Offizier der berittenen Armee gewesen war. Und nicht selten wunderte er sich, dass er es vermisste, obwohl dieses frühere Leben voller Entbehrungen, Hunger und Blut gewesen war.

Der Goldschmied breitete auf einem Samtdeckchen seine kostbare Ware aus. Stolz bat er Cecile, die Stücke in die Hand zu nehmen und zu prüfen.

»Wirst du wieder mit der Patrouille reiten?«, fragte Cecile nebenbei. Als Gaspard nicht sofort antwortete, wusste sie, dass er sich mit diesem Gedanken trug.

»Es ist wichtig, dass ich weiß, was vor sich geht«, sagte er.

»Ich weiß nur, dass du nicht mehr bei den Dragonern bist. Du hast deine Soldaten für diese Patrouillenritte. Niemand erwartet von dir, dass du deinen Amtsstuhl gegen einen Sattel eintauschst. Deine Männer können alle Aufgaben im Land erledigen. Sollen sie doch die Räuber schnappen und dabei ihr Leben riskieren. Du brauchst nur Papiere zu unterschreiben. Ich dachte, das ist es, worauf wir uns geeinigt haben?«

Haben wir? Gaspard konnte sich nicht erinnern, mit Cecile darüber gesprochen zu haben. Ihm missfiel zusehends ihr forderndes Auftreten ihm gegenüber, das immer stärker auf schleichende Weise einen Besitzanspruch verdeutlichte.

»Ich muss mit eigenen Augen sehen, was in meinem Departement und meinem mir noch näher liegenden Arrondissement Coblenz vor sich geht. Ich muss wissen, was die Menschen beschäftigt. Und ich muss mich zeigen, damit die Menschen ihre Vorbehalte uns Franzosen gegenüber verlieren und sich unseren Vorstellungen öffnen.«

»Was kümmern uns die Vorbehalte? Letztes Jahr ist uns dieser Teil des Rheinlands durch den Frieden von Lunéville zugesprochen worden. So viel weiß sogar ich, und dieser Vertrag sollte reichen, um sich uns zu öffnen, denkst du nicht?«

Nein, so dachte er nicht. Und Ceciles überhebliche Ahnungslosigkeit begann ihn zu ärgern. Mit jedem Treffen wuchs sein Wunsch, die Verlobung zu lösen, doch dann wäre er seine Position in der Präfektur auch los, und er könnte nur noch eine Karriere bei irgendeinem Abdecker einschlagen. Um das Gespräch nicht endgültig in einen Streit eskalieren zu lassen, musste er zum letzten Mittel greifen. Er blieb stehen, zog Cecile an sich und küsste sie. Wenn das jetzt nicht half, sowohl ihre als auch seine eigene aufkommende Verärgerung zu besänftigen, dann wusste er auch nicht mehr weiter.

Frauen waren kompliziert, oder war er es, weil er sich Gedanken über sie machte?

Sie löste sich von seinen Lippen und hielt ihn mit beiden Händen auf Distanz. Argwöhnisch beäugte sie ihn von der Seite.

»So hast du mich schon lange nicht mehr geküsst, Gaspard, und dann auch noch in der Öffentlichkeit.« Verschämt versuchte sie, mit einer Hand ihre errötenden Wangen zu bedecken. »Oder war es gerade nicht *ich*, die du geküsst hast?«

Gaspard zuckte unmerklich zusammen. Ein bitterer Nachgeschmack tötete die Süße des Kusses augenblicklich ab.

Schweigend spazierten sie weiter und ließen den Goldhändler verwirrt mit seiner Auslage zurück. Er wagte nicht, Cecile zu bitten, das anprobierte Armband wieder abzulegen. Nach ein paar Schritten bemerkte Gaspard das Glitzern an Ceciles Handgelenk, ging zum Händler zurück und bezahlte das Armband.

Im Grunde ist es doch so, dass auch Cecile merken müsste, dass wir beide nicht zusammengehören, dachte Paty. Doch es wäre eine unverzeihliche Demütigung für sie gewesen, hätte er die Verlobung gelöst. Allerdings darauf zu hoffen, dass sie es tat, schien ihm auch vergebens. So musste sich eine Fliege im Spinnennetz fühlen. Zu wissen, keinen Ausweg zu haben, weil man festklebt an etwas, das man gerne von sich stoßen möchte.

Später, nachdem er sich formvollendet von Cecile verabschiedet hatte und wieder über die Castorpfaffengasse in seine Amtsstube zurückgekehrt war, setzte er sich in den Stuhl und starrte minutenlang vor sich hin. Cecile erschöpfte ihn. Es waren noch nicht einmal so sehr die unterschiedlichen Auffassungen, die eine Verbindung mit ihr unmöglich erscheinen ließ. Eher Ceciles Gespür für die Dinge des Herzens, die sie in ihm aufspürte. Sie ließ ihn wissen, dass er weder ihr noch sich selbst etwas vormachen konnte. Nicht zum ersten Mal deutete sie eine Möglichkeit an, die Gaspard vielleicht nicht wahrhaben wollte.

Er schloss die Augen und rieb sich mit Daumen und Mittelfinger über Stirn und Nasenwurzel. Warum nur konnte er Cecile nicht die Liebe entgegenbringen, die sie sich wünschte?

Es klopfte an die Tür. Ein Sekretär ließ ihn wissen, dass die Uniformröcke, Hosen, Strümpfe und Stoffe tadellos genäht und gestopft von der Patrouille auf ihrem Rückweg aus dem kleinen Dorf zurückgebracht wurden. Ein Weiler, dachte Gaspard müde, es ist ein Weiler, kein Dorf. Was war so schwer daran, es zu verstehen? Er riss sich zusammen, um seinen Unmut nicht am Falschen auszulassen.

»Gibt es für die nächste Patrouille wieder neue Kleidung zum Abliefern?«, fragte der Sekretär.

Gaspard nahm die Hand von der Stirn und nickte. »Es kann alles bei Bürger Heckmann abgeholt werden.«

»Verzeihen Sie, wenn ich frage, aber weshalb lassen wir die Näharbeiten nicht hier in Coblenz erledigen?«

»Wir dürfen die Landbevölkerung nicht vergessen«, sagte Gaspard. »Denken Sie daran, dass Frankreich bei der Eroberung den Menschen in diesen Gebieten viel abverlangt hat. Und auch jetzt noch nehmen wir vielen Familien die wehrfähigen Söhne, damit Napoleon seine Kriege weiterführen kann. Da ist es nur recht, sie mit solchen Kleinarbeiten für ein paar Taler und Golddukaten zu entschädigen.«

Der Sekretär nickte zwar, aber es sah nicht so aus, als habe er die Erklärung verstanden. Bevor er sich umdrehte, hielt Gaspard ihn auf.

»Wann werden die nächsten Näharbeiten fortgebracht?«

»In zehn Tagen.«

»Bleiben Sie noch einen Moment vor der Tür.«

Gaspard wartete ab, bis die Tür sich geschlossen hatte. Dann riss er zwei Knöpfe von den Ärmeln seiner tadellosen Jacke ab. Die Jacke übergab er dem vor der Tür wartenden Sekretär.

»Das kommt noch auf den Stapel für die Näherin«, sagte er.

Für Lisbeth.

Aber das sprach er nicht laut aus.

10

Lisbeth war in den frühen Morgenstunden hoch in den Hangwald gegangen, um Bärlauch zu sammeln. In der Nacht hatte es lange geregnet, und so waren die Straßen voller Schlamm und Pfützen und der Waldboden weich und matschig.

Abseits der alten Poststraße stapfte sie zwischen Bäumen und Sträuchern und über Wurzelgeflecht. Noch hielt sich der Frühnebel hartnäckig über dem Waldboden und trug neben frischer Luft auch den modrigen Geruch von feuchter Erde an sie heran.

Sie zog die Bändchen ihrer Haube unter dem Kinn fester. Meistens verzichtete Lisbeth auf eine Kopfbedeckung, wenn sie in den Wald ging, aber heute Morgen war es einfach zu kühl um die Ohren. Vielleicht auf dem Rückweg, überlegte sie. *Da pack ich es in die Schürzentasche.*

Nebelschwaden waberten um ihre Beine. Diese frühe Stunde hatte Lisbeth schon immer genossen. Es war nicht die Einsamkeit, die ihr gefiel, nein, die fände sie auch, wenn sie sich zu Hause einschloss. Es war die Kraft der Schöpfung, die sie verspürte. Alles schien in der kurzen Zeit, wenn die Nacht verschwand und bevor der Tag erwachte, noch in Einklang mit sich selbst zu sein.

Aber heute konnte sie sich gar nicht richtig konzentrieren. Ab und zu pflückte sie Bärlauch, aber sie war nicht bei der Sache. Ihr fiel selbst auf, dass sie ein wenig ziellos umherlief.

Etwas hatte sich verändert in diesem Frühling. Lisbeth konnte es nur nicht benennen. In den vergangenen Wochen hatte sie sich immer häufiger dabei ertappt, dass sie sich sinnlose Fragen stellte, wie zum Beispiel, was Johann wohl gerade machte. Oder wo er war, denn er hielt sich wahrlich nicht von morgens bis abends in der Gendarmerie auf. Die Frage, bei wem er sein könnte, verbannte Lisbeth aus ihren Überlegungen. Es war ja sowieso unwichtig.

Er war ja so unwichtig.

Einige aus Brunnenweiler maulten, weil sie der Ansicht waren, ein Gendarm müsse dort anzutreffen sein, wo man ihn im Notfall auch suchte, aber Lisbeth hatte schnell erkannt, dass diese Forderungen ausschließlich von den Männern kamen. Vermutlich, weil jeder fürchtete, dass Johann gerade um seine Frau herumscharwenzelte. Ganz unrecht haben sie wohl nicht damit, dachte Lisbeth. Manche munkelten, dass sogar Margarethe Blasius, die Frau des *maire*, trotz ihrer verblühenden Jahre Johanns Charme aufs Heftigste verfallen sei.

Nicht, als ob mich das kümmern würde. Nein, das tat es nicht. Ganz bestimmt nicht. Es ist mir ja so was von gleich, was der Herr Fenkel treibt und mit wem.

Blieb nur abzuwarten, wann der erste Ehemann dem guten Johann eins auf die Nase gab, aber noch traute sich niemand an ihn heran. Na ja, das stimmte so auch nicht. Die Mägde und manche Ehefrauen trauten sich schon an ihn ran. Manchmal, wenn Lisbeth am Fenster ihrer Wohnstube saß und nähte, hatte sie sogar beobachten können, wie sich einige der kichernden Mägde eine Abfuhr von Johann holten. Lisbeths Herz hatte dann einen freudigen Hüpfer getan.

Aber nicht, dass mich das wirklich interessiert. Soll er doch machen, was er will.

Außerdem war es jetzt wichtiger, den Korb mit Bärlauch zu füllen, anstatt an Johann zu denken. Schließlich war sie einzig aus diesem Grund den Waldweg entlanggegangen. Der Korb war noch nicht einmal zur Hälfte gefüllt. Dabei wuchs um sie herum doch so viel, dass der ausströmende Duft des Bärlauchs sie beinahe so benebelte, als hätte sie zu viel Knoblauchschnaps getrunken. Doch das war es nicht allein, was sie veranlasste, mitten auf dem Weg stehen zu bleiben. Etwas Beunruhigendes lag in der Luft. Der Wald hatte sich verändert.

Von einem Moment zum anderen hatte sich die Atmosphäre verändert. Lisbeth rührte sich nicht. Sie lauschte. Alles still. Zu still. Kein Vogel über ihr in den Ästen und auch keiner, der in den Blättern auf dem Waldboden raschelte. Als hätte die Welt aufgehört, lebendig zu sein.

Der lautlose Wald begann Lisbeth zu ängstigen.

Die gleiche Stille wie damals.

Instinktiv begann sie, ihre Atmung anzupassen. War da nicht eben etwas gewesen? Sie drehte sich auf der Stelle stehend herum. Ihr Rock streifte über einen Strauch kleiner wilder Erdbeeren. Nichts zu sehen. Niemand hinter den Bäumen.

Da, schon wieder. Sie täuschte sich nicht. Ein Geräusch, ganz sicher. Wieder wandte sie sich um, blickte angestrengt zu den nah beieinanderstehenden Bäumen. Ein Gefühl der Enge befiel sie. Sie spähte nach …, ja, wonach denn nur? Als wäre sie eingekreist von etwas, das es nicht gab, weil sie es nicht sehen konnte.

Diesmal kam das Geräusch von weiter entfernt. Sie kannte es, konnte es aber nicht zuordnen.

Ich habe keine Angst. Ich habe keine …

Hin- und hergerissen zwischen der Vernunft, von hier zu verschwinden, und der Neugier, woher das Geräusch stammte, verließ sie den Waldweg und stapfte durchs Unterholz, bis sie nach nicht einmal dreißig Metern auf die nahe

Poststraße traf. Sie blieb im hohen Gras am Straßenrand stehen und sah sich um. Völlig einsam und ruhig lag die Straße in beiden Richtungen vor ihr.

Ich hab' mich wohl getäuscht.

»Ich sollte aufhören, hinter allem irgendwas zu vermuten.« Über sich und ihre Furcht selbst lachend schüttelte sie den Kopf. Manchmal konnte sie schon töricht sein.

Und da klackte es wieder, diesmal so deutlich, dass sie es nicht mehr als Täuschung abtun konnte. Lisbeth fasste sich mit einer Hand an den Hals, als wollte sie einen erschreckten Schrei unterdrücken. Ihr Körper spannte sich sofort derart stark an, dass Schmerzen wie Stiche durch Schultern und Nacken jagten.

Dieses Klacken, jetzt erkannte sie es. Sie hatte es schon mal gehört. Jemand hatte den Hahn einer Pistole gespannt.

Ich sollte verschwinden.

Ihre Beine rührten sich nicht. Unfähig, einen Schritt zurück ins Unterholz zu setzen, um weg von der Straße zu kommen, verharrte sie stocksteif. Ihr Unterarm, mit dem sie den Korb gegen ihren Körper presste, begann zu zittern.

Dann vernahm sie ein leichtes Donnern in der Ferne. Nicht von oben, kein Gewitter, sondern von der Straße her, noch weit hinter der Biegung, die sie von hier aus gerade noch sehen konnte.

Eine Kutsche, natürlich. Pferdehufe trommeln über die Straße.

Im Augenwinkel sah sie, wie sich die Büsche seitlich von ihr teilten und jemand auf sie zurannte. Es ging zu schnell, um zu reagieren. Sie wurde um die Hüfte gepackt und zurück in die Büsche am Waldrand mitgerissen. Blätter wirbelten auf, und Zweige knackten unter ihrem Gewicht, als sie hart auf den Boden prallte, den Körper des Angreifers schwer auf ihr. Mit dem Gesicht voller Erde versuchte sie sich zu wehren, doch der andere hielt sie mit seinen Armen so fest, dass sie sich nicht bewegen konnte. Nicht einmal, als er sie hinter ein dicht bewachsenes Gebüsch schleifte, mit dem Gesicht über den modrig riechenden Waldboden. Endlich ließ er ihre Arme los. Sie wollte schreien, doch eine Hand hielt ihren Mund fest geschlossen, so fest, dass ihre Lippen gegen die Zähne gepresst wurden.

»Scht, sei still«, zischte es.

Johann?

»Verhalt dich ganz leise und beweg dich nicht mehr. Leg dich auf den Bauch.«

Johann ließ von ihr ab und schaufelte rasch mit beiden Händen Blätter über sie.

»Kopf runter. Nimm dein weißes Häubchen ab, das ist sonst zu sehen.«

Unwillkürlich tat Lisbeth, was er sagte. Seine Stimme klang bedrohlich, obwohl er so leise sprach, dass sie ihn kaum verstand. Aber der Ausdruck in seinem Gesicht war so wachsam, als balancierte er am Abgrund einer Schlucht. Nichts ließ sie auch nur eine Sekunde daran zweifeln, dass sie auf ihn hören sollte.

Er drückte sich neben sie auf den Boden. Noch einmal legte er den Zeigefinger an die Lippen. Diesmal nickte sie – und erschrak, als sie sah, wie Johann so geräuschlos wie möglich eine Pistole aus seiner Jacke zog. Die überkreuzten Arme von sich gestreckt, lag er konzentriert so nah neben ihr, dass sie sein Atmen nicht nur leise hören, sondern auch an ihrer Seite spüren konnte. Die angenehme Wärme seines Körpers verwirrte sie. Sie sollte ihn von sich stoßen, so eng an ihr hatte er schließlich nichts zu suchen. Andererseits beruhigte er sie auch, und schließlich musste sie sich eingestehen, dass es ihr gefiel. Selbst in einer solchen Situation, in der auch sie längst begriffen hatte, dass sie in Gefahr waren.

Unauffällig betrachtete sie Johanns Gesicht, sie hätte mit ihrer Zungenspitze seine Lippen berühren können, so nah war es. Als wären ihre Gedanken wie der Samen einer Pusteblume zu ihm geflogen, drehte er sich plötzlich zu ihr herum. Instinktiv duckte sie sich unter seinem harten Blick weg.

»Was?«, zischte er. Offensichtlich gingen ihm andere Gedanken durch den Kopf als ihr.

Lisbeth schüttelte den Kopf. Eine Haarsträhne rutschte ihr in die Stirn. Als Johann das sah, bekam sein Gesicht einen überraschend zärtlichen Ausdruck. Vorsichtig hob er die linke Hand und schob mit zwei Fingern die Strähne zurück. Er streifte ihre Haut auf eine Weise, wie sie Lisbeth bislang nicht kannte. Ja, nicht einmal geahnt hatte, dass es eine solche Berührung geben könnte.

Gleich darauf ruhte seine linke Hand wieder auf der rechten, die fest den messingbeschlagenen Holzgriff der Pistole umschloss. Der flüchtige Zauber des Augenblicks wich beklemmender Anspannung.

Die Kutsche rumpelte um die Biegung und verlangsamte das Tempo. Der geschlossene Wagen wies an der Seitentür kein Wappen auf, dennoch war an den außen angebrachten feinen Verzierungen und Beschlägen zu erkennen, dass ein gut betuchter Kaufmann reiste.

Gerade als Lisbeth Johann an die Schulter fassen wollte, um ihn zu fragen, weshalb sie sich hier im Unterholz versteckten, geschah es.

Wenige Meter nach der Biegung, noch bevor die Pferde das Tempo wieder anziehen konnten, sprangen zwei wild aussehende Kerle auf die Straße. In ihren Händen hielten sie Pistolen. Sie zielten auf den Kutscher, der sofort an den Zügeln riss und die Pferde zum Stehen brachte. Die Räuber brüllten wild durcheinander, und plötzlich tauchten auch hinter der Kutsche von beiden Seiten des Waldes zwei

Männer auf, mit Gewehren und Knüppeln bewaffnet, und liefen sofort zum Wagen. Der mit dem Knüppel riss die Tür auf, das Fußtreppchen klappte herunter. Furcht einflößend brüllte er ins Wageninnere und schlug gleichzeitig mit dem Knüppel von außen dagegen. Es dröhnte bis zu Johann und Lisbeth herüber.

Zwei der Räuber trugen ordentliche Kleidung, der Anführer sogar einen feinen Hut mit Fasanenfeder. Die Männer schienen den Überfall zu genießen wie ein Saufgelage in der Wirtschaft. Der Anführer rief knappe Befehle, die seine drei Kumpane in rascher Folge ausführten. Der mit dem Knüppel zerrte mit nur einer Hand einen Mann am Kragen seines Umhangs aus der Kutsche. Der Mann wimmerte ängstlich, flehte abwechselnd die Räuber und Gott im Himmel um Gnade an. Ein Stoß in den Rücken ließ ihn in eine Pfütze neben den großen Kutschrädern stürzen.

»Wo hast du sie?«, brüllte der mit dem Knüppel. »Wo ist die Kassette mit den Golddukaten?«

»Ich – ich weiß nicht – ich – ich hab nichts.«

Der Anführer stolzierte breit grinsend um den am Boden Liegenden herum und ging vor ihm in die Hocke. Mit dem Lauf seiner Pistole klopfte er ihm gegen die Stirn. »Du bist der Ismael Grünbach, hab' ich recht?«

Mit kläglicher Stimme bejahte der Kaufmann.

»Ich kann dich so schlecht hören. Du musst schon nicken, wenn ich recht habe.«

Der Kaufmann nickte, aber wieder klopfte der Anführer ihm gegen die Stirn.

»Das nennst du nicken? Das kann alles bedeuten. Du musst schon deutlicher mit dem Kopf runter.«

Ismael Grünbach nickte stärker. Sein Kinn berührte die Pfütze.

»Tiefer«, befahl der Anführer.

»A… aber …«

»Kein aber. Tiefer hinunter.«

Der Räuber umfasste mit der freien Hand Grünbachs Schädel und tunkte sein Gesicht in die Pfütze. Beinahe gelangweilt hielt er den Kopf für ein paar Sekunden im Regenwasser, dann zog er ihn mit festgekrallten Fingern an den Haaren wieder heraus. Der Kaufmann spuckte und röchelte und war zu verängstigt, als dass er um sich schlagen könnte.

»Also, du bist der, für den wir dich halten. Dann bist du auch der, der in seiner Kutsche eine Kassette mit Golddukaten versteckt hält. Mein Freund dort, der ist nicht so wie ich. Der fragt nur ein Mal. Sag ihm, wo du's versteckt hast. Wär' besser für dich. Und auch …« Der Räuber hob den Kopf und ahmte mit wackelnder Nase das Wittern eines Wildtiers nach. »Und auch besser für deine Begleiterin. Die junge Dame ist so hübsch und fein gekleidet. Sie hat bestimmt zarte Haut und duftet wie ein Rosenstrauch.«

Einer der anderen Räuber lachte laut, als er mit beiden Händen eine junge Frau aus der Kutsche zerrte. Sie war vornehm, aber dezent gekleidet. Ihre Gesichtszüge, sonst unbelastet vom Kummer des Alltags, waren jetzt schlaff vor Angst, und ihre dunklen Augen flackerten panisch. Sie schlug mit ihren kleinen Fäusten gegen den Kopf des Räubers, trat nach ihm und schrie mit hysterischer Stimme um Hilfe. Der Räuber war begeistert von ihrer Gegenwehr und schleuderte sie unsanft auf die Straße. Die Fülle ihres Kleides minderte nur unwesentlich den Aufprall.

»Schau, Grünbach, einen Schatz haben wir schon gefunden. Wenn du ihn gegen die Golddukaten eintauschen willst, wäre jetzt der Zeitpunkt gekommen, uns zu verraten, wo du sie versteckt hast.«

Grünbach brachte keinen Ton heraus. Er starrte vor sich, als hätte ihn sein Spiegelbild in der Pfütze hypnotisiert.

»Na schön, wenn dir das Weibsstück nichts bedeutet.«

Der Anführer winkte seinen Kumpanen. Die Frau schrie, als sechs Männerhände gleichzeitig den Stoff ihres Kleides in Streifen von ihr rissen.

In ihrem Versteck schob sich Lisbeth die Faust zwischen die Zähne und biss fest auf die Knöchel, um nicht selbst zu schreien. *Schließ die Augen*, hatte Johann geflüstert, doch es ging nicht, sosehr sie sich auch wünschte, es zu können. Je verzweifelter das Fräulein schrie, umso mehr erstarrte Lisbeth.

Einer der Räuber hatte das Fräulein gepackt und halb aufgerichtet gegen das Wagenrad gelehnt, damit er ihr mit dem Messer leichter das Mieder aufschneiden konnte. Die anderen beiden standen dahinter und feuerten ihn an, und selbst der Anführer gesellte sich zu ihnen an die Kutsche, um einen besseren Blick auf die entblößten weißen Brüste zu bekommen. Von einer Sekunde zur anderen war sie mitten in einem Schrei verstummt. Ob sie lebte oder sich an ihrer Zunge verschluckt hatte, war den Männern egal. Hauptsache, ihr Körper war weich und noch lange genug warm.

In einem Moment, den er für günstig hielt, rappelte sich Grünbach umständlich auf und lief weg. Der arme Tropf stolperte dabei über seine eigenen Füße, kam aber wieder auf die Beine und lief weiter. Der vom Regen aufgeweichte Boden saugte sich bei jedem Schritt an seinen Schuhen fest. Hinter ihm nahm der Räuber mit dem Knüppel die Verfolgung auf.

»Verflucht«, zischte Johann. »Der läuft genau in unsere Richtung.«

Lisbeth sah es auch. Grünbach hastete ein Stück die Straße entlang und war vielleicht nur noch zwanzig Meter von dem dichten Gebüsch entfernt, unter dem sie sich versteckt hielten. Aus dem Augenwinkel sah sie, wie Johann den Hahn seiner Pistole spannte.

»Wenn ich schießen muss, springst du auf und läufst so schnell du kannst ins Dorf zurück.«

»Und du?«

»Ich sorg dafür, dass dir keiner folgt.«

»Aber du hast nur einen Schuss.«

»Und zwei Fäuste. Achtung, halt dich bereit.«

Gerade als Grünbach nur noch wenige Meter von ihnen entfernt war, wurde er von seinem Verfolger eingeholt und mit einem trockenen Knüppelschlag gegen die Hüfte von den Beinen geholt. Er stürzte zu Boden. Schlamm spritzte um ihn herum auf. Er wälzte sich auf den Rücken und hob abwehrend beide Hände. Der Räuber kniete sich auf seine Brust, holte aus und ließ den Knüppel erneut mit unbarmherziger Wucht niederfahren. Das linke Auge des Kaufmanns zerplatzte und floss aus wie ein aufgeschlagenes Hühnerei. Grünbachs Körper begann unter Schock zu zucken. Ein Schrei war nicht zu hören, nur der nächste dumpfe Aufprall des Knüppels, der den Schädelknochen brach.

»Dummes Schwein«, keuchte der Räuber, erhob sich von der Leiche und stapfte zu den anderen zurück. Die hatten inzwischen die Kassette mit den Dukaten gefunden.

Johann hielt Lisbeth fest an sich gepresst. Keine Bewegung durfte sie verraten, kein Laut durfte über ihre Lippen kommen. Lisbeth konnte den Blick von dem toten Kaufmann nicht abwenden, dessen eingeschlagener Schädel in ihre Richtung gedreht lag und sie aus dem noch verbliebenen Auge anstarrte.

Das Gebrüll an der Kutsche schwoll an, und als Lisbeth vorsichtig den Kopf hob, sah sie, wie die Räuber das geschundene Mädchen wie einen Sack Mehl in den Wagen zurückverfrachteten. Danach griffen sie sich den Kutscher, der sich die ganze Zeit über still verhalten hatte, in der Hoffnung, man würde ihm dann keine Beachtung schenken. Jetzt wurde er verkehrt herum auf eines der Kutschpferde gesetzt und mit den Füßen unter dem Leib festgebunden.

»Damit du uns noch länger sehen kannst«, rief der Anführer mit der Fasanenfeder am Hut. Dann schlug er dem Pferd aufs Hinterteil, und die Kutsche rollte los. Es war nur eine Frage der Zeit, wann der Kutscher seitlich abrutschen und von den Wagenrädern überrollt werden würde.

Schließlich nahmen die Räuber die Kassette und spazierten die Straße in entgegengesetzter Richtung hinunter, bevor sie den Weg über den bewaldeten Hang einschlugen. Sie lachten und beglückwünschten sich für die gelungene Tat und riefen, dass sie jetzt erst einmal etwas trinken müssten. So ein Überfall war schließlich furchtbar anstrengend.

Nichts wie weg, dachte Lisbeth und wollte schon aufstehen, doch Johann hielt sie gerade noch zurück. Sie warteten eine gute Viertelstunde ab, und als sie sicher waren, dass keiner der Räuber mehr zurückkam, um die Taschen des toten Kaufmanns zu durchwühlen, verließen sie ihre Deckung hinter den Sträuchern.

Johann schob die Steinschlosspistole hinter den Hosenbund, dann betrachtete er seine Hände auf eine Weise, als würde er sich fragen, ob sie tatsächlich auf einen Menschen hätten schießen können.

Ja, sie hätten es gekonnt. Und noch viel mehr, wenn Lisbeth in Gefahr geraten wäre.

Gebückt, als würde sie ein Bündel Äste und Zweige auf dem Rücken tragen, schlich Lisbeth vor zur Straße, den Blick von Grünbachs zertrümmertem Gesicht abgewandt. Sie umging den Toten, der mit ausgebreiteten Armen auf dem Rücken lag und den Himmel mit seinem endgültigen Schweigen anzuklagen schien.

»Hätten wir ihm helfen können?«, fragte sie Johann, der ihr nachfolgte.

Er schüttelte den Kopf. »Er war verloren, als er davonlief.«

»Wenn er geblieben wäre, dann hätten sie ihm nichts getan?«

»Sie hätten ihm immer etwas angetan. Allein schon die Erniedrigung, zusehen zu müssen, wie seine Begleiterin missbraucht wird, bereitet diesen Kerlen große Freude. Sie rauben und demütigen gerne, deshalb hätte er nicht weglaufen sollen. Wer soll denn sonst in den Dörfern von ihren neuerlichen Gräueltaten erzählen? Sie leben von der Angst, die sie anderen einjagen, deshalb muss diese Angst genauso gefüttert werden wie ihre Taschen mit Gold.«

»Aber du wolltest schießen, oder?«

»Wenn er es nur vier Schritte weiter geschafft hätte, dann wäre der Räuber so nahe gewesen, dass er uns hinter den Büschen gesehen hätte, während er dem armen Schlucker den Knüppel überzog. Und hätte er uns entdeckt, hätte ich geschossen. Nur wie es dann mit den anderen drei Kerlen ausgegangen wäre, weiß ich nicht.«

Lisbeth schob ihren rechten Arm unter seinen linken. »Danke.«

»Wofür?« Es gefiel ihm, dass sie sich bei ihm unterhakte.

»Du wolltest mich retten, für mich kämpfen. Dafür.«

»Wie kommst du denn darauf? Ich wollte mich selbst verteidigen.« Er zwinkerte. »Wer will schon Räubern in die Hände fallen?«

»Was?« Lisbeth wollte ihren Arm wegziehen, doch Johann klemmte ihn fest an seinen Körper, sodass es ihr trotz heftigen Zerrens nicht gelang, den Arm zu befreien. »Du Schuft, du elender, du …«

Johann lachte schallend auf. »Vorsicht, was dein hübscher Mund in die Welt hinauslässt. Wenn's erst mal draußen ist, kannst du's nicht mehr einfangen.«

»Lass mich los, du gemeiner Kerl.«

Er lockerte den Klemmgriff nur, um Lisbeth sofort mit beiden Händen an ihren Schultern zu packen und fest an sich zu ziehen. Ihre Gesichter waren sich so nah, dass kein Marienkäfer mehr zwischen ihren Nasenspitzen hätte hindurchfliegen können.

Er küsste sie.

Sie biss ihm in die Unterlippe.

»Au, das tat weh.«

»Geschieht dir nur recht. Diese Lippen haben Anne geküsst.«

»Du dummes Ding, glaubst du wirklich, ich hätte zugelassen, dass dir ein Leid geschieht? Ich würde für dich …« Er brach abrupt ab.

»Du würdest für mich was?«

»Nichts.«

»Doch, du wolltest etwas sagen. Was würdest du?«

Er nuschelte etwas Unverständliches.

»Was?«

»Töten würde ich«, rief Johann lauter als gewollt, und etwas leiser schob er nach: »Ich würde für dich töten.«

Nach einer knappen Stunde, in der sie die meiste Zeit über schweigend nebeneinanderher liefen, erreichten Johann und Lisbeth das Dorf. Ihr war nicht entgangen, dass ihn etwas beschäftigte. Etwas, worüber er nachgrübelte. Die Falten auf der Stirn verrieten ihn. Noch hatte sich der Überfall nicht bis zum Dorf herumgesprochen, aber das war auch wenig verwunderlich. Der Kaufmann war tot, das junge Fräulein bis in die Apathie hinein vergewaltigt, und ob der Kutscher schon auf irgendwelche Leute getroffen war, die ihm aus seiner misslichen Lage halfen, war ungewiss. Und auch weder Johann noch Lisbeth hatten vor, das grausame Erlebnis sofort unter die Leute zu bringen.

Johann begleitete sie noch bis vor ihre Haustür. Sie sahen sich lange in die Augen, bevor er endlich etwas sagte.

»Ich gehe noch einmal in den Wald zurück.«

»Was hast du vor?«

»Etwas, das ich tun muss.« Mit einem energischen Kopfnicken bekräftigte er seine Worte. »Unbedingt tun muss.«

Er ging in die Gendarmerie zurück und kam nach kurzer Zeit mit zwei Pistolen im Gürtel wieder heraus. Eine Flinte hatte er mit einem breiten Ledergurt über den Rücken geschnallt und überkreuz einen Wasserschlauch und einen Proviantbeutel. So ausgerüstet, ging er die ansteigende Dorfstraße wieder hoch bis zur Straße.

Auf der Bank unter der Eiche hockten zwei alte Männer und musterten Johann genau. Als er auf der Kuppe angelangt war und im Wald verschwand, nickten sich die beiden Alten zu.

Lisbeth sah ihm mit bangem Herzen nach. Sie fasste sich mit einer Hand an den Hals und unterdrückte den aufkommenden Schmerz in ihrer Brust, doch der machte, was er wollte. Sie wischte sich Tränen aus den Augenwinkeln. *Das ist das letzte Mal, dass ich ihn sehe.*

Sie ging ins Haus zurück und schloss die Tür hinter sich.

Johann kam am frühen Abend des folgenden Tages zurück ins Dorf. Als Lisbeth ihn vom Fenster aus entdeckte, sprang sie auf, ließ die Näharbeiten achtlos zu Boden gleiten und lief ihm entgegen, doch auf halber Strecke blieb sie stehen.

»Johann«, sagte sie fast tonlos. »Was hast du getan?«

Bevor er in der Gendarmerie verschwand, hatte sie gesehen, was an seinem Gürtel hing.

Es war die Fasanenfeder vom Hut des Räubers. Mit Blut befleckt.

11

Gaspard Paty hatte sich entschlossen, nach Brunnenweiler zu reiten. Alleine, ohne begleitende Patrouille. Anton Keils Bemerkung, der neue Gendarm im Dorf könnte der berüchtigte Schinderhannes sein, bereitete ihm Sorgen. Wenn das stimmte, befand sich Lisbeth womöglich in unmittelbarer Gefahr und wusste es noch nicht einmal.

Gaspard ritt gemächlich, ganz wie es eben seine Art war, jetzt und früher schon. Er hatte noch nie etwas daran gefunden, ein Pferd aus persönlicher Ungeduld anzutreiben, bis es zusammenzubrechen drohte. Schon zu Zeiten, als er noch als Dragoner in Diensten der napoleonischen Armee stand, hatte er keinen Sinn im Leiden anderer gesehen, weder bei Mensch noch bei Tier. Auch wenn er sich der Unvermeidbarkeit bei Kriegshandlungen bewusst gewesen war, verstanden hatte er die zwingende Notwendigkeit nicht. Häufig hatte er überlegt, ob ihn sein Mitgefühl nun zu einem guten Soldaten machte oder einem schlechten. Sein Pflichtbewusstsein hielt er für etwas Gutes, aber manchmal litt er auch darunter, sich so korrekt wie möglich zu verhalten. War es das, was man von ihm verlangte? Sich zu beherrschen, auch wenn er manchmal liebend gern anders handeln würde? Menschen, die ihn mit der unbeugsamen Frechheit des Besiegten provozierten und Regeln missachteten, nur um ihre Vorurteile bestätigt zu sehen, ärgerten ihn. Und wiederum konnte er genau diese Menschen verstehen, wenn er feststellte, dass der Intellekt einiger von Frankreich bestellten Bürgermeister weit unter ihrer Arroganz gegenüber den annektierten Rheinländern lag.

Gaspard hatte dabei auch Hans Blasius, den *maire* von Brunnenweiler, im Sinn. Ein vollgefressener Mann, der sich auf seine Stellung etwas einbildete und dabei vergaß, nichts dazu beigesteuert zu haben. Bei seinen Besuchen hatte ihm Lisbeth schon manche Schote über Blasius erzählt, die ihn nur den Kopf schütteln ließ. Am Ende war es wohl so, dass die Menschen sich in ihrer Dummheit und ihrem Stolz zu sehr ähnelten, als dass sie sich vertragen könnten.

Mit einem Arm schob Gaspard ein paar tief hängende Zweige beiseite, damit sie nicht sein Gesicht streiften, wenn er daran vorbeiritt. Eine schöne Gegend war das hier. Wie jedes Mal, wenn ihn sein Weg nach Brunnenweiler führte, spürte er die enorme Kraft, die in der Ruhe dieser Wälder lag. Vielleicht sollte er sein jetziges Leben einfach hinter sich lassen und sich in Brunnenweiler ansiedeln. Er könnte vom Pferd steigen, seine Uniform ausziehen und sich von der nächsten Minute an anders durchs Leben schlagen. Nur dass er kein Handwerk beherrschte, mit dem er sein Geld verdienen könnte. Und er besaß auch keinen Hof, den er bewirtschaften könnte. Im Grunde hatte er außer dem Beruf des Soldaten nichts gelernt.

Gaspard zügelte das Pferd. Plötzlich fühlte er eine traurige Schwere in sich. Wozu war er eigentlich zu gebrauchen? Er müsste sich wie so viele Männer als Tagelöhner durchschlagen, immer in der Hoffnung, irgendwo auf einem Acker zur Arbeit geduldet zu sein. Oder er schlug sich auf die Seite derer, die Kaufleute und Kutschen überfielen. Er hatte gehört, dass der Picard von der Niederlande-Bande längst ein reicher Kerl sein sollte. Mit Frauen so viel er wollte an jedem Finger. Für viele war das ganz besonders erstrebenswert.

Aber es war nicht wirklich das, was Gaspard wollte. Eine würde ihm genügen. Er senkte den Kopf, sein Blick ging ins Leere. *Eine, ja eine nur. Aber die Richtige müsste es sein.*

Er lenkte sein Pferd von der Handelsstraße auf einen sandigen Karrenweg, der erst in einer sanften Steigung am Waldrand entlang hochführte, um danach ebenso sanft in einer lang gestreckten Senke zu münden. Auf der Kuppe des Wegs hielt er kurz an und blickte hinunter auf das Tal, in dem Lisbeth lebte. Er fühlte die seltsame Mischung aus nervöser Aufregung und friedlicher Ruhe, die ihn jedes Mal befiel, wenn er hierherkam. Brunnenweiler, diese Ansammlung von nicht einmal zwei Dutzend Häusern und einem Wirtshaus, lag so abseits der Handelsstraße, dass es wirklich wie ein vergessenes, auf jeden Fall aber verstecktes Fleckchen Erde wirkte, für das sich niemand wirklich zu interessieren schien.

Gaspard ritt langsam den Weg hinunter, kam an eine Gabelung und stoppte erneut. Er wusste, wohin der schmaler werdende Pfad abzweigte. Dort, das hohe Gras den Hügel hoch, war er Lisbeth das erste Mal begegnet. Vor acht Jahren war es gewesen. So lange war es schon her? Kaum zu glauben, wie die Zeit verging. Es schien ihm wie gestern, dass er dieses kleine, elfjährige Mädchen von dem brennenden Haus ihrer Eltern weggezerrt hatte, bevor ihre Haare Feuer fingen.

Damals hatte er zu den französischen Reitersoldaten gehört, die zur Besetzung des Rheinlands ihren Teil beitrugen. Eine Menge war seitdem geschehen. Er hatte den Sattel gegen einen Amtsstuhl eingetauscht. Blut und Dreck unter freiem Himmel gegen Tinte und Papier. Klang vielversprechend, auch wenn er anfangs gar nicht recht gewusst hatte, was seine Aufgaben in der Präfektur waren. Nach und nach begriff er, welche Vorteile es mit sich brachte, Dinge von einem Schreibtisch aus zu regeln, anstatt ihnen mit einem Säbel den gewünschten Nachdruck zu verleihen. Zwar lag die Feder noch nicht so griffig in seiner Hand wie ein Degen, aber mit der Zeit würde er auch das beherrschen.

Brunnenweiler döste träge in der Mittagssonne. Gaspards Pferd schien sich der Schläfrigkeit des Dörfchens anzupassen und trabte müde, als hätte es eine Schlacht hinter sich, an den ersten Häusern vorbei. Schon von hier konnte Gaspard das Haus am Ende der Straße sehen. Lisbeths Haus.

Er führte die Hand an die Stirn und grüßte die alten Männer, die auf der Bank unter der Eiche saßen und ihn so misstrauisch wie am ersten Tag beäugten. Jedes Mal, wenn er herkam, saßen sie da. Ob sie wohl jemand bei Regen ins Haus trug? Einer von ihnen spuckte Tabak zur Seite. Gaspard nahm es nicht persönlich. Die Frau des Scherenschleifers kam eilig an die Stufen des Hauseingangs gelaufen, gerade noch rechtzeitig, um sich mit einer Hand durch die Haare zu fahren und den Stoff ihrer Bluse ein Stück über die Rundung ihrer Schulter zu ziehen. Kokett wie immer, dachte Gaspard, wie hieß sie doch gleich?

Er lenkte sein Pferd weiter und wandte den Blick nach rechts. Tatsächlich, da hing ein Schild über dem Eingang mit der geschwungenen Aufschrift *Gendarmerie*. Das Schild war wohl noch vor dem Trocknen der Farbe aufgehängt worden. Gut sichtbare, unterschiedlich lange Streifen zogen sich von den Buchstaben hinab. Im Vorbeitraben konnte Gaspard fröhliche Stimmen durch die verschlossene Tür vernehmen. Gendarm im verschlafenen Brunnenweiler zu sein war wohl besser als ein Liegeplatz im Schlaraffenland.

Vor Lisbeths Haus stieg er aus dem Sattel, fuhr dem Pferd über die Nüstern und flüsterte ihm etwas ins Ohr. Dann klopfte er an die Tür. Während er wartete, dass ihm geöffnet wurde, sah er über den Dorfplatz die Straße zurück. Der

Wirt vom *Fröhlichen Tropfen* war nach draußen gekommen. Einladend verbeugte er sich.

Sicher erwartet er, dass ich bei ihm einkehre. Wenn sein Wein nur was taugen würde, denn Kopfschmerzen für den Rückweg brauche ich nicht.

Gaspard klopfte noch einmal. Er neigte den Kopf, um nach einem Geräusch zu lauschen, doch drinnen blieb alles still. Ob Lisbeth oben auf dem Hügel war?

Er überlegte noch, ob er nicht doch im *Fröhlichen Tropfen* auf sie warten sollte, als er von Weitem sah, wie sich die Tür der Gendarmerie öffnete und Lisbeth heraustrat. Sie setzte drei Schritte auf die Straße, blieb stehen und drehte sich um. Sie schien sich mit jemandem zu unterhalten, der im Hauseingang stand und den Gaspard nicht sehen konnte. Sie lachte und warf den Kopf in den Nacken. Mit beiden Händen hielt sie ihren Korb fest am Griff und schlenkerte ihn vor den Beinen. Schließlich lief sie leichtfüßig die Straße hinunter.

Gaspard wollte ihr zuwinken, doch noch bevor er den Arm heben konnte, war ein Fremder aus der Gendarmerie getreten, hatte sich an den Türrahmen gelehnt und sah Lisbeth mit unverhohlener Neugier nach.

Das war er also, der Mann, von dem Keil gesprochen hatte.

Als Lisbeth sah, wer da vor ihrer Haustür wartete, winkte sie Gaspard fröhlich zu und beschleunigte ihre Schritte, ja, sie lief beinahe schon, als gäbe es wichtige Neuigkeiten, von denen sie ihm erzählen müsste. Es irritierte ihn, sie laufen zu sehen. Das letzte Mal war sie elf Jahre alt gewesen und auf die schwarze Rauchfahne zugelaufen, die sich über den Baumwipfeln in den Himmel schraubte.

»Gaspard, mein lieber Gaspard, wie schön, dich zu sehen.«

Sie umarmte ihn schwungvoll, dabei krachte der Korb unsanft in sein Kreuz. Lachend entschuldigte sie sich und küsste ihn auf beide Wangen.

»Ich freue mich auch.«

Während er sie einen Moment zu lange umschlungen hielt, blickte er über ihre Schulter hoch zur Gendarmerie. Der Mann lehnte immer noch seelenruhig am Türrahmen. Die Arme vor der Brust verschränkt, ließ er Lisbeth nicht aus den Augen. Nein, dachte Gaspard, nicht *sie* schaut er an. *Ich* bin es, den er beobachtet.

»Was führt dich her?«, fragte Lisbeth. »Ach, komm erst einmal herein. Mutter wird sich auch freuen, dich zu sehen. Sie fragt fast jeden Tag nach dir.«

»Wie geht es Ida? Ich hoffe, mit der Zeit immer ein Stückchen besser?«

»Sie fragt mich immer, wann du wieder kommst, um sie zu besuchen, aber eigentlich meint sie damit nicht sich.«

Vergnügt zwinkerte sie Gaspard zu und hielt einen Daumen gegen ihre Brust gerichtet, als wäre es noch nötig, ihm zu erklären, was sie meinte.

Diese Leichtigkeit, die dir inne ist … Gaspard wusste nicht, ob er bezaubert oder verstört sein sollte.

Lisbeth stellte den Korb auf einen Hocker neben dem Herd. Sie legte den Zeigefinger auf die Lippen und überlegte, was sie zuerst tun sollte. Schließlich öffnete sie die halbhohe Kommode an der Rückwand, schob ein paar Leinentücher beiseite und beförderte eine bauchige Flasche ans Tageslicht.

»Möchtest du etwas trinken, Gaspard? Ich habe Wein, schau. Nicht dass du denkst, ich hätte sie dem Feilbinger geklaut, nein, sie wurde mir spendiert, und, nein, ich habe nichts Unschickliches dafür getan, nein, ganz sicher nicht, es war einfach ein netter Reisender, der in guter Laune war, und dann war ich's einfach auch. Ach, Gaspard, ich freue mich so, dich zu sehen.«

Völlig aufgekratzt sprudelten ihr die Worte nur so aus dem Mund. Ihre flinke Zunge schien nicht schwindelig zu werden bei dem Tempo, das sie anschlug.

»Wenn du einen Becher Wasser hast, genügt es mir.«

»Kein Wein? Es sieht dich doch niemand, und ich verrat es ganz bestimmt nicht.«

»Das weiß ich doch, dass du mich nicht verrätst«, lächelte Gaspard.

Sein Blick wanderte durch die nach wie vor offen stehende Tür zur Gendarmerie hoch. Der fremde Mann stand immer noch vor dem Haus.

»Jemand, den du kennst?«

Lisbeth folgte seinem Blick die Straße hinauf. »Lustig, dass du das sagst. Genau das waren Johanns Worte, als wir uns das erste Mal begegnet sind.«

»Johann?«

»Ja.«

»Du kannst dich an seine ersten Worte erinnern?«

Gaspard war mehr als erstaunt. Sein Herz fühlte sich in seiner Brust zentnerschwer an.

»Wer ist er, dieser Johann?«

»Unser neuer Gendarm. Seit wenigen Wochen.«

»Was ist über ihn bekannt?«

»Ach, Gaspard.« Sie reichte ihm den Becher Wasser. »Jetzt hörst du dich an wie ein Verwaltungsbeamter und Soldat.«

»Beides bin ich doch auch, aber du hast recht. Ich bin nicht hier, um dich nach eurem neuen Büttel auszuhorchen. Erzähl mir alles, was sich seit meinem letzten Besuch ereignet hat.«

»Ob du wirklich alles wissen willst?«, neckte sie ihn, doch als sie sah, wie die Farbe aus seinem Gesicht wich, winkte sie übertrieben beiläufig ab. »Das Leben hier verläuft wie der

Zug der Wolken. Wenn man es beobachtet, hat man das Gefühl, nichts bewegt sich, aber nach einer Weile stellt man fest, dass sich mal hier und mal da etwas verändert hat.«

»Meine kleine, weise Lisbeth. Ich kann ganz deutlich sehen, wie die Zeit voranschreitet.«

»Weil du dich alt fühlst?«

Lisbeth zuckte augenblicklich zusammen. Wieder war ihre Zunge flinker als ihre Gedanken gewesen. Sie würde es wohl nicht mehr lernen. Sie setzte sich zu Gaspard an den Tisch und legte ihm die Hand auf den Unterarm, der den Becher hielt.

»Entschuldige, Gaspard, ich rede einfach nur Unfug. Du darfst mich nicht ernst nehmen.«

»Ich nehme dich immer ernst.« Um ihr zu zeigen, dass er nicht gekränkt war, lächelte er milde. »Und außerdem hast du ja recht. Ich bin älter geworden. Vielleicht nicht alt, aber älter.«

»Nicht für mich. Für mich bleibst du immer mein lieber Gaspard.«

Er sah sie an, einfach nur einen langen, schweren Moment an, dann betrachtete er seine Hände, die den Becher umschlossen, und nickte.

Lisbeth erzählte von dem Mädchen Käthchen (sie musste lachen, weil es sich reimte), das vor ein paar Wochen geheiratet hatte und jetzt schon ein Kind erwartete. Er gab sich Mühe, konnte aber mit ihrem Namen kein Gesicht verbinden, selbst als Lisbeth sie als diejenige beschrieb, die immer mürrisch gewesen war, aber irgendwie hatte sie doch einen abbekommen, was immer ihr Ehemann auch an ihr finden mochte. Jetzt lebte Käthchen mit ihm oben am Hang und half ihm bei seiner Arbeit als Radmacher.

Gaspard bemerkte die Uniformröcke auf der Kommode. »Behandeln dich die Soldaten, die ich wegen der Näharbeiten zu dir schicke, ordentlich?«, wollte er wissen.

»Sie bleiben nicht lange genug, um mich schlecht behandeln zu können«, erwiderte sie. »Außerdem würden sie es nicht wagen, glaube ich. Und wenn sie sich nicht wegen dir zurückhalten würden, dann könnte ich mich inzwischen auch ganz gut wehren. Komm, ich möchte dir etwas zeigen.«

Sie ging hinüber zum hohen Schrank, in dem neben ihrer eigenen Kleidung auch allerlei andere Dinge verstaut waren. Sie stellte sich auf einen Schemel und nahm aus dem obersten Fach mehrere Stoffe in den unterschiedlichsten Farben und Größen. Nebeneinander breitete sie sie vor Gaspard auf dem Tisch aus. Es waren mehrere dreieckige Schultertücher mit und ohne Fransen, ein halbes Dutzend Tabakbeutel aus besticktem Leinen, einer sogar aus Leder. Einen knöchellangen Rock in hellgrauem Farbton mit eingestreutem Blümchenmuster hielt sie sich vor den Körper.

»Das habe ich alles selbst genäht«, sagte sie. Ihre Augen leuchteten vor Stolz.

Bewundernd berührte Gaspard den Rock. Er strich mit den Fingern über den Stoff, den Lisbeth dicht an ihren Körper hielt, um ihn in seiner ganzen Länge zu präsentieren. Dann nahm er nacheinander ein paar Tabakbeutel hoch, betrachtete die saubere Verarbeitung, stellte sie wieder zurück auf den Tisch und strich schließlich vorsichtig mit der flachen Hand über eins der ausgebreiteten Schultertücher.

»Das ist wirklich sehr schön geworden«, sagte er und nickte anerkennend.

»Es freut mich, wenn du das sagst. Ich wollte dich nämlich fragen, ob du glaubst, dass diese Sachen so gut gelungen sind, dass ich sie verkaufen könnte. Auf den Märkten der Umgebung, vielleicht sogar in Coblenz. Was denkst du, Gaspard? Du kennst doch die Märkte. Könnte ich dort bestehen?«

»Aber ja. Deine Näharbeiten sind ausgezeichnet. Und das sage ich nicht nur einfach so. Du hast recht, ich kenne die

Kaufleute, die mit ihren Waren nach Coblenz kommen. Denen steht all das, was hier auf dem Tisch liegt, in nichts nach.«

»Ich würde mir so gern mein eigenes Gewerbe aufbauen. Versteh mich nicht falsch, ich kümmere mich gerne um eure Uniformen, aber Röcke nähen und Stickerei für Kissenbezüge … das ist schon was anderes als immer nur Knöpfe annähen.«

»Du machst das schon richtig, Lisbeth. Du nimmst dein Leben in die eigenen Hände. Ich finde die Überlegung, deine Näharbeiten auf den Märkten anzubieten, sehr gut.«

»Du kannst dir gar nicht vorstellen, wie dankbar ich dir für alles bin«, sagte Lisbeth. »Dass ich nähen darf, weißt du? Dass ich hier sein und mich um Mutter kümmern kann. Ich glaube, ich hab es dir noch nie so richtig gesagt, aber ohne dich wäre mein Leben sicher anders verlaufen.«

»Vielleicht hättest du gut geheiratet und es würde dir besser ergehen als jetzt?«, sagte Gaspard etwas hilflos.

»Besser als jetzt?« Lisbeth stieß ein lautes »Hah!« aus. »Du hast mir ermöglicht, frei zu leben, so gut es in diesen Zeiten geht. Glaub nur ja nicht, ich wüsste das nicht zu schätzen.«

»Willst du denn nicht mal heiraten?«

Lisbeth spitzte die Lippen. »Welcher Mann würde mich ertragen?«

»Wahrscheinlich hast du recht«, lächelte Gaspard sanft. »Jeder Ehemann müsste dich erst erziehen, damit du ihm gehorchst.«

»Das gelingt niemandem mehr. Dafür bin ich zu lange auf mich selbst gestellt. Und soll ich dir was verraten?« Sie beugte sich verschwörerisch vor. »Die anderen Mädchen im Dorf und selbst die verheirateten beneiden mich darum. Und deshalb mögen sie mich nicht.«

»Ich mag dich.«

»Du bist ja auch kein Mädchen«, lachte Lisbeth über ihre entwaffnende Logik. »Und verheiratet bist du auch nicht.«

»Vielleicht sollten wir uns zusammentun.«

»Was meinst du? Heiraten? Selbst du, mein lieber Gaspard, würdest mich nicht ändern können.«

»Ich wäre verrückt, wenn ich es wollen würde.«

Lisbeth legte eine Hand an seine Wange. »Wie lieb von dir. Möchtest du Brot und Schmalz?«.

Ihre leichthin dahergeworfene Frage nach banalem Schmalz schnürte ihm die Kehle zu, und er konnte nur stumm den Kopf schütteln. Langsam stand er auf und blickte zur Treppe.

»Ich werde deiner Mutter einen Besuch abstatten.«

»Sie macht Fortschritte beim Gehen.«

»Das freut mich. Du bist ihr eine große Stütze. Und dabei lastet doch so viel auf dir.«

Lisbeth zuckte mit den Schultern. »Hilft jammern? Was soll ich mir das Leben vermiesen? Es kann so schnell vorbei sein. Das habe ich erst vor drei Tagen wieder erlebt. Setz dich noch mal, Gaspard, ich muss dir etwas erzählen.«

Sie schilderte den Überfall auf die Kutsche und ließ dabei kein schreckliches Detail aus. Mehrmals musste sie unterbrechen und sich mit einer Hand an den Hals fassen. Die Erinnerungen vermischten sich, und einmal fürchtete Gaspard, sie würde vom Stuhl kippen, weil das gerade erst Erlebte überrollt wurde von den Ereignissen acht Jahre zuvor.

»Waren es dieselben, Gaspard?«

Sie erwartete keine Antwort von ihm, doch wie gerne hätte Gaspard ihr diese Last der letzten Jahre mit ein paar Verhaftungen von den Schultern genommen.

»Werden wir jemals herausbekommen, wer meinen Vater umgebracht hat? Und meine Mutter …«

»Das Leben vergisst nicht«, sagte er wenig tröstlich. »Die neuen Gesetze ermöglichen mehr Verfolgungen und Verhaftungen zu beiden Seiten des Rheins, und wer weiß, vielleicht schnappen wir eines Tages einen der Schurken, die damals beteiligt waren?«

Lisbeth schaute ihn mit großen Augen an. Der schimmernde Glanz, der über ihnen lag, ließ sie wieder wie das kleine elfjährige Mädchen auf Gaspard wirken. Das Hilfe suchende, verstörte und schutzbedürftige kleine Kind, das begriff, dass seine Welt, wie es sie bisher gekannt hatte, nicht mehr existierte.

»Glaubst du das wirklich?«

»Ich habe noch nie etwas gesagt, an das ich nicht glaube. Und zu dir erst recht nicht.«

Als Gaspard eine Stunde später das Haus verließ, fühlte er sich, als wäre er durch einen Wirbelsturm geritten. Der Freude über das Wiedersehen mit Lisbeth und ihrer Mutter Ida auf der einen Seite stand eine diffuse Gewissheit gegenüber, dass sein nächster Besuch sich ganz anders anfühlen würde. Und als er an der Gendarmerie vorbeiritt und der Fremde, den Lisbeth mit einem Leuchten in den Augen Johann nannte, immer noch vor der Tür stand, wurde ihm klar, dass Zeit nicht immer ein Verbündeter war. Zumindest nicht für ihn, was Lisbeth betraf. Sie hatte er an das Erwachsenwerden verloren.

Er brachte sein Pferd seitlich von Johann zum Stehen. Für einen Moment überlegte Gaspard, ob er absteigen sollte, doch die Position aus dem Sattel heraus verlieh ihm die Sicherheit, die er jetzt brauchte. Er musterte Johann mit strengem Blick. Der hielt ihm, ohne die Augen zu bewegen, stand. Das war er also, der Bursche, über den Lisbeth in der vergangenen Stunde so viel zu erzählen wusste.

Der Fremde, der von irgendwoher kam.

»Auf ein Wort, Fenkel.«

Johann zuckte mit keiner Wimper, als Gaspard ihn beim Namen nannte. »Können auch zwei sein«, sagte er.

»Ich warne dich. Nimm deine Aufgabe hier ernst. Du hast sie gut zu behandeln.«

»Wen genau meinst du, Monsieur Sergeant?«

»Die Menschen hier, natürlich. Nimm deine Aufgabe, sie zu beschützen, ernst.«

Johann nickte. »Wie nichts zuvor in meinem Leben.«

»Ich will von keinem Kummer hören, hast du mich verstanden, Fenkel?«

»Kummer ist nicht das, worauf ich aus bin.«

»Das will ich hoffen. Kommt mir anderes zu Ohren, werde ich nicht freundlich sein.«

»Das nehme ich an.«

Gaspard betrachtete Johann mit einer überheblichen Arroganz, die er an sich selbst nicht kannte. Beinahe verachtete er sich dafür, aber wirklich nur beinahe. Er löste die Schlaufe der Satteltasche und holte einen Umschlag hervor, den er Johann zuwarf.

»Was ist das?«

»Personenbeschreibungen, die der Öffentliche Ankläger Anton Keil zusammengestellt hat. Alles Mörder und Diebe. Sie als Gendarm sollten darüber Bescheid wissen. Wer weiß, vielleicht kommt Ihnen der ein oder andere ja bekannt vor?«

Gaspard schnalzte mit der Zunge, und sein Pferd setzte sich erneut in Bewegung. Er wusste auch ohne sich umzuschauen, dass Johann ihm nachsah.

Als er am Abend in Coblenz zurück war, suchte er in den Schubladen seiner Amtsstube nach den *Signalements*, die Keil ihm überlassen hatte. Mal schauen, ob sich da was fand. Erst jetzt, wo er den Stapel Papiere in seiner Hand hielt, wurde ihm bewusst, mit welcher Akribie Anton Keil und sein Sekretär Diepenbach zu Werke gegangen waren. Die über viele Monate gesammelten Beschreibungen über Räuber und Mörder zu beiden Seiten des Rheins waren bei ehrlicher und unvoreingenommener Betrachtung ein herausragender Beitrag, um Recht und Gesetz in den Gebieten herzustellen.

Gaspard überflog die ersten Blätter. Die Notizen und die angefertigten dazugehörigen Zeichnungen der Gesichter beschrieben die wildesten Gestalten. Den Fetzer, den Schwarzen Peter und andere Schurken, denen ein Menschenleben nichts bedeutete. Nach der Hälfte des Stapels fiel Gaspard das Blatt über Johannes Bückler, genannt der »Schinderhannes«, in die Finger. Diese Personenbeschreibung studierte er länger. Sie ähnelte dem Fremden in Brunnenweiler. Ein Mann jugendlichen Aussehens mit ordentlichen Manieren und Schlag bei den Frauen, so stand es da. Für die einfache Bevölkerung stellte ein solcher Mann den personifizierten Helden dar, den sie anhimmeln konnten, auch wenn sie gar nicht wussten, weshalb, denn ihm in die Hände fallen wollten sie ja auch nicht.

Gaspard studierte die Beschreibung ein zweites und ein drittes Mal. Die beigefügte Skizze, die ein jugendliches Antlitz zeigte, half nicht wirklich weiter. Wenn man wollte, konnte man so ziemlich jeden darin erkennen, den man haben wollte. Der Mann auf der Zeichnung trug keinen Bart, wie eben der Fenkel auch nicht. Aber reichte das aus, um wie Keil zu vermuten, dass der Gendarm von Brunnenweiler der berüchtigte Schinderhannes sein könnte?

Gaspard zögerte. Er rief sich Lisbeths Gesicht ins Gedächtnis zurück, wie sie von Johann Fenkel erzählte.

Sie war verliebt.

Er wusste es.

Sie noch nicht.

Gaspard legte das Blatt zurück auf den Stapel, lehnte sich in seinem hohen Stuhl zurück und starrte minutenlang die Decke an.

Vielleicht war es ja auch egal, ob er der Schinderhannes ist oder nicht?

Er stand auf, ging zur Tür und öffnete sie. Sein Sekretär saß mit schlaffen Schultern an seinem Schreibpult und hatte Mühe, die Augen offen zu halten. Dem angeborenen Gehorsam folgend wollte er salutierend aufstehen, schmiss dabei aber nur sein Tintenfass um.

»Alles in Ordnung mit dir, Bürger?«

»Zu Diensten, Generalsekretär Paty.«

Hektisch tupfte er mit dem nächstbesten Blatt Papier, das er zwischen die Finger bekam, über die sich schnell ausbreitende Tusche. Paty schien es, als wäre es ein wichtiges Dokument zur Passvergabe. Wen hatte man ihm da nur als Sekretär zugeteilt? Vermutlich ein Sohn reicher Eltern, der sich nachts die Zeit in üblen Spelunken vertrieb. Wein, Weib, aber ohne Gesang. Dafür mit Würfeln.

»Schick nach Anton Keil. Ich erwarte ihn morgen früh hier in der Präfektur.«

»Nach Keil? Den Öffentlichen Ankläger von Köln?«

»Kennst du noch einen, der so heißt und sich in unseren Kerkern umtreibt?«

»N…nein, natürlich nicht. Ich meine, natürlich schicke ich nach ihm. Soll ich ihm einen Grund nennen?«

»Sag ihm, es geht um den Schinderhannes. Ich denke, ich kann ihm einen Hinweis geben.«

12

Johann Fenkel blinzelte, als er sich im Bett umdrehte und das Kissen mit dem Arm beiseiteschob. War die Nacht schon wieder vorbei? Er gönnte sich ein ausgiebiges Gähnen und, weil er alleine im Bett lag, auch ein kraftvolles Gebläse des Gedärms.

Die vergangenen Wochen und Monate in Brunnenweiler hatten ihm eine satte Gemütlichkeit beschert, die dazu führte, dass er morgens nach dem Aufwachen nicht gleich hastig nach seinen Sachen tastete, ob sie noch alle da waren. In den Zeiten, die er in den Wäldern genächtigt hatte, war sein Schlaf so leicht gewesen, dass er manchmal tagelang das Gefühl gehabt hatte, überhaupt nicht geschlafen zu haben. Und wenn er es sich gerade mal leisten konnte, in eine Herberge zu gehen, dann konnte er nicht sicher sein, am nächsten Morgen noch im Besitz seiner wenigen Habseligkeiten zu sein. Nur im Bordell der Gertrud Düwels in Köln hatte er unbesorgt schlafen können. Dort wagte niemand, etwas zu stehlen, allein schon, weil der berüchtigte Räuber Karl Benzel dort immer wieder mal über Wochen seinen Unterschlupf hatte. Den zu bestehlen glich einer besonders dämlichen Form des Selbstmords, denn Benzel war bekannt dafür, jeden ungespitzt in den Erdboden zu rammen.

Aber diese Zeiten waren vorerst vorbei. Johann öffnete das Fenster und ließ kühle Luft in die Dachkammer. Über den Hügeln und Wäldern schimmerte die blasse Scheibe der

Sonne fast weiß. Er blickte über die Straße hinunter bis zum Dorfplatz, der im morgendlichen Dunst lag.

Ob Lisbeth schon wach ist? Ob sie auch aus dem Fenster geschaut hat? Und wieso gilt ihr eigentlich mein erster Gedanke am Tag?

In Brunnenweiler zu leben war für ihn zu einer glücklichen Fügung geworden. Ein Dach über dem Kopf, hübsche Mädchen und sogar ein feines Einkommen, was wollte der Mann von Welt mehr? Seine Aufgaben als Büttel strapazierten ihn wie erwartet nicht über Gebühr. Es blieb ausreichend Zeit, sich um die angenehmen Dinge des Lebens zu kümmern, und diese trugen die Namen Margarethe, Sophie, Hiltrud.

Und an Lisbeth denken.

Er beugte sich über die Waschschüssel und wusch Gesicht, Hals und Oberkörper. Die neuen medizinischen Erkenntnisse über die Hygiene fand er überzeugend. Auch wenn es noch viele Gegner gab, die der Meinung waren, Wasser sei schädlich für den Menschen, so fand er Gefallen daran, dass seine Haut nicht ständig juckte. Er hatte es noch nie sehr prickelnd gefunden, wenn er sich selbst nicht riechen konnte. Sollen sich doch die rückständigen Menschen weiterhin mit Öl und Talg einreiben und sich so die Poren verstopfen, weil sie fürchteten, sonst beim Baden von dem durch die Haut eindringenden warmen Wasser aufgeschwemmte Körper zu bekommen.

Er stieg die Treppe hinunter und öffnete die Eingangstür, um frische Luft hereinzulassen. Dann kochte er sich an der Herdstelle einen Kräutertee und schaute mal nach, was ihm die Mädchen des Dorfes in den vergangenen Tagen an Essbarem mitgebracht hatten. Er fand einen Laib Brot, schnitt die steinharte Kante ab und legte ihn auf einen Rost im kleinen Kanonenofen. Nach einer Weile zog er das knusprige

Brot heraus, legte es auf einen Teller, klatschte etwas Schmalz daneben und ging vor die Tür. Dort hatte er vor Wochen schon eine Bank an die Hauswand gestellt, auf der es sich bequem aushalten ließ. Für die anderen wirkte er wie ein wachsamer Ordnungshüter mit Überblick, für ihn selbst war es einfach nur der beste Platz, um möglichst lange gemütlich in der Sonne sitzen zu können, die von den Bergen und über die *Roten Wälder* ins Tal schien.

Die *Roten Wälder* trugen ihren Namen wirklich zu Recht, wie Johann festgestellt hatte. Spätnachmittags, kurz bevor die Sonne so weit hinter den Wipfeln versunken war, sodass die Helligkeit des Tages allmählich der Dämmerung wich, schienen die Wälder feuerrot zu leuchten. Jeder einzelne Baum, der den Hang säumte, ragte als glühender Stamm vor dem Horizont auf, und auch das Kloster Laach zeigte sich in diesem Licht als besonders ehrgebietend.

Er hatte seinen Hut neben sich auf die Bank gelegt, die Hemdsärmel hochgekrempelt und genoss die angenehme Wärme der Vormittagssonne auf seinem Gesicht, während er von Zeit zu Zeit einen zur Arbeit auf den Äckern vorbeilaufenden Burschen grüßte (freundlich) oder den von der Hausarbeit erhitzten jungen Mädchen zublinzelte (ganz besonders freundlich), die kichernd an ihm vorbeiliefen und erröteten, als wollten sie zur verbotensten Frucht der Saison gekürt werden.

Mit der flachen Hand schirmte er die Augen gegen die Sonne ab und beobachtete den Flug der Raubvögel, die in der Ferne ihre Kreise zogen.

Aber sein Sonnenplatz bot Johann außerdem noch etwas anderes, auf das er nicht mehr verzichten wollte. Von hier aus hatte er immer Lisbeths Haus im Blick. Und damit auch das Mädchen. Manchmal bemerkte er, dass sie hinter dem Fenster in ihrer Stube stand und zu ihm heraufblickte, dann fühlte er sich ertappt wie beim Apfelklau auf dem Frankfurter Marktplatz. Einmal war er versucht, die Hand zu heben und zu winken, doch dann dachte er sich, dass das nur Unfug für Verliebte sei, und verliebt war er ganz sicher nicht. Warum sein Herz so klopfte, wenn er Lisbeth sah, konnte er sich allerdings auch nicht erklären.

Aber das Mädchen hatte etwas Besonderes. Manchmal ging Lisbeth mit einem Krug zum Brunnen, und dann konnte er sehen, wie sie ihm Blicke zuwarf, die ihm wie ein Versprechen auf die kommende Nacht schienen. Doch selbstverständlich stand sie nachts nie vor seiner Tür, und sosehr ihn das auch verdrießte, so seltsam beruhigt war er doch, dass Lisbeth offensichtlich nicht wie Anne war.

Dennoch, seit ihrem gemeinsamen Erlebnis mit dem schrecklichen Kutschüberfall verband ihn mit ihr mehr als nur ein flüchtiges Begehren. Das, was er ihr auf dem Weg zurück durch den Wald gesagt hatte, war zwar einfach so aus ihm herausgerutscht, aber es hatte auch gestimmt. Es beschrieb genau das Gefühl, wie er zu ihr stand.

Ich denke zu viel. Dafür werde ich gar nicht bezahlt. Ich bin Gendarm und kein Philosoph. Wer einmal mit dem Denken anfängt, hat das Problem, dass er nicht mehr damit aufhören kann.

Er dachte gerne an Lisbeth. Den ganzen Tag über. Und wenn sie sich über den Weg liefen und miteinander sprachen, sei es zufällig bei seinen Kontrollgängen zu den Tagelöhnern oder am Abend im *Fröhlichen Tropfen*, dann waren es die schönsten Momente des Tages für ihn.

Es überraschte ihn selbst am meisten, dass sein erster Gedanke bei Lisbeth nicht dem Wunsch galt, sie ins Bett zu kriegen, sondern sich mit ihr zu unterhalten. Der zweite Gedanke war, dass es ihm gefiel, sie in seiner Nähe zu wissen und zu sehen, dass es ihr gut ging.

Der dritte Gedanke aber war, sie ins Bett zu kriegen.

Ich werde alt. Mit Ende zwanzig sind andere schon tot, und was mach ich? Ich denke daran, wie schön es ist, sich mit einem Mädchen zu unterhalten. Puh.

Gegenüber traten der Scherenschleifer und seine Frau Anne aus dem Haus. Der Mann sah verheerend aus. Das war schon kein Kater mehr, den er sich am Vorabend im Wirtshaus geholt hatte, sondern eine ausgewachsene Wildkatze. Schwerfällig hockte er sich auf die mittlere Stufe der Eingangstreppe, stützte den Kopf in beide Hände und ließ das lautstarke Schimpfen seiner Frau über sich ergehen. Anne griff nach dem Besen und kehrte ihren Mann resolut von der Stufe. Dann stieg sie an ihm vorbei auf die Straße und hob den Besen drohend in die Höhe.

Ja, Anne, zieh ihm eins über, dachte Johann begeistert. Er hat's verdient, so wie er dich behandelt.

Gerade als sie mit Schwung ausholen wollte, um das umzusetzen, worauf Johann wartete, sah sie in seine Richtung und bemerkte, dass er sie beobachtete. Sie hielt inne. Augenblicklich wurden ihre Gesichtszüge weicher. Über die Straße hinweg schien ihr Blick Johann um Rat zu fragen, und ihr Mund formte stumme Worte, die er als *Hilf mir* verstand. Aber das konnte er nicht. Einer seiner Grundsätze war immer schon gewesen, sich nicht in Eheprobleme einzumischen, wenn man mal das vergnügliche Verführen der Ehefrau nicht dazuzählte. Aber Anne hätte er gerne geholfen. Er wusste um ihren schlechten Ruf im Dorf, aber er wusste inzwischen ja auch, dass sie mehr war als eine, die man herumreichen konnte. Aber die Sache mit ihrem versoffenen Mann konnte nur sie selbst regeln. Den Hinweis auf den *Code Napoléon* hatte er ihr gegeben. Sobald er im Departement Rhein-Mosel eingeführt war, lag es allein an Anne, ihren Nutzen daraus zu ziehen.

Seit Anne ihn vor Wochen mit allem, was sie anbieten konnte, im Dorf willkommen geheißen hatte, war er mit ihr nicht mehr in den Federn gewesen. Gelegenheiten hätte es genügend gegeben, doch er wollte ihr nicht einerseits sagen, dass es nichts mit ihnen beiden werden würde, und ihr auf der anderen Seite Hoffnung machen. Solch ein selbstsüchtiger Schuft war er nun doch nicht.

Sie hob die Hand, und Johann winkte zurück. Dann verpasste sie ihrem Ehemann einen kräftigen Hieb mit dem Besen und sah gleich zufriedener aus. Vielleicht beschloss sie in dieser Sekunde, das zum allmorgendlichen Ritual zu erheben.

Die in guten Tüchern gekleidete Frau mittleren Alters, die sich Johann in ruhigen Schritten und aufrechter Körperhaltung von der Seite her genähert hatte, bemerkte er erst, als ihr Schatten sein Gesicht verdunkelte und sich Anne drüben mit einer Körperdrehung abwandte.

»Dass dir bloß nicht die Augen herausfallen«, sagte Margarethe Blasius.

Der Frau des *maire* war der stumme Austausch quer über die Straße nicht entgangen, was ihrem Mundwinkel zu einem unkontrollierten Spiel verhalf, das am besten mit einer Mischung aus verächtlich und verärgert zu beschreiben war.

Johann wandte den Kopf. Er schirmte seine Augen gegen das Sonnenlicht ab. »Margarethe, ich hab dich gar nicht kommen hören.«

»Das hast du schon seit einiger Zeit nicht mehr. Wann kommst du mich mal wieder besuchen?«

»Wie du siehst, bin ich auf meinem Posten.«

»Das störte dich früher auch nicht.«

»Früher warst du in Nöten, deshalb kam ich, um zu helfen.«

»Ich war in Nöten?«, echauffierte sich Margarethe.

»Ich erinnere mich sehr genau, wie du zu mir kamst. Ich war keine zwei Wochen im Amt, da klagtest du mir dein Leid. Dein Mann, der Bürgermeister, wird von seinen Aufgaben so über die Maßen beansprucht, dass er keine Zeit mehr findet, sich um dich zu kümmern. Das hast du gesagt, ich weiß es noch genau. Erinnerst du dich, wie flehend deine Stimme klang?« Johann beugte sich heimlichtuend vor. »Und weißt du noch, wie fiebrig dein Körper war?«

Margarethe errötete und schaute sich verstohlen nach allen Seiten um.

Er lehnte sich wieder zurück. »Doch, Margarethe, ich denke schon, dass du in Nöten warst.«

»Hans hat immer noch keine Zeit«, flüsterte sie.

»Ich frage mich, was er eigentlich zu tun hat. Auf mich wirkt dein Mann wie jemand, der schon überfordert ist, wenn Schmetterlinge durchs Dorf flattern.«

»Und was gibt es für dich zu tun, Johann Fenkel? Hier gibt's nichts, wofür ein Gendarm gebraucht würde. Die wenigen Streitereien im Wirtshaus regeln sich von allein.«

Es waren weniger die Worte dieses unbedeutenden Gesprächs als vielmehr Margarethe selbst, die Johann ermüdete. Sie war eine Frau in den mittleren Jahren ihres Lebens und allem gegenüber zynisch. Wie förmlich musste er ihr gegenüber denn noch auftreten, damit sie begriff, dass er nicht mehr mit ihr wollte. Fleischliche Gelüste hin oder her.

Johann atmete tief ein und ließ die Luft mit einem leisen Zischen entweichen. Gerade mal neun Wochen war er in Brunnenweiler, und schon hatten sich nicht nur seine Schlafgewohnheiten verändert, sondern auch seine Einstellung Frauen gegenüber. Welch sonderbarer Zauber lag denn nur über diesem Tal?

Drüben am Ende der Straße öffneten sich die Fensterläden im Haus der Näherin. Kurz darauf trat Lisbeth auf die

Straße. Ein feines Lächeln zeichnete sich in Johanns Gesicht. Margarethe folgte seinem Blick, und als sie sah, wem der Glanz in seinen Augen galt, stieß sie einen verächtlichen Laut aus, fast so, als würde sie in den Staub spucken.

»Sie ist für keinen Mann eine Gute«, giftete Margarethe. »Sie ist eigensinnig und mit spitzer Zunge versehen.«

»Wenn du damit meinst, dass sie für jeden Mann eine Herausforderung ist, hast du sicher recht.«

»Sie ist nicht nur das. Sie ist auch für jede anständige Frau ein Ärgernis.«

»Dann brauchst du dich ja nicht vor ihr zu fürchten«, sagte Johann und stemmte sich von der Bank hoch. Manchmal konnte auch er bissig sein.

Er ließ Margarethe ohne ein weiteres Wort stehen und schlenderte die Straße hinunter. Er wollte ein vergnügliches Liedchen pfeifen, doch seine Lippen waren so trocken, dass die Melodie, an der er sich versuchte, wie ein herunterrutschender Dachziegel klang. Er räusperte sich.

»Guten Morgen, Lisbeth.«

Sie blickte auf und tat überrascht, ihn zu sehen. »Ah, der Herr Gendarm, guten Morgen. So früh schon unterwegs? Heute mal nicht länger geschlafen, weil der Herr in der Nacht beschäftigt gewesen war – mit wem auch immer?«

»Ach, Lisbeth, du stellst mich dar, als sei ich ein Unhold. Aber so schlimm bin ich gar nicht.«

Nicht mehr, fügte er im Geiste hinzu.

Lisbeth griff nach einem Besen, und Johann fürchtete schon, sie wolle sich ein Beispiel an Anne nehmen und ihm eins überbraten, doch sie begann lediglich, vor dem Hauseingang zu fegen. Eine Tätigkeit, von der Johann fand, dass die hiesigen Leute ihr zu viel Bedeutung beimaßen. Ein leichter Wind, und alles war wieder voller Straßenstaub. Aber gut, vielleicht lag seine Ansicht einfach nur darin begründet, dass ihm anderes durch den Kopf ging. Ganz besonders die Verlockung, die sich ihm bot, als Lisbeth sich vornüberbeugte, damit sie um ihn herum fegen konnte. Sie hatte ihre Bluse nicht allzu streng geknöpft, sodass ein Stückchen Haut zu sehen war. Johann spürte, wie ihn dieses flüchtige Vergnügen erregte, doch zu seinem eigenen Erstaunen sah er beiseite, als würde er auf diese Weise etwas schamlos rauben, das seinen Augen nicht zustand.

»Wie geht es deiner Mutter?«, fragte er.

»Wir haben heute Morgen schon die ersten Gehübungen gemacht. Es wird besser, vor allem seit Gaspard Paty sie besucht hat. Seine Besuche tun Mutter immer gut. Sie ist danach viel lebendiger.«

Johanns Laune verdrießte sich augenblicklich. Die Besuche des Franzosen gehörten zu den Ereignissen in Brunnenweiler, die ihm überhaupt nicht gefielen. Zum einen, weil er Franzose war, und zum anderen, weil er riechen konnte, wie sehr er Lisbeth begehrte.

»Der kommt nicht wegen deiner Mutter, das weißt du schon, Lisbeth, hm?«

Sie unterbrach das Fegen und schaute Johann aus großen Augen an. »Nicht?«

»Er hat nur Augen für dich.«

»Ach, Johann, du redest Unfug.« Sie stützte sich mit überkreuzten Unterarmen auf dem Besenstiel ab und neigte belustigt den Kopf. »Johann Fenkel, du bist eifersüchtig.«

Johann schaute angestrengt zum Himmel, als müsse er abschätzen, wie viele Leitern er bräuchte, um die Sonne zu berühren. »Ich kenne dieses Wort nicht. Was bedeutet es? Aber vielleicht ist ja dein Franzose eifersüchtig. Wie man hört, soll das ja eine besonders gern gelebte Leidenschaft in Paris sein.«

»Paris ist weit weg.«

»Aber dein Franzose ist hier. Ich möchte nur, dass du aufpasst, wenn du mit ihm alleine bist. Vielleicht glaubt er ja, sich nehmen zu können, was er will, allein nur deshalb, weil Napoleon jetzt in diesem Teil des Rheinlands die Gesetze macht.«

Lisbeth wurde ernst. Ihre Augenbrauen zogen sich über der Nasenwurzel zusammen. »Gaspard ist der liebste Mensch der Welt«, sagte sie. »Niemals lasse ich zu, dass man Schlechtes über ihn sagt.«

»Solange er nichts Schlechtes tut, hat er nichts zu befürchten.«

Lisbeth stellte den Besen an der Hauswand ab. Sie stemmte beide Fäuste in die Hüften und bedachte Johann mit einem grimmigen Blick.

»Wartet jemand auf dich?«, fragte sie, und ihre Stimme ließ ihn nicht im Geringsten daran zweifeln, dass er sie verärgert hatte.

Zur Stunde nicht. »Nein.«

»Gut, dann begleite mich ein Stück den Hügel hinauf.«

»Die Leute werden tratschen, wenn sie uns gemeinsam weggehen sehen.«

»Die Leute tratschen immer, auch jetzt.« Sie wischte sich die Hände an der Schürze ab, bevor sie sie abnahm und zusammengefaltet ins Haus legte. »Also, gehen wir?«

»Scheint ein schöner Tag zu werden«, sagte Johann. »Der Frühnebel hat sich bereits verzogen.«

»Lass den Nebel aus dem Spiel. Und ich wäre dir auch dankbar, wenn du ein klein wenig Abstand zwischen uns hältst, während wir gehen.«

Muss es erst wieder einen Überfall geben, dass sie ihren Körper an meinen schmiegt?, dachte Johann, aber er kam ihrer Bitte nach und vermied jede auch nur zufällige Berührung ihrer Arme und Hände, während sie nebeneinander die Straße hochgingen.

»Wohin führst du mich?«, fragte er.

Sie antwortete nicht, und so gingen sie schweigend von der Hügelkuppe den staubigen Karrenweg bis zum Waldrand hoch. An einer Weggabelung war ein Stab in den lockeren Erdboden gerammt, an den mehrere geschnitzte Wegweiser genagelt waren. Lisbeth schlug die breitere Straße in Richtung der Benediktinerabtei ein. Links von ihnen stieg dichter Wald die Hügel hoch, während der rechte Straßenrand von Brombeerhecken gesäumt war. Die Luft war belebend frisch, und der Gesang fröhlicher Vögel begleitete sie.

Nach einer Weile erinnerte sich Johann, diesen Weg schon einmal gegangen zu sein. Es war an dem Tag seiner Ankunft in Brunnenweiler gewesen. Der Tag, an dem Lisbeth und er sich das erste Mal begegnet waren.

»Ich glaube, ich weiß, wohin wir gehen«, unterbrach er das Schweigen.

Er hatte sich nicht getäuscht, als er nach einer Biegung die verfallene Ruine erblickte, die Efeuranken um die von Feuer geschwärzten Steine der ausgebrannten Mauern und ein Stück dahinter das halb verfallene Kreuz im Gras.

Er bemerkte, dass Lisbeth schwerer atmete, wollte ihr eine Hand reichen, doch sie wehrte sie mit heftigem Kopfschütteln ab.

»Es ist gleich vorbei«, sagte sie, »ich kenne das. Ich bin in Ordnung.«

Johann nickte wenig überzeugt. Sie so zu sehen, bleich und mit Atemnot, etwas wackelig auf unsicheren Füßen, ängstigte ihn.

Lisbeth ging um die Ruine herum, blieb eine Minute mit gesenktem Kopf vor dem Kreuz stehen und kam dann zu Johann zurück, der an der Straße gewartet hatte. Auf dem Felsen, auf dem er damals gesessen hatte, wollte er es sich nicht bequem machen. Es wäre ihm taktlos erschienen angesichts Lisbeths unübersehbar aufgewühltem Inneren. Er beobachtete, wie sie vor den Mauern einen bestimmten Platz abschritt und sich dann auf den Boden setzte. Mit einer Hand schaufelte sie etwas Sand auf, den sie in feinen Körnern zwischen ihren Fingern langsam wieder hinabrieseln ließ.

»Setz dich zu mir«, bat sie, und Johann kam näher. Er setzte sich so, dass nicht einmal sein Schatten sie berührte.

»Das ist der Hof meiner Eltern«, sagte Lisbeth, um sich gleich darauf mit einem humorlosen Lachen zu korrigieren. »Das war er zumindest einmal. Weißt du noch, was du damals gesagt hast?«

Johann wusste noch manches von diesem Tag. Da war diese Stille gewesen, die über diesem Ort lag, und Lisbeths erstarrte Körperhaltung, als sie vor dem Kreuz kniete, und auch der überraschte Ausdruck auf ihrem Gesicht, als sie ihn erblickte. Aber jedes einzelne Wort erinnerte er nicht mehr.

»Du sagtest, hier hätte eine Tragödie stattgefunden.«

Er verengte die Augen, weil er sich erinnerte. »Das habe ich gesagt, ja.«

»Du hattest recht damit.«

»Der Anblick einer Ruine lässt so was vermuten.«

»Es war aber nicht einfach nur eine dumme Unachtsamkeit, die das Feuer ausgelöst hat.«

»Du musst nicht weiterreden, wenn es dir schwerfällt, Lisbeth.«

»Ich möchte aber. So lange Zeit habe ich es in mir verschlossen, mit niemandem darüber gesprochen, aber dir will ich jetzt erzählen, was damals geschah. Vor acht Jahren.«

Sie tastete nach Johanns Hand, und als sie sie gefunden hatte, umschlossen ihre Finger die seinen, um sich den Halt zu sichern, den sie benötigte, um in die Vergangenheit zurückzugehen.

»Meine Eltern betrieben einen kleinen Hof, dessen Überreste du hier sehen kannst. Mein Vater, ein aufrechter, geradliniger Mann, hatte sich gegen den Ackerbau, aber für Viehzucht entschieden. Wir besaßen ein paar Kühe, ein paar Hühner und ein Schwein, also genug, um ein schönes Auskommen zu haben. Für mich als Kind war es herrlich, in einer solchen Umgebung aufzuwachsen, mit Tieren, der Natur um uns. Jeden Tag gab es etwas zu entdecken, und die Aufgaben, die meine Eltern mir zur Erledigung auftrugen, empfand ich nicht als Arbeit, sondern als Vergnügen. Ich bekam sogar die Gelegenheit, lesen und schreiben zu lernen, was meinem Vater zum Beispiel nicht vergönnt gewesen war. Es war ein schöner Tag im Frühling 1794, ich war gerade elf Jahre alt geworden, und meine Mutter schickte mich in den Morgenstunden zum Beerenpflücken. Ich weiß es noch genau, wie ich beim Weggehen bemerkte, wie unruhig sie war, aber ich habe mir nichts dabei gedacht. Mich störte es nur, dass sie ständig an mir vorbei zu den Hügeln hinübersah, wo sechs Männer in der Ferne zu erkennen waren. Mein Vater drückte mir einen Kuss auf die Stirn und trug mir auf, diesmal drüben auf der anderen Seite des Sees nach Beeren zu suchen. Das war weit weg von zu Hause, ich musste lange gehen. Es war das letzte Mal, dass ich meinen Vater lebend sah.«

Lisbeth versagte kurz die Stimme. Sie schluckte schwer, räusperte sich und erzählte weiter.

»Ich lief bestimmt schon zwanzig Minuten, vielleicht länger, da begegnete mir eine französische Reiterpatrouille. Ich bekam es sofort mit der Angst zu tun, konnte mich nicht rühren und blieb wie angewurzelt mitten auf der Straße stehen. Die Reiter ritten um mich herum, schlossen einen Kreis um mich, taten mir aber nichts. Manche lächelten mir zu. Nicht bei allen gefiel mir die Art ihres Lächelns, schon als Kind nicht. Einer der Reiter fragte mich, wie ich heiße. Ich sagte es ihm. Dann fragte er, was ich so allein hier am Waldrand mache. Auch das erklärte ich und hielt schützend den kleinen Korb vor mich, weil ich ein wenig Angst bekam. Ein anderer Soldat meinte, dass sie mich einfach gehen lassen sollten, ich sei nur ein Kind. Das schien seine Kameraden nur wenig zu interessieren.«

»Der Soldat«, mutmaßte Johann, »der war Gaspard Paty?«

Lisbeth nickte. »Ja, das war Gaspard.«

»Vielleicht muss ich meine Meinung über ihn doch ändern. Kann gut sein, dass er dich vor Schlimmem bewahrt hat.«

»Ich hatte keine Ahnung, was passieren könnte. Ich konnte mir gar nicht vorstellen, dass diese Männer einem elfjährigen Kind etwas tun würden.«

Johann gab einen galligen Laut von sich. »Diesen Männern ist das Alter egal, wenn sie nur das bekommen, was sie haben wollen. In manchen Gegenden im Rheinland vergewaltigten die französischen Soldaten sogar Greisinnen.«

Lisbeth bedachte Johann mit einem ungläubigen Blick. »Das musste ich jetzt nicht unbedingt wissen.«

»Entschuldige, ich wollte nicht …«

»Also, ich bin mir heute nicht sicher, ob es Gaspard gelungen wäre, seine Kameraden davon abzuhalten, sich auf mich zu stürzen. Es war etwas anderes, das mich davor bewahrte. Einer fragte mich, woher ich komme, und ich zeigte auf die Straße hinter mir. Darauf fragte er, ob ich daher komme, wo die schwarze Rauchfahne in den Himmel steigt. Und ich drehte mich um und sah diese furchtbar schwarzen, im Wind zerrissenen Rauchfetzen hinter den Hügeln und dem Wald. Ich wusste sofort, etwas Schreckliches war geschehen. Ich lief los, stolperte über meine Füße, lief weiter, ließ den Korb fallen, aber ich lief und lief und lief. Ich bemerkte kaum, dass die Franzosen an mir vorbeiritten, und als ich völlig atemlos und entkräftet den Weg zum Hof meiner Eltern hinunterlief, waren die Reiter schon da und hatten begonnen, das Feuer zu bekämpfen, das das Haus vernichtete. Ich schrie mir die Seele aus dem Leib, als ich meine Mutter mit zerfetzten Kleidern etwas abseits im Gras liegen sah, mit dem Gesicht zum Boden und die Beine so sonderbar verdreht, dass ich dachte, sie wären ihr ausgerissen worden. Ich lief auf sie zu, weinte, doch meine Mutter rührte sich nicht. Sie sah mich mit offenen Augen an, aber sie umarmte mich nicht. Sie war weggetreten, zurückgezogen in eine Welt, in der ihr niemand mehr wehtun konnte. Ich hörte die Soldaten wild durcheinanderrufen, als ich auf das brennende Haus zulief. Mein Vater, wo war mein Vater? Er musste noch im Haus sein. Ich wollte ihn suchen, da packten mich kräftige Hände und rissen mich von den Flammen zurück. Das Feuer hatte ewig gebrannt, wie mir schien, und mit ihm Knochen, Fleisch und Haut meines Vaters. Später, als das Feuer erloschen war, fanden die Soldaten nicht viel Zusammenhängendes, was von meinem Vater übrig geblieben war.«

»Das Kreuz hinter der Ruine?«, fragte Johann.

»Es steht da, ohne einen Leichnam unter sich zu haben.«

Johann verspürte den Wunsch, Lisbeth in den Arm zu nehmen, aber instinktiv merkte er, dass sie eine Berührung nicht vertragen könnte, solange sie erzählte.

»Es waren die sechs Männer gewesen, die Mutter auf dem Hügel herankommen gesehen hatte, bevor sie mich losschickte. Räuberpack, Mördergesindel, wie sie seit Jahren die Lande unsicher machen. Es gab nicht viel zu holen bei uns. Es war die reine Lust am Plündern und Morden, der meine Eltern zum Opfer fielen, auch weil es damals niemanden interessierte, was diese Räuber trieben. Im Gegenteil, solche Schurken wie den Schinderhannes bewundern sie ja bis heute.«

Johann sah verlegen zur Seite. »Es tut mir so leid, Lisbeth«, sagte er.

»Du kannst ja nichts dafür. Wenn du nur verstehst, weshalb ich der Mensch geworden bin, den du vor dir siehst.«

Behutsam wagte Johann, seinen Arm um ihre Schultern zu legen. Sie ließ es geschehen. Er konnte das Zittern spüren, das aus ihrem Inneren drang.

»Ich kann mich an dieses merkwürdig taube Gefühl von damals nicht mehr genau erinnern, nur so viel, dass ich wusste, dass ab jetzt alles anders sein würde«, fuhr Lisbeth fort. »Die Soldaten kümmerten sich um mich, selbst die, für die ich zuvor nur ein Stück frisches Fleisch gewesen sein mochte. Aber sie hätten mich zurückgelassen, als das Feuer sich endgültig selbst erstickte, weil die Mauern nichts mehr hergaben. Einzig ein Soldat kümmerte sich um meine Mutter und mich.«

»Gaspard Paty.«

»Ja, Johann, es war Gaspard, der Mutter und mich mit nach Coblenz nahm und uns von einem Arzt versorgen ließ. Mutters Beine waren nicht nur gebrochen, sie waren regelrecht zertrümmert. Ich habe keine Ahnung, was dieses Räuberpack mit ihr angestellt hat, bevor sie sie der Reihe nach vergewaltigten, aber ich habe Mutters Schreie noch im Ohr, als ihre Apathie nachließ und sie darum bettelte, man möge ihr doch beide Beine abnehmen, damit sie nicht mehr solche Schmerzen ertragen müsse. Gaspard hat sie es zu verdanken, dass sie heute noch zwei Beine hat. Er hat nie aufgegeben, die richtigen Ärzte für sie zu finden. Ein Jahr nach dem Überfall musste er eine Bleibe für uns suchen, wir konnten ja nicht ewig im Hospital bleiben. Und ich war zwölf geworden, da gab es schon Versuche, mich in die Gassen zu schicken, um Geld anzuschaffen. Gaspard machte das Haus in Brunnenweiler ausfindig, in dem wir heute wohnen. Wir zogen ein. Gaspard ließ mich nicht nur lesen und schreiben lernen, er versorgte mich auch mit Näharbeiten. Anfangs nur für die französische Armee, bald schon mit Röcken von Amtshonoratioren, als er berufliche Karriere machte. Auf diese Weise verschaffte er mir ein regelmäßiges Einkommen, mit dem ich Mutter und mich versorgen und dadurch auch schon früh ein selbstständiges, beinahe freies Leben führen konnte. Die Dörfler in Brunnenweiler nahmen Mutter und mich nicht mit offenen Armen auf. Wer von den Franzosen einquartiert wurde, war per se schon mal verdächtig. Bald darauf siedelte sich dein Bruder, der Doktor, im Dorf an und kümmerte sich mit medizinischem Eifer um Mutter. Heute denke ich, dass er auf Gaspards Geheiß nach Brunnenweiler kam. Dann wuchs ich heran, war in meinem Wesen zurückgezogener als die anderen, aber bei den Männern von Jahr zu Jahr begehrter.« Lisbeth lachte trocken auf. »Alles zusammen machte mich nicht wirklich beliebt im Dorf.«

Sie lehnte sich an Johanns Schulter. Ihr Körper fühlte sich entspannt, aber erschöpft an.

»Du siehst, Johann, ich habe alles, was ich heute bin, Gaspards Güte zu verdanken. Es gab nicht viele, die einem elfjährigen Mädchen und ihrer halbtoten Mutter geholfen hätten.«

Zweifellos, dem konnte und wollte Johann nicht widersprechen. Aber er hatte nun mal Gaspard Patys Blicke gesehen, wenn er Lisbeth besuchen kam. Es war auch dem Franzosen nicht verborgen geblieben, dass aus dem schutzbedürftigen Mädchen eine hübsche junge Frau geworden war.

Als hätte sie seine Gedanken erraten, sagte Lisbeth: »Ich kann guten Gewissens sagen, dass Gaspard mein rettender Engel ist. Und mit Engeln schläft man nicht. Man hält sie in Ehrfurcht und Freude heilig. Man schenkt ihnen Dankbarkeit, aber nicht das Jungfernhäutchen.«

Lisbeth atmete lange tief ein und dann mit dem Gefühl der Erleichterung, sich endlich jemandem anvertraut zu haben, hörbar wieder aus. Sie legte sich rücklings ins Gras und blickte hoch zu den Wolken, ein Schimmer in den Augen und mit geöffneten Lippen, die vom Erzählten noch leicht nachzitterten. Ihre Brust hob und senkte sich, und Johann musste sich zwingen, nicht ungehörig gierig hinzuschauen oder gar seinen Händen zu gestatten, auf hügelige Wanderschaft zu gehen.

»Jetzt hab ich dir alles von mir erzählt«, sagte sie, »und von dir weiß ich immer noch nichts.«

»Was soll ich denn sagen? Ich war kaum auf der Welt, da sind meine Eltern gestorben. Möglicherweise wollten sie nichts mit mir zu tun haben. Ich glaube, ich bin gar nicht so wichtig für diese Welt.«

»Für die Welt vielleicht nicht, aber für manche Menschen ganz sicher«, sagte Lisbeth leise.

Johann stützte sich mit beiden Armen hinter dem Rücken ab und ließ seinen Blick über die Baumwipfel schweifen, dort, wo die *Roten Wälder* an die Berge anschlossen.

»Dein Bruder Konrad hat sich immerhin um dich gekümmert, als er dich zu uns nach Brunnenweiler geholt hat. Ihm bedeutest du doch ganz sicher etwas. Ich finde das schön, auch weil ich selbst keine Geschwister habe. Hast du noch mehr Geschwister außer Konrad?«

»Es gab noch drei Brüder, aber die sind alle im Krieg gestorben. Eine Schwester habe ich nicht kennengelernt. Man hat mir erzählt, sie sei eines Tages zum Markt nach Frankfurt gefahren und nicht zurückgekehrt. Und mein Bruder Konrad, hm … ja.«

Johann schien zu überlegen, bevor er weiterredete. »Konrad und ich sind zwölf Jahre auseinander. Wir haben bisher nicht viel miteinander zu tun gehabt. Unsere Lebenswege haben sich immer mal gekreuzt, aber eigentlich war ich sehr überrascht, als ich eine Nachricht von ihm erhielt. Überrascht, aber auch erfreut, das gebe ich gern zu. Er hat mir geholfen, das steht fest.«

»Siehst du, und er ist sicher nicht der Einzige, dem du was bedeutest. Da gibt es noch Anne und …«

Johann ließ nicht zu, dass Lisbeth weitersprach. Er beugte sich zu ihr hinunter und verschloss ihr die Lippen mit einem Kuss. Einem langen, sanften und nach und nach festeren. Seine Hand streichelte ihre Wange, bevor er kurz nach Luft schnappte und sie erneut küsste. Diesmal schlang Lisbeth ihre Arme um seinen Nacken.

»Wie schön«, flüsterte er in ihr Ohr. »Diesmal hast du mich nicht in die Lippe gebissen.«

»Diesmal«, flüsterte sie zurück, »war es mir egal, wie viele du vor mir geküsst hast.«

Er prüfte, ob sie meinte, was sie sagte, und küsste sie noch einmal.

Eine Weile lagen sie nebeneinander im Gras, vor einer niedergebrannten Ruine, aber eingehüllt in ihr frisches Glück.

Lisbeth kitzelte ihn mit einem Grashalm an der Nase, und er versuchte, so lange wie er konnte, nicht zu lachen, doch dann lachten sie beide und umschlangen sich wieder mit Armen, Beinen und Mündern, bis sie atemlos waren.

»Was ist nur dein Geheimnis bei all den Mädchen und Frauen, Johann? Sie mögen dich, und du magst sie. Was steckt da nur dahinter?«

»Es ist kein Geheimnis.«

»Dann verrat es mir.«

»Ich bringe sie dazu, dass sie glauben, glücklich zu sein.«

»Das ist es?«

»Der Glaube an das Glück wiegt mehr als das, was sie wirklich haben.«

»Und was ist mit dir? Warst du denn mal glücklich?«

Johann zögerte. »Manche Stunde in manchen Nächten«, sagte er.

»Dann hattest du noch nie ernsthafte Absichten mit einer deiner Liebschaften?«

»Nein, sicher nicht.« Er zog Lisbeth fester an sich. »Aber das ändert sich gerade.«

Lisbeth betrachtete Johann mit liebevollem Blick. Sie versuchte zu verstehen, wen sie vor sich hatte und was er mit ihr machte. Denn irgendetwas geschah gerade, und sie war sich nicht sicher, ob es so einfach war, wie er es sagte.

Die Sonne sank bereits und warf lange Schatten, als Lisbeth und Johann hinunter ins Dorf zurückgingen. Sie hatten den Weg über nicht viel geredet, aber diesmal fühlte es sich nicht so dramatisch schwer an wie auf dem Hinweg. Diesmal war das Schweigen von jener Sorte, die liebende Herzen genießen, weil sie wissen, sie haben einen gemeinsamen Takt gefunden.

Vor der Gendarmerie blieben sie stehen. Verlegen sahen sie aneinander vorbei, und als sich ihre Blicke trafen, lachten sie, was ihre Unsicherheit nur noch mehr verdeutlichte.

Unten am Brunnen wuschen sich gerade ein paar Tagelöhner den Schlamm von den Schuhen. Sie redeten laut durcheinander und gingen schließlich in den *Fröhlichen Tropfen* hinein.

Lisbeth seufzte. »Der Feilbinger wird toben, weil ich noch nicht im Wirtshaus bin und die Gäste bediene.«

»Lass ihn toben und komm mit nach oben.« Johann deutete mit dem Kopf auf das Obergeschoss, in dem sich seine Dachkammer befand.

»Bist du jetzt auch noch ein Dichterfürst?«, lachte Lisbeth. »Lass dir sagen, dass deine Reime nicht so gut sind wie die von diesem Schiller.«

Johann verzog das Gesicht. »Das ist der, der dieses Stück über die Räuber geschrieben hat, nicht wahr? Völlig an der Realität vorbei, das kann ich dir verraten.«

»Die Leute sehen das Stück gerne.«

»Weil sie keine Räuber kennen«, entgegnete Johann lapidar. »Ich mochte die Geschichte von diesem Vulpius lieber, diesen ›*Rinaldo Rinaldini*‹.«

»Ich bin erstaunt, dass du lesen kannst.«

»Während Konrad sich zum Arzt hat ausbilden lassen, hat er mir das Lesen so nebenher beigebracht. Dafür bin ich ihm auch sehr dankbar. Nun, was ist? Kommst du mit nach oben?«

»Das geht nicht, Johann. Ich lasse niemanden hängen, selbst den tobsüchtigen Feilbinger nicht.«

»Na schön, wenn du nicht zu mir kommst, dann komm ich zu dir. Ich schau mal, ob es was in meiner Stube zu erledigen gibt, und komm dann ins Wirtshaus. Kannst schon mal einschenken.«

Es war ihm egal, ob sie gesehen wurden – er küsste Lisbeth.

Nicht auf die Wange, nicht auf die Stirn.

Er sah ihr nach, und bevor sie in den *Fröhlichen Tropfen* trat, sah sie zu ihm hoch. Ihm war, als hätte er sie noch nie so glücklich gesehen, seit er hier im Dorf war. Vielleicht würde sich heute Nacht kein Stern am Himmel blicken lassen, strahlte der hellste doch hier unten.

Bevor er die Tür zu seiner Amtsstube aufschob, fiel sein Blick plötzlich auf die fremde Kutsche, die im Schatten der Remise neben dem Wirtshaus stand. Sie war ganz in Schwarz gehalten und hatte an der Seitentür kein Wappen.

Seltsam, dachte Johann noch, die Pferde sind gar nicht abgeschirrt. Warum nur?

An diesem wundervollen Tag war nichts und niemand in der Lage, Lisbeths Glück zu trüben. Wie ein bunter Schmetterling mit großen Flügeln, die sie durchs Leben trugen, so leicht und verrückt fühlte sie sich, als sie zwischen den Tischen und Bänken umherflatterte, um den Gästen Bier und Wein zu bringen. Feilbingers Gezeter erreichte sie gar nicht, und als sie ihn bei einem seiner zwanghaften Rüffel einfach nur anlächelte, war er verwirrt und fragte, ob sie von einem Tee mit fremden Kräutern gekostet hätte.

»So kann man es nennen«, sagte sie und spähte zur Eingangstür, ob Johann nicht schon bald einträte.

Zu dieser Stunde waren nur wenige Gäste im *Tropfen*, die meisten kamen von auswärts. Seit viele Menschen aus der Stadt die Natur für sich entdeckt hatten, strömten sie immer häufiger ins Umland, vor allem viele Künstler, Dichter und andere Feingeister. Lisbeth mochte solche Gäste lieber als Trunkenbolde oder Soldaten. Gut, sie schwätzten mehr, aber im Grunde berauschten sie sich nur an den schwelgerischen Gesprächen, von denen Lisbeth eh nur die Hälfte verstand.

Feilbinger schickte sie mit einem Glas Wein zu einem vornehm gekleideten Gast. Er hatte sich seinen Platz in der Mitte des Lokals gewählt. Als sie den Wein bei ihm abstellte, sprach er sie an.

»Bist du die Kirch Lisbeth?«

»Woher wissen Sie das? Hat der Feilbinger es Ihnen gesagt?«

»Ich habe ihn nach dir gefragt, ja. Darf ich mich vorstellen. Mein Name ist Anton Keil, meines Zeichens Öffentlicher Ankläger von Köln und neuerdings auch zuständig für alle vier neuen linksrheinischen Departements.«

Lisbeth erinnerte sich. Vor einiger Zeit saßen hier zwei Durchreisende und hatten von Keil erzählt. Sie hatte interessiert zugehört, weil sie davon schwärmten, wie unnachgiebig

Keil hinter den Räuberbanden her war. Bluthund hatten sie ihn genannt, und Lisbeth musste zugeben, dass allein seine stechenden Augen diesem Vergleich gerecht wurden.

»Setz dich zu mir«, bat Keil.

»Ich soll mich zu Ihnen setzen?«

»Aber ja, du hast mir bestimmt eine Menge zu erzählen.«

»Ich verstehe nicht ... was meinen Sie?«

»Du erfährst doch bestimmt eine ganze Menge, während du hier ausschenkst und was du sonst noch so machst. Es soll ja Männer geben, die in herbeigeführten schwachen Momenten viel erzählen.«

Lisbeth errötete. »So eine bin ich nicht, Monsieur.«

»Lass das *Monsieur*. Ich bin genauso deutsch wie du. Und wenn ich richtig informiert bin, haben wir noch eine Gemeinsamkeit. Wir arbeiten beide für die Franzosen. Gaspard Paty redet nicht viel, aber sein Gesicht sagt manchmal mehr als Worte. Willst du dich nicht doch setzen?«

Jetzt hätte sie gerne gehabt, dass Feilbinger sie lautstark zur Arbeit antrieb, doch als ihr fragender Blick ihn suchte, forderte er sie wild gestikulierend auf, der Bitte nachzukommen. Sie setzte sich, legte die gefalteten Hände in den Schoß und vermied es, Keil anzuschauen.

»Vor einigen Wochen waren Männer hier, die für mich arbeiten«, sagte Keil. »Weißt du noch? Ja, ich kann sehen, dass du dich erinnerst. Schön, dann ahnst du, welche Frage ich habe.«

»Aber nein, Mons... Herr Keil. Ich weiß nicht, wie ich Ihnen helfen könnte. Eigentlich hatte ich im Gespräch mit Ihren beiden Helfern gehofft, dass *Sie* derjenige sind, der *uns* einfachen Leuten helfen könnte.«

»Ja, mein Kind, wir reden über das Gleiche, merkst du es? Du weißt, wer ich bin. Dann weißt du auch, welcher Aufgabe ich mich verschrieben habe. Diese vielen marodierenden Räuberbanden, wie es sie überall im Rheinland und anderswo in diesen Zeiten gibt. Sie gehören ausgerottet. Jeder einzelne schäbige Bastard.«

Lisbeth nickte. »Ich wünsche mir auch, dass diese Menschen ihre Strafen bekommen.«

»Du kannst mir helfen. Wie erklärst du dir, dass euer Dorf noch nicht von dem Hattinger und seiner Bande heimgesucht wurde?«

»Ich weiß es nicht. Aber um unser Dorf herum, da geschehen Überfälle.«

»Ums Dorf herum, ja, hm.« Keil führte sein Glas an die Lippen. Es tropfte auf seine Hand, doch es kümmerte ihn nicht. »Aber nicht im Dorf selbst.«

Lisbeths Miene hellte sich auf. »Vielleicht liegt es daran, dass wir einen tüchtigen Gendarmen haben. So einer schreckt sicher ab.«

Keils Augen verengten sich. »Mancherorts«, murmelte er, »mancherorts.«

In diesem Augenblick öffnete sich die Eingangstür, und Johann trat herein. Seine Augen suchten das Lokal nach Lisbeth ab, und als er sie entdeckte, kam er entschlossenen Schrittes auf sie zu. Lisbeth hüpfte voll glühender Freude von ihrem Platz auf.

»Das ist er, Herr Keil«, sagte sie stolz. »Das ist unser Gendarm.«

Ruckartig wuchtete sich Keil von seinem Platz hoch. Er streckte den Arm aus und richtete seinen krallenartig gekrümmten Zeigefinger auf Johann. Als wäre es ein vereinbartes Zeichen gewesen, sprangen plötzlich von zwei umstehenden Tischen vier Männer auf, zogen Pistolen aus ihren Umhängen und zielten aus kurzer Distanz auf Johann. Alle Gespräche im Lokal verstummten. Einer schluckte geräuschvoll das Bier in seinem Mund hinunter.

Keil kam um den Tisch herum. Seine kalten Augen leuchteten triumphierend. Endlich war es so weit. Endlich stand er dem Mann gegenüber, den er schon so lange jagte. Wenn dieser Mörder erst auf dem Schafott stand und sein Kopf in den Flechtkorb fiel, sein Blut aus dem Halsstumpf sprudelte, dann würden die Menschen, die ihm jetzt noch Schutz gewährten und vor der Polizei und den Soldaten versteckt hielten, sehen, dass er nichts weiter war als ein Mann, der genauso sterben konnte wie alle anderen auch. Nur bedeutend früher durch die Hand des Scharfrichters.

»In Ausübung der mir übertragenen Ämter und Befugnisse verhafte ich dich. Flucht ist zwecklos. Draußen vor dem Wirtshaus sind noch mal ein halbes Dutzend Soldaten postiert. Also, ergib dich, Johann Fenkel … oder sollte ich besser sagen: Johannes Bückler, der auch als Schinderhannes bekannt ist?«

Ein Raunen ging durch das Lokal. Die Menschen steckten die Köpfe zusammen und flüsterten. *Der Schinderhannes? Er ist der Schinderhannes? Der berüchtigte Anführer der Räuberbande?*

Lisbeth starrte Johann fassungslos an. Ihr Gesicht bekam die Farbe von kalter Asche. Sie löste ihren Griff von seinem Arm und wankte ein, zwei Schritte zurück. Ungläubig schüttelte sie den Kopf. »Du …?«

Johann rührte sich nicht vom Fleck. Verwundert betrachtete er die Stelle an seinem Arm, an die sich eben noch Lisbeths Hand geklammert hatte. Nichts hätte ihn schlimmer treffen können als ihr schnelles Zurückweichen vor ihm, kaum dass der Räubername gefallen war.

»Sie irren sich, Keil«, sagte er, so ruhig er konnte. »Mein Name ist Johann Fenkel, und ich bin nicht der, den Sie suchen.«

»Ich irre mich nie.«

»Aber …«

Johann wollte einen Schritt auf Keil zugehen, doch sofort waren alle vier Pistolenläufe auf seinen Kopf gerichtet. Noch einen Schritt mehr und sein Schädel würde sich in allen vier Ecken des *Fröhlichen Tropfen* gleichzeitig verteilen. Johanns Schultern sackten herab.

Keil machte vor Lisbeth eine übertrieben tiefe Verbeugung. »Ich danke dir, dass du meinen Spionen von eurem neuen Gendarmen berichtet hast. Du warst mir eine große Hilfe.«

Lisbeth schlug beide Hände vors Gesicht, und Johann war, als hätte sein Herz ihm mitgeteilt, dass es von nun an nicht mehr schlagen wollte. Alles um ihn herum verdichtete sich nur auf sie, auf ihre schmale Gestalt, die ebenso erstarrt war wie er selbst. Die Wände schienen ihn erdrücken zu wollen, und das Licht der Tischkerzen verschwand aus seinem Blickfeld. Es gab nur noch dieses eine Augenpaar vor ihm, auf das er starrte und in dem er seinen eigenen Abgrund erblicken konnte. Er begriff den Schmerz nicht, der ihn zerreißen wollte. Verhaftet zu werden, im Kerker zu landen, schlimm genug, aber durch Lisbeth …? Unerträglich für seinen Verstand.

»Bringt ihn raus«, befahl Keil seinen Soldaten. »Wir brechen sofort auf.«

Ein Pistolenlauf drückte gegen Johanns Hinterkopf, um dem Befehl den letzten nötigen Nachdruck zu verleihen, sollte der Gefangene noch mit dem Gedanken an Flucht gespielt haben. Flankiert von den Soldaten, wurde Johann vor das Wirtshaus gebracht. Als ihm die Wagentür der Kutsche geöffnet wurde, rief Keil erbost dazwischen.

»Glaubt ihr etwa, ich lasse diesen Halunken neben mir sitzen?«

»Aber wir haben kein Pferd für ihn.«

»Wozu ein Pferd, wenn wir das hier haben.« Keil ging zur Rückwand der Kutsche und tätschelte einen ins Holz eingeschlagenen Metallring. »Festbinden«, rief er. »Er ist so lange vor uns davongelaufen, da kann er jetzt bis Coblenz auch mal hinter uns herlaufen.«

Inzwischen waren die anderen Gäste des *Fröhlichen Tropfen* den Soldaten nach draußen gefolgt. Auch aus den Häusern waren Männer und Frauen herbeigekommen, um zu sehen, wie Johanns Hände mit einem Strick gebunden wurden. Als das andere Ende des Stricks in den Metallring an der Kutsche geknotet wurde, herrschte Todesstille auf dem Dorfplatz. Eine Magd ließ vor Schreck die Kurbel des Brunnens los, sodass der Holzeimer in die Tiefe stürzte und nur das Platschen des Wassers zu hören war, als er aufschlug.

Mathias war herangekommen und hatte sich neben Lisbeth gestellt. Er wusste nicht genau, was hier vor sich ging, aber was er sah, gefiel ihm, und ein zufriedenes Lächeln schlich sich satt in sein Gesicht.

Auch Anne war über die Straße gekommen. Jeden, an dem sie vorbeikam, fragte sie, was los sei, doch sie bekam nur Achselzucken als Antwort, bis einer ihr zuraunte, *der dort wär der Schinderhannes.*

»Aber das ist doch Unfug«, rief sie den Leuten zu. »Das ist doch Johann. Ihr kennt ihn doch.«

»Nicht so gut wie du«, rief einer der Zechbrüder aus dem *Fröhlichen Tropfen*, doch er erntete nur mäßig heiteres Gelächter. Ein Soldat nahm die Bemerkung zum Anlass, um Anne von oben bis unten zu taxieren, ob es sich für ihn lohnen könnte, demnächst noch einmal nach Brunnenweiler zurückzukommen.

Anne versuchte, bis zur Kutsche vorzudringen, doch auf einen knappen Wink von Keil hin wurde sie von zwei Soldaten mit gekreuzten Gewehren davon abgehalten. Sie sah sich nach allen Seiten um, aber niemand wagte, ihr zu Hilfe zu kommen. Nicht ihr und auch nicht Johann, der alles mit schicksalsergebener Ruhe geschehen ließ. Annes Blick kreuzte den von Lisbeth und fragte stumm, warum sie nicht einschritt. Immerhin wusste doch jeder im Dorf vom vorsichtigen Anbändeln der beiden.

Lisbeth spürte Annes brennenden Blick, doch sie fühlte sich innerlich taub und dabei gleichzeitig an Armen und Beinen bleischwer. Unfähig, etwas zu rufen. Etwas zu Johann zu rufen. Sie konnte gerade nicht unterscheiden, ob alles wirklich geschah, also richtig wirklich, oder ob sie nur schlecht träumte. Sie merkte nicht einmal, dass Mathias die Gelegenheit nutzte und seinen linken Arm um ihre Schultern legte, als Johann sich von seinem Platz hinter der Kutsche zu ihr umdrehte.

»Der bekommt, was er verdient«, murmelte Mathias. Mit sichtlicher Genugtuung spuckte er in den Sand.

Die Soldaten stiegen auf ihre Pferde, der Kutscher wartete auf den Befehl zur Abfahrt. Keil kicherte seltsam gestört, als er sich in die Kutsche schwang. Er schloss die Tür hinter sich und steckte sogleich den Kopf durch das Fenster, um sich an den unterschiedlichsten Regungen in den Gesichtern der Dorfbewohner vor dem Wirtshaus und auf dem Platz zu erfreuen.

»Ich weiß, ihr seid mir dankbar«, rief er.

Dann gab er dem Kutscher das Zeichen zum Losfahren, indem er gegen die Wagentür klopfte. Die hohen Speichenräder ruckten an. Langsam setzte sich die Kutsche in Bewegung. Johann war zwar auf das Anfahren vorbereitet gewesen, dennoch ließ der kräftige Ruck nach vorne ihn schon bei den ersten zwei Schritten straucheln. Er stürzte zu Boden, die Arme nach vorne gestreckt. Sand wirbelte hoch und ließ ihn husten. Lisbeth schrie auf, schrie seinen

Namen. Sie wollte ihm hinterherlaufen, doch Mathias hinderte sie daran.

Johann wurde hinter der Kutsche hergeschleift. Sein Kopf tauchte in einer Staubwolke unter, aber irgendwie schaffte er es, bei dem anfangs noch geringen Tempo an der Steigung wieder auf die Beine zu kommen. Flankiert von berittenen Soldaten lief er im Laufschritt der Kutsche hinterher, eingehüllt von Staub und Sand und der prallen Sonne über sich.

Der kurze Strick zerrte an seinen Handgelenken, und als die Kutschpferde das Tempo anzogen, spannte er sich und streckte Johanns Arme, dass der Schmerz ihm durch die Muskeln raste.

Oben am Hang verschwand die Kutsche aus dem Sichtfeld der Dorfbewohner, die bis auf Lisbeth, Anne und Mathias nach und nach durcheinanderredend den Platz verließen.

Während Anne ihrem Unverständnis lautstark Ausdruck gab und aufforderte, man müsse Johann doch helfen, warum tat denn niemand etwas, stand Lisbeth zitternd vor dem *Fröhlichen Tropfen* und hörte nicht, wie Feilbinger nach ihr rief, sie solle die Gäste bedienen. Sie hielt ihre Arme um sich selbst geschlungen und versuchte, sich das bisschen Halt zu verleihen, das sie gerade noch aufrecht auf den Füßen hielt. Sie war sogar zu betäubt, um in Ohnmacht zu fallen.

»Lisbeth!«, brüllte Feilbinger, »die Gäste haben Durst. Sie wollen was trinken, während sie sich das Maul zerreißen!«

Anne sah sie an. Die beiderseitige Abneigung hinter sich lassend legte sie Lisbeth eine Hand vorsichtig an die Schulter.

»Ich gehe«, sagte sie. »Ich spring für dich ein.«

Lisbeth sah Annes mitfühlenden Blick. Dankbar nickte sie.

»Und ich bringe dich nach Hause«, schlug Mathias vor.

Mit einem raschen Schritt setzte Lisbeth sich seitlich von ihm ab. »Nein, das wirst du nicht.«

»Aber warum nicht? Du weißt, ich bin immer für dich da, vor allem, wenn andere dich enttäuschen. Ich hab's gleich gewusst, dass mit diesem Kerl was nicht stimmt. Vom ersten Tag an, als er in Brunnenweiler aufgetaucht ist, hab ich's gewusst. Der bringt nur Ärger.«

»Nichts hast du gewusst«, fauchte Lisbeth.

Unbändiger Zorn kochte in ihr hoch. Auf Mathias und sein dummes Geschwätz.

Auf Johann, der ihr Vertrauen erschlichen hatte.

Auf sich selbst, weil sie vertraut hatte.

»Komm.« Mathias streckte die Hand aus, doch Lisbeth wich noch weiter von ihm zurück.

»Warst du es, der die Soldaten gerufen hat?«

»Ich wünschte, ich wäre auf den Gedanken gekommen.«

»Komm mir nie wieder unter die Augen, Mathias. Hörst du? Nie wieder.«

»Ich hab gesagt, ich war es nicht, aber wenn dir so viel an diesem Halunken liegt, dann lauf doch hinterher. Vielleicht holst du die Kutsche ein, dann kannst du ihm mit einem Tuch die Stirn abtrocknen wie einst die heilige Veronika dem Erlöser, denn als einen solchen betrachtest du ihn wohl für dich.«

Mit solch einer satten Ohrfeige hatte Mathias nicht gerechnet. Er rieb sich die Wange und schaute Lisbeth entgeistert nach, wie sie in ihrem Haus verschwand und dort alle Vorhänge vor die Fenster zog.

»Endlich ist der Spuk vorbei«, murmelte Mathias. Er wandte sich um und sah hasserfüllt die Straße hoch, wo sich der aufgewirbelte Staub längst wieder gelegt hatte. »Ich werde zu deiner Hinrichtung kommen, Johann Fenkel, verlass dich drauf. Ich werde da sein, und mein Gesicht wird das Letzte sein, das du auf dieser Erde sehen wirst.«

Teil 2

Sommer 1802

Was nützt mir Vertrauen,
wenn es von Zweifeln umzingelt wird?

13

Es war noch nicht lange her, dass Lisbeth sich morgens auf den Tag gefreut hatte, doch seit Johanns Verhaftung lag sie nach dem Aufwachen einfach nur im Bett und starrte an die Decke. Sie fühlte sich vollkommen leer. Ein entstandenes Nichts inmitten einer Welt da draußen. In ihrem Kopf herrschte ein einziges Durcheinander. Wie hatte sie sich nur in einem Menschen so täuschen können?

Keine Nacht hatte sie seither durchgeschlafen. Das Rastlose ihrer Gedanken trieb sie durch die Dunkelheit, und wenn sie doch einmal schlief, dann erschöpften sie ihre Träume, sodass sie sich beim Aufwachen wie ein ausgewrungener Lappen fühlte.

Essen zubereiten. Waschschüssel leeren. Wasserkrug füllen. Gehen üben. Die täglichen Dinge erledigte Lisbeth, ohne sie bewusst wahrzunehmen. Die Tage entglitten ihr wie Sand durch ein Sieb.

»Du siehst müde aus, mein Kind«, sagte Ida. Sie lehnte sich wieder zurück, nachdem Lisbeth das Kissen aufgeschüttelt hatte.

»Muss am Wetter liegen«, wich sie aus. »Vielleicht blüht etwas?«

»Blühen nicht nur die Gedanken, die dein Herz beschweren?«

»Ich … ich weiß nicht, was du meinst, Mutter. Sollen wir die Gehübungen jetzt machen oder erst später?«

Ida bedachte ihre Tochter mit einem schmerzlichen Blick. Lisbeths Wangen waren ausgetrocknet von den vielen Tränen der vergangenen Tage.

»Lass sie uns jetzt machen.«

Behutsam half Lisbeth ihr aus dem Bett, umfasste sie an den Schultern und gab das Schritttempo vor. Diesmal klagte Ida nicht, sondern schritt mit ihr gemeinsam von einer Zimmerecke zur anderen und wieder zurück. Die Muskulatur an Idas Beinen war in den vergangenen Wochen sichtbar kräftiger geworden.

»Ich habe mit ihm gesprochen«, sagte Ida.

Für einen kurzen, kaum zu bemerkenden Moment stockte Lisbeth, bevor sie wieder im Gleichschritt mit ihrer Mutter ging.

»Du weißt schon, von wem ich spreche, Lisbeth, oder?«

Natürlich wusste sie es. Wäre auch albern gewesen, sich jetzt dumm zu stellen. »Wann war das?«

»Es war vor drei Wochen. An dem Tag, als du am Tag nach Käthchens Entbindung bei ihr gewesen bist. Da hat er mich besucht.«

»Davon hast du mir gar nichts erzählt.« Lisbeth war, als würden sich die Holzdielen unter ihren Füßen auf mysteriöse Weise durchbiegen. Wie können Knie nur so weich werden?, dachte sie erschrocken.

»Er hat mich gebeten, dir nichts zu sagen. Und ich gebe gern zu, so wie er mich dabei ansah, fiel es mir nicht schwer, seiner Bitte nachzukommen. Er war sehr freundlich und höflich, dein Johann.«

»Er ist nicht *mein* Johann. Und überhaupt, je mehr ich von Männern kennenlerne, umso lieber habe ich Hunde.«

»Weißt du, mein Kind, ich bin mit gerade einmal dreißig Jahren aus meinem gewohnten Leben gerissen worden. Aus meiner Arbeit, aus meinem Leben als Mutter für dich, aber auch aus meinem Leben als Ehefrau. Du darfst nicht vergessen, dass ich dich nicht einfach durch den Storch bekommen habe.«

Ida kicherte, als würde sie das Bild, ihre Tochter im Schnabel eines Storchs vor der Tür abgelegt bekommen zu haben, prächtig amüsieren. Lisbeth war gerade gar nicht zum Lachen.

»Ich weiß wirklich nicht, was du mir sagen willst, Mutter.«

»Ich kann meine Beine zwar nicht mehr gut gebrauchen, und was mir diese Unmenschen vor acht Jahren noch genommen haben, ist kein Gesprächsstoff zwischen Mutter und Tochter, aber lass dir gesagt sein, dass selbst wenn der Körper nicht mehr so macht, wie ich will, ich dennoch Gefühle aufbringen kann, die auch ein junges Mädchen wie du hat.«

Das Gespräch nahm eine ungemütliche Wendung. Lisbeth wünschte sich beinahe lieber, Ida würde über Schmerzen klagen, doch sofort schämte sie sich für diesen Gedanken.

Ida stützte sich am Fensterbrett ab und sah hinaus auf den Dorfplatz. Wie immer hockten die drei Alten am Brunnen. Ohne den Blick von ihnen zu nehmen, sprach sie weiter. »Er hat sich nach meinem Befinden erkundigt und war voller Anteilnahme, als ich ihm erzählte, was damals geschehen ist.«

»Du hast es ihm erzählt?«

»Aber ja. Er war aufrichtig interessiert.«

Lisbeth überschlug rasch die zurückliegenden Wochen. Johann musste bei ihrer Mutter gewesen sein, kurz nachdem sie ihm bei der Ruine davon erzählt hatte.

»Stell dir vor, er hat sogar auch ein paar Gehübungen mit mir gemacht. Doch, Lisbeth, er war wirklich ein netter Mann. Ich kann verstehen, dass so viele Frauenherzen schneller schlagen, sobald er auftaucht.«

»Ich frage mich, woher du das wissen willst, Mutter.«

Ida lächelte listig. »Mein Fenster ist manchmal geöffnet, und der Wind trägt mir so manches Wort zu, das am Brunnen gesprochen wird.«

Über Lisbeths Wangen flammte eine Röte, die sie nicht verhindern konnte. Mein Gott, wie peinlich. Was mochte Mutter wohl alles über sie gehört haben? Herrjeh, das Leben war ein Dorf, war sie versucht zu denken, wenn es nicht so banal geklungen hätte.

»In dem Mann steckt mehr, als er vorgibt«, sagte Ida plötzlich völlig ernst. »Er ist keiner, der lange redet. Er handelt einfach. Ich kann das spüren.«

Lisbeth erwiderte nichts, aber sie erinnerte sich an die Entschlossenheit, mit der sich Johann an die Verfolgung der Kutschräuber gemacht hat. Und an die mit Blutspritzern bedeckte Fasanenfeder an seinem Gürtel.

Ida bewältigte die letzten Schritte vom Fenster zurück zum Bett ohne Lisbeths Hilfe. Ermattet, aber zufrieden legte sie sich wieder hin.

»Eines war ungewöhnlich«, sagte Ida, während sie still saß und zusah, wie Lisbeth das Tablett mit Brot und Mehlsuppe auf ihrem Schoß platzierte.

»Was meinst du?«

Ida nahm das Brot und riss ein Stückchen ab, tunkte es ein und führte es zum Mund.

»Bevor er ging, wollte er wissen, ob ich die Gesichter der Männer, die mir das antaten, beschreiben könne.«

»Warum das denn?«

Ida hob die Schultern. »Ich weiß es nicht. Ich habe ihm gesagt, dass ich nur in einem Nebel stochern täte. Die Männer von damals sind zu gesichtslosen Schemen geworden. Und ich sagte ihm, dass es vermutlich auch besser so sei.«

Lisbeth schluckte. Sie hatte diese Frage ihrer Mutter noch nie gestellt. Dabei hätte es vielleicht auch geholfen, die Wunden auf der Seele zu lindern, wenn sie darüber hätte sprechen können.

»Aber eines habe ich dem Herrn Fenkel nicht gesagt«, meinte Ida.

»Was?«

»Dass ich nie vergessen werde, wie diese Männer gerochen haben.«

14

Kurz nach neun Uhr morgens klopfte es an der Tür, und als Lisbeth öffnete, stand Doktor Konrad Fenkel davor. Er hielt sich leicht schräg, als würde er sein Körpergewicht nur auf ein Bein verlagern, und sein Hals war ein Stück vorgereckt, sodass er Lisbeth wie ein misstrauisches Tier beäugte. Er nahm seinen Hut vom Kopf und deutete eine Verbeugung an.

»Mutter schläft gerade, Doktor.«

»Ich möchte zu dir, Lisbeth.«

Es überraschte sie nicht. Lisbeth hatte immer schon über ein Gespür verfügt, das sie sich selbst nicht erklären konnte, aber genau deshalb war es ja auch ein Gespür, sagte sie sich, und keine Gewissheit. Sie hatte gleich geahnt, dass Konrad wegen dem *anderen* hier war … diesem Johann oder wie immer dieser Lump auch wirklich heißen mochte.

»Warum haben Sie das getan, Doktor?«

»Was meinst du?«

»Ihren Bruder, diesen Verbrecher, in unser Dorf zu holen. Sind Sie etwa auch einer von denen, von diesem Räuberpack und Mordgesindel?«

Hinter Konrad Fenkels kleinen runden Brillengläsern hoben sich die Augenbrauen. »Darf ich bitte eintreten, Lisbeth? Ich habe etwas mit dir zu besprechen. Und so zwischen Tür und Angel …«

Lisbeth machte keine Anstalten, einen Schritt zur Seite zu treten. Konrad seufzte und blickte einmal rund um den Dorfplatz. Außer den üblichen Alten auf der Bank unter dem Baum war niemand zu sehen. Die aber strengten ihre schlechten Augen und Ohren mächtig an, um zu erfahren, was der Doktor von der jungen Lisbeth wollte. Einer von ihnen beugte sich so weit vor, dass er fast von der Bank kippte.

»Wie kannst du das nur glauben, Lisbeth? Ich bin Arzt. Du kennst mich seit Jahren, und wenn du mich hereinlässt, dann kann ich dir mehr erzählen. Willst du wirklich nicht wissen, wie es Johann gerade ergeht?«

»Johann? Wer ist das?« Sie fuhr sich mit der flachen Hand gegen die Stirn. »Ach, Sie meinen diesen Lump, diesen Johannes Bückler? Von dem will ich nie wieder etwas hören.«

Konrad lächelte milde. »Du bist wütend.«

»Nein, bin ich nicht«, sagte sie.

Verletzt bin ich. Zutiefst verletzt, weil ich getäuscht wurde.

Konrad schien nicht nur ein guter Arzt, sondern auch ein guter Menschenkenner zu sein, denn er sagte: »Du irrst dich, Lisbeth. Mir machst du nichts vor. Du willst ruhig wirken, aber wenn ich sehe, wie sich deine Hände in der Schürze verkrampfen, weiß ich, dass der Schein trügt.«

Mit einer müden Handbewegung bat sie Konrad schließlich doch herein. Die Alten auf der Bank zwinkerten sich zu.

Lisbeth stellte eine Karaffe Wein und zwei Becher auf den Tisch und setzte sich.

»So früh am Tag schon Wein?«, fragte Konrad.

»Sie sagten selbst, dass ich Sie schon lange genug kenne.«

Konrad widersprach nicht, führte den Becher an die Lippen und leerte ihn in einem Zug. Lisbeth schenkte nach und füllte ihren eigenen Becher zur Hälfte. Bevor sie trank, bemerkte sie, dass der Vorhang zu ihrem Schlafeck den Blick auf das ungemachte Bett freigab. Sie stand auf und zog den Vorhang zu. Brauchte niemand zu sehen, wie schwer ihr zurzeit die tägliche Arbeit fiel.

»Also, was wollen Sie mir nun über Ihren Bruder berichten, Doktor? Ist er überhaupt Ihr Bruder, oder haben Sie ihn nur als solchen ausgegeben, damit er in Brunnenweiler vor der Polizei Unterschlupf finden kann?«

»So viele Fragen. Wo soll ich nur anfangen? Also, erstens: Johann ist mein Bruder und zweitens: Ja, sein Name ist Johann Fenkel. Der Bückler Johannes ist ein anderer. Und dieser Schurke läuft immer noch frei herum, während Johann unschuldig im Coblenzer Kerker verrottet. Das Opfer einer Verwechslung zu sein ist keine gute Sache, Lisbeth.«

Sie erwiderte erst einmal nichts. In ihrem Inneren tobte ein wildes Durcheinander. Wie gerne würde sie dem Doktor glauben, aber konnten sich die französischen Soldaten und der Öffentliche Ankläger so sehr täuschen?

»Ich will nach Coblenz, um für Johanns Freilassung zu bitten. Und es wäre von großem Vorteil, wenn du mit mir kommst.«

»Niemals. Ich helfe keinem Räuber.«

»Du kennst den Generalsekretär der Präfektur Coblenz, Gaspard Paty. Er hört auf dich.«

»Das bezweifle ich.«

»Welchen Beweis brauchst du eigentlich, um zu glauben, dass Johann nicht der Schinderhannes ist? Willst du wirklich einen Unschuldigen im Kerker lassen? Hast du eine Vorstellung davon, wie es in diesen Kerkern aussieht? Und bedenke, wenn Johann verurteilt wird, dann erwartet ihn die Guillotine. Wir sind hier auf der linken Rheinseite und nicht auf der rechten. Kannst du das mit deinem Gewissen vereinbaren? Gerade du, die doch so viel von Gerechtigkeit hält?«

Unwillkürlich fasste sich Lisbeth an den Hals. »Ich bin sehr für eine gerechte Strafe, das stimmt. Aber es muss doch einen Grund geben, dass Johann verhaftet wurde.«

Konrad lächelte schmal. »Wenigstens nennst du ihn jetzt wieder bei seinem richtigen Namen.«

Lisbeth rutschte seitlich auf ihrem Stuhl herum. »Nichts als Gewohnheit.«

»Vielleicht mag es etwas geben, für das Johann bestraft gehört, aber ganz sicher nicht für die Schandtaten eines anderen.«

»Und wenn er doch derjenige ist, der Schinderhannes genannt wird? Vielleicht hat er ja auch Sie getäuscht?«

»Zur Täuschung ist Johann gar nicht fähig.«

»Woher soll ich wissen, ob Sie mir die Wahrheit sagen, Doktor?«

»Die Wahrheit?« Konrad stieß ein belustigtes Schnaufen aus. »Die Wahrheit ist kompliziert. Du bist jung, Lisbeth, du wirst es noch erkennen. Begleitest du mich nach Coblenz? Ich fahre in einer Stunde los.«

Lisbeths Miene verhärtete sich. Ihr war, als würde ihre Gesichtshaut so straff gespannt sein, dass sie auseinanderreißen müsste. Sie stand auf und wandte Konrad den Rücken zu. »Nein«, sagte sie. »Ich werde nicht mitkommen.«

Konrad drehte den erneut geleerten Becher zwischen den Fingern. »Dann wird Johann sterben.«

»Wenn es der vorgezeichnete Weg des Schicksals ist, dann soll es wohl so sein.«

Konrad stellte seinen Becher geräuschlos auf der Tischplatte ab, dann erhob auch er sich. Er nickte knapp und ging zur Tür. Noch einmal blickte er Lisbeth an, als erwarte er, sie würde ihre Meinung ändern. Als dies nicht geschah, richtete er mit zwei Fingern seine Brille auf der Nase und verließ das Haus.

Lisbeth ging in die Kochnische und begann, völlig sinnfrei mit Töpfen und Tellern zu hantieren. Ohne wirklich einen klaren Gedanken im Kopf zu haben, packte sie plötzlich einen Becher und warf ihn mit einer Wut, die sie nicht mehr unterdrücken konnte, gegen die Wand. Der Becher zersplitterte mit einem Geräusch, das sie an das frisch zugefügte Zerreißen ihres Herzens erinnerte. Fast schon ärgerten sie Doktor Fenkels Besuch und seine Bitte. Was kümmerte sie Johann noch? Hieß er denn wirklich so? Behaupten konnte man viel. War überhaupt *irgendetwas* wahr, was er ihr gesagt hatte?

Was hatte sie sich nur dabei gedacht, Johann nett zu finden, ihn zu mögen, ihn vielleicht sogar … lieb zu haben? Er hatte es doch wirklich sehr geschickt verstanden, wenig von sich zu erzählen. Sie wusste nichts von ihm. Nichts von seinem Leben, bevor er ins Dorf kam.

Er wird schon gewusst haben, warum er über sich geschwiegen hat. Lump, Tunichtgut, ich hasse dich.

Nur weil der sanfte Blick seiner Augen ihr weiche Knie bescherte, hieß das ja noch lange nicht, dass sie ihm ihr Herz nachtrug. Das bekam er nicht.

Das bekam niemand.

Hast du eine Vorstellung davon, wie es in diesen Kerkern aussieht? Konrads Worte hingen schwer im Raum.

Lisbeth ließ den Kopf hängen. Etwas löste sich, wollte heraus wie das verdorbene Essen, das Feilbinger seinen Gästen anbot. Sie weinte still, aber heftig genug, dass es sie schüttelte.

15

Die Gefängnisse zu beiden Seiten des Rheins befanden sich ausnahmslos alle in einem beklagenswerten Zustand, dem über viele Jahre aber keine größere Beachtung geschenkt wurde. Gefangene kamen, Gefangene gingen. Mal auf die eine Weise, mal auf die andere. Ob einem vor seiner Hinrichtung die Flucht gelang, hatte nicht immer etwas mit bestechlichen Wachposten zu tun, aber sehr häufig mit brüchigen Mauern oder Türen, die noch nicht einmal standhielten, wenn man sich dagegenlehnte. Meist konnte man sogar durch die Zellentür hinausspazieren, weil das Schloss kaputt war, oder sich mit einem Mitgefangenen und ein bisschen Anstrengung unter der Mauer hindurchgraben. Nicht selten sahen einem dann die wachhabenden Soldaten nach, ohne sie daran zu hindern. Jeder wusste ja, wie marode die Gefängnisse in Deutschland waren, weshalb also sein Leben riskieren und einen Räuber aufhalten, wo der doch zwei Tage später wieder entkam?

Die Gefängnisse in Coblenz hatten auch so ausgesehen, aber nur bis die Franzosen kamen. Die legten mehr Wert darauf, dass Gefangene auch bis zum Ende ihrer Strafe anwesend blieben und in den Genuss ihrer ganz persönlichen Gerichtsverhandlung kamen.

Johann hatte gleich erkannt, dass das Coblenzer Gefängnis, in das man ihn gebracht hatte, inzwischen solider war als früher. Das änderte allerdings nichts daran, dass die Zelle, in der er hockte, schlimmer war als eine ausgetrocknete Jauchegrube.

An einer Stelle in der Wand hatten Gefangene vergeblich versucht, ihre Ketten herauszubrechen. Unmöglich, wie Johann wusste. Die Ketten waren durch eine Öffnung in den dicken Steinen durchgezogen und auf der anderen Seite der Mauer mit Eisenhalterungen verbunden.

In der schweren Zellentür war eine Sichtklappe eingefasst, die an den Kanten nicht vollständig abschloss. Schmale Lichtstreifen der außen angebrachten Fackeln ließen gerade so viel Licht in die Zelle, dass sich die Augen an das Dunkel gewöhnen konnten. Ein Fenster gab es nicht, weshalb Johann vermutete, in einer Zelle unter der Erde zu sein. Man hatte ihm einen Sack über den Kopf gestülpt, als er hergebracht worden war.

Dieses Loch hier war für Menschen gedacht, die vergessen werden sollten.

Keine schöne Aussicht, dachte er in einem Anflug von Zynismus, den er sich eigentlich nicht leisten konnte.

Alles stank nach Urin und nach Verwesung. Vermutlich tote Ratten unter irgendeinem Strohhaufen. Der Koteimer neben ihm war da noch das kleinere Übel.

Ich dachte, Lisbeth und ich …

Unaufhörlich kreisten seine Gedanken um das Mädchen aus dem Dorf. Er stellte sich immer wieder die gleiche Frage. Warum hat sie Keil auf ihn aufmerksam gemacht? Wenn sie von seiner Vergangenheit wusste, weshalb hatte sie nicht mit ihm gesprochen? War er so wenig vertrauenswürdig? Er selbst sah sich anders. Und Lisbeth gegenüber war er doch ganz freimütig gewesen.

Du musst doch ahnen, was ich für dich empfinde. Noch empfinde?

In Johanns Schädel klopfte es, als wollte ein Specht von

innen heraus entkommen. Schlimm genug, dass er sich von Lisbeth verraten fühlte, noch schlimmer war, dass er ihren Gesichtsausdruck nicht vergessen konnte. Wieso hatte sie genauso überrascht ausgesehen wie er?

Er zog die Beine näher an seinen Körper und umschlang sich mit den Armen, um sich zu wärmen. So viel Bewegungsfreiheit ließen ihm die in den Mauerstein geschlagenen Ketten um die Handgelenke.

Das verfaulte Stroh roch nicht nur erbärmlich, es war auch nicht über den gesamten Zellenboden gleichmäßig verteilt. Da, wo er hockte und seine Hände mit Eisenmanschetten an die Wand gekettet waren, hatte der Kerkermeister keinen einzigen Halm gestreut, sodass die Kälte des Steinbodens schon bald durch Johanns Hose gekrochen war.

Er zwang sich, nicht an Lisbeth zu denken. Es gelang nicht. Wie ignorierte man Gedanken? Oder Fragen, die nach Antworten verlangten?

Um sich abzulenken, ging Johann im Geiste alle seine Verfehlungen und Missetaten der vergangenen fünf Jahre durch. Doch das langweilte ihn schon bald. Es gab nichts, wofür er Abbitte hätte leisten müssen. Nicht vor anderen. Gut, hier mal Brot gestohlen, dort mal Bier gesoffen, ohne zu bezahlen, aber alles in allem war er vermutlich der harmloseste Räuber, der in den letzten Jahren durch die Wälder gestreift war. Na schön, zugegeben, das ein oder andere willige Herz hatte er gestohlen und dem einen oder anderen Ehemann Hörner aufgesetzt, aber das war ja nicht alleine seine Sache. Was konnte er dazu, wenn die Frauen ihn ein klein wenig lieber mochten als ihre Ehemänner?

Plötzlich befiel Johann ein seltsames Gefühl. Die Erinnerung an die abenteuerlichen Liebschaften einschließlich waghalsiger Fluchten hätte ihn eigentlich lächeln lassen müssen, doch ein anderes Gefühl drängte sich auf. Zu seinem eigenen Erstaunen fühlte er sich erleichtert, diese Zeit hinter sich zu haben. Merkwürdig. Dabei hätte er gerade jetzt eine hübsche stupsnasige Zerstreuung gut gebrauchen können. Aber er hätte sie gar nicht bezahlen können. Man hatte ihm nicht nur seine Pistole, sondern auch sein Geld abgenommen. Wahrscheinlich hing der Kerkermeister gerade von seinem Geld über einem großen Krug Rotwein und sang mit sich selbst im Kanon.

Verdammt, was soll ich hier? Voller Wut schlug er mit der Faust auf den Boden und schrie sogleich vor Schmerzen auf.

Was wollte dieser Anton Keil nur von ihm? Wegen eines eifersüchtigen Ehemanns hätte er ihn niemals verhaftet. Keil hatte doch etwas gerufen, als die Soldaten im *Fröhlichen Tropfen* aufgesprungen waren. Was war das noch? Johanns Aufmerksamkeit war so auf Lisbeth gerichtet gewesen und seine Freude, sie zu sehen, dass er diesmal sogar den richtigen Zeitpunkt zur Flucht verpasst hatte. War ihm noch nie passiert. Ohne Gegenwehr hatte er sich noch nie verhaften lassen.

Die Eisenringe umschlossen seine Handgelenke sehr eng. Er hatte schon überlegt, ob er sich den Daumen selbst brechen sollte, um die Hand herausziehen zu können, doch das hätte nicht wesentlich weitergeholfen. Die Zellentür war aus massivem Eichenholz und zusätzlich mit Eisen beschlagen. Mehr, als mit abgebrochenen Fingernägeln ein paar Späne aus dem Holz zu kratzen, würde ihm kaum gelingen, und selbst die Sichtklappe war zu klein, um sich hindurchzuzwängen. Zum Teufel, die Franzosen hatten die Gefängnisse nicht nur vor dem Verfall bewahrt, sondern auch gleich richtig auf Vordermann gebracht.

Also hieß es: warten.

Warten darauf, dass jemand kam und ihm sagte, weshalb er eingesperrt war.

Weggesperrt traf es eigentlich besser.

Johann mahnte sich, nicht durchzudrehen. Wenn er diese Gemütsschwankungen zuließ, wären sie hier unten der sichere Passierschein in den Wahnsinn.

Irgendetwas hatte sich an der Wand bewegt. Johann hatte es aus dem Augenwinkel heraus ganz deutlich wahrgenommen. Er drehte den Kopf. Eine Spinne, eine von der haarigen Sorte, krabbelte flink vorbei. Wenn es aber nicht bald etwas zu essen gab, würde er sich mit diesen Tierchen begnügen müssen. Angewidert verzog er das Gesicht. Appetit kam da trotz Hunger nicht auf.

Wieder dachte er an Lisbeth. *Wenn ich hier rauskomme, Lisbeth, dann will ich von dir wissen, warum du mich an Keil verraten hast. Wenn ich hier rauskomme …?*

Plötzlich wurde Johann bewusst, dass er vielleicht nie mehr aus diesem Loch herauskam. Es sei denn für die letzte Fahrt zum Schafott. Ihm wurde schlecht. Er beugte sich zur Seite. Ein galliger Saft kam seine Kehle hoch und zog sich in langen Fäden aus seinem Mund.

Die absolute Hilflosigkeit, der er ausgesetzt war, ließ kaum noch zusammenhängende Gedanken zu. Wut, Verzweiflung, Kampfeslust und Hoffnungslosigkeit. Alles prasselte gleichzeitig auf ihn ein und wollte seinen Kopf schier bersten lassen. Panik breitete sich in seiner Brust aus. Er wollte Luft holen, doch mehr als ein fischartiges Schnappen gelang ihm nicht. Als würden seine Rippen von einem eisernen Korsett zusammengedrückt. Er presste sich aufrecht gegen die Mauer, als könnte diese Haltung ihn besser atmen lassen. Schweiß brach ihm aus allen Poren. Sein Rücken war in Sekundenschnelle klatschnass. Mit der Zunge fuhr er die Mundwinkel entlang. Der salzige Geschmack verursachte ihm Übelkeit.

Etwas war in seinem Kopf.

Klackediklackediklack.

Verliere ich jetzt den Verstand?

Ein Klirren wie von gut gefüllten Gläsern, die aneinanderschlugen. Schritte näherten sich seiner Zelle. Er konnte Stimmen hören. Das Schloss in der Tür knirschte, als sich der Schlüssel umdrehte. Es hörte sich an, als würde ein Käfer geknackt werden.

»So, hier haben wir ihn.«

Johann erkannte die Stimme des Kerkermeisters Ackermann. Er zog den Schlüsselbund aus dem Schloss, und Johann begriff, woher das Klirren kam, das er zuvor gehört hatte. Klackediklackediklack. Doch noch nicht kirre genug, um verrückt zu sein, dachte er und rang sich ein mühsames Lächeln ab, das ihn nicht erheiterte, sondern nur seine ausgetrocknete Unterlippe aufplatzen ließ. Er fuhr mit der Zungenspitze über die Wunde und schmeckte sein Blut. Das Erste, was er heute zu trinken bekam.

Seine Atmung hatte sich wieder reguliert, wohl auch, weil seine Aufmerksamkeit überraschend umgelenkt wurde.

»Warte draußen.«

Auch diese Stimme erkannte Johann. Der Teufel auf Erden stattete ihm einen Besuch ab.

Manchmal war sich Anton Keil selbst nicht geheuer, weil ihm gefiel, was er tat, und damit andere, ja selbst den Kerkermeister, manchmal dazu brachte, sich abzuwenden. Keil hatte noch nie verstanden, weshalb man mit Gefangenen behutsam umgehen soll, bevor sie verurteilt waren. Befragungen durchzuführen hatte ihm noch nie Bauchmerzen verursacht. Weshalb auch? Schließlich war er überzeugt, dass jedes seiner Verhöre den Richtigen getroffen hatte. Sich an den Befindlichkeiten des Gefangenen zu orientieren versprach nun mal nicht den gewünschten Erfolg, und vor allem entsprach es nicht seiner Vorstellung eines Verhörs.

Ihm gefiel es sogar, im Gefängnis die Stufen der eng gewundenen Treppe hinunterzusteigen und das feuchte Moos, das in den Mauerritzen saß, zu riechen. Im flackernden Licht der Fackeln gefiel ihm das schimmernde Moos gar so gut, dass er schon mal überlegt hatte, seine Wohnstube damit zu dekorieren.

Mit jeder Stufe, die er tief hinunter in das tonnenartige Gewölbe des Gefängnisbaus stieg, nahm der Gestank nach Kot und Fäulnis zu, und als er an das Ende der Treppe gelangte, atmete selbst er so flach er konnte. In gebeugter Haltung folgte er dem schmalen Gewölbegang bis zur einzigen Zelle, die sich hier befand. Er wurde vom Kerkermeister, dem Schließer Ackermann, erwartet. Als Ackermann den mit schwarzem Leder überzogenen Holzkoffer sah, den Keil mit sich führte, runzelte er die Stirn. Von außen mochte er wie ein guter Begleiter für die Reise erscheinen, doch wenn Keil den Koffer in den Zellen öffnete und den Gefangenen den Inhalt vorführte, bekam es jeder ordentlich mit der Angst zu tun. Keil verzichtete auf einen Gruß und wies den Kerkermeister an, ihm die Zellentür aufzuschließen.

»Ist der Gefangene nach einem Chlamony untersucht worden?«, fragte er.

Ein Chlamony war eine Masse aus Wachs in länglicher Eiform, in das eine eng gewickelte Uhrfeder hineingeknetet war. Die Uhrfeder half beim Öffnen von Schlössern und somit beim Ausbrechen. Viele Gefangene schoben sich ein solches vorbereitetes Wachsei schnell hinten rein, sofern ihnen vor der Verhaftung die Zeit blieb.

Ackermann bestätigte. »Nichts bei ihm gefunden, Herr Keil.«

»Der Gefangene liegt wie angeordnet in Eisen?«, fragte er, während Ackermann den schweren Schlüssel in das Schloss stieß.

»Er war nie ohne.«

»Hat er seit meinem letzten Besuch irgendetwas gesagt?«

»Er schweigt immer noch hartnäckig.«

»Nun, ich bin guter Dinge, dass er heute gesprächiger sein wird.« Er klopfte mit der flachen Hand auf den Koffer. »Tür nicht zuziehen und nicht absperren, verstanden? Bereithalten. Wenn ich dich rufe, dann hast du unverzüglich zu mir zu kommen. Wenn der Gefangene ruft, hast du wegzubleiben. Hab ich mich deutlich genug ausgedrückt?«

Ackermann nickte. Er zog den Schlüssel mit einem Klacken aus dem Schloss und drückte gegen die Zellentür, die schwer über den Boden schleifte. Das entnervende Quietschen der Scharniere schmerzte in den Ohren.

Anton Keil trat in die Zelle. Er bemerkte, dass Johann mit angehaltenem Atem auf den Koffer schielte, als er ihn in ausreichender Entfernung zu Johanns ausgestreckten Beinen auf dem Boden abstellte. Er wollte nicht, dass der Gefangene in einem Anfall von unkontrolliertem Austreten die Sachen beschädigte. Er wusste genau, wie weit er sich einem Gefangenen nähern konnte, selbst wenn er an die Wand gekettet war. Keil riskierte nichts.

Er verzog das Gesicht, als ihn der Gestank der Exkremente anfiel. Gleich darauf lächelte er schmal und mit bösem Glanz in den Augen. »Puh, wie hältst du das nur den ganzen lieben langen Tag aus?«, sagte er gehässig.

Johann zuckte mit der Schulter. »Mir gefällt's hier. Die Besucher sind die eigentliche Plage.« Sein Mund war trocken, und seine Stimme klang heiser.

Keil hob amüsiert eine Augenbraue. »Ich mag es, wenn die Gefangenen noch scherzen können. Dann ist meine Aufgabe zumindest am Anfang nicht so betrüblich. Und soll ich dir was verraten? Ich lache auch gerne einmal.«

Er begann, aufreizend langsam die Verschlüsse an der

Oberseite des Koffers zu öffnen. »Erzähl mir von deinen Überfällen«, sagte er.

»Ich habe keinen verübt«, sagte Johann.

»Dann erzähl mir von deinen Pferdediebstählen.«

»Ich habe keine Pferde gestohlen.«

»Holz zum Heizen?«

»Kein Holz.«

Keil lächelte nachsichtig. »Ich weiß, es ist nicht leicht zu gestehen, aber lass dir von mir helfen. Beichte einfach alles, was dir einfällt, und ich verspreche dir, du wirst dich wohler fühlen. Betrachte mich als deinen Vertrauten. Niemand ist hier, nur wir beide. Niemand kann uns hören. Keine Worte … keine Schreie. Also, wie ist dein Name?«

»Du nimmst mich gefangen, ohne zu wissen, *wen* du verhaftest?«

»Oh, ich weiß schon, wen ich vor mir habe. Aber ich will es von dir hören.«

»Mein Name ist Johann Fenkel.«

Keil schüttelte vehement den Kopf. »Nein, nein, ich will nicht wissen, wie du dich zurzeit nennst. Ich will, dass du ganz offen deinen richtigen Namen sagst.«

»Johann Fenkel.«

»Rede ich etwa in einem unverständlichen Dialekt mit dir?« Keil wurde lauter. »Wie ist dein Name?«

»Johann Fenkel.«

»Na schön. Dann frage ich anders. ›Hab ich recht, wenn ich sage, dass du der Bückler Johannes bist?‹«

»Nein.«

»Du weißt aber schon, wie der Bückler sich selbst auch noch nennt?«

Johann nickte.

»Sag es!«, schrie Keil.

»Er nennt sich Schinderhannes.«

An Keils Unterlippe zog sich ein dünner Speichelfaden hinunter. Ärgerlich wischte er ihn weg. »Also hab ich recht, wenn ich sage, dass du weißt, wer der Schinderhannes ist?«

Johann zuckte mit der Schulter.

»Sag es!«

»Der Bückler ist der Schinderhannes.«

»Du kennst ihn also. Und jeder weiß, dass der Schinderhannes sich auch gerne einen anderen Namen zulegt, wenn er Kaufleute beraubt. Jakob Ofenloch nennt er sich. Weißt du das?«

»Jeder weiß das.«

»Du weißt also, wer er ist und wie er sich nennt. Wie alt bist du?«

»Das weiß ich nicht genau.«

»Diese Antwort hätte der Schinderhannes auch gegeben. Bist du schon mal in Frankfurt gewesen?«

Johann nickte.

»So ein Zufall. Der Schinderhannes auch.«

»Warst du mal in Frankfurt gewesen, Keil?«

»Werd nicht frech. Sag mir lieber deinen wahren Namen.«

»Johann Fenkel.«

Keils Schultern sackten herab. Er seufzte. Dann ging er in die Hocke und öffnete den schwarzen Koffer.

»Ich habe es mir zur lieben Gewohnheit gemacht, den Gefangenen vorzuführen, was sie erwarten dürfen, sollten sie nicht auf meine Fragen antworten wollen«, sagte er. »Die meisten halten sich für Kämpfernaturen. Sie glauben, sie seien stark genug, nur weil sie draußen im Wald bei den Wildschweinen übernachten, den Soldaten entwischen und der Polizei eine lange Nase drehen. Und weil es neuerdings Gesetze gibt, glauben sie, sie bräuchten nicht um ihr Leben zu betteln. Nun, was soll ich dir sagen? Sie haben sich alle getäuscht. Am Ende haben alle gesagt, was ich wissen wollte.

Manche sogar schon, wenn ich noch mitten in meiner kleinen Territion war.«

»Keine Ahnung, was das sein soll.«

»Eine kleine Vorführung, nichts weiter sonst.« Keil kicherte, und es lief Johann eiskalt den Rücken herunter. »Ach, ich bin ehrlich zu dir. Ich will dir ein bisschen Angst machen, damit du redest.«

Johann gönnte sich einen spöttischen Laut, auch wenn er wusste, dass er nicht in der Situation war, sich das erlauben zu können.

»Du glaubst mir nicht? Warum nur nehmt ihr Strolche mich nie ernst? Hab ich nicht schon oft genug bewiesen, dass ich euch die Freude am Leben nehmen kann?«

Keil klappte den Koffer auf. Zum Vorschein kamen die unterschiedlichsten Dinge aus Metall und Draht, die ohne erkennbare Ordnung darin lagen.

»Wollen wir mal schauen, was wir hier alles finden?«

Als hätte er einem Kind ein wunderbares Geschenk mitgebracht. Als Erstes nahm Keil eine Zange in die Hand.

»Dieses Instrument ist für die Zunge gedacht. Es löst sie, wenn ich es so sagen darf. Schon viele haben erst ihre Zurückhaltung beim Sprechen verloren und dann die Zunge selbst. Zange rein, Zunge raus. Aber keine Angst, ich lasse dir deine Zunge. Schließlich brauchst du sie ja noch für dein Geständnis.«

Als Nächstes hob er einen kleinen Käfig heraus, der nur halb so groß wie seine Hand war.

»Dieser Käfig ist wirklich Tierquälerei, findest du nicht auch, mein Freund? Ich habe diese unfeine Methode der Tierhaltung in Paris kennengelernt. Die Jahre der Revolution haben nämlich so einiges hervorgebracht. Weißt du, wie das unscheinbare Ding funktioniert? Es ist ganz einfach. Kein Henker braucht hierbei selbst Hand anzulegen. Der

Käfig wird auf den nackten Bauch des Gefangenen geschnallt. Schön stramm, damit er nicht wegrutscht. Im Käfig sitzt eine Ratte. Mein Gott, diese Biester wollen einfach nicht eingesperrt sein. Also versuchen sie, herauszukommen aus dem Käfig. Und weil sie nicht durch den Draht kommen, müssen sie sich einen anderen Weg suchen, um aus dem Käfig zu gelangen. Es braucht nicht lange, bis die Ratte begreift, dass sie sich durch das weiche Fleisch des Bauchs in die Freiheit fressen kann.«

Angewidert betrachtete Keil den Käfig, dann kicherte er. »Immerhin, die Ratte hat glücklich gefiept, als sie es geschafft hatte.«

Johann mochte sich die endlosen Qualen gar nicht vorstellen, die diese Foltermethode mit sich brachte. »Was nutzt es noch zu reden, wenn die Ratte angefangen hat?«

»Deine Frage ist nicht von der Hand zu weisen, und ich kann sie nicht beantworten. Bislang musste diese Form der Befragung noch nie unterbrochen werden.« Keil legte den Käfig in die Tasche zurück. »Was hab ich noch hier drin? Ah ja, dieses Gerät hier. Sieht unscheinbar aus, nicht wahr?«

Er zeigte Johann einen langstieligen Löffel.

»Du fragst dich jetzt vielleicht: Ist es das, wonach es aussieht? Und ich sage dir: Kommt darauf an, woran du denkst.« Keil schwenkte den Löffel wie einen kleinen Degen. »Wenn du bei diesem Gerät an Essen denkst, muss ich dich leider enttäuschen. Wenn du aber glaubst, dass man damit recht unkompliziert einen Augapfel aus dem Schädel pulen kann, dann gebe ich dir recht. Alle Achtung, um das zu erkennen, muss man schon sehr gute … hihi … Augen haben.«

Keil lachte hysterisch. Er steigerte sich immer mehr in die Vorführung der verschiedenen Folterinstrumente hinein. Nach dem Löffel zeigte er Johann noch Metallschienen, die Fußknöchel brachen, und andere furchtbare Dinge, zu denen das menschliche Gehirn imstande war, es sich auszudenken, um Schmerzen zuzufügen.

Johann zwang sich, nicht wegzuschauen. Die Befriedigung, sich an seiner Angst zu weiden, gönnte er Keil nicht. Nachdem dieser alles wieder in seinem Koffer verstaut hatte, strich er sich über die Ärmel. Dann streckte er die Arme von sich und kontrollierte, ob beide Ärmel die gleiche Länge hatten.

»Ich bin ein Ordnungsmensch«, sagte Keil. »Deshalb halte ich mich auch an die richtige Reihenfolge in meinen Verhören. Zuerst frage ich höflich, und wenn das nicht zum Ziel führt, dann frage ich peinlich. Es liegt an dir, ob wir uns als höfliche Menschen trennen. Also noch einmal: Erzähle mir von deinen Überfällen.«

Johann schwieg.

»Erzähle mir von deinen Pferdediebstählen.«

Johann schwieg.

»Wie lautet dein Name?«

Auf Johanns Gesicht zeigte sich keine Regung.

Keil spitzte enttäuscht die Lippen. Dann hob er den Koffer vom Boden auf und ging zur Zellentür. Er klopfte zweimal gegen die Sichtklappe. Kurz darauf ließ ihn Kerkermeister Ackermann heraus.

Allein mit seinen Gedanken blieb Johann zurück.

16

Als Konrad Fenkel mit seinem Wagen über den holprigen Karrenweg aus Brunnenweiler fuhr, stand Lisbeth oben an der Abzweigung, die auf die Poststraße nach Coblenz führte. Fenkel hielt an. Ohne die Miene zu verziehen, nickte er ihr zu, und Lisbeth kletterte auf den Wagen, setzte sich neben ihn auf die harte Sitzbank und blickte stur geradeaus.

»Ich komme nur mit, weil mich die Märkte in Coblenz interessieren«, sagte sie und zupfte an ihrer Schößchenjacke herum. »Nichts weiter will ich. Wenn es meine Zeit erlaubt, werde ich Sie zu Paty begleiten und Sie bei Ihrer Bitte unterstützen. Nicht wegen Johann, der ist mir egal, sondern weil ich Ihnen wegen Mutter diesen Gefallen schulde, Doktor.«

»Ist mir recht.« Auf Konrad Fenkels Schnalzen hin trabte das Pferd wieder an.

Lisbeth hatte nichts bei sich außer einem Briefumschlag, den sie mit ihren Händen an ihren Körper gepresst hielt, als müsste sie ein flauschiges Küken vor der Welt beschützen.

»Was ist das?«, fragte Konrad.

»Das ist nichts von Bedeutung. Nur eine Liste der Dinge, um die ich mich in der Stadt kümmern möchte.«

»Gut«, sagte Konrad Fenkel. Er ging nicht weiter darauf ein.

Lisbeth schob den Umschlag unter ihre Jacke.

Sie fuhren über die ansteigende Straße aus dem Tal. Nach einer halben Stunde hatten sie das Waldstück hinter sich gelassen, kamen an Feldern und mit hohen Gräsern bewachsenen Hügeln vorbei, bevor sie schließlich die Richtung nach Kruft einschlugen. Als Lisbeth zurückblickte und in der Ferne einen Teil des Laacher Sees sehen konnte, wurde ihr bewusst, in ihrem ganzen bisherigen Leben noch nie so weit von zu Hause fort gewesen zu sein. Ihre Welt war klar begrenzt von den schilfbewachsenen Ufern des Sees, ihrem Dorf, den nahen Wäldern und der Ruine ihres Elternhauses. Wie seltsam war es jetzt, diese Grenze zu überschreiten.

Nachdem sie den schattigen Mischwald mit seinen Buchen und Eichen hinter sich gelassen hatten, prallte die Mittagssonne mit ihrer ganzen sommerlichen Kraft auf sie herab. Lisbeth verspürte rasch den Wunsch, sich von einigen Kleidungsstücken zu trennen, und hätte nicht Doktor Fenkel neben ihr gesessen, hätte sie auch ganz bestimmt ihren Unterrock ausgezogen und nach hinten auf die Ladefläche des Wagens gelegt. Doch auch wenn ihr Ruf in Brunnenweiler wegen ihrer Neigung, manches anders zu machen als andere, einige Schrammen aufwies, so wusste sie doch, wann es den richtigen Zeitpunkt gab, sich frei zu fühlen, und wann nicht. Hier auf dem Bock des Doktors war nun mal nicht am Ufer des Sees, also begnügte sich Lisbeth damit, so unauffällig wie möglich die obersten Knöpfe ihres Hemds zu öffnen, damit der Stoff ihr wenigstens nicht bis zum Hals auf der Haut klebte.

Sie passierten weitläufige Felder, auf denen Männer und Frauen arbeiteten, fuhren durch staubtrockene Senken und über sanfte Hügel. Einmal wurde der Fahrweg schmal, weil von beiden Seiten Brombeerhecken wucherten. Lisbeth pflückte im Vorbeifahren von ihrem Platz aus ein paar Früchte, die sie mit Konrad teilte.

Sie fuhren an Frauen vorbei, die in Körben Eicheln und Bucheckern sammelten, die sie für die Schweinezucht als Mastfutter nahmen.

In manchen Gegenden wurde Rottwirtschaft betrieben. Dort war der Wald für den Getreideanbau geschlagen worden. Lisbeth stellte erstaunt fest, dass die flachen, aus dem Boden ragenden Strünke nicht herausgezogen worden waren.

Ab und zu hielten sie an, wenn ein Landarbeiter Doktor Fenkel erkannte und ein paar freundliche Worte gewechselt wurden. Lisbeth verhielt sich dann still und beschränkte sich darauf zuzuhören. Außerhalb des Krankenzimmers ihrer Mutter hatte sie Doktor Fenkel noch nie tätig gesehen, und sie begann diesen ältlichen, immer etwas verschroben wirkenden Mann mehr und mehr zu bewundern. Er strahlte eine Autorität aus, die sie ihm gar nicht zugestanden hatte, wenngleich sie zu ihrer Entschuldigung anführte, ihn sonst ja auch nur noch beim Bechern und Würfeln im Wirtshaus zu erleben. Doch auf dieser gemeinsamen Fahrt begann sie, Konrad mit anderen Augen zu betrachten. Dass er etwas von seinem Beruf verstand, hatte sie immer gewusst, sonst wäre sie nicht seinen Anweisungen für ihre Mutter gefolgt, aber dass die Menschen, die seinen Weg kreuzten, ihm ihre Dankbarkeit so offenkundig zeigten, hatte Lisbeth nicht im Mindesten geahnt. Sie schämte sich ein wenig, denn dass ihr entgangen war, wie wichtig Konrad in den vergangenen Jahren für so viele andere Menschen in Brunnenweiler und Umgebung geworden war, lag wohl an ihrer beschränkten Sichtweise, die auf das eigene Schicksal fixiert war. Konrad hatte überall geholfen, wo er konnte, zumeist im Stillen, und sie hatte sich erst so stur verweigert, als er vor drei Stunden zu ihr gekommen war und dieses Mal ausnahmsweise er es gewesen war, der sie um Hilfe bat.

»Doktor«, sagte sie nach einigem Zögern, »Doktor, ich bin froh, dass Sie mich gefragt haben, Sie zu begleiten.«

»Und ich bin froh, dass du deine Meinung noch geändert hast und mitkommst.«

Er legte seine rechte Hand auf Lisbeths linken Oberschenkel, was wohl nur eine flüchtige Geste des Dankes sein sollte, bei ihr aber ein sofortiges Unbehagen auslöste. Sie zog ihr Bein unter seiner Hand weg. »Wie lange werden wir wohl brauchen?«, fragte sie.

»Sechs Stunden, vielleicht sieben. Mit etwas Glück werden wir am späten Nachmittag angekommen sein. Du willst die Märkte in Coblenz besuchen? Woher kommt dieses Interesse an Fisch und Gemüse?«

»Fische gehören ins Wasser und Gemüse in den Topf. Ich möchte die Stände der Tuchhändler sehen. Welche Kleider sie anbieten, welche Stoffe sie verkaufen, welchen Zierrat.«

»Höre ich da Ambitionen heraus?«

»Ihnen kann ich es ja anvertrauen, Doktor. Ich weiß, dass ich ganz ordentlich nähen kann. Ich ...«

»Jeder im Dorf weiß das«, unterbrach sie Konrad. »Jeder weiß, wie gut du für die Franzosen nähst.«

»Für die Franzosen, ja ... dabei möchte ich es nicht belassen. Ich möchte gerne Kleider nähen. Vorhänge, Tischdeckchen, Schultertücher und vielleicht auch etwas für Säuglinge. Als ich Käthchens Neugeborenes gesehen habe, dachte ich mir, wie schön es wäre, ein Kissen für das Kind zu nähen. Verstehen Sie, Doktor, ich will mehr. Ich will was machen, das mir gehört. Die Uniformen der Franzosen sind ein notwendiger Verdienst, damit ich Mutter und mich ernähren kann. Aber ich habe so viele Ideen, ich ... ich ...«

»Du willst wissen, ob du eigene Arbeiten verkaufen kannst?«

Lisbeth presste die Lippen zu einem schmalen Strich zusammen. Sie fühlte sich, als wäre sie bei einer Unsittlichkeit erwischt worden, aber dann dachte sie, was ist schon dabei, als Frau ihr Leben in die eigene Hand zu nehmen.

»Ich will es versuchen, Doktor.«

»Hab ich schon verstanden.«

»Halten Sie mich für verrückt?«

»Du könntest heiraten. Du könntest Kinder kriegen. Du könntest jeden Tag eine gute Suppe für eine Familie kochen.« Konrad machte eine kurze Pause. Er neigte seinen Kopf und zwinkerte Lisbeth zu. »Oder du könntest versuchen, aus Stoffen Kleider zu nähen, die du auf dem Markt in Coblenz verkaufen kannst.«

»Ja, das will ich versuchen.«

»Wird nicht leicht werden«, knurrte Konrad. »Die Tuchhändler werden es nicht gern sehen, wenn eine Frau bessere Näharbeiten anbietet als sie selbst.«

»Ich will es versuchen«, beharrte Lisbeth erneut.

»Vielleicht versuchst du es am Anfang mit gut verarbeiteten Leichentüchern. Die mag kaum einer anbieten.«

»Wie bitte?«

»Leichentücher«, sagte Konrad. »Werden immer gebraucht. Und wer weiß – wenn wir nichts ausrichten können, dann wird vielleicht dein erstes verkauftes Leichentuch für Johann sein.«

Lisbeth wandte sich ab. Schweigend sah sie den Waldrand entlang, an dem sie vorbeifuhren. Das Sonnenlicht fächerte auf den Weg vor ihnen, und in den Baumkronen zwitscherten Vögel. Und Lisbeth fasste den unumstößlichen Entschluss, niemals auch nur ein einziges Leichentuch anzufertigen.

»Was, wenn wir überfallen werden?«, fragte Lisbeth nach einer Weile.

»Wir führen keine Waren mit uns«, sagte Konrad. »Außerdem sehen wir nicht aus, als gäbe es bei uns was zu holen. Wer sollte uns also schon überfallen?«

»Der Hattinger und sein Lumpenpack.«

»Der Hatttinger?« Konrad gab ein heiseres Lachen von sich, das bald schon in einen trockenen Husten überging. Er krümmte sich zur Seite und spuckte einen Klumpen Schleim aus. Lisbeth mochte nicht hinsehen.

»Sie rauchen zu viel Pfeife«, sagte sie.

»Jaja, und ich trinke zu viel und was nicht sonst noch alles.« Konrad wischte sich den Mund mit dem Ärmel ab. »Aber das Leben bietet nun mal eine Fülle an Freuden. Wär doch schade, sie nicht täglich zu genießen. Und komm mir nicht damit, dass ich es als Arzt besser wissen müsste. Was nützt mir mein Wissen, wenn es von anderen nicht ernst genommen wird?«

Lisbeth bemerkte die Bitterkeit in seinen Worten, und auch wenn es sich eigentlich nicht gehörte, den Doktor auszufragen, konnte sie ihre Neugier nicht zurückhalten. »Was meinen Sie, Doktor Fenkel?«

Konrad blickte stur geradeaus über den Rücken des Pferdes die staubige Straße entlang. Gerade als Lisbeth nicht mehr mit einer Antwort rechnete und sich wieder einmal für ihre vorschnelle Art schalt, holte Konrad tief Luft.

»Wäschst du dich, Lisbeth? Ich meine, wäschst du dich mit Wasser?«

»Bitte? Ich weiß jetzt nicht, was …? Natürlich wasche ich mich. Und meine Mutter wasche ich auch. Das wissen Sie doch, Doktor. Sie selbst haben das geraten.«

»Und nicht nur du, auch einige andere in Brunnenweiler sind dazu übergegangen, sich regelmäßig mit Wasser zu waschen. Unser kleines Dorf hat Coblenz somit etwas voraus. In Coblenz wäscht man sich nicht mit Wasser.«

Irritiert schaute Lisbeth Konrad an.

»Die reinigende Wirkung von Wasser wird von vielen dort geleugnet. Schlimmer noch, die meisten Damen und Herren der besseren Gesellschaft sind wie vor vielen Jahren immer noch überzeugt, dass warmes Wasser durch die Poren in der Haut in den Körper gelangen und ihn dann von innen her aufschwemmen. Du schüttelst den Kopf, Lisbeth? Recht hast du, aber das meinte ich, wenn ich sagte, dass mir mein Wissen nichts nützt, wenn es nicht gehört werden will. Ich hatte in Coblenz mal eine kleine Praxis, in der ich die neuesten medizinischen und hygienischen Erkenntnisse anwandte.«

»Sie haben nie erzählt, dass Sie mal in Coblenz eine Praxis hatten.«

»Warum auch? Ich hatte sie ja nicht lange. Was ist ein Arzt schon ohne Patienten? Nur ein weiterer Mann auf Gottes Erden, der seine Schulden nicht begleichen kann.«

»Haben Sie sich deshalb in Brunnenweiler niedergelassen?«

Konrad lächelte und schob seine Brille die Nase hoch. »Deshalb und noch aus manch anderen Gründen«, sagte er nach einer kleinen Pause.

»Verraten Sie mir, welche?«

»Deine Neugier bringt dich noch mal ins Grab, Lisbeth.«

»Meine Unwissenheit auch.«

»Du hast recht. Unwissenheit ist der Bremshebel für Fortschritt. Greif mal nach hinten und reich mir meinen Arztkoffer.«

Lisbeth rutschte auf der Sitzbank herum, stützte sich mit der einen Hand ab und beugte sich so weit zurück, dass sie mit der anderen den Griff des rechteckigen Holzkastens zu fassen bekam. Er war schwerer als gedacht, und sie ächzte, als sie ihn über die Wagenfläche heranzog und dann mit beiden Händen zu sich auf den Schoß hob.

»Öffne ihn«, sagte Konrad.

Sie klappte die beiden metallenen Verschlüsse hoch und hob den Deckel an, was zur Folge hatte, dass sich gleichzeitig zu beiden Seiten links und rechts je ein weiteres Fach mit Schubladen nach außen schob, sodass sie einen Kasten, dessen drei Teile mit Scharnieren verbunden war, auf den Knien balancierte. In dem größeren Mittelkasten befanden sich auf drei Schubfächer verteilt mehrere beschriftete Fläschchen mit Flüssigkeiten, die von Wasserklar bis Tintenschwarz alle Farbtöne abdeckten. Unterhalb der Fläschchen sah sie eine abgesperrte schmale Lade, kaum breiter als ein Finger. In den beiden Außenkästen waren kleine Dosen mit Pulver oder Salben.

»Was du siehst, ist mein Handwerkszeug. Ich habe gelernt, welches Leiden mit welchem Mittel zu behandeln ist. An der Vielzahl der Fläschchen kannst du erkennen, dass ich Unterschiede in den einzelnen Behandlungsbereichen mache. Während du das jetzt anschaust, nimmt gerade irgendein Arzt hier mitten in Coblenz bei seinem Patienten einen Aderlass vor. Magengeschwür, Geschlechtskrankheiten, Blindheit, völlig gleich, der Arzt behauptet steif und fest, dass es notwendig ist, die schlechten Säfte von den guten zu trennen, also wird dem Kranken das Blut aus dem Körper geleitet. Jetzt frage ich dich, Lisbeth, glaubst du, es hätte deiner Mutter geholfen, nachdem man ihr die Knochenbrüche einigermaßen gerichtet hat, wenn man zur weiteren Genesung ihr Blut in eine Schale hätte fließen lassen, in der Annahme, dass Eiter abgeht? Eiter, der nicht vorhanden ist, wohlgemerkt. Oder hätte es ihrem Gemütszustand geholfen? Du brauchst nicht zu antworten, ich sehe an deinem Gesicht, dass du es für Unsinn hältst.«

»Wenn Sie über fortschrittliche medizinische Kenntnisse verfügen, die den Menschen doch helfen, Doktor, dann verstehe ich nicht, weshalb Sie Ihre Praxis aufgeben mussten.«

»Das sagte ich doch gerade. Meine Behandlungsweisen sind nun mal nicht das, was Patienten von einem Arzt erwarten. Sie mögen es nicht, Neues verabreicht zu bekommen. Die Ärzte in der Stadt sind zwar akademisch ausgebildet, aber wenn die Urinschau, das Schröpfen und das Aufsetzen von Blutegeln für sie die neuesten Erkenntnisse in der Behandlung darstellen, dann wird dieser Berufsstand nicht vorankommen.«

»Es muss doch mehr Ärzte geben, die wie Sie denken, Doktor Fenkel. Es muss doch Patienten geben, die erfolgreich behandelt wurden.«

»Beides gibt es natürlich, aber die Menschen im Rheinland und anderswo trauen dem Neuen nicht so schnell, vor allem jetzt, da so viel Neues durch die Franzosen ins Land kam. Ich kann die einfachen Leute ja verstehen, und auch diejenigen, die zuvor adelig waren und jetzt nicht mehr. Weshalb sollten sie Maßnahmen Vertrauen schenken, die von denen kommen, die ihnen so vieles weggenommen haben? Auch wenn die Medizin ja nichts ist, was die Franzosen allein gepachtet haben.«

»Von alldem bekommen wir auf dem Land gar nichts mit. Die Reisenden, die bei uns einkehren, reden zwar viel über Politik, Poesie und Klatschgeschichten, aber nicht über Medizin. Wir in Brunnenweiler können uns glücklich schätzen, dass wir Sie haben, Doktor. Sie sind für uns da, deshalb machen wir uns auch keine Gedanken. Bevor Sie kamen, mussten Kranke auf dem Land weit fahren, um sich behandeln zu lassen. Und oftmals war es nicht mal ein Arzt, zu dem man fuhr, sondern einfach nur ein Bader, der seine Diagnose während des Haareschneidens stellte. Oder der nächstgelegene Wundarzt war in seiner vorrangigen Tätigkeit der Scharfrichter des Kantons, der sich neben Amputationen am besten auf Einläufe verstand.«

Konrad lachte. »Wenn's hilft. Aber du hast schon recht, Lisbeth. Die Menschen auf dem Land sind auch heute noch genötigt, weite Wege zu gehen. Nicht so in den Städten. Da hat sich schon etwas verändert. Da gibt es immer mehr Ärzte. Das führt aber dazu, dass die es dann gar nicht mehr nötig haben, sich ins Umland zu begeben, wenn sie in der Stadt genügend Patienten haben, die ihnen ihr Auskommen sichern. Und wer bleibt dann für die Landbevölkerung noch? Nur die Pfuscher.«

»Sie sind kein Pfuscher, Doktor Fenkel.«

»Nein, mein Kind, das bin ich wahrlich nicht. Ich bin ein verdammt guter Arzt, ich weiß das.« Bitterkeit klang in seinen Worten mit.

»Tut es Ihnen leid, nicht mehr in der Stadt zu sein?«, wagte Lisbeth zu fragen. »Sie könnten dort von Ihren Patienten mehr bekommen als nur Räucherschinken und einen Krug Wein.«

»Ob es mir leidtut?«, sinnierte Konrad und starrte nachdenklich vor sich hin. »Nein, im Gegenteil. Als Arzt aufs Land zu gehen war die beste Entscheidung, die ich treffen konnte. Da hab ich meine Ruhe, was will ich mehr?«

»Ich wollte nicht zu persönlich werden, aber es klang alles so … so enttäuscht.«

»Ich glaube, das bin ich auch. Aber nicht, weil ich keine Praxis in der Stadt mehr habe. Man hat mich verlacht. Man hat meinen Behandlungsergebnissen keine Beachtung geschenkt.« Plötzlich packte Konrad Lisbeth mit einer so schnellen Bewegung hart am Handgelenk, dass sie erschrocken zusammenzuckte. »Verlacht zu werden ist das Schlimmste. Du weißt, dass du recht hast, aber die verknöcherten Quacksalber jagen dich aus der Stadt. Das ist es, was ich nicht vergessen kann.«

Er bemerkte, dass er Lisbeth festhielt und sie Schmerzen hatte, und ließ sie ruckartig los. Sie rieb sich das Handgelenk.

»Wir leben in seltsamen Zeiten«, murmelte er. »Diejenigen, die das Sagen haben, rühmen sich, Fortschritt zu bringen, aber bringen sie ihn zum Wohl der Menschen, oder liegt den Gründen vielleicht eine andere Motivation zugrunde? Wieso glaubst du wohl, sind die Franzosen so daran interessiert, das Gesundheitswesen zu verbessern?«

»Um den Menschen zu helfen?«

Konrad nickte auf eine Weise, die zeigte, wie unbedarft Lisbeth war. »Möglich, das auch«, sagte er. »In erster Linie aber ist es militärischer Eigennutz. Napoleon hat erkannt, dass eine gesunde Armee einer anderen überlegen ist. Weniger Ausfälle, mehr Kraft, längere Ausdauer. Das kann entscheidend sein.«

Lisbeth dachte über seine Worte nach. »Aber meine Frage haben Sie mir noch nicht beantwortet.«

»Du passt gut auf«, grinste Konrad. »Jeder andere hätte längst den Anfang unserer Unterhaltung vergessen. Aber du nicht. Du vergisst nie etwas, hm?«

»Nein, ich vergesse nichts.« Sie seufzte. »Manches würde ich ja gerne, aber ich kann nicht.«

»Manchmal sind die Erlebnisse, die man nicht vergessen kann, einfach auch noch nicht abgeschlossen.«

Schon wieder etwas, worüber Lisbeth nachdenken musste. Diese Fahrt war ziemlich aufschlussreich, in jeder Hinsicht. Nach einer Weile fragte sie: »Und was ist nun mit dem Hattinger?«

Konrad lachte lautstark, sodass sie schon fürchtete, gleich müsste er wieder husten und einer seiner Lungenflügel würde neben dem Straßenrand landen, doch außer einem mehrmaligen Räuspern kam zu ihrer beider Erleichterung nichts weiter.

»Ich werd' nicht überfallen. Und wenn's hart auf hart kommt, hab' ich immer noch meinen Arztkoffer.«

Was nützt ihm denn der?, dachte Lisbeth. Wollte er Räuber mit Heilkräutern bewerfen, in der Hoffnung, dass sie allergisch darauf reagieren?

»Zieh die unterste Schublade auf«, sagte Konrad. Zum Vorschein kamen Stabinstrumente aus Metall. Manche waren an einem Ende zu Haken gekrümmt. Daneben lag eine Handkurbel mit Bohrerschraube. »Was du hier siehst, sind Instrumente für die Trepanation.«

»Trepa...was?«

»Für die chirurgische Öffnung des menschlichen Schädels.«

»Wenn Sie mir jetzt mit unappetitlichen Geschichten aus Ihrem Alltag kommen wollen, dann springe ich ab und gehe zu Fuß nach Coblenz.«

»Keine Angst, ich verschone dich mit Einzelheiten. Aber im Nahkampf sind die Instrumente auch ganz brauchbar.«

»Die Räuber schießen aber mit Gewehren.«

Konrad zuckte mit den Schultern. »Wir sind nahe an Coblenz. Der Hattinger wird sich nicht bis hierher wagen.«

»Wieso nicht? Es fahren doch Kaufleute her, und andere verlassen die Stadt. Und auf den Märkten wird doch nicht nur Gemüse angeboten, und in der Stadt selbst gibt es Goldschmiede und Tuchhändler. Das muss die Räuber doch anziehen.«

»Warum sollten sie dahin gehen, wo es für sie gefährlich werden kann? Die Stadt ist kein sicherer Platz für sie. Überall wimmelt es von üblen Kerlen, die sie für ein paar Dukaten an die Franzosen verraten würden. Was glaubst du wohl, Lisbeth, weshalb die Guillotine in Coblenz einen festen Standort hat?«

»Die ...«

»Sprich es ruhig aus. Die Guillotine. Seit sie im Jahr 1799 auf dem Schlossvorplatz aufgebaut wurde, um erstmals am 6. Juni ein Urteil zu vollstrecken, wurde sie nicht mehr abgebaut. Ständig wird irgendein unvorsichtiger Lump in einer Gaststätte erkannt, verraten und verhaftet. Selbst in den Bordellen sind diese Halunken kaum noch sicher, und das waren immerhin die Orte, wo sie am ehesten entspannt all das Gold ihrer Beutezüge verprassen konnten.«

Plötzlich hielt er den Wagen an. Er stieg ab, ging zu einem Baum am Wegesrand und riss ein Blatt Papier ab, das in die Rinde genagelt worden war. Er verzog das Gesicht und stieg wieder zurück auf den Wagen.

»Was ist das?«, fragte Lisbeth.

Er reichte ihr das Blatt. Darauf war das Antlitz eines jungen, frisch und fröhlich aussehenden jungen Mannes mit Hut und ordentlicher Kleidung zu sehen. Darunter waren verschiedene Merkmale aufgeführt. Alter, Gesichtsschnitt, Größe, Augenfarbe. Sogar die Zähne, die als »gesund« beschrieben wurden.

»Ist das … Ist das Johann?«, fragte Lisbeth.

»Eine flüchtige Ähnlichkeit, mehr nicht. Wen du hier siehst, ist der Schinderhannes.«

Sie musterte die Zeichnung lange und ausgiebig. Eine Ähnlichkeit, sicher, vielleicht keine Übereinstimmung, aber doch so viel Ähnlichkeit, dass es Lisbeth nicht möglich war, ihre Zweifel beiseitezuschieben.

»Erzählen Sie mir von Johann«, bat Lisbeth. »Es gibt so vieles, das ich nicht weiß.«

»Vielleicht besser so. Magst du mir ein Pfeifchen stopfen?«

Mochte sie nicht, aber sie tat es. Mit der Pfeife im Mundwinkel würde der Doktor vielleicht doch noch das ein oder andere über Johann preisgeben. Sie reichte ihm die Pfeife, und er steckte sie an. Gleich beim ersten Zug hustete er, dass die Eichhörnchen von den Bäumen fielen.

»Sie haben ihn lange nicht gesehen, bevor er ins Dorf kam, oder?«, fragte sie.

»Richtig.«

»Wie kam es denn, dass Sie ihn nach Brunnenweiler gerufen haben?«

»Möchtest du das wirklich wissen?«

Ja, genau das wollte sie.

»Ach, eigentlich war es Zufall. Vor einem Jahr etwa war ich in Coblenz. Hab überlegt, ob ich nicht noch mal eine Praxis eröffnen könnte, doch man hatte mich nicht vergessen. Ich war schon verlacht, noch bevor ich das erste Haus anschauen konnte. Du kannst dir nicht vorstellen, wie wütend ich war. Ich setzte mich in ein Gasthaus und betrank mich. Als ich am nächsten Morgen aufwachte, lag ich in einem Bett. Die Wirtin kam, brachte mir etwas zu essen und zu trinken und sagte, ein junger Herr hätte dafür gesorgt, dass ich in dieses Zimmer gelegt wurde. Das Zimmer sei für eine Nacht bezahlt. Ich muss so betrunken gewesen sein, dass ich von alldem nichts mitbekommen hatte. Gegen Mittag verließ ich das Gasthaus. Vor der Tür wartete Johann. Er sah mich mit diesem strahlenden Gesicht an, das es ihm so leicht macht, in die Herzen und unter die Röcke der Damen zu gelangen.«

Das wollte Lisbeth nun nicht hören.

»Es war kein Zufall, dass er abends in dem Gasthaus gewesen war«, fuhr Konrad fort. »Er war dort Stammgast, sobald er mal ein paar Taler in den Taschen hatte. Wir saßen noch eine Weile beisammen und erzählten, wie es uns in den zurückliegenden Jahren so ergangen war. Dann ging jeder wieder seines Wegs. Irgendwann kam mir der Gedanke, mich bei ihm zu revanchieren. Also schlug ich unserem

Bürgermeister Blasius vor, ihn als Büttel zum Schutz für unser Dorf zu holen. Du kennst Blasius, er ist ein schwacher Charakter, dem man eigentlich alles erzählen kann, also kein Wunder, dass er meinen Vorschlag begeistert annahm.«

»Und wie war es Johann nun ergangen in den zurückliegenden Jahren?«, hakte Lisbeth nach.

»Das willst du nicht wissen.«

»Ich frage doch.«

»Frag Johann.«

»Seien Sie nicht kindisch, Doktor. Ich will's hören.«

»Er war ein Rumtreiber. Hat mal hier und mal dort gearbeitet. Zwischendurch war er auch mal in Napoleons Armee eingeschrieben. Nicht aus Überzeugung, mehr wegen Hunger und leerer Taschen. Und vermutlich war er auch wieder mal auf der Flucht vor einem tobenden Ehemann.«

Auch das wollte Lisbeth nicht wissen. »Den Teil können Sie überspringen, Doktor.«

»Als Soldat hielt sich Johann meist im Grenzgebiet auf. Einmal, er war auf Patrouille, wurden er und seine Kameraden in einen Hinterhalt gelockt. Aber weil er sich gut in den Wäldern auskennt, gelang es ihm, die Patrouille über versteckte Wege außer Gefahr zu bringen. Kein Mann ging verloren. Wenn er will, kann er ein tapferer Mann sein, dein Johann.«

»Er ist nicht mein Johann«, protestierte Lisbeth. »Aber ich frage mich schon, weshalb er mir nicht von alldem erzählt hat, wenn wir zusammensaßen?«

Konrad seufzte. »Er prahlt lieber mit seinen Weibergeschichten, als zu erzählen, wie viel Männer er vor dem sicheren Tod gerettet hat. Na ja, jeder wie er mag.«

Als hätte Lisbeth mit ihrer Sorge, dass sie ohne wirkliche Waffe übers Land fuhren, das Unheil heraufbeschworen, versperrten plötzlich zwei Männer die Straße. Beide hielten Steinschlosspistolen in den Händen. Einer war hochgewachsen, dabei aber so dünn, dass man befürchten musste, sein Hals könnte nicht mehr lange den Kopf auf den Schultern halten. Der andere war beinahe nur halb so groß, dafür aber von kugelrunder Statur und mit fleischigen Händen gesegnet, deren Finger Mühe hatten, sich um den Griff der Pistole zu schließen. Unter ihren Filzhüten lugten strähnige Haare hervor. Der Größere trug sein Halstuch vor dem Gesicht. Als er bemerkte, dass sein rundlicher Kamerad es vergessen hatte, wies er ihn eilig darauf hin. Der versuchte rasch, aber umständlich, sein Halstuch hochzuziehen, doch weil es ihm mit einer Hand nicht gelang, legte er seine Pistole vor sich auf der Straße ab. Erst dann zog er endlich sein Tuch über Nase, Mund und Bart.

Der Große bedachte ihn mit einem Kopfschütteln. »Was hab ich vorher gesagt?«, zischte er. »Denk an das Tuch, hab ich gesagt.«

»Ja, ja.«

»Los, heb die Pistole auf.« Und an Lisbeth und Konrad gerichtet: »Das ist ein Überfall!«

Es hatte schon furchterregendere Räuber am Wegesrand gegeben.

»Ach, also doch?« Konrad beugte sich vor. Er legte die Zügel in eine Hand und stützte die andere auf einem Knie ab. »Meine Herren, ist das Ihr erster Überfall?«

»Woran haben Sie das bemerkt?«

»Ich habe geraten.«

»Also, ähm, also dann mal her mit den Dukaten und Talern und was ihr sonst noch bei euch tragt.«

»Nein.« Konrad lehnte sich auf der Bank zurück.

Die beiden Räuber wechselten einen verwirrten Blick. »Was soll das heißen – *nein*?«

»Dass wir euch nichts geben.«

»Ja, aber, seht ihr denn nicht, dass wir euch mit Pistolen bedrohen?«

»Und seht ihr nicht, dass ich Arzt bin und eine Kranke bei mir habe?«

»Eine Kranke?«

Konrad deutete mit dem Kinn auf seine Begleiterin. »Dieses arme Mädchen leidet unter einer hochansteckenden Krankheit, und auch wenn man es ihr nicht ansieht, so ist aber ihr Verstand doch größtenteils bereits zerfressen.«

»Der … Verstand?«

»Ihr wisst schon.« Konrad tippte sich mit dem Finger an die Stirn. »Das arme Mädchen. Sie wird bald auf allen vieren herumlaufen.«

»Auf allen vieren?«

»Manchmal beißt sie.«

»Ansteckend, sagten Sie?«

»Bedauerlicherweise.«

Konrad stieß Lisbeth mit dem Ellbogen an, und sie begriff, dass jetzt sie an der Reihe war. Behände stieg sie vom Wagen und lief mit ausgebreiteten Armen auf die beiden Räuber zu.

»Bleib mir vom Leib, hörst du?«, schrie der Dicke.

»Lass dich umarmen, lieber Freund«, rief Lisbeth. Ihre Stimme kiekste unnatürlich schrill.

Der Rundliche warf seinem Kumpan einen verstörten Blick zu, bevor er loslief und sich in die Büsche schlug. Der Große sah ihm mit weit aufgerissenen Augen hinterher, dann starrte er auf das Mädchen, das sich ihm mit seligem Lächeln zuwandte. Wie ein Hase auf der Flucht vor einem Fuchs rannte er seinem Kumpan hinterher.

Lisbeth hielt sich den Bauch vor Lachen, und Konrad wischte sich Tränen aus den Augen.

»Alle Achtung, mein Kind.« Zwischen zwei neuerlichen Hustenanfällen japste er nach Luft. »Du bist sehr furchtlos.«

»Warum auch nicht? Diese beiden können getrost bei einem Wanderzirkus auftreten.«

»Aber sie hatten dennoch Pistolen in der Hand. Es hätte ja einer auch vor Angst auf dich schießen können.«

So schnell war Lisbeth das Lachen noch nie vergangen.

»Was ich gesagt habe, Lisbeth. Du musst wissen, in welcher Situation du wie zu handeln hast. Aber zumindest weißt du, dass du kein Angsthase bist.«

Auch was wert, dachte sie und brauchte noch eine Weile, bis sich ihr beschleunigter Puls wieder senkte.

17

Wir sind bald da«, sagte Konrad. »Bevor ich zur Präfektur gehe, suchen wir uns erst mal ein Quartier für die Nacht.«

Für die Nacht? Lisbeth hielt die Luft an. »Ich ... hatte angenommen, wir fahren noch heute Abend zurück.«

»Unmöglich. Es wird seine Zeit brauchen, bis ich zum Generalsekretär vorgelassen werde. Wenn überhaupt ...«

»Aber Sie werden heute noch mit Paty sprechen, oder?«

»Lisbeth, du bist zu ungeduldig. Aber gut, ich nehme an, das ist die Jugend, die bei dir durchbricht. Oder die Liebe? Wer weiß das schon so genau.« Er klang ein wenig spöttisch.

Lisbeth presste trotzig die Lippen zu einem schmalen Strich zusammen. »Also, die Liebe ganz bestimmt nicht. Ich weiß gar nicht, wie Sie auf so etwas kommen, Doktor? Ich begleite Sie nur aus einem einzigen Grund, nämlich der Gerechtigkeit wegen.«

»Wie konnte ich etwas anderes annehmen?«, schmunzelte Konrad und fügte hinzu: »Aber selbst wenn man uns zum Abend hin kurzfristig vorließe, benötigen wir ein Quartier. Schließlich wollen wir ja nicht bei stockfinsterer Nacht durch die Wälder zurückfahren. Aber mach dir keine Sorgen, Lisbeth, ich kenne ein Gasthaus in Coblenz, in dem wir gut unterkommen werden. Die Wirtin ist eine gute Freundin von mir. Sie hält immer ein Bett für mich bereit, wenn ich mal nach Coblenz komme.«

Dass der Doktor eine *gute Freundin* haben könnte, war Lisbeth noch nie in den Sinn gekommen, aber sie hatte ja auch bis heute nicht gewusst, dass er einmal hier gelebt hatte. Da schien es nur natürlich, wenn er auch Freundschaften geschlossen hatte.

»Ähm, … Doktor, ich hoffe, es gibt auch zwei Betten?«

Sie erreichten die Mosel, fuhren ein Stück am Ufer entlang, dann näherten sie sich der Moselbrücke. Über den Fluss konnte Lisbeth schon die hohe Stadtmauer von Coblenz sehen, die sich rings um die ganze Stadt zog und sie bis an die Ufer der beiden sich treffenden Flüsse Rhein und Mosel umschloss, sodass die Stadt wie ein Eckpfeiler wirkte, an dem es kein Vorbeikommen zu geben schien. Über die Mauer konnte Lisbeth anhand der vielen Dächer und Türme die ihr unbekannte dicht gedrängte Bauweise der Häuser sehen.

Am Moselufer hielten sie vor einem Schlagbaum, der von zwei Soldaten mit geschulterten Gewehren bewacht wurde. Konrad zeigte seinen Passierschein vor, dann durften sie über die Brücke. Begleitet vom warmen Licht der Nachmittagssonne fuhren sie durch das Moseltor in die Stadt.

Konrad lenkte den Wagen mit ruhiger Hand durch eine Straße, die sich Altengraben nannte. Lisbeth schaute sich mit großen Augen nach allen Seiten um. Das Leben in der Stadt war nicht nur gedrängter, es war auch lauter und, wie ihr auf den ersten Blick erschien, auch schmutziger. An manchen Häuserwänden war verschmierter Unrat, vor anderen lagen die Eisenringe zerschlagener Bierfässer, und am Straßenrand lungerten Mädchen in arg dürftiger Kleidung und schoben ein Bein unter den Röcken hervor, als der Wagen vorbeirumpelte.

»Keine Angst, Lisbeth«, sagte Konrad beruhigend, »das ist nur ein kleiner Teil von Coblenz. Den gibt es in jeder Stadt und an den Toren sowieso. Beachte die Leute nicht.«

Das fiel ihr schwer. Manche der Mädchen schienen nicht älter zu sein, als sie es damals gewesen war, als das Elternhaus niedergebrannt wurde und ihre Kindheit beendet war. Ihre Gesichter waren maskenhaft ernst und die Augen so leblos starr wie bei einem toten Fisch.

Als Lisbeth eins der Mädchen, an denen sie vorbeifuhren, wohl zu lange ansah, bückte sich das Kind, schaufelte mit beiden Händen klumpigen Dreck von der Straße und warf ihn ihr hinterher.

»Ich sagte doch: Beachte sie nicht«, raunte Konrad.

»Wer kümmert sich um diese armseligen Wesen?«

»Das Leben selbst kümmert sich um sie. Die Franzosen können ja nicht alles auf einmal machen. Sie haben eine Reihenfolge, die sie einhalten. Erst sich um die Gesetze für die Menschen kümmern und danach um die Menschen für diese Gesetze.«

»Hier riecht es nicht gut.«

»Das ist schon was anderes als unser Wald, hm? Na, du wirst dich schnell daran gewöhnen. Der Algengestank vom Fluss lässt nach, je weiter wir in die Stadt hineinfahren. Allerdings, ab der Mitte nimmt er wieder zu, denn auf der anderen Seite liegt ja der Rhein, und der riecht nicht besser. Die Leute hier haben schnell begriffen, wie wichtig der Fluss für ihren Handel ist. Das hinterlässt natürlich Spuren. Hier in den Straßen wie auch auf dem Wasser. Aber ich kenne ein hübsches Quartier, das liegt günstig.«

»Was meinen Sie mit günstig?«

»Von beiden Ufern ausreichend entfernt, um nachts bei offenem Fenster schlafen zu können. Und es ist ganz in der Nähe der Präfektur. Da können wir gleich morgen in der Frühe vorsprechen.«

Morgen früh? So lange noch hin? Lisbeth spürte, wie ihre Ungeduld sie auf Gedanken brachte, zu denen sie sich besser nicht hinreißen lassen sollte. Wie zum Beispiel Gaspard Paty vor der Präfektur auflauern, bis er sie vorließ. Oder sich um Mitternacht in das Gefängnis hineinschleichen, den Zellenschlüssel stibitzen und Johann befreien, ohne den Umweg über Gaspard zu gehen.

Wieso habe ich eigentlich solche Gedanken? Wenn Johann schuldig ist, dann gehört er genau dahin, wo er jetzt gerade ist. Und überhaupt, mich geht das alles doch eigentlich gar nichts an, oder?

Oder?

Sie machte sich etwas vor. Sie wusste es, genau wie sie wusste, dass sie es sich auf Teufel komm raus nicht eingestehen würde.

»Du bist so still geworden, Lisbeth?«, riss Konrad sie aus ihren Gedanken. »Geht es dir gut? Ich weiß, wenn man das erste Mal in eine große Stadt kommt, dann kann einen das schon ängstigen. Aber ich kann dir versichern, dass es in Coblenz auch viele sehr schöne Ecken gibt.«

»Mir ... mir geht es gut, Doktor.« Mit vorgetäuscht beschwingter Stimme und aufgerichtetem Oberkörper schob sie hinterher: »Wo ist denn nun diese Herberge, von der Sie gesprochen haben?«

»Wir sind bald da.«

Über ungleich hohe Pflastersteine passierten sie die Marktstraße, folgten der *Rue dite Entenpfuhl*, die in einem Bogen bis zur Firmungstraße führte. Diese fuhren sie, bis sie in die *Rue du Rhin*, die Rheinstraße, überging. Vor einem zweistöckigen Gasthaus blieben sie stehen. Über der Tür ragte ein gusseisernes Schild über die Straße, auf dem neben gemalten Reben in schwungvoller Schrift *Zur Traube* stand.

»Hier sind wir«, sagte Konrad. »Sieht noch genauso aus wie bei meinem letzten Besuch.«

Lisbeth fragte sich, ob sich der Doktor einen Scherz mit ihr erlaubte. Das Haus stand ein wenig schief. Aus den Läden vor den Fenstern im oberen Stockwerk waren teilweise Holzecken herausgebrochen. Insgesamt befand sich der Gasthof in einem beklagenswerten Zustand, und auch wenn die Schankstube im Inneren von Lampenlicht erhellt war, erschien sie wenig einladend.

Mein Gott, dachte Lisbeth. So konnte ein Gasthaus also auch aussehen?

Konrad ließ sie absteigen und wies sie an, vor der Tür auf ihn zu warten, während er den Wagen in den Hinterhof des Gasthauses fuhr und dort unter einer Remise abstellte. Nachdem er das Tor verschlossen hatte, kehrte er zu Lisbeth zurück. Lisbeth wunderte sich, wie eigenmächtig er handelte. Offensichtlich war er tatsächlich schon bekannt hier. Es erübrigte sich, ihn zu fragen, ob dies das Gasthaus gewesen war, in dem er und Johann sich wiederbegegnet waren.

Konrad schob die Tür zur *Traube* auf. Lisbeth rang nach Luft. Es stank, als hätte man hundert Waschbären durch den Schornstein gezogen. Während Konrad die Wirtin freudig begrüßte (die »gute Freundin«, aha!), blickte sich Lisbeth verstohlen um. Im diffusen Licht der Tischkerzen und der wenigen Deckenleuchter sah sie eine Menge rüde wirkender Männer an den Tischen sitzen. Laut lachend, wild bechernd und mit raumgreifenden Gesten. Bei ihnen hockten Mädchen unterschiedlichen Alters mit offenen Haaren und offenen Bändern an den Blusen. Manche von ihnen tanzten mit einem Kerl, manche brachten Bier und Wein an die Tische, und alle zusammen waren so laut, dass Lisbeth kaum ein Wort von dem verstand, was Konrad und die Wirtin sprachen, obwohl sie neben ihm stand.

Die Wirtin hieß Sidonie und war eine dralle Person mit breiten Hüften, großem Busen und einem Doppelkinn, das sie halslos erscheinen ließ. Ihre Gesichtsfarbe war so grau wie das Mauerwerk. Sie fragte, ob sie eine der üblichen Kammern haben wollten oder eine exquisite.

»Was ist der Unterschied?«, fragte Lisbeth.

»Die exquisite kann man von innen verriegeln.«

»Die nehmen wir.«

Sidonie führte sie über eine Holztreppe ins obere Stockwerk. Zu beiden Seiten des Flurs gingen je vier Zimmer ab. War der Schankraum schon gewöhnungsbedürftig, so war das Zimmer ein einziges Elend. Beengt und schmutzig in jedem Winkel und mit dem Charme bedauernswerter Tristesse gesegnet. Lisbeth betrachtete das Bett. Ganz sicher das Heim der verschiedensten Ungeziefer.

»Keine Sorge«, sagte Konrad. »Ich schlafe auf dem Boden. Das Bett lasse ich dir.«

Lisbeth hätte gerne getauscht.

18

Es war ein merkwürdiges Gefühl zu wissen, dass Johann hier irgendwo in einer Zelle hockte, während sie durch die Straßen von Coblenz schlenderte. Es war mit Konrad vereinbart, dass er noch heute zur Präfektur ging, um mit Generalsekretär Paty zu sprechen. Lisbeth konnte sich nicht überwinden, ihn zu begleiten, aber um sich nicht pausenlos zu fragen, ob das ein Fehler war, beschloss sie, während Konrads Abwesenheit allein durch die Stadt zu gehen. Schließlich hatte sie ja von Anfang an behauptet, dass sie nur mitkam, um sich umzuschauen, welche Händler sie für ihr geplantes Gewerbe ansprechen konnte.

Ihr Weg führte sie durch breite Straßen, in denen betuchte Kaufleute ihre Waren in Geschäften anboten. Sie war beeindruckt. Alles war so anders, als sie es sich nach den Erzählungen von Reisenden, die im *Fröhlichen Tropfen* einkehrten, vorgestellt hatte. Mit jedem Schritt über das Pflaster wurde ihr eines mehr und mehr bewusst. Wenn das Dorf Brunnenweiler für sie der Nabel der Welt war, dann konnte die Stadt Coblenz nichts anderes sein als die weit ausgestreckten Arme, die alles umfingen. Und hier zu den versierten Kaufleuten wollte sie sich auf den Markt stellen? Würde sie sich hier behaupten können?

Im Maisegässchen stieß sie auf das Geschäft eines Knopfmachers. Über der Tür prangte neben dem Namen *Eckart* auch das Symbol der Knopfmacherzunft. Drei ineinander verschlungene Kordeln mit hängenden Quasten.

Lisbeths Puls beschleunigte sich. Hier stand sie also. Sie brauchte nur hineinzugehen. *Einfach so? Was wird man von mir denken?* Sie fuhr sich mit dem gekrümmten Zeigefinger über die Nasenspitze. *Ach, was hilft das Zaudern?*

Tief Luft geholt und dann rein in den Laden. Sogleich zuckte sie bei dem überraschenden Bimmeln über ihrem Kopf zusammen. Sie schaute nach oben zu dem kleinen Glöckchen, das sanft ausschwang, um gleich darauf erneut zu tönen, als sich die Tür hinter ihr schloss. Der helle Klang hallte in ihren Ohren nach und erschien ihr unverhältnismäßig laut zur Größe dieses winzigen Glöckchens zu sein.

Sie kannte Glocken und Glöckchen noch aus der Zeit, bevor sie abgehängt worden waren, von den Kirchtürmen, der Abtei, selbst an Gewändern von Reisenden, die im *Fröhlichen Tropfen* rasteten. An Türen aber hatte sie noch nie eine hängen sehen. Sie war versucht, den Arm auszustrecken und das Gebimmel mit der Hand zu beenden, unterließ es aber, weil sie nicht unangenehm auffallen wollte. Andererseits – was war schon dabei? Also streckte sie den Arm aus, und dann hing das Glöckchen still über ihr. Sie drehte sich langsam von der Tür weg und sah in den Raum hinein, und plötzlich wurde ihr klar, weshalb sie sich von einem Glöckchen hatte einschüchtern lassen. Einem simplen, kleinen Ding, das sie mit einer Hand weit in den Laacher See hätte werfen können. Der helle Klang war nichts weiter als das hörbare Zeichen gewesen, dass sie nun in eine fremde Welt eintrat, die nichts gemein hatte mit der Ruhe ihres idyllischen Brunnenweilers. Es fehlte an Licht, an Luft und an den Geräuschen, die Feld und Wald an sie herantrugen. Und die Menschen hier? Wie mochten sie sein? Wenn sie bisher mit Stadtmenschen zu tun gehabt hatte, dann waren diese bei ihr im Dorf, wo sie zu Hause war. Jetzt aber würde sie gleich mit einem Städter in dessen Haus sprechen. Mit Betreten des Knopfmacherladens geriet sie auf ein Terrain, das ihr nicht nur fremd war, sondern das sie einschüchterte.

Noch an der Tür blieb sie stehen. Nervös flocht sie ihre Finger ineinander. Außer ihr war sonst niemand im Laden. Es gab nur ein Fenster neben der Tür, das lediglich den vorderen Bereich des Raums erhellte. Im einfallenden Licht tanzte der Staub schwerelos, und Lisbeth begriff, was damit gemeint war, wenn jemand behauptete, die Luft sei zum Schneiden dick. Der hintere Bereich verschwamm förmlich in der Gemengelage aus Staub und Schwaden, die wohl vom Pfeifenrauchen stammten, worauf auch der würzige Tabakgeruch hinwies, der ihre Nase traktierte. Vorsichtig wagte sich Lisbeth tiefer in den Raum bis in den schummrigen hinteren Teil hinein. Überall standen breite Kommoden mit unterschiedlich hohen Schubladen. In einer Ecke ragte eine Standuhr bis fast unter den Deckenbalken. Das Pendel schwang nicht. Als sie den Bottich mit ausgelösten Knochen, die zur Knopfherstellung gebraucht wurden, entdeckte, wunderte sie sich nicht mehr, dass ihr flau im Magen war.

Der Trennvorhang zwischen Ladenbereich und hinterer Werkstatt wurde ruckartig aufgezogen. Ein gebeugter älterer Mann von geringem Wuchs kam zum Vorschein. Hinter ihm konnte Lisbeth seinen Arbeitsplatz sehen. Er trug eine offene Weste über dem Hemd und eine schmale Brille, deren Gläser so dick waren, dass seine Augen dahinter wie Murmeln aussahen. Sein kahler Schädel war von einem ausgedünnten grauen Haarkranz umsäumt. Die Augenbrauen waren wie struppige Dickichte, und Lisbeth vermutete spontan, dass der Mann sicher mehr Haare über den Augen als auf dem Schädel hatte. Von denen, die ihm aus der Nase ragten, ganz zu schweigen.

»Wer bist du? Was willst du?«

Seine bellende Stimme stand in einem erstaunlichen Gegensatz zu der klapperigen Gestalt und prallte Lisbeth mit der Wucht einer Horde durchgehender Pferde entgegen. Ohne es verhindern zu können, verspürte sie den Wunsch, sich auf der Stelle umzudrehen und diesen Laden unverrichteter Dinge zu verlassen, doch sofort regte sich Widerstand in ihr. Von so etwas ließ sie sich doch nicht den Schneid abkaufen. Eine laute Stimme, na und?

»Ich suche den Knopfmacher Eckart.«

»Der bin ich. Kommst du, um etwas für deine Dame abzuholen?«

»Nein. Ich bin hier, um mit Ihnen ins Geschäft zu kommen.«

»Ach?«

Neugierig geworden trat Eckart aus seiner Arbeitsecke heraus. In einem für Lisbeths Empfinden viel zu unhöflichem, weil zu kurzem Abstand blieb er vor ihr stehen. Er musterte sie von oben bis unten, und je länger er sie betrachtete, umso verächtlicher wurde der Ausdruck in seinem Gesicht. Instinktiv wollte sie seinem Blick ausweichen, doch wieder regte sich ihre kämpferische Ader, und sie widerstand dem Bedürfnis, den Blick zu senken. Seine Augen wanderten über ihren Körper, verengten sich beim Betrachten ihrer Kleidung und verharrten schließlich unverschämt lange auf ihrem Busen. Sie zog verstohlen ihre Schößchenjacke zusammen, doch dadurch erreichte sie nur, dass sich zum Verächtlichen des anderen auch noch Belustigung gesellte. Als er einen schmatzenden Laut von sich gab, hätte Lisbeth ihn am liebsten mit beiden Ohren an den Deckenbalken gehängt, aber das hätte nur zur Folge gehabt, dass er die Polizei herbeirief und sie ohne großes Federlesens ins Gefängnis gesperrt würde.

Ins Gefängnis … dann wäre ich Johann etwas näher gekommen … was für ein dummer Gedanke. Ich muss völlig verrückt sein.

Eckart hob seine von starken Adern durchzogene Hand und deutete auf Lisbeths Rock. »Du siehst nicht so aus, als wärst du in der Lage, mit mir Geschäfte zu machen.«

»Wie sehe ich denn aus?«

»Wenn ich's gut mein', wie eine Wäscherin. Wenn ich's böse mein', wie eine von der Stadtmauer.«

Lisbeth spürte, wie ihr die Hitze in den Kopf stieg. Sie hatte sich in ihrem Leben noch nie wirklich ärmlich gefühlt, aber dieser Kerl ließ sie glauben, sie sei nicht mehr wert als eine, die von morgens bis abends nichts anderes tat, als in vorgebeugter Stellung die Röcke zu heben.

Eckart drehte sich um und ging zu seinem Hocker am Arbeitstisch zurück. »Na schön, wenn du nun schon mal hier bist.«

Wenn ich schon mal hier bin, könnt' ich dir ja mal Manieren einbläuen. Es gibt einfach Menschen, von denen ich gar nicht gern geduzt werde, auch wenn die Franzosen es vorschreiben.

»Ich brauche unterschiedliche Knöpfe«, sagte sie.

»Wer braucht die nicht.«

»Ich wollte sagen, ich möchte besondere Knöpfe erwerben.« Lisbeth ging zu der Vitrine und zeigte auf einen herrlich verzierten Massivknopf aus Silberdraht, der mit Seide unterspannt war. »Solche wie diesen hier. Eben Knöpfe, von denen es jeweils nur einen Satz für eine Jacke oder ein Kleid gibt.«

Eckart schüttelte amüsiert den Kopf. »Solche Knöpfe sind nichts für dich. Schau dich an, schau dein Kleid an, das du trägst. Oder sollte ich besser sagen … die Reste eines Kleides? Solche Knöpfe sind viel zu gut für dich. Geh fort, du stiehlst mir meine Zeit.«

Die Hitze auf Lisbeths Gesicht nahm eine bedenkliche Stufe an. Ihre Augen glühten vor Zorn, aber noch bevor sie den Mund öffnen konnte, um energisch zu protestieren, ertönte hinter ihr das Türglöckchen. Eine blasse Dame, fein angezogen, betrat den Laden, eingehüllt in eine aufdringliche Parfumwolke und einen eleganten Hut auf den blonden, hochgesteckten Haaren. Hinter ihr folgte eine junge Begleiterin, vielleicht ihre Zofe oder Gesellschafterin, Lisbeth konnte es nicht einschätzen. Ihre Kleidung war zwar deutlich nicht so elegant, aber ebenfalls sehr sauber, wenn man über den Fingerbreit Straßendreck am unteren Saum einmal hinwegsah.

Der Knopfmacher ließ Lisbeth stehen und ging mit ausgebreiteten Armen auf die beiden zu. »Ah, Madame Hulot, welche Freude, Sie bei mir begrüßen zu dürfen. Finden die kürzlich angefertigten Miederhäkchen noch Ihr wertes Gefallen?«

»Ich verfüge nicht über viel Zeit, Monsieur, daher komme ich gleich zur Sache. Es werden Knöpfe benötigt. Als Geschenk für meinen Mann zu seinem Vierzigsten. Ihm wären ein paar Schachfiguren recht, aber ich denke, dass ordentliche Knöpfe seiner Reputation hilfreicher wären.«

»Selbstverständlich. Wenn ich Ihnen diesen Knopf hier zeigen darf? Erst kürzlich habe ich ihn angefertigt. Sie können sicher sein, diesen gibt's kein zweites Mal auf dieser Welt.«

Er schob Lisbeth zur Seite und nahm aus der Vitrine genau jenen Knopf, der Lisbeth gefiel. Er legte ihn auf seine rechte Handfläche und hielt ihn Madame Hulot zur Begutachtung hin. Madame gönnte ihm einen Blick, seufzte gelangweilt, dann schlug sie unwirsch von unten gegen seine Hand, sodass der Knopf in hohem Bogen durch die Werkstatt flog.

»Für wen soll das sein, Monsieur? Schauen Sie mich an. Dieser Knopf ist ganz sicher nicht gut genug. Haben Sie nichts anderes auf Lager? Etwas in Perlmutt?«

Eckart verfolgte die Flugbahn des Knopfes und versuchte, sich die Stelle zu merken, an der er niederfiel, um ihn später wiederfinden zu können.

»Perlmutt, selbstverständlich«, sagte er. »Ich habe die Materialien vorrätig, aber für die Anfertigung brauche ich ein wenig Zeit. Wenn Sie mir Ihre Wünsche genauer beschreiben würden?«

Madame Hulot öffnete ihr Täschchen und reichte ihm ein Blatt Papier. »Aus dieser Skizze, die ich mühsam, aber letztlich erfolgreich selbst gezeichnet habe, können Sie alles ersehen, was wichtig ist. Wann, denken Sie, können Sie fertig sein?«

Eckart studierte die Zeichnung. »Sie möchten acht Knöpfe in dieser Ausführung? Hm, hm, wenn ich gleich morgen mit der Arbeit beginne, dann können Sie sie in vier Tagen abholen.«

»Sie fangen heute noch an, und ich lasse sie in drei Tagen abholen.«

Kaum gesagt, schon bimmelte wieder das Türglöckchen, und die beiden aus vornehmem Haus hatten den Laden verlassen. Ein kurzer, strenger Besuch.

Lisbeth hatte sich an ihrem Platz so ruhig verhalten, dass sie der Dame vermutlich gar nicht aufgefallen war. Wie in ihrer Ecke des *Fröhlichen Tropfen*, von der aus sie gerne die anderen beobachtete, hatte sie auch jetzt genau aufgepasst, wie die Dame sich benahm. Ihre Gestik, ihr gelangweilter Gesichtsausdruck, wie sie sprach und vor allem, wie gleichgültig es ihr war, was der Knopfmacher sagte, solange sie sicher sein konnte, dass sich alles nur um sie drehte.

Eckart stopfte die Skizze in seine Westentasche und ging hinüber, um den weggeworfenen Knopf zu suchen. Er fand ihn, hob ihn auf, befreite ihn mit einem kräftigen Pusten von

Staub und legte ihn in die Vitrine zurück. Dann erinnerte er sich an Lisbeth.

»Was willst du noch? Du hast doch gehört, ich habe zu tun.«

»Wir haben noch nicht über mein Anliegen gesprochen. Sie erinnern sich? Ich möchte ebenfalls besondere Knöpfe. Ich möchte welche mit meinem Zeichen darauf.«

Der alte Kerl lachte laut auf. »Du hast ein Zeichen? Wer bist du? Eine Adlige, die sich einen Spaß daraus macht, in abgerissenen Kleidern durch die Stadt zu gehen? Worauf bist du wirklich aus? Willst du ein Abenteuer erleben? Da bist du bei mir richtig. Kannst dich gerne schon mal in mein Bett legen. Ich komm nach, wenn ich hier fertig bin.«

Lisbeth straffte ihren Körper. »Nun, ich werde dem Herrn Doktor sagen, wie Sie mit mir sprechen. Sie werden von ihm hören.« Sie drückte die Schultern durch und drehte sich um.

»Dem Herrn Doktor …?«

Noch bevor dieses Mal sie das Türglöckchen bimmeln ließ, rief Eckart ihr hinterher. »Sagen Sie das doch gleich. Sie verstehen doch Spaß? Ich sitz den ganzen Tag allein in meiner Werkstatt, da muss ich nutzen, was sich mir bietet.«

»Sie machen alles nur noch schlimmer.«

Lisbeth hob das Kinn an und bedachte den Knopfmacher mit einem nun ihrerseits verächtlichen Blick. Das Spiel begann ihr zu gefallen.

»Kommen Sie doch bitte näher. Sie möchten also Knöpfe haben? Ganz besondere Knöpfe, die es nur einmal auf der Welt gibt? Da sind Sie bei mir richtig. Wie sollen sie denn aussehen? Aus welchem Material wünschen Sie sie? Einen Farbwunsch haben Sie sicher auch?«

»Vor allem möchte ich auf jedem Knopf mein Zeichen sehen.«

»Also eine Signatur, verstehe, verstehe. Und wie soll diese aussehen? Initialen oder ein Symbol?«

Gute Frage, darüber habe ich noch gar nicht nachgedacht. Lisbeth strich sich blasiert über die Nasenspitze. »Das werde ich Sie wissen lassen, sobald wir ins Geschäft kommen. Ich strebe den Verkauf von Kleidern und Tüchern an und weile zurzeit in Coblenz, um mich nach Partnerschaften umzuschauen.«

»Partnerschaften?«

»Ich brauche zuverlässige Lieferanten für Stoffe und eben auch für Knöpfe und Häkchen. Ich möchte nicht erst Wochen warten, bis ich meine Arbeiten beenden und verkaufen kann. Ich möchte einen Vorrat anlegen.«

Eckart nickte. »Verstehe, und an welche Größenordnung haben Sie gedacht? Ich meine, wie viele soll ich herstellen?«

»Ich mache meinen Auftrag selbstverständlich auch abhängig von dem Preis, den Sie mir anbieten.«

»Sie möchten feilschen?«

»Nein, denn ich denke, Sie wissen, dass der Beruf des Knopfmachers weitverbreitet ist.«

Sie war nicht naiv, sie wusste, dass sie für ihr Vorhaben erst einmal Geld ausgeben musste, bevor sie etwas einnehmen konnte. Ihr Erspartes im Sinn, hoffte sie, dass der Knopfmacher ihr einen Preis nennen würde, den sie stemmen konnte.

Eckart schob den Vorhang, der den Ladenraum von seiner Werkstatt trennte, ein Stück weiter auf und winkte Lisbeth zu sich. Sie folgte ihm, nicht ohne mit der wedelnden Hand den flirrenden Staub vor ihrem Gesicht zu vertreiben. Dabei ahmte sie das blasierte Gesicht von Madame Hulot nach.

Eckart ging zur Kommode. »Händler bestellen für gewöhnlich gleich mehrere Hundert, allerdings wollen sie für die Weiterverarbeitung meist nur eine einfache Ausführung. Wie solche hier, sehen Sie?«

Er zog eine sperrige Schublade auf, in der unzählige Knöpfe in unterschiedlichen Größen und Farben lose herumlagen.

»Für Beinkleider reichen solche Knöpfe. Und hier«, er zog die Schublade darunter auf, »diese Miederhäkchen sind schlicht, aber zumeist völlig ausreichend. Hakt die Zofe sie auf, müssen sie keine verzierten Wunderwerke sein. Und macht sich ein Liebhaber an Ihnen zu schaffen, so hat der anderes im Sinn als schöne Häkchen.«

Da Eckart keine Anstalten machte, zur Seite zu treten, und Lisbeth keinen Drang verspürte, sich dicht an ihm vorbeizuzwängen, reckte sie den Kopf, um einen Blick auf die Knöpfe und Häkchen zu erhaschen. »Nennen Sie mir einen Preis«, bat sie.

Er nannte ihn.

Oh, là, là, doch so viel? Lisbeth hoffte, dass sie ihre Gesichtszüge gut im Griff hatte und Eckart nicht den Schrecken in ihren Augen sah, den sie bei der genannten Summe bekam.

Er bemerkte ihr Zögern. »Nun, an welche Menge hatten Sie für die erste Lieferung gedacht?«, fragte er.

»Hm … ein paar Dutzend sollten für den Anfang genügen.«

»Ein paar … Dutzend? Verstehe, verstehe.« Erneut musterte er ihre schlichte Bekleidung und schien sich wieder an seinen ersten Eindruck zu erinnern. »Darf ich fragen, um welchen Doktor es sich handelt?«

»Den Herrn Doktor Fenkel.«

»Fenkel?« Eckarts Stimme kippte über. »Doch nicht etwa *Konrad* Fenkel?«

Lisbeth schöpfte Hoffnung, dass der Name ihr eine Tür zur leichteren Finanzierung öffnete. »Genau der«, sagte sie und nickte bekräftigend.

Eckart packte sie an Arm und Schulter und schob sie unsanft zur Tür.

»Hinaus! Raus mit dir!«, schrie er. »Du wagst es, diesen grässlichen Namen in mein Haus zu tragen? Verschwinde sofort, wenn du nicht willst, dass ich dich verhaften lasse.«

Unfähig, auf den heftigen Ausbruch des kleinen Mannes zu reagieren, ließ sich Lisbeth von ihm völlig konsterniert und ohne die geringste Gegenwehr auf die Straße befördern. Die Tür wurde mit einem solchen Schwung hinter ihr zugeschlagen, dass der Luftzug ihr durch die Haare fuhr.

Himmel, was war denn das gewesen?

Der gute Doktor Fenkel hatte nicht untertrieben, was seinen Ruf in Coblenz betraf. Nun gut, es gab noch mehr Knopfmacher. Auf diesen hier war sie nicht angewiesen. Immerhin hatte sie aus dem Gespräch lernen können. Das war genauso wichtig für sie wie ein Säckchen Taler, vielleicht sogar wertvoller.

Sie ging in den Gasthof *Traube* zurück. Hatte sie in der letzten Stunde den Gedanken an Konrads Unterredung mit Gaspard Paty verdrängt, so wurde sie plötzlich ganz unruhig zu erfahren, wie das Gespräch verlaufen war.

Konrad wartete schon auf sie. Verärgert lief er im Zimmer auf und ab. »Wo bist du gewesen? Hab ich nicht gesagt, du sollst hier auf mich warten? Weißt du nicht, wie gefährlich es unten in der Wirtsstube ist?«

Lisbeth hob beide Hände und beschwichtigte den sichtlich aufgewühlten Doktor. »Ich war nicht unten. Ich war …«

Moment mal, rechtfertigte sie sich gerade? Das kam ja wohl gar nicht infrage. Der Doktor mochte gerne glauben, sie müsse brav im Zimmer hocken und auf ihn warten, aber da würde sie ihn enttäuschen müssen. Sie konnte sehr gut auf sich selbst aufpassen. Seit ihrem elften Lebensjahr.

»Wie war das Gespräch mit Gaspard Paty?«, fragte sie stattdessen. »Konnten Sie etwas für Johann erreichen?«

»Ich konnte noch nicht mit ihm sprechen.«

»Wie ... wie kann das sein?«

»Wie kann das sein? Wie kann das sein?« Konrad fuchtelte mit den Händen wild durch die Luft. »Das kann sein, weil der Herr Generalsekretär viel zu tun hat. Aber eines habe ich doch erreicht. Ich habe den Sekretär überreden können, uns noch für heute Abend einen Termin zu verschaffen.«

»Sie konnten ihn überreden?«

»Ich und ein paar Louisdors. So, Lisbeth, was ist nun? Kommst du mit? Ich sage noch einmal, dass du bei Paty mehr erreichen wirst als ich alleine. Denk an Johann.«

Ich denk doch schon viel zu viel an ihn.

Lisbeth zögerte.

Dann schüttelte sie den Kopf.

19

Seit ein paar Wochen hatte Gaspard Paty es sich zur Gewohnheit gemacht, wieder in seiner Uniform hinter dem Schreibtisch zu sitzen. Er hatte von Beauftragten in den anderen Departements gehört, dass sie längst dazu übergangen waren, ihre zivile Kleidung abzulegen, und er begrüßte diesen Schritt. Nicht nur, dass die Bevölkerung ihnen dadurch vermutlich mehr Respekt und Gehorsam entgegenbrachte, denn immerhin wurden die Franzosen ja als Besatzer angesehen, es verlieh Gaspard selbst ein Gefühl von Sicherheit, das er verloren glaubte, seit er seine Stelle in der Präfektur angetreten war. Es waren einfach zu viele Schritte auf einmal gewesen, die er vollzogen hatte. Der gleichzeitige Wechsel vom kämpfenden Soldaten unter freiem Himmel zur Amtsstube, dazu das Ausziehen der vertrauten Uniform hin zu städtischer Kleidung. Manchmal erkannte er sich selbst nicht wieder. Jetzt, wo er den rauen Stoff seiner Beinkleider wieder an den Schenkeln fühlen konnte und die vertrauten Farben seiner Jacke an sich sah, verspürte er sofort einen neuen Schwung in sich, um die anfallenden Aufgaben zu bewältigen. Er war nicht dumm, er wusste selbst, dass es nichts weiter als eine psychologische Stütze war, aber wenn es half, sollte es ihm recht sein. Mit der Zeit würde er die Kleidung sicher wieder wechseln, aber dann wäre er so gewandt in seinem neuen Tätigkeitsfeld, dass es ihn nicht weiter kümmern würde.

Er rieb sich die Stirn und schloss für einen Moment die

Augen, um ihnen Ruhe zu gönnen. Sie brannten wie entzündet. Als wäre er durch einen Sandsturm gegangen. Den ganzen Tag hatte er darauf verwandt, den Konsularbeschluss Napoleons zur Säkularisation zu studieren, der ihm von Regierungskommissar Rudler zugestellt worden war. Rudler war der oberste Vertreter der von Napoleon eingesetzten Zivilverwaltung in den linksrheinischen Gebieten. Dass Paty ausgewählt worden war, in seinem Departement die von höchster Stelle beschlossene Enteignung der Klöster und Kirchenbesitztümer zu organisieren und durchzuführen, erfüllte ihn mit Stolz. Vermutlich nahm man an, dass er mit seiner militärischen Erfahrung gut geeignet war, diese Maßnahme schnell und konsequent umzusetzen. Leicht würde es nicht werden, denn immerhin bedeutete die Enteignung ja nicht nur, dass die Mönche und Nonnen ihre Klöster verlassen mussten. Hinzu kam, dass von nun an kein Bauer mehr Abgaben an die Klöster zu entrichten hatte, was die unweigerliche Folge nach sich zog, dass dem Adel und der Kirche durch diesen Wegfall die wirtschaftliche Grundlage für ihre Macht entzogen war. Vom gewaltigen Verlust ihres Grundbesitzes ganz zu schweigen.

Es war abzusehen gewesen, dachte Gaspard. Überrascht musste jetzt wirklich niemand sein, wenn in den nächsten Tagen damit begonnen würde, diesen Beschluss in die Tat umzusetzen. Schon seit vier Jahren verbot die französische Zivilverwaltung den Klöstern, Novizen aufzunehmen, was, wenn man nur ein wenig über die Folgen nachdachte, in einigen Jahren sowieso das Ende der Klöster bedeutet hätte.

Was Gaspard aber bedrückte, war die Frage, wohin die Mönche und Nonnen gehen sollten. Womit würden sie jetzt ihren Lebensunterhalt verdienen? Er konnte sich beim besten Willen nicht vorstellen, dass Nonnen in Wirtshäusern arbeiteten und Mönche sich notgedrungen dem Militär verpflichteten. Da müsste schon der Teufel seine Hand im Spiel haben.

Mitten in seine Gedanken hinein klopfte es an die Tür. Sein Sekretär trat ein.

»Verzeihen Sie die Störung, aber jemand bittet mit Nachdruck um eine Unterredung.«

Gaspard konnte sich nicht erinnern, dass für heute etwas anberaumt gewesen war.

»Unangemeldet führe ich kein Gespräch«, sagte er. »Gib einen Termin heraus, meinetwegen für nächsten Freitag.«

»Sie sagen, sie kommen von auswärts und sind nur eine Nacht hier. Und sie behaupten, es sei dringlich.«

Paty lächelte milde. Behaupteten das nicht alle? »*Sie?* Sind es mehrere?«

»Es sind zwei. Ein Mann, der sich als Arzt auswies, und eine junge Frau. Und sie sagten, sie gingen nicht eher weg, bevor sie nicht gehört würden.«

Auch das sagten sie alle. Bockig sein, das letzte Mittel der waffenlosen Kämpfer. Paty seufzte. »Na schön, schick sie in zehn Minuten herein.«

Der Bitte nach einer Unterredung nachzukommen gehörte nicht zu den vergnüglichsten Aufgaben, die Gaspard Paty wahrnahm. Meist handelte es sich nur um Beschwerden, weil einer sich in irgendeiner unwichtigen Sache ungerecht behandelt fühlte, und manchmal ging es um Bezahlung einer Rechnung, wenn französische Soldaten glaubten, sie bräuchten ein Saufgelage nicht zu bezahlen. Nur selten kam ein Bürger mit einem brauchbaren Vorschlag, der zum Nutzen der Stadt dienen könnte. Aber Paty wusste eben auch, dass für viele Bürger das Gefühl, angehört zu werden, weit wichtiger war, als dass er ihren Bitten und Forderungen auch tatsächlich nachkam. Es genügte, dass sie vor ihren Familien und Freunden lauthals tönen konnten, sie hätten den Franzosen mächtig Bescheid gestoßen. Wenn diese kleine Eitelkeit den Frieden in der Stadt unterstützte, konnte Paty gut damit leben.

Wieder klopfte es an die Tür. Paty lehnte sich in seinen Stuhl zurück, räusperte sich und bat herein.

Er erkannte Konrad Fenkel, kaum dass dieser durch die Tür getreten war. Sein Hals wurde trocken. Er griff zum Wasserglas und trank hastig zwei Schlucke. Diese Unterredung würde anders verlaufen.

Hinter dem Doktor schob sich eine zweite Gestalt in den Raum. Ein knöchellanger Rock, eine Bluse mit Schnurbändeln vor der Brust und an den Ärmeln. Paty schmunzelte. Dieser Doktor war ein alter Fuchs. Er verließ sich bei der Bitte, die er an ihn herantrug, nicht allein auf seine Worte, sondern auf die Grazie eines Mädchens. Die Jahre der Erfahrung hatten dem Doktor wohl ins Ohr geflüstert, dass eine schlanke Fessel überzeugender war als das beste Argument. Sei es noch so gut vorgetragen.

Dann trat das Mädchen hinter Konrad Fenkels Rücken vor.

Es hätte Paty nicht schlimmer treffen können, wenn er auf einem zugefrorenen See eingebrochen wäre. Er war wie vor den Kopf geschlagen. Fast hätte er Lisbeths Namen gerufen, doch gerade noch schaffte er es, seine Überraschung hinter der ruckartig eingenommenen straffen Haltung eines Soldaten, der er immer noch war, zu verbergen.

Konrad löste seine aneinandergedrückten Handflächen voneinander und breitete die Arme aus, während er gleichzeitig den Kopf zu einer Verbeugung neigte. »Generalsekretär, wir möchten dir danken, dass du uns einen Augenblick deiner kostbaren Zeit gewährst.«

Paty zwang sich, an Lisbeth vorbeizustarren. »Worum geht es, Bürger?«

»Das kannst du dir doch denken«, rief Lisbeth. Ungestüm wie immer. Konrad legte ihr hastig eine Hand auf den Unterarm.

»Ich bitte dich, Bürgerin, nicht zu vergessen, wo du dich befindest«, sagte Paty mit rauer Stimme.

»Das wird sie nicht, Generalsekretär.« Eifrig bemühte sich Konrad, das Gespräch nicht in die falsche Richtung laufen zu lassen, noch bevor es richtig begonnen hatte. »Verzeih ihr. Sie ist jung, und wie alle Frauen weiß sie weder, wo ihr Platz ist, noch wann sie den Mund aufzumachen hat.«

Lisbeth zischte erbost etwas Unanständiges, bei dem jede Nonne ihr Schweigegelübde schreiend beendet hätte, wäre sie zugegen gewesen.

»Soll sie vor der Tür warten?«, fragte Konrad.

Lisbeth strafte ihn mit Funken sprühenden Blitzen aus ihren Augen.

Paty schüttelte kaum merklich den Kopf. Selbst jetzt konnte er Lisbeth nicht böse sein. Ihr unbedachtes Wesen war immer schon Teil ihrer Schönheit gewesen. Er wies auf zwei rot gepolsterte Sessel.

»Trag vor, weswegen ihr gekommen seid, Bürger.«

»Danke, Generalsekretär.«

In wenigen wohlformulierten Sätzen legte Konrad seinen Standpunkt dar, weswegen der in Brunnenweiler verhaftete junge Mann nicht Johannes Bückler, der Schinderhannes, sein kann und daher völlig zu Unrecht von Keil verhaftet worden war. Paty hörte aufmerksam zu. Nur einmal rutschte sein Blick von Konrad zu Lisbeth hinüber, die ihn aus ihren dunklen Augen beobachtete. Allerdings nicht auf die Weise, mit der er gerne von ihr angesehen worden wäre. Wenigstens hielt sie ihre Zunge im Zaum und ließ den Doktor aussprechen.

»Daher bitten wir dich, Generalsekretär, diesen Irrtum zu

korrigieren und meinen Bruder Johann aus dem Gefängnis zu entlassen, damit wir ihn mitnehmen können«, schloss Konrad.

Paty antwortete nicht sofort. Eine bedrückende Stille breitete sich im Raum aus. Lisbeth holte Luft, um etwas zu sagen, doch Konrad umfasste erneut ihren Arm und unterband jede noch so kleine Silbe, die unbeherrscht aus ihrem Mund flüchten wollte.

»Es tut mir leid, aber ich kann euch nicht helfen«, sagte Paty schließlich. »Dein Bruder, Bürger Fenkel, ist Gefangener von Anton Keil und nicht von Napoleon. Die Präfektur des Rhein-Mosel-Departements stellt das Gefängnis zur Verfügung, bis der Öffentliche Ankläger seine Untersuchung abgeschlossen hat, die dann zu einer Gerichtsverhandlung und einem Urteil führen wird.«

»Verzeihung«, fragte Konrad mit Bedacht vorsichtig. »Ich nahm an, Johann untersteht der französischen Gerichtsbarkeit?«

»Keil hat Haftbeschlüsse vorgelegt, in denen es um Taten geht, die der Schinderhannes sowohl auf der rechten als auch der linken Rheinseite begangen hat. Je nachdem, welcher Verbrechen er zu welcher Zeit für schuldig erklärt wird, wird er entsprechend der dann geltenden Rechtsprechung behandelt. Aber ich will aufrichtig sein. Es wird ihm so viel zur Last gelegt, dass es unwahrscheinlich ist, wenn ihm nicht wenigstens ein Verbrechen nachgewiesen wird, das er auf unserer Rheinseite begangen hat.«

»Das klingt nicht gut«, sagte Konrad.

»Warum nicht?«, fragte Lisbeth dazwischen.

Konrads Augen verengten sich. »Willst du es ihr sagen, Generalsekretär?«

Paty bekam einen trockenen Hals. »Nun«, sagte er und vermied es, Lisbeth in die Augen zu schauen, »das würde bedeuten, dass der Gefangene ohne Zweifel unter dem Fallbeil landen wird.«

Lisbeth wurde schwindlig. Sie schwankte im Sitzen. Konrad stützte sie mit einer Hand unter ihrem Ellbogen.

»Nur eines spricht dagegen«, wandte er sich an Paty. »Nämlich, dass er nicht der Schinderhannes ist.«

»Das sagst du. Keil sagt etwas anderes. Also gilt es herauszufinden, wer die Wahrheit sagt. Als Johann verhaftet wurde, konnte er keine tauglichen Passpapiere vorweisen. Er trug nur eine alte Militärbescheinigung von 1795 bei sich, die schon lange keine Gültigkeit mehr besitzt und mit der er nicht wirklich seine Identität einwandfrei beweisen kann. Solche Papiere hatten damals viele, und viele führten gleich mehrere mit unterschiedlichen Namen bei sich, je nachdem, welcher Armee sie gerade zugehören wollten. Aber ich bin sicher, das weißt du, Doktor. Du weißt, wie die Zeiten waren.«

»Ich weiß vor allem, wie sie heute sind.«

»Ich bedaure wirklich, dass ich nicht helfen kann.«

Paty erhob sich von seinem Stuhl. Die Unterredung war beendet. Konrad stand ebenfalls langsam auf. Lisbeth hingegen schoss aus ihrem Sessel empor.

»Gaspard!« Ihre Finger spreizten sich, als würde sie Krallen ausfahren.

»Bürgerin, ich bin der Generalsekretär der Präfektur Coblenz. Nicht mehr, nicht weniger. Wenn ich kann, helfe ich den Bürgerinnen und Bürgern dieses Landes gerne. Manchmal kann ich leider nicht.«

»Aber ...«, setzte Lisbeth voller Unverständnis an, doch Konrad fuhr ihr zischend über den Mund. Er packte sie mit beiden Händen an den Hüften und schob sie vor sich durch die Tür hinaus auf den Flur. Schon wieder, dachte sie. Zweimal an einem Tag unsanft vor die Tür geschoben zu werden konnte wohl auch nur ihr passieren.

Konrad drehte sich noch einmal zu Paty um. »Ich würde gerne mit dem Herr Keil sprechen, Generalsekretär. Darf ich um den Gefallen bitten, mir einen Besuchstermin zu organisieren?«

»Das will ich gerne machen, Doktor Fenkel. Aber es wird eine Weile dauern, bis das möglich sein wird. Keil wird in wenigen Tagen auf Reisen gehen, und er wird nicht vor September zurückerwartet. Was ich zusagen kann, ist, dass deinem Bruder so lange nicht der Prozess gemacht werden wird.«

Nachdem Konrad die Tür hinter sich zugezogen hatte, starrte Gaspard mit klopfendem Herzen und angehaltenem Atem auf die Täfelung. Seine Hände zitterten. War das wirklich seine Lisbeth gewesen? Niemals zuvor hatte er sie so zornig erlebt, noch nie so feindselig ihm gegenüber. Er konnte ihre aufgebrachte Stimme vor der Tür hören. Noch standen sie und der Doktor im Flur. Plötzlich wurde die Tür aufgerissen, und Lisbeth stürmte mit vor Wut hochrotem Gesicht wieder herein. Doktor Fenkel wollte sie aufhalten, bekam sie aber nicht rechtzeitig zu fassen, und die Tür knallte vor seiner Nase zu. Mit wildem Schritt stampfte Lisbeth auf Gaspard zu und wurde erst von dem wuchtigen Schreibtisch aufgehalten, der wie eine sichtbar gewordene Grenze der unterschiedlichen Ansichten zwischen ihnen stand.

»Gaspard, ich habe dich noch nie um etwas gebeten, aber um diese eine Sache bitte ich dich. Lass Johann frei.«

Mit einer Geste, die seine Hilflosigkeit verdeutlichte, drehte er die Handflächen nach außen. »Ich kann nichts tun, Lisbeth, das musst du verstehen. Es gibt Gesetze, die einzuhalten sind.«

»Es sind die Gesetze von euch Franzosen.«

Es traf ihn bis in den hintersten Winkel seines Herzens, als Lisbeth das sagte. Nie zuvor hatte sie den Unterschied ihrer beiden Nationalitäten als etwas Trennendes zwischen ihnen herangezogen, und nun schuf sie mit einem einzigen knappen Satz einen Graben, der sich wie ein Schlachtfeld auftat. Gaspard räusperte sich, um den Kloß im Hals loszubekommen.

»Du solltest froh sein, dass es so ist«, sagte er. »Wäre es dir lieber, es würden die deutschen Gepflogenheiten von früher bei deinem Johann angewendet werden? Wär es dir lieber, wenn er von den Menschen aus dem Dorf, in dem er gefasst wurde, mit Knüppeln zu Tode geprügelt wird? Vor deinen Augen? Erinnere dich, so wurden die Kriminellen bestraft, bevor wir Franzosen die Rechtsprechung eingeführt haben, die jedem Bürger zugesteht, vor Gericht angehört zu werden.«

»Ein Recht, das noch nicht einmal offiziell gilt.«

»Aber bereits angewandt wird.«

»Wie so vieles, was ihr Franzosen macht, bevor es vertraglich besiegelt ist. Ich erinnere mich an die Einführung der Departements auf unserer Rheinseite. Die habt ihr auch vorgenommen, obwohl euch erst Jahre später die Gebiete per Vertrag zugestanden worden sind.«

»Wenn du so gut Bescheid weißt, warum willst du dann nicht verstehen, dass ich nichts machen kann?«

»Oder machen willst?«

»Mach es mir nicht so schwer, Lisbeth.«

»Ich dir?«

Kopfschüttelnd ließ sie sich in einen der gepolsterten Sessel fallen und vergrub ihr Gesicht in beide Hände. Das Gespräch erschöpfte sie. Paty kam um den Schreibtisch herum und stellte sich hinter sie. Seine rechte Hand schwebte über ihrer Schulter, doch er wagte nicht, sie aufzulegen.

»Ich erkenne dich nicht wieder, Gaspard. Wie anders du bist. Mir wird gerade bewusst, dass ich dich nur erlebe, wenn du in Brunnenweiler bist. Da bist du der Mann, der für immer mein Retter sein wird. Aber hier in Coblenz, in deinem Umfeld, habe ich dich noch nie erlebt. Hier bist du der, der nicht imstande ist, mir zu helfen. Damals bei mir warst du ein Soldat ohne Befugnisse und hast geholfen. Heute hast du Befugnisse und weigerst dich zu helfen. Sag selbst, ist das zu verstehen für eine einfache Frau, wie ich es bin? Welcher Gaspard ist denn nun der richtige? Der bei mir oder der hier?«

Gaspard schreckte zurück und stieß sich von der Lehne ab. Diese Frage war schon schlimm genug, wenn er sie sich selbst stellte, aber sie aus Lisbeths Mund zu hören verursachte ihm körperliche Schmerzen. Er schritt zwischen dem Sessel und der Tür auf und ab, immer darauf bedacht, nicht in Lisbeths Richtung blicken zu müssen. Er hätte den geringschätzigen Ausdruck in ihren Augen nicht ertragen. Nicht von dem Mädchen, das für all seine Sehnsucht stand.

Sie holte hörbar tief Luft, bevor sie mit erzwungen ruhiger Stimme sagte: »Ich bitte dich noch einmal, Gaspard, wenn du je etwas für mich empfunden hast, dann lässt du Johann frei.«

»Ich kann nicht.«

»Du willst nicht. Sag, Gaspard, liebst du mich?«

»Lisbeth, warum willst du es nicht begreifen? Ich darf nicht.«

»Oder ist es nur Begehren, das du in dir spürst? Ist es das? Was kann ich tun, Gaspard, dass du meine Bitte erfüllst? Willst du eine Nacht mit mir? Ist es das? Einverstanden, du sollst sie haben.«

»Lisbeth, hör auf.«

»Ich werde dich eine Nacht so glücklich machen, wie du es nie gewesen bist und niemals mehr sein wirst.«

»Warum tust du das? Warum willst du mich quälen?«

»Ich sehe nur, dass Johann gequält wird.« Lisbeth stemmte sich aus dem Sessel und beugte sich mit dem Oberkörper über den Schreibtisch. Dann raffte sie mit den Händen ihren Rock hoch bis zur Hüfte. Sie spreizte ihre nackten Schenkel.

»Worauf wartest du? Tu es. Lass es hinter uns bringen.«

»Hör auf. Was tust du, Lisbeth? Das bist du nicht.«

»Woher willst du das wissen? Vielleicht bin ich doch so? Vielleicht brauche ich nur einen Grund, um so zu sein, wie Frauen am liebsten gesehen werden? Einen besseren Grund, als nur dümmlich gefallen zu wollen? Was ist jetzt? Kommst du endlich her? Oder hast du es lieber, wenn ich dir dabei das Gesicht zuwende?«

Sie drehte sich um, stemmte sich mit der Hüfte und den Unterarmen gegen den Schreibtisch und schob den Rock noch ein Stück höher. Gaspard konnte den schimmernden Glanz ihrer Schenkel sehen, den Stoff ihrer derben Unterwäsche und das angstvolle Zittern ihrer Finger, die sich fest an die Tischkante krallten. Er hatte Mühe, kontrolliert zu atmen. Obwohl er es abstoßend fand, wie sie sich ihm verzweifelt anbot, gab es diesen winzigen Moment, in dem er drauf und dran war, der Verlockung nachzugeben. Niemand würde es erfahren, und selbst wenn … es würde niemanden stören.

Langsam ging er auf sie zu.

Ihre Brust hob und senkte sich schneller.

Er fasste ihr Kinn, ergründete die Tiefe ihrer Augen, in denen Furcht und Zorn gleichermaßen glühten. Dann packte er sie an den Schultern und zog sie vom Schreibtisch weg.

»Lass den Rock herunter.«

Ihre Finger zitterten so stark, dass sie kaum die Bundschleife fassen konnte.

»Nein, lass das«, ging Gaspard dazwischen. »Ich habe mich falsch ausgedrückt. Ich will, dass du den Rock wieder über deine Beine ziehst und aus diesem Raum gehst. Lass dieses eine Mal deinen Starrsinn, Lisbeth.« Er schritt zur Tür und öffnete sie. »Geh endlich.«

Beschämt ließ Lisbeth den Kopf sinken. Ihre Schultern hingen schwer an ihr, ihr ganzer Körper verlor die Anspannung der letzten Minuten. Als sie den Rock über die Beine schob fiel der Briefumschlag, den sie seit Beginn der Fahrt mit sich führte, aus der Schürzentasche und rutschte über den Boden bis vor Gaspards Stiefel. Sein plötzliches Erscheinen wirkte wie etwas, das in der Lage zu sein schien, die Zeit anzuhalten, und gerade so, als müsste man fürchten, er würde in Flammen aufgehen, sobald man ihn berührte, blieb er wie ein letzter, gescheiterter Angriff liegen. Endlich bückte sich Gaspard und hob ihn auf. Ohne Adressat auf dem Umschlag sagte Lisbeths erschrockener Blick ihm dennoch, an wen die Zeilen des Briefes gerichtet waren.

»Für Johann?«, fragte er.

»Ja.« Sie strich über die Falten des Rocks, als könnte sie damit das eben Getane rückgängig machen. »Eine Nachricht für ihn. Egal, wer er wirklich ist, er soll nicht glauben, ich wäre es gewesen, die ihn an Keil verraten hat. Kannst du ihm diesen Brief geben?«

»Es tut mir leid, auch das darf ich nicht. Wenn er mein Gefangener wäre, dann ja, aber wie ich schon sagte …«

War zuvor noch Wut und Zorn das übermächtig beherrschende Gefühl in ihr gewesen, so blieb jetzt nur noch Unverständnis und das Kratzen an Verachtung. »Nicht einmal das willst du für mich tun, Gaspard? Ich weiß nicht, wer der Mensch war, der mich all die Jahre in Brunnenweiler besucht hat.«

Jedes ihrer Worte war mit Widerhaken versehen und grub sich schmerzhaft in sein Fleisch. Sie warf ihre Worte nach ihm, als sei seine Brust mit einer Zielscheibe markiert. Dass darunter sein Herz schlug, daran dachte sie nicht.

Er nahm ihr den Brief aus den Fingern.

»Geh zurück in dein Dorf. Wenn Keil erfährt, dass du hier warst, wird er nur noch eifriger versuchen, Johann dranzukriegen.«

»Wofür drankriegen? Er ist unschuldig.«

»Bist du dir da auf einmal so sicher? Ganz plötzlich glaubst du zu wissen, wer er ist? Vielleicht verkörpert dein Johann ja all das, was du verabscheust, Lisbeth?«

»Wenn Johann stirbt, brauchst du nie wieder nach Brunnenweiler kommen, Gaspard.«

»Wenn Johann stirbt, dann nicht durch meine Hand, sondern durch seine eigene, die vor Jahren schon dafür gesorgt hat, dass es so weit kommt.«

Bevor Lisbeth durch die Tür hinaus auf den Flur trat, den Konrad Fenkel unruhig auf und ab stiefelte, hielt Gaspard sie ein letztes Mal auf. Sein Blick wurde weicher, verzeihender und spiegelte seine Hilflosigkeit ihr gegenüber wider.

»Johann müsste beweisen können, dass er nicht der Schinderhannes ist«, sagte er leise. »Dann kann ich ihn aus Keils Klauen befreien.«

Lisbeth seufzte. »Und wie soll er das beweisen können?«

20

Das Treffen mit Gaspard hatte Lisbeth fürchterlich aufgewühlt. Ihre Stimmung schwankte im Minutentakt zwischen grenzenloser Wut und bodenlos fallender Resignation. Ein Zustand, der sie zermürbte. Dazu noch die Hilflosigkeit, nichts tun zu können.

Alles, was sie nach Johanns Verhaftung tief in sich verschlossen gehalten hatte, brach nun aus ihr heraus. Sie musste sich eingestehen, wie absurd sie sich doch verhalten hatte. All das Leugnen ihrer Gefühle – welch ein Unsinn.

Sie stand am Fenster der kleinen heruntergekommenen Kammer, in die Konrad Fenkel sie in der *Traube* verfrachtet hatte, und krallte ihre Fingernägel in den zerschlissenen Vorhang, dessen dunkle Farbe sie an getrocknetes Blut erinnerte.

Der Moment, als sie Gaspard Paty gegenübergestanden war, hatte sämtliche Schleusen in ihr geöffnet. Plötzlich wusste sie schmerzhaft bis in die kleinste Faser ihres Körpers, dass sie nicht bloß wegen der Stoffe und Knöpfe nach Coblenz mitgefahren war. Sie hatte es gewusst. Sie hatte es nicht gewollt. Aber es war, wie es war, und es war und würde immer nur eines sein: Johann.

Konrad hatte sie von der Präfektur gleich zurück in die *Traube* gebracht. »Ich will noch etwas erledigen«, hatte er gesagt.

»Geht es um Johann?«

»Vielleicht«, wich er aus. »Du wartest, bis ich zurück bin. Du verlässt nicht die Kammer, hörst du? Kein Fuß vor die

Tür. Und schon gar nicht runter in die Wirtsstube. Du würdest es bereuen.«

Lisbeth gefiel das nicht, aber nach dem grausamen Gespräch mit Paty fehlte ihr die Kraft, dagegen zu protestieren. Außerdem war Konrad schneller fort, als sie bis drei zählen konnte.

Wo geht er hin? Noch mal zurück? Was kann er jetzt noch bewirken? Johann befreien?

Ihr kam ein waghalsiger Gedanke. Wenn Konrad tatsächlich zum Gefängnis ging, um Johann herauszuholen, vielleicht indem er die Wachen bestach, dann wollte sie dabei sein. Sie wollte vor der Tür stehen, wenn Johann herauskam, und ihn in ihre Arme schließen. Sicher, das wäre nicht der richtige Zeitpunkt, wenn man sich auf der Flucht befand, aber wer fragte schon danach?

Du wartest, bis ich zurück bin.

Lisbeth ließ den Vorhang los. *Können Sie vergessen, Doktor Fenkel.*

Kurz darauf war Lisbeth schon auf der Rheinstraße und lief an der *Place verte* vorbei die Firmungstraße hoch, schwenkte auf die Kornpfortstraße zur Mosel hinunter, bis sie an die Straße *Sous l'étoile*, Unterm Stern, gelangte. Von hier aus konnte sie das Schöffenhaus und das Arresthaus, die Alte Burg, sehen, in dessen Turm eines der Coblenzer Gefängnisse untergebracht war.

Nach Atem ringend blieb sie vor dem Gefängnisbau stehen. Das mehrstöckige Gebäude war schon von außen düster anzuschauen und naturgemäß alles andere als einladend.

Lisbeth hatte gehofft, Konrad noch einzuholen, aber er war nicht zu sehen. Und jetzt? Sie drehte sich nach allen Seiten um. Kein Doktor Fenkel. Plötzlich verspürte sie eine niederträchtige Verlockung, einfach in den Vorraum des Gefängnisses zu gehen, die Wächter zu ermorden und mit Johann herauszuspazieren. Klang doch einfach. Niemand würde mit so etwas rechnen, wenn sie eintrat. So ein zartes Wesen. Für die schönen Dinge des Lebens geschaffen. Sie musste gegen die mächtige Anziehungskraft dieses Gedankens ankämpfen, auch wenn sie wusste, dass sie nicht zu solch einer Tat fähig wäre.

Wäre sie nicht? Wusste sie das wirklich?

Sie griff mit einer Hand in die Rocktasche. Da war kein Messer, zum Glück, aber Münzen. Die paar, die sie aus Brunnenweiler mitgenommen hatte. Vielleicht die bessere Lösung. Mit dem Töten kannte sie sich nicht aus, aber mit der Gier des Menschen dafür umso besser.

Sie klopfte an das eiserne Tor und sprang zur Seite. Als sich das Tor öffnete und der Wächter heraustrat, warf sie die Münzen in hohem Bogen von sich. Laut klimpernd prasselten sie auf die Straße. Auch ein Gefängniswärter war zu schnellen Bewegungen fähig. Der simplen Gier folgend lief er vor und begann, die Münzen aufzusammeln. Dass Lisbeth in seinem Rücken durch das Tor huschte, bekam er gerade noch im Augenwinkel mit. Er rief ihr hinterher. Sie solle stehen bleiben. Blieb sie natürlich nicht. Sie war schon vor bis zur gewundenen Steintreppe gelaufen. Allerdings hatte sie sich nicht überlegt, was sie tun sollte, wenn sie drin war.

Eigentlich seltsam, dachte sie. *Die meisten wollen von hier ausbrechen, und ich breche ein.*

Sie hörte die Stimme des Wärters, der erst noch die letzten Münzen aufhob, bevor er sich bequemte, ihr zu folgen.

Wohin folgen? Lisbeth war völlig planlos, aber sie nahm an, der Wärter würde die Treppe nach oben laufen. Also lief sie sie nach unten. Es schien besser, sich dort erst einmal zu verstecken. Sie stolperte, fing sich aber gerade noch mit der flachen Hand an der Mauer ab, bevor sie die gewundene Treppe weiter hinunterhastete. Kühl wurde es. Und fauliger Gestank umfing sie wie eine unerwünschte Umarmung.

Von oben her drangen gedämpfte Stimmen zu ihr. Folgten sie ihr schon?

Sie lief rasch ein paar Schritte von der Treppe weg, tiefer in den dunklen, gewölbeartigen Gang hinein, und presste sich fest an die kalten Steine der Mauer. Mauer? Nein, das war keine Mauer. Ihre Hände ertasteten Holz. Sie drehte sich um und wich erschrocken zurück. So nah war sie einer Gefängniszelle noch nie gekommen wie jetzt an dieser verschlossenen Tür.

Dahinter, da sitzt bestimmt einer.

Beklemmende Vorstellung.

Schon wurde sie am Arm gepackt.

»Was treibst du dich hier herum? Wer bist du?« Ackermann war stinksauer. »Verdammt, nicht mal pissen gehen kann man, ohne dass es Ärger gibt.«

Der Wärter vom Eingang, nun etwas schwerer durch die Münzen in seinen Taschen, kam fluchend die Treppenstufen herunter. Als er sah, dass Ackermann den Eindringling gestellt hatte, atmete er erleichtert auf. Ackermann stieß ihm Lisbeth entgegen. Die Schimpftiraden, die sich die beiden erst gegenseitig und dann ihr an den Kopf warfen, vermengten sich in Lisbeths Kopf zu einem hässlichen Brei, der sie nicht interessierte.

Der Wächter zerrte sie zum Eingang zurück.

»Lass mich«, blaffte sie ihn an. »Ich kann alleine gehen. Und ich will meine Münzen wiederhaben.«

Tief unten, dort, von wo aus Lisbeth abgeführt worden war, hockte Johann in der Zelle hinter der Holztür und glaubte, langsam verrückt zu werden. Er hatte doch tatsächlich mehrere Stimmen gehört. Und eine davon klang wie Lisbeths.

Aber das konnte ja nun wirklich nicht sein.

21

Die Wände der Kammer waren in der Zwischenzeit nicht ansehnlicher geworden. Lisbeth hockte auf dem Bett, die Hände zusammengefaltet in den Schoß gelegt, und starrte auf den Vorhang, von dem sie froh war, dass er ihr nicht erzählen konnte, was im Laufe der Jahre alles schon in dieser Kammer stattgefunden hatte.

Sie konnte einfach nicht aufhören zu denken. Was sie hätte tun können, was sie hätte verhindern können. Die üblichen *Was wäre wenn*-Gedanken, die einen nie in Ruhe lassen. Von ihrem kurzen Ausflug zum Gefängnis jedenfalls würde sie ganz sicher niemandem erzählen.

Inzwischen war die *Traube* zum Platzen gefüllt. Die Wirtin und ihre Mädchen hatten ordentlich zu tun, um die Gäste zu versorgen. Der Lärm aus der Gaststube war hoch bis in Lisbeths Zimmer zu hören.

Doktor Fenkel war noch nicht wieder zurückgekehrt. Der trieb sich herum, während sie hier tatenlos hocken sollte?

Du wartest hier, bis ich zurückkomme.

Einerseits wollte sie Konrads Appell Folge leisten, weil er sie eindringlich darum gebeten hatte, warum auch immer. Die Wirtsstube dieses Gasthauses aufzusuchen würde Lisbeth sicher ihr Leben lang bereuen, hatte er gesagt. Nun, er meinte es sicher gut mit ihr, aber immerhin arbeitete sie selbst in einem Gasthof. Sie kannte sich aus.

Andererseits erinnerte sie sich an das, was ihr Gaspard an der Tür zugeflüstert hatte. *Johann müsste beweisen können, dass er nicht der Schinderhannes ist.* Unten in der Wirtsstube könnte sie womöglich etwas über den Verbleib des wahren Schinderhannes herausfinden.

Andererseits überwog Einerseits deutlich.

Sie verließ ihr Zimmer und folgte den drei halsbrecherischen Zwischenstufen, die über den Flur zur Treppe führten. Am Geländer blieb sie stehen und blickte von oben in den verqualmten Schankraum, der von trüben Öllampen diffus beleuchtet war. An jedem Tisch und auf jeder Bank entlang der Lehmwände hockten Männer. Sie rauchten und tranken und verbreiteten einen Lärm, bei dem man kaum sein eigenes Wort verstand. Drei oder vier Mädchen brachten Bier und Wein an die Tische, zwischendurch auch mal einen Teller Graupensuppe. Zwei der Mädchen schienen keine sechzehn Jahre alt zu sein. Bei den beiden anderen vermutete Lisbeth, dass sie jenseits der vierzig waren. Mütter und Töchter? Wahrscheinlich waren die Töchter im Hinterhof der Herberge gezeugt und in einem der Betten oben zur Welt gekommen. Die Atmosphäre des Schankraums war rau und kompromisslos, und die Männer lachten zwar viel und laut, wirkten aber nicht so, als würden sie wirklich Spaß verstehen. Auch nicht mit den Mädchen, die vor, neben oder auf ihnen hockten.

Gesindel, dachte Lisbeth. Beim Anblick dieser Gäste dankte sie im Stillen für die friedliche, manchmal sicher langweilige, aber eben auch zutiefst heimelige Atmosphäre, wie sie im *Fröhlichen Tropfen* vorherrschte. Das übergriffige Auf-den-Hintern-klopfen würde sie sich allerdings weiterhin nicht gefallen lassen.

Je länger sie überlegte, ob sie es wagen konnte hinunterzugehen, umso wahrscheinlicher wurde es, dass sie in die Kammer zurückging. Also stieß sie sich vom Geländer ab und stieg die Treppe hinunter. In diesem Tumult würde sie gar nicht groß auffallen. Die ideale Gelegenheit, mit ein paar geschickt platzierten Fragen etwas zu erfahren, was ihr weiterhelfen konnte.

Gegenüber dem Eingang brannte ein Feuer in einem Ofen. Die Rauchschwaden vermischten sich mit dem dichten, stinkenden Qualm der Zigaretten und Pfeifen, der über allen Köpfen schwebte. Zur schweißtreibenden Wärme trugen neben dem Kaminfeuer auch die Menschen bei. Lisbeth rümpfte die Nase. Müßig zu glauben, es wäre zwischendurch mal gelüftet worden. Eine Mischung aller möglichen Gerüche schlug ihr entgegen. Tabak und Körperausscheidungen, wahlweise Schweiß oder Urin. Das hing davon ab, an welchem Tisch sie vorbeiging.

Von allen unbeachtet nahm sie ein kreisrundes Tablett auf, hielt es sich schützend vor den Körper und bewegte sich auf flinken Füßen durch die Menschenmenge, bis sie einen langen Tisch entdeckte, an dem nur drei trinkfreudige Männer hockten. Sie waren zu sehr mit ihren Würfeln beschäftigt, als dass sie von Lisbeth Notiz genommen hätten. Sie setzte sich an das andere Tischende auf die Bank. Das Tablett stellte sie links von sich ab.

Eine Weile beobachtete sie das derbe Geschehen um sich herum. Durch ihre Arbeit im *Fröhlichen Tropfen* war sie einiges gewohnt, nur im Vergleich zu dem, was ihr in dieser Herberge geboten wurde, war der *Tropfen* nicht mehr als ein harmloser Hühnerstall. Aber hier, dachte Lisbeth, hier haben sich Füchse unter die Hühner gemischt.

Plötzlich schlossen ihre Brüste Bekanntschaft mit einer fremden Hand.

»He!«

Ein schlecht rasierter Kerl hatte sich angeschlichen und sie von hinten umfasst. Er lachte, als sie erschrocken auf der Bank zur Seite rutschte. Er nutzte gleich den frei gewordenen Platz, um sich neben sie zu setzen.

»Was hast du?« Er fragte, als müsste *sie* sich bei *ihm* entschuldigen, weil sie seinen Händen entzog, was sie ihnen nicht geschenkt hatte.

Er erwartete nicht ernsthaft eine Antwort und schob seinen Krug Bier zu ihr. Der Rand des Krugs war mehrfach gesprungen und an einer Stelle sogar abgebrochen. »Trink mit mir.«

Trinken? Daraus? Lisbeth starrte den Krug an, als stünde er für alle noch unbekannten Krankheiten dieser Welt.

Der Kerl strich sich mit der Hand von der Wange bis zum Kinn. Irgendetwas rieselte aus seinen Bartstoppeln. Ob es Hautschuppen waren oder etwas mit sechs Beinen ließ sich nicht eindeutig erkennen. Es schien ihn aber nicht zu stören, war er doch sehr hingebungsvoll damit beschäftigt, sich mit der anderen Hand im Schritt zu kratzen.

Lisbeth ächzte. Vielleicht war Doktor Fenkels Rat doch nicht verkehrt gewesen.

Die Kratzhand lag plötzlich auf ihrem rechten Bein. Diesen Rock würde sie wegschmeißen müssen, da half auch kein Waschen mehr, um den Ekel, der sie ergriff, jemals aus dem Stoff zu bekommen.

»Ich bin der Christian Reinhard«, sagte er. »Die Leute nennen mich auch den Schwarzen Jonas. Ich hab dich von oben kommen sehen. Du hast ein Zimmer, nicht wahr? Wie wär's, wenn du es mir zeigst?«

Er klimperte in der Hosentasche mit ein paar Münzen.

Lisbeth schob seine Hand auf sein eigenes Bein zurück. »Trink erst in Ruhe aus. Dabei kannst du mir bestimmt viel erzählen über Coblenz und die Menschen, die hier leben.«

»Hab' mir's gleich gedacht, dass du nicht von hier bist. Und bist auch zum ersten Mal in einem Gasthaus, das sehe ich gleich.«

Lisbeth lächelte mit sichtlichem Unbehagen. »Was hat mich verraten?«

»Du bist bis oben zugeknöpft. Bist sicher eine tüchtige Magd, aber der Hofherr entlohnt nicht anständig genug. Und jetzt bist du hergekommen, um dir was dazuzuverdienen, hab' ich recht? Klar, hab' ich das. Der Schwarze Jonas weiß immer Bescheid.«

»Ach, dir kann ich wirklich nichts vormachen.«

»Ja, mir bleibt nichts verborgen, mein hübsches Kind.« Er trank aus dem Krug. Bier floss über das abgebrochene Stück sein Kinn hinab.

Lisbeth riskierte es und fragte: »Ich hab' gehört, dass der Schinderhannes auch oft hier sitzt und bechert.«

»Der Schinderhannes?« Der Schwarze Jonas kniff misstrauisch ein Auge zusammen. »Warum willst du das wissen?«

»Ich fänd' es einfach aufregend, wenn es so wär. Ich stell mir vor, ich sitz' hier und der Schinderhannes dort drüben am Nebentisch. Also, sag mir, kommt er hierher?«

Der Kerl sah Lisbeth auf eine Weise an, als überlegte er, ob sie im Bett eher zu den Frauen gehörte, die laut schrien, oder doch mehr zu denen, die leise in sich hineinwimmerten.

»Ach, was geht uns der Schinderhannes an? Nicht mehr als eine Schnecke im Salat«, sagte er und hob seinen Krug. »Trink lieber mit mir.«

»Ich würd's aber gern wissen.«

»Willst du dich lieber von ihm pflügen lassen als von mir?«

»Gott bewahre, nein.«

»Also gehen wir hoch, und ich pflüge dich jetzt?«

Schon wieder lag seine Hand auf ihrem Schenkel. Wegschmeißen reichte nicht mehr. Diesen Rock würde sie verbrennen müssen.

»Wenn der Schinderhannes hier säße, würdest du's mir denn sagen?«

Der Kerl seufzte ungeduldig. »Nein, würde ich nicht. Ich will doch nicht im Gefängnis landen oder, schlimmer noch, die Rache des Schinderhannes zu spüren bekommen. Niemand verrät ihn.«

Lisbeth spielte die Enttäuschte und machte einen Schmollmund. »Ich hätte nicht gedacht, dass die Coweler Männer Feiglinge sind.«

»Ich bin kein Feigling.«

»Und wir auch nicht«, flüsterte jemand Lisbeth plötzlich von hinten ins Ohr.

Ein bulliger Kerl mit halb offenem Hemd unter seiner braunen Lederweste hatte sich in der unübersichtlichen Menge der Gäste hinter sie geschlichen. Er legte ihr beide Hände auf die Schultern und begann, sie zu kneten, als würden sie aus Teig bestehen. Ein Abrücken von ihm gelang ihr nicht. Sein Griff wurde fester.

Gedämpftes Gelächter wie schmutziges Spülwasser schwappte ihr über den Tisch entgegen. Ohne es zu bemerken, war sie plötzlich von allen Seiten zwischen Männern eingekeilt. Es mochten drei oder vier sein, vielleicht sogar noch ein fünfter, das konnte sie bei dem schummrigen Licht nicht genau erkennen. Links von ihr war einer von hinten über die Bank gestiegen und hatte sich so nahe an sie gesetzt, dass sein Bein ihres berührte. Ihr gegenüber hatten sich zwei weitere Männer breitbeinig auf die Stühle gesetzt. Ihre fordernde Körperhaltung wurde angetrieben durch die unverhohlene Gier in ihren Augen. Einer versuchte, über die Tischplatte nach ihrem Unterarm zu greifen. Der Kerl, der sie festhielt – er hieß Philipp Weber –, stieß seine Nase in ihr Haar, und während er daran roch, sog er zischend Luft zwischen den Zähnen ein.

»Ich … schreie gleich«, sagte Lisbeth.

Die Männer lachten schallend.

»Wer wird dich hören?«, fragte der Schwarze Jonas. Er stand auf, breitete die Arme aus und brüllte über die Köpfe seiner Kumpane hinweg. Niemand im Schankraum drehte sich zu ihnen um.

»Willst du es mit deinem dünnen Stimmchen mal versuchen? Wenn du magst, schreien wir im Duett.«

»Das habe ich mit ihr sowieso vor«, sagte der Kerl rechts von ihr, der Franz Mundo hieß.

Sie versuchte, nach der Flasche mit dem brennenden Kerzenstummel zu greifen, doch Franz Mundo kam ihr zuvor.

»Du brauchst keine Angst zu haben«, sagte der Schwarze Jonas. »Wenn ich mich umschaue, dann sehe ich bloß fünf Augenpaare, und kein böses ist darunter.«

Die Männer lachten, als würden sie sich gegenseitig die Bärte kraulen.

»Du bist sehr neugierig, was den Schinderhannes betrifft«, sagte Philipp Weber. Er sprach etwas schleppend, als wäre seine Zunge festgebunden, was jedes seiner Worte aber umso bedrohlicher erscheinen ließ. »Weißt du nicht, dass Neugier eine wirklich üble Untugend ist?«

»Andererseits wird man nur durch Schaden klug«, sagte Franz Mundo.

Lisbeth verkrampfte am ganzen Körper.

»Damit du lockerer wirst, werde ich deine Neugier befriedigen«, sagte der Schwarze Jonas. »Ich bezweifle, dass du den Schinderhannes zurzeit hier oder in einem anderen Gasthof antreffen wirst.«

»W…warum?«

»Wie ich gehört habe, soll er ein neues Quartier bezogen haben.«

Er verzog den Mund zu einem schiefen Grinsen, hob die Hand und hielt sie mit gespreizten Fingern vor sein Gesicht. Lisbeth sah ihn verständnislos an.

»Na, im Gefängnis soll er hocken«, sagte er. »Gleich drüben beim Mosel-Tor.«

»So, genug gescherzt.« Mundo klatschte in die Hände. »Lass uns auf dein Zimmer gehen. Los, steh auf.«

Es wurde mehr als brenzlig. Lisbeth wollte aufspringen, doch Weber drückte sie erneut an den Schultern nieder. Sie wand sich unter seinen Händen fort und versuchte, sich am Schwarzen Jonas vorbeizuzwängen, doch Franz Mundo langte mit beiden Händen über den Tisch, packte sie mit festem Griff an der Taille und hob sie zu sich hinüber. Lisbeth strampelte. Ihre Füße stießen Becher und Krüge um. Lachend hielt Mundo sie weiter hoch in der Luft, sodass sie nicht den Boden berührte. Sie versuchte, gegen sein Bein zu treten.

»Schaut sie euch an«, lachte Mundo. »Bei der muss man aufpassen. Sie schlitzt mir noch den Bauch auf, während sie unter mir liegt.«

Weber begann, an Lisbeths Bluse herumzufingern. »Du verschwendest deinen Liebreiz unter so viel Stoff«, sagte er. »Aber meine Freunde und ich werden das ändern.«

22

Konrad konnte nur mit Mühe seine Verärgerung unterdrücken. »Wenn ich sage, du sollst in der Kammer bleiben, dann hat das seinen Grund. Was hast du dir nur dabei gedacht? Hast du eine Vorstellung davon, was die Männer mit dir angestellt hätten, wenn ich nicht rechtzeitig zurückgekommen wäre?«

Lisbeth kauerte auf der Bettkante und ließ bereitwillig die Standpauke des Doktors über sich ergehen. Es war das erste Mal seit ihrer Ankunft in der *Traube*, dass sie sich gerne in der Kammer aufhielt. Der Schwarze Jonas und seine Freunde waren schon zu ungeduldig gewesen, um sie hoch in eins der Zimmer zu schleppen. Sie hatten sie bis in die Vorratskammer hinter dem Schanktresen gedrängt, schön in eine abgeschiedene dunkle Ecke hinein, und über einen Mehlsack geworfen, als plötzlich Konrad hinter ihnen stand und sie noch in derselben Sekunde von ihr abließen. Lisbeth wusste sehr genau, was sie Doktor Fenkel zu verdanken hatte.

»Donner noch mal, Lisbeth! Das sind üble Kerle! Hast du sie nicht erkannt?«

Woher denn? Ich verkehre gewöhnlich nicht in solchen Spelunken. »Nein, Doktor.«

»Das waren der Schwarze Jonas, der Philipp Weber, der Franz Mundo. Den anderen kenne ich nicht, aber diese drei sind alles Spießgesellen, die mit dem Schinderhannes unterwegs waren. Auf deren Konto gehen unzählige Raubüberfälle.«

Lisbeth horchte auf. »Mit dem Schinderhannes? Also mit Johann.«

»Was redest du da?«

»Der Schwarze Jonas sagte, dass der Schinderhannes kürzlich gefangen wurde. Er kann nur Johann damit gemeint haben.«

Konrad winkte entnervt ab. »Ach, was weißt denn du? Der Schwarze Jonas lügt, sobald er den Mund aufmacht.«

»Ich kann nicht den ganzen Tag hier auf dem Zimmer sein und auf Ihre Rückkehr von wo auch immer warten, Doktor Fenkel. Wenn es so gefährlich ist, allein in den Gastraum hinunterzugehen, dann frage ich mich, in was für eine Spelunke Sie mich geschleppt haben? Ich dachte, wenn wir nach Coblenz kommen, dann kehren wir in einem ordentlichen Gasthaus ein. Stattdessen führen Sie mich in so eine … eine Räuberhöhle.«

»Wir sind hier, weil ich die Wirtin Sidonie schon seit Jahren kenne.«

»Kein Grund, in diesem Haus zu sein. Glauben Sie, ich bleibe hier auch nur noch eine Nacht? Jetzt, wo diese schmutzigen Kerle wissen, dass ich hier oben bin. Überhaupt, diese Zimmer hier oben. Sie werden ausschließlich von Mädchen und Frauen bewohnt. Ich möchte mal festhalten, dass alle diese Mädchen wohl in enormen Geldschwierigkeiten stecken, denn keins von ihnen trägt ausreichend Kleidung am Leib, wenn sie ihre Zimmer verlassen.«

Konrad konnte sich ein Grinsen nicht verkneifen. »Du weißt, wo wir hier sind?«

»Ich bin nicht blöd und erkenne eine Hure, wenn ich sie sehe, ob sie nun auf dem Land in einer Scheune arbeitet oder in der Stadt in einem Zimmer. Aber keine Angst, Doktor, das schockiert mich nicht. Ich weiß, wie die Welt funktioniert.«

»Das bezweifle ich doch sehr, Lisbeth.«

»Zumindest, wie sie nach dem Geschmack der Männer für uns Frauen zu funktionieren hat.« Lisbeth dachte kurz über ihre eigenen Worte nach, dann vertrieb sie sie mit einem flüchtigen Kopfschütteln. »Wo sind Sie gewesen, Doktor?«

»Ich habe Nachforschungen angestellt.«

»Bei der Wirtin, nehme ich an. Blieb denn bei Ihrem fröhlichen Wiedersehen auch Zeit genug, um über Johann zu sprechen und wie wir ihm helfen können?«

»Dein Zynismus steht dir nicht, Lisbeth.«

»Ich habe auch nachforschen wollen, als ich in die Wirtsstube hinunter bin. Deswegen sind wir ja nach Coblenz gekommen. Um Johann aus dem Gefängnis zu helfen.«

»Ich dachte, du bist nur mitgekommen, weil du dich für Stoffe und den Marktplatz interessierst?«

»Jetzt werden *Sie* zynisch, Doktor.«

»Dann sind wir quitt. Aber um etwas herauszufinden, das uns weiterhelfen kann, und auf eigene Faust in die Schankstube hinunterzugehen war nicht gut durchdacht. Hast du dir nicht überlegt, was passieren könnte? Lisbeth, du arbeitest selbst in einem Wirtshaus, du solltest es besser wissen.«

»Der *Tropfen* in Brunnenweiler ist so ganz anders als diese Herberge«, gab sie unumwunden zu. »Vielleicht habe ich die Männer in der Stadt unterschätzt.«

»Die Männer sind überall gleich, nur die rote Linie, die sie überschreiten, liegt in der Stadt woanders als bei uns auf dem Dorf. Hast du denn wenigstens etwas herausfinden können?«

Sie seufzte schwer. »Nichts, das mich beruhigen würde. Alle sagen, es sei der Schinderhannes, der im Gefängnis sitzt. Ich weiß langsam nicht mehr, was ich glauben soll. Vielleicht hat Keil ja doch mit Johann den Richtigen erwischt?«

»Denk nicht so was.«

»Aber was soll ich denn denken? Niemand konnte mir das Gegenteil beweisen. Nichts deutet darauf hin, dass Johann zu Unrecht im Kerker sitzt. Wenn wir wenigstens von irgendwelchen Raubzügen hören würden, dann wüssten wir, dass der echte Schinderhannes noch auf freiem Fuß ist. Aber es gibt keine Kunde über auch nur den kleinsten Überfall. Sagen Sie doch selbst, Doktor, was soll ich denken? Ich frage mich langsam, ob Sie Ihren Bruder überhaupt wirklich kennen. Vielleicht wissen Sie ja auch nicht, wer er in Wirklichkeit ist. So wie ich«, fügte sie mit erstickter Stimme hinzu.

»Wer kennt schon einen anderen Menschen wirklich, wenn die meisten doch nicht einmal sich selbst richtig kennen?«

»Darf ich aufrichtig sein, lieber Doktor? Manchmal geht mir Ihre philosophische Ader gewaltig auf die Nerven. Aber es stimmt schon, ich hätte schließlich auch nicht gedacht, dass Sie es wagen, mich mit in eine solche Unterkunft zu nehmen.«

»Ich kannte diese Herberge zu meiner Zeit früher in Coblenz auch nicht.«

»Ach nein?« Lisbeth hob schelmisch den Zeigefinger. »Und das soll ich Ihnen glauben?«

Konrad druckste ein wenig verlegen herum, bevor er sagte: »Es war Johann, durch den ich hierherkam. Er war es, der hier häufig logierte.«

Lisbeth blieb das Herz beinahe stehen. Johann kannte diese Herberge? Und nicht nur das, er war mehrfach hier gewesen? Unter diesen Gästen, die mehr Gesindel als anständige Bürger waren?

»Wie … wie kam er dazu?«

Konrad zuckte mit den Schultern. »Keine Ahnung. Ich sagte ja: Wer kennt schon einen anderen Menschen?«

Für einen Moment schien sie die Stille zwischen ihr und dem Doktor schier zu erdrücken.

»Warum hast du dich nicht gewehrt, Lisbeth?«, fragte Konrad plötzlich. »Unten am Tisch. Jede Frau hätte wenigstens versucht, sich mit ihren Fäusten gegen diese Kerle zu wehren. Ist deine Angst so groß?«

»Das ist es nicht.«

Sie senkte den Kopf und legte eine Hand flach gegen ihre Brust. Der Doktor bemerkte ihre Kurzatmigkeit.

»Hast du das häufiger?«

Lisbeth nickte und schüttelte den Kopf gleichzeitig. »Nur wenn ich mich in unmittelbarer Bedrängnis befinde. Dann kann ich mich nur schwer bewegen. Es muss was mit dem Überfall auf meine Eltern zu tun haben. Mit dem, was meiner Mutter widerfahren ist. Ich war zwar nicht dabei, aber ich sehe Tag für Tag das Ergebnis dieser furchtbaren Misshandlung. Es ist nicht die Angst, mich nicht wehren zu können. Es ist die Angst vor dem, was danach kommen könnte.«

Konrad nickte. »Darf ich?«, bat er um Erlaubnis, Lisbeth an den Solarplexus zu fassen.

»Johann hat Ihnen bestimmt von dem Kutschüberfall erzählt.«

»Nein, hat er nicht.« Konrad nahm seine Hand wieder von ihrer Brust.

Sie schilderte den Überfall in wenigen Worten. »Wäre Johann nicht gewesen, wäre ich wohl wie gelähmt auf der Straße stehen geblieben. Es hätte dann kein gutes Ende mit mir genommen.«

»Nein, das hätte es fürwahr nicht. Ich kann dir Tropfen geben, wenn du willst.«

Lisbeth hob abwehrend eine Hand. »Tropfen bewahren mich nicht vor der Gewalt anderer. Ich muss meine lähmende Angst vom Kopf her besiegen. Eine andere Möglichkeit sehe ich nicht. Aber es tat schon gut, mich Ihnen anzuvertrauen, Doktor. Sehen Sie, es geht mir gleich besser. Ich könnte geradewegs wieder hinunter in den Schankraum gehen.«

»Lass es lieber«, sagte Konrad.

»Sie wissen immer noch nicht, wann ich scherze, nicht wahr?«

Konrad rückte verlegen seine Brille zurecht. »Wir fahren beim ersten Morgenlicht.«

»So früh?«

»Das ist sicherer. Dann schlafen die üblen Kerle noch in den Betten der Huren ihren Rausch aus, und du kommst unbehelligt von hier weg.«

»Ich fürchte diese Kerle nicht.«

»Ich weiß, dass du ein tapferes Herz hast«, sagte Konrad mit milder Nachsicht. »Aber du hast noch nicht begriffen, wann die Zeit für Mut gekommen ist und wann für Furcht. Das solltest du noch lernen. Gute Nacht, Lisbeth, ich gehe hinüber zur Wirtin. Noch etwas Wein. Wir haben uns so lange nicht gesehen. Schließ gut hinter mir ab, und wenn sich jemand gewaltsam Zutritt zu dir verschaffen will, dann schrei laut um Hilfe. Ich komme so schnell ich kann.«

Er schärfte ihr nachdrücklich ein, diesmal seinen Worten unbedingt Folge zu leisten, und erst als Lisbeth es ihm hoch und heilig versprach, bis zum Morgen auf dem Zimmer zu bleiben, ging er.

Noch eine Stunde später saß Lisbeth bei Kerzenschein und vollständig angezogen aufrecht im Bett und versuchte, sich gegen die schlimmen Befürchtungen zu wehren, seit diese furchtbaren Männer im Gasthof angedeutet hatten, dass schon der Richtige im Gefängnis saß.

Wer war Johann wirklich? Diese Frage hielt sie fast die ganze Nacht über wach.

Diese Frage und das ungestüme Lärmen in den Zimmern nebenan.

23

Früh am nächsten Morgen wurde Lisbeth von Regen geweckt, der hart gegen die Fensterscheibe prasselte. Mit dem bleischweren Gefühl, gerade erst eingeschlafen zu sein, stand sie auf, gähnte mehrmals hintereinander und wartete, bis Konrad an ihre Tür klopfte, damit sie die Rückfahrt nach Brunnenweiler antraten.

Konrad führte den Wagen aus dem Unterstand und hielt vor dem Eingang der *Traube*, wo Lisbeth ausnahmsweise einmal brav gewartet hatte. Er beugte sich vom Kutschbock herunter und streckte ihr den Arm entgegen, damit sie seine Hand ergreifen konnte.

»Was ist? Kommst du?«

»Ich fahre nicht mit zurück«, sagte Lisbeth.

Als hätte er es schon geahnt, ließ Konrad die Zügel kraftlos in den Schoß sinken. Er neigte den Kopf in Lisbeths Richtung und sah sie hinter seiner Brille aus zusammengekniffenen Augen an, wobei die Zornesfalte in der Mitte der Stirn so tief wie ein Straßengraben wurde.

»Wir können Johann doch nicht einfach seinem Schicksal überlassen.«

»Ach, heute ist er wieder Johann?« Konrad wurde bissig. »Gestern noch warst du überzeugt, er sei der Schinderhannes, weil der Schwarze Jonas es sagte. Heute denkst du wieder, er sei doch Johann. Kannst du dich mal entscheiden?«

Wenn es so einfach wäre, immer zu wissen, was man glauben soll, dann wäre sie niemals zaghaft in ihrem Leben. Lisbeth verschränkte die Arme vor der Brust. »Ich weiß nicht, wer Ihr Bruder wirklich ist, Doktor, aber ich weiß, wen ich in Brunnenweiler kennengelernt habe. Und das war kein Mensch vom Schlage eines Schwarzen Jonas oder Philipp Weber.«

Konrad hob den Himmel anflehend beide Hände in die Luft. »Ich habe dir schon tausendmal gesagt, dass du keine Ahnung von den Menschen hast, Lisbeth. Weder von den guten noch von den bösen.«

»Also, tausendmal sicher nicht. Höchstens hundertmal.«

»Wie?«

»Sie haben es mir hundertmal gesagt, dass ich keine Ahnung hätte.«

»Ein Schaf bist du.«

»Mag sein.«

»Schafe werden irgendwann geschoren.«

»Sie sagen es: irgendwann. Und bis dahin folge ich mir selbst.«

Konrad öffnete den Mund, und seinem Gesicht nach wollte er sie anschreien, aber er ließ es bleiben und klappte die Zähne wieder aufeinander.

»Sie müssen nicht bleiben, Doktor. Ich finde schon eine Unterkunft.« Lisbeth drehte sich zur Wirtshaustür um. »Also, ich meine, eine *andere* Unterkunft.«

»Na schön, du willst also Johann helfen. Und welchen Vorschlag hast du? Ich höre nichts? Also, da siehst du's: Du hast keinen. Versteh doch, wir können nichts mehr ausrichten. Johanns Schicksal war besiegelt in dem Moment, als Keil nach Brunnenweiler kam. Der lässt ihn nicht mehr los.«

»Wie können Sie so gleichmütig sein? Johann ist Ihr Bruder, und er wird sterben. Bekümmert Sie das überhaupt nicht?«

»Jetzt hör mir mal gut zu, mein Kind. Keiner von uns beiden möchte, dass Johann seinen Kopf verliert. Ich will es nicht und du erst recht nicht. Da kannst du dich noch so verstellen, wie du willst, es ist dir an der Nasenspitze anzusehen, dass dir mein Bruder etwas bedeutet.«

Unwillkürlich fasste sich Lisbeth an besagte Nasenspitze und errötete. »Mir geht es nur um Gerechtigkeit.« Es klang so glaubwürdig wie die Geschichte vom Klapperstorch.

»Na sicher doch. Und du bist ja auch nur wegen deiner Stoffe mit nach Coblenz gefahren.«

»Und wegen der Knöpfe.«

»Die Knöpfe, wie konnte ich die nur vergessen. Lisbeth, wem willst du was vormachen? Sei's drum. Mehr, als beim Generalsekretär vorzusprechen, ist uns nicht möglich. Das haben wir versucht. Ich hatte gehofft, dass du mit deinem Näschen und deinem Figürchen Paty so weit betörst, dass er sich über Keil hinwegsetzt und uns hilft, aber du hast ja gehört, was er gesagt hat.«

»Davon sollen wir uns aufhalten lassen?«

Konrad ließ die Schultern hängen. Er sah Lisbeth mit einem nachsichtigen Blick an. Ein Blick, der ihr überhaupt nicht gefiel. Sofort wurde ihr flau im Magen.

»Du solltest dich langsam mit dem Gedanken anfreunden, dass Johann etwas auf dem Kerbholz haben könnte, egal, ob er nun der Schinderhannes ist oder nicht.«

Das laut ausgesprochen zu hören tat weh. Es war ja nicht so, als hätte sie es nicht schon geahnt. Von der ersten Begegnung an hatte sie nicht eindeutig sehen können, auf welcher Seite des Gesetzes Johann wirklich stand. Sie räusperte sich, doch ihre Stimme blieb belegt. »Kein Grund, ihm nicht zu helfen.« Dass sie so etwas einmal sagen würde …

»Niemand kann ihm noch helfen. Wann begreifst du das endlich? Er bekommt vielleicht eine Strafe für die Vergehen eines anderen, aber er bekommt ganz sicher das, was sein bisheriges Leben rechtfertigt.«

Lisbeth ließ den Kopf hängen. Der leichte Nieselregen wurde stärker, doch sie schien kaum wahrzunehmen, dass ihr Häubchen und ihre Kleider mehr und mehr durchnässten. Sie zog die Schultern hoch. Nicht vor Kälte, sondern vor Anspannung und dem Wunsch, sich zu verkriechen. Schließlich nahm sie Konrads ausgestreckte Hand und kletterte zu ihm auf den Wagen. Er holte zwei Decken hervor, legte eine um sich, und in die andere hüllte er Lisbeth ein. Dann hob er die Zügel an, und die Pferde setzten sich trottend in Bewegung. Das Straßenpflaster glänzte vom Regen, und der Geruch nach feuchtem Lehm der Häuser begleitete sie bis vor das Stadttor, an dem niemand stand, um eine Kontrolle durchzuführen.

Als sie über die Moselbrücke gefahren waren, begann es wie aus Kübeln zu schütten. Lisbeth vergrub sich in ihrer Decke. Der Regen floss über ihr Gesicht und kaschierte die Tränen. Die nasse Decke lag schwer auf ihren Schultern, und, schlimmer noch, sie roch nach totem Hund.

Nach zehn Minuten hörte der Regen plötzlich auf. Die Pferde mühten sich klaglos auf den schlammigen, aufgeweichten Straßen ab. Kurz darauf hatten sich die letzten Wolken verzogen, und die Sonne kam hervor.

Die Rückfahrt nach Brunnenweiler verlief ohne nennenswerte Zwischenfälle, wenn man davon absah, dass an derselben Stelle wie bei der Herfahrt die beiden einfältigen Räuber auflauerten. Doch als sie Lisbeth erkannten, rannten sie schnell zurück in den Wald, und so hatte sich der geplante Überfall auch diesmal wieder rasch erledigt.

»Werde ich jemals von Ihnen die Wahrheit über Johann erfahren?«, fragte Lisbeth.

»Zu keiner Zeit gab es eine Wahrheit für alle. Also, weshalb sich darum Gedanken machen?«

»Sie machen es sich ziemlich einfach, Doktor.«

»Vielleicht ist das der Grund, weshalb ich noch lebe. Schau, Lisbeth, du willst dir einfach nicht eingestehen, dass du dich in einen Mann verliebt hast, der vielleicht früher einmal all das verkörperte, was du verabscheust. Oder um es deutlich auszusprechen: Du hast dich in einen Räuber verliebt.«

»Hab ich nicht!«

Fast trotzig platzte es aus ihr heraus wie das letzte Gebet eines auf dem Scheiterhaufen stehenden Geistlichen.

»Hast du, und du weißt es. Du hast dich selbst geblendet.«

Sie hob ihre Fäuste und wollte auf Konrad einschlagen, doch der wehrte sie reaktionsschnell mit festem Griff ab und hob drohend die Gerte. Kein Zweifel, er würde sie schlagen. Sie ließ ab, fauchte stattdessen wie eine Wildkatze, um deren Hals eine Schlinge lag.

»Lerne, damit klarzukommen, Lisbeth. Du glaubst, du müsstest dich von Johann verraten fühlen, weil er dir nichts von seiner Vergangenheit erzählte? Ich denke, dass du dich vielmehr von dir selbst verraten fühlst, weil du deine Gefühle nicht im Griff hast. Du musstest geahnt haben, welches Leben Johann früher geführt hatte. So viele Anzeichen gab es. Nur wer blind sein wollte, hatte es nicht gesehen. Seine Verhaftung war doch nur eine Frage der Zeit. Dass es geschah, als ihr euch begegnet seid, ist nichts anderes als banales Schicksal. Du kannst dir einreden, dass du mich vom Verstand her nur wegen der Stoffe begleitet hast, ach, und wegen der Knöpfe natürlich, aber es ändert nichts daran, dass es dein Herz ist, das dich nach Coblenz führte.«

»Noch könnten wir zurück«, schlug Lisbeth vor.

»Nein.« Konrad wurde unangenehm laut. »Es ist vorbei. Und außerdem will ich nicht, dass Anton Keil plötzlich noch Interesse an mir bekommt oder sogar an dir. Glaubst du, der bräuchte einen Grund, um uns zu verhaften? Ich für meinen Teil will so wenig wie möglich auffallen, sonst erinnert er sich vielleicht noch an den Ruf, den ich in Coblenz habe. Wenn wir erst einmal im Kerker sitzen, hilft uns kein Gesetz mehr, sei es noch so modern und gewissenhaft und sogar auf unserer Seite. Kein Gesetz der Welt würde uns schnell genug aus der Zelle holen, bevor Keil nicht mit seinem schwarzen Koffer aufgetaucht ist.«

Lisbeth kniff überfordert die Augen zusammen und schüttelte den Kopf. »Wovon reden Sie nun schon wieder? Was für ein schwarzer Koffer?«

»Brauchst du nicht wissen.«

»Ich will es aber.«

»Manchmal ist es besser, etwas nicht zu wissen.«

Der Wagen rumpelte in gemächlichem Tempo über den aufgeweichten Weg. Als die Wagenräder für einen Moment in einer Schlammspur stecken blieben, fackelte Lisbeth nicht lange, sprang vom Bock auf die Straße und schlug den Weg zurück ein.

»Was soll das?«, rief Konrad.

»Wenn Sie es mir nicht sagen wollen, dann frage ich eben Keil selbst. Gute Heimfahrt, Doktor. Schauen Sie ab und zu mal bei Mutter vorbei.«

Konrad bewarf sie mit einem wütenden Blick, als wäre sie ein Mädchen, das ihn bei einer Kirchweih hätte stehen lassen.

»Lisbeth! Na schön, komm her, ich sag dir, was es mit dem schwarzen Koffer auf sich hat.«

Lisbeth grinste zufrieden, bevor sie sich umdrehte und mit gleichmütiger Miene zurück auf den Wagen stieg.

»Aber beschwer dich nicht, wenn du für den Rest deines Lebens Albträume hast.«

»Ich bin nicht so zart besaitet, wie Sie annehmen.«

Während sie durch den angrenzenden regennassen Wald fuhren, berichtete Konrad, was er wusste, und als sie auf das dahinterliegende freie Feld kamen, kam er Lisbeths dringender Bitte nach, kurz anzuhalten.

Sie stieg vom Wagen und übergab sich am Wegesrand.

24

Anselm Ackermann war der Herr der Schlüssel. Er war seit siebzehn Jahren der leitende Kerkermeister des Gefängnisses in Coblenz. Siebzehn Jahre voller Tränen, Blut und Schreie, aber immer auf der richtigen Seite der schweren Zellentüren. Wen hatte er nicht alles auf zwei Beinen hereinkommen sehen, der dann am Ende seiner Tage an Händen und Füßen aus der Zelle hinaus zum Schafott geschleift werden musste. Rotz und Wasser hatten sie geheult, die Kerle, die zuvor ohne den Hauch von Mitgefühl Frauen und Männer und sogar Kinder brutal getötet hatten wegen ein paar Dukaten, ein paar Tuchballen oder silbernem Besteck. Wenn ihre Zeit gekommen war, dann zeigten sie alle, welch große Feiglinge sie waren. Nicht einer unter ihnen war dabei gewesen, der mannhaft die Konsequenz für sein schändliches Leben getragen hatte. Als Ackermann das irgendwann einmal dämmerte, hatte er sich gleich wohler gefühlt. Er mochte nur ein einfacher Kerkermeister sein, der nicht viel verdiente und sich nicht einmal regelmäßig eine Hure leisten konnte, aber er war der Herr der Schlüssel. Mehr verlangte er nicht vom Leben.

»Sie wollen den Gefangenen 99 sehen?«, fragte er Gaspard Paty. Er wusste, was sich gehörte, denn er war sogar von seinem Schemel aufgestanden, als der Generalsekretär in den fensterlosen Wachraum des Gefängnisses trat. In diesem Wachraum befand sich außer einem Stuhl und einem Tisch, auf dem drei Äpfel lagen, nichts weiter.

»Die Gefangenen haben Nummern?«

»Namen sind hier unten unwichtig geworden, wenn sich die Zellentür hinter dem Verbrecher mal geschlossen hat. Aber natürlich schreiben wir die Namen aller in einem Buch auf, damit wir auch den Richtigen hängen, wenn der Tag gekommen ist. Obwohl, hier geht früher oder später sowieso jeder den gleichen letzten Weg, also ist es im Grunde fast schon beliebig, wen wir aus der Zelle holen. Jeder ist mal dran. Mit Ausnahme derer, die nicht in den oberen Stockwerken einsitzen.«

Paty schaute verwirrt zu der Treppe, die hinter dem Wachraum den Gefängnisturm hochführte. »Was meinst du damit?«, fragte er.

Ackermann nahm seinen großen Schlüsselbund. Er zeigte an der Treppe vorbei, und jetzt bemerkte Paty, dass es auf der Rückseite einen Abgang nach unten gab.

»Wir haben hier auch zwei Zellentrakte, die unterhalb der Erde liegen«, sagte Ackermann. Er nahm einen Apfel vom Tisch und rubbelte ihn an seinem Ärmel ab. »Und je tiefer die Zelle liegt, umso vergessener sind die Kreaturen, die sie bewohnen. Die sind verstorben, wenn wir irgendwann mal nach ihnen schauen. Dann kommt der Abdecker und kratzt sie vom Boden auf wie Schimmel von der Wand.« Er gab einen kurzen Lacher von sich, der sich an den kalten Mauern brach.

»Finden Sie das nicht etwas geschmacklos?«, fragte Paty.

Ackermann biss beherzt in den Apfel. »Was denn?«

»Na, das alles hier.« Paty machte eine ausholende Armbewegung. »Offensichtlich verliert jeder, der hier unten eingesperrt wird, den Status, ein Mensch zu sein. Kein Name, keine Würde, keine Rechte.«

Ackermann zuckte mit den Schultern. »Ich pass hier nur auf, dass die Türen gut verschlossen bleiben. Alles andere geht mich nichts an.« Er nahm eine Pechfackel von der Wand. »Ich gehe mal voran.«

Hintereinander stiegen sie die schmale, gewundene Steintreppe hinunter. Die Stufen verschwanden im Dunkeln, und an der untersten zog Paty fröstelnd seine Jacke enger zusammen, bevor er Ackermann durch einen niedrigen Gewölbegang zu den Zellen folgte.

»Mir war nicht bewusst, dass die Gefangenen auch unter der Erde untergebracht sind. Ich dachte, es gibt im Gefängnisturm nur die Zellen in den oberen Stockwerken.«

»Die meisten kommen ja auch nach oben«, sagte Ackermann. »Nur einige wenige müssen nach unten.«

»Wer entscheidet das?«

Ackermann zuckte mit den Schultern. Vor der hintersten Zellentür blieb er stehen.

»Die meisten Gefangenen brechen zusammen. Dauert nie sehr lange. Jemandem Schmerzen zufügen ist halt was anderes, als selbst welche auszuhalten. Na ja, die meisten haben's auch verdient. Aber der Gefangene hier, der ist anders. Seit Keil ihn hergebracht hat, hat er kein Wort gesagt. Nicht geflucht, nicht geschrien, nicht gewimmert. Nicht einmal seine Unschuld beteuert, was eigentlich alle machen, selbst die übelsten Mörder. Ich hab's nicht getan, buhu.« Er ahmte eine weinerliche Stimme nach. »Was wollen Sie eigentlich von diesem Gefangenen hier, Generalsekretär?«

Paty überging die Frage. »Öffne die Sichtklappe.«

Ackermann steckte die Fackel in die dafür vorgesehene Halterung, die in der Mauer eingelassen war. Dann öffnete er die Klappe, die sich auf Augenhöhe befand und nicht breiter war als ein vierfingerdicker Sehschlitz. Paty trat an die faulig riechende Tür und schaute durch die Öffnung. Sofort fuhr er zurück. Der Gestank, der ihm aus der stockfinsteren Zelle entgegenschlug, raubte ihm den Atem. Er fischte ein

Stofftuch aus seiner Jacke und presste es sich vor Mund und Nase. »Geben Sie mir die Fackel.«

Ackermann reichte sie ihm. Paty hielt sie dicht an die Öffnung, um wenigstens den Bereich hinter der Tür zu erhellen, aber er musste feststellen, dass er sogar die hintere Wand der Zelle im flackernden Licht erkennen konnte, weil sie nicht tiefer als eine Pferdelänge war. Zuerst sah er die zwei nackten Füße, die von rechts in den Lichtkegel hineinragten. Paty schwenkte die Fackel ein Stück, dann sah er den Gefangenen. Er war in einem erbärmlichen Zustand.

War das noch der Mann, dem er in Brunnenweiler begegnet war?

»Wie lange sitzt er schon hier?«, fragte Paty mit beinahe tonloser Stimme.

»Drei Wochen, vielleicht vier?«

»Und dann sieht er so aus?« Patys Entsetzen war selbst bei Fackellicht deutlich zu erkennen. »Kriegt er jeden Tag Wasser?«

»Vermutlich.«

»Bekommt er zu essen?«

»Also, ob nun jeden Tag … ich bin mir nicht sicher. Der Weg hier ganz nach unten ist doch recht beschwerlich.«

»Und seine Notdurft?«

»Die darf er erledigen. Wir sind doch keine Unmenschen.«

»Zum Teufel, ich meine, wird seine Notdurft aus der Zelle entsorgt?«

»Also, ich bin nur für die Schlüssel zuständig.«

Paty rieb sich mit zwei Fingern die Nasenwurzel bei geschlossenen Augen. Das hatte er nicht gewollt. Ihm war dieser Johann Fenkel von Anfang an zuwider gewesen, aber er musste sich eingestehen, dass es ausschließlich persönliche Gründe waren, die den armen Kerl hier in den Vorhof der Hölle gebracht hatten, nichts anderes. Er atmete tief durch, füllte seine Lungen mit dem feuchten Geruch von Schimmel an den Steinwänden.

»Öffne die Tür«, befahl er.

»Bitte? Was soll ich?«

»Die Tür öffnen. Sofort.«

»Aber der Gefangene?«

»Der ist so geschwächt, dass er noch nicht einmal eine Kakerlake beiseiteschieben könnte, wenn sie ihm über die Beine kriecht. Mach voran. Ich will zu ihm.«

Der Kerkermeister hob gleichgültig die Schultern. »Mir soll's recht sein. Aber ich gebe zu bedenken, dass er furchtbar stinkt.«

Es knirschte, als er den langen Metallschlüssel im Schloss umdrehte. Die schwere Holztür war durch die Feuchtigkeit verzogen, sodass sie über den Boden schabte, als Ackermann sie ächzend öffnete. Als der Spalt breit genug war, schob Paty sich an ihm vorbei und trat in die dunkle Zelle, die Pechfackel in Armlänge vor sich haltend.

Er blieb abrupt stehen und presste augenblicklich die flache Hand vor Mund und Nase. So etwas hatte er noch nicht erlebt, nicht einmal in den Feldlazaretten während der Eroberungskämpfe. Der Gestank war wie eine dichte Wand, die ihn zu erdrücken schien. Er musste heftig würgen, wagte aber gleichzeitig nicht zu schlucken, da er fürchten musste, sich auf der Stelle zu übergeben.

Gebeugt trat er vor den Gefangenen, der schlaff auf dem Boden lag, den Oberkörper zur Hälfte an die kalten Steine der Wand gelehnt. Paty hielt ihm die Fackel vor das Gesicht. Was er sah, ließ ihn entsetzt zurückweichen. Der Gefangene hatte einen Bart, der ihm bis zu den Schlüsselbeinen reichte. Über seine mit verschorften Wunden übersäte Stirn krabbelte ein Käfer. Ein Auge war durch ein Sekret so verklebt, dass er es nicht öffnen konnte. Das andere Auge starrte Paty voller Furcht an. Er öffnete den Mund und gab dumpfe Laute von sich. Dann versuchte er, sich auf den Bauch zu rollen, um davonkriechen zu können.

Paty überwand seinen Ekel, ging in die Hocke und legte dem Mann seine Hand auf die Schulter. Der zerschlissene Stoff fühlte sich unter seinen Fingern klamm an. »Keine Angst«, flüsterte er. »Es wird aufhören. Ich sorge dafür.«

Dann verließ er die Zelle und war im Stillen dankbar, dass der Kerkermeister sie sofort hinter ihm wieder schloss.

»Das ist er nicht«, sagte Paty.

»Das ist wer nicht?«

»Das ist nicht der Gefangene, zu dem ich wollte. Wo ist er? In welcher Zelle?«

Ackermann kratzte sich mit dem Schlüssel am Hinterkopf. »Also, das ist schon seine Zelle. Er liegt ja nicht allein hier. Kein Gefangener ist allein. So viel Platz haben wir hier gar nicht. Den wenigen müssen sie sich schon mit anderen teilen.«

Paty packte ihn unsanft am Kragen seiner nachlässigen Kleidung.

»He, was soll das? Ich hab nichts getan.«

»Der Gefangene. Wo ist er? Ich frage nicht noch einmal.«

»Keil ist heute Morgen gekommen. Er hatte seinen schwarzen Koffer bei sich.«

»Einen schwarzen Koffer?«

»Ja. Wenn er den bei sich hat, wird's ungemütlich. Wahrscheinlich verhört er den Gefangenen wieder. Er nutzt dazu einen anderen Raum, einen, der entsprechend eingerichtet ist.«

»Was ist in dem Koffer?«

»Seine speziellen Instrumente, wie er sagt.« Ackermann schnalzte mit der Zunge. »Keil selbst nennt sie auch Zungenlöser.«

»Keil foltert die Gefangenen?«

»Ich halte mich da raus, aber jeder weiß, wie Keil seine Verhöre führt. Das spricht sich ’rum unter dem Gesindel, ob nun eingesperrt oder nicht, vorausgesetzt, sie haben ihre Zunge noch. Manchmal genügt es schon, wenn Keil mit der gefürchteten Tasche in der Zelle auftaucht, und schon plätschern die Worte wie ein Wasserstrom aus dem Gefangenen, als könnte er damit das Wasserrad einer Mühle antreiben.«

Paty hob angewidert eine Augenbraue. »Sie sind sicher der Spaßvogel in Ihrer Familie?«

Ackermanns Miene hellte sich auf. »Da haben Sie recht, Generalsekretär. Mein Bruder ist Abdecker, der arme Tropf. Er darf nur draußen vor der Stadt wohnen, weil niemand ihn um sich haben will. Viel zu lachen hat er nicht. Aber ich will nicht unken und vor ihm angeben, weil ich es zu etwas gebracht habe und er nicht. So ist das Leben. *C’est la vide*, wie ihr Franzosen sagt.«

»La vie«, verbesserte Paty.

»Wie?«

»*C’est la vie.* Es heißt *c’est la vie.*«

»Ach? Auch gut.«

Nichts war gut. Der Kerl weckte in Paty den dringenden Wunsch, sich ordentlich zu betrinken, dann würde er vermutlich den Zustand erreichen, von dem der Kerkermeister sprach. *So ist die Leere*, und eben nicht *so ist das Leben.*

Paty stieß Ackermann von sich und ging mit stampfenden Schritten zur Steintreppe zurück. Er hatte genug gesehen und gehört. Hatte er anfangs nicht so recht gewusst, weshalb er hierher in den Gefängnisturm gekommen war, so wusste er zumindest jetzt beim Verlassen dieses Elendsortes, dass er etwas unternehmen musste, wenn sein Gewissen ihm nicht noch mehr zu schaffen machen sollte, als es dies ohnehin schon tat.

»Schick Keil zu mir«, rief er Ackermann zu. Der folgte ihm rasch, nachdem er hastig die Zellentür und Sichtklappe wieder verschlossen hatte. Jeder seiner Schritte wurde vom klirrenden Schlüsselbund an seinem Gürtel begleitet.

»Aber der Herr Ankläger ist doch mitten in einem Peinlichen Verhör. Ich denke nicht, dass er dabei gerne gestört werden möchte.«

»Wenn du nicht selbst in einer deiner Zellen landen willst, dann sorgst du dafür, dass Keil in genau zwanzig Minuten bei mir auftaucht.«

Paty erinnerte sich, wie die Offiziere mit den einfachen Soldaten umgesprungen sind. Da hatte auch keiner die Wahl, wann er einem Befehl nachzukommen hat. Sonst pflückten alle erst einmal Butterblumen, bevor sie aufs Schlachtfeld zogen.

Kaum aus dem Gefängnisturm getreten, blieb Paty nach wenigen Schritten an der *Place de la vieille municipalité* stehen. Schwer atmend stützte er sich mit einer Hand an einer Hauswand ab und versuchte, die schlimmen Eindrücke zu verarbeiten. Mit einem Mal wurde ihm bewusst, dass es etwas anderes war, das Wimmern und die Schreie von Verwundeten und Sterbenden auf einem Schlachtfeld zu hören als die kläglichen Laute, die aus jeder einzelnen Zelle des Gefängnisturms drangen und im Nirgendwo verhallten, ohne dass sie auch nur eine andere Seele erreichten.

Er schnüffelte am Ärmel seiner Jacke. Der Geruch von Siechtum haftete an seiner Kleidung. Dann führte er seinen Blick hoch zu den Wolken am Himmel. Selten hatte er eine vergleichbar tiefe Dankbarkeit verspürt, leben zu können. Einfach nur leben zu dürfen, den Wind zu spüren und dorthin gehen zu können, wohin ihm der Sinn stand. Die Macht, die seine Entscheidungen über das Schicksal anderer Menschen hatte, war ihm bislang nicht bewusst gewesen. Ein Federstrich auf einem Fetzen Papier, ein Siegelabdruck, und der Beklagte konnte dem Sonnenlicht für den Rest seines Lebens *Adieu* sagen.

25

Keil war voller Tatendrang.

»Dann wollen wir mit der Befragung beginnen. Es ist zwar noch früh am Tag, aber mit etwas gutem Willen haben wir es noch vor dem Mittagessen hinter uns. Das klingt doch gemütlich, nicht wahr, Bückler?«

Johann reagierte nicht auf diese Anrede.

»Was soll ich nur mit dir machen? Du willst einfach nicht gestehen.«

»Ich frage mich, Keil, wie du deine Anschuldigungen gegen mich beweisen willst, wenn du niemanden hast, der bestätigen würde, ich könnte der Schinderhannes sein?«

Keil hob beide Augenbrauen. »Ah, du spielst auf die neue Gerichtsbarkeit an. Nun, mein Freund, dein Problem wird sein, dass man mir mehr glaubt als dir. Wenn ich sage, du bist eine Ackerrübe, dann sehen die Leute in dir eine Ackerrübe. Und wenn ich sage, du bist der Schinderhannes, dann glauben sie mir das auch. Und dir? Was werden sie dir glauben? Also: Gestehe, dass du der Bückler Johannes bist.«

Johann schwieg.

»Gestehe, dass du der Schinderhannes bist.«

Keine Antwort. Johann drehte den Kopf zur Seite, als langweilte Keil ihn.

»Glaubst du, du wärst mutig? Vielleicht sogar mutig genug, um Qualen zu erdulden? Nun, wir werden sehen. Ich habe schon stärkere Männer schreien hören. Also wirst auch du keine Ausnahme sein.«

Keil drehte den Koffer auf dem Tisch so, dass Johann den Inhalt sehen konnte. Seine rechte Hand schwebte unentschlossen über den Instrumenten. Welches Gerät war heute wohl geeignet, den Willen zu brechen? So etwas musste gut überlegt sein. Er nahm einen Metalllöffel und hielt ihn mit spitzen Fingern in die Höhe.

»Früher hat man für alles eine Zange benutzt, um den Gefangenen zum Sprechen zu bringen. Für die Zunge, für die Fingernägel, für die Augen. Aber heutzutage nicht mehr. Man entwickelt sich ja weiter. Heutzutage gibt es für jedes Körperorgan ein eigenes Gerät. Ich habe mich schon die ganze Zeit gefragt, welches Organ du für dein Geständnis brauchst. Deine Zunge, klar. Also keine Zange nötig. Aber brauchst du auch deine Augen? Was denkst du? Brauchst du deine Augen, um mir zu gestehen, wer du bist? Also, beide sicher nicht.«

Dann hielt er den Löffel dicht vor Johanns Gesicht, als überlegte er, wo genau er anzusetzen sei, um die bestmögliche Hebelwirkung zu erzielen.

26

Als Anton Keil in Patys Büro trat, sah dieser zum ersten Mal den gefürchteten schwarzen Koffer.

»Entschuldige die Verspätung«, sagte Keil. »Ich wurde noch im Gefängnis aufgehalten. Nicht, dass man mich dort gerne lange sehen würde, aber du weißt ja, wie es ist, Generalsekretär. Die Arbeit eines Öffentlichen Anklägers kennt keine Ruhezeiten.«

Paty kam ohne Umschweife zur Sache. »Mir sind Dinge zu Ohren gekommen, die ich nicht gutheiße, Keil.«

»Und welche wären das?«

»Misshandlung von Gefangenen, über die noch nicht Gericht gehalten wurde.«

»Was gibt es daran nicht gutzuheißen?«

Erbost schwoll Patys Stimme an. »Muss ich das wirklich erklären? Wir wollen hier ein neues Rechtssystem etablieren. Mit Ihren Methoden untergraben Sie dieses Unterfangen.«

Keil winkte gelangweilt ab. »Ach was, ich unterstütze es sogar. Meine Methoden, wie du es so abfällig benennst, unterbinden, dass während der langwierigen Prozesse neue Straftaten begangen werden. Du kannst dir nicht vorstellen, wie abschreckend eine sauber durchgeführte Folter auch für diejenigen ist, die gerade mal nicht eingesperrt sind.«

»Wir sind im Rheinland, weil wir den Menschen hier im Auftrag Napoleons und Frankreichs die Werte der Revolution nahebringen wollen. Gleichheit, ordentliche Gerichtsbarkeit, Rechtsprechung. Muss ich Sie wirklich jedes Mal daran erinnern?«

»Napoleons Soldaten haben den Menschen auch Ausbeutung gebracht«, hielt Keil dagegen. »Du solltest dich noch erinnern können, dass sich die Armee, während sie vorrückte, von der Landbevölkerung versorgen ließ. Eine Menge haben die Soldaten genommen. Nutztiere, Lebensmittel, Spanndienste und selbstverständlich auch die paar Dukaten, die die Menschen sich vom Mund abgespart und versteckt hatten. Von den Vergewaltigungen brauchen wir gar nicht sprechen. Also, Generalsekretär, du willst mich belehren? Deine und Frankreichs Vorgehensweise, ein Land zu befrieden, mochte ja in den Straßen von Paris das richtige Mittel gewesen sein, aber in den Wäldern und Mittelgebirgen Deutschlands muss man andere Wege beschreiten.«

»Die willkürliche Quälerei von Gefangenen ist nicht dieser Weg, Keil.«

»Unsere Auffassungen streben auseinander. Du säuberst das Land auf deine Weise und ich auf meine. Es sollte uns beiden recht sein, wenn am Ende das gleiche Ergebnis steht.«

»Es ist mir nicht recht. Es darf nur einen Weg geben. Es scheint zwar richtig, dass nie ein vollständiges Ende der Feindseligkeiten erreicht werden kann, einfach aus dem Grund, weil wir alle Menschen sind. Einsichtige und Aufmüpfige, Getreue und Revoluzzer, Visionäre und Reaktionäre. Niemand, kein Herrscher der Welt, wird jemals ein in allen Werten und Vorstellungen geeintes Volk hinter sich wissen. Das ist mir sehr wohl bewusst, Keil. Ich bin kein Narr. Aber wir können darauf achten, dass auf unserer Seite der Werte die größere Anzahl steht. Glauben Sie wirklich, dass Sie das mit dem Zufügen von Schmerzen erreichen? Keil, ich weiß, dass Sie in den Tagen der Revolution nach Paris gegangen sind und für unsere Werte gekämpft haben. Wenden Sie diese Werte nun auch in Ihrem eigenen Land an.«

»Allmählich erzürnst du mich, Generalsekretär Paty«, zischte Keil. Speichel verfing sich an seiner Unterlippe. Ungehalten wischte er mit dem Handrücken darüber.

»Ein solches Gefühl kenne ich nur zu gut in Ihrer Gegenwart, Keil.«

»Warum willst du es nicht verstehen? Wenn wir dieses Lumpenpack nicht hängen, dann fühlen sich die vielen versprengten Räuberbanden in den Wäldern und zu beiden Seiten des Rheins nur ermuntert, noch dreister vorzugehen. Es müsste doch in deinem Interesse sein. Denk doch nur an die Hattinger-Bande, die hier ihr Unwesen treibt. Ein strengeres Verhör bei unseren Gefangenen und du würdest sicherlich bald mehr über den Schlupfwinkel des Hattinger erfahren und könntest ihn dingfest machen.«

»Jeder Verurteilte erhält die Strafe, die er verdient. Das ist die Reihenfolge, die es einzuhalten gilt. Erst die Verurteilung, dann die Strafe.«

»Und in der langen Zwischenzeit, bis die Schurken vor Gericht ihr Urteil erlangen, geschehen jeden neuen Tag weitere Schandtaten eines anderen Mordgesindels. Hinzu kommt, dass du ganz genau über die schlechten Zustände der Gefängnisse Bescheid weißt. Der Gefangene, um den es hier geht, wäre nicht der Erste, dem es gelänge, noch vor der Verhandlung auszubrechen.«

»Dann sorgen Sie dafür, dass das nicht geschieht.«

»Meine Verhöre sind das beste Mittel, um Zeit zu verkürzen. Ein Geständnis heute erspart uns die Gerichtsverhandlung morgen. Und eine schnelle Hinrichtung schreckt ab, das sollte dir als Soldat doch nicht fremd sein.«

»Ich bin kein Soldat mehr, Keil, also folge ich auch nicht mehr deren Regeln. Und ich wünsche nicht, dass unseren

Gefangenen körperliches Leid zugefügt wird. Das gilt auch für Johann Fenkel.«

Verständnislos schüttelte Keil den Kopf. Er holte aus seiner Jackentasche ein kleines Leinensäckchen und ließ es auf den Schreibtisch klatschen.

»Zu spät«, sagte er.

Paty spürte den Schweiß, der nur aufgrund einer vagen Ahnung auf seiner Stirn ausbrach. Er nahm das Säckchen auf – es trug kaum Gewicht in sich –, löste die durch den Stoff gezogene Schlaufe und leerte den Inhalt auf die Schreibtischplatte. Er wurde kreidebleich. Vor ihm lag ein Augapfel, aus dem ein durchtrenntes Stück des Sehnervs wie ein Wurmfortsatz ragte.

»Mein Gott … Keil, was haben Sie getan?«

27

»Surprise, surprise*, mein lieber Gaspard.«

Ohne Anmeldung oder vorheriges Anklopfen trat Cecile mit einem trällernden *bonjour* in Patys Arbeitszimmer. Offensichtlich war sie in schwungvoller Stimmung, die sie gerne mit Gaspard teilen mochte, ungeachtet, dass er vielleicht bis über beide Ohren in Arbeit steckte.

»Cecile? Was machst du hier?«

In ihrer Armbeuge hielt sie einen Strauß frischer Blumen. Paty nahm sich jedes Mal vor, verärgert zu sein, wenn sie ihn überraschend in seinem Büro aufsuchte, weil sie mit ihrem beiläufigen Verhalten so deutlich zu verstehen gab, dass seine Tätigkeit nicht so wichtig war wie ein Gespräch mit ihr, sei es auch noch so belanglos. Doch wenn sie dann die kurze Strecke von der Tür bis zu seinem Stuhl zurücklegte, mit diesem offenen Lächeln, beinahe schon als ein verliebtes zu betrachten, dann war sein Ärger verraucht, noch bevor er sich ihm wirklich bewusst war. Dennoch, irgendwann musste er ihr beibringen, dass sie ihn nicht zu stören hatte.

Er musterte sie unauffällig. Sie trug wie gewohnt sehr gepflegte Kleidung in einem dezenten Farbton. Unter einem passenden Hütchen schimmerte dunkelblondes Haar. Ihre Augen funkelten vergnügt, und ihr Mund war schlicht unwiderstehlich. Cecile beugte sich über ihn und küsste ihn. Als sich ihre Lippen von seinen lösten, hatte sie ihn endgültig wieder gefangen.

»Ich störe doch nicht?«

Ihr Lächeln war gedankenlos und betörend zugleich. Eine gefährliche Kombination, die Gaspard daran erinnerte, dass ja auch er sich in sie verliebt hatte, damals an diesem denkwürdigen Regentag, als sie auf dem Kopfsteinpflaster ausrutschte und der Länge nach in einer Schlammpfütze landete. Es war sicher nicht die eleganteste Körperhaltung, mit der sie seine Zuneigung erobert hatte, gewiss aber die gelenkigste.

»Ich stecke bis über beide Ohren in Arbeit«, sagte er. »Ich muss die Säkularisation vorantreiben. Es gibt wichtige Papiere zu unterzeichnen, um Napoleons Vorgabe umzusetzen, dann müssen die Kirchenleute benachrichtigt werden, dass sie ihre Klöster zu verlassen haben. Doch, liebste Cecile, ich würde schon sagen, du störst mich bei der Arbeit.«

Sie wedelte den deutlichen Hinweis mit der freien Hand beherzt weg. »Das klingt nicht angenehm.«

»Es ist wirklich keine angenehme Aufgabe. Ich empfinde keine Freude darüber, anderen etwas wegzunehmen, denn nichts anderes soll ich tun.«

Cecile stellte die Blumen in eine Vase auf der Kommode und begann, auf Gaspards Schreibtisch Ordnung zu schaffen, indem sie Tintenfass, Feder und Papiere zurechtrückte. Gaspard schob das Tintenfass wieder zurück, als Cecile sich im Zimmer umsah.

»Neben dem Porträt von Napoleon würde sich noch eine Landschaftsmalerei gut an der Wand machen. Ich habe von diesem Caspar David Friedrich gehört. Seine Bilder erfreuen sich wachsender Beliebtheit. Möchtest du, dass ich dir eines zu deinem Geburtstag schenke?«

Sie ging um den Schreibtisch herum, blieb am Fenster stehen und hob die Hand. Erst sah es so aus, als wollte sie jemandem zuwinken, den sie vor der Kastorkirche entdeckt hatte, doch dann schlang sie ihre Arme um Gaspards Hals und setzte sich auf seinen Schoß.

»Cecile, wenn jemand hereinkommt …«

»Wer soll denn ohne anzuklopfen hereinkommen, Liebster?«

»Du hast auch nicht angeklopft.«

»Ich bin ich, und dein Sekretär ist dein Sekretär. Ich will doch hoffen, dass er bessere Manieren hat als ich. Und ich warne dich, sollte eine andere Dame, die ich dann sicher nicht als eine solche betrachten würde, einfach so in deine Amtsstube treten, dich küssen und sich auf deinen Schoß setzen, dann hättest du den größten Ärger mit mir am Hals. Größer noch, als du es je in irgendeiner deiner früheren Schlachten erlebt hast, das versichere ich dir.«

Paty schmunzelte. Cecile bewies Witz und gute Laune. Diese Seite an ihr kannte er bislang noch gar nicht. Hatte sie sie gut versteckt, oder hatte er nicht gut genug hingeschaut?

»Was ist mit dir?«, fragte Cecile sanft lächelnd.

»Was soll mit mir sein?«

»Du schaust mich sonderbar an.«

Vielleicht schaue ich dich zum ersten Mal richtig an, dachte er. »Ich mag deinen Mund.«

»Oho, wohl nicht nur den.« Cecile machte mit dem Unterleib kreisende Bewegungen. »Ich kann spüren, dass du noch mehr an mir magst.«

»Cecile, ich kann nur über dich staunen.«

»Das ist recht.« Sie hüpfte von ihm herunter, und Paty seufzte enttäuscht. »Eine Frau sollte in der Lage sein, den Mann, der sie liebt, stets aufs Neue zum Staunen zu bringen. Wie schön, du lächelst erneut. Siehst du, mein Besuch bringt dich gleich auf andere Gedanken. Ich bin wie gute Medizin für dich. Erzähl mir, was dich bekümmert, mein Liebster.«

Ihre Bitte überraschte ihn. Konnte sie so gut in seinem Gesicht lesen? Und wie durchtrieben sie sein konnte.

»Ich hatte eben ein äußerst unerfreuliches Gespräch mit Anton Keil.«

Cecile verzog den Mund. »Oh, ich kann dieses Wiesel nicht leiden. Erzähl mir von dem Gespräch.«

»Ich darf dir nichts darüber erzählen, das weißt du, Cecile. Was ich aber sagen kann, ist, dass ich seine Methoden nicht mag.«

Cecile schlenderte durch sein Büro, als würde sie bei der Anprobe eines neuen Kleides sein. Vor dem Bild Napoleons an der Wand blieb sie kurz stehen, vollführte eine halbe Drehung, sodass ihr langer Rock flatterte, und kam zu Paty zurück.

»Nun, wenn es das ist, was dich stört, mein lieber Gaspard, dann solltest du etwas finden, das Keil an der Ausübung seiner Arbeit hindert.«

»Wie meinst du das?«

»Ganz einfach. Gib Keil keine Gelegenheit, seine Methoden anzuwenden.«

Als würde Gaspard ihr zum ersten Mal begegnen, betrachtete er Cecile mit der unerwarteten Verwirrung des Augenblicks. Dieser Mund konnte nicht nur gut küssen, er gab auch beachtenswerte Äußerungen von sich. Wieso war ihm das noch nicht aufgefallen?

»Ein guter Gedanke«, murmelte er.

»Ich helfe dir, wo ich kann, mein Liebster. Kann ich mit dir heute Abend rechnen? Du weißt ja, ich gebe einen kleinen Empfang, und ich würde gerne mit dir vor den Töchtern der anderen angeben.«

Nur wenige Minuten nachdem Cecile sich von ihm verabschiedet hatte, natürlich nicht, ohne zuvor das Tintenfässchen erneut zu verrücken und Deckchen unter der Obstschale auf dem halbrunden Wandtisch glatt zu streichen, rief Paty seinen Sekretär zu sich.

»Was wissen wir eigentlich über Anton Keil?«, fragte er.

»Ich verstehe nicht, was genau meinen Sie, Generalsekretär? Er ist der Öffentl…«

»Der Öffentliche Ankläger und so weiter, ich weiß. Nein, was ich meine, ist, was wissen wir *wirklich* über Keil? Über den Mann, der er war, bevor er zum Ankläger und Räuberjäger wurde.«

Der Sekretär schob den Unterkiefer vor und zuckte mit den Schultern. Paty stand auf. Unruhe hatte ihn erfasst. Er musste im Zimmer umherlaufen.

»Was wir mit Bestimmtheit wissen, ist, dass er während der Revolutionswirren in Paris war. Aber was hat er danach gemacht? Es gibt eine zeitliche Lücke, bis er zum Ankläger von Köln berufen wurde. Finden Sie es heraus. Schnüffeln Sie in Keils Vergangenheit. Wenn es sein muss, beauftragen Sie Leute, die das gut können.«

Der Sekretär nickte. »Ähm … was gut können?«

»Dreck finden«, sagte Paty. »Einer wie Keil hinterlässt immer irgendwo Schmutzflecken.«

28

Die Mönche verließen unter Aufsicht französischer Soldaten das Kloster Laach am Mittag des 6. August. Schon am nächsten Tag kamen Beamte und verluden einen Großteil der Klosterbibliothek auf mehrere Wagen. Der Bestand der ledergebundenen Bücher ging in der Masse der verschwundenen Kulturgüter auf, die Besiegte an Sieger verlieren. Nach drei Tagen war das, was einmal die Behausung der Mönche des Benediktinerordens gewesen war, nichts weiter als ein kaltes, leer stehendes Gemäuer. Lediglich die in die Steinwände eingefassten Kerzenhalter und der verlassene Kräutergarten an der Südseite ließen erahnen, dass hier einmal Menschen gelebt hatten. Nur eine Woche später lag schon der Hauch des Vergessens über dem Gemäuer. Der Auszug der Mönche aus dem Kloster hatte auch dem Letzten in Brunnenweiler verdeutlicht, dass endgültig neue Zeiten angebrochen waren.

Der Wind schlich wie ein diebischer Schurke um die Türme und das dreischiffige Langhaus des Klosters. Die hellen Fassadenflächen aus Tuff wirkten im Morgenlicht wie erstarrt, als hätten sie sich von dem Schrecken, der ihnen widerfahren war, noch nicht erholt. Gespenstische Stille lag über dem Kreuzgarten, der südlich der Kirche inmitten des von vier Seiten umgebenen Innenhofs angelegt war.

Lisbeth hatte es sich zur Gewohnheit gemacht, morgens gleich nach dem Aufstehen zum Kloster zu gehen. Dort, in der erzwungenen Stille, fand sie die Ruhe, die sie zurzeit brauchte wie die Luft zum Atmen. Für eine Stunde losgelöst von ihren täglichen Pflichten hing sie ihren Gedanken nach und versuchte, ausreichend Kraft zu sammeln, um den anstehenden Tag zu bewältigen. Sie war nie wehleidig gewesen, hatte alle Kümmernisse, die das Leben ihr antrug, stets ohne Klagen angenommen und zu ihrem eigenen Stolz auch meist bewältigt. Aber irgendwann war auch sie an den Punkt gekommen, wo ihr kräftemäßig alles schwerfiel, weil der Kopf leer und das Herz voll war.

Wasser holen vom Brunnen, die Stube reinigen, im *Tropfen* bedienen. Alles erforderte auf einmal so viel mehr Anstrengung. Selbst die stark verbesserten Gehübungen mit Mutter halfen Lisbeth nicht über das tieftraurige Gefühl hinweg, das sie aus Coblenz mit nach Brunnenweiler gebracht hatte.

Die Mönche hatten ihre Kammern unverschlossen zurückgelassen. Im Gegensatz zur ausgeräumten Klosterbibliothek waren die kleinen Kammern kaum beachtet geblieben. Die Betten waren umgeworfen, um nachzusehen, ob Silber darunter versteckt war, und auf den schmalen Regalbrettern, die in der Wand neben einem Kerzenhalter eingelassen waren, fehlten die Kreuze.

Lisbeth suchte sich einen Raum zur Südseite. Die Kammer war schmal und mit fünf Schritten nach vorne und drei von Wand zu Wand durchschritten. Wenn Lisbeth sich auf die Zehenspitzen stellte, konnte sie durch das Fenster auf den Laacher See hinunterblicken. Sie schob den Tisch zurück an die Wand, stellte den umgeworfenen Stuhl auf und setzte sich. Dann hob sie das rot-weiß gestreifte Deckchen an, das auf dem mitgebrachten Korb lag, und nahm ein Blatt Papier und einen Kohlestift heraus. Sie legte den Kopf in den Nacken, schloss die Augen und versuchte, sich an Kleider zu erinnern, die sie in Coblenz gesehen hatte. Mit einfachen Strichen begann sie schließlich zu zeichnen.

Es waren ungelenke Skizzen, aber sie reichten aus, um Lisbeth eine Vorstellung davon zu geben, was sie nähen wollte, wenn sie jemals genügend Geld für Stoffe beisammenhaben würde.

Sie hatte ihr Erspartes überschlagen. Es reichte hinten und vorne nicht, um auf eigene Kosten zu nähen. Zumal sie begriffen hatte, dass sie neben Stoffen auch einen Pferdewagen anschaffen musste, wenn sie ihre Näharbeiten nicht nur rund um den Dorfbrunnen verkaufen wollte. Vorerst war sie also weiter auf die Franzosen angewiesen, doch seit ihrem unsäglichen Auftritt bei Gaspard Paty waren die Aufträge deutlich zurückgegangen.

Sie hatte geglaubt – und darin bestand wahrscheinlich ihre einzige wirkliche Naivität dem Leben gegenüber –, dass es ausreichte, den Regeln menschlichen Miteinanders zu folgen, um schadlos zu bleiben. Was sie nicht bedacht hatte, war, dass ihre Regeln nicht die der anderen sein mussten.

Sie lernte gerade, sich nicht unterkriegen zu lassen.

Die stillen Momente im verlassenen Kloster, in denen sie ganz für sich alleine war, erinnerten sie daran, wie es war, Freude zu verspüren.

Die Freude, die sie verloren hatte, als Johann verhaftet worden war.

Sie legte den Kohlestift aus der Hand und stützte die Stirn auf den gefalteten Händen ab. Als wären ihre Gedanken an die Schaufeln eines Mühlenwasserrads gebunden, tauchten sie ab und kamen wieder hoch, tauchten wieder ab und kamen wieder hoch. Mit jeder weiteren Runde wurde ihr Kopf schwerer und schwerer. Dann musste sie den Stift beiseitelegen, weil sie sich nicht mehr dagegen wehren konnte, an Johann zu denken. An die viel zu kurze Zeit mit ihm, an seine Verhaftung vor aller Augen und an die bange Frage, wie es ihm in dieser Sekunde wohl gerade erging?

Was für eine unsinnige Frage. Wie soll's ihm schon gehen? Heitere Tänze wird er im Gefängnis wohl nicht gerade aufführen.

Hockte sie sich deshalb in die winzige Kammer? Um zu leiden wie er in seiner Zelle?

Ich vermisse dich, Johann. Und ist es nicht das, was am ehrlichsten zeigt, wie man für einen anderen Menschen fühlt?

Es waren keine neuen Nachrichten aus Coblenz bis nach Brunnenweiler gekommen. Die Tagelöhner, die im *Tropfen* einkehrten, interessierten sich nur für ihr Würfelspiel und nicht dafür, was in den Städten geschah, und die Reisenden, die vorbeikamen, waren meist zu sehr beseelt von der Natur und der malerischen Landschaft um sie herum, dass sie sofort zu dichten anfingen, wenn eine Biene sie umschwirrte.

Lisbeth hatte Konrad bekniet, noch einmal mit ihr nach Coblenz zu fahren. Diesmal würde sie sich Gaspard Paty gegenüber klüger verhalten. Aber Konrad hatte abgelehnt, und alleine wagte sie es nicht, sich auf den Weg zu machen. Mathias aber wollte sie auf keinen Fall bitten, sie zu begleiten. Er würde wahrscheinlich mitkommen, aber aus einem anderen Grund, als sie es wollte. Während sie alles daransetzen würde, um Johann aus dem Gefängnis zu bekommen, würde Mathias sich voller Vorfreude auf Johanns Hinrichtung auf dem Platz vor der Guillotine in eine Schänke setzen und sehnsüchtig darauf warten, dass endlich der Leiterwagen mit dem Gefangenen in seinem Bluthemd vorbeikam. Und er würde ihr ständig in den Ohren liegen, dass er es von Anfang an gewusst hätte.

Nein, Mathias brauchte sie wirklich nicht in ihrer Nähe.

Im *Fröhlichen Tropfen* hatten sich die Leute erstaunlicherweise gar nicht so sehr die Mäuler zerrissen, wie es zu befürchten stand. Fast alle waren überzeugt, dass Johann nicht der von Keil Beschuldigte war, aber ebenso waren fast alle der Meinung, dass Johann bestimmt auch irgendetwas auf dem Kerbholz hatte. Aber was sollte das schon sein? Immerhin hatten die meisten ein Gespür dafür, Lisbeth eine Zeit lang mal nicht auf den Hintern zu klopfen, wenn sie zwischen den Tischen ausschenkte.

Nach einer Stunde fielen die Sonnenstrahlen schräg durch das Fenster in die kleine Kammer, und Lisbeth wusste, dass es Zeit war zurückzugehen. Sie bekreuzigte sich vor der Stelle an der Wand, an der durch Sonnenlichtverfärbung zu erkennen war, dass hier vor Kurzem noch ein Kreuz gehangen hatte, dann verließ sie die Kammer. Die ersten Male, die sie durch das Kloster gegangen war, hatte sie der Hall ihrer eigenen Schritte noch geängstigt, aber schon bei ihrem dritten Besuch hatte sie sich daran gewöhnt und Gefallen daran gefunden, allein durch die Gänge zu gehen.

Heute war etwas anders. Zuerst wusste sie nicht, ob der Wind ihr einen Streich spielte, aber ihr war, als würde sie nicht nur ihre eigenen Schritte hören können.

Sie blieb stehen.

Lauschte.

Nichts.

Sie ging weiter, blieb wieder stehen.

Diesmal hatte sie es eindeutig gehört. Der eine Schritt, der noch folgte, als sie schon stehen geblieben war. Noch jemand war im Kreuzgang.

»Wer da?«, rief sie.

Niemand antwortete. Natürlich nicht.

In den vergangenen Tagen hatte sie mit erstaunlicher Leichtigkeit verdrängt, dass sie sich möglicherweise nicht alleine im Kloster aufhielt. Auch andere könnten auf die Idee gekommen sein. Räuber aus den Wäldern zum Beispiel.

Sie lauschte wieder, den Korb fest umklammert. Nichts zu hören, nicht einmal ein Vogel piepste im Kreuzgarten. Sich keine Angst anmerken zu lassen war leichter gedacht als getan. Sie setzte ihren Weg fort. Langsam und mit angehaltenem Atem. Ihr Herz klopfte so laut, dass sie glaubte, nichts anderes hören zu können, selbst wenn jemand direkt in ihrem Schatten lief. Sie blieb stehen und schaute über die Schulter.

Wieder ein Schritt, der zu spät stehen geblieben war. *In Panik verfallen möchte ich nicht. Aber loslaufen, ganz schnell.*

Lisbeth rannte quer über den Kiesweg des Kreuzgartens, stürzte auf den Durchgang zum Langschiff der Kirche zu.

Verschlossen. Lisbeth fluchte, und es war ihr egal, ob sie in einem Haus Gottes war oder nicht. Alles hatten die Mönche bei ihrem Auszug offen gelassen, als wäre das Kloster das größte Scheunentor der Welt. Nur diesen Zugang nicht. Sie drehte sich um und presste sich gegen das Holz der Tür, als würde sie das vor fremden Blicken schützen.

Irgendwo lachte jemand leise. Lachte sie aus und schürte ihre Angst.

Sie starrte über den Kiesweg an der Marienfigur in der Mitte vorbei zur gegenüberliegenden Seite des Kreuzgartens. Dort musste sich doch derjenige verstecken, der gelacht hatte, oder? Sie war sich nicht sicher.

Schon wieder. Diesmal kam das Lachen von rechts. Von den Hecken. Und es klang erschreckend nahe.

Es sind zwei. Lisbeths Herz schlug, als wollte es sich aus ihrem Körper hämmern. Es konnte nicht anders sein. *Zwei schleichen um mich herum.* Das waren auf jeden Fall zwei zu viel.

Ich muss hier weg.

So schön der von allen vier Seiten umschlossene Innenhof mit den sich in der Mitte kreuzenden Wegen auch war – jetzt war er zur Falle geworden. Blindlings losrennen kam nicht infrage. Wohin auch, außer in die fangbereiten Arme eines Lumpen, der nur darauf wartete, dass sie kopflos wurde.

Andererseits würde es ihr auch schlecht ergehen, wenn sie gottergeben nur herumstand.

Der Durchgang drüben beim Turm schien ohne Tür zu sein, einfach nur ein kurzes tunnelartiges Stück. Wenn sie bis dahin käme, könnte sie es aus dem Kloster herausschaffen, und wenn sie ihr Glück noch ein wenig strapazierte, würde sie bis zum Hang hinunterlaufen können. Dort wäre sie in Rufweite zu den Feldarbeitern, die sie auf dem Weg hierher freundlich gegrüßt hatten.

Und wenn es genau diese Feldarbeiter sind, die mir hier auflauern? Sie war immer schon richtig gut gewesen, sich selbst verrückt zu machen.

Sie schloss die Augen. Es war nie zu spät, um mit dem Beten anzufangen. Nicht zu viel erwarten, aber der Glaube sollte ja bekanntlich Flügel verleihen. Die könnte sie jetzt wirklich gut gebrauchen. Sie wollte laufen, doch ihre Beine gehorchten ihr nicht. Als hätten sie beschlossen, nie wieder einen Fuß vor den anderen zu setzen, verweigerten sie ihr den Dienst. Als reichte es nicht, dass alles sie zu Boden drücken wollte, jetzt kam auch noch Schwäche dazu. Alte Ängste krochen in ihr hoch und vermengten sich mit den neuen, die gerade entstanden.

Es klackerte neben ihr. Jemand hatte ein Kieselsteinchen geworfen, das an der Holztür abprallte. Sie hatte nicht gesehen, aus welcher Richtung. Brauchte sie auch nicht. Das Steinchen löste ihre Blockade, und sie lief los. Das gestreifte Deckchen hob sich vom Korb und flatterte hinter ihr zu Boden.

Sie erreichte den Hang, wagte aber nicht, stehen zu bleiben und sich umzudrehen. Sie lief weiter, bis sie zum Karrenweg kam. Dort blieb sie keuchend stehen, vornübergebeugt, eine Hand in die Seite gedrückt, um den stechenden Schmerz zu besänftigen. Ihr Hals kratzte, weil sie mit offenem Mund gelaufen war. Vom Feld winkte ein Arbeiter herüber und warf ihr mit leichter Hand einen Kuss zu. Lisbeth hob schwunglos die Hand, verzichtete aber auf den Kuss, bevor sie mit eiligen Schritten zurück ins Dorf ging.

Wenn es wirklich zwei Räuber waren, dachte sie, dann gehörten sie bestimmt zu der Hattinger-Bande. Aber so weit herunter aus den *Roten Wäldern* waren sie noch nie gekommen.

Zu Hause schickte sie ein atemloses Dankesgebet nach oben, bevor sie in die Dachkammer stieg, um mit ihrer Mutter die täglichen Gehübungen zu absolvieren. Ida fragte nicht, weshalb ihre Haare aufgelöst wie nach einem kräftigen Sturmwind aussahen, und Lisbeth selbst mochte nicht von sich aus erklären, weshalb ihre Bluse nass geschwitzt war.

»So grüblerisch?«, fragte Ida, der die Sorgenfalten auf der Stirn ihrer Tochter nicht verborgen geblieben waren.

Lisbeth schreckte aus ihren Gedanken auf.

»Machst du dir Sorgen?«

Woher hatten Mütter diesen sechsten Sinn? Sosehr Lisbeth ihre Mutter liebte, so sehr wünschte sie sich, dass sie nicht jede ihrer Gefühlsregungen erklären müsste. Schlimm genug, dass sie sich selbst schwer damit tat, ihren rastlosen Kopf auch mal auszuruhen.

»Ist dir Neues über Johann zugetragen worden?«

Lisbeth seufzte. Da hatte sie ausnahmsweise einmal zehn Minuten nicht an ihn gedacht und schon wurde sie an ihn erinnert. »Das ist es nicht«, sagte sie.

»Was ist es dann?«

Lisbeth zögerte. »Hast du dich schon mal gefragt, weshalb unser Dorf vor Überfällen des Hattinger verschont geblieben ist?«

»In Brunnenweiler gibt es nichts zu holen für das Räuberpack. Bei wem sollen sie denn Gold und Silber finden? Beim Feilbinger etwa? Von den Talern, Gulden und Dukaten, die er einnimmt, kauft er neue Fässer, da bleibt nichts übrig.«

Ida lachte gequält. Das Gehen fiel ihr heute wieder ein bisschen leichter als am Tag zuvor, dennoch gab sie Lisbeth zu verstehen, dass sie sich ans Fenster setzen wollte. Lisbeth zog mit dem Fuß einen Schemel heran.

»Wir haben auch nur das Wenige, das gerade einmal so reicht, und weshalb sollte der Hattinger die Feldarbeiter überfallen? Davon habe ich noch nicht gehört. Schau dich um, Lisbeth. Doktor Fenkel hortet Arzneien, bei Anne drüben versäuft ihr Mann das, was sie verdient. Und den alten Männern unter der Eiche kann man nur die Zeit stehlen, die ihnen noch bleibt. Nein, Lisbeth, ich glaube, wir sind als Dorf uninteressant für den Hattinger und seine Leute. Seien wir froh.«

Lisbeth öffnete das Fenster, damit Ida ihr Gesicht der Sonnenwärme entgegenhalten konnte.

»Das ist angenehm. Wie gut mir das tut. Stimmt es eigentlich, dass es in Mode gekommen ist, dass immer mehr Leute aus der Stadt den Rhein auf Booten hinunterfahren, um die Natur zu genießen?«

»Das stimmt. Sie fahren aufs Land und kommen aus dem Schwärmen nicht mehr heraus. Es soll schon Gedichte und Balladen geben.«

»Siehst du, mein Kind, das ist unser Reichtum, den wir hier haben, und wer will uns diesen schon wegnehmen können?«

Lisbeth hörte nur halb zu. Abwesend sah sie aus dem Fenster und grübelte über etwas anderes nach als Gold und Silber, das Räuber anlocken konnte. Mädchen und Frauen. Sicher, sie hatte auch gehört, dass Diebe wie der Benzel oder

der Fetzer ihre Beute in den Bordellen verprassten, aber war es wirklich immer so, wenn's sie juckte? Wen pflügten sie, wenn sie allein im Wald waren?

Lisbeth schaute aus dem Fenster die Straße hoch bis zum Hügelland und hoffte, dass die Räuber ihr nicht bis nach Hause nachgelaufen wären, ohne dass sie es bemerkt hatte.

Sie fürchtete, dass sie das Übel nach Brunnenweiler gelockt haben könnte.

Den restlichen Tag konnte sie sich kaum auf ihre Arbeit konzentrieren, doch als sich auch nach Einbruch der Dunkelheit keine finsteren Gestalten im Dorf hatten blicken lassen, war sie beruhigt. Sie schalt sich eine Närrin. Immer gleich das Schlimmste fürchten. Das musste auch mal aufhören.

Doch dann kam ihr etwas anderes in den Sinn. Eine Möglichkeit, an die sie noch gar nicht gedacht hatte.

Sie lief hinüber zum Haus von Konrad Fenkel und erwischte ihn gerade noch, bevor er ins Wirtshaus gehen wollte. »Doktor, ich glaube, ich weiß, wie wir Johann freibekommen.«

Konrad hob die Augenbrauen. »Lisbeth, lass es gut sein. Es ist vorbei.«

»Wenn Paty einen Hinweis auf einen möglichen Unterschlupf der Hattinger-Bande bekäme, dann müsste ihm das doch wert sein, im Gegenzug dafür Johann freizulassen, denken Sie nicht?«

»Wovon sprichst du?«

»Ich glaube, ich weiß, wo die Bande sich versteckt hält.«

»Wo?«

Lisbeth drehte den Kopf und sah hoch zu den Mauern des verlassenen Klosters.

»Dort?« Konrad blieb der Mund offen stehen.

»Ich glaube, ich bin zweien begegnet.«

»Wie sahen sie aus?«

»Gesehen hab ich sie nicht, aber sie waren da.«

Konrad kratzte sich am Kinn. »Bist du dir sicher?«

Sie nickte zögerlich. »Ich hab sie gehört. Sie waren ganz in meiner Nähe.«

»Teufel auch, Lisbeth, ist dir klar, dass, wenn es stimmt, was du sagst, du unglaubliches Glück hattest? Was dir alles hätte passieren können, ich mag gar nicht daran denken.«

»Ich auch nicht. Aber sagen Sie doch, was würde Gaspard Paty machen, wenn ich ihm das verrate?«

»Tja, was würde er machen?«, überlegte Konrad. »Ich bin mir nicht sicher, ob er dich ernst nähme oder nicht eher glaubt, du würdest alles tun, um Johann freizubekommen.«

»Und Sie, Doktor? Was denken Sie? Sollen wir nicht schnell nach Coblenz fahren? Wir müssen doch jede Chance nutzen, die sich uns bietet. Für Johann.«

»Sicher, sicher, aber wenn du dich getäuscht hast und es vielleicht nur ein paar Rehe oder Waschbären waren, die du gehört hast, dann haben wir danach die Hattinger-Bande ganz sicher an den Hacken. Die werden davon hören, und dann werden sie uns eine Lektion erteilen wollen. Dem ganzen Dorf und dir ganz besonders. Ich weiß nicht, ob wir das wirklich riskieren sollten.«

»Es waren keine Tiere.«

»Du sagst, du hättest niemanden gesehen.«

»Aber lachen hab ich sie gehört.«

»Lachen?«

»Ja, und jetzt zeigen Sie mir mal den Waschbären, der so wie ein Mann lachen kann. Lassen Sie uns fahren, bitte. Wenn Sie nicht mitkommen, dann gehe ich zu Fuß nach Coblenz.«

»Ich hatte gehofft, es dir nicht sagen zu müssen«, sagte Konrad verhalten.

»Was nicht sagen?«

»Mir ist gestern etwas zu Ohren bekommen. Als ich drüben beim Stocker-Hof war. Der kleine Junge der Stockers hat …«

»Was haben Sie gehört?«, unterbrach ihn Lisbeth ungeduldig.

Konrad hustete. Er rang mit sich, ob er es sagen sollte, doch er wusste, dass sie keine Ruhe geben würde. »Ein Kaufmann, der bei Stocker rastete, hat berichtet, dass man sich in Coblenz erzählt, der Schinderhannes würde in wenigen Wochen schon das Bluthemd übergezogen bekommen. Du weißt, was das heißt?«

Lisbeth war bleich geworden. »Das Bluthemd? Aber Johann … ist er doch …?« Weiter kam sie nicht, weil sie die Tränen unterdrücken musste, die sich durch die Kehle nach oben drängten.

»Es tut mir leid, Lisbeth, aber ich kann nicht mehr darauf hoffen, meinen Bruder wiederzusehen.«

»So einfach sagen Sie das?«

»Ich sehe nur, wie es ist. Keil wird Johann aufs Schafott führen. Wir sollten auf uns schauen, und das heißt, dass wir den Hattinger nicht gegen uns aufbringen sollten. Dann wäre es mit der Ruhe in Brunnenweiler vorbei.«

Und was ist mit der Ruhe für mein Herz?

In der Nacht fiel Lisbeth in einen traumlosen Schlaf.

Als sie am nächsten Morgen die Haustür öffnete, um den Dreck aus der Stube zu fegen, lag direkt davor das rot-weiß karierte Deckchen, das sie im Kloster verloren hatte.

Mit einem Stein beschwert.

Fein säuberlich zusammengefaltet.

29

Die siebzehn Mönche, die aus dem Kloster Laach vertrieben worden waren, standen von heute auf morgen ohne Tätigkeit und Einkommen da. Gab es zuvor schon keine Adligen mehr, die sie mit ihren Erzeugnissen beliefern konnten, so hatten sie jetzt nicht mal mehr die Möglichkeit, diese Erzeugnisse herstellen zu können. Keine Herstellung, kein Verkauf, keine Einnahmen. Von den Pensionen, die der französische Staat als Ausgleich zahlte, konnten die Mönche kaum leben. Ihnen blieb nur beten, um irgendwie zu überleben. Und weltliche Arbeiten annehmen natürlich.

Schlimmer noch traf es die säkularisierten Nonnen. Sie besaßen nicht die Möglichkeit, in den Schuldienst oder die Seelsorge zu wechseln. Vielen blieb nur übrig, bei Verwandten unterzukommen, was für alle eine Herausforderung darstellte. Von manchen Nonnen war zu hören, dass sie sich zu einer Wohngemeinschaft zusammenschlossen, um gemeinsam für ihren Lebensunterhalt zu sorgen.

Einer der siebzehn Mönche des Klosters Laach wanderte nicht weit, bis er sich erstmals zu einer Rast niederließ. Während seine Kirchenbrüder nach Mainz, Köln oder Coblenz gingen, um dort mit etwas Glück eine Anstellung als Schullehrer zu ergattern, versackte er gleich im ersten Gasthaus, das auf seinem Weg lag. Da er die Gegend gut kannte, schlug er zielstrebig den Feldweg nach Brunnenweiler ein. Bruder Mönch-ohne-Heimat, wie er jetzt nur noch aus Protest gegen die Säkularisation genannt werden wollte, verprasste sein letztes Geld im *Fröhlichen Tropfen* mit einer Hemmungslosigkeit, bei der man schon vom bloßen Zuschauen betrunken wurde.

Bis auf eine Gruppe junger Landarbeiter, die sich eine Pause gönnten, und einen jüdischen Kaufmann, der auf seiner Fahrt nach Mayen rastete, war im Gasthaus nicht viel los. Die jungen Männer waren enttäuscht, dass der Feilbinger selbst bediente. Weder seine Tochter Julchen noch Lisbeth wuselten um die Tische herum. So blieb ihnen nur, dem trinkfreudigen Bruder zu lauschen, was seine immer schwerer werdende Zunge in die Welt hinaus entließ.

Mönch-ohne-Heimat leerte jeden Krug Bier in einem Tempo, als hinge seine Aufnahme ins himmlische Reich davon ab. Sein Heiligenschein jedenfalls würde ganz sicher einmal mit einer Schaumkrone versehen sein. Vielleicht sah er aber auch keinen Sinn mehr darin, nüchtern zu sein.

»Die Adelsherrschaft ist vorbei, und es war doch nur eine Frage der Zeit, bis es auch uns trifft. Und ihr alle hier«, er schwenkte schwungvoll seinen Krug in Richtung der jungen Burschen, »ihr alle hier merkt nicht, was geschieht.«

Einer der jungen Männer wandte sich ihm zu. »Wovon sprichst du?«

»Ja, versteht ihr denn nicht? Die Anforderungen an dieses Land haben sich gewandelt. Seht ihr denn nicht, dass sich alles in seinen Grundfesten verändert?«

»Es ist einfach eine neue Strömung unserer Zeit.«

»Ja-ha«, Mönch-ohne-Heimat fiel beinahe vom Stuhl, »und dagegen kann man nicht bestehen. Aber nur, weil das Gros des Volkes passiv ist und duldsam. Ihr werdet mit Frankreich gleichgeschaltet.«

»Uns geht es doch gut zurzeit. Wir sind so frei wie noch nie«, gab der junge Mann zu bedenken.

Mönch-ohne-Heimat verzog sein rundes Gesicht zu einer Grimasse, die ausdrückte, welche Schmerzen er bei solchen Äußerungen empfand. »Ihr seid so frei, sagst du? Begreifst du denn nicht, dass ihr nur eure Ruhe habt, solange Napoleon an den Außengrenzen genug zu tun hat? Sonst wäre der innere Frieden längst passé.«

Lisbeth betrat das Gasthaus von der Rückseite aus. Sie schenkte sich einen Becher mit verdünntem Wein ein und stellte sich an ihren Lieblingsplatz im Gasthaus, in den Schlagschatten des Durchgangs zum Schankraum.

»Wer ist das?«, fragte sie Julchen, die sich die Schürze umband, um ihrem Vater beim Bedienen zu helfen.

»Er nennt sich Mönch-ohne-Heimat«, antwortete sie. »Er sitzt schon seit Stunden hier und schimpft, was das Zeug hält. Aber er ist ein guter Zecher, deshalb lässt Vater ihn so lautstark gewähren.«

»Man hört ihn bis auf die Straße«, sagte Lisbeth.

Mönch-ohne-Heimat winkte herüber und gab Julchen zu verstehen, dass er noch lange nicht genug hatte. »Hah! Dieser Wein enthält mehr Fröhlichkeit als anderswo. Der stammt bestimmt aus unserem Kloster Laach. Kannst es ruhig sagen, vielleicht hatte ich ja meine Füße drin.«

Lisbeth stellte ihren Becher ab.

Mathias betrat das Gasthaus. Er wusste, wo Lisbeth gerne stand, wenn sie noch nicht arbeitete, ging zu ihr und stellte sich neben sie. Lisbeth nickte ihm zu, kümmerte sich aber nicht weiter um ihn. Sie wollte lieber dem betrunkenen Mönch zuhören, als Mathias' ewig gleiches Gerede vom Heiraten hören zu müssen.

»Aber wir haben eine neue Justiz«, sagte der Junge am Tisch. »Die sorgt für mehr Gerechtigkeit.«

Mönch-ohne-Heimat hob beschwörend die Hände zur Decke. »Herr, schenke ihm in deiner Güte zu seiner Naivität auch ein wenig Hirn.« Er wandte sich wieder an den Jungen. »Wir leben in Zeiten von Missgunst und übler Nachrede. Und von Gier, hört ihr. Die Gier ist das Übel. So viele sitzen in den Gefängnissen, weil sie sich an anderen bereichern. Einige aber auch, weil sie einem anderen nur schaden wollen. So viele werden einfach angeschwärzt und landen im Kerker. Wollen doch mal sehen, was die neue Gerichtsbarkeit taugt, wenn einer unschuldig ist.«

Mathias versuchte Lisbeths Hand zu greifen, doch sie entzog sich ihm geschickt. »Jetzt, wo dieser Johann bald endgültig weg ist, erneuere ich mein Angebot an dich«, sagte er.

Nicht schon wieder. Es war einer dieser Momente, in denen sich Lisbeth wünschte, nicht durch ihre Mutter an diesen Ort gebunden zu sein.

Mönch-ohne-Heimat hatte seinen Trinkplatz inzwischen nach draußen in den Schatten der großen Eiche am Brunnen verlegt. Er setzte sich neben die drei alten Männer, die ein wenig zusammenrücken mussten, damit Platz für alle war. Ohne es zu wollen, wurde Mönch-ohne-Heimat für den Rest des Tages zu einer lustigen Attraktion, um den sich bald mehr und mehr Menschen scharten. Und auch wenn man ihn wegen seiner Zuhörer nicht mehr sehen konnte, so war er bis spät in die Nacht doch zu hören. Erst als er bei seinen selbst erfundenen Trinkliedern überhaupt keinen Ton mehr traf, kippte er von der Bank und schlief seinen Rausch aus.

»Sollen wir ihn da liegen lassen?«, wollte einer wissen.

Die anderen schauten sich unschlüssig an. »Nun ja, die Nächte sind mild, und als Mönch ist er Entbehrungen gewöhnt.«

»Wenn er noch ein paar Golddukaten hat, kann er meinetwegen ins Gasthaus gebracht werden«, schlug Feilbinger vor. »Die oberen Zimmer sind zurzeit alle frei.«

Das waren sie meistens, denn kaum einer verirrte sich zum Übernachten nach Brunnenweiler.

»Er hat uns gut unterhalten«, meinte einer. »Wir sollten ihn hochbringen. Morgen hat er bestimmt noch mehr zu erzählen, was uns nicht interessiert.«

Gemeinsam trugen ihn die Männer in den *Fröhlichen Tropfen*, bevor jeder zu seiner Ehefrau nach Hause ging.

Lisbeth blieb noch länger wach. Sie setzte sich auf die Stufe vor ihrem Haus und schaute wehmütig zum Nachthimmel hoch.

30

Mönch-ohne-Heimat hatte neue Zuhörer gefunden. Zwei junge Männer waren die Straße nach Brunnenweiler heruntergekommen und hatten sich neben ihn auf die Bank unter die Eiche gesetzt. Angeregt hatten sie sich über Stunden unterhalten, untermalt von ausladenden Armbewegungen und gelegentlichen Rezitationen von Gedichten, die allesamt durchdrungen waren von schmerzendem Herzeleid und Vogelgesang.

Julchen hatte schon drei große Krüge Wein zu ihnen gebracht, bevor sich die beiden jungen Männer bei Einbruch der Nacht entschlossen, den Rest des Abends im Gasthaus zu verbringen.

Sie waren gut gelaunt und unachtsam, denn einer von ihnen stieß beim Eintreten mit Lisbeth zusammen, die gerade zwischen den Tischen umherging.

»Obacht, he«, sagte sie, balancierte das Tablett und ging weiter.

Der Rempler legte den Kopf in den Nacken und den Handrücken an die Stirn. »Hörst du, Achim«, sagte er. »Dieses feengleiche Wesen hat mit mir gesprochen. Glaubst du, sie ist verliebt in mich?«

»Clemens, zu viel frische Luft ist dir noch nie bekommen.«

Kurz darauf kam Lisbeth an ihren Tisch.

»Vielleicht hast du schon mal von uns gehört«, stellten sie sich vor, noch ehe Lisbeth nach ihren Wünschen fragen konnte. »Mein Name ist Clemens von Brentano, meines Zeichens Poet und Dichter, und dieser halbtrunkene Kerl hier ist Achim von Arnim. Er behauptet von sich, das Gleiche zu sein. Wir sind gerade auf einer herrlichen Reise den Rhein hinunter, um aus diesem Füllhorn an wundervoller Natur zu schöpfen.«

»Nein«, sagte Lisbeth.

Brentano schaute verwirrt. »Wie *nein*?«

»Nein, ich habe noch nicht von Ihnen gehört.«

Brentano schmunzelte. Das kecke Mädchen gefiel ihm. »Ihr lebt in einer schönen Gegend, mein Kind«, sagte er. »Natur, wohin man schaut. So viele Farben und Gerüche, es ist herrlich. Habe ich dir schon gesagt, dass ich darüber schreibe?«

»*Wir* darüber schreiben«, korrigierte sein Begleiter Achim von Arnim.

»Wir, natürlich.«

»Und genau genommen schreiben wir nicht darüber, sondern sammeln die Geschichten und Gedichte der Gegenden entlang des Rheins, um sie in einem Leseband zu bündeln.«

»Wie gefällt dir das?«, fragte Brentano, und Lisbeth hob eine Schulter und nickte dazu.

»Es steckt so viel Kraft und Poesie in diesen Landschaften, so viel Zauber ist ihnen inne. Sag, hab ich dich nicht schon mal gesehen?«

»Wir sind vorhin aneinandergestoßen. Das haben Sie doch nicht vergessen?«

»Natürlich nicht.« Brentano lächelte und fasste sich mit beiden Händen theatralisch an seine Brust. »Mein Herz kann eine solche Schönheit, wie du es bist, niemals vergessen. Du warst es auch, die oben an dem Felsen hockte, oder?«

»An welchem Felsen?«

»An der Flussbiegung, dieser hoch aufragende Felsen, von dem aus man den Schiffen und Flößen zusehen kann.«

»Ich weiß, wo Sie meinen, aber dort bin ich noch nie gewesen.«

»Ich bin sicher, dass ich dich dort gesehen habe. Betört hast du mich vom ersten Sehen an.«

»Es muss ein anderes Mädchen gewesen sein, denn ich war noch niemals auf diesem Felsen.«

Ermattet von seinem glückstrunkenen Herz, sank Brentano auf seinen Stuhl.

»Ach, die Liebe, die lässt einen auf den Grund des tiefsten Flusses sinken, wenn man nicht aufpasst.«

Lisbeth schüttelte amüsiert den Kopf. Er war ein wenig sonderbar, aber nicht unangenehm. Vor allem aber auch amüsant, und er verstand es, sie mit seinen schwülstigen Worten aufzuheitern.

»Sie reden gerne viel Unfug, hm?«, sagte sie.

»Vor allem, wenn er zu viel getrunken hat«, pflichtete von Arnim bei.

»Aber ist es nicht so? Die Liebe hat dich fest im Griff, wenn es die Richtige ist, der du begegnet bist. Du kannst dich nicht dagegen wehren, sosehr du auch den Gedanken an sie verdrängen magst. Sie wird dich immer tiefer in die Fluten reißen, bis deine Lungen nicht mehr atmen können, und du …«

»Hören Sie auf!« Lisbeths Stimme kippte über. Sie starrte Brentano mit weit aufgerissenen Augen an, der wie von Arnim erschrocken zurückgezuckt war. »Sie schwelgen von der Liebe, wie nur jemand von ihr reden kann, der sie noch nie gefühlt hat. Verträumte Dichter seid ihr, jawohl, das Leben ist für euch doch nur ein schöner langer Spaziergang mit vergnügten Abenteuern, welche ihr dann Liebe nennt. Aber ich, ich weiß …«

Sie schlug die Hände vor den Mund, drehte sich um und lief mit wehendem Rock davon.

Brentano sah ihr verwundert nach. »Was hat denn das Mädchen?«

Achim von Arnim hob die Schultern. »Vielleicht hat sie zu viel Kraut gegessen und jetzt Bauchgrimmen? Wenn ich das hab, dann lauf ich auch immer ganz plötzlich ganz schnell.«

Brentano überlegte kurz. »Vermutlich hast du recht, mein Freund.«

»Ein Schnäpschen täte helfen.«

»Ein wenig Romanze würde sie ablenken.«

»Mich auch.«

»Dich auch? Wovon denn?«

»Davon, dass ich zurzeit keine habe.«

Brentano zog aus seiner Jacke ein kleines Büchlein und schrieb etwas hinein.

»Was notierst du da?«

»Ach, nur so eine Idee. Die Sache mit dem Mädchen auf dem Felsen. Ich glaube, das könnte eine hübsche Geschichte ergeben. Lass uns noch was trinken, Achim.«

»Da bin ich dabei.«

Er winkte, und kurz darauf kam Lisbeth an ihren Tisch zurück. Ihre Wangen glänzten feucht, und die Augen waren gerötet. Sie brachte einen Krug Wein mit, den sie zwischen den beiden Dichtern abstellte.

»Sei uns nicht mehr böse«, sagte Brentano. »Schau, mein Kind, wir mögen Tagträumer sein, aber wir wissen doch selbst ganz genau, dass das wahre Leben anders ausschaut als in den Geschichten, die wir sammeln und niederschreiben. Aber die Menschen mögen es nun mal, nach den Jahren voller Kriege das Schöne im Leben zu sehen.«

Lisbeth senkte beschämt den Blick. »Das weiß ich wohl. Es ist nur, ich …«

»Du hast von der Liebe gekostet und sie verloren«, sagte Achim von Arnim. Er hatte seinen Becher bereits wieder zur

Hälfte geleert, und seiner Stimme haftete die klebrige Lockerheit des Weins an. »Lass dir gesagt sein, Liebe vergeht wie das Leben selbst. Bei beiden kommt es nur auf die Dauer an und wie man sie nutzt. Wenn du mal tot bist, erinnert sich niemand an dich, und auch nicht an den, der dich enttäuscht hat.«

Lisbeth runzelte die Stirn. Dieser Dichter verstand nicht viel von trostvollen Worten. Hoffentlich waren seine Erzählungen und Balladen besser. Brentano bemerkte ihren zweifelnden Blick, mit dem sie seinen Wanderfreund bedachte.

»Achim war den ganzen Tag auf den Beinen. Er ist müde vom Wandern und trinkt zu schnell.«

»Müde bin ich, das ist wahr. Aber nicht zu müde, um schon schlafen zu gehen. Mir würde jetzt eine hübsche Magd gefallen, der ich die ganze Nacht romantische Verse ins Ohr flüstern kann. Sag, liebreizendes Kind, wie ist es mit dir? Hast du eine Kammer in dieser Herberge?«

»Denken Sie nicht auch nur eine Sekunde an mich.«

»Aber ich bin talentiert, nicht nur mit Tinte und Feder.«

Lisbeth wandte sich an Brentano. »Bitte sagen Sie Ihrem Freund, dass mich zurzeit keines Knaben Wunderhorn interessiert.«

Achim von Arnim nahm's gelassen. »Aber müde bin ich wirklich. Diese Fahrten den Rhein entlang sind mitunter auch anstrengend.«

Kaum den Satz beendet, legte er seinen Kopf auf den Tisch und schlief ein, den Becher noch mit der rechten Hand umfasst. Brentano bog ihm die Finger auf und nahm den Becher an sich, bevor er umkippte. Was hatte dieses Mädchen doch gleich noch gesagt? Des Knaben Wunderhorn? Das gefiel ihm. Könnte ein guter Titel für seine Versesammlung sein. Er notierte es sich in sein Büchlein.

»Wie heißt du?«, fragte er.

»Lisbeth.«

»Habt ihr denn Kammern hier? Wie du siehst, schafft es mein Freund heute nicht mehr weiter, und ich selbst bin auch erschöpft.«

»Es gibt oben zwei Zimmer. Sie sind aber klein.«

»Das geht schon in Ordnung. Hauptsache, wir können uns mal richtig ausschlafen. Hilfst du mir, ihn nach oben zu verfrachten? Keine Angst, das ist kein einfältiger Versuch, dich ins Bett zu kriegen. Obwohl du mir gefällst, habe ich keine Lust, deine Krallen zu spüren, denn die hast du, das habe ich schon bemerkt.«

Sie nahmen den schlafenden Achim von Arnim bei den Schultern und schleiften ihn die hölzerne Stiege nach oben. Dort legten sie ihn ins Bett, zogen ihm Jacke und Stiefel aus und deckten ihn zu.

»Danke«, sagte Brentano. Er nahm vier Münzen aus der Westentasche und legte sie in Lisbeths Hand. »Hier, für deine Mühen.«

»Das ist zu viel für den Wein und die Kammer.«

»Nimm nur. Besser du bekommst mein Geld als irgendein Räuber. Obwohl es ja immer weniger werden. Erst kürzlich haben die Soldaten wieder einen geschnappt, und es war kein kleiner Fang, den sie da machten. Wie hieß er noch gleich, den sie nach Mainz gebracht haben? Warte, fällt mir gleich wieder ein. Hannes hieß er. Schinderhannes.«

Die vier Münzen glitten zwischen Lisbeths Finger hindurch und fielen polternd auf die Holzdielen. Überrascht hob Brentano beide Augenbrauen und versuchte reaktionsschnell, wenigstens zwei der kullernden Taler mit einem raschen Stiefeltritt am Wegrollen zu hindern. Lisbeth schüttelte ihn aufgeregt am Arm.

»Nicht doch, jetzt habe ich danebengetreten.«

»Was haben Sie eben gesagt?«

»Die eine Münze ist unter die Kommode gerollt.«

»Wen haben die Soldaten erwischt? Den Schinderhannes?«

Brentano war vor der Kommode auf die Knie gegangen und versuchte, mit dem lang ausgestreckten Arm an die Münze zu gelangen. »Ich glaube, so hieß er«, sagte er.

»Sind Sie sicher? Kein Irrtum?«

»Ha, ich hab sie.« Stolz, als hätte er mit bloßer Hand den größten Fisch aus dem Rhein gezogen, hielt er die Münze hoch.

»Wann war das?« Lisbeth beugte sich über Brentano und schüttelte ihn erneut heftig an den Schultern. Der ließ vor Schreck die Münze wieder fallen.

»Ach, was soll denn das? Sieh doch, jetzt liegt der Taler wieder unter dem Möbel.«

»Lassen Sie doch diese dumme Münze. Wann haben sie den Schinderhannes verhaftet? Wie lange ist es her?«

»Lass mich überlegen, zweieinhalb Monate etwa. Am letzten Tag im Mai war es, ja genau. In der Nähe von Wolfenhausen haben sie ihn erwischt. Aber weshalb bist du denn so aufgeregt? Oh, là, là, du fällst mir um den Hals? Das gefällt mir. Soll ich noch mehr Räubernamen nennen? Vielleicht dort drüben auf dem Bett?«

»Ich danke Ihnen, mein Herr.« Lisbeth ließ sich zu einem flüchtigen, aber freudig erregten Kuss auf seine Wange hinreißen. »Sie können sich gar nicht vorstellen, wie sehr.«

»Mit zwei, drei weiteren Küssen gelingt es mir bestimmt.«

»Sie Schelm.«

Lisbeth war von diesem unerwartet auf sie einstürmenden Glücksgefühl viel zu aufgedreht, als dass sie Brentano seinen plumpen Versuch hätte übel nehmen können. Während sie schon die Treppe hinunterlief, löste sie die Schlaufen ihrer Schürze und rief, dass er und sein Freund es sich gemütlich machen sollen. Sie war nicht zu bremsen, weder von Feilbinger noch seiner Tochter, als sie durch den Gastraum eilte und die Schürze einfach von sich warf. Der Gast, der auf dem Stuhl neben der Tür saß, fing die Schürze unfreiwillig mit seinem Gesicht auf, was ihm eine Menge Lacher von seinen Trinkfreunden einbrachte.

Sie lief geradewegs auf das Haus von Konrad Fenkel zu. Hundert Gedanken, ach was, tausend wirbelten ihr in einem heillosen Durcheinander durch den Kopf. Sie konnte kaum einen davon fassen, aber immer wieder tauchte ein Name auf.

Johann, Johann.

Ihr Herz trommelte regelrecht, und wäre sie vernünftig gewesen, wäre sie stehen geblieben und hätte tief durchgeatmet, doch dafür war keine Zeit. Hoffentlich war Doktor Fenkel zu Hause. Ob er schon die gute Nachricht gehört hatte? Sie riss die Tür zu Fenkels Haus auf und klopfte dann an.

Konrad saß am Tisch und hob den Kopf. Vor ihm lagen auf einem Tuch ausgebreitet verschiedene Dinge, die Lisbeth in der Aufregung nicht wirklich wahrnahm.

»Die richtige Reihenfolge ist erst anklopfen, dann Tür öffnen«, raunte Konrad. Er packte das Tuch an zwei Enden und schlug sie über das Ausgebreitete.

Lisbeth schnappte nach Luft, als wäre sie kurz vor dem Ertrinken. Sie setzte sich Konrad gegenüber an den Tisch. »Doktor, haben Sie es schon gehört?«

»Was denn?«

»Sie haben ihn. Die Franzosen haben ihn gefangen genommen.«

»Rede nicht in Rätseln. Ich bin zu alt für solche akrobatischen Gehirnübungen.«

»Sie haben den Schinderhannes geschnappt. Ich habe es gerade gehört. Ist das nicht wunderbar? Sie haben ihn, und sie wissen, dass er es ist. Dann wissen sie auch, dass Johann es eben nicht sein kann.«

Konrad reagierte auf diese Nachricht nicht so, wie sie es

erwartet hatte. Er nickte lediglich bedächtig und nahm seine kleine Brille von der Nase, um sie mit einem Zipfel des Tuchs zu putzen.

»Aber …? Haben Sie nicht verstanden, was ich gesagt habe, Doktor? Jetzt ist für alle klar, dass Johann zu Unrecht verhaftet worden ist. Ich bin ja so glücklich. Ich hatte doch solche Angst, er könnte wirklich dieser Räuber sein.«

»Ich habe dir von Anfang an gesagt, dass er es nicht ist«, sagte Konrad ruhig.

Nachdem er die Brille mit der Akribie eines Uhrmachers wieder auf der Nase platziert hatte, nahm er das zusammengelegte Tuch und trug es mitsamt dem eingeschlagenen Inhalt hinüber zur Kommode. Dann nahm er eine Flasche Wein sowie zwei wunderschön gefertigte Gläser und kam zum Tisch zurück. Er schob Lisbeth das gefüllte Glas zu. Ihre Kehle war völlig ausgetrocknet. Sie trank alles in einem Zug aus. Sofort machte sich der schnelle Weingenuss bemerkbar, denn die schnell wirbelnden Gedanken wurden zwar langsamer, dafür aber zogen sie weiche Kreise.

»Wir müssen sofort los, Doktor«, sagte sie.

»Wohin?«

»Nach Coblenz, natürlich. Wir müssen Johann aus dem Gefängnis abholen. Er wird doch bestimmt freigelassen, und ich muss bei ihm sein. Ich … ich weiß es jetzt mehr denn je, was ich … was ich für ihn …«

Es genau zu wissen war ja schön und gut, aber es auszusprechen war noch mal was anderes. Es hieße ja, diese eine ganz bestimmte Sache, von der Brentano so leichthin gesprochen hatte, auch vor allen anderen zuzugeben. Und es war ihr ja schon schwergefallen, es sich selbst einzugestehen. Ihr Herz wusste lange vor dem Kopf, dass sie ihn liebte, und auch andere Bereiche ihres Körpers hatten es sie beängstigend klar wissen lassen, sobald sie nur an ihn dachte.

»Doktor, ich muss nach Coblenz, und wenn ich dorthin laufen muss.«

»Ich weiß schon seit vier Wochen, dass sie den Schinderhannes haben«, sagte Konrad.

»W…was?«

»Und auch, dass Johann längst freigelassen wurde.«

Wie vor den Kopf geschlagen fiel Lisbeth gegen die Stuhllehne zurück. »Und warum haben Sie mir nichts davon gesagt? Ich habe doch ein Recht darauf, das zu erfahren. Ich bin mit Ihnen zu Paty gegangen.«

»Ich wollte dir nicht wehtun.«

»Mir wehtun? Was reden Sie denn da, Doktor?«

»Verstehst du denn nicht? Johann ist seit vier Wochen frei, und er ist nicht hier. Selbst zu Fuß bräuchte er nicht so lange, um nach Brunnenweiler zurückzukehren.«

In Lisbeths Brust fühlte es sich an, als würde ihr Herz bis zum letzten Blutstropfen ausgepresst.

»Sie glauben, er … kommt nicht wieder?«

Konrad füllte ihr Glas auf, doch sie rührte es nicht an. So musste es sich anfühlen, wenn man schwer wie ein Stein bis auf den Grund des Sees sank.

»Du musst ihn vergessen, Lisbeth.«

»Ver…gessen?«

Sie wiederholte das Wort, als wüsste sie nicht, was es bedeutete.

Zentnerschwere Stille kam auf. Nach einer Weile stieß sie sich mit mühsamer Kraftanstrengung von der Tischplatte weg und verließ wortlos Konrads Haus.

»Lisbeth, wohin willst du?«

Sie gab keine Antwort. Sie wusste auch keine. Nur eines wusste sie: Läge auf ihrem Weg ein offenes Grab, sie würde geradewegs hineinlaufen.

31

Die Tage nach seiner Freilassung verbrachte Johann im Gasthof *Traube*. Es war nicht der einzige Gasthof, den er in Coblenz kannte, aber die Wirtin Sidonie war die Einzige, die ihn ohne viel Fragen zu stellen einquartierte. Sidonie und er kannten sich schon lange. Er konnte sie als gute alte Freundin bezeichnen, wobei *gut* nicht wörtlich zu nehmen war, *alt* aber schon.

Kennengelernt hatten sie sich, als er noch mit Karl Benzel herumgezogen war. Der hatte häufig zwischen zwei Raubzügen in der *Traube* logiert. Einmal, weil man sich hier gut verstecken konnte und nicht gleich vom erstbesten Säufer an die Gendarmerie verpfiffen wurde, und zum anderen, weil Sidonie immer ein hübsches Mädchen hoch auf die Zimmer schickte, um die Kopfkissen aufzuschütteln. Alles wurde in den Nächten geschüttelt, bloß keine Kissen, aber um nicht den Ruf als Bordell zu bekommen, war es Sidonie wichtig, den Mädchen eine Aufgabe mitzugeben, wenn sie zu den Männern auf die Zimmer gingen.

Nach Kissenaufschütteln war Johann aber nicht gewesen. Er hatte sich ein Zimmer genommen und dort drei Tage lang auf dem Bett ausgestreckt geschlafen. Zwischendurch hatte Sidonie ihm Brot und Wein, Käse und Schinken und kräftige Suppen hochbringen lassen. Und Seife. Vor allem Seife. Johann roch an dem klumpigen Stück und fühlte seine Lebensgeister zurückkehren. Die junge Alma, ein hübsches Mädchen mit krummer Nase und einem Hang zu Knoblauch, war angehalten, den Waschzuber mit heißem Wasser zu füllen und Johann den Kerkerdreck vom Körper zu schrubben. Es war ihr erlaubt, sich dabei nicht nur auf den Rücken zu beschränken, doch Johann lehnte ab. Er war zu matt.

Und er machte sich etwas vor.

Zu matt hatte es für ihn früher nie gegeben, und die Strapazen des Gefängnisses hatte er bei Sidonies Fürsorge nach einer Woche auch aus den Knochen und Muskeln. Nichts hätte einem fröhlichen Pflügen im Wege gestanden. Nichts ... würde er nicht ständig an Lisbeth denken.

Alma wusch ihn mit zärtlichen Händen und war sogar bereit, einmal das Waschwasser zu wechseln. Johann schätzte diese Aufmerksamkeit sehr, war sie doch nicht selbstverständlich. Weil er sich rasch erholte und wieder bei Kräften war, half er dem Mädchen, den Zuber auszuschöpfen, bis sie ihn hoch auf die Fensterkante stellen und hinaus auf die Straße entleeren konnten. Eine Katze lief reaktionsschnell weg, bevor das Wasser vor ihr auf das Kopfsteinpflaster platschte. Aus sicherer Entfernung schaute sie empört zurück.

Oft lagen er und Alma einfach nur nebeneinander auf dem Bett und reichten sich gegenseitig Johanns Pfeifchen, um daran zu ziehen. Keine anderen Berührungen. Gemeinsam beobachteten sie schweigend, wie der Tabakrauch zur Zimmerdecke stieg.

Einmal am Tag wechselte Alma Johanns Gesichtsverband. Die ersten Male musste sie sich zwingen, auf das zerschundene Loch der Augenhöhle zu schauen, um den frischen Verband anlegen zu können. Ihr Mund formte ein lautloses »O«, für das sie sich vor Johann schämte. Er half ihr, indem er makaber scherzte. »Wenigstens kann ich dir jetzt nur noch halb so intensiv auf den Busen starren.« Er selbst hatte sich noch gar nicht in einem Spiegel angeschaut. Ob er den Anblick ertrug, wollte er noch nicht herausfinden. Zumindest hatte er keine Schmerzen mehr. Dafür, dass die Wunde sich nicht infizierte, hatte der Arzt gesorgt, den Generalsekretär Paty noch am Tag seiner Folter zu ihm in die Zelle geschickt hatte.

Nach dem Anlegen des neuen Verbands war es zu einem Ritual zwischen Alma und Johann gekommen. Sie legte ihre Hände an seine Wangen und gab ihm einen Kuss auf die Stelle des Verbands, unter dem sich das hohle Loch befand.

Johann erschauerte bei dieser Berührung. Es war, als streifte ihn der Flügel einer Libelle.

»Du bist zu gut für dieses Haus«, sagte er zu Alma.

»Bin ich gewiss nicht«, wiegelte sie ab.

»Ich sehe, wie du bist.«

»So bin ich nur zu dir.«

»Warum?«

»Weil du zu mir bist, wie du bist.«

Alma war ein liebes Mädchen, und Johann wünschte ihr von ganzem Herzen, dass sie ein schönes Leben haben würde. Eines, das sie bald von Sidonie wegführte, vielleicht zu einem netten Ehemann, dem sie ein halbes Dutzend Quälgeister schenken konnte. Ein bisschen erinnerte sie ihn an Anne aus Brunnenweiler, nur dass Anne schon mehr vom Leben wusste.

Ja, Alma war ein liebes Mädchen.

Alma war nicht Lisbeth.

Und Lisbeth war das Mädchen, das ihn bis in seine Träume verfolgte.

Lisbeth. Immer wieder Lisbeth.

Sie war wie eine Brandwunde in seiner Erinnerung.

Bald schon begann er, den Tag zu verfluchen, an dem er ihr begegnet war.

Die nächsten Wochen hockte Johann von morgens bis abends im Gasthaus und trank seine Dämonen in Grund

und Boden. *Wollen doch mal sehen, wer von uns stärker ist. Ihr oder ich.*

Die anderen Gäste mieden den Tisch, an dem er saß. Sie fürchteten seinen Zynismus, der rasch in Handgreiflichkeiten ausarten konnte, wenn man ihn nur schräg anschaute.

Sidonie zerriss es fast das Herz, ihren alten Freund Johann so selbstzerstörerisch zu sehen. Immer wieder schickte sie Alma an seinen Tisch, doch ihre Reize verfingen sich nicht bei ihm. Unermüdlich probierte es Alma, auch weil sie längst Gefallen an ihm gefunden hatte, doch Johann beachtete sie nicht auf die Weise, wie eine Frau von einem Mann, den sie mochte, gerne angesehen werden wollte.

»Warum magst du mein Mädchen nicht, Johann?«, fragte Sidonie. »So kenne ich dich gar nicht. Hast dich zwar lange nicht hier blicken lassen, aber dass du dich so veränderst ...?«

»Hab mich nicht verändert«, sagte Johann trotzig und schüttete den Krug Bier in einem Zug die Kehle hinunter. Sidonie und Alma tauschten besorgte Blicke. Sie kannten die sinnfreudigen Trinker, und sie kannten die, die ihren Kummer ertränkten.

»Liegt es am Kerker?«, fragte Sidonie.

»Was weißt du schon vom Kerker?«

»Ich weiß viel mehr über das Gefängnis, als du denkst.«

»Woher? Warst du selbst mal drin?«

Er lachte spöttisch auf und wies Alma an, ihm den nächsten Krug zu bringen. Alma zögerte, doch als Sidonie nickte, ging sie los und kam mit einem bis über den Rand schwappenden Weinkrug zurück.

»Nein, eingesperrt war ich noch nicht«, sagte Sidonie. »Aber ich habe einen Blick für Gesichter. Und Gesichter erzählen alles, was die Münder nicht aussprechen. Die lautesten Krakeeler, die eine Runde Bier nach der anderen schmeißen, haben die rastlosesten Augen. Wenn sie nicht zur Tür schauen, weil sie fürchten, die Soldaten kämen, um sie erneut einzubuchten, dann starren sie auf ihre Hände, als wären diese kein Teil von ihnen. Andere lächeln die ganze Zeit vor sich hin und geben sich unbeeindruckt, aber sie kratzen sich ihre Unterarme wund, dass sie fast ausbluten. Glaub mir, Johann, ich habe manche Männer gesehen, die den Kerker überlebt haben. Einige nach nur wenigen Tagen, andere nach Jahren. Die waren die ärmsten Schweine. Die hätten sich am liebsten wieder einsperren lassen, um der Welt zu entfliehen, in der sie sich nicht mehr zurechtfanden. Wiederum andere waren so gebrochen, dass sie nichts anderes taten, als von morgens bis abends ihr Leid zu klagen. Keiner wollte es mehr hören, und kein Mädchen wollte sie wenigstens für eine halbe Stunde ablenken. Diesen Kerlen wäre besser gedient gewesen, sie hätten ihren Kopf auf dem Richtplatz verloren. Mit allem Drum und Dran, Bluthemd, Leiterkarren und Zuschauern. Aber die waren auch alle nicht wie du, Johann. Du bist anders, das weißt du. Du hast nie gejammert, auch wenn du allen Grund dazu gehabt hattest. Auch jetzt nicht, und glaub mir, ich kann mir vorstellen, dass es wehtut, sein Auge zu verlieren.«

Sidonie schob einen Teil ihrer wallenden Haarpracht zur Seite und gab den Blick auf eine kahle und wulstig vernarbte Stelle am Hinterkopf frei.

»Einer glaubte, dass ich ihm besser gehorche, wenn er mir das Hirn mit einem Hammer herausschlägt. Ich hatte Glück, dass ein Arzt mir die Schädeldecke wieder draufsetzte. Nur Haare wachsen an der Stelle nicht mehr. Und ich sehe auch tagsüber Sterne, nicht nur nachts, wenn der Mond scheint.«

Johann legte mitfühlend seine Hand auf ihre.

Sidonie verzog ihren Mund zu einem schiefen Lächeln. So kannte sie ihn. Der gute Johann, der auf sich selbst nichts gab, aber für seine Freunde immer da war. Was war nur los mit ihm?

»Warum willst du deinen Verstand mit meinem schlechten Wein wegspülen?«, fragte sie so leise, dass niemand um sie herum es hören konnte.

»Es ist nicht der Verstand, es ist das Herz.«

Sidonie schlug verzückt die Hände über dem Kopf zusammen. »Dass ich das noch erleben darf. Ich bin ja so erleichtert. Der Johann ist verliebt.«

»Red keine Wieselscheiße. Bin ich nicht. Ich bin nur … ach, ich weiß nicht, was ich bin. Aber dein Wein ist wirklich schlecht, da hast du recht.«

Sidonie legte in ihrer mütterlichen Art einen Arm um seine Schulter. »Erzähl mir von ihr«, sagte sie. »Ist es die Kleine, mit der dein Bruder Konrad hier war?«

Heiß schoss es durch Johanns Adern. Schlagartig war er nüchterner, als ihm lieb war. Wenn er sich schon haltlos betrank, dann brauchte er keinen Rückschlag in seinen aufrechten Bemühungen.

»Was sagst du? Konrad war hier?«

»Ja.« Sidonie wunderte sich über seine plötzliche Erregung. »Wusstest du das nicht?«

»Wann? Wann war das gewesen?«

»Lass mich nachdenken. Vor fünf Wochen, vielleicht sechs?«

»Und er war nicht allein?«

»Nein. Ein junges Mädchen war bei ihm. Sie war ziemlich dumm, weil sie sich abends allein in den Schankraum setzte und dann wunderte, dass sie von Männern umringt war. Sie war eine Hübsche, eine ganz Besondere. Eine von der Sorte, der du ansiehst, dass sie ihren eigenen Kopf hat. Aber ich dachte, sie gehört zu Konrad, bis er mir sagte, dass sie ihn nur begleitet. Ich kann dir verraten, dein Bruder mag zwar nicht mehr der Jüngste sein, aber er weiß immer noch besser, was mir gefällt als alle anderen.«

»Weißt du ihren Namen?«

»Du machst mir Spaß. Ich habe schon Mühe, mir die Namen der Mädchen zu merken, die für mich arbeiten.«

»Wie sah sie aus?«

»Hübsch, und das, obwohl sie doch so schlicht gekleidet war. Ihr haftete etwas Störrisches an.«

Johann grinste breit. Das klang verflucht eindeutig nach Lisbeth. »Haben sie gesagt, warum sie hier waren?«

»Konrad wollte mit dem Generalsekretär über deine Freilassung sprechen.«

»Woher weißt du das?«

»Konrad war die ganze Nacht bei mir. Da hatten wir auch mal Zeit zu reden. Was das Mädchen wollte, weiß ich nicht. Vielleicht kam sie wegen dir? Hm, was denkst du?«

»Ich hab aufgehört zu denken.«

»Das Mädchen hat sich am Abend dort drüben an den Tisch gesetzt. Sie hat herumgefragt; was, hab ich nicht mitbekommen. Aber der Schwarze Jonas und seine Kumpane hatten sie sofort umringt. Wäre Konrad nicht eingeschritten, hätten sie sie nicht eher in Ruhe gelassen, bis jeder unter ihren Rock gekrochen wäre.«

Johann schluckte und wurde blass. Seine Hände waren zu Fäusten geballt. Er wandte sich um und sah zu dem Tisch hinüber, den Sidonie meinte. Der Schwarze Jonas und seine Freunde waren heute nicht hier.

»Beruhige dich«, sagte Sidonie. »Ist ja alles gut gegangen. Aber sie sollte sich das nächste Mal im Klaren sein, wo sie sich befindet, bevor sie mit Kerlen trinkt. Sie schien mir ein wenig unbedarft. Sag ihr das, wenn du sie siehst.«

Johann strich mit der flachen Hand über seine eingefallenen Wangen. Er hob den Becher und trank in langsamen

Schlucken. Mit dem Handrücken wischte er sich über die Lippen.

»Ich werde sie nicht sehen.«

Sidonie stützte die Ellbogen auf dem Tisch auf und legte ihr Kinn auf den gefalteten Händen ab. Nachdenklich betrachtete sie ihn, während er den letzten Rest Wein aus dem Krug in den Becher goss. In seinem Gesicht verfing sich der Ausdruck von Verlorenheit und dem Wunsch, gefunden zu werden. Nie würde er sich das eingestehen, und noch weniger würde er etwas dagegen unternehmen. Lieber würde er in ewigem Zwiespalt leben, so gut kannte sie ihn.

Er schob den erneut schnell geleerten Becher von sich.

»Sie war auch sehr zielstrebig, das muss man ihr lassen. Sie wollte unbedingt irgendwas wissen. Was ist mit dir, Johann? Du schaust so seltsam.«

Er kniff die Augen zusammen und massierte mit zwei Fingern die Nasenwurzel. »Ich geh nach oben und leg mich schlafen. Hab wohl doch zu viel Wein getrunken.«

Die Handflächen auf die Tischplatte gestemmt, stand er schwerfällig auf. Sein Stuhl schob sich knarrend zurück. Ein wenig schwankte er. Nicht genug, um sich wieder setzen zu müssen, aber doch so, dass er auf seinem Weg zur Treppe einen anderen Zecher unbeabsichtigt anrempelte. Der drehte sich um. »He, du, ich dachte schon, du wärst meine Frau. Die hat nämlich gedroht, sich zur Witwe zu machen, wenn ich wieder zu viel trinke.« Er klopfte sich vor Lachen auf die Schenkel. Niemand lachte mit.

Johann beachtete ihn nicht und ging weiter. Er wusste, dass er zu viel getrunken hatte, aber wenn ihn jemand ziehen würde, könnte er sogar noch gut laufen.

Sidonie rief ihm hinterher: »Weißt du eigentlich, dass du im selben Bett schläfst wie dieses Mädchen, als es hier war?«

Johann tat, als hätte er nichts gehört. Er schleppte sich die Treppe hoch, fand durch die halb geschlossenen Augenlider sein Zimmer und fiel bleischwer ins Bett.

Im selben Bett?

Er schlief unruhig.

Früh am nächsten Morgen verließ er den Gasthof. Er versprach Sidonie, seine Rechnung zu begleichen, sobald er wieder zu Talern gekommen sei. Sie kannte ihn lange genug und vertraute seinem Wort, drückte ihn herzlich an ihre ausladende Brust und riet ihm mit scherzhaft erhobenem Zeigefinger, den richtigen Weg einzuschlagen. Er wüsste schon, welchen sie meinte.

»Geh zu ihr«, sagte sie.

»Sie wird inzwischen über meine Vergangenheit Bescheid wissen.«

»Na und? Die Frau, die deine Liebe hat und nicht will, muss verrückt sein oder deiner nicht würdig. Wahrscheinlich sogar beides.«

Johann verließ Coblenz durch das Löhr-Tor. Die Wachposten am Schlagbaum beachteten ihn kaum, als er an ihnen vorbeiging.

An der Weggabelung blieb er stehen. Er nahm seine Augenbinde ab und faltete sie zu einem schmaleren Stoffstreifen, bevor er sie wieder anlegte und am Hinterkopf stramm verknotete. Dann blickte er die Straße hoch, die ihn über das Hügelland nach Brunnenweiler führen würde.

Nach Brunnenweiler und zu Lisbeth.

Eine Weile stand er so da.

Schließlich wandte er sich um und schlug die entgegengesetzte Richtung ein.

32

Käthchen freute sich, als Lisbeth sie besuchen kam. Seit sie von dem kleinen Karl entbunden war, hatte Lisbeth keine Gelegenheit mehr gefunden, sich auf den weiten Weg von Brunnenweiler bis zum Haus, in dem Käthchen und ihr Mann lebten, zu machen.

Sie folgte einem Abzweig den Hügel hoch und gelangte an eine Lichtung, hinter der der anschließende Hang sanft anstieg. Ein kleiner Weg, gesäumt von Steinen, führte zu Käthchens Haus. Zwei niedrige Gebäude zu beiden Seiten des Hauses bildeten einen kleinen Hof. Dort gab es einen Pflock, an dem eine Ziege angebunden war, und einen Gemüsegarten, der allerdings noch keinen Ertrag erkennen ließ.

Käthchen schloss Lisbeth herzlich in die Arme und bat sie herein. Als Lisbeth das kleine, dicke Kerlchen Karl in der Holzwiege schlafen sah, kamen ihr beinahe die Tränen. Friedlich schlummerte das Kind und hielt seine kleinen Finger gekrümmt in die Luft.

»Ich freue mich, wenn ich sehe, wie glücklich du bist«, sagte Lisbeth. Sie nahm Platz, nachdem Käthchen ein Huhn vom Tisch gescheucht hatte. Ein kleiner Ofen stand in der Mitte neben dem Stützbalken.

»Wie ist es im Dorf unten?«, fragte Käthchen. »Erzähl mir alles. Ich war schon so lange nicht mehr da. Ist viel passiert in der Zwischenzeit?«

»*Das Leben* geht einfach so weiter«, sagte Lisbeth. »Lässt sich nicht aufhalten.«

»Wie geht es Ida? Ich denke oft an sie.«

»Mutter ist erstaunlich. Sie hätte allen Grund aufzugeben, aber das tut sie nicht. Sie nimmt jeden neuen Tag wie ein Wunder auf.«

»Vielleicht nicht das Schlechteste. Wenn ich meinen kleinen Karl betrachte, dann ist es ja auch genauso. Jeden Tag aufs Neue ein kleines Wunder.«

Lisbeth legte den Kopf schief. *Vielleicht sollte ich mir ein Kind machen lassen?* Sie verwarf diesen Gedanken sofort. Er war unpassend und wurde in seiner Beiläufigkeit dem Glück von Käthchens kleiner Familie nicht gerecht.

Lisbeth blieb eine Stunde, bevor sie sich verabschiedete und wieder auf den Rückweg machte, um noch vor der Dämmerung zurück im Dorf zu sein. Sie versprach, bald wieder vorbeizukommen, und winkte noch einmal von der Biegung am Feldrand zurück. Dann überquerte sie einen Bachlauf, in den Steine gelegt waren, damit man auf die andere Seite gelangte, ohne nasse Füße zu bekommen.

Wäre sie nur eine Minute später losgegangen, hätte sie noch gesehen, wie aus der entgegengesetzten Richtung zwei Männer in zerlumpter Kleidung den Hangwald herunterkamen und auf das Haus zugingen.

Die Männer hießen Peter Weitzel und Jakob Lahr und waren zwei erfahrene Verlierer.

Peter Weitzel war ein hagerer Mann mit kantigem Gesicht und Augen, die so rachsüchtig glühten, als bündelte sich in ihnen der Zorn auf alle, die es im Leben besser hinbekommen hatten. Er betrachtete Arbeit nur als Ursache für schnelle Ermüdung und führte sein Leben als Dieb ohne jede Reue oder Gewissensbisse. Er fror leicht, daher trug er unter seinem Überrock gerne ein Kamisol mit niedrig stehendem Kragen.

Jakob Lahr war einen Kopf größer als Weitzel und von grobschlächtiger Statur, die in ihren schwerfälligen Bewegungen seinen begrenzten Verstand sichtbar machte. Seine Augen waren klein und dunkel wie die eines Bären. Er trug eine grüne Wolljacke und auf seinem kurz geschorenen Haar eine Wollmütze.

Sie hatten seit Tagen nichts Ordentliches mehr zwischen die Zähne bekommen. Als sie das Haus mit der Scheune sahen, liefen sie los und erreichten die Tür, noch bevor Käthchen, die Lisbeth lange nachgewunken hatte, sie von innen verriegeln konnte.

Käthchen wehrte sich verzweifelt gegen das Eindringen der beiden Männer. Doch sie konnte nicht gleichzeitig an allen Fenstern sein. Weitzel und Lahr drangen mit lautem Gebrüll ins Haus ein.

Weitzel hatte eine Steinschlosspistole gezogen und forderte von Käthchen, alles Silber, das im Haus war, in einen Sack zu packen und dazu so viel Lebensmittel, wie sein Freund Jakob Lahr tragen konnte. Käthchen zitterte am ganzen Leib und tat, was er von ihr verlangte. Ängstlich verriet sie die Stelle, wo sie und ihr Mann eine kleine Holzschatulle mit Messingbeschlag versteckten. Lahr ging vor die Tür und kam mit einem kantigen Stein zurück, den er gegen den Riegel der Schatulle schlug.

»Wo ist dein Mann?«, fragte Weitzel.

Er packte Käthchen an den Schultern und schüttelte sie. Käthchen schrie und verschluckte sich an ihrem eigenen Schluchzen. Weitzel verpasste ihr eine Ohrfeige, dass sie zu Boden stürzte. Zitternd presste sie beide Hände vor das Gesicht. Weitzel hielt ihr die Pistole an den Kopf.

»Ich frag nur noch einmal: Ist dein Bock von Mann hier?«

Käthchen schüttelte heftig den Kopf. Tränen rannen ihr über die Wangen.

»Warum nicht gleich so.« Weitzel drehte sich zu Lahr um. »Schau durchs Fenster, dass keiner kommt. Meine Hoden schleifen schon am Boden. Wird Zeit, dass ich sie entleere.«

Dann zerrte er an Käthchens Kleidern, bis der Stoff riss. Sie wimmerte und versuchte, ihre Blöße zu bedecken, doch er brüllte, sie soll den Arm wegnehmen, wenn sie nicht will, dass er ihn bricht. Brutal zwängte er sich zwischen Käthchens Beine.

»Peter, da kommt einer«, knurrte Jakob Lahr. Vorsorglich nahm er schon mal die Flinte, die hinter der Tür in einer Ecke stand und Käthchens Mann gehörte.

»Nicht jetzt.« Weitzel verzog sein Gesicht zu einer Grimasse.

»Der kommt immer näher. Ich glaub', der hat die Schreie gehört.«

»Wird der Mann von ihr sein«, keuchte Weitzel.

»Soll ich?«, fragte Lahr.

Weitzel zuckte mit den Schultern. Lahr legte die Flinte auf die Unterkante des Fensters, zielte und schoss. Der heranhastende Mann wurde nach hinten gestoßen, krachte mit hochgeworfenen Beinen zu Boden und blieb regungslos liegen.

Das Kind in der Wiege begann zu weinen.

Genervt rief Weitzel: »Jakob, sorg dafür, dass das Gekreisch aufhört. Macht ja keinen Spaß.« Er schob sich von Käthchen herunter.

Jakob Lahr ging zur Wiege und hob den kleinen Karl heraus. Käthchen schrie und bettelte und versprach, alles zu tun, was die beiden von ihr verlangten.

Mit Wucht warf Lahr das Kind an die Wand.

Als Lisbeth zur Dämmerstunde im *Fröhlichen Tropfen* den Gästen die ersten Krüge Bier an die Tische brachte, waren die Leichen von Käthchen, ihrem Kind und ihrem Mann noch nicht entdeckt worden.

Teil 3

Spätsommer 1802

Niemand wird uns auseinanderbringen,
und wenn ich dafür töten muss

33

Seine innen- und außenpolitischen Erfolge ermöglichten es Napoleon, am 2. August des Jahres eine Volksabstimmung zu veranlassen, bei der er sich zum Konsul auf Lebenszeit erklären ließ. Drei Millionen Franzosen stimmten mit *Ja* und nur tausendsechshundert dagegen. Während er auf diese Weise seine Macht festigte, ging das Leben für die Menschen im Rhein-Mosel-Departement mit einem seltsamen Frieden einher. Jedem war bewusst, dass entlang des Rheins zweihunderttausend französische Soldaten stationiert waren, aber der Rhein war nun mal ein langer Fluss, und daher verteilten sich die Soldaten so weitläufig, dass sie meist nur im Umkreis der größeren Städte wahrgenommen wurden. Die Plagen für die ländlichen Gegenden waren unvermindert die Räuberbanden, auch wenn Anton Keil schon mächtig Staub aufgewirbelt hatte. Noch waren sie den Behörden, die die Jagd auf sie eröffnet hatten, einen Schritt voraus, aber das änderte sich mit jedem Räuber, der geschnappt wurde, und mit jeder weiteren Hinrichtung brach ein Stück Selbstherrlichkeit, mit der sich Halunken wie Karl Benzel oder der ›Fetzer‹ Weber umgaben, weg.

Die Tage im August waren von einer trockenen Wärme geprägt, als fahrende Künstler nach Brunnenweiler kamen. Sie lagerten mitten auf dem Dorfplatz und nahmen den Brunnen wie selbstverständlich in Beschlag. Kein Wunder also, dass sie sich den Unmut der Dörfler zuzogen, vor allem auch der jungen Tagelöhner, weil diese sich nun nicht mehr den Dreck von den Stiefeln waschen konnten. Bevor es zu Handgreiflichkeiten kam, trat Anne dazwischen. Mit resolutem Einschreiten verhinderte sie eine deftige Prügelei zwischen den Tagelöhnern und einem Zwei-Meter-Mann mit kurios gedrehtem Bart, der auf den verteilten Handzetteln als »stärkster Mann der Welt« angekündigt wurde. Seine angepriesene Kraft schien allerdings mit jedem Krug Bier zu schwinden, den er im *Fröhlichen Tropfen* trank, um sich auf Geheiß von Anne mit den Tagelöhnern zu vertragen.

Lisbeth hatte alles von ihrem Platz am Fenster aus mit einem Schmunzeln beobachten können. Wenn sie nicht gerade daran dachte, was sie belastete, war die Welt ein wirklich schöner Ort. Daran musste sie sich immer wieder erinnern. Manchmal half ihr dabei ein kleines Rotkehlchen, das sich seit ein paar Tagen den Fenstervorsprung zum Sonnenbaden ausgesucht hatte.

Die Schausteller bauten eine provisorische Bühne auf dem Marktplatz auf. Neugierig wurden sie von Mägden und ein paar Kindern beobachtet. Dank eingespielter Handgriffe waren sie bald fertig. Der »stärkste Mann der Welt« hatte bis dahin noch keinen Finger gekrümmt, außer um den Henkel eines Bierkrugs. Das Wettrinken mit Mönch-ohne-Heimat verlor er, und noch bevor die Vorstellung am frühen Abend begann, musste sein Auftritt kurzfristig abgesagt werden.

Auch ansonsten boten die anderen Künstler und Artisten ein überschaubares und vor allem auch zähes Programm, das selbst die von solchen Darbietungen nicht verwöhnten Brunnenweiler nur mäßig begeisterte. Weder der näselnde Poet, der ein nicht enden wollendes Gedicht vortrug, noch die drei Schauspieler, die ein selbst verfasstes Theaterstück darboten, ernteten mehr als nur höflichen Beifall. Nur einmal war das Publikum zu Lachstürmen hingerissen, als der Gaukler versuchte, mit sechs Bällen gleichzeitig zu jonglieren, obwohl er Schluckauf hatte.

Das wenige Geld, das die Künstler nach der Vorstellung gesammelt hatten, gaben sie im Anschluss gleich im Gasthaus aus. Wenigstens der Feilbinger hatte seine Freude an ihnen.

Am nächsten Morgen stellte Anne fest, dass der letzte Krug Bier tatsächlich einer zu viel für ihren Ehemann gewesen war. Seine Beerdigung fand drei Tage später statt. Mönch-ohne-Heimat sprach die Trauerrede. Noch am selben Abend hielt er es für seine Christenpflicht, die junge Witwe zu trösten, und bei Gott, nachts konnte das halbe Dorf durch Annes offenes Fenster hören, wie gut der Mönch sich aufs Trösten verstand. Offensichtlich trauerte Anne stärker um ihren Mann, als man vermutet hatte, denn in den kommenden Wochen war ihr Bedürfnis nach Trost kaum zu stillen.

Lisbeth hatte begonnen, übrig gebliebene Stoffreste nach ihrer Vorstellung zu vernähen. Nach wie vor träumte sie von einem eigenen Gewerbe, wenn auch die Fahrt nach Coblenz ihr einen gehörigen Dämpfer versetzt hatte. Woher sie das nötige Geld zusammenbekommen sollte, ohne selbst zur Räuberin zu werden, wusste sie nicht. *Noch* nicht, sprach sie sich selbst Mut zu.

Dass Johann nach seiner Entlassung aus dem Kerker nicht nach Brunnenweiler zurückgekehrt war, hatte sie getroffen. Mehr, als sie zugeben wollte. Als hätte er sie ein zweites Mal verraten, obwohl sie genau wusste, dass es ja gar kein erstes Mal gab. Trotzdem fühlte es sich an, als würde sie den ganzen Tag in Dornengestrüpp sitzen. Und nachts würde sie gerne schlafen, aber ihr Kopf gab einfach keine Ruhe. War das damit gemeint, wenn es hieß, dass Männer einem den

Schlaf rauben? Also, wenn das stimmte, dann waren Männer ja wohl nicht wirklich zu was nütze.

Aber nein, so war es ja nun auch nicht. Wenn sie an Johann dachte, dann unweigerlich auch daran, welche Veränderung mit ihm nach Brunnenweiler gekommen war. Er hatte eine Stärke verströmt, die allen gutgetan hatte. Und Lisbeth sehnte sich nach der Sicherheit und Ruhe, die sie in seiner Gegenwart gespürt hatte. Was verwirrend war, denn gleichzeitig hatte er sie auch geängstigt.

Auch die anderen Dörfler hatten sich nach kurzer Zeit an Johann gewöhnt. Manchen war seine Vergangenheit egal, denn sie hatten erkannt, dass hier einer war, der sich wehren konnte. Und genau so einen hatten sie gebraucht.

Nun war er weg.

Er hätte den unfassbaren Mord an Käthchen und ihrer Familie nicht verhindern können, aber er wäre losgezogen und hätte den oder die Schuldigen gefasst. Davon war Lisbeth überzeugt. So wie damals die Kutschräuber.

Alles Grübeln half ja doch nichts. Die traurigsten vier Worte auf dieser Welt waren nun mal: »Es hätte sein können«.

Lisbeth war so ungeübt darin, ihr Leben neu zu sortieren, nachdem es kurz und heftig durchgeschüttelt worden war. Das letzte Mal, als alles auf den Kopf gestellt wurde, war sie elf Jahre alt gewesen und hatte nur vage begriffen, dass etwas unwiederbringlich verloren gegangen war. Dieses Mal war es anders. Dieses Mal hatte sie selbst erst etwas zugelassen, bevor es ihr genommen wurde. Sie hatte Johann zugelassen. Er, der sie erst stark gemacht hatte, hatte sie geschwächt zurückgelassen.

Nur wenn sie an Mutter dachte, fühlte sie eine Kraft in sich, die stetig wuchs. Es half zu sehen, wie Ida sich ins Leben zurückkämpfte und ihrem Körper immer wieder aufs

Neue ein bisschen Zuversicht auf den kommenden Tag abrang. In Idas Kopf musste etwas geschehen sein, denn ihre Bemühungen, jeden Tag ein Stückchen gesünder zu werden, hatten in den vergangenen Monaten deutlich zugenommen. Mehr als in den vorherigen acht Jahren zusammen. Ihre Mutter lebte Lisbeth vor, wie man sich nicht unterkriegen lassen sollte. Ida hatte keine Ahnung, ob ihre Bemühungen jemals von dem Erfolg gekrönt sein würden, den sie sich erhoffte, aber sie hatte begonnen, dagegen anzukämpfen, sich nicht jeden Tag vom Schicksal neu herunterziehen zu lassen.

»Ich habe schon zu viel mitgemacht, als dass ich nicht wüsste, wie viele schöne Tage nur darauf warten, dass ich sie hinter einem schlimmen Tag entdecke«, sagte Ida.

Wenigstens besaß Lisbeth die Fähigkeit, über vieles nachzudenken, was sie von anderen aufschnappte. Gut, nicht von jedem, das verstand sich von selbst. Was Mathias sagte, nervte sie nur. Immer wieder die gleiche Leier, von wegen, dass sie ihn heiraten solle. Wann kapierte er es endlich?

Was Doktor Fenkel sagte, hatte sie schon einige Male zum Nachdenken gebracht. Vor allem während der Fahrten nach und von Coblenz war einiges gesagt worden, an dem sie zu knabbern gehabt hatte.

Und Ida war zwar nicht wirklich gesprächig, aber das Wenige hinterließ meist eine Wirkung bei Lisbeth.

Ida hielt die Tasse mit beiden Händen umschlossen und setzte sie an die Lippen. Während sie einen Schluck trank, beobachtete sie ihre Tochter. Lisbeth blieb es nicht verborgen.

»Deine Augen sind verquollen«, stellte Ida zwischen zwei Schlucken fest.

»Wenig Schlaf.«

»Oder viele Tränen.«

»Ich habe keine Ahnung, was du meinst, Mutter.«
»Ich habe ihn auch gemocht.«
Ida hatte nicht den besonderen Blick einer Mutter auf ihr Kind verlernt. Sie erkannte ihre Stimmungen stets.
»Es wird ein herrlicher Tag werden«, wich Lisbeth aus. »Wollen wir deine Bewegungsübung heute draußen machen?«
Ida blieb hartnäckig. »Denk daran, er war nicht aus unserem Dorf.«
»Das betrachte ich als Vorteil«, sagte Lisbeth schließlich. Warum noch so tun, als wüsste sie nicht, worum es ging?
»Ich verstehe sehr gut, was dir an Johann gefiel, aber du weißt, was es bedeutet hätte.«
»In diesen Zeiten geschehen viele Veränderungen. Warum nicht auch in unserem Dorf? Käthchen hat …«, sie verbesserte sich, »… hatte auch niemanden aus dem Dorf geheiratet.«
»Ihr Mann war aus dem Umland«, sagte Ida. Sie senkte den Kopf und faltete die Hände über dem Bettlaken. »Aber mir wären die ungeschriebenen Gesetze im Dorf nicht wichtig gewesen, solange du und Johann nur glücklich geworden wärt. Hast du etwas von ihm gehört?«
»Von Johann? Nein, natürlich nicht. Ich will auch gar nichts wissen. Nicht, wo er sich herumtreibt, und schon gar nicht, mit wem. Ist mir alles egal. Er ist mir egal. Jede Schnake über dem See ist mir wichtiger als er.«
»Und wenn er doch noch kommt?«
»Dann jage ich ihn zum Teufel. Im Ernst, Mutter, was soll ich mit einem, bei dem ich doch nicht weiß, woran ich bin? Bleibt er, geht er, ist er redlich oder ein Dieb?«
»So schlimm hat's dich erwischt?«
Was sollte das nun wieder heißen? Empört verschränkte Lisbeth die Arme vor der Brust. »Mich hat nichts erwischt. Noch nicht mal eine Erkältung im letzten Winter.«

»Liegt vielleicht daran, weil du immer bekleidet schläfst?«

»Wie soll ich denn sonst schlafen?«

»Ich hätte mit dir mal ein Gespräch über Bienen und Blumen führen sollen.«

»Über Bienen?«

Ida lachte.

»Ach, Mutter, du nimmst mich überhaupt nicht ernst.«

»Doch, Lisbeth, mehr, als du jetzt denkst. Und was ist mit Mathias?«

»Was soll mit ihm sein?«

»Er würde dich sofort heiraten. Ihr kennt euch seit Kindertagen. Es erscheint nur richtig, dass ihr beide einen Hausstand gründet.«

»Auf dem Hof seiner Eltern? Nein, danke. Ich glaube nicht, dass ich dort glücklich werden kann.«

»Du kannst nicht für den Rest deines Lebens jeden Mann, der sich für dich interessiert, mit Johann messen. Irgendwann möchte ich auch mal ein Enkelkind in den Armen halten.«

Bitte lass es, Mutter. Reib mir nicht unter die Nase, dass alle anderen schon unter der Haube sind.

Lisbeth nahm den Besen und fegte brachial durch das Zimmer, als wollte sie jedes Staubkorn einzeln dafür bestrafen, dass es sich unter Idas Bett gelegt hatte. Dann ließ sie ihre Mutter allein, stieg die Treppe hinunter und kümmerte sich um ihr eigenes Bett in der Schlafnische. Sie schüttelte das Kissen auf, und weil sie gerade so schön am Klopfen war, hörte sie gar nicht mehr auf, mit der Faust darauf einzuschlagen. Die Schlaufe in ihrem Haar löste sich, und ihre braunen Locken fielen wie ein Vorhang über ihr Gesicht, während sie voller Wut über das Bett gebeugt mit jedem Schlag Johanns Namen zwischen den Zähnen hervorpresste. *Du Lump. Du Schuft. Nimm das, Kissen.*

»Ah, das hat jetzt gutgetan«, keuchte sie schließlich.

Manchmal musste es einfach sein. Das Kissen stellvertretend für irgendwen zu verprügeln gehörte schon beinahe zu ihrem täglichen Ritual des Saubermachens.

Sie nahm die Waschschüssel vom Vorabend von der Kommode, öffnete das Fenster und schüttete das Wasser hinaus. Schade, dass Anne nicht gerade vorbeiging. Eine Dusche hätte ihr bestimmt nicht geschadet. Sie mochte Anne immer noch nicht so richtig leiden, auch wenn sie zugeben musste, dass sie sich bei Johanns Verhaftung ihr gegenüber ziemlich anständig verhalten hatte. Aber Freundinnen würden sie nicht mehr werden, auch wenn sie beide ein leicht ramponierter Ruf verband. Es gab nun mal für jeden auf der Welt jemanden, den man nicht leiden konnte, einfach so. Aus Gründen, die man selbst nicht kannte. Sah Lisbeth Anne, dann krochen plötzlich schwarze Spinnen durch ihre Adern, ohne dass sie genau erklären hätte können, womit Anne das bei ihr auslöste. War es einfach nur die bloße Existenz dieser Frau, deren Körper so leicht verführen konnte? Oder schlicht und ergreifend nur die Tatsache, dass sie in Johanns Armen gelegen hatte? Seine Kraft gespürt hatte? Wenigstens einmal, was immerhin einmal mehr war, als Lisbeth von sich behaupten konnte.

Wenn man vom Teufel sprach …

Anne schäkerte wieder einmal mit einem der jungen Burschen, die auf der Suche nach Arbeit ins Dorf gekommen waren. Lisbeth hatte schon gewusst, dass Anne vor die Tür kommen würde, als sie beim Blick durchs Fenster den Jungen noch mehr als zwanzig Meter vom Brunnen entfernt gesehen hatte. Sie stellte sich vor, wie auch Anne ihn erblickt hatte, sich hastig ihrer Schürze entledigte, flüchtig durch die Haare fuhr, damit das Vogelnest wieder gerade saß, und mit der Kanne in der Hand zum Brunnen eilte, um so zu tun, als wäre sie zu schwach für die Eimerkurbel. Garniert mit dem verzweifelten Blick einer hilflosen Frau würde sie sich die gefüllte Kanne selbstverständlich auch ins Haus tragen lassen. Annes Unterleib würde dem jungen Mann schon die Richtung vorgeben.

Verflixt noch eins, warum kann ich das nicht?

Auch diesen Jungen hatte Anne schon betört, kaum dass sie auch nur drei Worte gewechselt hatten. Allein für die Art, wie sie ihren Rücken durchbog, um ihm zu gefallen, hätte Lisbeth ihr schon mit Wonne ein gutes Dutzend Ohrfeigen gegeben. Nicht wegen des Jungen, der war Lisbeth egal, sondern nachträglich wegen Johann. Bis zum Sankt-Nimmerleins-Tag sollten ihre Wangen glühen.

Lisbeth zog die Gardinen vor dem Fenster zusammen. Ihr war die Lust am Beobachten vergangen.

Anne war ja nicht wirklich schlimm. Sie hatte nur etwas an sich, das Lisbeth an manchen Tagen zur Weißglut brachte. An vielen »manchen Tagen«, um genau zu sein. Hielt aber selten länger vor als für den Augenblick, denn jedes Mal, wenn sie sich einfach mal mit Wonne ein paar bösartigen Gedanken hingab, meldete sich darauf ihr schlechtes Gewissen.

Zu dumm, ich bin einfach nicht gemein genug.

Mit der Neugier war es so eine Sache. Für die einen war sie schändlich, für die anderen ein lustiger Zeitvertreib. Lisbeth war's egal, sie verband Neugier vor allem mit der Erkenntnis, etwas in Erfahrung zu bringen. Also schob sie mit der Hand die Gardine ein Stück zur Seite, um wieder zum Brunnen zu schauen. Gerade noch rechtzeitig. Dieses Mal schien Anne kein Glück zu haben. Der junge Bursche zog es vor, ins Wirtshaus zu gehen, anstatt sie nach Hause zu begleiten.

»Anne, Anne, du wirst dich daran gewöhnen müssen. Blicke wandern rastlos wie suchende Herzen. Kannst nicht jeden kriegen.«

Ah, ich kann doch gemein sein, wenn auch nur in Gedanken. Immerhin ein Anfang.

Gerade wollte sich Lisbeth ausgiebig ihrer Schadenfreude hingeben, als ihr etwas merkwürdig vorkam. Die Abfuhr schien Anne nicht weiter zu bekümmern. Im Gegenteil, sie nahm sie sogar erstaunlich gleichgültig hin. Als hätte sie den Jungen schon vergessen, schweifte ihr Blick in die Ferne. Ah, natürlich, da kam ja schon der nächste Wanderarbeiter die Straße herunter.

Lisbeth wandte sich wieder vom Fenster ab und trug die Waschschüssel zur Kommode zurück. Dort füllte sie frisches Wasser hinein und wrang den Körperschwamm kräftig aus. Sie stellte sich vor, er wäre Annes Hals, bis nichts mehr aus ihm heraustropfte. Schließlich ging sie zum Bett zurück, bückte sich und stülpte den Deckel über den Nachttopf. Es wurde mal wieder Zeit. Sie öffnete die Tür und beförderte den Inhalt des Topfs mit Schwung nach draußen.

Anne konnte gerade noch rechtzeitig zur Seite springen. »Sag mal, hast du keine Augen im Kopf?«, schimpfte sie.

»Was treibst du dich auch vor meinem Haus herum?«

»Ich wollte dir etwas sagen.«

»Du mir?« Lisbeth schaufelte mit dem Fuß Sand über die Pfütze. »Ich kann mir gar nicht vorstellen, was das sein soll.«

»Nein?«

Anne stemmte beide Fäuste in die Hüften. Obwohl ihre Augen verärgert funkelten, umspielte ihre Lippen trotzdem ein sonderbares Lächeln. Eines, vor dem man sich für gewöhnlich in Acht nehmen sollte, aber diesmal drückte es vor allem völliges Unverständnis aus.

»Warum bist du eigentlich immer so zornig auf mich?«

»Sag schon, was du willst«, sagte Lisbeth. »Willst dir ja wohl kaum Ratschläge von mir holen, was du tun kannst, damit dir der nächste Mann nicht auch noch durch die Lappen geht wie dieser junge Bursche eben.«

Anne schnaubte gekränkt. »Wenn hier eine Ratschläge braucht, dann du. Und Augen hast du wirklich keine im Kopf.«

»Wieso sagst du das so?«

Anne schaute Lisbeth fest an, während sie langsam den Kopf hoch zur Straße drehte und die Augen auf den Mann richtete, der schon an den ersten Häusern des Dorfs vorbeikam. Lisbeth folgte Annes Blick. Gleich darauf hastete sie ins Haus zurück und schlug die Tür zu.

»Na also«, sagte Anne zufrieden. »Warum nicht gleich so?«

Sie schlenderte über den Dorfplatz zurück. Ihre Finger spielten mit den Schleifen ihrer Bluse. Vor den Stufen ihres Hauses drehte sie sich um und winkte dem Mann, der zielstrebig auf Lisbeths Haus zuging.

Johann winkte zurück.

Er verlagerte sein Gewicht von einem Bein auf das andere und hob die Hand, um an die Tür zu klopfen. Noch bevor seine Fingerknöchel das Holz berührten, öffnete sich die Tür. Mit einem leisen Knarren schob sie sich einen Spaltbreit auf. Gerade weit genug, dass Lisbeth, die sich hinter ihrer Seite der Tür verborgen hielt, ihre rechte Hand durchschieben konnte.

Johann verspürte einen mächtigen Kloß im Hals, der es nicht zuließ, auch nur ein Wort von sich zu geben. Er sah ihre Hand im Türspalt. Diese schlanken Finger, die vor gar nicht langer Zeit so zärtlich um seinen Nacken gelegen hatten, als sie beide oben bei der Ruine gewesen waren. Zögernd streckte er den Arm aus. Seine Finger drängten danach, über ihre zu streichen, wollten herausfinden, ob sie es zulassen. Zuerst berührte er vorsichtig nur ihre Fingerspitzen, dann umschloss er ihre Hand. So behutsam, wie es nur gelingen konnte, wenn die Sehnsucht angekommen ist.

Seine rechte Hand tastete flach am Türholz hoch und verharrte ungefähr auf der Höhe, an der er auf der anderen Seite Lisbeths Gesicht vermutete. Er lehnte sich mit der Stirn dagegen und schloss sein verbliebenes Auge.

Getrennt durch die Tür, aber verbunden über ihre Hände.

In diesem stillen Moment lag eine Intimität, die größer war, als es jedes erfüllte Begehren je hätte sein können. Niemand, der die beiden beobachtete, konnte später mit Bestimmtheit sagen, wie lange sie so dastanden, aber jeder begriff, dass die Berührung mehr war, als nur die Worte zu ersetzen, die ihnen gerade fehlten.

34

Den Anbruch eines neuen Tages hatte Lisbeth immer schon als etwas Schönes empfunden, aber über dem ersten Sonnenaufgang, den sie mit Johann als Paar erlebte, lag etwas Wunderbares, das sie nicht in Worte fassen konnte.

Ihre Haut schimmerte vor Schweiß und Erregung der vergangenen Nacht. Sie konnte sich nicht erinnern, wann sie sich das letzte Mal in ihrem Körper so wohlgefühlt hatte wie in dem Augenblick, als sie die Augen aufschlug und sich in Johanns Arm wiederfand. Sie löste sich von ihm und richtete sich auf der Bettkante auf. Wie weich ihre Bewegungen waren, fast als wäre sie selbst ein Fluss, der nicht aufhören wollte, über die Ufer zu treten.

Johann lag neben ihr, die Augen geschlossen und mit einem Lächeln im Gesicht, das irgendwo zwischen zufrieden und verträumt einzuordnen war. Ihm ging es offensichtlich so wie ihr, wie schön. Sie betrachtete seinen nackten Körper, der mit unzähligen Narben übersät war, die mal mehr, mal weniger gut verheilt waren. Ein Leben sichtbar gemacht durch Wunden, die ins Fleisch geschlagen waren.

Seine Hände waren rau, aber als sie in der Nacht über ihren Körper streichelten, begriff sie, dass diese Hände immer nur sanft zu ihr sein würden, egal, wie hart sie zupackten.

Das Bett knarrte. Schläfrig öffnete Johann die Augen und sah sie an. Sein Blick gab ihr die Gewissheit, ihm auch noch am Morgen zu gefallen. Ihr haselnussbraunes Haar reichte bis zu den Schulterblättern und war ein ungebändigtes Durcheinander. Johann hob mit träger Schwere die Hand und strich ihr eine Strähne aus der Stirn, die beinahe ihre Nasenspitze kitzelte.

Lisbeth schob eines der drei Kissen im Bett zur Seite. Es war während des Liebesspiels an der Naht aufgeplatzt, und sie und Johann hatten mittendrin lachen müssen, als die Gänsefedern um sie wirbelten, während sie nicht aufhörten, sich leidenschaftlich zu lieben.

»Guten Morgen«, flüsterte sie.

»Guten Morgen.«

»Schöne Träume gehabt?«

»Hoffentlich habe ich nicht alles nur geträumt.«

»Glücklich?« Sie lächelte verspielt. »Jetzt, wo du mich verführt hast?«

»Verführt? Ich dich?« Johann lachte. »War es nicht umgekehrt?«

Lisbeth richtete sich auf. Das Laken rutschte ihren Körper hinunter, sammelte sich in ihrem Schoß und um die angewinkelten Beine. Am unteren Ende des Stoffes lugte ihr linker Fuß hervor.

Johanns Blick ging auf Wanderschaft. Er folgte dem Schwung ihrer Schultern, streifte genüsslich ihren Busen und verweilte kurz auf ihrem Bauch mit dem zum Küssen lockenden Nabel, bevor er die Kontur ihres Körpers wieder hochschlich und sich in ihren Augen verlor.

Ihre Stimme klang aufregend heiser, und er war sich nicht sicher, ob es das normale morgendliche Kratzen im Hals war oder noch von der Nacht herrührte, weil sie nicht hatte aufhören können, seinen Namen zu rufen.

Es gefiel ihm, wie ihre Leichtigkeit ihn einfach mittrug. Die schlimmen Wochen, die hinter ihm lagen, konnte er beinahe schon vergessen, solange er nicht in den Spiegel schaute. Lisbeth hatte sich nicht von seinem Gesicht abgewandt, obwohl sie sich anfangs noch bei Kerzenschein geliebt hatten. Er war unsicher gewesen, ob sie ihn nicht vielleicht von sich stoßen würde, wenn sie ihn sah, aber seine Besorgnis hatte sich als völlig unbegründet herausgestellt. Sie hatten an der Tür gestanden, sie hatte ihn zu sich ins Haus gezogen. Sicher, eine Sekunde war sie erschrocken gewesen, aber war das nicht auch verständlich? Gleich darauf hatte sie ihm gezeigt, dass einzig und allein wichtig für sie war, dass er zu ihr zurückkehrte. Sie waren wohl schon in ihrem Haus ein wenig ungestüm gewesen, weil plötzlich Ida von ihrem Zimmer oben heruntergerufen hatte, was denn da so rumpelte. Lisbeth hatte Johann den Zeigefinger auf die Lippen gelegt. »Du darfst mir keine Lustschreie entlocken«, flüsterte sie. »Aber genau das möchte ich«, hatte er geantwortet, und schon waren sie kurz entschlossen zur Gendarmerie hinübergelaufen. Lisbeth war zum ersten Mal in Johanns Zimmer, doch zum neugierig Umschauen war nun wirklich nicht die Zeit gewesen. Viel zu entdecken gab es sowieso nicht. Eine karge Einrichtung ohne viel persönliche Habe. Woher sollte die auch kommen? Johann hatte schon im Frühjahr außer einer Ledertasche nichts bei sich gehabt, als er ins Dorf gekommen war.

»Woran denkst du?«, fragte er.

»Waren schon viele Frauen hier bei dir?«

»Bist du eifersüchtig?«

»Ich übe mich darin, es nicht zu sein. Magst du mich denn wenigstens lieber als deine anderen Frauenzimmer?« Sie versuchte, so zu klingen, als wäre ihr die Antwort gleichgültig.

»Wir liegen hier zusammen«, schmunzelte Johann. »Genügt dir das nicht?«

»Sag schon.«

»Ich kannte mal eine, die stumm war. Sie hat danach nicht geredet. Das hab ich gemocht.«

»Du Lump.« Sie knuffte ihm in gespielter Empörung gegen die Schulter.

Johann rückte nahe an sie heran. Er legte seine Hand an ihre linke Wange, sodass sein Daumen sanft ihre Stirn berührte. Gerade als er anhob, um etwas zu sagen, war durch das hochgeschobene Fenster das helle Lachen mehrerer junger Mägde zu hören, die frühmorgens zum Dorfbrunnen gingen. Unwillkürlich hob Johann den Kopf. Ein Reflex, der vergangenen Zeiten geschuldet war. Lisbeth sah ihn unverwandt an, und er wich dem Goldbraun ihrer Augen nicht aus.

Beide wussten, es lag nur an ihnen, wie es nun weiterging.

»Machen dich ihre Stimmen unruhig?«, fragte Lisbeth.

»Welche Stimmen?«, konterte er mit einem Augenzwinkern. »Du brauchst keine Angst zu haben, dass ich mich nicht entscheiden könnte, Lisbeth.«

»Hast du es denn? Dich entschieden?«

Er beugte sich vor und bedeckte ihr rechtes Bein vom Knöchel bis zur Wade mit Küssen. Als seine Lippen höher hinaufwollten, hielt Lisbeth ihn auf. »Du hast eine seltsame Art zu antworten.«

»Aber sie gefällt dir.«

»Du bist sehr überzeugt von dir.«

»Manchmal tu ich nur so. Aber ernsthaft, Lisbeth. Jeder Mensch sollte irgendwann in seinem Leben an den Punkt kommen, an dem er weiß, was er will. Oder wen. Und dann danach handeln. Ich hab's vielleicht nicht gleich gemerkt, aber wahrscheinlich habe ich mich schon an dem Tag, als wir uns das erste Mal begegnet sind, entschieden. Wie ist es bei dir? Weißt du es denn auch? Immerhin bist du eine Frau, die von einem Mann mehr erwarten kann als nur Charakter und blendendes Aussehen.«

Er grinste auf diese entwaffnende Weise, die es ihm bei den Frauen so leicht machte und den Frauen so schwer, ihm böse zu sein.

»Da hast du wohl recht«, sagte sie. »Aber vorläufig muss ich mich wohl mit dir begnügen.«

Lachend fielen sie sich in die Arme. Da war sie wieder, diese selbstverständliche Übereinstimmung, die alles zu ermöglichen schien.

»Wie geht es deiner Mutter?«, fragte er plötzlich.

»Wenn ich bedenke, dass sie vor weniger als einem Jahr kaum aus dem Bett kam und sich fast Löcher in den Rücken gelegen hatte, dann ist es ein Fortschritt, dass sie jetzt an guten Tagen sogar ohne meine Hilfe durch das Zimmer laufen kann. Für wenige Minuten nur, aber immerhin. Wir müssen geduldig bleiben. Und dankbar, dass Mutter über diesen Lebensdrang verfügt.«

»Du bist sehr tapfer, Lisbeth. Viele andere würden nur jammern, aber du nimmst das Schicksal deiner Mutter an.«

»Ihr Schicksal ist auch meines.«

»Verzeih mir, ich weiß es ja. Ich wollte dir nur sagen, wie gut du für sie sorgst und dass du immer bei ihr bist.«

Lisbeth atmete schwer durch. »Ich hätte vor acht Jahren da sein sollen.«

Johann legte ihr die Hand auf die Schulter. »Das sagtest du schon einmal. Weißt du noch, was ich dir geantwortet habe?«

»Dass ich froh sein soll, dass ich es nicht war.«

Er schlang seine Arme um sie. Haut an Haut konnte er ihr Herz schlagen hören. Er würde ihr so gerne helfen, aber das konnte nur sie selbst. Die als Kind gewachsenen Schuldgefühle, ihren Eltern nicht beigestanden zu haben, hatte sie bis heute nicht abschütteln können. Sie nagten an ihr, da half auch keine Vernunft.

Behutsam legte Johann seine Hand an ihren Hinterkopf.

»Nicht jetzt«, flüsterte sie und löste sich aus seiner Umarmung.

Sie rutschte zum Fußende des Bettes. Dort beugte sie sich über die Bettkante und griff nach der Steinschlosspistole, die neben Johanns Kleidern auf dem Boden lag. Sie wiegte sie in einer Hand.

»Ist es eigentlich schwer, der Dorfbüttel zu sein?«

Sie beherrschte den Wechsel von beengender Schwermut zu unbelasteter Lebendigkeit in beeindruckender Weise. Johann brauchte einen Augenblick, um ihrer Frage zu folgen.

»Nicht in diesem Dorf«, antwortete er.

»Weil wir alle so brav sind?«

»Mehr, weil ihr alle zu feige seid.«

»Feige? Wir?«

»Vielleicht ist es auch nur die Angst, von den Franzosen geschnappt und verurteilt zu werden.« Er zog mit dem Daumen in einer ruckartigen Bewegung seinen Hals entlang. »Wie auch immer. Mir erleichtert es meine Aufgabe als euer Gendarm.«

»Wir sind nun mal ein anständiges Dorf. Wenn du noch länger in Brunnenweiler bleibst, wirst du das bestimmt erkennen.«

»Möchtest du denn, dass ich länger bleibe?«

Johann fuhr mit dem Finger ihren nackten Rücken entlang. Genießerisch schloss sie die Augen und gab sich ganz dem erregenden Gefühl seiner Berührung hin.

»Ob ich das möchte?«

»Ja, du.«

Sie bog ihren Oberkörper ein wenig zur Seite und wand sich unter seinem Finger weg. »Ich muss überlegen. Vielleicht hab ich ja auch schon genug von dir?«

Johann versetzte ihr einen leichten Stoß, der Lisbeth vornüberkippen ließ. Beide lachten herzlich.

»Ich hab' mich von Anfang an wohl in euerm Dorf gefühlt«, sagte er.

»Das glaub ich gern. Weil es eine leichte Aufgabe ist und du viel Zeit für anderes hast.«

Johann hob einen Finger. »Und weil ich zum ersten Mal einen richtigen Lohn für meine Arbeit bekomme.«

»Du kannst Konrad dankbar sein, dass er dich für den Posten des Büttels hergeholt hat.« Und ich bin es auch, dachte sie.

»Als er nach mir schickte, wusste ich gar nicht, was er von mir wollte. Aber dann dachte ich mir, es könnte eine nette Zeit werden.«

»Eine *nette* Zeit?«

»Hab' gleich gesehen, dass es hier ein paar hübsche Mädchen gibt.«

Lisbeth verzog den Mund. »Ja, die Mädchen im Dorf lieben dich alle.«

»Und du? Liebst du mich auch?«

»Nein. Ich schlafe nur mit dir.«

Manchmal schaffte sie es, Johann zu verblüffen. Dann betrachtete sie wieder die Waffe in ihrer Hand. Ihre Miene verdunkelte sich.

»Hast du schon jemand getötet?«

Johann wollte ihr die Pistole wegnehmen, doch sie entzog sich ihm geschickt.

»Gib her, Lisbeth.«

»Sag schon. Hast du?«

»Sie hatten es verdient.«

»Das sagen alle, wenn sie ihr Gewissen beruhigen wollen. Ich hoffe, es war Räubergesindel.«

Sie gab Johann die Pistole. Dann legte sie ihre Hand auf seine nackte Brust. Oberhalb des Herzens erhob sich eine wulstige Narbe, die wie ein Brandzeichen aussah. Mit einem Finger strich sie zart über den Bogen, den die Narbe in Grau und Rot beschrieb. Tränen stiegen ungewollt auf, als sie das vernarbte Fleisch unter ihren Fingerkuppen spürte. Sie mochte sich nicht vorstellen, welche Schmerzen Johann hatte aushalten müssen.

»Einmal war ich unachtsam«, sagte er.

»Ich bin froh, dass du überlebt hast.«

»Du kannst nur überleben, wenn du deinen Widersacher begreifst.«

Lisbeth horchte interessiert auf. Eine solche Überlegung, die Johann eben so beiläufig dahergesagt hatte, war ihr noch nicht untergekommen. »Wie meinst du das?«

»Wenn du nicht willst, dass dir dein Schädel eingeschlagen wird, musst du herausfinden, was im Schädel des andern vor sich geht. Was der andere will. Wenn du das weißt, hast du eine Chance zu überleben.«

»Und wenn ich's nicht weiß?«

»Wirst du sterben. Weil es dann der andere ist, der dir einen Schritt voraus ist. Umgekehrt ist besser.«

»Woher hast du immer gewusst, was deine Widersacher dachten?«

»Richtig wissen kann man's nie, aber wenn du gut beobachten kannst, hilft es dir, besser einschätzen zu können, was der andere machen wird.«

Lisbeth lehnte sich ins Kissen zurück und dachte über seine Worte nach. Sie kniff die Augen zusammen und rieb sich mit dem angewinkelten Daumen über die Nasenspitze, wie sie es häufig tat, wenn sie ihren Kopf anstrengte.

»Es muss also nicht immer der mit der meisten Kraft gewinnen?«, sinnierte sie.

Johann legte die Waffe neben sich. »Nein, gewiss nicht. Schau mich an, Lisbeth. Ich habe nicht die Muskeln eines Schmieds, und ich gewinne bestimmt nicht jeden Faustkampf, aber …«

»Aber?«

»Aber solange ich dich bezwinge …« Er tippte ihr amüsiert auf die Nase.

Lisbeth wechselte in eine kniende Position, drückte das Kreuz durch und reckte ihm ihre Brüste keck entgegen. »Du hast mich nicht bezwungen, Johann Fenkel«, sagte sie mit listigem Lächeln. »Ich habe dir erlaubt, mich für kurze Zeit zu besitzen.«

»So kurz war die Zeit nun nicht.«

»Das denkst du nur.« Flink schlängelte sich Lisbeths Hand unter das Laken und tastete zwischen Johanns Beine.

Er schloss die Augen. »Das denke ich nicht.«

»So, und was denkst du dann?«

»Ich denke vor allem, dass wir zu viel reden.«

Sie küssten sich. Plötzlich bemerkte Johann, dass Lisbeths Finger sich unter dem Laken gar nicht mehr um ihn kümmerten. Er öffnete die Augen und erstarrte. Lisbeth hielt die Waffe erneut in beiden Händen. Diesmal richtete sie sie auf seinen Kopf.

»Erkenne die Schwäche deines Gegners und ziehe daraus für dich Stärke«, sagte sie. »Ist es so richtig?«

Nach dem ersten Schreck konnte sich Johann ein Grinsen nur schwer verkneifen. Sie legte die Pistole vorsichtig nieder.

»Du bist nicht nur schön, sondern lernst auch schnell«, sagte er.

»Und ich kann mit Waffen umgehen. Ich habe mir mit dem alten Jagdgewehr meines Vaters das Schießen beigebracht. Ich habe lange geübt, bis ich auf zwanzig Schritt Entfernung die Rinde von einem Baumstamm schießen konnte.«

»Klingt, als wolltest du jemanden umbringen.«

»Möglich.«

»Und wen?«

»Dich, wenn du mir ein Kind machst und mich dann sitzen lässt.«

Lisbeth schwang die Beine aus dem Bett und begann, sich anzuziehen. »Ich muss los, Johann. Mutter ist sicher schon wach und wartet auf mich.«

Bevor sie das Haus verließ, blieb sie in der Tür stehen. »Ach, Johann, bevor ich's vergesse. Ich bring dich auch um, wenn du noch einmal mit 'ner andern schläfst.«

Johann lachte schallend auf, und auch in Lisbeths Gesicht schmuggelte sich ein vergnügtes Lächeln. Hätten beide es nicht schon geahnt, so wüssten sie spätestens jetzt, dass sie gut zusammenpassten. Als sie aus der Gendarmerie trat, brachte ein junger Bursche einen Korb voll mit sandigen Rüben.

»Für den Herrn Fenkel«, sagte er. »Wir freuen uns alle, dass er wieder hier ist.«

Und ich erst, dachte Lisbeth. *Und ich erst.*

Ida schlief noch, als Lisbeth nach ihr schaute. Sie hatte einen Teller Suppe die Treppe mit hochgenommen, den sie leise auf der Kommode neben dem Bett abstellte. Sorgsam darauf bedacht, dass die Bodendielen nicht knarrten, schlich sie wieder hinaus. Als sie die Tür schließen wollte, rief Ida nach ihr.

»Setz dich zu mir.«

»Guten Morgen, Mutter. Hast du gut geschlafen?«

Ida legte den Kopf schräg. »Er ist zurück, nicht wahr?«

Lisbeth machte große Augen. »Woher weißt du es?«

»Du siehst so rosig aus.«

Lisbeth verspürte nicht das Bedürfnis, diese Bemerkung zu vertiefen. Sie wartete, bis Ida die Suppe gelöffelt hatte, dann stieg sie die Treppe hinunter. An der untersten Stufe wartete Mathias, der einfach ins Haus spaziert war. Etwas, das Lisbeth gar nicht mochte. Ihre Miene verfinsterte sich. Mathias begann, sie wirklich mehr als nur zu nerven. Das

Dorf war klein, und jeder lief jedem zwangsläufig über den Weg. Aber die ungebetene Nähe, die Mathias zu ihr suchte, war nicht immer nur zufällig. Sie fühlte sich von ihm verfolgt, kaum dass sie einen Fuß vor die Tür setzte. Und es war schlimmer geworden. Nachdem Johann verhaftet worden war, schien Mathias zu glauben, er müsste bloß ständig um sie herum sein, damit sie Johann schnell vergaß. Für ihn stand es außer Frage, dass er der Richtige für sie war. Sie würde es sicher auch noch so sehen. Irgendwann, nach zehn oder zwanzig Ehejahren.

Mathias hielt eine Sense in der Armbeuge festgeklemmt. An der scharfen Klinge klebten Grashalme.

»Hallo, Lisbeth«, sagte er und blickte ihr erwartungsvoll entgegen. Er versuchte sich in einem gewinnenden Lächeln, doch es war offensichtlich, dass seine Gesichtsmuskeln hierbei noch mächtig üben mussten. Wie auch beim Küssen, wie Lisbeth sich erinnerte. Eine im Nachhinein völlig überflüssige Erfahrung.

»Was willst du?«, fragte sie.

Es sollte gleichgültig klingen, doch sie merkte selbst, wie unwirsch ihre Stimme sich anhörte. Egal, sollte er ruhig erkennen, nicht willkommen zu sein. Sie stellte den Suppenteller neben dem Herd ab und verschränkte ungeduldig die Arme vor der Brust. Gab es etwas Lästigeres als ungewollte Verehrer?

»Wo bist du gewesen?«, fragte Mathias.

»Spionierst du mir nach? Vielleicht solltest du deine Dienste den Franzosen anbieten?«

Sie wandte ihm den Rücken zu und begann, Wasser in einem Kessel zu erhitzen. Sie verspürte keinen Drang, sich zu rechtfertigen. Es war ihr Leben, so wie sein Leben seins war. Sie fragte ihn ja auch nicht, was er wann wo und wie oft machte. Es hätte sie auch gar nicht interessiert.

»Lisbeth?« Mathias ließ nicht locker.

Verstand der denn gar nichts? War er vielleicht einmal mit einem Ochsen zusammengestoßen?

»Mutter hat gegessen«, sagte Lisbeth knapp.

»Das mein' ich nich', das weißt du genau. Wo warst du vorher?«

Lisbeth ignorierte seine Frage und begann, die Küchenecke aufzuräumen, bis das Wasser kochte.

»Warst du wieder bei diesem Schürzenjäger? Diesem Weiberheld?«

»Und wenn? Es geht dich nichts an.«

»Wenn du mal zu mir auf den Hof kommst, aber schon.«

»Zu dir auf den Hof?« Jetzt musste Lisbeth aber doch lachen. Was für eine absurde Vorstellung. »Warum sollte ich?«

»Na, immerhin nachdem, was wir ...«

Ruckartig drehte Lisbeth sich um. Sie wischte sich die Hände so energisch an der Schürze ab, dass diese am Rand einriss.

»Ich sag es jetzt klar und deutlich, Mathias, aber auch nur ein Mal, also hör gut zu. Ich komm nicht auf deinen Hof. Nicht als Magd für deine Familie und auch nicht als deine Frau.«

»Willst du weiter Knöpfe an die Röcke der Franzosen nähen? Das ist doch nichts für dich.«

»Sieh dich um. Mir geht es gut.«

»Und wenn deine Mutter stirbt, was dann? Willst du allein im Haus bleiben? Das Gerede im Dorf ist jetzt schon groß.«

Lisbeth wurde zunehmend ärgerlicher. Inzwischen schlug das Wasser im Kessel schon Blasen, die an der Oberfläche aufplatzten.

»Und was willst du dagegen tun, Mathias? Mich vor den Klatschmäulern retten?«

»Ich will dir helfen.«

»Lass mich in Ruhe. Vergiss endlich diese eine Nacht mit uns. Ich bitte dich ein letztes Mal, Mathias. Und jetzt geh, ich will Wäsche auskochen.«

Sie nahm zwei Topflappen und hob den Kessel von der Platte. Als sie mit ihm an Mathias vorbeigehen wollte, ließ er die Sense aus der Armbeuge rutschen und hielt sie so um Lisbeths Hüfte, als wolle er sie mit der gebogenen Klinge zu sich ziehen.

»Und wenn nicht? Wenn ich nicht gehe? Was willst du dann machen? Kommt dann dein Schenkelfreund und erschießt mich?«

Wenn Johann mir seine Pistole leiht, mach ich das schon selbst.

»Was weißt du eigentlich über ihn? Hier im Dorf weiß immer noch niemand, woher er kommt.«

»Er ist da, das reicht mir. Nimm die Sense weg, hörst du?«

»Lisbeth, ich hab dir so viel zu sagen. Warum …«

»Nimm sie weg!«

Sie hob den dampfenden Kessel an. Ein Schwung nur würde genügen …

Mathias zögerte. Schließlich nahm er die Sense zur Seite und gab Lisbeth frei. Schweigend schauten sie sich an, bevor er endlich ging. Lisbeth stellte den Kessel vor dem Waschtrog ab. Ihre Hände zitterten so stark, sie musste das Treppengeländer fest umfassen, um sich wieder zu beruhigen. Dann trat sie vor die Tür, um sich zu vergewissern, ob Mathias auch wirklich fort war. Jetzt, wo sie mit Johann zusammen war, kam ihr Mathias noch mehr als früher wie ein zu schnell gewachsenes Kind vor.

35

Die Luft trug bereits die träge Schwere der späten Sommerwochen in sich. Lisbeth saß auf der Holzbank neben der Tür. Es war Johann gewesen, der ihr vorgeschlagen hatte, eine Bank vor das Haus zu stellen. Der Sonne entgegen. Sie selbst war gar nicht auf die Idee gekommen. Irgendwie bezeichnend, dachte sie, dass sie erst durch jemand anderen darauf gebracht werden musste, sich ins Licht zu begeben, anstatt immer nur im Haus zu werkeln. Wenn sie auf der Bank saß und den leichten Windhauch auf dem Gesicht spürte, sah sie die Welt gleich mit ganz anderen Augen.

Zwei Wochen war Johann nun wieder zurück in Brunnenweiler. Zwei Wochen, in denen sich für Lisbeth alles verändert hatte. Es gab die Zeit vor ihm und die Zeit mit ihm. Er hatte nicht nur eine Veränderung gebracht, nach der sie sich gesehnt hatte, dank ihm wagte sie, sich auf ein neues Leben einzulassen. Wie einfach ihr alles zurzeit vorkam. In seiner Nähe fühlte es sich an, als würden alle Sinne die Welt um sie herum um ein Vielfaches stärker aufnehmen können.

Plötzlich verspürte sie das spontane Bedürfnis, sich mit Anne auszusöhnen. Warum eigentlich nicht? Sie stand auf, glättete sich mit beiden Händen die Schürze und ging quer über den Marktplatz. Am Brunnen standen zwei junge Mägde, von denen sie nur wusste, dass sie im Haushalt vom alten Köhl, dem Vater von Mathias, mithalfen. Während die eine an der Winde kurbelte, nahm die andere den hochgezogenen Eimer in Empfang.

»Spazieren, Lisbeth?«, fragte die eine.

Sie war eins von den jungen Biestern, die gerade zum ersten Mal ihre Tage bekommen hatten und sich schon bemüßigt fühlten, andern gegenüber spitzzüngig zu sein.

»Herumstehen, Trude?«, entgegnete Lisbeth, ohne ihren Schritt zu verlangsamen.

Sie war nur wenige Schritte von Annes Haus entfernt, als sich die Tür öffnete und Johann heraustrat. Lisbeth blieb wie erstarrt stehen. Das durfte doch nicht wahr sein. Als Johann sie erblickte, zögerte er keine Sekunde und kam ihr lächelnd entgegen. Anne trat rasch hinter ihm in die Stube zurück und verschloss die Tür.

Das wird dir nichts nützen, du Biest. Wenn ich mit Johann fertig bin, dann rupf ich dir jedes Haar einzeln aus und stopf die Kissen damit.

»Lisbeth.« Johann breitete die Arme aus. Er wollte sie umarmen, und es wäre ihm bestimmt auch gelungen, wenn sie ihm nicht eine saftige Ohrfeige verpasst hätte.

»A…aber?«

Seltsam. Er wirkte nicht wie jemand, der gerade mit einer anderen erwischt worden war. Im Gegenteil, er blickte so verblüfft, als wäre er gerade frisch aus dem Ei geschlüpft. *Damit kommst du bei mir nicht durch.* Mühsam hielt sie ihre Tränen zurück. Die Wut war dabei ein guter Helfer.

»Ich verstehe dich nicht«, sagte sie.

Johann hielt sich die glühende Wange. »Das ist eigentlich meine Frage jetzt«, sagte er.

»Ach, Johann. Für dich ist Treue wohl nur eine Frage, wie geschickt du damit umgehst. O Gott, ich war so dumm, dass ich nicht gesehen habe, wie du wirklich bist.«

»Wie bin ich denn?«

»Nichts für mich, glaube ich.«

Lisbeth wandte sich um und stampfte wütend davon. Das schadenfrohe Grinsen der zwei Jungbiester am Brunnen ignorierte sie, auch weil sie gerade keinen Knüppel zur Hand hatte. Die beiden würden ihren ganz persönlichen Kummer schon noch selbst erleben.

Johann lief ihr nach. »Lisbeth, warte doch mal.«

»Auf dich? Weshalb?«

»Weil ich dir etwas sagen möchte.«

Lisbeth versuchte, so etwas wie Scham oder gar Reue in Johanns Augen zu finden. »Eins habe ich jedenfalls jetzt begriffen«, sagte sie. »Der Bär wird den Wald nicht verlassen, solange es noch Honig in den Bäumen gibt.«

Johann kniff die Augenbrauen zusammen, sodass sich eine steile Falte über der Nasenwurzel zeigte. »Es klingt zwar hübsch, was du sagst, so mit Bär und Honig, aber ich bin mir nicht sicher, ob ich verstehe, was genau du damit meinst.«

»Das überrascht mich nicht. Ich gebe dir einen Hinweis. Geh zurück zu Anne und frag sie. Ich bin sicher, sie kann's dir erklären.«

»Anne? Was hat die mit Bären und Honig zu tun?«

»Johann, du bist doch sonst nicht so dumm.«

»Freut mich, zu hören. Ich selbst hatte es bereits vermutet. Willst du wissen, warum ich bei Anne war?«

»Ich will nur wissen, wie ich dich aus meinem Herzen reißen kann.«

»Jetzt reicht es mir aber.« Johann packte sie am Handgelenk.

»Lass mich sofort los!« Mit der anderen Hand trommelte sie gegen seine Schulter, doch unbeeindruckt zerrte er sie zu Annes Haus zurück. Er schlug mit der Faust gegen die Tür.

»Anne, komm wieder raus.«

»Ich bin nicht zu Hause«, kam es von drinnen.

Johann verdrehte die Augen. »Sind denn in diesem Dorf alle Frauen durchgedreht? Los, Anne, komm raus.«

Sie kam dann auch. Sie hatte ein dreizipfeliges, zusammengelegtes Tuch um die Schultern gelegt, das Hals und Dekolleté bedeckte. Selten züchtig. So kannte Lisbeth sie gar nicht.

»Sag ihr, weshalb ich bei dir war«, forderte Johann sie auf.

»Nicht, wenn sie mich so böse anschaut.«

Wenn Blicke töten könnten, würde es von Anne für ein Grab nichts mehr zu bestatten geben.

»Lisbeth«, bat Johann scharf.

»Ist ja gut. Darf ich sie wenigstens verprügeln? Ich schau dabei auch zur Seite.«

Johann platzte der Kragen. »Los jetzt, Anne. Sag's ihr.«

»Er hat mich gefragt, ob er mir den Leiterwagen meines verstorbenen Mannes abkaufen kann, wo ich ihn doch jetzt nicht mehr brauche.«

»Wieso brauchst du ihn nicht mehr?«

»Ich gehe morgen aus Brunnenweiler fort. Mein Mönchlein geht nach Mainz, um dort in einer Schule zu unterrichten. Und ich gehe mit ihm.« Anne beugte sich verschwörerisch vor. »Offiziell als seine Haushälterin, natürlich.«

»Und wir brauchen den Leiterwagen, wenn wir dein Gewerbe solide aufziehen wollen«, sagte Johann. »Als du mir das erste Mal von deinem Traum erzählt hast, dachte ich mir, dass wir herumfahren müssen, um deine Ware anzubieten.«

»Das klingt schön.«

»Es muss dir klar sein, dass es nicht nur schön ist, sondern auch beschwerlich.«

»Ich meinte nicht die Fahrten, sondern dass du ›wir‹ sagst. Es sind doch ›wir‹, oder?«

»Wenn du mich dabeihaben willst. Lass uns auf die Bank vorm Haus setzen, und du erzählst mir mal genau, was du möchtest.«

Er setzte sich in Bewegung. Bevor Lisbeth ihm folgen konnte, rief Anne: »Lisbeth.«

»Ja?«

»Viel Erfolg.«

Lisbeth fühlte sich beschämt wie lange schon nicht mehr. Sie ging auf Anne zu und umarmte sie. »Du bist zwar ein Biest«, sagte sie, »aber ich mag dich eigentlich doch ganz gerne.«

Anne lachte. »Das sagt mein Mönchlein auch immer.«

Johann hatte sich schon auf die Bank gesetzt und die Arme hinter dem Nacken verschränkt, als Lisbeth nachkam.

»Also, wie willst du es anpacken?«, fragte er. »Hast du dir schon Gedanken über das Nähen hinaus gemacht?«

Mit ein wenig Unbehagen erzählte sie ihm von ihrem Besuch beim Knopfmacher in Coblenz. Entgegen ihrer Befürchtung, Johann könnte sie auslachen, hörte er nur aufmerksam zu und nickte schließlich, als sie geendet hatte. So ermutigt zeigte sie ihm die Skizzen, die sie während der vergangenen Wochen angefertigt hatte. Er hielt sie auf Armlänge von sich hoch, als könnte er sich so besser vorstellen, wie die fertigen Kleider an einem Menschen aussahen.

»Was denkst du?«, fragte sie, nachdem er eine Weile nichts gesagt hatte.

»Was ist das Besondere daran?«

Sie zuckte zusammen. »Es gefällt dir nicht.«

»Warum, glaubst du, stelle ich dir diese Frage?«

»Weil du mir auf diese Weise zu verstehen geben willst, dass die Entwürfe schlecht sind.«

»Das Gegenteil ist der Fall. Ich sehe deine Begabung fürs Nähen. Ich sehe deine Vorstellung, die du zu Papier gebracht hast. Du bist so gut wie alle anderen, die ihre Ware auf den Märkten anbieten. Aber du musst besser sein als sie, und ich frage dich das, weil ich überzeugt bin, dass du besser bist.

Aber meine Überzeugung verkauft dir kein einziges Kleid, kein einziges Tuch. Du musst den Menschen etwas anbieten, bei dem auch sie sehen, was du kannst.«

Lisbeth nahm ihm eine Skizze aus der Hand und betrachtete ihre eigene Zeichnung mit neuem Blick. »Du meinst, es muss etwas geben, das man nur bei mir bekommt?«

»Etwas in der Art.«

»Eine Signatur? Ich hatte an besondere Knöpfe gedacht, weißt du.«

»Was macht deinen besonderen Knopf besonderer als die besonderen Knöpfe der anderen?«

»Willst du mich verwirren, Johann?«

»Ich will dich zum Nachdenken bringen.«

»Knöpfe sind eine nette Spielerei, die du obendrauf setzen kannst. Ich habe da an etwas anderes gedacht.«

»Woran?«

Er schob seine Hand vor und fuhr Lisbeth unter die Röcke.

»Lass das jetzt«, protestierte sie. »Konzentrier dich auf unser Gespräch.«

»Aber das mache ich. Wie viele Unterröcke trägst du?«

»Mehr als genug.«

»Du sagst es«, pflichtete er ihr bei. »Diese Mühen beim Ausziehen. Bis man ankommt, wohin man will, verliert man sämtliche Vorfreude.«

»Ich dachte eher an die Mühen beim Anziehen und Tragen.«

»Das meinte ich selbstverständlich auch. Kennst du eine Frau, die nicht gerne auf ein oder zwei dieser Röcke verzichten wollen würde?«

»Die Huren in der *Traube* hatten bestimmt nur einen Rock an.«

»Wir reden nicht von Huren.«

»Ich weiß, wovon wir reden, aber ich verstehe nicht, worauf du hinauswillst.«

»Ich habe von einem Stoff gehört, der so wärmt wie mehrere Röcke zusammen und dennoch leichter zu tragen ist. Baumwolle. Vielleicht solltest du deine Kleider aus diesem Stoff nähen? Ich bin sicher, nicht nur die Frauen wären dir dankbar, auch viele Männer, die es eilig haben.«

»Und woher bekomme ich so einen Stoff?«

»Das ist die nächste Frage, auf die wir eine Antwort finden müssen.«

Sie küsste ihn. »Der war dafür, dass du schon wieder ›wir‹ gesagt hast.« Dann stand sie auf, ging ins Haus und kam mit einem kleinen Leinensäckchen zurück. Mit einem vor Freude Funken sprühenden Gesicht überreichte sie es Johann.

»Für mich?«

»Den Tabakbeutel hab ich für dich genäht, als du weg warst. Ich … habe wohl immer gehofft, dass du zurückkommst.«

Überwältigt von dem plötzlichen Geschenk, wusste Johann erst nicht, was er sagen sollte. Er strich über den Stoff. »Du hast sogar meinen Namen eingestickt. Und hier auch deinen.«

»Gefällt's dir?«

Er nickte.

Den Mann, der die Straße herunterkam, bemerkten sie erst, als er vor der Gendarmerie stehen blieb und anklopfte. Als niemand herauskam, schob er einfach die Tür auf und trat hinein. Gleich darauf kam er wieder heraus und sah sich suchend nach dem Gendarm um.

»Der will zu mir«, sagte Johann. Der Mann bemerkte sein Winken und kam das Stück Straße herunter, während Johann und Lisbeth ihm entgegengingen.

»Ich kenne ihn«, sagte sie. »Er arbeitet auf den Feldern in der Nähe des Klosters.« Unangenehme Erinnerungen kamen hoch, denn er war derjenige, der ihr eine Kusshand zugeworfen hatte, als sie aus dem Kloster geflohen war. Bis heute wusste sie nicht, wer ihr das verlorene Deckchen vor die Tür gelegt hatte.

Der Mann reichte Johann eine Tonpfeife, die sowohl er als auch Lisbeth sofort erkannten.

»Woher hast du die? Die gehört meinem Bruder.«

»Deswegen bin ich hier, Herr Gendarm. Ich hab den Doktor gesehen, wie er von der Straße den holprigen Weg hoch in die *Roten Wälder* einschlug. Hat der Doktor jetzt zwei Gehilfen?«

»Wie? Nein.«

»Ich frag nur, weil er von zwei Männern begleitet wurde. Da, wo er angehalten wurde, habe ich seine Pfeife auf dem Karrenweg gefunden.«

»Zwei Männer, sagst du?«

»Aber ja, ich weiß es genau.«

Inzwischen waren die Menschen aus den Häusern auf den Platz gekommen. Die Art und Weise, wie Johann und der Mann miteinander sprachen, hatte sie beunruhigt, und neugierig geworden waren sie auf den Platz gekommen und umringten sie. Auch aus dem *Tropfen* hatten sich Gäste genähert. Sie alle spürten die Bedrohung, die sich plötzlich über das Dorf gelegt hatte. Feilbinger war seinen hinauseilenden Gästen nachgelaufen, weil er fürchtete, sie wollten die Zeche prellen. Er reckte beide Hände wehklagend nach oben.

»Das waren bestimmt zwei von dieser Räuberbande, hört ihr?«, rief er. »Sie haben den Doktor in die *Roten Wälder* entführt. Wahrscheinlich sehen wir Konrad nie wieder.«

Sofort kam Tumult auf. Alle redeten durcheinander.

»Die Hattinger-Bande, diese Schweinehunde«, rief eine Frau. »Genügt es ihnen nicht, unser Gold zu rauben? Jetzt klauen sie uns auch noch den Arzt.«

Inzwischen waren weitere Dorfbewohner herangekommen. Unter ihnen auch Bürgermeister Hans Blasius. Er schnaufte schwer unter seinem übergewichtigen Körper, der es nicht gewohnt war, sich mehr als acht Schritte am Stück fortzubewegen, also genau die Strecke von seinem Schreibtisch bis hin zum weichen Ehebett. Gerade noch hatte er in seiner Amtsstube gehockt und zum Zeitvertreib mit der Schreibfeder Tintentropfen auf Stubenfliegen fallen lassen, und jetzt schwitzte er die Mittagssonne aus allen Poren und fragte sich, was denn für solche Aufregung sorgte.

Blasius drängte sich zwischen den Menschen hindurch, bis er neben Lisbeth und Johann stand. Im Gegensatz zu seiner bekannt einfallslosen Ausgestaltung seiner Dienstpflichten, gelang es ihm bei Kundgebungen recht leicht, sich Gehör zu verschaffen. Seine kräftige Stimme sorgte für Ruhe in der Menschenmenge. Ohne zu wissen, was hier eigentlich los war, rief er:

»Wir müssen kühlen Kopf bewahren!«

»Was machen wir, wenn der Doktor tot ist?«, fragte eine Frau.

Blasius schaute verwirrt. Ach, es ging um den Doktor? Er hatte gedacht, der Feldarbeiter hätte sich aus Unachtsamkeit einen Finger abgeschnitten.

»Mein Bruder ist nicht tot«, sagte Johann entschieden. Wirklich sicher war er nicht.

»Letzten Monat ist drüben in Seibersbach auch einer mit seinem Wagen überfallen worden. Ein jüdischer Kaufmann«, gab ein anderer zu bedenken. »Der Hattinger Frans hat doch schon gedroht, dass er unser Dorf plündern wird.«

»Ja, die wollen unser Hab und Gut«, rief eine Frau.

Und wieder ein anderer: »Und unsere Frauen.«

Schriller Aufschrei unter den anwesenden Frauen. Blasius blickte zu Margarethe, die augenscheinlich erregt wirkte.

»Du bist der Gendarm, Johann Fenkel«, sagte eine Frau. »Du musst uns gegen die Räuber schützen.«

»Ich gegen die Hattinger-Bande?« Johann hob eine Augenbraue.

»Zu diesem Zweck hat Konrad dich doch damals ins Dorf geholt, und wir haben dich gewählt, weil er uns darum gebeten hat.«

Durch die Menge ging ein zustimmendes Raunen.

»Und weil keiner von euch den Posten haben wollte«, sagte Johann grimmig.

»Es ist schon so«, sagte Blasius. »Ohne Konrad hätten wir dir den Posten nicht anvertraut. Niemand kannte dich zuvor.«

Johann wandte sich ohne ein Wort ab und stapfte zur Gendarmerie zurück. Blasius lief ihm schwerfällig hinterher, doch Johann beachtete ihn nicht weiter. Er nahm sein Jagdgewehr vom Haken, ein Pulverhorn, eine Dose mit Zündkraut und ein Messer. Danach packte er Proviant in seine Ledertasche und hängte sie sich um.

»Was hast du vor?«, fragte Blasius.

»Meinen Bruder suchen.«

»Du kannst das Dorf jetzt nicht allein lassen.«

»Es ist nicht allein. Ihr seid hier.«

»Keiner von uns kann mit der Waffe so umgehen wie du.«

»Ihr habt Mistgabeln und Sensen.«

Johann wollte durch die Tür hinaus, doch Blasius versperrte ihm den Weg, was bei seiner Körperfülle ein Leichtes war.

»Lass mich vorbei.«

»Es ist deine Pflicht, hier zu sein«, sagte Blasius eindringlich.

»Im Augenblick gerade nicht. Mein Bruder ist in Gefahr. Er braucht mich.«

»Und was sollen wir deiner Meinung nach tun?«

»Sucht euch einen neuen Gendarmen.«

Johann schob Blasius zur Seite und trat hinaus, doch nun stand ihm Lisbeth im Weg. Er wollte ohne sie anzuschauen an ihr vorbei, weil er sich nicht auf eine Erklärung einlassen wollte, doch er konnte nicht anders und streifte aus einem Impuls heraus mit seinem Blick ihre Augen. Er hatte angenommen, sie würde ihn mit völliger Verständnislosigkeit nach dem Sinn seines Vorhabens fragen, doch was er wirklich bei ihr sah, war Angst. Sie starrte auf das Gewehr, das er fest umschlossen hielt. Plagte Johann die Sorge um seinen Bruder, dann war deutlich, dass Lisbeth sich um ihn sorgte. Er wusste gar nicht, wie er mit dieser Regung umgehen sollte. Es war noch nicht vorgekommen, dass sich jemand um ihn sorgte.

Für einen Moment stand sie ihm so nah gegenüber, dass alle anderen um sie herum weit entrückt schienen. Ihre Lippen bewegten sich nicht, aber ihm war, als hörte er ihre Stimme in seinem Kopf, die ihn bat, nicht zu gehen. Sich nicht der Gefahr auszusetzen, einer Räuberbande in die Hände zu fallen. Er schulterte das Jagdgewehr und ging weiter. Hinter ihm verharrte Lisbeth mit unbeweglicher Miene.

Vom Getuschel der Dorfbewohner begleitet, schritt Johann stramm an ihnen vorbei die Straße hinauf, bis er das Dorf an der Biegung verließ und am Waldrand entlang dem furchigen Karrenweg nach Andernach folgte.

Lisbeth lief ihm hinterher.

Hinter ihr beobachtete Mathias mit bedrückter Miene, wie sie Johann einholte und ihn am Ärmel zupfte, bis er stehen blieb.

»Nimm mich mit.«

Johann schüttelte sie ab. »Geh zurück.«

»Nimm mich mit«, beharrte sie.

»Geh und kümmere dich um deine Mutter.«

»Ich will nicht, dass du gehst. Du kannst doch nicht allein gegen den Hattinger und seine Mörderbande kämpfen.«

»Gegen sie kämpfen ist nicht das Problem. Gegen sie zu gewinnen ist es.«

Lisbeth zerrte an seinem Arm, wieder riss er sich los. Unsanft stieß er sie von sich, und sofort tat ihm seine Grobheit leid.

»Johann, bitte, ich flehe dich an. Bleib bei mir. Du bist doch erst vor ein paar Wochen zurückgekommen. Wir haben uns gefunden, bedeutet dir das nichts?«

Er wich ihrem durchdringenden Blick aus. *Alles bedeutest du mir. Alles, die Welt und noch mehr.*

»Ich habe Angst, Johann, dass du nicht wiederkommst.«

»Das kann passieren, wenn ich auf den Hattinger stoße, aber ich kann meinen Bruder nicht im Stich lassen.«

»Ich will nicht ohne dich sein.«

»Wenn ich nicht zurückkomme, wirst du es aber müssen.«

»Ist das alles, was du mir sagen kannst?«

»Vielleicht besser, wenn du dir 'nen andern suchst«, sagte er schroff. So musste es sich anfühlen, wenn man sich selbst ein Messer ins Herz stieß.

»Was soll ich mit einem anderen?«

Johann packte sie an beiden Armen und schob sie von sich. »Wir wissen doch im Grunde beide, dass ich nicht für immer tauge.«

»Ach? Ich wusste das noch nicht.«

»Die Leute im Dorf haben schon recht. Was wisst ihr schon über mich? Nichts. Nichts wisst ihr.«

»Muss ich das denn? Muss ich wissen, was vorher war? Mir reicht, was ich sehe, seit du da bist. Und außerdem …«

»Ja?«

»Vielleicht weiß ich ja schon mehr über dich, als du ahnst.«

»Dann weißt du, dass ich früher einer von denen war, die du verabscheust.«

Jetzt hatte er es gesagt. Er wollte es nie, aus Angst, Lisbeth zu verlieren, aber jetzt war es raus. Und sie würde es nie verdrängen können. Er hob mit zwei Fingern ihr Kinn an und küsste sie so zärtlich auf den Mund, dass es schmerzte. Lisbeth schlang beide Arme um ihn. Sie drückte ihn so fest an sich, wie sie nur konnte, doch er löste sich behutsam von ihr und schob sie auf eine Armlänge von sich. Mit dem angewinkelten Zeigefinger wischte er ihr eine Träne von der Wange. Er wusste, wenn er jetzt nicht ginge, dann vielleicht gar nicht mehr. Ruckartig wandte er sich um und lief mit weit ausholenden Schritten den Weg weiter. Hätte er sich noch einmal umgedreht, hätte er nicht nur Lisbeth stehen sehen, die beide Hände vor den Mund geschlagen hatte und ihm mit angstvoll geweiteten Augen nachsah, sondern auch Mathias, der den Weg hinter ihr hochgeschlichen war und alles beobachtet hatte.

36

Solange er Lisbeth in seinem Rücken wähnte, hatte er sich nicht umgedreht, und dann, als er so weit gegangen war, dass er nicht mehr erkennen konnte, ob sie ihm noch nachsah, setzte er sich auf einen Baumstumpf und sortierte seine Gedanken. War schon überhastet gewesen, sein Aufbruch, und er fragte sich, ob er wohl richtig handelte. Konrad zu suchen stand außer Frage, aber er hatte nicht überlegt, wo er eigentlich suchen sollte. Irgendwo in den tiefen Wäldern, aber wo konnte sich der Schlupfwinkel der Räuber befinden?

Das Jagdgewehr hing seitlich an seinem Körper und beeinträchtigte sein Laufen nicht, auch weil er es mit einer Hand am Kolben hielt. Am Hosenbund baumelte die Steinschlosspistole mitsamt dem Pulverhorn, das bei jedem Schritt an seinen Oberschenkel schlug. Johanns Sorge um Konrad drückte sich in seiner entschlossenen Miene aus, aber immer wieder schweiften seine Gedanken zu Lisbeth ab. Je weiter er sich von Brunnenweiler entfernte, umso stärker wurde der Wunsch, sie in gerade dieser Sekunde in den Arm zu nehmen. Sie vor den Kopf zu stoßen war ihm schwergefallen, aber es war besser so. Sollte ihm etwas zustoßen, dann durfte sie nicht zu traurig sein.

Nach einem Kilometer kürzte er den Weg ab und schwenkte an einer Gabelung links vom Karrenweg auf einen Trampelpfad ab, der in einem sanften Anstieg in den Hangwald hineinführte. Bald schon war der Pfad überwuchert von Gräsern und Wurzeln, und schließlich war er unter Laub und tief hängendem Gebüsch verschwunden. Der Aufstieg wurde steiler und beschwerlicher. Johann keuchte, verlangsamte aber sein Schritttempo nur unwesentlich. Meist war eine Verzögerung einem umgefallenen Baum geschuldet, über den er klettern musste, oder einem kleineren Umweg, da der Hang an manchen Stellen unterschiedlich steil anstieg oder durch Moos arg rutschig war. Einen Pfad, dem er folgen konnte, brauchte Johann nicht. Er kannte die Wälder. Und er kannte einige der Familien, die hoch oben auf den Lichtungen und Felsplateaus in ihren Hütten wohnten. Einsam zwar, etwas abseits vom Dorf, aber glücklich und zufrieden, wenn sie in Ruhe ihre Höfe bewirtschaften konnten. Die Stocker-Hütte war eine von ihnen.

Es war bereits später Nachmittag, als Johann das hüfthohe Gatter aufdrückte und auf den Hof trat. Ein paar Hühner flatterten aufgeregt vor seinen Füßen. Noch bevor er ans Haus kam, wurde ihm die Tür geöffnet. Offensichtlich war er durch das Fenster beobachtet worden.

Rudolf Stocker war zwar fast einen ganzen Kopf kleiner als Johann, verfügte aber über Muskeln, die Bärenkräfte erahnen ließen. Über seinen Schädel waren die Haare ungleichmäßig verteilt. Während sich lediglich noch ein paar Büschel am Hinterkopf verloren, verhüllte ein dichter, struppiger Bart die untere Hälfte seines Gesichts. Die Haut um Stirn, Nase und Wangen war vom Wetter gegerbt, die Augen gerötet.

»Sie sind nicht der Doktor«, begrüßte er Johann. Seine Stimme klang gleichermaßen überrascht wie enttäuscht.

»Nein, bin ich nicht.«

»Ich kenne Sie. Sie sind der Gendarm unten im Dorf.«

»Der bin ich.« Johann nannte seinen Namen. »Konrad Fenkel ist mein Bruder. Wollte er zu Ihnen?«

»Mein Sohn braucht ihn so dringend. Wo bleibt er? Wissen Sie, wann er kommt?« Er machte einen Schritt zur Seite und bat Johann ins Haus.

Die Wohnstube war an Kargheit nicht zu überbieten. In der Luft hing der Geruch nach altem Schweiß und getrocknetem Urin. Johann zog es die Kehle zusammen, als er Stocker in die hintere Ecke der Stube folgte. In die Wand war ein Kastenbett eingelassen, das durch ein von der Decke bis zum Boden herabhängendes Laken vom Rest der Stube abgetrennt war. Stocker schob das Laken beiseite und ermöglichte Johann den Blick auf das Kind, das im Bett lag. Seine Mutter hockte auf einem Schemel, die Hände im Schoß gefaltet. Ihre Lippen bewegten sich unaufhörlich zu einem stillen Gebet.

»Lukas geht es immer schlechter«, sagte Stocker. Er legte die Hand auf die Schulter seiner Frau, die nur flüchtig aufblickte. Sie erkannte gleich, dass Johann nicht der Doktor war. Ihre Augen füllten sich mit Tränen, die sie nur mühsam unterdrücken konnte.

Der Junge sah fiebrig aus. Sein Haar lag klatschnass auf seinem Kopf, als wäre er durch den Fluss getaucht. Seine Haut war so blass und doch gelblich wie Pergament, und sein geöffneter Mund verstärkte den Eindruck, dass der Junge dem Tod näher stand als dem Leben.

Johann umfasste einen Zipfel des Lakens. Seinen um Erlaubnis fragenden Blick beantwortete Stocker mit einem knappen Nicken, dann zog er das Laken beiseite. Eine eitrige Wunde am rechten Bein kam zum Vorschein. Der üble Gestank quoll wie eine befreite Wolke hoch und zwang Johann, sich kurz zur Seite abzuwenden. Mit Mühe konnte er ein Würgen unterdrücken. Johann schlug das Laken wieder zurück. Der Junge gab einen wimmernden Laut von sich, als der Stoff sich wieder auf sein Bein legte.

»Wir geben ihm Suppe, aber das meiste fließt an den Mundwinkeln wieder herab, weil Lukas nicht lang genug bei Bewusstsein ist«, sagte Stocker. »Wenn der Doktor nicht kommt, dann …«

»Wie ist das passiert?«, fragte Johann.

»Wir wissen es nicht. Ich ging ihn suchen und fand ihn im Wald liegen.«

Stocker winkte Johann zurück in die Stube. Sorgfältig zog er das Trennlaken vor, dann nahm er zwei Zinnbecher von der Anrichte und füllte sie mit Wein.

»Die Wunde stammt von keinem Tier«, sagte Johann.

»Ich weiß.« Stocker trank seinen Becher in einem Zug aus. »Aber ich hab's meiner Frau nicht gesagt. Sie soll nicht noch mehr Sorgen haben.«

»Wer hat auf Ihren Jungen geschossen?«

Stocker hob die Schultern. »Seit einigen Tagen stromern zwei abgerissene Lumpen durch diesen Teil des Gebirges. Ich glaube nicht, dass sie zur Hattinger-Bande gehören, aber ich hab sie natürlich nicht gefragt. Hab nur darauf geachtet, dass sie mich nicht sehen.«

»Die kennen die Wälder besser als wir alle zusammen. Die wissen genau, wo die einsamen Häuser stehen.«

Stocker nickte gequält.

»Seien Sie die nächsten Tage wachsam«, riet Johann.

»Bin ich immer.«

»Vielleicht ziehen Sie mit Ihrer Familie für eine Weile ins Dorf? Kennen Sie jemand, bei dem Sie unterkriechen können?«

»Unser Haus allein lassen? Kommt nicht infrage.«

»Besser, als von Mördern umgebracht zu werden.«

Stocker kratzte sich am Schädel. »Lukas schafft es in seinem Zustand nicht bis ins Dorf.«

Johann kniete sich auf den Boden und kramte aus seiner

Ledertasche ein kleines Döschen und ein schmales Fläschchen. Beides reichte er Stocker. »Die Salbe ist gegen die Entzündung und die Tropfen gegen das Fieber.« Konrad hatte ihm beides einmal gegeben, damit er etwas bei sich hatte, wenn er unterwegs war. »Ich hoffe, es hilft, dass Sie den Jungen auf einen Wagen setzen und mit ihm zum nächsten Arzt fahren können.«

»Was wollen Sie dafür?«

Johann zuckte mit den Schultern. »Nichts, denke ich. Ihr Junge braucht es jetzt, und mir fehlt nichts. Ich muss bloß aufpassen, dass es so bleibt. Also nehmen Sie schon.«

Stocker hatte eine solche Geste nicht erwartet. Er nickte, ohne ein weiteres Wort zu verlieren. Seine Dankbarkeit drückte sich in seinen Augen aus. Sie gingen vor die Tür. Johann sah den bewaldeten Berghügel hoch. Die Sonne neigte sich über den Baumwipfeln und veranschaulichte wie zu jeder Dämmerstunde, warum die Gegend die *»Roten Wälder«* genannt wurde. Irgendwo dort oben würde er Konrad finden. Verletzt, aber lebend. Wenn er Glück hatte. Wenn nicht, dann tot unter einem Strauch liegend. Je nach Laune der Räuber.

Johann legte Stocker die Hand auf die Schulter. »Bringen Sie den Jungen so bald wie möglich nach Kruft. Der Arzt dort soll kein schlechter sein.«

»Also warten wir nicht mehr auf unseren Doktor?«

»Ich denke, ihm ist etwas zugestoßen.«

»Die gleichen Kerle wie bei meinem Lukas?«

Johann zuckte mit den Schultern. »Gibt es einen Hinweis, wo der Hattinger sich versteckt haben könnte?«

»Nordöstlich von hier hab ich zwei Bäume mit abgesplitterten Rinden gesehen. Als ob jemand Schießübungen gemacht hätte.«

Johann lenkte den Blick in die angegebene Richtung.

»Sie wollen dort hinauf, hab ich recht? Ich würde mitkommen, aber mein Junge ...«

»Ich gehe lieber allein. Machen Sie sich keine Gedanken.«

»Ich gebe Ihnen Proviant mit.« Stocker ging ins Haus, um kurz darauf mit einem Bündel zurückzukommen, in dem sich ein Laib Brot und etwas Wurst befand. »Ich wünschte, ich könnte mehr geben«, sagte er, aber Johann fand, es war schon mehr als genug. Was hatte er schon wirklich helfen können? Doch er wollte Rudolf Stockers etwas hilflos wirkende Geste nicht zurückweisen und nahm das Bündel dankend an. Und schließlich, wer wusste schon genau, wie lange er auf der Suche nach Konrad sein würde? In seinem überhasteten Aufbruch hatte Johann zwar an seine Steinschlosspistole und das Gewehr gedacht, aber nicht an ausreichend Proviant. Mit Stockers Wegzehrung musste er nicht so bald ins Dorf umkehren und wertvolle Zeit verlieren.

37

Einige waren früher von den Feldern gekommen, damit sie sich rechtzeitig zur angekündigten Ansprache des Bürgermeisters im *Fröhlichen Tropfen* einfinden konnten. Die Aussicht, nebenbei auch einen ordentlichen Schluck bechern zu können, half, sich bei der Wahl, entweder länger zu arbeiten oder dem Geschwurbel von Blasius zuzuhören, selbstlos zu entscheiden. Das Wirtshaus erstickte bereits im Tabakqualm und platzte aus allen Nähten, als Blasius auf einen Stuhl nahe dem Schanktisch stieg. Er suchte nach Margarethe, um aus ihrer Anwesenheit Sicherheit zu ziehen, doch dann erinnerte er sich daran, dass seine Frau ihm stündlich zu verstehen gab, nichts von ihm zu halten, und er wäre am liebsten wieder heruntergestiegen.

An einem der Tische prosteten sich die jungen Burschen um Mathias zu, an einem anderen schwiegen die älteren, erfahreneren Männer in den Schaum ihres Bieres. Vor der Tür hatten sich die Frauen versammelt, und irgendwo seitlich hatte Blasius auch Lisbeth im Schlagschatten eines Pfostens entdeckt. Es hatte sich in Windeseile herumgesprochen, dass Johann gegangen war, und alle wollten wissen, was der *maire* zu der neuen Situation zu sagen hatte. Kein Doktor, kein Gendarm, aber den Wald voller Räuber.

»Was sollen wir jetzt machen?«, rief einer aus der Menge und gab damit den Startschuss, noch bevor Blasius ein Wort gesagt hatte.

»Ja, was? Jetzt, wo Johann Fenkel uns im Stich gelassen hat?«, rief ein Zweiter. »Wer schützt uns jetzt vor … vor …«

»Sprich es ruhig aus. Wer schützt uns vor den Räuberbanden, die die Gegend unsicher machen?«

Ein Bursche an Mathias' Tisch stand von der Bank auf und stemmte beide Hände flach auf die Tischplatte. »Wir brauchen Fenkel nicht«, rief er. »Der hat sich sowieso mehr um die Weiber gekümmert als um die Ordnung.«

Vereinzelt Gelächter. Margarethe wich dem Blick ihres Mannes aus. Mathias starrte unverhohlen zu Lisbeth hinüber. Sie ignorierte ihn.

»Aber er war der Einzige, der gescheit mit der Waffe umgehen kann«, sagte ein anderer. »Deswegen haben wir ihn zum Gendarmen gewählt. Sicher nicht wegen seines guten Aussehens.«

»Ach, nicht deswegen?«, rief eine Magd und erntete viel Gelächter von Frauenseite.

Blasius hob beide Hände. »Ruhe, zum Donnerwetter! Haltet doch die Mäuler.« Er rang um die richtigen Worte und sein Gleichgewicht auf dem Stuhl.

»Was schlägst du vor? Was sollen wir machen, wenn der Hattinger mit seiner Bande zu uns ins Dorf kommt?«

»Vielleicht verschonen sie uns?«, hoffte eine Frau zaghaft. Sie sah aus wie jemand, deren Lebensmut irgendwann während der vielen Plünderungen durch Napoleons Armee auf der Strecke geblieben war.

»Die wissen längst, dass unser Polizist fort ist. Wir sind für die doch leichte Beute.«

»Also brauchen wir einen neuen Büttel«, schlug eine Frau vor. »Hermann, machst du es? Du bist doch groß und stark.«

Hermann machte sich hinter seinem Bierkrug klein und winkte ab. »Ich kann meine Felder nicht alleine lassen.«

Die Frau wandte sich an den Nächsten. »Was ist mit dir?«

Der Mann senkte den Kopf. Die Furcht war ihm ins Gesicht geschrieben. Es wurde immer deutlicher, dass die Brunnenweiler nicht gelernt hatten, sich selbst zu verteidigen. Lediglich aufgrund seiner abseits liegenden Lage war das Dorf in den vergangenen Jahren dauerhaft von Kriegshandlungen verschont geblieben. Brunnenweiler haftete nun mal der Eindruck des Flüchtigen an. So wie viele Reisende, die es hierher verschlug, sich nicht mehr an den Namen des Wirtshauses erinnerten, in dem sie sich die trockenen Kehlen befeuchteten, hatten die französischen Truppen auf ihrem Weg das Dorf nur gestreift, um Spanndienste einzufordern und aus einigen Familien die Söhne zu konskribieren. Zudem musste Brot, Fleisch, Heu und Hafer an die Soldaten abgegeben werden. Auch Schuhe, um die durchgelaufenen Sohlen der Stiefel auszubessern. Kämpfen? War nicht notwendig gewesen. Für den Rest der Welt mochte Brunnenweiler unwichtig erscheinen, aber für die Dörfler hier war es der schönste und gemütlichste Flecken auf Erden. Er bedeutete die Heimat, die jeder brauchte, um gesunde Kraft für das tagtägliche Leben auf den Höfen und Äckern aufbringen zu können. Und diese Kraft schrumpelte nun wie eine alte Traube zusammen, weil Johann nicht mehr hier war. Der, der ihnen die Sicherheit gegeben hatte.

»Also, *wir* können gegen die Halunken kämpfen«, rief einer der Burschen an Mathias' Tisch. Er zeigte auf seine Freunde, die lauthals zustimmten. Kopfschütteln bei den Frauen und den Älteren. Das Besserwissen mag zwar ein Privileg der Jugend sein, aber für manch einen war es auch eine Abkürzung zu einem frühen Ableben.

»Die haben euch niedergeknüppelt, noch bevor ihr merkt, dass sie da sind«, sagte ein Älterer.

»Willst du behaupten, wir können uns nicht wehren?«

»Ohne Waffen, nein.«

Und ohne Hirn auch nicht, dachte Lisbeth.

Die jungen Burschen redeten laut und ungehalten auf den Älteren ein, der aber winkte nur ab. Plötzlich redeten alle wild durcheinander.

»Jetzt platzt mir aber alles«, rief Blasius über die Köpfe der Leute. »Niemand von uns muss kämpfen.«

Das klang interessant. Sofort wurde es ruhig im Lokal.

»Ich habe vorhin den Scheffler Anton nach Coblenz geschickt«, sagte Blasius. »Ich habe ihm einen Brief an die Präfektur mitgegeben, in dem ich um einen neuen Gebietspolizisten bitte. Ich bin sicher, dass man dort meiner Bitte nachkommt und uns in ein oder zwei Wochen ein Polizist geschickt wird.«

Lisbeth hatte genug gehört und gesehen. Dass sich die unerschrockene Tapferkeit der Männer erst nach Blasius' Ankündigung, einen neuen Gendarmen ins Dorf zu holen, einstellte, hatte sie nicht beruhigt. Auf der einen Seite gab es die jungen Maulhelden, die sich noch nicht beweisen mussten, und auf der anderen die Männer, die einem Räuber vermutlich noch die übersehenen Wertsachen nachtrugen.

Sie legte ihre Schürze ab, gab Feilbinger ein Zeichen und machte sich mit einem Haufen düsterer Gedanken auf den Weg nach Hause. Wenn es stimmte, dass der Bürgermeister bereits nach einem neuen Gendarmen geschickt hat, was würde dann eigentlich aus Johann, wenn er wieder zurückkam? *Wenn* er wieder zurückkam. Was hielt ihn dann noch hier? Reichte seine Zuneigung für sie, dass er trotzdem in Brunnenweiler blieb? Schwer zu beurteilen. Er hatte bislang ja nicht einmal aussprechen können, wie er für sie fühlte. Zugegeben, er zeigte es ihr, aber vielleicht wollte er auch nur mitnehmen, was er kriegen konnte. Dann hatte sie schlechte Karten.

Mathias lief ihr hinterher. »Lisbeth, warte.«

Sie hatte ihn gehört, blieb aber nicht stehen. Nicht der schon wieder. Mathias war schlimmer als jeder Fluch. Den konnte man wenigstens abschütteln, wenn man die richtige Beschwörungsformel kannte.

»So warte doch.«

»Ich muss zu Mutter.«

Noch bevor Lisbeth die Haustür öffnen konnte, hatte Mathias sie eingeholt. Mit der flachen Hand stemmte er sich gegen die Tür, um sie geschlossen zu halten.

»Lass das, Mathias.«

»Ich will doch nur, dass du mir zuhörst.«

»Und ich will nur, dass du deine Hand wegnimmst, damit ich die Tür öffnen und ins Haus gehen kann. In *mein* Haus, erinnerst du dich?«

Ungehalten schob sie Mathias' Unterarm beiseite und zog mit einem kräftigen Ruck die Haustür auf.

»Ich wollt' nur ... ich mein ...« Zu den Redegewandtesten hatte Mathias noch nie gehört. »Du ... du brauchst keine Angst haben, wenn der Hattinger kommt. Das sag' ich dir.«

»Ich hab' keine Angst.«

»Ich werd' dich beschützen, Lisbeth. Jetzt, wo sich dein Johann feig aus dem Staub gemacht hat.«

Lisbeths Kopf sackte nach unten. Eigentlich sollte sie verärgert sein, doch länger als einen Moment gelang es ihr nicht, da sie Mathias nicht wirklich ernst nehmen konnte. Mit dem ersten Bier im Wirtshaus hatte er sich Mut verschafft, und mit allen nachfolgenden hatte er Bruderschaft mit Größenwahn getrunken.

»Geh nach Hause, Mathias«, sagte Lisbeth. »Und bete, dass der Hattinger nicht kommt. Denn wenn er kommt, wirst du unter den Ersten sein, die sterben werden.«

Sie schloss die Tür hinter sich und ließ den verstört schauenden Mathias vor dem Haus stehen.

Zur gleichen Zeit, in der die Dörfler im *Tropfen* Blasius' beruhigende Nachricht vom Boten und die Aussicht auf einen neuen Gendarmen ausgelassen feierten, machte sich abseits der Poststraße ein Schwarm Krähen über eine frische Leiche her. Die Krähen rissen Fleischstückchen aus den weichsten Stellen des Toten. Krächzend hüpften sie umeinander, während ihre Schnäbel zupften und zerrten, aber wenigstens verscheuchten sie sich nicht mehr gegenseitig, nachdem sie sich kurz zuvor noch um die Augen von Anton Scheffler gestritten hatten.

38

Jakob Lahr und Peter Weitzel hatten es sich auf der Leiche von Anton Scheffler bequem gemacht. Mit über Kreuz geschlagenen Beinen hockten sie auf ihm. Weitzel hielt den Brief in der Hand, den Anton Scheffler als Bote der Präfektur Coblenz hatte überbringen sollen. Mühsam versuchte er, die geschriebenen Zeilen zu entziffern. Er konnte lesen, das war nicht das Problem. Es brauchte nur seine Zeit. Er hatte lesen gelernt, weil er sich irgendwann einmal überlegt hatte, dass es doch sinnvoll sein könnte zu wissen, was auf den in die Bäume genagelten Steckbriefen mit seinem Konterfei stand. Es schmeichelte seiner Eitelkeit, wenn er las, wie gefährlich er doch war.

Derweil stach Lahr aus Langeweile mit seinem Messer immer wieder auf die Beine des Toten ein. »Was steht denn da?«, fragte er missmutig. Er wollte weitergehen. Die paar Taler, die in den Taschen des Toten zu finden gewesen waren, hatten sie eingesäckelt. Warum also noch hierbleiben und riskieren, von einer französischen Patrouille aufgegabelt zu werden. Kehlenschneidern, wie sie beide es waren, würde das nicht gut bekommen. Wenn sie nicht die Bekanntschaft mit dem Fallbeil machten, dann wurden sie mindestens zu einer mehrjährigen Kettenstrafe verurteilt, und die wäre gleichbedeutend mit Sterben. Nur etwas langsamer eben. Da machte Lahr sich nichts vor. Zu viel auf dem Kerbholz, da ließ kein Richter Milde walten.

Weitzel schlug Lahr mit der Faust gegen den Oberarm. »Hör doch mal auf da mit deinem Messer«, zischte er. »Toter wird der nicht mehr.«

»Na eben, stört ihn also auch nich'.«

»Aber mich stört's. Ich muss mich konzentrieren.«

»Ist doch nur ein Brief. Was kümmert's uns? Lass uns abhauen.«

»Ach, halt's Maul, du dummer Hund.« Plötzlich weiteten sich Weitzels Augen. Er wedelte mit dem Blatt vor Lahrs Gesicht. »Das ist besser als ein Beutel mit Talern.«

Lahr begriff nicht, wovon Weitzel sprach. Nichts Neues für ihn. Eigentlich war es ständig so. Nicht, dass er es wichtig fand, immer alles zu begreifen, was Weitzel den lieben langen Tag von sich gab. Der schwatzte immer gerne groß daher, aber jetzt wüsste er es schon ganz gerne. In Momenten wie diesen hier fühlte er sich seinem Räuberkumpan noch stärker unterlegen als ohnehin schon. Immer protzte Weitzel mit dem, was er alles konnte und was Lahr nicht konnte. Lesen, zum Donner, wer braucht's? Eine Pistole in der Hand halten können, darauf kam es an, wenn man nicht verhungern wollte. Lahr brauchte nicht mehr als eine schlichte Sicht auf die Welt.

Weitzel kicherte, als hätte er sich ein Hühnerei in den Hintern geschoben. »Du willst wissen, was hier steht?«, rief er mit zunehmender Begeisterung. »Das hier, Jakob, das hier war unser Glücksgriff des Jahres.«

»Sag halt endlich.«

Peter Weitzel verzog seinen Mund zu einem schmalen Grinsen. Die kleinen verschlagenen Augen leuchteten auf.

»Ich wollt' schon immer mal leben wie die Made im Speck«, sagte er. »Komm schon. Beweg dich.«

Lahr wischte die blutige Klinge seines Messers an einem trockenen Stück Stoff des Toten ab und stand dann auch auf. »Was meinst du?«

»Ein Dorf ist in Not.« Weitzels Grinsen wurde immer breiter, als wollte er seine Ohren miteinander verbinden. »Und in genau dieses Dorf werden wir beide gehen.«

Sie versetzten der Leiche einen Tritt, bis diese vom Weg den Abhang hinunterrollte und im dichten Gestrüpp verschwand.

39

An einer Weggabelung blieb Johann stehen. Erst schritt er den einen Weg ein paar Schritte ab, kehrte um und dann den anderen. Er ging in die Hocke. Mit der Handfläche strich er über den mit flachen Wurzeln durchzogenen Sand. Er wandte sein Gesicht der untergehenden Sonne zu, die bald hinter den Baumwipfeln versinken würde.

Urplötzlich lastete eine Schwere auf seinen Schultern, als trüge er ein Weinfässchen im Nacken. Die Suche schien so sinnlos. Welchen Weg sollte er gehen? Und welchen an der nächsten Gabelung? Die berühmte Nadel im Heuhaufen war leichter zu finden als das Versteck der Räuber. Er würde Wochen brauchen, um den Wald und das Gebirge zu durchkämmen. Im Grunde war es aussichtslos. Er holte tief Luft und drückte die Schulterblätter nach hinten, bis sie knackten. Dann entschied er sich für den Weg, der sich durch die Wälder den Berghang hochschlängelte. Das Gelände wurde unwegsam und schwer begehbar, doch er nahm sich vor, so lange zu gehen, bis er nicht mehr die Hand vor Augen erkennen konnte. Jede Viertelstunde, die er heute noch zurücklegte, konnte morgen schon wertvolle Zeitersparnis bedeuten. Die Muskeln seiner Oberschenkel wurden hart, als der Hangwald noch einmal steiler anstieg und er bei jedem Schritt die Beine anheben musste, als wollte er drei Stufen einer Treppe auf einmal nehmen. Manchmal rutschte er auf einem Moosflecken aus und musste sich mit der Hand am

Boden abstützen. An einer Graswölbung zog er sich vornübergebeugt mit beiden Händen an einer aus der Erde herauswachsenden Wurzel hoch, um voranzukommen.

Er stützte sich mit beiden Händen auf den Knien ab und keuchte. Das Gewehr auf seinem Rücken rutschte ihm um die Schulter und schlug mit dem Kolben auf die Erde. Er blickte den Hang zurück. Plötzlich wurde ihm bewusst, wie allein er war. Wenn er ausrutschte und sich den Knöchel brach, dann konnte er um Hilfe rufen, so laut und so lange er wollte. Hier oben würde ihn niemand hören. Er würde liegen bleiben, bis Moos und Wurzeln über ihn gewuchert und er ein Teil des Waldes geworden war.

»Vielleicht hattest du recht, kleine Lisbeth. Da rate ich dir, erst nachzudenken, bevor du handelst, aber ich höre nicht auf mich.«

Laut mit ihr zu sprechen, als stünde sie neben ihm, half gut gegen die Stille im Wald, von der er sich mehr und mehr umzingelt fühlte, je dunkler es wurde.

»Gut, dass ich dich nicht mitgehen hab' lassen, Lisbeth. Ich käme nicht voran mit dir an den Hacken.«

Aber schön wäre es schon, dich jetzt bei mir zu haben.

»Du wärst der berühmte Klotz am Bein. Und was, wenn wir dem Hattinger begegnen? Dann könnt' ich dich gar nicht so beschützen, wie ich es gerne möchte. Mir helfen wolltest du? Lieb gemeint, aber glaub mir, ich brauch' von niemandem Hilfe.«

Ich will nicht, dass dir was geschieht. Du weißt es doch, Lisbeth, oder?

Ein Geräusch zwischen den Büschen schreckte ihn aus seinen Gedanken. Augenblicklich warf er sich auf den Waldboden. Blätter raschelten unter seinem Körper. Die feuchte Kälte der Erde schoss ihm sofort in die Knochen. Er hielt den Atem an und beobachtete die einzelnen Sträucher und

Bäume um sich herum. Nichts mehr zu hören, geschweige denn zu sehen. Aber er hatte sich ganz sicher nicht getäuscht. Nur aus welcher Richtung war das Geräusch gekommen? Von links vor ihm? Hinter den Sträuchern rechts? Oder hinter dem Baum mit dem dicken Stamm dort vorne? Im Liegen tastete Johann nach seiner Steinschlosspistole, zog seine Finger aber wieder zurück. Sie war noch nicht geladen, und das würde nicht völlig lautlos gelingen. Wenn er noch nicht entdeckt war, dann sicher, wenn er sich bewegte, um das Horn mit dem Schwarzpulver vom Gürtel zu nehmen.

So dicht über dem Blätterboden begann durch den modrigen Geruch seine Nase zu kitzeln.

Etwa zwanzig Meter vor ihm bewegte sich etwas hinter einem moosbewachsenen Felsen, der dem nächsten Anstieg vorgelagert war. Johann verengte seine Augen. Er konnte nicht erkennen, ob sich dort jemand versteckt hielt. Sein Mund wurde trocken. Er hätte sich gerne geräuspert, wagte aber kaum zu schlucken.

Ein Hirsch brach zwischen Bäumen und dichtem Gebüsch hervor. Er schaute Johann direkt an, verharrte zwei Sekunden völlig reglos auf der Stelle, dann machte er ein paar schnelle Sprünge und war gleich darauf vom tiefen Wald und seiner Dunkelheit verschluckt.

Es brauchte einige Augenblicke, bis Johanns fast bis zur Verkrampfung angespannter Körper sich lockerte.

»Siehst du, Lisbeth, jetzt wär dein hübsches Kleid schmutzig geworden.« *Aber wir würden beisammen liegen. Immerhin.*

Ein Felsvorsprung diente ihm als Schutz für sein Nachtlager. Er setzte sich auf einen Flecken Moos, nahm Stockers Proviant aus der Ledertasche und brach ein Stück Brot vom Laib ab. Dann setzte er die Wasserflasche an die Lippen und spülte nach. Schließlich stopfte er sich seine Pfeife. Während er rauchte, betrachtete er das kleine Leinensäckchen, das Lisbeth ihm geschenkt hatte. Mit einem Finger zeichnete er die aufgestickten Namen nach. Jeder Buchstabe war mit Liebe gestickt. *Hoffentlich habe ich ihr meine Freude darüber gezeigt.* Er konnte sich nicht mehr erinnern, wie er reagiert hatte. Der Beutel rührte ihn plötzlich mehr, als ihm lieb war, und bevor er zu sentimental wurde, stopfte er ihn in seine Jackentasche zurück. Sein Blick schweifte erneut hoch zum Nachthimmel.

Er nahm die Pistole vom Gürtel und legte sie neben sich griffbereit auf den Boden. Als er die Ledertasche als Unterlage für den Kopf ablegte, bemerkte er, dass das Pulverhorn durch den Aufprall seines Körpers, als er sich aus Vorsicht zu Boden geworfen hatte, in Höhe der Mitte gesplittert war, sodass Pulver herausrieselte. Die Hälfte war schon in der Tasche verteilt.

Johann fluchte leise. Aber er war niemand, der sich lang an einem solchen Ärgernis aufhielt, vor allem nicht, wenn ihm sofort etwas einfiel, womit er den Schaden beheben konnte. Kurzerhand füllte er das sich noch im Horn befindliche restliche Pulver in Lisbeths Leinensäckchen um. Dann hob er die Tasche an und hielt sie schräg, damit das verlorene Pulver auch in das Leinensäckchen rieseln konnte. Danach verschnürte er es gut.

Siehst du, Lisbeth, wie gut, dass du immer an mich denkst.

40

Der Morgen, an dem Lahr und Weitzel die abschüssige Straße hinunter ins Dorf gingen, versprach einen klaren, milden Spätsommertag. Als sie zwischen den ersten Häusern am Ortsrand spazierten, die Hände lässig in den Hosentaschen vergraben, wurden sie von den Dörflern, die sie kommen sahen, mit sorgenvollen Gesichtern beäugt. Weitzel kannte diese Blicke. Zu oft hatte er sie wie Brenneisen auf der Haut gespürt. Die Menschen sahen ihn und wichen zurück, als wäre er von oben bis unten mit Pestbeulen übersät. Es war noch nie vorgekommen, dass er irgendwo herzlich begrüßt worden wäre *(»Hallo, Peter, guter Freund, wie geht es dir?«)*, und das wurmte ihn. Auf die Idee, es könnte an seinem bösartigen Auftreten und den nur mäßig unterdrückten Aggressionen liegen, kam er nicht. Warum auch? Er war nicht schuld an seinem Leben. Das waren die anderen. Er wurde nie müde, sich das einzureden. War einfacher, als nachzudenken. Inzwischen lehnte er alle Menschen ab, daher war es ihm auch egal geworden, welchen ersten Eindruck er machte. Er trug zerschlissene Kleidung, und wenn schon? Das Urteilsvermögen der anderen fand er sowieso überschätzt, auch weil es so wankelmütig war wie die Gunst einer Frau, die sich der Zuneigung aller sicher war.

Weitzel ging mit hocherhobenem Haupt die Straße hinunter und genoss die verunsicherten Blicke. Das Dorf schien zu halten, was er sich davon versprach. An jedem

Haus, an dem sie vorbeigingen, achtete er auf Anhaltspunkte, wie wohlhabend die Bewohner wohl sein mochten.

Er und Lahr erreichten den Dorfplatz. Die alten Männer auf der Bank verfolgten schweigend, wie er sich rücklings an den Brunnen lehnte und Lahr sich den Staub von der Kleidung klopfte. Sein verschwitzter, haariger Bauch quoll ihm aus dem Hemd. »Die Leute starren uns an, als wär'n sie was Besseres«, raunte er.

Weitzel fuhr sich mit dem angewinkelten Daumen über die ausgetrockneten Lippen. Er bedeutete Lahr, einen Eimer hochzukurbeln, dann setzte er die Kelle, die auf dem Brunnenrand lag, an die Lippen. Das Wasser rann ihm über das Kinn und hinterließ eine schmutzige Spur. Er reichte die Kelle an Lahr weiter.

»Lass sie gucken, Jakob. Heute noch. Morgen schon werden sie uns anders anschauen.«

»Wieso glaubst du das?«

»Weil ich gefunden hab, was ich gesucht hab.«

»Und was?« Lahr trank glucksend und wischte sich mit dem löchrigen Ärmel über den Mund.

»Genau das dort.« Weitzel deutete mit einem Nicken zum Gebäude schräg gegenüber. Angestrengt versuchte Lahr, den Schriftzug über dem Eingang zu entziffern. Auch wenn er nicht lesen konnte, so erkannte er die Anordnung der Buchstaben, die er schon häufiger gesehen hatte.

»Gendarmerie …«

»Posten, genau«, ergänzte Weitzel zufrieden. »Komm mit.« Zielstrebig ging er auf die Gendarmerie zu.

»Mensch, Peter, doch nicht da hin. Was, wenn die uns einbuchten?«

»Ich weiß schon, was ich tu, glaub' mir.«

Lahr zögerte. Erst als er sah, wie Weitzel die Tür zur Polizeistube aufschob und mit ausgebreiteten Armen signalisierte, dass die Gendarmerie verlassen war, folgte er und trat hinter Weitzel ein.

»Wieso ist hier niemand?«

»Siehst du, Jakob, lesen kann auch Vorteile mit sich bringen. Hier ist niemand, weil ich das in der Depesche gelesen hab. Da stand auch, die gute Stube ist völlig verwaist, weil der hiesige Polizist seinen Posten einfach Knall auf Fall verlassen hat. Das ganze Dorf ist jetzt ohne polizeilichen Schutz.«

Weitzel lachte, und nach einem verzögerten Moment des Begreifens stimmte Lahr in das Lachen mit ein. War nicht immer einfach, nicht zu wissen, wann es lustig wurde.

Weitzel setzte sich hinter den Schreibtisch, legte die Handflächen auf die Platte und spreizte die Finger. Interessiert betrachtete er die Papiere, die darauf zu einem unordentlichen Stapel zusammengeschoben lagen. Er zog die Feder aus dem Tintenfass und hinterließ versehentlich einen schwarzen Klecks auf dem obersten Blatt.

»Ja, mein Freund«, sagte er zufrieden. »Ab heute haben wir ein Dach über dem Kopf.«

Neugierig stand Lahr vor der Holztreppe, die ins obere Stockwerk hochführte. »Was ist da oben?«

»Vermutlich die Wohnstube der Amtsperson. Also jetzt unsere Wohnstube.«

»Du meinst, wir bleiben hier?«

»Heute hast du einen guten Tag. Du hast es schon begriffen.«

»Weißt du denn auch, was wir jetzt machen sollen?«, fragte Lahr unsicher.

»Verlass dich auf mich, Jakob. Wirst sehen, dieses Dorf …«

»Was ist?«

»Das hat ja nicht lange gebraucht. Schau.«

Weitzel zeigte auf eine Handvoll Leute, die sich neugierig der offen stehenden Tür genähert hatten. Er bedeutete Lahr, sich auf die untersten Treppenstufen zu setzen. Er selbst blieb ruhig am Schreibtisch und verschränkte die Arme hinter dem Nacken.

Ein gutes Dutzend Männer und Frauen blieb in ausreichendem Abstand vor der Gendarmerie stehen und tuschelte. Weitzel konnte ihre ängstliche Sorge über das, was gerade geschah, fast mit Händen greifen.

Ein korpulenter Mann schob sich aus der Menge hervor und trat in die Amtsstube. Beißender Schweißgeruch strömte von ihm aus. Er räusperte sich. »Grüß Gott, die Herren.«

»Grüß Gott«, sagte Weitzel freundlich.

Blasius blickte zu Lahr, dann wieder zu Weitzel. »Ich bin der Bürgermeister von …«

»Gratuliere«, sagte Weitzel.

Lahr lachte.

»Ich … äh … wollt' Sie fragen, wer Sie sind, wo Sie doch nicht zu unserer Gemeinde gehören.«

»Ab heute schon.« Weitzel hielt Blasius den Botenbrief entgegen.

»Das … das habe ich geschrieben. Aber wie kommen Sie dazu?«

»Unsere Anwesenheit erledigt die Anfrage. Wir übernehmen den Gendarmerieposten mit sofortiger Wirkung.«

»Aber Sie … aber Sie sind doch gar keine … ich meine, Sie sind ja auch viel zu früh …«

»Zu früh für was? Um für Sicherheit zu sorgen?« Weitzel riss Blasius den Brief aus den Händen, zerknüllte ihn und warf ihn sich über die rechte Schulter. »Steht hier nicht, dass der bisherige Gendarm gegangen ist? Hm?«

»Schon, aber …«

»Und steht hier nicht, dass dringend Ersatz gebraucht wird, um das Dorf zu schützen, hm? Nun, hier sind wir. Oder etwa nicht?«

Blasius wirkte völlig überrumpelt und überfordert.

»Und ab heute habt ihr gleich zwei neue Gendarme. Doppelte Sicherheit.«

»Aber ihr seid doch gar nicht von der Präfektur.«

»Wollt ihr Schutz?«

Blasius nickte eingeschüchtert.

»Dann ist die Sache klar. Wie hoch ist der Lohn, den ihr dem anderen gezahlt habt?«

»Zehn Taler im Monat.«

»Also gebt ihr uns zwanzig«, sagte Weitzel.

Blasius setzte an, etwas zu erwidern, doch als Lahr sich von den Treppenstufen erhob, schwieg er.

Weitzel lächelte herausfordernd. »Danke für den Besuch, Bürgermeister. Wenn Sie uns jetzt alleine lassen. Gendarm Lahr und Gendarm Weitzel, also ich, wollen uns mit den Räumlichkeiten vertraut machen. Ach ja, den Lohn gibt's vorab. Heute noch.«

»Was ist mit dem Scheffler Anton?«, fragte Blasius. Er zeigte auf den Botenbrief.

»Fragen wir ihn doch, wenn er zurückkommt«, sagte Weitzel achselzuckend. »Als wir ihn um den Brief baten, entschied er, noch ein Weilchen fortzubleiben. Ich glaube, er wollte ein Liebchen aufsuchen. Irgendwo drüben in Andernach. War es nicht so, Jakob?«

Lahr lachte.

Blasius stolperte wie benommen rückwärts durch die Tür. Die Dörfler scharten sich um ihn und wollten wissen, was gesprochen worden war, doch Blasius wischte sich nur mit einem übergroßen Stofftuch über die Stirn, die durch die vielen Schweißperlen das Sonnenlicht reflektierte wie der Laacher See zur Mittagsstunde.

Als Blasius versehentlich erst gegen eine ältere Frau wankte und gleich darauf gegen eine jüngere, wurde Weitzels Blick auf Lisbeth gelenkt. In seinen Augen flackerte es auf. Unangenehm, wie der gierige Reflex auf eine Hammelkeule zur Fastenzeit. Er sprang von seinem Stuhl und lief zur Tür.

»He, Mädchen«, rief er. »Ja, du. Dich mein ich. Komm her.«

Lisbeth stand mit dem Rücken zur Gendarmerie, doch sie ahnte sofort, dass der Ruf ihr galt. Mit beiden Händen umklammerte sie den Griff ihres Flechtkorbs fester. Zögerlich drehte sie sich um. Weitzel lächelte aufdringlich. Spätestens seit der vermeidbaren Erfahrung in der Coblenzer *Traube* kannte sie solche Blicke.

»Nun komm schon. Brauchst keine Angst haben. Ich bin hier, um dich zu beschützen.«

Zwei ältere Frauen waren stehen geblieben. Misstrauisch warteten sie ab, was nun geschah. Weitzel schaute amüsiert zu ihnen, dann wanderten seine stechenden Augen zu Lisbeth zurück.

»Was wünschen Sie?«, fragte Lisbeth vorsichtig.

»Wenn ich dir das sage, dann kippen die alten Gäule dort aus ihren Pantoffeln.« Er setzte zu einem kehligen Lachen an, doch als er sah, dass Lisbeth weder einstimmte noch vor Scham errötete und ihn stattdessen mit festem Blick ungnädig ansah, blieb es ihm im Hals stecken.

»Wie heißt du?«

»Lisbeth.«

»Kannst du nähen?«

Sie nickte.

»Das heißt, ›ja, Herr Gendarm‹. Also, kannst du nähen?«

Lisbeth rang mit sich, schließlich sagte sie: »Ja, Herr Gendarm.«

»Fein, fein. Dann besorg Stoff und näh meinem Gehilfen und mir ein paar schöne Vorhänge für die Fenster. Ich mag's nicht, wenn jeder Trampel in meine Stube schauen kann.«

Er machte einen Schritt auf Lisbeth zu. Sie wich genau den einen Schritt zurück. Er streckte die Hand aus, um Lisbeth am Arm zu berühren. Lisbeth wich einen nächsten Schritt zurück. Um Weitzels Mundwinkel zuckte es.

»Schließlich will ich nicht bei allem beobachtet werden, was ich mache. Das verstehst du sicher, hübsches Kind. Hast bestimmt auch schon mal die Vorhänge zugezogen, wenn du nicht alleine warst, hm?«

Plötzlich kam Mathias heran. Lisbeth hatte ihn genauso wenig kommen sehen wie Weitzel, der überrascht die Stirn runzelte, als Mathias sich zwischen ihn und das Mädchen schob. Er legte Weitzel seine Hand gegen die Brust, um ihn auf Distanz zu halten. In Weitzel spannte sich jeder Muskel.

»Was tust du da?«

»Lassen Sie sie in Ruhe, ja?«

Mathias hatte den Schlag nicht kommen sehen. Mit einem einzigen Hieb war er zu Boden gestreckt.

»Nie wieder fasst du mich an!«, schrie Weitzel. »Nie wieder!«

Hastig ging Lisbeth dazwischen, bevor Weitzel noch einmal zuschlug. Sie beugte sich schützend über Mathias, der sich mit einer Hand benommen den Kopf hielt.

Lahr, der hinter Weitzel stand, hatte eine Hand am Griff seiner Pistole.

»Ich nähe den Vorhang, Herr Gendarm.«

In einer Sekunde voller Aggressionen, in der nächsten wieder lammfromm und mit kreideweicher Stimme. Weitzels Stimmungswechsel war beängstigend.

»Natürlich, Lisbeth«, sagte er völlig ruhig. »Das weiß ich doch.«

41

Angespannt lag Johann auf dem Erdboden und starrte auf das Unterholz vor ihm. Er hatte es gerade noch geschafft, sich hinter einem umgefallenen Baumstamm zu verbergen, als er den Mann entdeckte, der vielleicht nur vierzig, fünfzig Meter von ihm entfernt durch das Unterholz stapfte. Im Fallen hatte er den Gewehrgurt über die Schulter gleiten lassen und den Lauf mit beiden Händen fest umklammert. Er war stundenlang durch den Wald gelaufen, immer darauf vorbereitet, auf einen der Hattinger-Bande zu treffen, dass er in dem Moment, als es dann tatsächlich eintrat, sich kurioserweise trotzdem überrascht fühlte. Er wartete ab. Nicht auszuschließen, dass der Mann gar nicht zum Hattinger gehörte. Die Pistole, die am Gürtel des Mannes baumelte, ließ es allerdings vermuten.

Der Mann wechselte seine Laufrichtung und kam näher. Johann schloss die Finger fester um das Gewehr. Hatte er ihn gesehen? Plötzlich bekam Johann einen Krampf im rechten Bein. Einen unpassenderen Moment hätte es kaum geben können. Er streckte das Bein ruckartig aus. Die Bodenblätter raschelten. Der Mann blieb stehen. Na prächtig, dachte Johann. Das Überraschungsmoment war dahin. Der Mann setzte sich wieder in Bewegung, aber langsamer. Johanns Krampf ebbte nicht ab. Der Schmerz stach ihm in den Muskel. Es half nichts, Johann musste zum Angriff übergehen. Als der Mann nahe genug heran war, biss Johann die Zähne zusammen, sprang auf, nutzte den einzigen Augenblick, der ihm blieb, und zog dem Mann den Gewehrkolben über den Schädel. Sauber gefällt stürzte der Mann zu Boden. Johann setzte zwei Schritte zurück, zielte auf den Mann, der nicht vollends bewusstlos war, und stampfte kräftig mit dem Bein auf den Boden. Allmählich löste sich der Krampf. Der Mann vor ihm schaute ihn verwundert an, als fürchtete er, dass sein Angreifer wie ein Pferd auskeilen könnte.

»Was … was soll das, du Hund?«, raunte er.

Johann blickte auf die Pistole am Hosenbund des anderen. Mit einer Kopfbewegung gab er zu verstehen, dass der andere die Waffe von sich werfen soll. Der Mann gehorchte.

»Und jetzt dein Messer«, sagte Johann.

»Welches Messer?«

»Schau in deinen Stiefeln nach.«

Grinsend zog der Mann ein Messer aus dem Schaft. Er wog es in der Hand, schien zu überlegen, ob er es auf Johann werfen sollte.

»Lass es bleiben.«

Der Mann zuckte mit den Schultern und ließ das Messer fallen.

»Du bringst mich zu Frans Hattinger«, sagte Johann.

»Zu wem?«

»Lass die Mätzchen. Jeder weiß, dass die Hattinger-Bande hier oben in den *Roten Wäldern* ihren Unterschlupf hat. Du bringst mich hin.«

»Weshalb glaubst du, dass ich zu der Bande gehöre?«

»Instinkt. Für einen einfachen Bauern oder Waldarbeiter schleppst du zu viel Waffen mit dir herum.«

»So wie du. Ich könnte ein Jäger sein. Bist du ein Jäger?«

Johann nickte bedächtig. »Zurzeit.«

Er forderte den Mann mit einem Gewehrschwenk auf, sich in Bewegung zu setzen. Langsam trottete dieser los, nach außen hin gelassen, doch Johann wusste, dass er nur auf eine Gelegenheit wartete, um den Spieß umzudrehen. Er hatte zu viele solcher Kerle kennengelernt, als dass er nicht wüsste, wie verschlagen sie waren. Warum sollte der Kerl vor ihm da eine Ausnahme sein?

Ohne seinen Gefangenen aus den Augen zu lassen, bückte sich Johann und sammelte die Pistole und das Messer vom Boden auf. Die Gewehrmündung hielt er dabei genau auf den Bauch des Mannes gerichtet. Der zeigte sich unbeeindruckt. Ein Fingerkrümmen nur und er hätte ein Loch im Bauch, durch das ein Specht fliegen könnte. Ein wenig mehr Furcht im Gesicht des anderen hätte Johann schon gerne gesehen. »Los, geh voran«, befahl er.

»Wohin noch mal sagtest du, soll ich gehen?«

»Keine Mätzchen, hörst du. Ich bin kein Freund von langen Geduldsfäden.«

»Was willst du von dem Hattinger?«

»Er hat was, was ich wiederhaben will.«

»Was könnte das wohl sein, Johann Fenkel?«

Johann erstarrte. Der Mann hatte ihn bei seinem Namen genannt. Es fühlte sich an, als wäre ihm eine Schlinge um den Hals gelegt worden.

Langsam drehte sich der Mann zu ihm um. Das selbstgefällige Grinsen passte gar nicht zu jemandem, der sich in der Defensive befand. »Hast schon richtig gehört, Johann. Ich kenne deinen Namen, so wie wir jedes Dorf und jeden Büttel in der Umgebung kennen.«

Die beiden Männer standen sich gegenüber. Jeder auf seine Weise nach dem anderen lauernd. Ein Moment vollkommener Stille im Wald. Dann klatschte der Mann in die Hände. Irritierend vergnügt wirkte er dabei.

»Vorwärts«, sagte er. »Gehen wir.«

Johann folgte ihm durch den Wald höher ins Gebirge hinauf.

»Wenn ich jetzt einfach loslaufe, schießt du mir dann in den Rücken?«, fragte der Mann.

»Ja.«

»Das machst du nicht.«

»Lauf los, wenn du's nicht glaubst.«

»Du bist Gendarm. Das darfst du nicht.«

»Du kannst mich ja verpfeifen. Ach, geht ja nicht, wenn du tot bist. Außerdem hab' ich den Posten niedergelegt.«

Der Mann blieb stehen. »Dann ist das Dorf also ohne Schutz?«

Johann begriff, dass er zu viel geredet hatte.

Das dröhnende Lachen des Mannes war weit durch den Wald zu hören.

»Ich hab' Durst«, sagte der Räuber.

Johann reichte ihm einen Wasserschlauch. Urplötzlich packte der Räuber ihn am Handgelenk. Die beiden lieferten sich einen kurzen, aber harten Kampf, nach dem der Mann bewusstlos am Boden liegen blieb. Als er wieder zu sich kam, war ein Seil stramm um seine Brust gezogen, das seine Arme so eng an den Körper fesselte, dass er sie nicht bewegen konnte. Ein zweites Seil war mit einer Schlinge um seinen Hals gelegt, das andere Ende hielt Johann wie Zügel in der Hand. Zudem hatte Johann ihm die Stiefel ausgezogen, sodass er nun barfuß durch das unwegsame, geröllhaltige Gelände gehen musste.

»Du Hund«, schimpfte der Räuber. »Ich hau dich in vier Teile wie damals den Müller vom Wiesengrund, als der geglaubt hat, er könne sich mir in den Weg stellen.«

Johann blieb unbeeindruckt. »Ist dir eigentlich schon mal aufgefallen, dass ihr Schufte all das, was ihr anderen zufügt, als gerechtfertigt betrachtet, und sobald man euch so behandelt, springt ihr alle empört aus euren Hosen? So, genug gescherzt. Weiter, und keine Umwege mehr.«

»Ich geh keinen Schritt ohne meine Schuhe.«

Johann zog ruckartig an dem Seil, das um den Hals des anderen lag. Der Räuber wurde mit Schwung nach vorne gerissen. »Dann schleif ich dich hinter mir her, wenn ich den Schlupfwinkel suche. Kann natürlich länger dauern.«

»Du bist ein mieser Bastard.«

»Das hab' ich schon häufiger gehört. Allerdings noch nie von einem Mann.«

Der Räuber rappelte sich vom Boden auf. Schimpfend und eine Drohung nach der anderen ausstoßend stapfte er los. Johann hielt das Seil um seinen Hals locker genug, aber jederzeit darauf bedacht, es wieder strammzuziehen. So setzten sie ihren beschwerlichen Weg über Wurzeln, Blätterboden und Schiefergestein fort.

»Ich hab mich beruhigt, Johann«, sagte der Räuber nach einer Weile. »Nimm mir das Seil wieder ab. Das scheuert so. Ich werd' auch nichts mehr versuchen. Kannst mir vertrauen.«

Das Wort eines Räubers war so echt wie ein blauer Zitronenfalter. Johann zuppelte kurz an dem Seil. Seine Antwort für *nein*.

Sie passierten einen Waldweg, der durch eine zu beiden Seiten mit Büschen und Sträuchern bewachsene Anhöhe führte. Der Mann ging zielstrebig, wie einer, der nicht nur den Weg kannte, sondern jeden Kiesel, jeden Grashalm, jedes Schlangenloch. Johann folgte ihm wachsam. Plötzlich blieb der Mann stehen.

»Was ist?«, fragte Johann.

»Der Zeitpunkt ist gekommen, mir die Fesseln abzunehmen.«

Johann zog die Halsschlinge straff. »Warum sollte ich das tun?«

»Sieh selbst.«

Johann sah sich um. Gegen das Sonnenlicht erkannte er die Silhouette einer Gestalt oben auf der Anhöhe. Nach und nach tauchten mehr Silhouetten auf, sichtbar mit Gewehren und Flinten bewaffnet.

Umringt von einem halben Dutzend furchterregend aussehnender Gestalten und dem Mann, der vor zehn Minuten noch sein Gefangener gewesen war, wurde Johann auf eine hochgelegene Lichtung geführt, die rücklings an eine steil aufragende Felswand aus grauem Schiefergestein grenzte. Es war eine nach allen Seiten gut geschützte und dabei von Sonne satt getränkte Stelle und somit das ideale Versteck. Johann erfasste mit einem Blick, dass die Hattinger-Bande in diesem Schlupfwinkel kaum zu fassen sein würde.

Er konnte gut zwei Dutzend Männer ausmachen, die auf der Lichtung den unterschiedlichsten Tätigkeiten nachgingen. Dazu noch sechs oder sieben Frauen. Das harte Leben als Gesetzloser brauchte ja schließlich auch Zerstreuung bei Bedarf. Am westlichen Rand der Lichtung standen mehrere Baracken und, getrennt durch ein Hühnergatter, noch eine einzelne direkt an die Felswand gebaut. Bis auf schmale Schlitze, die nur wenig Licht einfallen ließen, war die Baracke fensterlos. Das Dach war mit Moosflecken versehen. Johann fragte sich unwillkürlich, ob dort vielleicht Konrad gefangen gehalten wurde.

An einer Feuerstelle kümmerten sich zwei Frauen um einen dampfenden Kessel. Die meisten Räuber trugen modische Kleidung, wie man sie in den Städten fand, und elegante Dreieckshüte, als wären sie ebenso vertrauenswürdig wie die Kaufleute, denen sie die Hüte gestohlen hatten. Etwas abseits neben einem aus dem Grasboden ragenden Felsen stapelten sich mehrere Schatullen und eisenbeschlagene Kisten. Offensichtlich waren die jüngsten Raubzüge ertragreich gewesen. Nur für die Frauen und Mädchen war wohl nichts dabei gewesen. Sie liefen in schmutzigen Lumpen und eingerissenen Unterröcken herum. Staub und Schweiß hatten sich gleichmäßig über ihre Gesichter gelegt, was aber niemanden bekümmerte. Kleidung gehörte an- oder ausgezogen, und Wasser war zum Trinken da. Nur wenn gerade ein Weinschlauch herumgereicht wurde, aus dem die Menschen im Suff nicht mehr richtig trinken konnten, bekamen Gesicht und Hals, aber auch die Kleider die Anfeuchtung, die überfällig war. Johann kannte das noch von früher.

Mein Gott, wie lange ist das jetzt schon her? War ich auch mal so wie die? Nein, unmöglich, ich nicht.

»Komm mit«, befahl sein ehemals Gefangener. »Wir setzen uns dort hin. Ich habe Hunger.«

Er ging voraus. Alle, an denen er vorbeikam, tippten sich an die Hutkrempe oder an die Stirn.

»Hier, setz dich.« Er drückte Johann an den Schultern nieder, damit er sich vor die im Kreis gelegten Steine einer erkalteten Feuerstelle setzte.

Johann musste widerwillig lachen. »Ich bin so ein Dummkopf«, sagte er. »*Du* bist der Hattinger.«

»Der bin ich. Hast ja lang gebraucht, das zu kapieren. Ich sollte beleidigt sein, dass du mich nicht erkennst. Hast du dir nie meine Steckbriefe angesehen? Ach, nein, du warst ja mit anderem beschäftigt.«

Ein junges Mädchen, es mochte sechzehn oder siebzehn Jahre alt sein, kam mit einem gebratenen Huhn. Hattinger griff nach dem Fleisch und biss ab. Dann bedeutete er Johann, auch zuzugreifen.

»Ah, börp«, rülpste er. »Das rutscht so schlecht. Dorle!« Er schnippte mit den Fingern, und die hübsche Räuberbraut brachte Wein. Dann setzte sie sich neben Johann und packte ihn am Kinn, um ihn zu mustern. Er verlor dabei den Bissen, den er gerade mit den Zähnen vom Knochen gezerrt hatte.

»Wer ist das?«, fragte sie.

»Das ist Johann«, sagte Hattinger.

»Gehört er jetzt zu uns?«

»Nein.«

»Was macht er dann hier?«

»Er macht seine Arbeit.«

Dorle schaute ihn fragend an. Die anderen um ihn Sitzenden ebenso. Hattinger rieb sich grinsend das Kinn. »Und er macht sie ganz ordentlich, der Johann. Er ist Gendarm und will die Hattinger-Bande schnappen.«

Schallendes Gelächter von allen Seiten. Johann fühlte sich sichtlich unwohl in seiner Haut. Über den Baumwipfeln versank die Sonne fast schon symbolisch zu seinem Leben, auf das er keinen Pfifferling mehr gab. Von allen Seiten rückten Männer heran und schlossen einen Kreis um Johann. Einige hatten die Fäuste geballt. Die beunruhigten Johann nicht, wohl aber derjenige, der sich in seinem Rücken mit einem festem Strick in der Hand näherte und eine Schlinge knüpfte. Johann machte sich bereit, seine Haut so teuer wie möglich zu verkaufen. Er hätte auf die Angreifer konzentriert sein sollen, doch er hatte plötzlich nur das Bild von Lisbeth vor Augen. Wenn schon von dieser Welt gehen, dann wenigstens mit dem Schönsten, das ihm je im Leben widerfahren war.

Hattinger ließ sich entspannt ins Gras zurückfallen und legte ein Bein angewinkelt über das andere. »Bleib ruhig, mein Freund«, sagte er.

Die Räuber setzten sich. Sie alle füllten sich die Bäuche mit dem Fleisch, das Dorle und ein zweites Mädchen aus dem Kessel zu ihnen herüberbrachten. Nachdem alle gegessen und sich gegenseitig herzhaft zugerülpst hatten, kümmerten sie sich wieder um unterschiedliche Arbeiten, die zu verrichten waren, um den Ablauf im Lager reibungslos zu gestalten.

Hattinger zündete sich ein Pfeifchen an. Er reichte Johann seinen Tabakbeutel. Der nahm ihn, holte aus seiner Tasche sein eigenes Pfeifchen und begann, sie zu stopfen.

»War ein Fehler«, sagte Johann plötzlich in das Schweigen hinein.

»Was?«

»Allein zu gehen. Ich dachte, ich könnte meinen Bruder alleine befreien.«

»Alleine aus den Händen einer Räuberbande?«

»Ja.«

Beide lachten, jeder mit einem anderen Beiklang.

»Du hättest es gerade besser wissen müssen.«

Johann stutzte kurz, bevor er einen Zug aus der Pfeife nahm. Er wirkte, als wäre er bei etwas ertappt worden.

»Wir sind hier oben sicher«, sagte Hattinger. »Selbst wenn du mit einer Reiterschaft Franzmänner gekommen wärst, würdet ihr uns nicht schnappen. Das Gebiet ist gut zu verteidigen. Außerdem kommt noch etwas hinzu.«

Johann schaute ihn fragend an.

»Jeder in der Bande weiß, was er zu tun hat, um die Gesamtheit zu schützen. Danach, dass jeder sich dieser Pflicht bewusst ist, wurden die Männer ausgesucht.«

»Und dafür werden sie auch reichlich belohnt«, meinte Johann trocken.

Er dachte über Hattingers Worte nach. Die Bande hatte der Dorfgemeinschaft genau diesen Gemeinsinn wohl voraus. Da hielten die Wenigsten zusammen, wenn es um etwas ging. Sie schwächten sich selbst, und die Räuber stärkten sich.

»Schau dich um«, sagte Hattinger. »Siehst du *ein* trauriges Gesicht? Nein, denn sie haben hier alles, was sie in ihrem früheren Leben nicht hatten. Gold und Taler, Selbstbestimmung und Frauen. Das ist für die Hässlichsten unter ihnen sogar wichtiger als Geld. Na, was sagst du?«

Johann sah sich um. Es stimmte, die Menschen machten alle einen zufriedenen Eindruck. Dorles Lachen klang auf und vermischte sich mit dem anderer Mädchen.

»Hattest wohl ein gutes Händchen bei der Auswahl«, sagte Johann. »Trotzdem bleibt ihr nichts weiter als heruntergekommene Diebe und Mörder.«

»Du glaubst, wir taugen nichts?«

»Ihr seid es, die sich verstecken müssen.«

Hattinger betrachtete Johann nachdenklich. Seine nach unten gezogenen Mundwinkel ließen ihn gehässig aussehen. Er stand auf. »Komm mit.«

Johann folgte ihm zu einer der Hütten, die dicht an der Felswand errichtet worden waren. Vor der Tür blieben sie stehen.

»Geh rein«, sagte Hattinger.

»Wie lange willst du mich gefangen halten?«

»Geh schon.«

Johann sah ein, im Augenblick nichts ausrichten zu können. Er trat durch die Tür, die Hattinger sofort wieder hinter ihm schloss. Durch die Ritzen der Holzbretter fiel das Licht der untergehenden Sonne in Streifen über den von Grasbüscheln durchsetzten Sandboden der Hütte. Jemand entzündete ein Talglicht. Johann blinzelte und hielt sich kurz die Hand vor die Augen, dann hatte er sich an das schummrige Licht gewöhnt. Außer einem Tisch, an dem der Mann saß, und zwei Stühlen gab es hier nichts.

Der Mann hob den Kopf und sah ihn an. »Du hättest nicht nach mir suchen sollen«, sagte er.

»Konrad!« Johann war erleichtert, seinen Bruder wohlbehalten und, soweit er bei dem schwachen Licht erkennen konnte, auch unverletzt wiederzusehen. Er lief auf ihn zu und umarmte ihn herzlich.

»Ich konnte dich doch nicht einfach so im Stich lassen. Mach dir keine Gedanken, dass sie mich auch geschnappt haben. Zusammen werden wir hier rauskommen, verlass dich drauf. Diese Halunken werden es noch bereuen, sich mit den Fenkel-Brüdern angelegt zu haben, nicht wahr, Konrad?«

»Setz dich, Johann.« Konrad schob ihm mit dem Fuß den zweiten Stuhl hin.

»Haben sie dich gut behandelt? Einer aus dem Dorf hat gesehen, wie zwei Kerle dich abgepasst und mitgenommen haben. Musstest du einem von denen 'ne Kugel aus dem Wanst schneiden?«

»Gut geraten, Johann, das war es tatsächlich. Einer war so dumm, sich bei einem Überfall anschießen zu lassen. Na, was soll ich sagen, als Arzt hilft man, wo man kann oder muss, nicht wahr? Und es war nicht das erste Mal, dass ich einen von ihnen wieder zusammengeflickt habe.«

Johann kniff die Augen zusammen. »Der Hattinger zwingt dich also, der Leibarzt dieser Räuber zu sein?«

Konrad schwankte mit dem Kopf. Die Bezeichnung stellte ihn nur halb zufrieden. »Ach, was heißt schon ›zwingen‹?«

Johann blieb der Mund offen stehen. »Willst du mir etwa sagen, dass du einer von der Bande bist?«

»Einer von der Bande? Nein, Bruder, ich *bin* die Bande. Ich bin es, der jeden Überfall plant. Ich organisiere die Fluchtwege und den Verkauf der Beute. Ich bin der Kopf. Der Hattinger gibt nur seinen Namen her.« Konrad redete sich in Rage. »Ich weiß, wo's was zu holen gibt. Bei meinen Hausbesuchen auf den Höfen und bei den Mühlen krieg ich viel mit. Bei mir hat keiner Scheu, sein Erspartes hervorzuholen, wenn ich ihm ein Mittelchen gegeben hab. Ich kenne sie alle, die armseligen Verstecke. Von jedem Kaufmann und jedem Landwirt in der Gegend.«

Johann schüttelte verständnislos den Kopf. »Wie kannst du das nur tun?«

»Du warst mal selbst so.«

»Die Bande, zu der ich gehörte, gibt's nicht mehr.«

»Ich weiß. Sie wurden alle auf dem Marktplatz von Mainz geköpft. Alle außer dir. Dir haben sie nur das Zeichen auf die Brust gebrannt, dass dich als jemanden kennzeichnet, der nie wieder einen Fuß in die Stadt setzen darf. Das hast du mir zu verdanken. Ohne meine Fürsprache wäre dein Kopf auch im Flechtkorb gelandet. Nur mir hast du es zu verdanken, dass du noch lebst. Hörst du: Nur mir!«

Es war nie schön, wenn man sich in einer grundlegenden Sache täuschte, aber in diesem Fall war sein Irrtum für Johann schlicht niederschmetternd. Seine Miene verdüsterte sich, und sein Blut floss schwerer durch die Adern.

»Du hast mich getäuscht«, sagte er bitter. »Du hast uns alle im Dorf getäuscht.«

Ungerührt hob Konrad eine Schulter. »Im Dorf weiß niemand offiziell von deiner Vergangenheit, Johann. Sicher, es gibt Vermutungen, und Lisbeth hat bestimmt schon mehr erraten, als dir lieb ist, aber dennoch: Dir geht es gut seitdem. Du lebst in Frieden, musst nicht fürchten, dass dir die Franzosen auflauern, hast nicht viel zu tun, und so manches Frauenzimmer legt dir nicht nur ihr Herz, sondern auch ihre Kleidungsstücke zu Füßen. Und dafür bekommst du auch noch einen Lohn.«

»Ich bin dir dankbar, dass ich zum Büttel gewählt wurde, obwohl ich nicht aus dem Dorf bin. Es ist nicht üblich, das weiß ich wohl.«

»Was grämt dich dann?«

»Du hast mich belogen.«

»Ich?«

»Du hast mich gebeten, das Räubern sein zu lassen. Verwerflich sei es, und ich hab es eingesehen.«

»Das ist es ja auch.«

»Und doch bist du der Hauptmann der Hattinger-Bande, die ja wohl eher Fenkel-Bande heißen sollte.«

»Ich lege keinen Wert darauf, dass man sich vor meinem Namen fürchtet. Der Hattinger schon.« Er breitete die Hände aus. »Siehst du, schon wieder alle zufrieden.«

Johann blickte seinen Bruder hart an. Seine anfängliche Ungläubigkeit wich einer wachsenden Abscheu. Konrad spürte es.

»Ist dir aufgefallen, dass unser Dorf vor allen Überfällen verschont geblieben ist?«

»Ist das der Handel? Du planst den Raub, versorgst die Wunden, und dafür bleiben wir verschont?«

Konrad lehnte sich auf dem Stuhl zurück mit einer Geste, die ausdrückte, für wie gelungen er diese Übereinkunft fand. Als er merkte, dass Johanns Begeisterung ausblieb, wurde er zornig.

»Ich helfe Männern, die rauben und morden. Aber ich lege keine Hand an. Was also willst du?«

»Du bist ihr Hauptmann.«

Konrad wurde laut. »Und wenn schon? Ich bin es, der den Menschen in unserem Dorf das Leben rettet. Allen voran dir, kleiner Bruder. Du wärst der Erste, der mit der Waffe in der Hand auf den Platz gelaufen käme, um sich den Räubern entgegenzustellen. Aber glaubst du wirklich, du hättest eine Chance gegen sie? Nur weil du mal einer von ihnen warst?«

Konrad schüttelte bedächtig den Kopf.

Es klopfte an die Tür. Hattinger steckte den Kopf herein.

»Der Mosbacher ist zurück«, sagte er.

»Ich komme.« Konrad stand auf und ging hinaus. Er schloss die Tür hinter sich, und Johann könnte hören, wie von außen ein Riegel vorgeschoben wurde. Dann blieb ihm nichts anderes übrig, als zu warten, bis die Flamme des Talglichts erlosch und er im Dunkeln saß.

42

Weitzel und Lahr hockten in der Gendarmerie und aßen Brot und Schinken, dazu tranken sie Wein. Schmatzend beglückwünschten sie sich immer wieder mit erhobenen Bechern zu ihrem gelungenen Coup.

»Hab ich das nicht überragend gedeichselt, Jakob? Sag endlich, wie hab' ich das gemacht?«

»Hast du gut gemacht, Peter.«

Es klopfte an der Tür.

»Wer da?« Weitzel zog sich den Fettrand des Schinkens aus den Zähnen und ließ ihn auf den Schreibtisch fallen, den er zuvor von lästigen Unterlagen, Stempeln und Papieren befreit hatte.

»Bürgermeister Blasius«, drang es durch die geschlossene Tür.

»Wir essen gerade. Kommen Sie später wieder.«

»Ähm … es ist wichtig.«

Weitzel seufzte. »Na schön. Treten Sie ein.«

Blasius öffnete die Tür. Er bemerkte gleich den neuen Vorhang an einem der Fenster. Weitzel beäugte ihn mit unverhohlener Verachtung. Mit dem nächsten Schinkenstück auf der Messerspitze zeigte er auf Blasius' umfangreichen Bauch.

»Du frisst alles, was dir in die Finger fällt, was? Kannst du eigentlich deine Füße sehen?«

Lahr lachte. Dabei verschluckte er den Bissen, den er im Mund hatte, und hustete. Blasius brach der Schweiß aus. Der

Gesprächsauftakt war ihm schon jetzt aus der Hand genommen.

»Also, Blasius, mein Freund, was gibt's, das nicht warten kann?«

»Die Mutter vom Scheffler Anton möchte …«

»Von wem?«

»Dem Jungen, den ich nach Coblenz geschickt habe.«

»Der mit der Botschaft?«

»Ja, also sie möchte wissen, warum ihr Sohn noch nicht zurückgekommen ist, wo Sie beide doch seit zwei Tagen hier sind.«

»Woher soll ich das wissen?« Weitzel hob die Schultern. »Der wird sich in Coblenz auf irgendeiner Hure abrackern.«

»Aber der Anton ist ein anständiger Junge, und ich denke nicht, dass er …«

»Weshalb denkst du, dass du denken kannst?«

»Die Helga Scheffler fragt sich eben wie wir anderen auch, weshalb der Anton nicht mit Ihnen zusammen zurückkam.«

»Schluss jetzt.« Weitzel tippte sich mit der Messerspitze gegen seine Stirn. »Lahr und ich passen nur auf die auf, die hier im Dorf sind. Wer draußen 'rumläuft und wer weiß was alles anstellt, der interessiert uns nicht. Soll doch die Schefflerin ihren Sohn fragen, wo er war.«

»Dazu müsste er aber hier sein, Herr Weitzel.«

Energisch sprang Weitzel auf. »Jetzt wirst du frech, Bürgermeister. Willst du frech werden? Willst du das wirklich?«

Blasius zog den Kopf ein. »Meine … meine Frau Margarethe lässt fragen, ob den Herren die Schinkenplatte gemundet hat.«

»Hat sie.« Weitzel sank wieder auf den Stuhl zurück. »Aber das nächste Mal fragt uns deine Frau selbst. Wir haben Damenbesuch immer gern, hast du mich verstanden?«

Lahr lachte erneut. Das konnte er nach Essen und Morden am besten. Diesmal hatte er nichts im Mund. »Sie soll kommen und die Teller holen«, schlug er vor.

Weitzel kratzte sich am Kinn und grinste: »Da hörst du's, Bürgermeister. Deine Frau soll die Teller abholen.«

»Ich … ich kann sie doch gleich mitnehmen.«

»Deine Frau.«

Blasius schlich hinaus. Er war blass, als hätte sein Kreislauf beschlossen, kein Blut mehr zirkulieren zu lassen.

Obwohl am Abend im *Fröhlichen Tropfen* an jedem der Tische Männer saßen und tranken und rauchten, herrschte eine eigenartige Stimmung. Die Männer schwiegen und klammerten sich an ihre Krüge und Becher, die sie von Zeit zu Zeit an die Lippen setzten. Feilbingers Tochter Julchen, die heute bediente, hielt sich im Gegensatz zu ihrem sonstigen Auftreten züchtig zurück. Ihr war die Freude am Schäkern vergangen. Feilbinger selbst versteckte sich hinter seinem Schanktisch.

Lisbeth hatte sich heimlich über den Hinterhof in den Schankraum geschlichen. Sie blieb hinter dem breiten Stützpfosten stehen, in dessen Schlagschatten sie für andere kaum zu sehen war.

Grund für die gedrückte Stimmung war die Anwesenheit von Lahr und Weitzel, die an einem Tisch einen Krug Bier tranken. Lahr hämmerte missmutig seinen leeren Krug auf den Tisch, dass die leere Weinflasche mit dem brennenden Kerzenstummel hüpfte. Wachs tropfte auf die Platte. Lahr packte die vorbeigehende Wirtstochter hart am Arm.

»Hier ist's ja so lustig wie aufm Schlachtfeld. Warum musiziert niemand?«

»Bitte lassen Sie mich los«, flehte Julchen mit wimmernder Stimme.

»Ich will's hier lustig haben. Das ist ja wohl nicht zu viel verlangt. Los, Mädchen, tanz für uns und sing was Hübsches.«

Sie schaute erschrocken. Tränen schossen ihr in die Augen. Ihr Vater nagte an seiner Unterlippe. Er füllte rasch zwei Becher und brachte sie Lahr und Weitzel an den Tisch.

»Vielleicht kann das Bier die Stimmung aufhellen, meine Herren?«

Lahr ließ das Mädchen los. Er nahm den Becher, leerte ihn in einem Zug und wischte sich begleitet von einem tiefen Schnaufen mit der Hand über den Mund. »Nichts los in euerm Dorf«, sagte er, während er den Bierschaum auf seinem Handrücken betrachtete, als überlegte er ernsthaft, ihn abzulecken.

Weitzels Augen bekamen ein glimmendes Flackern, das nichts Gutes verhieß. »Ich hab' eine Idee, Wirt. Sing du was für uns.«

Schlagartig verstummte auch das letzte Getuschel der Gäste.

»Ich?« Die Hände des Wirts zitterten, als er sie in hilfloser Weise an seiner fleckigen Schürze abwischte.

»Mit wem rede ich denn?«

»Ich kann nicht … ich … ich muss bedienen … und …«

Lahr stand auf. Der Stuhl schabte knarrend über den Dielenboden. »Sing.«

Mit brüchiger Stimme begann Feilbinger, eine einfache Melodie zu singen. Es war ein altes Studenten- und Trinkerlied, das gerne in Wirtshäusern gesungen wurde.

»Des Abends spät, des Morgens früh' trink ich ein Glas Krambambuli. Bin ich im Wirtshaus abgestiegen, gleich einem großen Kavalier, dann lass' ich Brot und Braten liegen und greife nach dem Pfropfenzieh'r. Toujours fidèle et sans souci, c'est l'ordre du Krambambuli.«

Lahr setzte sich zufrieden. Der Gesang war erbärmlich. Jeder Straßenköter hatte die Pfoten über die Ohren gelegt. Plötzlich fing an einem der anderen Tische Mathias an, laut in Feilbingers Lied mit einzustimmen. Seinem Beispiel folgend schlossen sich erst seine Burschenfreunde an, dann Lisbeth, und gleich darauf sangen alle Gäste geschlossen und voller Inbrunst laut das Lied mit.

»Soll ich für Ehr und Freiheit fechten, für Burschenwohl den Schläger zieh'n, gleich blinkt der Stahl in meiner Rechten, ein Freund wird mir zur Seite steh'n. Dann trinkt man nach gehabter Müh ein volles Glas Krambambuli.«

Lahr schaute verwirrt zu Weitzel, der seinen Körper raubtierhaft angespannt hatte und aus verengten Augen durchs Wirtshaus schaute. Die plötzlich verschworene Gemeinschaft legte sich wie ein Ring um ihn und Lahr und schien sie mit jedem weiteren Mann, der in den Gesang einstieg, mehr und mehr zu bedrohen. Weitzel fing Mathias' herausfordernden Blick auf. Wie selbstgefällig dieser junge Kerl doch war. War er nicht derjenige, dem er gleich bei ihrer Ankunft eine Kostprobe seiner Faust gegeben hatte? Als Mathias zu Lisbeth hinüberlächelte, begriff Weitzel, dass er nicht nur aus Revanchegelüsten so handelte, sondern auch, weil er dem Mädchen imponieren wollte. Diesem Mädchen, das die Gardine genäht hatte. Und das Weitzel selbst auch gefiel.

Er stand auf und klopfte Lahr auf die Schulter. Als sie zur Eingangstür gingen und diese öffneten, endete der Gesang abrupt. Lahr drehte sich um und wollte wieder zum Tisch zurück, da begann das Singen erneut. Weitzel bedeutete ihm mit einem Kopfschütteln, es sein zu lassen. Widerwillig machte Lahr wieder kehrt. Kaum hatten sie die Tür wieder aufgezogen, hörte das Singen wieder auf.

»Sie haben noch nicht bezahlt«, rief Feilbinger ihnen hinterher.

»Du hast die zwei Becher hingestellt«, zischte Weitzel.

»Ich rede von den vier Krügen zuvor.«

»Seit wann muss ein Ordnungshüter, der dich beschützt, bezahlen?«, fragte Lahr.

Weitzel blickte rund durchs Lokal. Alle Blicke waren auf ihn gerichtet. Er trat dicht neben den Wirt, neigte seinen Kopf, sodass er in dessen Ohr flüstern konnte. »Bist mutig geworden, hm?« Laut und für alle im Lokal gut zu hören fügte er an: »Du hast recht, guter Mann. Setz den Betrag auf meine Rechnung. Und spendier den Gästen eine Runde auf mich. Soll keiner sagen, der Weitzel ließe sie vertrocknen.«

Sie gingen hinaus. Im Wirtshaus war die Erleichterung darüber förmlich zu greifen. Mathias suchte Lisbeths Blick. Anerkennend nickte sie ihm zu.

Weitzel und Lahr gingen zum Polizeigebäude zurück. »Willst du das wirklich bezahlen?«, fragte Lahr.

»Natürlich nicht, aber es beruhigt den Wirt, wenn ich etwas anschreiben lasse. Du musst klüger vorgehen, verstehst du das?«

»Ich kann mich nicht beherrschen, wenn die mir dumm kommen.«

»Dann lerne es. Ich habe keine Lust mehr, unter freiem Himmel zu schlafen. Für das, was ich hier vorhabe, müssen wir anders vorgehen als bei einem banalen Straßenraub. Geht das in deinen Schädel hinein?«

Weitzels Zorn entlud sich in seinem Zeigefinger, der mehrmals heftig an Lahrs Stirn klopfte.

»Lass das, Peter.«

»Dieses Dorf müssen wir uns biegen. Dann werden wir die dicksten Maden sein, die je in einem Speck gesessen haben.«

»Na schön, und wie stellen wir das an?«

»Ja, wie stellen wir das an?«, überlegte Weitzel. Er blickte zurück zum Wirtshaus. Hinter einem der von Kerzenschein beleuchteten Fenster war deutlich die Silhouette eines Mädchens zu erkennen.

»Es genügt anscheinend nicht, einfach nur den Polizeiposten zu übernehmen. Wir müssen mehr machen.«

»Und an was denkst du dabei?«

»Das Dorf hat noch nicht genügend Angst«, sagte Weitzel. »Aber das lässt sich ändern.«

43

Johann hatte keine Ahnung, wie lange er schon im Dunkeln saß. Durch die Bretterwand hatte er immer wieder Stimmengewirr vernommen, mal lautes Gelächter, mal auch übles Geschrei. Einmal klatschte etwas von außen gegen die Baracke. Zuerst dachte er, da würde sich geprügelt, bevor er begriff, dass sich zwei kurz und heftig liebten, dass sich im wahrsten Sinne des Wortes die Balken bogen.

Irgendwann wurde die Tür aufgestoßen. Dorle kam herein, einen Krug Wein in den Händen. Hinter ihr folgte Konrad, der sich wieder Johann gegenüber an den Tisch setzte. Aus einer Schürze nahm Dorle mehrere kleine Talglichter und verteilte sie sowohl auf dem Tisch als auch in allen vier Ecken der Baracke auf dem Boden. Als sie sie der Reihe nach anzündete, wich die Dunkelheit einem gespenstischen Flackern, das die Flämmchen an die Wände warfen und Konrads Gesicht in eine helle und eine dunkle Seite teilten.

Dorle ging wieder, ließ aber die Tür auf, weil sie gleich darauf mit einer Holzplatte zurückkam, die sie vor Johann auf dem Tisch abstellte. Darauf lagen ein halber Laib Brot, Räucherschinken, Wurst und Obst. Dazu eine Flasche Wein. Sie kicherte, als Konrad ihr auf den Hintern klopfte. Johann verdrehte angewidert die Augen. Als Dorle um den Tisch herumging, wühlte sie ihre Finger in sein Haar. Er schob sie von sich. Enttäuscht, sich ihm nicht auf den Schoß setzen zu dürfen, drückte sie ihm einen flüchtigen Kuss auf die Stirn und ging hinaus.

Durch die offene Tür waren die Lagerfeuer in der Nacht zu sehen, um die herum die Männer und Frauen saßen, standen, tranken und tanzten. Einige betrunkene Männer schossen mit ihren Flinten auf den Mond.

»Die kleine Lisbeth hat dich verändert«, stellte Konrad amüsiert fest. »Früher hättest du eine wie Dorle nicht verschmäht.«

»Lass Lisbeth da raus.«

»Würde ich gern, aber das hängt von dir ab. Wie du dich entscheidest.« Er deutete auf die Holzplatte. »Greif zu, schlag dir den Wanst voll. Wenn's nicht reicht, wir haben genug.«

Nur der nagende Hunger ließ Johann zugreifen. Während er aß, ließ er Konrad nicht aus den Augen, dessen Grinsen immer höhnischer wurde.

»Ist vielleicht sogar von Vorteil, wenn du jetzt Bescheid weißt«, sagte Konrad. »Du kannst uns besser von Nutzen sein als vorher. Zuerst habe ich dich als Büttel im Dorf haben wollen, weil ich davon ausging, dass du faul bist und dich nicht um deine Aufgaben als Gendarm kümmern würdest. Uns in Ruhe lässt, so war's gedacht. Und sollte doch mal einer von Hattingers Leuten unvorsichtig werden, dann wäre ich in der Nähe gewesen, um dich auf eine falsche Fährte zu lenken. Aber du hast dich verändert, Johann. In ganz kurzer Zeit. Ich weiß nicht, warum. Aber du nimmst deinen Posten ernster, als mir lieb ist.«

»Hast du mich an Keil verraten?«

Konrad seufzte theatralisch. »Ach, i wo. Ich doch nicht. Aber ich gebe zu, dass ich kurz überlegt habe, ob es nicht vielleicht besser sei, wenn du im Kerker versauerst. Glückliche Fügung, dachte ich. Also, für uns, nicht für dich.«

Johann schenkte sich Wein in einen Becher und trank. »Du hättest es zugelassen, dass man mich hinrichtet, obwohl du weißt, dass ich nicht der Schinderhannes bin und Keil blind vor Fanatismus war? Was für ein Bruder bist du?«

»Ach, hab dich nicht so. Wir beide kennen uns doch nicht wirklich gut. Wären wir uns nicht vor über einem Jahr zufällig in der *Traube* über den Weg gelaufen, würdest weder du an mich noch ich an dich denken. Das wissen wir beide. Aber kein Grund, sich aufzuregen. Ich hab's ja dann doch versucht, dich rauszuholen. Mir kam da nämlich ein anderer Gedanke. Dein Aufenthalt im Gefängnis könnte dich dazu gebracht haben, eine gewisse Wut auf die Obrigkeit zu entwickeln. Vielleicht brächte dich das ja dazu, in deinem Gendarmeriebezirk beide Augen zuzudrücken, wenn ein Überfall geschieht. Die Rache des kleinen Mannes sozusagen. Dass du nur noch mit einem Auge zum Zudrücken zurückkommst, konnte ich nicht ahnen. Wie auch immer. Dass Lisbeth sich in dich verguckt, hatte ich nicht einkalkuliert. So spielt das Leben. Da plane ich die raffiniertesten Überfälle, und dann kommt so eine Halbwaise daher und pikst dein Gewissen an, ein anständiger Polizist zu sein. Wie ist sie denn so, unsere Kleine? Allzu viele hat sie ja zuvor noch nicht an sich rangelassen.«

»Ich hab's schon mal gesagt: Lass Lisbeth da raus.«

Konrad pfiff durch die Zähne. »Der gute Johann, vom Weiberheld zum Beschützer. Liegt's am Alter? Sei's drum, willst du noch Wein? Dorle!«

Die Tür ging auf. Das Mädchen musste vor der Tür gewartet haben. Wahrscheinlich hatte sie auch gelauscht. Johann bot immerhin mal eine Abwechslung im Lager. Sie brachte Nachschub. Diesmal beließ sie es dabei, Johann ein vorsichtiges Lächeln zu schenken. Es schien aufrichtig zu sein, doch Johann ließ es nicht an sich heran.

»Wenn's nach mir gegangen wäre, dann hätte Lisbeth den guten Gaspard Paty becirct, um dich freizubekommen. Aber das schlug leider fehl. Das ist ein Mann von Prinzipien, wie ärgerlich.

Ich habe dich dann schnell aufgegeben, umso erfreulicher, dass sich der echte Schinderhannes dann doch noch hat schnappen lassen. Für dein Auge ein wenig zu spät.« Er schenkte Johanns Becher erneut voll. »Trink aus, wollen doch mal anstoßen, oder?«

Johann rührte den Becher nicht an. Konrad hob eine Augenbraue, zuckte mit der Schulter und kippte seinen Wein in einem Zug die Kehle hinunter. »Alle in Brunnenweiler hatten gedacht, dass du zurückkommst«, sagte er.

»Nicht sofort.«

»Ja, nicht sofort. Mein Gott, hat die kleine Lisbeth morgens immer verquollene Augen gehabt.«

»Nimm noch einmal ihren Namen in den Mund und ich schlag dich zu Klump.«

Konrad lachte. Seine Zunge war schon ein wenig schwerer.

»Lass uns noch mal über deinen Nutzen für den Hattinger und mich sprechen«, fuhr er fort. »Als Büttel bist du der Präfektur zwar verpflichtet, aber ...«

»Ich bin kein Büttel mehr. Ich hab den Posten abgegeben, als ich fort bin, um dich zu suchen. Blasius weiß es, alle wissen es. Die haben längst einen neuen Gendarmen gewählt.«

»Die Feiglinge? Wohl kaum. Und wenn, Johann, du wirst das rückgängig machen. Mein Plan sieht dich als Polizisten vor, damit Hattinger und die anderen sich auch mal in ein Dorf zurückziehen können. Es wird bald Winter.«

»Die Schurken sollen ins Dorf kommen?«

»In den Wäldern ist es manchmal doch recht eintönig. Es gibt vor allem zu wenig Weiberröcke hier.«

»Und ich soll es zulassen, ohne die Behörden zu informieren oder die Franzosen kommen zu lassen?«

»Wer will schon geschnappt werden?«

»Dann würde ich mich zu eurem Verbündeten machen. Ich will das nicht mehr. Ich bin davon los.«

»Hattinger wird sich ordentlich benehmen. Es wird keinen Grund für dich geben, Meldung zu machen. Oder gar eine Verfolgung aufzunehmen. Eine monatliche Zuwendung ist dir sicher.«

»Ich bin ehrbar geworden. Nie mehr will ich was damit zu tun haben. Ich will Lisbeth ...« Er brach ab.

Konrad feixte. »Schon wieder diese Kleine. Was willst du mit ihr? Sie etwa heiraten?«

Johann holte tief Luft. »Sie nicht enttäuschen.«

»Um das zu vermeiden, müsstest du wieder ins Dorf zurückkehren.«

»Willst du nicht genau das?«

»Zu meinen Bedingungen.«

»Und wenn ich ablehne?«, fragte Johann.

»Dann wärst du ein Dummkopf.«

»Vielleicht bin ich das tatsächlich.«

»Du hast mich nicht richtig verstanden, Johann. Ich meinte, dann wärst du ein toter Dummkopf.«

Der folgende Blick trennte sie endgültig voneinander.

Konrad begann, sich ein Pfeifchen zu stopfen, und ließ ihn kurz aus den Augen. Johann nutzte die Gelegenheit, hob den Tisch an und stieß ihn wuchtig gegen Konrad. Der kippte hintüber vom Stuhl. Sofort stürzte sich Johann auf ihn. Er stellte seinen Stiefel auf Konrads Kehle und verlagerte sein Gewicht. Verächtlich blickte er auf seinen Bruder herab. Konrad röchelte. Johann verstärkte den Druck. Verzweifelt umklammerte Konrad den Stiefel auf seinem Hals, schaffte es aber nicht, ihn wegzudrücken. Nur ein klein wenig stärker zutreten, dachte Johann. Mehr bräuchte es nicht. Schließlich entschied er sich, von seinem Bruder abzulassen. Der keuchte, rollte sich auf den Bauch und spuckte aus.

»Ich hab gelernt, Recht von Unrecht zu unterscheiden«, sagte Johann. »Selbst in Zeiten, in denen sich nur so wenige darum scheren. Du warst es, der mich zum Nachdenken brachte. Und ich bin froh, dass ich damals nicht geahnt habe, in welch hinterhältiger Doppelmoral du auf mich eingeredet hast.«

Konrad keuchte. »Ich betrachte meine Art zu überleben nicht als Doppelmoral.«

»Du machst dir etwas vor, wenn du behauptest, dein Handeln sei im Interesse der Dorfbewohner. Es ist wie bei einem Fürsten, der es sich selbst gut gehen lässt und stets betont, er tue dies alles nur für sein Volk.«

»Und du? Was ist mit dir? Du denkst, du könntest deine Vergangenheit einfach abstreifen wie eine zweite Haut. Aber sie klebt an dir. Du weißt es, und deine Lisbeth weiß es sicher auch. Glaubst du wirklich, du kannst sie halten, wenn sie erfährt, welches Leben du früher geführt hast? Was ihren Eltern angetan wurde, wird immer zwischen euch stehen.«

Kopfschüttelnd streckte Johann den Arm aus und zog Konrad auf die Beine. Gemeinsam stellten sie den Tisch wieder auf die Füße und sammelten die heruntergefallenen Talglichter auf. Keines brannte mehr. Lediglich die vier in den Ecken erhellten den Raum.

»Mag sein, dass es ein Handel mit den falschen Leuten ist, aber es ist das richtige Ergebnis, das dabei herauskommt«, sagte Konrad. Er rieb sich den Hals und öffnete die Tür. Dorle stand mit großen Augen davor. Sie musste den kurzen Kampf gehört haben. Zu Johanns Überraschung sah sie nicht Konrad besorgt an, sondern ihn.

»Du bleibst ein paar Tage bei uns, und dann wirst du deine Entscheidung treffen«, sagte Konrad.

44

Ein neuer Morgen.

Weitzel lümmelte auf dem Stuhl, die Füße auf dem Schreibtisch, und blätterte gelangweilt in einem Register. Hinter ihm hockte Jakob Lahr auf den Treppenstufen und stach mit seinem Messer auf den Rübenkorb ein, der schon vor ihrer Ankunft dort gestanden hatte. »Die machen ihr Tagewerk einfach so weiter, als wären wir gar nicht hier«, murrte er. »Die haben keinen Respekt mehr vor Ordnungshütern. Wozu richten die 'ne Stelle für 'nen Büttel ein, wenn sie nicht nett zu ihm sind?«

»Ich pfeif' darauf, dass die nett zu uns sind. Zittern sollen sie, nur dann kriegen wir das, was ich … was wir haben wollen.« Immer wieder starrte Weitzel durch die offen stehende Tür hinaus den vorbeigehenden Dörflern nach. In ihm brodelte es.

»Ich hab' jetzt erst mal Hunger.« Lahr zog sich schwerfällig am Treppengeländer hoch und stapfte auf die Straße. An einem der Häuser die Straße hoch saß eine Magd auf den Stufen und putzte Gemüse. Als sie sah, dass Lahr schnurstracks auf sie zukam, ließ sie vor Schreck die Schale von den Knien rutschen. Hastig sprang sie auf. Mit einem Fuß schon halb im Hauseingang zuckte sie kurz zurück, weil sie das Gemüse verstreut auf dem Boden liegen sah. Der Hausherr würde schimpfen und sie nachts wieder im Stall schlafen lassen. Sie ging in die Hocke und begann fahrig, mit beiden Händen so viel zu einem Häufchen zusammenzuschaufeln, wie sie konnte, doch Lahr war schon sehr nah, also ließ sie alles wieder fallen. Sie wollte gerade die Tür hinter sich zudrücken, als Lahr laut nach ihr rief.

»Warte!«

Verängstigt verharrte sie an der Tür, als Lahrs Schatten neben ihren in den Hauseingang fiel.

»Du hast was fallen lassen.« Einer für seine Verhältnisse überraschenden Eingebung nach hob Lahr die Schale auf und reichte sie ihr. Ohne ihn anzuschauen, nahm sie sie mit zitternden Fingern entgegen.

»Kannst du kochen? Kannst du was mit Rüben anfangen?«

Genervt, weil sie ihm nicht schnell genug antwortete, langte er nach ihrem Arm, doch sie entwischte ihm und huschte endgültig ins Haus. Lahr schlug mit der Faust gegen die verschlossene Tür, begleitet von schallendem Gelächter in seinem Rücken. Weitzel spielte mit einer Rübe, die er mit einer Hand hochwarf und wieder auffing, als wäre sie ein Messer.

»Du weißt wirklich, wie man mit Mädchen umgeht.«

»Wenn du's besser kannst, mach halt.«

Verärgert stopfte sich Lahr zwei Handvoll Bohnen in die Taschen und stapfte zur Polizeistube zurück. Weitzel folgte ihm, blieb aber auf halber Strecke stehen, als er sah, wer den abschüssigen Feldweg vom Ortseingang herunterkam. Dieses Mädchen, diese Lisbeth, war wirklich eine Augenweide. Neben ihr lief ein junger Kerl, der unablässig auf sie einredete und sich bemühte, ihr behilflich zu sein. Er wollte ihr den Korb abnehmen, doch sie ließ nicht zu, dass er ihn für sie trug. Als Weitzel in ihm Mathias erkannte, presste er die Kiefer so fest aufeinander, dass seine Zähne schmerzten und er Speichel hinunterschlucken musste. Der schon wieder. Der Junge hatte im Wirtshaus zwar Mut bewiesen, trotzdem war es eine Dummheit gewesen, vor allen Leuten Stimmung gegen ihn und Lahr zu machen. Und dass er sich auch noch für das Mädchen interessierte, an das er sich selbst anwanzen wollte, konnte Weitzel gar nicht leiden. Mal schauen, wie er das dem Burschen klarmachen konnte. Möglichst so, dass danach im Dorf alle wussten, wie hier jetzt der Hase lief.

»He, Mädchen«, rief Weitzel, »komm her, vite, vite.«

Zögernd kamen beide näher. Weitzel warf Mathias einen vernichtenden Blick zu. »Hab ich dich auch gerufen? Und du, Mädchen, du gehst in die Stube und kochst uns was.«

Er warf ihr die Rübe zu. Ohne Reaktion ließ Lisbeth sie neben sich zu Boden fallen. »Ich muss meine Mutter versorgen«, sagte sie kühl.

»Das kannst du auch später. Jetzt musst du erst mal uns versorgen.«

»Sie will nicht«, schaltete sich Mathias ein.

Weitzel ignorierte ihn und packte Lisbeth grob am Arm, um sie mit sich zu ziehen. Daraufhin schlug Mathias Weitzels Hand weg.

»Haben Sie nicht gehört? Sie will nicht.«

Ohne Vorwarnung verpasste Weitzel ihm einen Faustschlag gegen den Kopf. Die linke Augenbraue platzte auf.

»Ich hab' dich gewarnt, Bursche. Sag nicht, ich hätte dich nicht gewarnt, mich nicht anzufassen. Was jetzt kommt, hast du dir selbst zuzuschreiben.«

Weitzel war in seinem Leben häufig bestraft worden. Es schien ihm ganz natürlich, dass Ungehorsam nur auf eine Weise zurechtgebogen werden konnte. Möglichst brutal, um weitere Aufmüpfigkeiten schon im Keim zu ersticken. Dass eine solche Form der Bestrafung bei ihm keine Läuterung zur Folge gehabt hatte, war ihm gar nicht bewusst. Er wollte nur, dass andere leiden lernten wie er selbst. Der Schwebebalken war eine Bestrafung, die Weitzel schon am eigenen Leib erfahren musste. Für Mathias und alle anderen Brunnenweiler erschien er ihm als idealer Willensbrecher.

Weitzel hatte in die Mitte des Dorfplatzes einen dreißig Zentimeter hohen Pflock gerammt. Vor diesen musste sich Mathias hocken, sodass seine Hände festgebunden werden konnten. Gleichzeitig wurden seine angewinkelten Beine stramm zusammengebunden. Dann stieß Weitzel einen zweiten, längeren Pflock in den Boden und zwang Mathias, sich mit durchgedrücktem Rücken dagegenzulehnen. Um die extrem muskelzerrende Spannung nicht zu verlieren, wurde ein Seil um seine Stirn gebunden, damit der Kopf an den Pfosten fixiert war. In dieser gehockten Haltung war Mathias nun der prallen Sonne ausgeliefert.

Lahr war von Haus zu Haus gegangen und befahl den Dörflern, sich auf dem Platz einzufinden. Starr vor Entsetzen sahen sie, was Weitzel einem von ihnen antat.

Aufrecht stolzierte Weitzel um den gekrümmt hockenden Mathias herum, wie er es sich von den Soldaten, die ihn bestraft hatten, abgeguckt hatte. »Ich bin eine Amtsperson!«, rief er laut und für alle gut hörbar. »Ich bin euer Gendarm. Und er hier … er hat mich angegriffen. Zum wiederholten Male. Das kann ich nicht zulassen. Ihr versteht, dass das eine Strafe nach sich ziehen muss. Seht ihn euch gut an. Und dann überlegt zweimal, ob ihr mich oder Gendarm Lahr zurechtweisen wollt.«

Er hielt den Kopf schräg und blinzelte dem gleißenden Sonnenlicht entgegen. Dann beugte er sich über Mathias und zerrte an seinem Hemd, bis es endlich zerriss und die Haut ungeschützt frei lag.

»Zwei Tage«, sagte er.

Mathias litt Höllenqualen. Die Mittagssonne schien unbarmherzig auf ihn nieder. Seine ungeschützte Haut war aufgeplatzt und blutig verkrustet.

Hinter den Fenstern der umstehenden Häuser standen Männer und Frauen. Sie litten mit ihm, wagten aber nicht, sich Weitzels Anordnung zu widersetzen. Kein Wasser, kein Essen und kein Schatten für Mathias. Eine Frau wollte mit einem Krug zu ihm hinüber, doch ihr Mann legte ihr seine Hand auf den Arm und schüttelte den Kopf.

Lisbeth war unkonzentriert, als sie mit Ida die täglichen Gehübungen machte. Immer wieder blickte sie durch das Fenster zum Marktplatz hinaus. Sie litt mit Mathias, als würde sie dort angebunden sein.

Mathias hockte schon seit Stunden nicht mehr, sondern lag in einer seltsam gestreckten Verrenkung auf dem Boden. Die Stirnfessel, mit der sein Kopf an den Pfahl gebunden gewesen war, hatte sich nach Stunden gelöst, aber da war sein Gesicht schon verbrannt, als hätte er den Kopf in den Ofen geschoben. Sand klebte auf der aufgeplatzten Haut und hatte sich mit dem ausgetretenen Blut verklumpt. Er wollte einfach nicht vollends bewusstlos werden. Selbst als der Tag sich dem Abend neigte, besaß die schräg sinkende Sonne noch eine zermürbende Kraft, die aus Mathias' Hirn längst einen ungenießbaren Brei gemacht haben musste. Ab und an regte sich eine Hand am Pflock oder eines seiner Beine zuckte wie unter einem Hornissenstich, doch es war nur das kümmerliche Aufbäumen eines reflexgesteuerten Körpers. Irgendwann kam auch kein Zucken mehr.

Lisbeth hielt es nicht länger aus. So konnte es nicht, so *durfte* es nicht weitergehen. Sie musste etwas unternehmen. Wovor hatte sie denn Angst? In noch nicht einmal zweiundsiebzig Stunden hatten es die beiden Schurken geschafft, das

Dorf zu terrorisieren. Ja, gestand Lisbeth sich ein. Sie hatte Angst. Angst vor dem, was geschehen könnte, wenn sie etwas tat, aber noch mehr davor, wie sie sich morgen fühlen würde, wenn sie Mathias jetzt nicht half. Schließlich hockte er dort, weil er sich für sie eingesetzt hatte.

Sie half ihrer Mutter wieder ins Bett, ging zur Küchennische und nahm eine Kanne. Sie atmete tief durch. Ihre Unterlippe zitterte. Dann ging sie vor die Tür und füllte für alle in ihren Häusern gut sichtbar die Kanne am Brunnen mit Wasser. Als sie sich umdrehte, um damit zu Mathias zu gehen, sah sie, dass Weitzel im Türrahmen der Gendarmerie lehnte. Mit einem Gewehr in der Hand gab er ihr zu verstehen, dass er es nicht zulassen würde, sollte sie Mathias das Wasser geben. Er tippte mit dem Zeigefinger erst auf das Mündungsloch des Gewehrs und danach gegen die Stirn. Deutlicher konnte eine Warnung nicht ausfallen.

Lisbeth rang mit sich. Der bewusstlose Mathias war nur wenige Meter von ihr entfernt. Würde sie schnell genug bei ihm sein können, um ihm das Wasser einflößen zu können? Bevor sie auch nur Mathias' Kopf auf ihren Schoß gebettet hätte, wäre Weitzel nah genug herangekommen, um mit seiner Flinte auf sie zu schießen. Sie schämte sich für ihre Feigheit, doch sie hatte einfach Angst. Eine verdammte, nur allzu menschliche Angst. Schließlich schlich sie ins Haus zurück. In ihrer Brust fühlte es sich an, als wäre sie zwischen zwei Mühlsteinen eingeklemmt.

Die Nacht hatte Mathias aus seiner Bewusstlosigkeit geholt. Erschöpft hing er am Pflock, die Augenlider von Schweiß verklebt, und klapperte mit den Zähnen. Die kurze Zeit, in der die Kühle seinem erhitzten Körper wohlgetan hatte, war bald schon einer Kälte gewichen, die bis ins Mark kroch. Gegen Mitternacht begann es zu regnen. Unter großer Anstrengung öffnete er den Mund und versuchte zu trinken. Die Regentropfen prasselten auf sein zerschundenes Gesicht, und wenn er einen Laut von sich hätte geben können, hätte er vor Schmerzen aufgeschrien. Es blitzte über dem Dorfplatz und nach einem krachenden Donner wuchs sich der Regen zu einem Unwetter aus, das erst gegen drei Uhr morgens aufhörte.

Mathias hatte kaum noch Leben in sich, als er hinter sich ein stoßartiges Schnauben in der Dunkelheit hörte. Er drehte mühsam den Kopf und spähte über die Schulter. Zwei Wildschweine hatten das schützende Dickicht des Waldrands verlassen und kamen die Dorfstraße herunter. Angelockt durch den Blutgeruch aus Mathias' Wunden, näherten sie sich erst zögernd und abwartend, dann aber, als sie begriffen, dass niemand ihren Weg kreuzen würde, bewegten sie sich auf ihren kleinen Hufen mit einem Tempo, das man ihnen gar nicht zugetraut hätte.

Die Tiere waren groß. Einem aufrecht stehenden Mann reichten sie fast bis zur Hüfte. Den festgebundenen Mathias überragten sie mit der ganzen Masse ihrer harten, muskulösen Körper. Ihre Flanken zitterten vor Hunger, als hätten sie seit Tagen kein Fleisch gefressen. Sie grunzten, als sie über Mathias herfielen. Während eines über seine Beine herfiel, verbiss sich das andere in sein ungeschütztes Gesicht. Mathias schaffte es nicht einmal, zu schreien.

Rund um den Dorfplatz gingen die Lichter in den Häusern an. Lisbeth war mit dem Jagdgewehr ihres Vaters aus dem Haus gerannt. Noch im Laufen gab sie einen Schuss ab. Die beiden Wildschweine stellten sich ihr breitbeinig entgegen, dann liefen sie auf ihren kurzen Beinen schnell die Straße zurück, die sie hergekommen waren. Das eine Schwein hatte ein Stück von Mathias' Unterarm in der Schnauze.

Was war es gewesen, das Johann ihr gesagt hatte? *Du musst versuchen herauszufinden, was im Schädel des anderen vor sich geht. Stärken … Schwächen …* Sie hatte zwar vorher schon verstanden, was er damit meinte, aber jetzt hatte sie es auch begriffen. Waren es zuvor nur Worte gewesen, über die es sich nachzudenken lohnte, waren sie nach dieser Nacht zu einer Aufforderung geworden.

Um den Pflock herum war der getrocknete Sand rotbraun verfärbt. Lisbeth bückte sich und hob aus dem aufgewühlten Schlamm ein zerrissenes Stoffband auf, das Mathias stets um sein rechtes Handgelenk getragen hatte. Sie steckte es in die Tasche ihrer Schürze, während sie zur Gendarmerie schaute. Weitzel stand hinter dem Fenster und beobachtete sie.

Sie ging in ihr Haus zurück. Mathias' Leichnam war von drei Männern in der Wohnstube auf den Tisch gelegt worden. Der alte Köhl, Mathias' Vater, stand davor. Seine linke Wange zuckte unkontrolliert, sodass er kaum verständlich sprechen konnte.

»Danke, dass er bei dir aufgebahrt werden kann, Lisbeth«, sagte er. »Er hätte es auch so gewollt.«

Sie starrte auf den fürchterlich zugerichteten Leichnam und nickte ohne ein Wort. Aus der Kommode nahm sie ein Leintuch und breitete es über dem Leichnam aus.

»Ich bin froh, dass seine Mutter das nicht erleben musste«, sagte der alte Köhl.

»Niemand hätte das erleben sollen.«

»Ja, niemand.«

Der alte Köhl schlurfte hinaus. Lisbeth blieb allein zurück. Sie beugte sich über den Leichnam, nahm ihn behutsam in die Arme und presste ihn an sich, als könnte sie allein mit ihrer Körperwärme den Toten wieder lebendig machen. Tränen lösten sich aus ihren Augen und rannen über ihr fast unbewegtes Gesicht. Ohne sie fortzuwischen, veränderte sich ihre Mimik zu einem hasserfüllten, entschlossenen Ausdruck.

Sie wusste, was zu tun war. Sie wusste nur nicht, ob sie dieses Mal dazu in der Lage war.

Die Zeit war gekommen, es herauszufinden.

45

Verachtung. Ein Gift, das man nicht einzunehmen brauchte, sondern dessen zerstörerische Wirkung aus einem selbst wuchs. Margarethe Blasius hatte schon seit Langem keine andere Gefühlsregung mehr für ihren Mann übrig. Sich die Frau des *maire* nennen zu können war der einzige Grund für ihre Heirat mit Hans Blasius gewesen. Er war weder im Gespräch noch im Bett sonderlich geistreich, geschweige denn, dass er ein Mann gewesen wäre, in dessen Nähe sie weiche Knie bekommen hätte. Aber sie wusste, worauf sie sich einließ, und sie hatte alles dem Status untergeordnet, zu dem ihr die Heirat verhalf. Leider war Margarethe nicht sehr genügsam, und so nahm sie die Ehre, sich Frau Bürgermeisterin rufen zu lassen, recht schnell als selbstverständlich gegeben hin.

Es verwunderte niemanden in Brunnenweiler, dass sie innerhalb der Dorfgemeinschaft eine einsame Frau geworden war. Eine Nase, die hoch in den Wolken spazieren geführt wurde, hatte nun mal eine enorme Fallhöhe, und Margarethes harter Aufprall hatte sie nicht zum Nachdenken veranlasst. Es war viel leichter, bei Hans die Schuld nicht nur zu suchen, sondern auch zu finden. Sein klägliches Auftreten war beschämend. Sein schwerfälliges Äußeres nichts, worum sie beneidet werden konnte. Hans bot nichts, zu dem es sich aufzuschauen lohnte, also verdiente er ihre Verachtung. Eine Frau wie sie hatte zweifellos das Recht dazu, wie sie fand.

Die Wohnstube hatte Margarethe gemütlich und nach

französischem Vorbild eingerichtet. Viel zu vornehm für dieses kleine Dorf, aber sie hatte ihre Hoffnung, dass Hans irgendwann nach Coblenz berufen würde, um dort einen wichtigen Posten zu bekleiden, noch nicht aufgegeben. Dann könnte sie endlich all das Ländliche hier hinter sich lassen. Doch dazu durfte Brunnenweiler nicht in Willkür versinken. Wenn es sich bis zur Präfektur herumsprach, dass nicht Hans, sondern zwei Dahergelaufene mit äußerst zweifelhaftem Auftreten das Sagen hatten, war es vorbei mit dem Traum von der höheren Gesellschaft.

»Du musst mit ihnen reden«, forderte sie von ihrem Mann.

Hans saß gebeugt am Schreibtisch. Sein Blick war leer, als er ihn erst auf Margarethe in ihrem gepolsterten Sessel und dann auf die Wand richtete, an der eine Urkunde mit Siegel hing sowie ein kleines Napoleon-Porträt.

»Das stellst du dir so einfach vor, Margarethe.« Er tunkte eine Feder ins Tintenfass und beschriftete den Umschlag, der vor ihm lag. Margarethes herablassender Tonfall traf ihn, ohne dass er eine erkennbare Reaktion bei ihm auslöste.

»Was hast du da geschrieben?« Insgeheim hoffte Margarethe auf einen Versetzungsantrag, aber Hans würde selbst so ein Schreiben vermurksen.

»Nichts.« Er faltete den Brief zweimal und schob ihn in das Kuvert.

»Red keinen Unfug. Ich seh' doch, was du tust.«

Margarethe nahm das Papier an sich. Für einen kurzen Moment erschrak sie, als sie sah, dass auf dem Umschlag das Wort *Testament* geschrieben stand. Aber wirklich nur für einen ganz, ganz kurzen. »Dein Testament? Warum hast du das geschrieben?«

»Das wird hier alles kein gutes Ende nehmen.«

Margarethe nahm das Kuvert an sich. Vielleicht war es ja ihr Schlüssel zu einer besseren Zukunft.

46

Seit Weitzels und Lahrs Ankunft war das Leben in Brunnenweiler abgeflossen wie Blut aus einer offenen Wunde. Als hätte die Sonne den Dorfplatz verbrannt, tummelte sich niemand mehr dort. Keine Mägde am Brunnen, keine Alten unter dem Baum. Es lastete eine Schwere über dem Dorf, die sogar den Tag zu verdunkeln schien.

Peter Weitzel hatte es mit seiner Bestrafung zwar nicht darauf angelegt, dass Mathias dabei draufging, aber grämen tat es ihn auch nicht. Vielleicht half es sogar dabei, die Dörfler schneller gefügig zu machen. Immerhin hatte er vor, noch lange Zeit seine Füße in Brunnenweiler hochzulegen. Da war es nur von Vorteil, wenn keiner mehr aufmuckte.

Obwohl es schon später Nachmittag war, hatten Weitzel und Lahr den *Fröhlichen Tropfen* ganz für sich allein. Beinahe jedenfalls, denn kaum hatten sie ihren Krug Bier vor sich stehen, war Bürgermeister Blasius aufgetaucht. Schon bei seinem Eintreten stank ihnen seine Angst entgegen. Der Schwabbelbauch beginnt zu nerven, dachte Weitzel.

»Darf ich Sie kurz stören?«, fragte Blasius.

»Setz dich.«

Blasius zog sich einen Stuhl vom Nebentisch heran, doch Weitzel zeigte auf den Platz auf der Bank zwischen ihm und Jakob Lahr. »Wenn du was von uns willst, dann setz dich genau hier hin.«

Ohne Widerspruch kam Blasius der Aufforderung nach. Eingeklemmt zwischen den beiden blickte er angstvoll zu Feilbinger, der stumm hinter dem Tresen stand.

»Wirt, du solltest nach deinen Vorräten schauen«, sagte Weitzel. »Und sag deiner Tochter, was wir vorhin besprochen haben, hast du verstanden?«

Feilbinger verschwand im Nebenraum. Er war froh, nicht in Blasius' Haut zu stecken.

»Also, was willst du, Bürgermeister? Ich vermute mal, du möchtest, dass mein Freund Jakob und ich gehen.«

»Ich persönlich nicht, aber es gibt Leute im Dorf, die …«

»Nenn sie mir. Sag mir, wer uns loshaben will.«

»Also … es … es ist so, dass … dass wir alle denken … uns einig sind, Ihnen den vereinbarten Lohn zu zahlen.«

»Davon ist auszugehen.«

»Sie brauchen dafür auch nicht zu arbeiten.«

Weitzel legte seinen Arm um Blasius' Schulter. »Was soll das heißen? Na, lass nur. Es wird immer Leute geben, die andere Leute nicht mögen.«

»Dann … gehen Sie also?«

»Irgendwann, mein Freund, irgendwann. Wenn mal wieder ein neuer Büttel gewählt werden müsste. Aber vorläufig haben wir uns verpflichtet, dieses nette Dorf zu beschützen. Und wir nehmen diese Pflicht sehr ernst. Is' doch so, Jakob, oder?«

»Wir sind Ehrenmänner.«

Von einem Moment zum anderen wechselte der Ausdruck in Weitzels Gesicht von freundlich zu bedrohlich. Er streckte Blasius die offene Hand hin. »Hast du nicht was vergessen?«

Blasius gab ihm das mitgebrachte Lohngeld.

»Betrachte es als Vorauszahlung für zukünftige Leistungen«, sagte Weitzel. Ohne Vorwarnung versetzte er Blasius mit der Stirn einen Kopfstoß. Blasius kippte nach hinten, doch Lahr fing ihn auf und stieß ihn vor, sodass er mit dem Oberkörper auf die Tischplatte krachte.

»Und das ist meine Vorauszahlung für all diejenigen, die uns loswerden wollen«, zischte Weitzel scharf. »Merk dir das.«

In diesem Augenblick kam Feilbinger mit seiner Tochter Julchen in den Schankraum zurück. Beide starrten erschrocken auf den sich krümmenden Bürgermeister. Weitzel lehnte sich wieder zurück.

»Ihr kommt gerade recht, um die miese Stimmung aufzuhellen. Hat er dir gesagt, was du machen sollst?«

Julchen nickte angstvoll.

»Dann fang an.«

Das Mädchen begann in der Mitte des Lokals zaghaft zu tanzen. Feilbinger verkroch sich hinter seinem Tresen. Er klemmte sich einen Lappen zwischen die Zähne, um keinen Laut von sich zu geben. Julchen bewegte sich völlig verkrampft und ungelenk. Die meisten Eichhörnchen sahen graziöser aus.

»Bisschen mehr Fröhlichkeit«, rief Lahr.

Das Mädchen begann beim Tanzen zu weinen.

»Nennst du das fröhlich?«

»Zieh dich aus beim Tanzen«, rief Weitzel.

Julchen liefen die Tränen über die Wangen.

Weitzel zog seine Pistole aus dem Hosenbund und legte sie vor sich auf den Tisch. »Ich sage nichts gerne zweimal.«

Das Mädchen begann, sich mit zittrigen Fingern zu entkleiden. Erst streifte sie die Bluse ab, dann rutschten die langen Röcke nacheinander die Beine hinab und blieben um ihre Füße liegen. In schäbiger Unterwäsche stand sie da. Sie hatte längst aufgegeben, Tanzbewegungen zu vollführen.

»Niemand hat dir erlaubt aufzuhören.« Weitzel packte Blasius an den Schultern und richtete ihn auf. »Ich finde, du solltest nicht zulassen, dass sie sich alleine abmüht. Geh zu ihr und klatsch den Rhythmus. Dazu möchte ich, dass du auf einem Bein um sie herumtanzt.«

Blasius wankte zu Julchen hinüber und begann, auf einem Bein im Kreis um sie herumzutanzen, während sie sich weiter auszog.

Unbemerkt von allen war Lisbeth durch die Hintertür ins Lokal geschlichen. Sie verhielt sich mucksmäuschenstill. Die groteske Szene, die sich ihr bot, ekelte sie an, aber sie schlich sich nicht wieder hinaus. Sie wollte Lahr und Weitzel in ihrer ganzen Widerwärtigkeit beobachten.

47

Hedwig hatte sich ihr vom Alter runzelig gewordenes Gesicht redlich verdient. Sie lebte in Brunnenweiler, seit sie denken konnte. Ihre Eltern hatten hier gelebt und ihre Großeltern auch. Die ganze bucklige Verwandtschaft, wie sie es immer liebevoll nannte, hatte sich nie auf einen anderen Flecken Erde hin zubewegt. Kriege kamen und gingen, Hedwigs Familie war geblieben. Harte Arbeit hatte sie nie gescheut. Nicht als Kind, nicht als junges Mädchen und erst recht nicht als frühe Witwe. Als Kind hatte sie den Holzfällern geholfen, die geschlagenen Stämme runter zum Rhein zu ziehen. Mit zwölf Jahren hatte sie bereits einen Buckel von den Seilen über den Schultern, und als erwachsene Frau war ihre Haut auf dem Rücken so ledrig, weil die aufgescheuerten Stellen immer schlechter verheilten.

Irgendwann hatte sie sich entschieden, das Leben nicht für schwerer zu halten, als es der Handkarren voller Obst und Gemüse war, den sie jetzt hinter sich herzog. Und auch die Fliegen und Wespen, die deshalb ständig um sie schwirrten, störten sie nicht mehr. Wohl aber solches Ungeziefer, wie Jakob Lahr es war.

Hedwig hatte den Handkarren abgestellt und schimpfte auf Lahr ein. Mitten auf dem Dorfplatz. Für alle gut zu sehen, also für alle, die hinter ihren Gardinen gut versteckt aus ihren Stuben schauten. Den Apfel, den Lahr ihr vom Karren geklaut hatte, riss sie ihm wutentbrannt aus der Hand.

»Her damit. Oder du zahlst dafür. Es gibt wahrlich keinen Unterschied zwischen euch und den Schurken, vor denen ihr uns angeblich beschützen wollt.«

»Pass mal auf, Mütterchen …«

»Ich hab keine Angst vor euch. Wenn ihr meine Söhne wärt, hätt' ich euch längst im Fluss ersäuft.«

»Und wenn du meine Mutter wärst, hätt' ich dir vorher das Genick gebrochen.«

Lahr ballte die Fäuste. In ihm brodelte es. Aufmüpfig war die Alte, renitent und widerborstig. Eigenschaften, die er an einer Frau nicht leiden konnte. Eigentlich an niemandem, der gegen ihn war. Er öffnete die Faust, spreizte die Finger und schloss sie dann wieder. Weitzel hatte von ihm verlangt, seine Wut hinunterzuschlucken, wenn ihm ein Dörfler dumm daherkam. Der hatte leicht reden. Lahr hatte sich noch nie beherrschen können. Es gab Hunderte eingeschlagene Nasen, die das bestätigen konnten, und der ein oder andere eingeschlagene Schädel war auch darunter. Nur wegen dieser Alten hatte er einen galligen Geschmack im Mund. Was jammerte sie ihm die Ohren voll? Ein Schlag und sie würde neben ihrem Pflückzeug liegen und nicht mehr aufstehen.

Weitzel hatte Hedwigs Gekeife gehört und war aus der Gendarmerie gekommen. Er schob Lahr beiseite und stellte sich zwischen ihn und Hedwig.

»Im Leben bekommt man nichts geschenkt, Alte«, sagte Weitzel. »Besonders nicht die Sicherheit, die man braucht, um friedlich schlafen zu können. Du willst doch friedlich schlafen können?«

»Ich kann auf mich selbst aufpassen. Hab ich immer schon.«

Weitzel beugte sich vor, kam ihrem Ohr so nahe, dass er es ihr hätte abbeißen können. »Glaub du das nur«, flüsterte er. »Wenn Lahr herausfindet, wo du wohnst, wirst du jede Nacht fürchten müssen, dass er durch dein Fenster steigt.«

Hedwig lachte furchtlos. »Ich hab die Franzosen überstanden, also übersteh ich auch den da.«

»Du verstehst es nicht.« Weitzel schüttelte in gespieltem Bedauern den Kopf. Er stellte sich neben sie, legte einen Arm um ihre Schultern und drückte sie an sich. »Wie heißt du?«

»Hedwig.«

»Weißt du, Hedwig, wir hier, mein Freund Jakob und ich, wir haben viele Jahre unter freiem Himmel gelebt. Sicher, ab und zu mal in einer Herberge oder einer alten Mühle, aber doch die meiste Zeit im Freien. Wir haben uns unser Essen selbst geschossen. Und danach auch selbst zubereitet. Weißt du, Hedwig, ich hab schon oft gesehen, wie Jakob das erlegte Wild ausgenommen hat. Und soll ich dir was verraten? Ich glaub, eine solche blutige Arbeit macht ihm Spaß.«

Weitzel nahm den Apfel aus Hedwigs Hand und gab ihn Lahr zurück. Dann drückte er noch einmal ihre Schultern, bevor er sie losließ. Hedwig bückte sich, hob die Deichsel auf und zog den Karren weiter.

»Das alte Klappergestell«, lachte Lahr und ließ den angebissenen Apfel in den Sand fallen. »Glaubt wohl, sie könnte uns was sagen.«

»Die mag alt sein, aber sie hat mehr Mumm in den Knochen als der Rest im Dorf.«

Sie gingen zurück. Bevor Weitzel die Tür hinter sich schloss, entdeckte er Lisbeth, die vor ihrem eigenen Haus stand. Und zu ihm herübersah. »Die schon wieder«, murmelte er. »Die ist überall da, wo wir sind. Wie lange steht sie da schon?«

Lahr zuckte uninteressiert mit den Schultern. »Lass sie doch.«

»Wenn sie was will, warum kommt sie nicht rüber? Was … was soll das jetzt?«

Hatte er richtig gesehen? Hatte sie ihm zugelächelt? Auf die Entfernung war es zu schwer auszumachen, um es mit Gewissheit sagen zu können, aber Weitzel hätte schwören können, dass es so gewesen war. Jetzt hob sie auch noch ihre Hand, als wollte sie ihm winken. Was machte sie denn nun? Sie drehte den Kopf, ohne die Augen von Weitzel zu nehmen. Auf diese Weise lenkte sie seinen Blick hinüber zu Hedwig, die mit ihrem Handkarren zwischen zwei Häusern verschwand. Mit einem anerkennenden Nicken in seine Richtung ließ sie ihn wissen, dass er richtig gehandelt hatte. Gerade als Weitzel auch die Hand heben wollte, drehte sie sich um und verschwand im Haus.

»Seltsames Mädchen«, murmelte er und schloss die Tür. »Und du, Jakob, lass diese unsinnigen Streitereien.«

»Die Alte ist frech geworden.«

»Hörst du nicht? Du sollst es lassen.«

»Die Leute sollen sehen, wer hier das Sagen hat. Sollen erst gar nicht auf dumme Gedanken kommen. Angst soll'n sie haben.«

»Natürlich sollen sie Angst haben. Solange sie fürchten, dass wir ihnen etwas wegnehmen, werden sie im Staub kriechen. Aber wenn's ums nackte Überleben geht, fangen sie vielleicht an, sich zu wehren. Geht das in dein Spatzenhirn hinein?« Er tippte mit dem Finger gegen Lahrs Stirn.

»Lass das.«

Das plötzliche Knarren ließ beide herumfahren. Überrascht sahen sie auf den Fuß, der die Tür langsam aufschob. Ein Schatten fiel in ihre Stube. Lisbeth trug einen Ballen Stoff über den angewinkelten Armen.

»Komme ich ungelegen?«

»Kannst du nicht anklopfen?«, herrschte Weitzel sie ungehalten an.

»Ich hatte keine Hand frei.«

»Was hast du da?«

»Das ist die Gardine, um die Sie mich gebeten haben. Für das zweite Fenster. Soll ich sie anbringen?«

»Ja.«

Lisbeth ging zu dem Fenster und legte den Stoff vor sich auf den Boden. Sie hatte die obersten Knöpfe ihrer Bluse geöffnet, und Weitzel konnte einen Blick auf die helle Haut und den Ansatz ihres Busens erhaschen.

»Der Stoff war recht schwer«, sagte sie, bevor sie aufreizend langsam begann, die Gardine an der Stange einzuhängen. Sie mühte sich umständlich, als sie sich auf Zehenspitzen und mit erhobenen Armen streckte.

»Ach, ich schaffe es nicht alleine. Würden Sie mir bitte helfen?«

Weitzel sprang schneller als Lahr zu ihr. Unverhohlen starrte er auf ihre Brüste. »Was soll ich machen?«

»Sie müssten hinter mir stehen und den Stoff halten, damit ich die Schlaufen oben an die Leiste binden kann.«

»Hinter …?«

»Ist die beste Position.«

Weitzel wandte sich an Lahr. »Geh mal rüber und besorg mir Tabak.«

»Jetzt?«

»Ja, jetzt.«

Unverständliches Zeug maulend ging Lahr. Weitzel wandte sich Lisbeth mit gewinnendem Lächeln und ausgebreiteten Armen zu. »Der steht uns doch nur im Weg rum.«

»Sie denken an alles, Herr Weitzel.«

»Kannst Peter zu mir sagen.«

In gespielter Verlegenheit senkte Lisbeth den Kopf. Gemeinsam begannen sie, die Gardine aufzuhängen.

»Ihr Freund macht es Ihnen nicht leicht, oder?«, fragte Lisbeth.

»Er denkt nicht viel.«

»Vielleicht wären Sie ohne ihn besser dran?«

»Ich hab mich an den Kerl gewöhnt. Wir hab'n halt viel gemeinsam erlebt.«

Als die letzte Schlaufe über die Stange gezogen war und die Gardine an ihrem Platz hing, nutzte Weitzel die Gelegenheit und packte Lisbeth an den Hüften. Geschickt wand sie sich aus seinem Griff und setzte zwei Schritte zur Seite.

»Sie sollten das nicht tun, Peter.«

»Aber was habe ich denn getan? Doch sicher nichts, was dir unangenehm wäre.«

»Aber Ihr Freund kommt sicher gleich zurück.«

»Was kümmert uns der Jakob?«

Lisbeth stand nahe der offenen Tür und konnte Lahr zurückkommen sehen.

»Teilen Sie denn alles mit ihm?«

»Was meinst du, Kleine?«

Kurz bevor Lahr in die Stube trat, fuhr Lisbeth sich flüchtig durch die Haare. »Ein andermal«, sagte sie gehetzt und strich sich mit den Händen glättend über den Rock. »Ich muss gehen.«

Sie zwängte sich an Lahr vorbei, der ihr verwundert nachsah, wie sie schnell über den Platz zu ihrem Haus hastete.

»Was ist mit ihr?«, fragte er.

»Kommt der Tabak noch?« Weitzel streckte die Hand aus.

Lahr blickte ihn mit gefurchter Stirn an. Er schien zu überlegen.

48

Heilbinger war von Weitzel befohlen worden, jeden Dorfbewohner aufzusuchen, egal, wo dieser wohnte oder sich gerade zur Arbeit befand, und für den Abend in sein Wirtshaus zu bestellen. Die neuen Gendarmen hätten eine wichtige Ansage zu machen, die niemand, aber auch wirklich *niemand* verpassen durfte.

Feilbinger wollte zaghaft protestieren, er sei Wirt und kein Laufbursche, aber weil er nicht wie Blasius schikaniert werden wollte, war er der Bitte, die keine gewesen war, nachgekommen. Außerdem hatte Weitzel ihm gedroht, ihn am Mittelbalken seines Wirtshauses aufzuhängen. Das würde sich rumsprechen, und die Leute würden neugierig mit trockenen Kehlen herbeikommen und viel trinken.

»Davon hast du aber nichts mehr«, mahnte Weitzel, »denn wir erinnern uns: Du hängst dann da oben.«

Den ganzen Tag hatte Feilbinger sich die Hacken abgelaufen. War von Haus zu Haus gegangen, danach zu den Äckern und Feldern. Er hatte sogar ein paar der Kinder, die am Laacher See spielten, losgeschickt, die entfernteren Höfe zu informieren. Die Kinder betrachteten es als Spiel, das sie in die Welt der Erwachsenen führte, und waren begeistert bei der Sache gewesen. Als Feilbinger zurück im *Fröhlichen Tropfen* war, begann er aus Frust über seine eigene Feigheit, seine Tochter sinnlos herumzuscheuchen. Julchen hatte ihm nichts entgegenzusetzen. Der schreckliche Moment, sich vor Lahr und Weitzel ausziehen zu müssen, belastete ihre Seele, und ihre Hände hatten Stunden später noch gezittert, sodass sie nicht einen Bierkrug tragen konnte, ohne die Hälfte zu verschütten.

»Dann hol Lisbeth«, befahl Feilbinger. »Sie soll dir heute Abend helfen.«

Am Abend war es dann so weit. Lahr und Weitzel standen im Wirtshaus vor dem Schanktisch und erwarteten die Brunnenweiler mit verächtlichen Mienen. Zwischen sich hatten sie Blasius postiert, der geübt darin war, völlig ausdruckslos vor sich hin zu starren. Meist in Verbindung mit einer der endlosen Vorhaltungen, die Margarethe auf ihn niederprasseln ließ. Als er nun zwischen Weitzel und Lahr stand, dämmerte ihm allerdings, dass es dieses Mal nichts nutzen würde, nur so zu tun, als würde er zerknirscht zuhören. Die versteinerten Mienen der fast vollzählig erschienenen Dörfler, die auf ihn gerichtet waren, spiegelten nur seine eigene Hilflosigkeit wider. Wenn er nicht längst jeden Stolz begraben hätte, würde er sich genauso verachten. In seinen Trübsinn versunken, verpasste er sogar den Beginn von Weitzels Verkündung.

»Der Tod des bedauernswerten Mathias hat uns eines gelehrt.« Weitzel schubste Blasius an. »Und das ist? Na?«

»Es ist nachts gefährlich auf Brunnenweilers Straßen«, sagte Blasius kleinlaut.

Lisbeth, die sich aus Freundschaft zu Julchen bereit erklärt hatte auszuhelfen, schüttelte den Kopf über eine solch unsinnige Aussage.

Weitzel stieß Blasius erneut an. »Wie bitte? Dich hat keiner gehört. Sag es noch einmal. Lauter.«

»Es ist gefährlich … nachts.«

»Richtig, ihr habt es alle gehört«, wandte sich Weitzel an die Umstehenden. »Und deshalb brauchen wir hier in unserem schönen Dorf etwas Neues. Etwas, das zu unserer Sicherheit beiträgt. Und was ist das, Bürgermeister?«

»Eine Nachtsteuer.«

»Lauter.«

»Eine Nachtsteuer.«

»Richtig, eine Nachtsteuer.«

»Eine großartige Idee!«, brüllte Lahr.

»Ein Taler pro Woche von jedem und wir passen zusätzlich zum Tag auch noch nachts auf euch auf.«

Gemurmel im Wirtshaus.

»Eine großartige Idee!«, brüllte wieder Lahr.

»Irgendwelche Einwände?«, fragte Weitzel.

Stille.

Weitzel nahm seinen Hut vom Kopf und legte ihn umgedreht auf die Schankplatte. »Dann kommt vor und legt den Taler für die Woche in den Hut.«

»Aber die Woche ist doch schon fast rum«, rief einer aus der Menge.

»Die Möglichkeit einer Gefahr aber nicht«, zischte Weitzel scharf.

Nach und nach trat einer nach dem anderen vor und legte eine Münze auf den Schanktisch. Lisbeth hatte sich unauffällig die Schürze abgenommen und sich an ihren gewohnten Platz im Schlagschatten des Stützbalkens gelehnt. Fassungslos beobachtete sie, wie ausnahmslos jeder seinen Taler in den Hut warf. Sie wartete, bis Weitzel zufällig in ihre Richtung schaute, und trat dann aus dem Schatten hervor. Sie erwiderte seinen Blick, ging an ihm vorbei zur Tür und verschwand, ohne zu bezahlen.

Zu Hause sah sie erst in der Dachkammer nach ihrer Mutter und führte ein kurzes, eindringliches Gespräch mit ihr. Sie strich Ida die Haare aus der Stirn und gab ihr einen Kuss auf jede Wange. Ida lächelte verunsichert zurück, aber sie nickte. Eine stille Übereinkunft über das, was besprochen worden war. Aus einem plötzlichen, sehr drängenden Bedürfnis heraus griff Lisbeth nach der Hand ihrer Mutter und hielt sie einen Moment länger als sonst. Schließlich ließ sie die Tür zur Kammer einen Spaltbreit geöffnet, bevor sie die Treppe hinunterstieg und sich unten vor den Tisch setzte, auf dem Mathias unverändert unter dem Leintuch aufgebahrt lag.

Es strapazierte ihre Nerven, auf etwas zu warten, das eintreffen sollte, von dem sie aber nicht wusste, wie es ausgehen mochte. Es war ein bisschen wie Würfeln, wenn sie schon vorher wusste, dass sie einen Pasch unter dem Becher hatte. Nur welchen, ob Einer oder Sechser, das musste sich erst noch herausstellen.

Lisbeth hatte ihr Hauskleid ein bisschen enger geschnürt als sonst zum Arbeiten. Die obersten Knöpfe des Kragens hatte sie geöffnet. Einen dritten wagte sie nicht. Es blitzte auch so schon genug Haut auf.

Als es an die Tür klopfte, zuckte sie zusammen. Die Aufregung, die ihr wie eine hässliche Kröte im Hals saß, schluckte sie geräuschvoll hinunter. »Herein«, rief sie. Sie war nicht überrascht, Weitzel zu sehen.

»Oh, Herr Weitzel, Sie habe ich gar nicht erwartet«, sagte sie.

Etwas wackelig erhob sie sich vom Stuhl. Weitzels Blick wanderte ihren Körper entlang. Er schaute sich im Zimmer um, dann schloss er die Tür hinter sich und kam näher.

Unangenehm näher.

Zu nah für Lisbeth, um noch frei atmen zu können. Sie wich zurück und blieb hinter dem aufgebahrten Toten stehen. Weitzel hob eine Augenbraue.

»Mathias?«, fragte er.

Lisbeth nickte scheu.

»Was macht der hier?«

»Bis zur Beerdigung soll er hier sein, damit sich alle von ihm verabschieden können. Sein Vater hat es sich gewünscht.«

»Seltsame Wünsche haben die Menschen«, murmelte Weitzel. Er betrachtete das Leintuch, unter dem sich die Kontur des Leichnams schemenhaft abzeichnete. Dann zuckte er mit den Schultern und wandte sich wieder Lisbeth zu.

»Du hast nicht bezahlt.«

Schüchtern sein konnte manchmal eine echte Plage fürs eigene Leben sein, aber Schüchternheit überzeugend spielen zu können erwies sich in den richtigen Situationen als Segen. Lisbeth schlug die Augen nieder und druckste umständlich herum, bevor sie sagte: »So viel Geld, Herr Weitzel.«

»Ich würde es dir ja erlassen, aber ich darf keine Ausnahme machen. Das verstehst du doch?«

»Ich weiß, dass Sie das nicht dürfen, Herr Weitzel, aber … ich habe nichts.«

»Du hast doch sicher einen Sparstrumpf?«

»Ach, das wäre zu schön, einen zu haben. Aber Sie wissen doch, meine Mutter ist schwer krank. Die Medizin ist so teuer. Ich … ich fürchte, wir werden auf Ihren Schutz verzichten müssen.«

»Das wäre aber schade. Es kann so leicht etwas passieren, dir oder … deiner Mutter.«

Lisbeth wich zurück. Sie setzte sich auf einen Stuhl und schlug die Hände vor das Gesicht. Dabei öffnete sich versehentlich der dritte Knopf, und als Lisbeth sich vorbeugte, um das Gesicht in den Händen zu verbergen, beugte sich instinktiv auch Weitzel vor, weil er ein wenig mehr Haut erhaschen wollte. Wenn's nach ihm ging, durfte gerne auch ein bisschen Wölbung dabei sein. Geschickt bedeckte Lisbeth ihren Oberkörper mit den Unterarmen. Sie begann, vor und zurück zu schaukeln, als könne sie jeden Augenblick zu weinen anfangen.

»Ach, bitte, Herr Weitzel …«

»Du sollst doch Peter zu mir sagen.«

»Peter, wenn Sie mir doch nur eine Chance geben würden, die Schuld für meine Mutter und mich aufzubringen. Ich will es schon schaffen.«

»Eine Chance, sicher, an was denkst du?«

»Oh, ich weiß nicht, vielleicht noch eine Gardine? Oder einen schönen vornehmen Rock, der allen gleich zeigt, dass Sie hier das Sagen haben.«

»Das Sagen? Wie meinst du das?«

»Nun ja … jeder kann doch sehen, dass nicht Gendarm Lahr entscheidet.«

Weitzel grinste schmal. »Einen Rock, sagst du?«

»Ich würde mir auch ganz besondere Mühe geben … bei Ihnen.«

»Das will ich meinen.«

»Ach, jetzt geht's mir gleich viel besser«, seufzte Lisbeth. »Bei so viel Kummer wird's einem immer gleich so warm.« Sie hob den Rock an und fächelte sich ein wenig Luft zu. Dabei legte sie die Knöchel frei und für einen Moment auch ihre Waden.

»Halt dich nur an mich«, grunzte Weitzel heiser. »Da geschieht dir nichts. Wer sich mit mir anlegt, hat nichts zu lachen, das kann ich dir verraten. Ich kann dir Sachen erzählen … manche haben nicht glauben wollen, dass ich der Stärkere bin. Na, du kannst dir sicher denken, wie das dann für sie ausging. Kaufleute können ja so dumm sein. Glauben, sie könnten mich mit Geld bestechen, wenn ich es mir doch sowieso einfach nehmen kann. Und es kam auch schon mal vor, dass ich einen Mann auf seinem eigenen Hof verprügelt habe, weil er nicht so wollte wie ich.«

»Ach herrje.« Dieses Mal musste Lisbeth die Erschrockene nicht spielen. »Was ist mit ihm geschehen?«

Weitzel genoss ihre Aufmerksamkeit. Er drückte die Brust vor und vollführte eine große, stolze Geste. »Nun, er konnte sich nicht mehr wehren, so hab ich ihn bearbeitet. Was hat er sich auch dabei gedacht, sich mir entgegenzustellen? Na, ich sag dir, der hat sein Fett wegbekommen. Ich war so in Schwung, ich hab gar nicht mehr aufgehört. Schließlich hat sogar seine Frau mit ihrem Körper gebettelt, dass ich ihn in Ruhe lasse. Na, was erzähl ich. Dich langweilen solch alte Kamellen nur. Also, einen Rock bietest du mir an?«

Lisbeth reagierte nicht sofort. Weitzels Schilderung hatte sie erstarren lassen. Sie presste den Handrücken gegen die Stirn, die schier zu zerbersten drohte bei all dem kaltblütigen Stolz, den Weitzel ihr offenbarte. Unvorsichtigerweise gab sie so den Blick auf den Ansatz ihres Busens frei. Weitzel hielt nichts mehr auf Abstand. Er stürzte vor, zerrte sie vom Stuhl hoch und riss ihr das Kleid grob auf. Die Knöpfe sprangen nach allen Seiten ab wie Flöhe von einem Hunderücken. Weitzel vergrub sofort sein Gesicht zwischen ihren blanken Brüsten und stieß seinen Unterleib vor. Sie konnte seine Erektion an ihrem Bein spüren. Mit aller Kraft, die sie aufbringen konnte, schob sie ihn von sich. Sie vergaß dabei nicht, ihm ein Bein zu stellen, sodass er rücklings auf den Boden krachte und zu ihr aufschauen musste. Sie zog die Kleiderhälften vor dem Körper zusammen.

»Oh Peter«, säuselte sie, »du verstehst es, eine Chance zu ergreifen.«

»Ich wusste gleich, dass du mich magst.«

»Ich konnte es wohl nicht verbergen.«

Weitzel begann, sich im Sitzen die Stiefel abzustreifen. Dann zog er sich das Hemd über den Kopf. Es wurde heikel für Lisbeth.

»Nicht hier«, rief sie hastig. »Meine Mutter.«

»Was kümmert mich die alte Krähe? Ist sie nicht taub?«

»Lisbeth?«, tönte es plötzlich die Treppe herunter.

Weitzel wies mit dem Daumen über die Schulter. »Ist sie das?« Er rappelte sich auf und stieg auf durchlöcherten Socken die Stufen nach oben. Vor der angelehnten Tür blieb er kurz stehen, dann schob er sie so weit auf, dass er den Kopf vorrecken und in die Kammer schauen konnte. Außer einem ergrauten Haarschopf, der in einem Kissen versank, und einer Decke, die bis übers Kinn hochgezogen war, konnte er nicht viel erkennen. Aber unter der Decke rührte sich etwas. Die Alte war also tatsächlich wach. Weitzel gab einen verärgerten Laut von sich. Als er wieder nach unten ging, hatte sich seine Erektion längst in den hintersten Winkel seiner Hose verkrochen.

»Morgen Nacht«, flüsterte Lisbeth. »Ich versprech's.«

Verwirrt durch seine Erregung gab er schließlich nach. Er stülpte seine Stiefel über die Füße und ging mit dem Hemd in der Hand zur Tür. Als er Lisbeth den Rücken zukehrte, entdeckte sie auf seiner Schulter eine Brandnarbe. Sie glich aufs Haar der, die sie auf Johanns Brust gesehen hatte.

»Was ist das?«

»Das? Das kennst du nicht? Das hat man mir in Köln eingebrannt. Kriegt jeder, der aus der Stadt rausgeworfen wird und nie mehr zurückkommen soll.« Er lachte humorlos. »Ich hab noch Glück gehabt. Sie hätten mich auch hängen können. Verdient hätt ich's, bei dem, was ich auf dem Kerbholz hab.«

Lisbeth starrte wie gelähmt auf die Narbe.

»Also, morgen Nacht«, sagte Weitzel.

Lisbeth küsste ihn mit spitzen Lippen auf den Mund, damit er endlich ging. Sie zwang sich, diese Zumutung zu überstehen.

Sie schloss die Tür hinter Weitzel und lehnte sich dagegen.

»Lisbeth? Lisbeth?«, rief Ida.

»Ja, Mutter.«

»Hab ich es richtig gemacht? So wie du gesagt hast?«

»Ja, Mutter. Genau richtig.« Angewidert wischte sie sich mit dem Handrücken über die Lippen.

»Lisbeth.«

»Ja, Mutter?«

»Er war in meiner Kammer.«

»Ja, aber keine Sorge, ich habe aufgepasst.«

»Er war dabei«, sagte Ida. »Ich bin mir sicher.«

Manchmal gelang es Lisbeth nicht gleich, den Gedankensprüngen ihrer Mutter zu folgen. Erst mit Verzögerung erfasste sie die Unruhe, die kam, wenn man Böses ahnt.

»Was genau meinst du, Mutter?«

»Er war damals dabei, als dein Vater ermordet und ich zum Krüppel wurde. Ich habe ihn am Geruch erkannt.«

49

Weitzels Nähe hatte alles durcheinandergebracht. Gegenwart, Vergangenheit, beides hatte sich miteinander vermischt und eine Panikattacke ausgelöst. Lisbeth konnte gar nicht so schnell schauen, wie die Farbe aus Idas Gesicht wich und eine kalkweiße Maske zurückließ. Nach einem kurzen Moment des Zögerns handelte Lisbeth. Sie schob ein Kissen unter Idas Waden, dann erinnerte sie sich an ihren eigenen Anfall, als sie mit Doktor Fenkel unterwegs gewesen war. Er hatte ihr Tropfen angeboten. Konrad war zwar nicht im Dorf, aber die Tropfen vielleicht.

»Ich bin gleich wieder bei dir«, sagte sie, dann lief sie hinüber zum Haus des Doktors. Es war nicht recht, sich in seinem Haus umzuschauen, wenn er nicht da war, aber sicher würde er es verstehen, wenn sie Tropfen für ihre Mutter mitnahm. Bloß, wo war dieses Fläschchen? Im Schrank war außer ein paar getrockneten Kräutern nichts zu finden. Lisbeths Blick fiel auf eine Bodenklappe. Vielleicht lagerte der Doktor seine Fläschchen im Keller? Sie hob die Bodenklappe an. Keine Spinnweben zogen sich an den Rändern, was für ein regelmäßiges Öffnen sprach. Lisbeth entzündete einen herumliegenden Kerzenstummel und stieg die unebenen Stufen nach unten. Der Kellerraum glich mehr einer Höhle. Es roch feucht, und als sie den Arm ausstreckte, beschien die Kerze auch einige Pilze in den Ecken. Doch die sorgten nicht dafür, dass ihr der Mund offen stehen blieb bei all dem, was sie in Konrads Keller entdeckte. Hätte sie hier den persönlichen Weinvorrat des Doktors gefunden, hätte sie noch darüber schmunzeln können, aber hier unten lagerten Unmengen Truhen mit Silber, dazu Kisten voller Dukaten, Bestecke, Schmuck. In einem Wandregal lagen goldene Uhren und Broschen, sogar ein reich verziertes Madonnenbild. Lisbeth brauchte keine Erklärung, was das alles war, sie wusste gleich, dass es sich bei diesen sorgsam versteckten Reichtümern nur um Diebesgut handeln konnte. Dinge von unwiderstehlicher Schönheit hatte der Doktor in seinem Keller angehäuft, die er ganz sicher nicht als Entlohnung für seine Behandlungen von den armen Leuten aus dem Umland bekommen hatte. Lisbeth strich mit einer Hand über verzierte Tabakdosen und zuckte zurück, als ihr Finger eine mit einem Loch streifte, um das getrocknetes Blut klebte. Gegenüber einem Regal waren mehrere Säcke übereinandergestapelt. Lisbeth löste vom obersten die Schlaufe. Dukaten rieselten wie Sand vor ihre Füße.

Plötzlich erinnerte sie sich, wie es gewesen war, wenn der Doktor von seinen sogenannten Rundfahrten zurückkam. Sicher, mal lag ein Schinken auf seinem Wagen, den er wohl wirklich für eine Behandlung erhalten hatte, aber es war auch immer nahezu die gesamte Ladefläche mit einer Plane abgedeckt. Während alle annahmen, darunter lägen weitere Naturalien, handelte es sich in Wirklichkeit um die Beute von Überfällen. Der gute Doktor lebte unter ihnen und war doch nichts weiter als ein Räuber.

Und Johann?

Lisbeth wurde flau im Magen. Hatte er sie doch hintergangen mit allem, was er sagte und tat? Gehörte er zu dem Doktor und tat jetzt nur so, als würde er ihn suchen? Vielleicht begingen die beiden Brüder gerade gemeinsam einen Überfall und taten dann scheinheilig brav? Der Kerzenstummel in Lisbeths Hand zitterte ein flackerndes Licht über das Diebesgut.

Was konnte sie schon mit Gewissheit glauben?

Sie stieg die Treppe wieder hoch und verschloss die Bodenklappe. Ohne das Fläschchen mit den Tropfen gefunden zu haben, kehrte sie zu ihrer Mutter zurück. Sie verriet nicht, was sie entdeckt hatte, sondern konzentrierte sich darauf, Ida behutsam zu beruhigen. Und sich selbst gleich mit.

Johann würde zurückkommen, und dann würde sie endgültig feststellen, wer er war.

50

Allmählich wurde es Jakob Lahr zu stickig in Brunnenweiler. Er hielt sich für einen geduldigen Menschen, aber wenn's nicht regelmäßig jemand zu verprügeln gab, dann wurde ihm doch schnell langweilig. Der Mangel an geeigneten Opfern, denen er Provokation vorwerfen konnte, um sie genüsslich auseinanderzunehmen, war es nicht allein, was ihm die Luft in der Gendarmerie abschnürte. Peter hatte sich verändert, seit sie hier waren. Zugegeben, er war immer schon derjenige gewesen, der ihn spüren ließ, dass seine Mutter ihn nicht nur aus der Badeschüssel hatte fallen lassen, sondern vor Schreck auch noch über ihn gestolpert war. Seine erste Begegnung mit Schmerzen am Schädel waren nicht die Fäuste eines Mannes gewesen, sondern die spitzen Knie seiner Mutter, die ihm fast die Schläfe eingedrückt hätten. Seine Mutter hatte seitdem Angst gehabt, ihn überhaupt zu berühren, und sein Vater hatte ihm schon sehr früh prophezeit, dass aus ihm nichts werden würde. Da hatte er sich aber mächtig getäuscht, aus Jakob war was geworden. Eine Last für die Gesellschaft, immerhin.

Mit zehn war Jakob von zu Hause ausgerissen und nie mehr zurückgekehrt. Ihm gefiel es, Hühner zu stehlen. Das Federvieh war leicht einzufangen. Als er das erste Mal einem Huhn den Hals umdrehte, gefiel ihm so ziemlich alles daran. Das Gackern, das Knacken, der schlaff herunterhängende Kopf. Und das Gefühl, das ihm das Umdrehen bescherte. Jakob hätte juchzen können vor Freude. Als er älter wurde, stahl er zwar immer noch Hühner, aber immer häufiger auch Geldbörsen von Kaufleuten. Einem hatte er, mehr aus Versehen, auch den Hals umgedreht. Es knackte genauso schön, und auch der Kopf baumelte ganz ähnlich wie bei einem Huhn, aber das Gefühl, das Jakob dabei verspürte, war ungleich verstörender gewesen. Ein Mensch war eben kein Huhn, und mit dem Federvieh hatte er immer etwas Mitleid gehabt.

Er wurde mehrmals geschnappt und in den Kerker geworfen, konnte sich aber jedes Mal befreien. Dann traf er auf Peter Weitzel. Sie hockten in derselben Zelle und warteten auf ihre Hinrichtung, doch aus irgendeinem Grund war die Zellentür eines Nachts unverschlossen geblieben, und sie konnten über die Dächer des Gefängnisturms fliehen. Weitzel hatte gesagt, er nähme ihn mit auf seiner Flucht, wenn er ihm einen Gefallen täte. *Klar*, hatte Jakob geantwortet. Da brauchte er nur noch dem Wärter eins über die Rübe zu geben und ihm das Bestechungsgeld aus der Tasche zu ziehen. Der hat ja wohl nicht wirklich geglaubt, dass ich ihm meinen letzten Taler lasse, hatte Weitzel gesagt und sich vor Lachen den Bauch gehalten. Dann meinte er noch zu Jakob, dass er ihn gut gebrauchen könne, und seit diesem Tag waren sie gemeinsam übers Land gezogen. Und seitdem hatte Peter ihm auch jeden gottverfluchten Tag zu verstehen gegeben, dass er nicht viel in der Birne hatte. Hatte Jakob lange Zeit nicht wirklich gestört. Bis sie nach Brunnenweiler gekommen waren. Hier hatte Peter begonnen, ihn anders zu behandeln. Auf eine Art, die Jakob nicht benennen konnte, die ihm aber nicht gefiel.

Aus Langeweile stapfte Lahr die Straße hoch bis zu den letzten Häusern des Dorfes. An jedem Fenster, an dem er vorbeikam, wurden die Vorhänge zugezogen oder Kinder rechtzeitig vom Treppenabsatz ins Haus geholt. Es wurmte ihn, dass niemand den Anstand besaß, ihn zu grüßen. Immerhin war er der Büttel dieses undankbaren Dorfes geworden. Was dachten die Leute nur? Dass er den Posten aus Spaß übernommen hatte? Misslaunig schaufelte er mit der Stiefelspitze Sand vom Boden auf und verstreute ihn mit einer schwungvollen Bewegung in weitem Bogen. Die Straße mündete in den Karrenweg ein, in dessen Mitte zwischen den Wagenradspuren wildes Gras wucherte.

Von ihm unbemerkt, war Lisbeth über Trampelpfade durch Büsche und Sträucher gelaufen, um ihm schließlich entgegenzukommen. Sie verstand sich darauf, so zu tun, als wäre es eine rein zufällige Begegnung.

»Woher kommst du?«, fragte Lahr.

Lisbeth hoffte, dass Lahr nicht an ihrem erhitzten Gesicht erkannte, dass sie gerannt war. Sie zeigte auf ihren Korb. »Kräuter sammeln. Und Sie, Herr Lahr? Was machen Sie hier? Hat Ihr Freund Sie aus dem Dorf geschickt?«

»Pass auf, was du sagst, Mädchen.«

»Ich hab nur bei mir so gedacht.«

Sie ging an ihm vorbei, schön langsam, und wie erhofft packte er ihren Arm und hielt sie auf. Dass sie dabei ein feines Lächeln unterdrückte, sah er nicht.

»Was? Was hast du gedacht?«

»Na, der Herr Weitzel behandelt Sie schlecht.«

»Wie kommst du darauf?«

»Ich hab' gehört, wie er mit Ihnen spricht. Als wären Sie sein Handlanger. Tabak holen, ach Herrgott. Herablassend ist er zu Ihnen. Das haben Sie nicht verdient, Herr Lahr.«

Seine Augen verengten sich. Er schabte mit dem Daumennagel über das unrasierte Kinn. Offensichtlich dachte er nach.

Noch ein paar Tropfen Öl ins Feuer. »Das sollten Sie ändern«, sagte Lisbeth und ging weiter. Über die Schulter lächelte sie Lahr zu.

Der wusste jetzt, welches Wort ihm vorhin gefehlt hatte, um Peters Verhalten ihm gegenüber zu benennen.

Herablassend.

Ein bisschen Überwindung hatte es Lisbeth gekostet, bis sie es schaffte, den Impuls, sich selbst lächerlich zu finden, zu unterdrücken und sich darauf zu konzentrieren, was sie vorhatte. Sie hatte einen Handspiegel auf die Kommode platziert und gegen die Wand gelehnt, sodass er hochkant stand und sie sich gut erkennen konnte. Dann mühte sie sich, ein verführerisches Gesicht nach dem anderen zu zeigen. Es war so schwer, diesen Eindruck zu erwecken, wenn man sich selbst gar nicht verführerisch fand. Lisbeth hielt sich einfach nur für unglaubwürdig, wenn sie das Kinn anhob, die Lippen vorsichtig spitzte und die Augen halb schloss, als würde gerade alles Leben aus ihr entfleuchen. Unzufrieden schüttelte sie den Kopf. Wenig überzeugend, was ihr aus dem Spiegel entgegenblickte.

Verflixt, warum kann ich das nicht? Wie hat Anne das gemacht?

Bei Anne hatte es immer so leicht ausgesehen, wenn sie mit einem einzigen Augenaufschlag die Kerle dazu brachte, die Hose über die haarigen Beine rutschen zu lassen. Aber vielleicht war dieses Gesicht ja auch Annes wahres gewesen, und alle anderen kosteten sie so viel Mühe wie Lisbeth jetzt das der Verführerin.

Also noch mal. Vielleicht fiel es ihr leichter, wenn sie sich hinstellte und eine Hand in die Hüfte stemmte, so wie diese Mädchen in der Coblenzer *Traube*? Nein, auch nicht besser. Sie verlor beinahe das Gleichgewicht. Herrgott noch eins, das konnte doch nicht so schwer sein. Aber sie war so nicht und würde nie so sein. Vor allem nicht so sein wollen.

Sie ging zum Fenster, schob mit dem Handrücken die Gardine beiseite und sah zur Gendarmerie hinauf. Als hätte sie es schon vorher gewusst, dass Weitzel herauskommen würde, öffnete sich die Tür. Er schlenderte in den *Tropfen*. Kurz vorm Eintreten sah er in Richtung Lisbeths Haus. Schnell huschte sie zur Seite. Die Gardine schwang locker zurück. Noch zu früh, dachte sie. Noch war Weitzel nicht dran.

Den Moment seiner Abwesenheit musste sie nutzen. Es muss auch ohne stundenlanges Üben klappen, sagte sie sich. Ihre Miene war fest entschlossen, zu Ende zu bringen, was sie begonnen hatte.

Wozu war die Saat denn da, wenn man sie nicht aufgehen lassen wollte?

Sie legte sich ein Tuch über die Schultern, lief einen Umweg hinter den Häusern, damit sie nicht vorne an den Fenstern des Wirtshauses vorbeimusste. Vor der Gendarmerie blieb sie stehen und atmete tief ein. Hab Mut, sagte sie sich, dann klopfte sie. Sämtliche Muskeln ihres Körpers waren gleichzeitig angespannt.

Lahr öffnete – und war überrascht.

Sie sagte nichts, aber ihr Blick war eine unverhohlene Aufforderung. Ihr gelang ein flotter Hüftschwung, den sie gar nicht geübt hatte, und ließ Lahr ihr nachschauen, wie sie weiterging. An der Ecke des übernächsten Hauses blieb sie kurz stehen. Bevor sie links in die schmale Gasse abbog, warf sie noch einen Blick über die Schulter. Ihr Haar fiel offen unter dem locker gebundenen Häubchen herab. Dann war sie aus Lahrs Blickfeld verschwunden.

Am Ende der Gasse lag eine Scheune hinter den Häusern. Ein windschiefes Gebilde, in dem zumeist nur die Pferde von städtischen Ausflüglern untergebracht wurden, während diese sich im *Tropfen* der poetischen Schwärmerei über das

Landleben hingaben. Lisbeth zog die schmale Holztür auf und ging hinein. Wie erwartet war die Scheune leer. Sonnenlicht drang durch die Ritzen der Bretterwände und durch ein Loch im Dach, durch das die ersten Blätter des sich ankündigenden Herbstes wehten. Stroh war aufgeschichtet, und einige alte Heuballen vom letzten Herbst stapelten sich an der Rückwand. Es roch beißend nach schlechter Luft, und Lisbeth musste sich zwingen, nicht auf der Stelle umzudrehen. Sie setzte sich auf einen der Ballen, strich den Überrock glatt, faltete die Hände im Schoß und wartete. Das war das Schlimmste. Das Warten. Die Zeit zwischen ihrem gefassten Entschluss und dem Handeln. So viele Gedanken im Kopf, die sich überschlugen, und je wilder diese wurden, umso handlungsunfähiger fühlte Lisbeth sich. Ob sie es lieber sein lassen sollte? Noch war Zeit zu verschwinden.

Sie sah den Schatten, der in den Lichtstreif unter der Stalltür hereinfiel. Jetzt gab es kein Zurück mehr. Hoffentlich ließ ihre Stimme sie jetzt nicht im Stich.

»Ich bin hier«, rief sie verhalten, doch laut genug, dass es in der Scheune klang, als würde sie sich in einer anderen Welt befinden. War es nicht auch so? Es war ihr Körper, der hier saß, doch ihr Wesen, das sie ausmachte, hatte entschieden, sich für kurze Zeit woanders hinzubegeben. Sie musste nur aufpassen, dass sie auch sinnbildlich wieder den Weg zurückfand.

Lahr trat auf sie zu. »Was sollte das eben?«, fragte er. »Warum klopfst du an und gehst gleich weg?«

»Ich wusste nicht, ob Sie alleine sind, Herr Lahr. Wenn der Herr Weitzel in der Stube ist, möchte ich nicht gerne eintreten.«

»Warum nicht?«

Lisbeth sah zu Boden. »Das … möchte ich nicht sagen.«

»Warum bist du dann überhaupt gekommen?«

»Ich hatte gehofft, Sie würden verstehen, dass ich mit Ihnen allein …« Sie stockte.
»Sein will?«
»Reden wollte.«
»Ach, reden?«
»Ich trau mich nicht vor dem Herrn Weitzel.«
Lahr stellte sich breitbeinig vor Lisbeth und stemmte die Fäuste in die Hüften. »Warum nicht?«
»Ich möchte vermeiden, dass Sie danach Ärger mit ihm bekommen, wenn wir uns unterhalten.«
Überrascht ließ Lahr die Fäuste baumeln. »Wieso sollte ich Ärger bekommen?«
»Weil der Herr Weitzel dann sehen könnte, wie … wie gut wir beide uns verstehen. Und er das nicht gutheißen würde.«
Lahr wischte sich erst mit dem Handrücken über den Mund, dann fuhr er sich mit fünf Fingern durch den Bart.
»Ach, Herr Lahr, bei Ihnen fühle ich mich sicher, und der Herr Weitzel spürt das, aber er denkt, dass er mit mir … er glaubt, dass er über mich …« Lisbeth war richtig stolz auf sich, weil sie es schaffte, die ersten Tränen zu vergießen.
»Na, na, Kindchen, lass das.«
»Ich kann nicht. Es ist so furchtbar.«
Lahr konnte noch nie mit Frauen umgehen, und bei weinenden war er noch hilfloser als ohnehin schon. Manchmal wusste er sich nur mit einer Ohrfeige zu helfen, was aber nur noch mehr Tränen und mehr Gewalt nach sich zog. Und Lisbeth wollte er keine wischen, irgendetwas sträubte sich in ihm.
»Was hat der Peter denn getan?«, fragte er.
Endlich, dachte Lisbeth. Wie schwerfällig war der tumbe Klotz denn noch? Schnell ein paar Tränen. *Noch ein bisschen und ich hab dich.*
Lahr ging vor ihr auf die Knie. »Erzähl es mir.«

»Dann schauen Sie mich nie wieder an, Herr Lahr.«

»Du sagst mir jetzt sofort, was der Peter getan hat.«

»Ich ... ich konnte mich nicht wehren. Der Herr Weitzel ist zwar nicht so stark, wie Sie es sind, *Jakob*, aber mir war er über.« Lisbeth schenkte ihm den Blick eines verwundeten Rehs.

»Hat er dich angerührt?«

Na, endlich begreifst du's. Im Grunde erstaunlich, dass ein Kerl wie Lahr plötzlich etwas als schlimm betrachten konnte, worüber er sich sonst nie Gedanken machte.

»Ich schäme mich so. Ich konnte mich nicht wehren.«

»Was hat er getan?«

»Ich fühle mich so ... beschmutzt. Mit dir ist es anders. Er kam einfach in mein Haus. Gestern Abend, als es im Wirtshaus um dieses Geld ging.«

»Das Nachtgeld.«

»Er wollte kein Geld, er ... er ...«

»Dieses Schwein.«

Lisbeth sah mit großen Augen zu ihm auf. Sie staunte selbst, wie leicht es ihr plötzlich fiel. Fast gefiel es ihr.

»Er hat auch gesagt, ich soll nicht zu Ihnen rennen, denn Sie würden mir nicht helfen.«

»Das hat er gesagt?«

»Er hat gesagt, Sie wären ein ... bitte, Herr Lahr, ich kann nichts dafür, aber er hat gesagt, Sie seien ein Großmaul.«

Lahr schnappte nach Luft.

Lisbeth setzte noch eins drauf. »Und dass er Sie eigentlich gar nicht braucht. Das Nachtgeld könnte er auch alleine einstreichen, wie er sagte. Sie, Herr Lahr, könnten sowieso nichts mit Geld anfangen.«

»Das sieht dem Schuft ähnlich.« Plötzlich veränderte sich Lahrs Miene. »Warum erzählst du es mir jetzt doch?«, fragte er misstrauisch.

Uups, er versuchte mitzudenken. Damit hatte Lisbeth nicht gerechnet. »Ich vertraue dir, Jakob«, sagte sie rasch. Zur Unterstreichung ihrer Worte schob sie den Rock ein Stückchen hoch, sodass ihre Fußknöchel und Waden lockten.

Lahr verfing sich augenblicklich in der Blässe ihrer Haut. »Hast schon recht, kannst mir auch vertrauen«, sagte er. »Er glaubt also, er braucht mich nicht mehr, hm?«

»Das waren seine Worte.«

Sollte jemals ein Maler die Unschuld auf eine Leinwand bringen wollen, sollte er unbedingt Lisbeth als Modell nehmen.

Lahrs Atem rasselte schwer. Seine grobe Pranke umfasste Lisbeths rechte Wade. Mit einem kräftigen Ruck zog er sie vom Heuballen auf den Boden. Er riss an ihrem Rockbund, aber noch bevor er mit der Hand zwischen ihre Beine fahren konnte, legte sie ihre Finger mitten auf seinen Schritt und begann, ihn durch den Stoff seiner Hose zu massieren. Sie gab ein unbeholfenes Stöhnen von sich, das überhaupt nicht so klang, wie sie es vor dem Spiegel geübt hatte. Lahr kümmerte es nicht. Er sah auch nicht, wie sie die Lippen aufeinanderpresste, um ihren Ekel zu verbergen.

»Sei lieb zu mir, Jakob, nicht so wie der Herr Weitzel, bitte.«

Sie zog ihre Hand zurück, winkelte die Beine an und rutschte zur Seite. Lahr grunzte verwirrt, so kurz vor Schluss. »Lass es uns später tun, Jakob. Im Bett, du wirst sehen, zu dir werde ich nett sein.«

»Später?«

»Ich versprech's beim Leben meines Vaters.«

Lahr begriff die Unsinnigkeit ihrer Bemerkung nicht. Hin- und hergerissen zwischen schneller Begierde und dem ungewohnten Gefühl, gemocht zu werden, ließ er schließlich von ihr ab. Er stapfte zur Scheunentür.

»Was wirst du jetzt tun?«, fragte Lisbeth.

»Ich werde Peter zur Rede stellen.«

»Er wird dich doch nur einen Dummkopf nennen.«

»Niemand nennt mich ungestraft einen Dummkopf.«

»Auch Weitzel nicht?« Lisbeth drückte eine Träne aus dem Auge. War nicht leicht, sie musste daran denken, was ihrer Mutter angetan worden war, das half, um zumindest einen Schimmer hervorzurufen. »Weitzel ist so ein schlechter Mensch«, schob sie hinterher, darauf bedacht, dass ihre Stimme auch schön dünn und zittrig klang.

»Peter wird bereuen, dass er grob zu dir gewesen ist. Da denkt man, man kennt einen Menschen, weil man jahrelang mit ihm übers Land gezogen ist, und dann redet er so über mich.«

»Wer kennt schon die Menschen?«, flüsterte Lisbeth.

»Schnür dein Kleid ordentlich, bevor du hier rausgehst.«

»Alles, was du willst, Jakob.«

51

Drei Tage verbrachte Johann nun schon im Räuberlager. Nach der ersten Nacht im dunklen Verschlag hatte Konrad ihm erlaubt, sich innerhalb des Lagers unbeaufsichtigt zu bewegen. Es sollte ihm vermutlich ein Gefühl von Freiheit und Sorglosigkeit vermitteln und seine Entscheidung zu Konrads Vorschlag beeinflussen. Johann war auch nicht entgangen, dass er plötzlich zwei Schatten hatte. Dorle hielt sich immer in seiner Nähe auf. Ob Konrad sie auf ihn angesetzt hatte oder sie tatsächlich gern bei ihm war, konnte Johann nicht einordnen. Dorle war nett, keine Frage. Sie war ein bisschen wie ein Jungtier. Verspielt und neugierig, harmlos und süß anzuschauen. Sie hatte es sich zur Aufgabe gemacht, Johann mit Wein und Essen und schönen Augen zu versorgen. In der vergangenen Nacht hatte sie sich zu ihm gelegt und ihr Gesicht in seinem Schoß verborgen. Als er sie von sich weggeschoben hatte, war sie völlig verwirrt gewesen.

»Magst du es nicht, wenn ich dich mit dem Mund verwöhne?«, hatte sie gefragt.

Er hatte sie nicht kränken wollen, aber er fand auch kein Vergnügen daran, sie machen zu lassen, während er an Lisbeth dachte. Und nur, weil er nicht ertappt werden konnte, erschien es ihm nicht angebrachter, sich dem fleischlichen Genuss hinzugeben. Lisbeth hatte gesagt, er müsse sich einmal entscheiden. Genau das war wohl gerade der Fall, und es fühlte sich richtig für ihn an.

Er hatte Dorle nicht wie einen Hund aus der Baracke jagen wollen, also hatte er sie in den Arm genommen. Sie kuschelte sich an seine Schulter und flüsterte ihm liebe Worte ins Ohr, bis sie in einen ruhigen Schlaf fiel.

Johann war noch lange wach gelegen und hatte die Spinnweben an der Decke angestarrt. Als er am nächsten Morgen aufwachte, war Dorle verschwunden. Er war aus der Baracke getreten und durch das Lager gegangen. Die Räuber musterten ihn nicht feindselig (sie hatten hier vor ihm auch nichts zu befürchten), gleichwohl aber misstrauisch. Keiner sprach ein Wort mit ihm, aber wohin Johann auch ging, es folgten ihm immer mehrere Augenpaare.

Er setzte sich an den Rand der Lichtung und blickte den bewaldeten Abhang hinunter. An Flucht war nicht zu denken. Selbst wenn er plötzlich loslaufen würde und keiner ihm folgte, so käme er niemals ungeschoren an den verstreut postierten Wächtern vorbei. Die Kugeln würden wie dicke Käfer um ihn fliegen, und eine würde ganz sicher ihr Ziel finden.

Nicht weit von der Stelle, an der er hockte, die Hände hinter dem Rücken auf das Gras abgestützt, gossen ein paar Männer neue Kugeln. Eine Weile sah er ihnen dabei zu, bis drei kräftige Kerle ein großes Fass auf einen Holzbock stellten. Ein Mädchen zog den Korken heraus und ließ Wein in mehrere Becher strömen, die sie an die durstigen Männer verteilte. Dorle setzte sich mit zwei Bechern neben Johann, und sie stießen an. Etwas Wein schwappte über den Rand und bekleckerte ihre Hand. Johann erwiderte ihr Lächeln.

Einer begann, auf einer Laute ein Lied zu zupfen. Dorle summte die Melodie, dann sang sie leise und mit weicher Stimme. Johann trank und schenkte ihr die Aufmerksamkeit, die sie verdiente.

»Du hast schön gesungen«, sagte er.

Dorle errötete. Ihr Becher war schon leer, also trank sie aus seinem.

»Konrad hat gesagt, du warst mal in Frankfurt«, sagte sie.

»Schon eine Weile her.«

»Wie sind sie dort so, die Frauenzimmer?«

»Wie überall, schätze ich.«

»Die tragen ganz sicher Schmuck um ihre sauberen Hälse und Gold an den schlanken Fingern. Sind alle bestimmt hübsch anzusehen.«

»Manche.«

»Findest du mich hübsch? Auch ohne Gold und Silber?«

Johann neigte den Kopf. »Ja, ich finde dich hübsch.«

»Dann küss mich.«

»In der Sekunde, in der ich das mach', bin ich erschlagen.« Er zeigte auf die Männer, die um das Weinfass standen. »Wer von denen ist dein Liebster?«

»Och, alle und keiner. Und wer mich küssen darf, das bestimme immer noch ich.«

»Ob die Halunken das auch so sehen?«

»Was is' nun?« Sie schloss die Augen und bot ihm ihren gespitzten Mund an.

»Ich bin grad nicht in Stimmung.«

»Aber ich.«

Sie rutschte auf die Knie, packte sein Gesicht mit beiden Händen und küsste ihn auf den Mund. Ein wenig Zunge war wohl auch dabei. Dann stand sie auf und ging. Es blieb Johann nicht lange Zeit, ihr nachdenklich hinterherzuschauen, denn eine kleine Gruppe von vier Räubern kam über den Waldweg auf die Lichtung. Vor der mit großen Steinen umgrenzten Feuerstelle warfen sie mehrere Säcke ihres Beutezugs zu Boden. Eindrücklich und vollgespickt mit Übertreibungen schilderten sie ihren erfolgreichen Überfall. Unter dem Jubel aller kündigte Hattinger für den Abend ein Fest an.

Konrad hatte sich zu Johann gesellt und neben ihn auf den Boden gesetzt. »Sie sind manchmal wie die Kinder«, sagte er. »Als wäre die Beute nicht Belohnung genug für den Raub, möchten sie noch eine Belohnung für die Belohnung.«

»Woher kommen sie?«, fragte Johann.

»Von der rechten Rheinseite. Es gibt einen Fährmann, der fragt nicht viel. Wie steht's mit dir? Hast du dich entschieden?«

Johann zuckte mit den Schultern. Eine zu früh gegebene Antwort schadete nur.

»Was macht's dir so schwer, auf den Vorschlag einzugehen?«, fragte Konrad.

»Mein Gewissen. Damit verhält es sich nicht wie mit verschütteter Milch, die einfach so weggewischt werden kann.«

»Von wem hast du das? Von der kleinen Lisbeth? Die magst du wirklich, hm?«

»Lass Lisbeth aus dem Spiel.«

Drüben am Holzfass stieg der Wein schon in die Köpfe. Einige gingen sich rüde an, und einem Mädchen zerrissen sie den Rock, bevor sie sich gegenseitig eins auf die Nase gaben.

»Du solltest einfach mal daran denken, was Lisbeth alles passieren kann, wenn diese Schurken ins Dorf einfallen«, sagte Konrad. »Ohne Vereinbarung. Du solltest dich also bald entscheiden, Johann. Ich werde nicht ewig geduldig warten.«

Das Fest am Abend unterschied sich von den Feiern am Tag nur durch die Dunkelheit und einem sternenübersäten Nachthimmel.

Es wurde viel gegessen, noch mehr getrunken, Mädchen kreischten, Männer grölten. Johann stand bei den Baracken und beobachtete das wilde Treiben. Ab und zu nippte er an dem Becher mit dunklem Rotwein, den ihm Dorle gebracht hatte, bevor sie zu den anderen ging und zur verfügbaren Belustigung wurde. Immer wieder schielte sie zu ihm herüber, bevor sie einen Kerl küsste, als wollte sie Johann eifersüchtig machen. Fast amüsierte ihn ihr rührend naives Handeln.

»Gefällt's dir bei uns?«, fragte Hattinger. Er lehnte sich neben Johann und füllte seinen Becher aus einem Weinschlauch nach, den er sich über die Schulter geworfen hatte.

»Ihr seid ein lautes Völkchen.«

»Wir können's uns leisten. Hier oben findet uns niemand. Komm, Johann, trink mit mir.«

Sie stießen an. Johanns Blick fiel auf die mit Silber beschlagene Pistole an Hattingers Gürtel.

»Ist die beste Pistole, die ich je erbeutet habe. Hab ich von einem Überfall auf einen Büchsenmacher in Rüsselsheim.«

»Wirklich ein schönes Stück.«

»Ich trage sie immer geladen bei mir«, sagte Hattinger nicht ohne Stolz, nur um gleich darauf das Gespräch in eine andere Richtung zu lenken. »Denkst du an dein Mädchen?«

Johann zuckte mit den Schultern. Der Räuber brauchte nicht alles wissen.

»Weißt du«, sagte Hattinger, »ich hatte auch mal eine Frau. Ja, du magst es nicht glauben, aber ich war mal verheiratet. Schon lange her. Ein anderes Leben.«

»Wo ist deine Frau heute?«

»Sie ist dort, wo ich vermutlich niemals hinkommen werde.« Hattinger schaute hoch zum Himmel. »Einer der Sterne dort oben ist sie. Sie ist tot. Ein dummer Unfall. Sie ritt einen Gaul, doch das blöde Vieh scheute und warf sie ab. Sie stürzte hart auf den Boden, wurde aber nicht bewusstlos. Der Doktor, den ich geholt hatte, sagte, sie hätte nur einen kleinen Schock, und hat sie nicht weiter behandelt. Zwei Tage litt sie unter unerträglichen Kopfschmerzen, dann starb sie, als sie gerade ein Glas Wasser trank. Ich war wie verrückt vor Schmerz. Zuerst habe ich den Gaul erschossen und dann den Doktor.«

Hattingers Blick verlor sich im Nachthimmel. Dann ging er fort und ließ Johann alleine zurück.

52

Weitzel hockte auf einem Schemel vor der Gendarmerie und wusste nicht, ob er zufrieden sein sollte. Er und Jakob waren nun fast eine Woche in Brunnenweiler, aber die Menschen mochten sie immer noch nicht. Er hatte zwar nicht angenommen, dass sie in jede Familie zur Hausmusik eingeladen würden, aber ein wenig mehr Freundlichkeit hatte er erwartet, sobald sich alle an seine und Jakobs Anwesenheit gewöhnt hätten. Auch dass man ihnen jeden Tag von alleine was zu essen und trinken brachte, funktionierte noch nicht richtig. Um alles musste er sich selber kümmern. Er sah über die Schulter zu Jakob, der hinter ihm in der Stube hockte und das Gewehr reinigte. Den kümmert es nicht, dachte Weitzel. Der Jakob dachte sowieso nicht weiter als bis zu seinen Schuhspitzen, aber er – er wollte das Dorf nicht nur knechten, er wollte, dass sich alle auch *gerne* von ihm knechten ließen.

Von einem, der zu ihnen gehörte, würden sie es vielleicht mehr wollen, dachte er plötzlich, als er zu Lisbeths Haus hinunterschaute. Er kniff die Augen zusammen, um besser sehen zu können, wie sie eine Waschschüssel vor der Tür auskippte. Lisbeth hatte sich kurz in seine Richtung gedreht. Hatte sie ihm zugelächelt? Er konnte seine Erregung kaum verbergen, wenn er dieses Mädchen sah.

»Was is'?«, fragte Jakob brummig.

Auch er war nicht mehr so freundlich wie sonst, war Weitzel aufgefallen. »Was soll sein?«

»Du brütest was aus, oder?«

»Ich glaube, ich werde heiraten«, sagte Weitzel.

Lahrs Finger verkrampften sich um das Gewehr. Er legte die Bürste neben sich zu Boden, hob das Gewehr an und betrachtete Weitzels Hinterkopf über den Lauf hinweg.

»Ich hab's mir genau überlegt, Jakob. Ich heirate, damit es uns im Dorf besser gehen wird.« Noch bevor er sich zu Lahr umgedreht hatte, hatte dieser die Waffe wieder gesenkt.

»Was sagst du dazu?«

»Ich sage, dass du lügst, wenn es dir um uns geht.«

Weitzel glaubte, sich verhört zu haben. Wurde da einer plötzlich aufmüpfig? »Red nich' so mit mir, Jakob. Ich werde Lisbeth heiraten, damit die im Dorf uns mehr anerkennen.«

»Ach, nich' nur, weil du das Mädchen haben willst?«

»Sie ist hübsch anzuschauen. Ich schlage also zwei Fliegen mit einer Klappe.«

»Und wenn sie dich nicht will?«

»Hat mich das jemals interessiert?«

»Und wenn ich sie haben will, was dann?«

»Dann nimmst du dir eine andere.«

»Weil du es sagst, Peter?«

»Sag mal, Jakob, liegt dir was quer? Wie redest du denn mit mir? Ich hab mich entschieden, und du ziehst deinen Nutzen daraus. Wie bisher auch. Also, sei zufrieden.«

»Wie bisher auch, ja?«

Weitzel seufzte. »Donner noch eins, heute nervst du mich. Ich habe Hunger. Hol uns was von der Backstube drüben bei der Mühle.«

»Du hast Hunger«, wiederholte Lahr in feststellendem Ton.

»Ich könnte ein Pferd essen.«

»Warum tust du's nicht?«

Weitzel war erstaunt über Lahrs Aufmüpfigkeit. »Weil frisches Brot besser schmeckt«, sagte er übertrieben gedehnt. »Also, geh schon. Und lass das Gewehr hier. Brauchst du nicht, um Brot zu holen.«

Lahr ignorierte ihn und ging mit der Waffe in der Hand hinaus.

Weitzel blieb in der offenen Tür stehen und sah ihm hinterher. Es war nur eine Ahnung, aber er würde auf ihn aufpassen müssen. Als hätte Jakob seine Gedanken aufgeschnappt, blieb er plötzlich mitten auf der Straße stehen und machte kehrt. Sein finsterer Blick gefiel Weitzel gar nicht. Besser, er holte sich eine seiner Steinschlosspistolen.

»Du bleibst, wo du bist«, schrie Lahr schon, als er noch ein Dutzend stampfende Schritte entfernt war, das Gewehr im Anschlag. Auch wenn Weitzel wusste, welch schlechter Schütze Jakob immer schon gewesen war, so wollte er nicht riskieren, dass irgendein Glückstreffer ihn von den Füßen holte. Und mit jedem Schritt, den Jakob näher kam, wuchs die Gefahr, dass er auch traf.

»Verdammt, Jakob, was ist denn bloß in dich gefahren?«

»Ich hab' nachgedacht, Peter.«

Beinahe hätte Weitzel gelacht. Die gefräßige Mündung vor Augen sorgte dafür, dass er es bleiben ließ. Dennoch konnte er sich Spott nicht verkneifen. »Und was ist dabei herausgekommen?«, fragte er.

»Dass sich unsere Wege trennen sollten.«

»So plötzlich?«

Lahr zuckte mit der Schulter. Weitzel wollte einen Schritt auf ihn zu machen, doch er hob den Lauf noch ein Stückchen an. Drückte er jetzt ab, würde es ein hässliches Loch in Weitzels Bauch reißen. Weitzel blieb stehen, beide Hände beschwichtigend hochgehoben.

»Dir gefällt etwas nicht, Jakob. Das habe ich verstanden. Erzähl mir, was dich stört. Wir kennen uns so lange, da können wir doch alles aus der Welt räumen, oder nicht?« *Und wenn du die Waffe beiseitelegst, dann knall ich dich ab.*

»Du hättest Lisbeth nicht missbrauchen dürfen.«

»Miss…?« Weitzel stutzte, dann lachte er.

»Hör auf«, sagte Lahr. »Sie hat mir alles gesagt.«

»Hat sie dir erzählt, ich hätte sie missbraucht? Schau die Straße runter, Jakob. Dort vor ihrem Haus, da steht sie. Sie beobachtet uns. Sie schaut genau zu, was wir hier machen. Die Kleine ist ein Biest. Sie lügt, sobald sie den Mund aufmacht.«

»Red nicht so von ihr.«

»Sie hat dich eingewickelt. Mann Gottes, Jakob, du bist wirklich nicht der Hellste.«

»Besser, du gehst sofort los, Peter. Verschwinde aus dem Dorf und komm nicht zurück, wenn du nicht willst, dass ich dich erschieße.«

»Sie hat dir den Kopf verdreht, hm? Na, überrascht mich nicht. So, wie du sie immer angestarrt hast.«

»Dann weißt du ja, dass es keine andere Möglichkeit gibt, als dass einer von uns verschwindet.«

»Es gibt immer eine andere Möglichkeit. Erinner dich, als wir beide noch Sand und Staub gefressen haben, auch da gab es eine andere Möglichkeit. Ich hätte fast Arbeit angenommen.«

Lahr reagierte nicht auf Weitzels Gerede. Schließlich schauten sich beide angewidert voneinander an.

»Teufel auch«, sagte Weitzel. Wieder blickte er die Straße runter. Lisbeth stand unbewegt da. Plötzlich begriff er noch viel mehr als nur, dass sie Jakob so weit gebracht hatte, auf ihn loszugehen. Dieses durchtriebene Weib hätte tatsächlich beinahe auch ihn eingewickelt.

»Diese Kleine ist wirklich gut, wenn sie dich so weit gebracht hat, Jakob. Willst du mich wirklich erschießen?«

»Wenn du nicht gehst.«

»Du bist ein Idiot, Jakob.«

»Lisbeth hat schon gesagt, dass du mich so nennen würdest.«

»Sie hat sich auch mir an den Hals geworfen. Hat vor mir fast alle Kleider fallen lassen wie eine Hure, die es so nötig hat, dass sie es nicht mal für Geld macht.«

Er ging auf Lahr zu, wollte die Waffe fassen, doch der setzte einen Schritt zurück und schüttelte den Kopf. Seine Augen flatterten unruhig.

»Leg's weg, Jakob.«

»Ich mach nich' mehr, was du sagst.«

»Dann gibt's wohl auch kein Brot?«, höhnte Weitzel.

Mit einer blitzschnellen Bewegung versuchte er, den Lauf zu fassen zu kriegen, doch Lahr ließ sich nicht so leicht entwaffnen. Es entstand ein wildes Gerangel. Zusammen stolperten sie in die Stube hinein.

Lisbeth hielt ihre Hände ineinander und drückte vor Anspannung so fest zu, dass sich die Fingernägel in das Fleisch gruben. Sie hatte alles beobachtet, was vor der Polizeistelle geschah, und als sie sah, dass auch Weitzel sie bemerkt hatte, war ihr Puls hochgeschnellt. Er hatte sie durchschaut, das konnte sie sehen, und es war ihr in dieser Sekunde egal gewesen.

Lisbeth sah, wie Weitzel nach Lahrs Gewehr griff, doch der war auf der Hut und ließ es sich nicht abnehmen. Vorsichtiger Triumph breitete sich in ihr aus.

»Drück ab«, flüsterte sie zu sich selbst. »Nun drück schon ab, schieß endlich.«

Der Schuss lag in der Luft. Er musste doch gleich kommen. Es konnte gar nicht anders sein, doch je mehr Zeit ohne Schuss verstrich, umso mehr fürchtete Lisbeth, dass sich alles, worum sie sich bemüht hatte, binnen Sekunden gegen sie wandte. Kein Schlag in die Magengrube hätte ihr mehr Schmerzen verursachen können als der Moment, in dem sie Lahr mit hängenden Schultern davonschlurfen sah. Sollte das schon alles gewesen sein? Hatte Weitzel wieder die Oberhand gewonnen? Wenn Lahr geplaudert hatte, würde Weitzel kommen und sie seinen Zorn spüren lassen. Ihr würde nicht mal Zeit genug bleiben, um sich von Mutter zu verabschieden.

Instinktiv griff Lisbeth nach ihrem Jagdgewehr, das neben der Tür stand. Einfach würde sie es Weitzel nicht machen.

Lahr war stehen geblieben und hatte kehrtgemacht. Im Gerangel um das Gewehr drängte er mit Weitzel in die Gendarmerie und aus Lisbeths Sichtfeld.

Erschieß ihn. Mach schon, erschieß ihn.

Begleitet vom gewaltigen Donner eines Schusses wurde ein Mann mit ungeheurer Wucht durch die Tür des Polizeigebäudes gestoßen. Eingehüllt in einer dichten Pulverwolke krachte der Körper auf die Straße. Es war nicht gleich zu erkennen, wer da lag. Lisbeth beugte sich vor, als könnte sie auf diese Weise besser durch den aufgewirbelten Staub sehen, der sich nur langsam senkte.

Der andere Mann erschien in der Tür, das Gewehr in der Armbeuge.

Lisbeth wich vor Schreck zurück.

Weitzel ging auf den am Boden liegenden Lahr zu. In dessen Körpermitte war mehr Loch als Körper, dennoch atmete er noch, während er von einem sich ausbreitenden See seines Blutes umschlossen wurde. Weitzels Blick drückte nichts als Verachtung für den Mann aus, der jahrelang an seiner Seite gewesen war. Er hätte das Gewehr nachladen müssen, um Jakob endgültig zu töten, doch wozu eine Kugel verschwenden an etwas, was nur eine Frage von Minuten war. Zeit genug für Jakob, seine Sünden auszuschwitzen. Würde ihm helfen, seinen Frieden mit sich zu machen. *Keinen Dank dafür, Jakob, war doch selbstverständlich.* Wozu hatte man Freunde?

Er hob den Kopf und sah zu Lisbeth hinüber. Es brauchte nur diesen Moment, in dem sich ihre beiden Blicke trafen, und Weitzel begriff, dass er bisher von einer völlig falschen Annahme ausgegangen war. Bisher hatte er jeden bestraft, der sich gegen ihn und Lahr aufgelehnt hatte. Wie nutzlos, das begriff er gerade. Genauso gut hätte er einer Hydra den Kopf abschlagen können. Es wäre aufs Gleiche hinausgelaufen.

Sie war die eigentliche Gefahr. Lisbeth. Dieses ach so unschuldig daherkommende Mädchen. Wie dumm von ihm, es erst jetzt zu begreifen. Wegen ihr war Mathias aufmüpfig geworden. Wegen ihr hatte sich Jakob gegen ihn gestellt. Sie würde wieder jemanden finden, der für sie und gegen ihn ging.

Sie musste verschwinden. Erst dann konnte Weitzel das Dorf sein Eigen nennen. Er warf das Gewehr von sich und stieg über den sterbenden Lahr hinweg. Im Laufen zog er seine Pistole aus dem Hosenbund.

»So, kleine Lisbeth. Ich hab mich grad für dich warm geschossen.«

Auf halber Strecke zu Lisbeths Haus registrierte er die Menschen hinter den Gardinen. Aller Augen waren auf ihn gerichtet. Wenn jeder sah, wie er das Mädchen einfach niederschoss, wäre das nicht hilfreich für seinen weiteren Verbleib. Das könnte der berühmte Tropfen sein, der das Fass zum Überlaufen brächte. Aber ihr weiter die Gelegenheit zu geben, ihr Spiel zu spielen, kam auch nicht infrage.

Weitzel riss sich zusammen, so schwer es ihm auch fiel. Seine Lust darauf, Lisbeth mit einem Loch in der Stirn zu beglücken, übertraf sogar seine Gier nach ihrem Körper. Sie hätte ihn nicht herausfordern sollen und schon gar nicht versuchen, ihn hereinzulegen. Was dachte sie, wer sie war? Was dachte sie, wer *er* war? Er war kein dahergelaufener Räuber mehr, er war der Polizist des Dorfes.

Gut sichtbar für alle, die ihn hinter den Gardinen stehend beobachteten, steckte er die Pistole wieder weg, während er unbeirrt auf Lisbeths Haus zuging. Sie rührte sich nicht, lief nicht weg, blieb einfach stehen und schien auf ihn zu warten. Hatte sie wirklich Mut, oder war sie einfach nur verrückt? Dicht vor ihr blieb er stehen. Sie sollte seinen Atem im Gesicht spüren, wenn er sie schon nicht töten durfte, jetzt, wo nichts auf der Welt ihm mehr Freude bereiten täte.

»Ich habe dich durchschaut«, sagte er so leise, dass nur sie ihn verstehen konnte. »Aber es wird dir nichts nutzen. Du weißt, dass du so gut wie tot bist. Im Augenblick retten dich nur die Feiglinge, die auf uns schauen. Aber sie werden nicht ewig hinter den Fenstern stehen. Nachts werden sie schlafen. Dann komme ich. Heute Nacht oder morgen. Du wirst dir nie mehr sicher sein können. Und was wird danach aus deiner Mutter werden? Du hast geglaubt, du kannst dich mit mir anlegen, aber du hast dir den Falschen ausgesucht. Im Gegensatz zu dir habe ich keine Skrupel, selbst den Abzug zu ziehen.«

Wieso sagte sie nichts?

Sie sah ihn nur an. Kalt und entschlossen wirkte sie. Und wieso versteckte sie eine Hand hinter der halb geschlossenen Tür? Instinktiv wusste er, dass sie eine Waffe hielt.

»Warum tust du's nicht?«, zischte er. Er legte seine Hand auf den Griff seiner Pistole im Hosenbund. Gleichzeitig beugte er seinen Oberkörper vor, damit es niemand sehen konnte. »Na los, gib mir die Gelegenheit, dich in Notwehr zu erschießen.«

»Vielleicht bin ich schneller als du?«

Dass sie plötzlich etwas sagte, überraschte ihn. Er musste sich beherrschen, die Pistole nicht erneut hervorzuziehen. Niemals zuvor war er so provoziert worden. »Du forderst es heraus«, sagte er nur mühsam beherrscht.

Er machte kehrt und stampfte zur Gendarmerie zurück, wo er ein zweites Mal achtlos über den inzwischen toten Jakob stieg.

Zwei Stunden lang blieb der Dorfplatz leer gefegt wie ein Apfelbaum nach dem heftigsten Sturm. Gegen Abend trauten sich einige Männer heraus, weil der Durst sie ins Wirtshaus trieb. Zur gleichen Zeit hatte Weitzel den toten Lahr hinters Haus gezogen, damit es für die Menschen nicht so aussah, als wäre er herzlos. In Wahrheit tat er es nur, damit der Leichnam aus dem Weg war. Zudem störten ihn die Fliegen, die um Lahr schwirrten.

Während im *Tropfen* fleißig gebechert wurde, hatte sich Weitzel einen Stuhl ans Fenster gezogen und unablässig Lisbeths Haus beobachtet. Als die Nacht hereinbrach und im Wirtshaus die Lichter angingen, verzichtete er, bei sich ein Talglicht zu entzünden, und blieb im Dunkeln sitzen.

Er wartete.

Weit nach Mitternacht erloschen im Wirtshaus die Lichter, und Feilbinger schmiss die letzten Trunkenbolde auf die Straße.

Weitzel wartete weiter. Worauf, wusste er erst, als sich die Tür von Lisbeths Haus langsam öffnete, während im oberen Stockwerk ein Licht anging. Der helle Schein flackerte durch das Fenster auf die Straße, genau auf die in einen Mantel gehüllte Gestalt.

Weitzel knackte mit den Fingern. Er ahnte, was Lisbeth vorhatte. »Das hast du dir so gedacht, einfach so abzuhauen. Ich weiß nicht, wen du jetzt vielleicht für deine Zwecke einspannen willst, aber ich verspreche dir eine Überraschung, wenn du zurückkommst. Wo du doch so an deiner Mutter hängst.«

Er lud zwei Pistolen schussbereit. Wie gerne hätte er dazu ein Liedchen gepfiffen. Er vergewisserte sich, dass er von niemandem gesehen wurde, und schlich in der Dunkelheit über den Platz. Lisbeths Tür war verschlossen. Wie lächerlich. Ein Griff, wie er ihn als erfahrener Dieb schon häufig angewandt hatte, und schon schwang die Tür auf.

Es war dunkel im Erdgeschoss. Ohne den spärlichen Schein des Mondes, der durch das Fenster fiel, hätte er es schwer gehabt, sich zu orientieren. Er sah den Tisch, auf dem der Leichnam von Mathias unter einem Laken aufgebahrt lag. Der Gestank hing schwer im Zimmer. Auf einem Stuhl lag eine Näharbeit, die Lisbeth offensichtlich überhastet abgebrochen hatte.

Sein Blick folgte den Treppenstufen nach oben, wo Lisbeths Mutter lag. Während er langsam Stufe für Stufe nach oben ging, begann er, wie eine Katze zu miauen. Mit jeder Stufe ein wenig verzerrter. Auf dem oberen Treppenabsatz blieb er stehen und zog eine der beiden Pistolen hervor. Die Tür zu Idas Kammer quietschte leise, aber laut genug, um in der Stille der Nacht wie ein vorweggenommener Schrei zu klingen. Er schlich auf das Bett zu. Sie hatte die Decke bis über das Gesicht gezogen. Nur ihr Häubchen schaute hervor.

»Ich weiß, dass du wach bist«, sagte er. »Und jetzt bin ich da, Frau Mutter.« Weitzel miaute jämmerlich. »Fürchtest du dich? Sag schon, alte Krähe. Lass es deine letzten Worte sein.«

Keine Regung. Weitzel wurde misstrauisch. Er starrte auf das Bett und wusste plötzlich instinktiv, dass nicht die Mutter darin lag.

»Mich legst du nicht rein, Lisbeth.«

Er hob die Pistole und schoss auf den Körper unter der Decke. Kein Schrei. Verwirrt riss er die Decke herunter. Das halbe Gesicht von Mathias starrte ihn wie der leibhaftige Hohn an. Weitzel riss die Augen auf. Sofort begriff er, dass er einen Fehler gemacht hatte. Er stürmte aus dem Zimmer. Noch auf den Treppenstufen sah er, wie auf dem Totentisch das Laken vom Körper rutschte und Lisbeth zum Vorschein kam. Sie richtete sich auf, ein Jagdgewehr in den Händen. Ohne zu zögern, drückte sie ab. Weitzel wurde noch auf der Treppe vom Schrot getroffen. Inmitten eines Sprühregens seines eigenen Blutes fiel er die letzten Stufen hinunter und klatschte auf den Boden.

Lisbeth kletterte vom Tisch. Ungerührt sah sie zu, wie Weitzel in seinen letzten Atemzügen lag.

»Ich wusste, du würdest kommen, wenn du glaubst, ich wäre gegangen«, sagte sie. »Du bist so einer, der sich erst an anderen vergreift, wenn er jemandem schaden will.«

Die Tür ging auf. Eingehüllt in den Umhang, den Lisbeth ihr gegeben hatte, schleppte sich Ida mit letzter Kraft ins Zimmer. Lisbeth half ihr auf den Stuhl. Weitzel grinste schief, als er sie sah und begriff, was geschehen war.

Ida beugte sich vor, während Lisbeth sich neben Weitzel kniete und mit beiden Händen seinen Kopf drehte, sodass er ihrer Mutter ins Gesicht schauen musste. Ida versuchte, in seinen sterbenden Augen eine Regung zu erkennen. Er hustete einen Klumpen Blut, dann starb er, ohne dass er sich erinnerte, was er Ida vor acht Jahren angetan hatte.

»Es ist vorbei«, sagte Lisbeth.

Durch die offene Tür schlich eine Katze herein und schmiegte sich zwischen Idas Beine. Sie miaute teilnahmslos.

53

Es war ein trüber Tag in Coblenz, aber lange nicht so trübe wie Gaspard Patys Gemütslage. Seit Lisbeth ihn aufgesucht hatte, fand er nur wenig Vergnügen in seinen Tagen. Er hatte gehofft, sie würde am nächsten Tag, wenn sich alle wieder beruhigt hatten, noch einmal in die Präfektur kommen, doch das war nicht geschehen. Woche für Woche, die seit damals verstrich, war er mit sich selbst unzufriedener geworden. Er fand einfach keine Lösung für sich, wie er mit dem Geschehenen umgehen sollte. Wie erbärmlich. Er hockte in der Verwaltung, um genau das zu finden – Lösungen. Und scheiterte grandios bei sich selbst.

Cecile besuchte ihn. Sie plapperte irgendetwas, und auch wenn er sich Mühe gab, ihr zuzuhören, so gelang es ihm kaum.

»Du siehst bekümmert aus«, sagte sie plötzlich.

Überrascht hob er den Kopf.

»Ist es deine Aufgabe in der Präfektur?«

Paty dachte kurz nach, dann verneinte er mit einem kraftlosen Kopfschütteln. »Nicht die Aufgabe. Es sind manche Begleiterscheinungen, die schwer zu ertragen sind, wenn man Entscheidungen von einem Stuhl und nicht vom Rücken eines Pferdes aus zu treffen hat. Aber ich möchte dich nicht damit behelligen, Cecile. Du hast sicher anderes im Kopf, als dir meine Probleme anzuhören.«

Cecile schaute ernst, als sie von Gaspard abrückte, was ihn zunehmend unbehaglicher fühlen ließ. Einen solchen Gesichtsausdruck hatte er bei ihr noch nie beobachtet.

»Entschuldige, Cecile, so hatte es nicht klingen sollen.«

Er wollte sie in den Arm nehmen, doch sie hob abwehrend eine Hand. Stattdessen setzte sie sich auf einen Stuhl. Cecile begann, mit spitzen Fingern ihre Handschuhe abzustreifen. »Du hältst nicht viel von mir, Gaspard«, sagte sie ruhig. »Soll ich es so verstehen?«

»Nein, so ist es nicht. Ich …« Ja, was hielt er eigentlich von ihr? Vielleicht war jetzt der Moment gekommen, ehrlich mit Cecile zu sein. »Ich denke nur, dass … ach, ich weiß nicht genau.«

Wahres anzusprechen war gar nicht so einfach, wenn man nicht rücksichtslos kränken wollte.

»Lass es mich für dich erklären«, sagte sie. »Du glaubst, ich verstünde nicht, was du hier arbeitest? Du denkst, ich bin geistig völlig damit ausgelastet, mich von morgens bis abends mit den schönen Dingen eines Hausstands zu beschäftigen? Dass das Wichtigste für mich ist, mein Leben lang die Welt mit den Augen eines Kindes zu betrachten, das sich ausschließlich an den bunten Farben um es herum erfreut? Und du denkst, dass ich keine Ahnung habe, wie die Welt außerhalb dieser Kurzsichtigkeit aussieht?«

»Cecile, ich bitte dich …«

»Gaspard, du hältst mich für oberflächlich, das weiß ich. Und ich gebe gerne zu, dass du wenig Grund hast, mich anders zu sehen. Ich winke ab, sobald etwas beschwerlich wird, und ich führe keine Problemgespräche. Deshalb glaubst du, dass ich nicht belastbar bin, wenn ich versehentlich in eines hineingerate.«

Paty kam aus dem beipflichtenden Nicken nicht mehr heraus.

»Und schließlich, mein lieber Gaspard, glaubst du, dass wir nicht zusammenpassen.«

Diesmal zögerte er mit dem Nicken.

»Ich bin froh, dass du aufrichtig zu mir bist«, sagte sie. Die Handschuhe in ihrer Hand hatte sie mittlerweile verknotet.

»Es tut mir leid, Cecile.«

»Braucht es nicht. Zu einem Teil hast du recht, zu einem kleinen Teil.« Sie zeigte mit Daumen und Zeigefinger, wie klein. »Es stimmt, dass ich die schönen Seiten des Lebens den dunklen vorziehe. Es stimmt nicht, dass ich mich vor allem anderen verschließe. Es stimmt, dass ich mich nicht an politischen Gesprächen beteilige, aber es stimmt auch, dass ich stolz auf meine Bildung bin, gleichwohl ich manchmal die rustikalen Freiheiten eines einfachen Mädchens genießen täte. So wie dein Dorfmädchen.«

Rasch hob sie die Hand, bevor Paty etwas sagen konnte, und fuhr fort. »Neben meiner, wie du es nennst, Oberflächlichkeit, gibt es aber noch einen anderen Grund, weshalb ich so bin, wie ich bin. Ich verstehe vielleicht sogar zu viel von Politik und dieser Stadt, als dass es mir guttut. Ich bin eine Frau, und als eine solche darf ich nichts beitragen. Ich kann also nur zusehen, wie Männer die Welt in Schutt und Asche legen, nur um sich danach mit klugen Entscheidungen zu einem Wiederaufbau des Landes gegenseitig auf die Schulter zu klopfen. Eure Welt ist manchmal schwer zu ertragen, Gaspard, aber mit dir an meiner Seite gelingt es mir besser. Ich weiß, ich kann mich auf dich verlassen. Du und ich, wir sind uns ähnlicher, als du vermutest, das ist sehr beruhigend für mich, denn ich weiß, du willst für eine Welt sorgen, in der ich mich wohlfühle. Das ist eine Aufgabe, die niemand einfach mal so zum Zeitvertreib bewältigen kann. Glaube mir, ich weiß das sehr wohl. Und dafür danke ich dir. Ich hätte es vielleicht schon eher sagen sollen.«

Paty fühlte sich wie betäubt. Unfähig, auch nur einen Finger zu bewegen, hatte er Cecile zugehört, wie sie sich ihm gegenüber ohne Scheu öffnete und ihn wissen ließ, welchen Wert er für sie hatte. Die sanfte Röte, die ihre Wangen tuschte, ließ sie verletzlich wirken.

Er wagte es in diesem Moment kaum, Cecile ins Gesicht zu schauen. Aber er fühlte eine Kraft in sich aufsteigen, mit der er sie vor jedem Drachen dieser Welt hätte beschützen können.

Cecile flüsterte: »Und was das Dorfmädchen betrifft …«

»Es ist nicht so, wie du vielleicht annimmst.«

»Du magst sie, und das ist recht. Das heißt aber nicht, dass ich sie auch mögen muss. Ich bin nicht dieses Dorfmädchen, und ich werde es nie sein. Aber sie ist auch nicht ich, Gaspard, vergiss das nicht. Und das sollte dir recht sein. Das Mädchen Lisbeth sieht in dir immer den Mann, der du warst, als sie dir mit elf Jahren begegnet ist. Den Mann, der du vor acht Jahren warst und der du in ihren Augen für immer sein wirst. Gaspard, ich mag ein verwöhntes Weib sein, mit einer Bildung, mit der ich einerseits auf andere herabschauen kann, die mich vermutlich aber auch andererseits außerhalb der Coblenzer Stadtmauern keinen Tag überleben lässt. Aber ich sehe dich. Ich sehe dich als den Mann, der du heute bist. Und der mir übrigens sehr gut gefällt. Aber kann Lisbeth das auch sagen? Kann sie dich auch so sehen? Sieht sie deinen Zwiespalt so wie ich? Kann sie in dein Herz schauen wie ich?«

»Kannst du das? Dann sag mir, was du siehst, Cecile.«

»Ich sehe, dass du mich nicht liebst.«

»Das ist nicht wahr.«

»Ist es nicht? Nun, vielleicht wird dich die Zeit mich lieben lernen. Ich will dir diese Zeit gerne geben, Gaspard. Wenn du mich lässt und selbst die Zeit richtig nutzt.«

»Was meinst du damit?«

»Denke über Lisbeth nach«, sagte sie. »Sei ihr Beschützer. Aber mach dir nicht vor, zu glauben, du wärst ihr Mann.«

Gaspard sah Cecile in die Augen. Vielleicht das erste Mal richtig, seit er ihr begegnet war. Und er stellte mehr fest als nur, welche Farbe sie hatten.

Sie erhob sich von ihrem Platz und trat an ihn heran. »Magst du noch?«, fragte sie, wartete aber keine Antwort ab, sondern küsste ihn. Da war nichts mehr vorhanden von der flüchtigen Berührung früherer Küsse. Jetzt gab es nur ein vorsichtiges Probieren, ob er sie mochte oder nicht, jetzt, wo sie sich ihm offenbart hatte.

Als sich ihre Lippen von seinen lösten und sie zurückwich, umschloss er ihre Taille mit beiden Händen, vergrub sein Gesicht in der Kuhle ihres Halses und hielt sie so fest an sich gepresst, dass sie begreifen musste, was er selbst gerade erst verstanden hatte. Nämlich, dass er sie nicht mehr aus seinem Leben lassen würde.

»Gaspard, Liebling, ich bitte dich. Was sollen die Leute denken?«, scherzte sie, von dieser ungewohnt innigen Zärtlichkeit überrascht.

»Danke«, sagte er.

»Wofür?«

»Dafür, dass du besser weißt, wer ich bin, als ich selbst. Hilf mir bitte, dass ich es selbst erkenne.«

»Glaubst du denn, dass ich es kann?«

»Mit deiner Hilfe kann ich es schaffen, die vielen Teile, aus denen ich zu bestehen scheine, zusammenzufügen, um glücklich zu sein.«

»An dem Tag, an dem du glücklich bist, werde auch ich es sein«, sagte sie leise, und er begriff, dass kein anderer Satz, der je zu ihm gesagt wurde, mehr mit ihm zu tun hatte als dieser.

Cecile löste sich von ihm und ging zur Tür. Als sie das Zimmer verlassen wollte, stieß sie beinahe mit Gaspards Sekretär zusammen. Der entschuldigte sich eifrig, machte aber gleichzeitig deutlich, wie dringlich er Paty sprechen wollte.

»Was gibt es denn?«

»Sie hatten mir den Auftrag gegeben, in Keils Vergangenheit zu stochern, ob ich irgendwas finden kann, das ihn belastet.«

Paty richtete sich auf und stützte neugierig die Ellbogen auf den Schreibtisch. »Und?«

»Also, ich glaube, ich bin da auf etwas gestoßen.«

54

Die Feier hatte gedauert, bis der letzte Räuber betrunken ins Gras zurückgefallen war. Hatte Johann anfangs noch auf eine Gelegenheit spekuliert, das Lager heimlich verlassen zu können, so wurde ihm die Hoffnung rasch genommen, als Hattinger ihn an einen Baum kettete und Dorle eindringlich ermahnte, gut auf ihn aufzupassen.

»Wirst du mich freilassen?«, hatte Johann gefragt, und sie hatte gelacht.

»Natürlich nicht. Ich will doch, dass du bei mir bleibst.«

Fast hätte er vorgeschlagen, sie solle mit ihm kommen, aber das konnte er nicht. Wie sollte er mit Lisbeth ein gemeinsames Leben beginnen können – sollte er jemals hier herauskommen –, wenn es auf den Trümmern von Dorles Gutgläubigkeit aufbaute? Er war müde geworden, andere Menschen zu enttäuschen, ob bewusst oder nicht.

Irgendwann war er eingenickt, und als er aufwachte, lag Dorle quer über seinen ausgestreckten Beinen. Er wusste nicht, was sie in der Nacht mit ihm gemacht hatte, aber sie lächelte zufrieden. Als er sich regte, wachte sie auch auf und rieb sich mit ihren kleinen Fäusten die Augen. Sie ließ es sich nicht nehmen, dem wehrlos Gefesselten einen Kuss zu stibitzen.

Konrad ließ ihn zu sich bringen. »Wie hast du dich entschieden?«, fragte er.

»Ich will Frieden für das Dorf.«

»Und das heißt?«

»In den sauren Apfel beißen. Wie so oft.«

»Dann bist du jetzt einer von uns.«

Die ihm gereichte Hand ergriff Johann dennoch nicht. Konrad zuckte mit den Schultern und rief nach Hattinger, um ihn in Kenntnis zu setzen. Der grinste selbstgefällig. Er hatte nichts anderes erwartet.

»Warte vorne an der Feuerstelle auf uns«, befahl Konrad, und da hockte Johann nun seit einer halben Stunde und sah zu, wie Dorle die erkaltete Asche herausnahm und neues Holz unterlegte. Zwischendurch warf er einen Blick über die Schulter zu Konrad, der sich angeregt mit Hattinger unterhielt.

»Ich freu mich, dass du bei uns bleibst«, sagte sie, setzte sich neben Johann und begann, ein kopfloses Huhn zu rupfen. »Wirst sehen, bald hast du mich so gern wie alle deine Frauen vorher zusammen.«

Sie rührte ihn. So naiv, so viel Kind in diesem Frauenkörper.

»Was siehst du nur in mir?«, fragte er mit weicher Stimme.

»Nur etwas Gutes, das sich gernzuhaben lohnt.«

Ihre flinken Finger erlösten das Huhn rasch von seinen Federn, und als sie fertig war, stand sie auf, um ein zweites Huhn zu holen. Johann nutzte die Gelegenheit, die sich ihm bot, für kurze Zeit unbeobachtet zu sein. Er holte aus seiner Westentasche Lisbeths Geschenk an ihn heraus, den kleinen Tabakbeutel, den er unterwegs notgedrungen mit Schießpulver gefüllt hatte. Rasch löste er die Schlaufe und verstreute das Pulver in der Mitte der Feuerstelle. Bevor Dorle zurückkam, schob er noch schnell ein paar Zweige darüber.

Dorle setzte sich wieder neben ihn und rupfte das zweite Huhn. »Willst du auch mal?«, fragte sie und hielt es ihm hin.

Johann nahm ihr das Huhn aus den Händen und zog sie an sich. Er küsste sie voll ehrlicher Wärme, und als sie ihre Arme um ihn schlang, konnte er spüren, wie sie sich erregt gegen ihn drückte.

»Würdest du mir einen Gefallen tun?«, bat er.

»Alles«, sagte sie. Ihre Wangen glühten. »Bis auf den, dich gehen zu lassen.«

»Lass jemand anderen beim Kessel sein. Geh mit mir in die Hütte, und irgendein anderer soll hier an der Feuerstelle sein und die Suppe kochen.«

Er stand auf und prallte mit Konrad zusammen, der mit Hattinger herangekommen war.

»Spart euch das für später auf«, sagte er. »Ich habe eine Aufgabe für dich, Johann.«

Hattinger zwinkerte Johann mit einem Seitenblick auf Dorle zu. »Du triffst ja eine gute Entscheidung nach der anderen«, sagte er. »Ich freu mich, dass ein Kerl wie du sich entschieden hat, bei uns zu bleiben. Hätte mir leidgetan, dich aufhängen zu lassen.«

»Davon bin ich überzeugt.«

»Hör zu, Johann«, begann Konrad und legte seinen Arm um ihn. »Ich werd' dir sagen, was du zu tun hast. Du gehst ins Dorf zurück und ...«

Johann hörte nur halb zu, weil der Hattinger vor der Feuerstelle in die Hocke ging und mit einem dünnen Ast darin herumstocherte.

»Hab gestern beim Feiern meinen Glückstaler verloren«, sagte er. »Zu viel gesoffen. Wollt mal schauen, ob er hier irgendwo liegt.« Sein Stochern kam den Zweigen, unter denen das Schießpulver lag, gefährlich nahe. Johann hielt den Atem an.

»Mach das später«, sagte Konrad. »Ihr müsst los.«

»Wir?«, fragte Johann hastig. »Kommt er mit mir?«

»Die erste Zeit wollen wir dich kontrollieren. Verstehst du sicher. Wir wollen ja nicht von dir verraten werden, kaum dass du im Dorf zurück bist. Hattinger stellt das sicher.«

Der nickte und warf den Ast von sich. »Ich freu mich aufs Dorf. Kannst mir deine Lisbeth vorstellen. Hat sie Schwestern?«

Dorle hatte inzwischen das zweite Huhn gerupft und in den Kessel geworfen, der an einem Dreibein über der Feuerstelle hing. Sie ging zu dem Gestell, in dem Tag und Nacht mehrere Fackeln brannten, um eine zu holen, mit der sie das Feuer entfachen konnte.

Johanns Hände schwitzten, und seine Kopfhaut spannte, als wollte sie aufplatzen.

»Bekomme ich meine Waffe wieder?«, fragte er.

»Noch nicht. Erst müssen wir uns sicher sein.«

»Also, Hattinger, dann gehen wir. Aber zuvor …« Ohne sich aufhalten zu lassen, ging er Dorle entgegen. Er nahm ihr die Fackel aus der Hand und steckte sie zurück in das Gestell. Dann nahm er sie in die Arme und drückte sie an sich. Die Räuber um ihn herum johlten. Manch einer konnte sich eine anzügliche Bemerkung nicht verkneifen, aber für sie bedeutete diese Umarmung endgültig, dass er jetzt zu ihnen gehörte.

»Erinnere dich an das, worum ich dich gebeten habe«, flüsterte er Dorle ins Ohr. »Geh schon in die Hütte und bleib dort. Ich häng den Hattinger ab und bin gleich wieder bei dir.«

»Aber die Hühner?«

»Soll jemand anders sich darum kümmern. Versprich mir, dass du gleich in die Hütte gehst.«

Dorle nickte beseelt. »Ich wusste gleich, dass du mich magst«, sagte sie.

Johann winkte ihr zu, dann packte er Hattinger am Ärmel und zog ihn mit sich. »Lass uns gehen.« Am Rand der Lichtung drehte er sich unauffällig um. Ein anderes Mädchen kam an die Feuerstelle. Johann schritt eilig den steilen Pfad hinunter, so rasch, dass Hattinger ihm ebenso rasch folgen musste, um ihn nicht aus den Augen zu verlieren.

»He, nicht so hastig. Was ist los? Wirst schon noch zu Dorle kommen. Erst die Arbeit, dann das Vergnügen, so heißt es doch?«

Hattinger lachte und klopfte ihm aufmunternd auf die Schulter. Das hatte Johann noch nie leiden können.

Sie schlugen den Weg den Hangwald hinunter ein.

»Was ist mit dir? Warum drehst du dich ständig um?«, fragte Hattinger. »Hast du was vergessen? Oder willst du noch mal reden? Vergiss das, zweifle nicht. Du hast dich richtig entschieden.«

Johann blieb stehen. »Ich weiß.«

In diesem Augenblick zerriss eine ohrenbetäubende Detonation die Stille des Waldes. Dort, wo sich das Räuberlager befand, stieg eine schwarze Rauchsäule empor. Hattinger war starr vor Schreck. Johann nutzte die Gelegenheit und entriss ihm die Pistole.

»Was …?«

»Ich hab mich entschieden. Das wolltet ihr doch.«

Hattinger kochte vor Wut. »Du Schwein.«

Er stürmte vor, und diesmal zögerte Johann nicht. Er schoss dem berüchtigten Räuber Hattinger eine Kugel mitten ins Herz.

55

Johann lief den Hangwald hinunter. Es war zwar nicht zu befürchten, dass irgendjemand aus dem Räuberlager ihn verfolgen würde können, aber er wollte so schnell wie möglich nach Brunnenweiler zurück. Der Gedanke, dass Konrad bei der Explosion ums Leben gekommen war, streifte ihn nur kurz. Mit seinem Bruder hatte er schon im Lager abgeschlossen. Johann hatte sich von ihm täuschen lassen, was schlimm genug war, aber sich von ihm vor den Karren spannen zu lassen wie einen willenlosen Ackergaul war das Aus für eine brüderliche Beziehung, die nie wirklich eine gewesen war.

Je schneller Johann durch den Wald lief, umso schneller konnte er diesen Teil seiner Vergangenheit hinter sich lassen. Nichts blieb bei Konrad zurück. Nicht einmal das Gefühl, etwas verloren zu haben. Es gab nur noch den Blick nach vorne.

Er hoffte, dass Dorle sich an seine Bitte gehalten hatte. In der Baracke dürfte sie geschützt gewesen sein. Hoffentlich fand sie den Weg in ein schönes Leben. Eines, in dem sie sich auch noch in vielen Jahren glücklich fühlen würde.

Johann rutschte wie befreit auf dem Hosenboden den Blätterhang hinunter bis zur Karrenstraße. Dort traf er auf eine schwarze, wappenlose Kutsche, die von zwei französischen Soldaten begleitet wurde. Er erkannte die Kutsche sofort und wusste, wer in ihr reiste, noch bevor derjenige den Kopf durch das Fenster schob.

»Ich ahnte doch, dass wir uns noch einmal begegnen würden«, sagte Anton Keil. Er gab den beiden Reitern ein Zeichen, Johann am Weiterlaufen zu hindern. »Ich sollte dich gleich hier an Ort und Stelle erschießen lassen, Fenkel. Verdient hättest du es ganz sicher, auch wenn du mir aus dem Gefängnis in Coblenz genommen wurdest. Sosehr ich hinter dem Schinderhannes auch her war, der Schurke hätte sich ruhig einen Monat später schnappen lassen können, dann läge dein Kopf heute auf dem Tisch von diesem Wiener Professor Doktor Gall.«

Johann hatte von Gall gehört. Der Wiener bemühte sich stets um die abgetrennten Köpfe der Hingerichteten, um seine Studien an ihnen durchzuführen.

Keil platzte fast vor Freude über diesen glücklichen Umstand, dass ausgerechnet der einzige Gefangene, der ihm vor Beendigung seiner Befragungen aus den Händen genommen worden war, in diesem Waldstück vor die Kutsche lief. Mit einem lässigen Fingerzeig wies er seinen Sekretär Diepenbach an, aus der Kutsche zu steigen und Johann Eisenketten um die Handgelenke zu binden. Der Ring an der Kutschrückwand war noch vorhanden.

Johann wog seine Chancen zur Flucht ab. Eingeklemmt zwischen den Pferdeleibern tendierte sie gegen ›aussichtslos‹.

»Aber anstatt dich hier standrechtlich zu erschießen, gönne ich mir die Genugtuung, dich unserem lieben Gaspard Paty vorzuführen«, sagte Keil. »Ich kann es kaum erwarten, in sein Gesicht zu schauen, wenn ich ihm sage, dass du doch noch auf dem Schafott landest.«

»Was wirfst du mir diesmal vor, Keil?«

»Du hast doch meine Kutsche zum Anhalten gezwungen, nicht wahr?«

»Ich bin vor die Pferde gelaufen.«

»Das sage ich doch. Eindeutig ein versuchter Raubüberfall. Das reicht für eine schnelle Verurteilung. Und dieses Mal, mein einäugiger Freund, garantiere ich dir, dass du nicht verwechselt wirst. Du wirst unter deinem Namen sterben. Klingt das nicht gut in deinen Ohren? Also, in meinen ganz hervorragend.«

Diepenbach prüfte die Ketten, hakte sie in den Eisenring ein und gab das Zeichen zum Losfahren. Flankiert von den Soldaten setzte sich der Tross in Bewegung. Johann konnte nicht fassen, dass sein Schicksal ein solch grausames Spiel mit ihm trieb. Brunnenweiler lag nicht mehr weit entfernt. Er hätte noch heute Lisbeth wieder in die Arme schließen können, und jetzt entfernte er sich mit jedem stolpernden Schritt wieder. Es war zum Verzweifeln. Wäre er nur eine Minute später oder früher den Hang hinuntergekommen, hätten sich sein und Keils Wege nicht gekreuzt. Eine Frage von wenigen Sekunden, und alles war *perdu*.

56

Es war schon wieder ein trüber Morgen in Coblenz, aber diesmal fühlte sich Gaspard Paty, als würde er nur die hellen Sonnenstrahlen sehen, die sich ihren Weg zwischen den grauen Wolken zur Stadt hinunter bahnten. Seit seinem Gespräch mit Cecile war ihm, als würde er den Tag mit frischer Kraft begehen können. Mit einem Elan, der ihm abhandengekommen war und den er nun wiedererlangt hatte. Dazu kam noch die erstaunliche Information über Anton Keil, die ihm sein Sekretär gebracht hatte. Fast könnte man meinen, die Welt gehörte nun ihm. Und Cecile natürlich.

Als Keil, kaum dass er von seiner monatelangen Rundreise zurück in Coblenz war, um eine umgehende Besprechung bat, hatte sich Gaspard begeistert die Hände gerieben. Es war noch nie vorgekommen, dass er sich auf eine Begegnung mit Keil freute, aber diesmal konnte er es kaum erwarten. Als Keil schließlich in seinem Büro war und stolz von seiner neuerlichen Gefangennahme des Johann Fenkel berichtete, schnitt Gaspard ihm mit einer knappen Handbewegung das Wort ab.

»Ich komme gleich zur Sache, Herr Keil. Sie haben um eine umgehende Besprechung gebeten, um von Ihrer Rundreise durch die Departements zu berichten. Wie man hört, waren Sie recht erfolgreich, was die Festnahme von einzelnen gesuchten Räubern betrifft.«

»Nicht ohne Stolz kann ich behaupten …«

»Ich bin noch nicht fertig. Jetzt kehren Sie nach Coblenz zurück und möchten erneut Ihre fürchterlichen Befragungen von Gefangenen durchführen.«

»Das gehört zu meinen Aufgaben, Generalsek...«

»Hören Sie nicht zu? Ich rede immer noch. Sie haben nur eins zu tun, Herr *Keil*. Ich erwarte von Ihnen, dass Sie Coblenz sofort verlassen. Gleich nachdem Sie aus diesem Zimmer gegangen sind. Und ich erwarte, nein, ich verlange, dass Sie niemals mehr einen Fuß in mein Departement setzen werden. In keinen Kanton und nicht in die Stadt.«

Anton Keil wurde purpurrot im Gesicht. Seine Empörung war grenzenlos. »Was erlaubst du dir?«

»Was ich mir erlaube, Herr *Keil*? Oder sollte ich besser Herr ... Keul sagen?«

Von Purpur zu Kalkweiß. So schnell hatte noch nie ein Mensch die Farbe seines Gesichtes gewechselt wie Anton Keil.

Paty stützte sich mit den Fäusten auf die Schreibtischplatte und beugte sich vor. »Ja, ich weiß, wer Sie sind. Ich mach's kurz: Sie haben sich aus Gründen, die vielleicht sogar ehrenhaft waren, dem Gedanken der Revolution in Frankreich angeschlossen. Und während dieser Zeit waren Sie noch unter Ihrem richtigen Namen bekannt. Keul. Später, als Sie Karriere im Dienste Napoleons machten, haben Sie sich bereits in Keil umbenannt. Vermutlich, weil auch damals schon Ihre Methoden fragwürdig waren. Sie sind ein tüchtiger Mann, haben deshalb rasch Karriere gemacht und wurden 1798 zum Staatsanwalt in Köln ernannt, wo Sie mit der Einführung der französischen Gesetze betreut wurden.«

»Eine absolut ehrenhafte Karriere.«

»1801 wurden Sie von unserem Generalkommissar St. André zum Leiter einer geheimen Kommission ernannt, deren Auftrag es ist, alle in Frankreich gesuchten Banditen gnadenlos zu verfolgen.«

»Eine Aufgabe, die ich mit großem Erfolg erledige.«

»Ich weiß. Unsere Kerker können ein Lied davon singen.«

»Was wirfst du mir also vor, Paty?«

»Ich werfe nichts vor. Ich diktiere, was Sie machen. Denn wenn Sie meiner Aufforderung, das Departement zu verlassen, nicht nachkommen, werde ich bekannt machen, und zwar an allen möglichen Stellen, was Sie im Jahre 1796 gemacht haben.«

Von kalkweiß zu völlig farblos. Das sollte mal jemand Keil nachmachen. »Ich ... ich weiß nicht, wovon du redest.«

»Ach, nein?« Paty lächelte. »Damals waren Sie eingesetzt als Kommissar für eine ganz spezielle Aufgabe. Sie sollten im Namen Frankreichs aus den besetzten Gebieten Kunstgegenstände regelrecht stehlen, sofern sie nicht einfach zu beschlagnahmen wären.«

Keil lehnte sich entspannt zurück. Die Gesichtsfarbe erlangte wieder ein zartes Rosa. »Wie du sagtest, ich handelte in offiziellem Auftrag.«

»Aber ganz sicher nicht offiziell war, dass Sie einige der wertvollsten Kunstgegenstände unter der Hand für sich selbst verkauft haben, noch bevor Frankreich davon Kenntnis genommen hat. Keil, Sie haben sich bereichert, oder anders ausgedrückt: Sie haben Frankreich bestohlen. Ich höre schon Ihren Kopf in den Korb fallen.«

Keil wurde fast ohnmächtig. Er suchte Halt an der Stuhllehne.

»Wir haben uns verstanden?« Paty genoss seinen Triumph. »Wenn Sie also nicht verschwinden, dann werde ich es weitergeben. Und mich ermorden lassen nützt nichts, denn Sie können sich denken, dass ich diese Information nicht selbst ausgegraben habe.«

Keil schwankte zur Tür.

»Bevor Sie gehen, eines noch«, rief ihm Paty hinterher. »Den Gefangenen Johann Fenkel habe ich bereits wieder freigelassen. Er hat mir wirklich interessante Neuigkeiten erzählt. Dank seiner Hilfe konnten wir heute Mittag bereits die Hattinger-Bande festnehmen. Das, was von ihr übrig geblieben ist. Er beschrieb uns den Weg in das Räuberlager, nachdem er dafür gesorgt hat, dass es dort eine Menge Verletzte, sogar Tote gegeben hat. Der Mann, den Sie so gerne hingerichtet sähen, hat uns einen sehr großen Dienst erwiesen. Ich wollte nur, dass Sie das wissen, Keil. Und nun verschwinden Sie!«

Es tat so gut. So verdammt gut. Den Anblick des davonschleichenden Anton Keil würde Gaspard Paty sein Leben lang nicht vergessen. Er gönnte sich ein kleines Gläschen Wein während seiner Dienstzeit.

57

Erschöpfung konnte sich zutiefst befriedigend anfühlen. Zu spüren, dass man keine Minute länger hätte durchhalten können, aber gleichzeitig zu wissen, dass es auch gar nicht mehr notwendig war, ließ die Seele auf wohltuende Weise von allem entrücken. Lisbeth genoss diesen Zustand in den frühen Morgenstunden, nachdem sie in der Nacht zuvor das Dorf von Weitzel und Lahr erlöst hatte. Sie gönnte sich die Mittagssonne auf ihrem Gesicht, als sie sich auf die Bank vor dem Haus setzte und allmählich realisierte, was geschehen war. Ida schlief oben in ihrer Kammer, erledigt von den Strapazen, aber Lisbeth war überzeugt, dass ihre Mutter das erste Mal seit Jahren einen albtraumfreien Schlaf haben würde.

Sie dachte plötzlich an etwas, das ihr Vater einmal gesagt hatte, als sie sich über die Ungerechtigkeiten in der Welt ärgerte. »Gottes Mühlen mahlen langsam, aber sie mahlen«, hatte er gesagt, und als Kind fand sie diesen Satz einfach nur so sinnvoll wie ein achtbeiniges Reh, aber hier und heute verstand sie auf einmal, was ihr Vater damit gemeint haben könnte.

Aus der Ferne vernahm sie Stimmen. Sie öffnete die Augen und schirmte sie gegen die hochstehende Sonne ab, um besser sehen zu können, was nun schon wieder für Unruhe in Brunnenweiler sorgte.

Schon an seinem Gang erkannte sie, dass es Johann war, der die Straße herunterkam. Was für ein schöner Tag, dachte sie. Heute schien alles zu stimmen.

In Johanns Schlepptau liefen einige Dörfler, fragten ihn aus, doch er hatte schon von Weitem den Blick nur auf sie gerichtet. Er blieb vor ihr stehen. Einen innigen Moment lang schauten sie sich an. Als er sich neben sie auf die Bank setzte, begriffen die Dörfler, dass sie die beiden besser alleine ließen.

»Hast du deinen Bruder gefunden?«, fragte sie.

»Hab ich.«

»Wo ist er?«

»Er wird nicht mehr nach Brunnenweiler kommen.«

Lisbeth betrachtete ihn schräg von der Seite. »Wirst du es mir erzählen?«

»Das werde ich.«

»Wirst du mir dieses Mal auch wirklich alles erzählen?«

Johann lehnte sich an die Hauswand. Er nahm seinen Hut ab und legte ihn sich über die Beine. »Ich habe mich entschieden, Lisbeth«, sagte er. »Wie du es dir von mir gewünscht hast.«

»Keine anderen Weiber mehr?«

Er lachte schwach. »Das, und anderes auch. Ich werde dir von mir erzählen, und wenn du alles erfahren hast, dann entscheidest du, wie es weitergeht.«

Lisbeth legte ihre Hand auf seine Brust, genau auf die Stelle der Brandnarbe, und er legte seine Hand über ihre und presste sie fest dagegen. »Weißt du, es ist auf meiner Haut, aber es gehört nicht mehr zu mir«, sagte er.

»Brauchst nichts zu sagen.«

»Wenn du's mir nur glaubst.«

Lisbeth verschloss ihm mit einem Finger die Lippen. Warum nur wussten Männer nie, wann sie schweigen sollten?

Drei junge Burschen führten einen Pferdekarren über den Platz. Auf der Ladefläche lagen die Leichen von Lahr und Weitzel.

»Was ist hier in der Zwischenzeit geschehen?«, fragte Johann, der dem Karren nachsah.

»Wir haben uns beide verändert«, sagte sie. »Diesmal bin ich da gewesen. Nicht so wie damals.«

»Damals? Du meinst …?«

»Ja, diesmal war ich da.«

»Die beiden dort? Wie hast du das geschafft?«

Sie lächelte listig. »Ich hab dir gut zugehört.«

Anerkennend pfiff Johann durch die Zähne. »Ich bin stolz auf dich«, sagte er.

An die Hauswand gelehnt, wünschte sie sich, diese Bank nie mehr verlassen zu müssen.

»Glücklich?«, fragte Johann.

»Ja.« Kaum ausgesprochen, drängte sich eine düstere Wolke in ihre Gedanken. An der Art, wie sie schwieg, konnte Johann hören, dass sie etwas beschäftigte. »Sag es mir.«

»Ich muss es dir zeigen.«

Sie stand auf und bat ihn, ihr zu folgen. Zu seinem Erstaunen führte sie ihn zum Haus seines Bruders und dort in den Keller. Johann war fassungslos, wie viel Diebesgut hier unten lagerte. Er tauchte seine Hand in eine Truhe voller Münzen und ließ sie durch seine Finger gleiten.

»Mit diesem Geld könnten wir mein Gewerbe finanzieren«, ließ Lisbeth vorsichtig anklingen.

Johann verzog das Gesicht. »Ich möchte nicht, dass wir dein Geschäft auf dem Verlust anderer aufbauen. Und auf Münzen, an denen Blut klebt. Es wäre kein guter Beginn.«

Erleichtert atmete sie auf. »Ich bin froh, dass du so denkst. Ich wollte sichergehen, dass wir uns auch hierbei einig sind und du nicht später sagst, hätten wir doch. Wir werden all das hier zwar niemals an ihre Eigentümer zurückgeben können, aber wir können es an diejenigen verteilen, die unter der Hattinger-Bande gelitten haben.«

»Wir sollten die Präfektur benachrichtigen. Ich möchte nicht in den Verdacht geraten, das alles selbst geraubt zu haben.«

Sie verließen den Keller und traten zurück auf die Straße heraus. »Was ist hier los?«, wunderte sich Lisbeth. Vor dem Brunnen hatten sich viele Dörfler um einen Reiter in französischer Uniform geschart. Nach wenigen Schritten erkannten Lisbeth und Johann, dass es Gaspard Paty war, der ohne Begleitung nach Brunnenweiler gekommen war. Er richtete sich in den Steigbügeln auf und winkte. Als Johann und Lisbeth durch die umstehende Menge herangetreten waren, warf Paty ihnen einen prall gefüllten Beutel mit Golddukaten zu. Es klimperte, als Johann ihn auffing. Die Menge wurde mucksmäuschenstill.

»Hier, deine Belohnung, Fenkel«, rief Paty so laut, dass jeder am Platz ihn hören konnte.

Johann dankte mit einem knappen Nicken.

»Belohnung?«, wisperte es von allen Seiten. »Wofür denn?«

»Wisst ihr es nicht?« Paty wurde noch ein bisschen lauter. Er zeigte mit ausgestrecktem Arm auf Johann. »Dieser Mann hier hat ganz allein ein Räubernest ausgehoben. Den Hattinger, den gibt es nicht mehr. Dank Johann Fenkel mussten wir nur noch die Reste der Bande einsammeln. Die Gegend ist befreit von einem üblen Schurken. Und der Mann, der das geschafft hat, lebt in eurer Mitte.«

Ungläubig staunten die Menschen Johann an, als stünde er mit zwei Köpfen auf seinen Schultern vor ihnen. Dann rief einer plötzlich: »Ein Hoch auf unseren Johann, den besten Gendarmen von allen!«, und Männer und Frauen stimmten in den allgemeinen Jubel lautstark mit ein. Frauen hielten ihre Kleinkinder in die Höhe, damit sie einen Blick auf den Helden werfen konnten. Die Hunde am Platz jaulten, weil sie dachten, es müsste sein.

Gaspard wandte sich direkt an Johann: »Wir haben ein junges Mädchen im Lager gefunden. Sie war als eine der Wenigen unverletzt, weil sie sich in einer Hütte versteckt gehalten hatte.«

»Das ist gut«, sagte Johann. »Was wird mit ihr geschehen?«

»Sie ist noch recht jung, und wie es scheint, hat sie wohl nur für die Räuber gekocht, also wird sie keine Anklage erhalten. Ich werde dafür sorgen, dass sie aus dem Elend herauskommt.«

»Behandle sie gut«, sagte Johann, und Gaspard erinnerte sich, dass es bei ihrer ersten Begegnung seine Worte gewesen waren.

Gaspard schaute Lisbeth lange in die Augen. Ein merkwürdiger Schmerz breitete sich in ihrer Brust aus. Sie verstand, dass es ein Abschied war. *Danke, Gaspard. Danke für dein Leben in meinem.*

Gaspard tippte sich an die Stirn, dann ritt er aus dem Dorf.

Und aus Lisbeths Leben.

Johann ließ ihr den Moment, bevor er ihr ins Ohr flüsterte: »Der ist ganz schön schwer, der Dukatensack. Zu schwer für mich alleine. Ich denke, wir haben das Startkapital für dein Gewerbe.«

»Du gibst dein ganzes Vermögen her? Johann, Johann, was soll nur aus dir werden?«

»Der Mann deines Lebens, hoffe ich.«

Dann küsste er sie, und die Menge jubelte weiter, weil es gerade einfach viel Spaß machte.

Danksagung

Ganz großen Dank an meine Agentin Beate Riess für die Unterstützung und das Vertrauen in meinen Roman. Gleich bei unserem ersten Telefonat hatten wir nicht nur ein professionelles Gespräch über den Roman, sondern auch herzlich miteinander lachen können. Deine Anmerkungen zu meinen Ideen beweisen dein Gespür für meine Geschichte und die Figuren. Lisbeth lässt danken.

Ein besonderes Dankeschön an Pascalina Murrone von HarperCollins, die sich schon früh für Lisbeth und Johann einsetzte und ebenso wie ich wissen wollte, wie es den beiden am Ende ergehen mag.

Ingola Lammers hat mit ihrem fein abgestimmten Lektorat den Roman veredelt und mir an zwei Stellen lautes Lachen über meine eigene Formulierung beschert. Um welche Stellen es sich handelt? Bleibt unser Geheimnis.

Für die Unterstützung bei der Recherche, die in Zeiten von Corona manchmal etwas schwieriger war, danke ich dem Stadtarchiv der Stadt Koblenz und hier besonders Frau Katharina Thielen.

Danke auch an Murielle Rousseau und dem gesamten Team von BuchContact für die vielfältige und kreative Unterstützung. Freue mich schon auf das nächste gemeinsame Glas Wein.

Der vielleicht ungewöhnlichste Dank geht an Gloria. Dafür, dass ich einen Namen gefunden habe, und ungewöhnlich, weil sie das Dankeschön nicht erlebt.

Und der wichtigste Dank aber gilt dir, Cornelia, für dieses außergewöhnliche Verständnis, das wir beide verspüren, und die nimmermüde Unterstützung, die ich von dir erhalte. Was wir haben, ist kostbar. Möge es niemals enden.

HINWEIS ZUM HISTORISCHEN ROMAN »DIE GELIEBTE DES RÄUBERS«

Die Wahrnehmung von Sprache hat sich verändert. Der sensiblere Umgang führt auch zu der Frage, wie vertretbar in einem historischen Roman die Verwendung bestimmter Begriffe ist. Was im heutigen Sprachgebrauch keinen Platz mehr haben darf und sollte, kann und wird in einem historischen Roman dennoch geschrieben. Allerdings einzig, weil der Autor und die Autorin dies ihren Lesern schon aus Gründen der Glaubwürdigkeit eines historischen Romans schulden. Und genau deshalb ist alles in einem historischen Roman ausschließlich nur in seinem historischen Zusammenhang zu bewerten, auch wenn einige Figuren sich aus heutiger Sicht nicht korrekt ausdrücken oder verhalten. Daher wurde darauf verzichtet, Ausdrücke sprachlich an die heutige Zeit anzupassen, aber sich gleichzeitig auch bemüht, deutlich einfließen zu lassen, dass ein rassistischer und frauenfeindlicher Umgang zu keiner Zeit akzeptabel ist.